짝 없는 여자들

The Odd Women

조지 기싱

George Gissing

코호북스

시대 배경과 작가 소개

시대 배경

　빅토리아 시대의 이상적인 여성상은 코벤트리 패트모어의 「가정의 천사」라는 표현으로 축약될 수 있다. 남편에게 순종하고 가정에 헌신하며 자기희생을 마다하지 않는 상냥한 여성의 이미지는 여자를 독립적인 개인이 아닌 누군가의 아내, 어머니, 딸로만 정의했다. 실제로 여성은 결혼하는 순간 남편에게 종속되며 법적으로 존재하지 않았으므로 자기 재산을 소유하거나 투표를 할 수 없음은 물론 아이에 대한 권리도 없었다. 여성의 행동에 대한 법적 책임을 남편에게 묻기도 했기 때문에, 이는 남성이 여성을 속박하고 규제하며 심지어 감금하거나 신체적인 처벌을 내릴 수 있는 근거가 되었다. 과연, 기혼여성을 칭하는 용어 femme couverte는 보호라는 이름의 멍에였던 것이다.

　『짝 없는 여자들』이 출간된 1893년, 영국에서는 지난 반세기에 걸쳐 여성의 사유재산, 교육, 노동권 등에 대한 변화가 활발히 이루어졌다. 1839년에는 캐럴라인 노턴의 적극적인 캠페인에 힘입어 유아 양육법이 제정되었고, 1857년에는 이혼법의 제정으로 일반 사람들에게는 실상 불가능했던 이혼을 남녀 모두 간통, 학대, 유기 등을 근거로 요청할 수 있게 되었다. 1870년에 제정되고 1882년에 확장된 기혼여성재산법은 특별히 큰 의미가 있었는데, 이는 여성이 자신의 재산을 소유하고 상속할 수 있는 법적인 주체가 되었기 때문이다.

여성의 교육과 노동권에도 여러 변화가 있었다. 1848년에 설립된 퀸스 칼리지에서는 '위험한 결과를 초래할지도 모른다'는 반발과 비판 속에서 여자아이들에게 수학과 역사, 영문학 등을 가르쳤고, 1849년에는 영국 최초로 여성에게 고등 교육을 제공하는 베드퍼드 칼리지가 설립되었으며, 1878년 런던 대학교가 영국 최초로 모든 학과와 학위를 여성에게 개방했다. 중산층 여성에게 특히 제한되어 있던 직업의 문이 열리기 시작한 것도 이때로, 이러한 변화의 배경에는 기싱이 '짝 없는 여자들'이라고 명명한 여성들의 생계에 대한 우려가 큰 부분을 차지했다.

식민지 전쟁과 이주 등으로 인해 19세기 중후반에는 독신 여성의 수가 독신 남성의 수를 훨씬 뛰어넘었다. 여성을 어머니와 아내로만 정의했던 사회에서 자연스레 이들은 비정상적이며 잉여적인 존재로 취급받고 조롱의 대상이 되었으며 특히나 경제활동의 제한으로 어려움을 겪었다. 노동자 계층 여성들은 이미 공장이나 탄광, 상점 등에서 일하고 있었으나 궁핍한 젠트리 여성들은 그들의 신분에 적합하다고 여겨지는 가정교사나 말동무 등 몇몇 한정된 직업에서 살길을 찾아야만 했다. 가정교사나 말동무는 식구도 아니고 하인도 아닌 애매한 위치에서 고독한 생활을 영위했으며, 보잘것없는 봉급에 고된 업무를 떠맡으며 언제라도 해고될 수 있다는 불안감과 노후에 대한 걱정을 안고 살아야 했다. 1859년에 설립된 여성 취업 증진회(Society for Promoting the Employment of Women)는 여성들의 직업 선택 폭을 넓히기 위해 그들이 사무원이나 경리, 미용사 등이 될 수 있는 훈련과 교육을 제공했다. 이러한 움직임과 더불어 등장한 '신여성'(New woman)은 모던 페미니스트들의 원조라 할 수 있으며, 빅토리아 시대의 남성 우월주의가 강요한 여성상과 남녀 차별의 이중잣대에 노골적으로 반발하였다. 지적이고 독립적이며, 가정에 얽매이지 않은 자기만의 정체성을 추구하는 여성 인물들이 문학 작품에 대거 등장하기 시작한 가운데 조지 기싱은 구식 관습의 피해자인 앨리스와 버지니아, 구세계에서 신세계로 넘어가는 과도기의 가치충돌에 치인 모니카, 신여성을 대표하는 선구자 메리와 로더를 통해 19세기 후반 영국의 여성 문제와 계층 문제를 사실적으로 담았다.

작가 소개

조지 로버트 기싱(George Robert Gissing)은 1857년 11월 22일 요크셔 웨이크필드 약제사의 오 형제 중 장남으로 태어났다. 아마추어 식물학자이며 문학을 사랑하는 다독가였던 아버지의 방대한 서재에서 기싱은 독서를 즐겼으며 특히 그리스와 로마의 고전에 대한 애정을 키웠다. 그러나 1870년, 기싱이 열세 살 때 아버지가 사망하며 기싱은 정신적 지주를 잃음과 동시에 경제적 압박에 시달리게 되었다. 장남으로서 자기 자신과 가족에 대한 책임을 어깨에 짊어진 기싱은 어린 소년에게 보기 드문 엄격한 자기통제와 노력으로 꾸준히 학업에 정진해 뛰어난 성적을 거두었고, 열다섯 살에 전액 장학금을 받고 오언스 칼리지 (지금의 맨체스터 대학)에 진학했다. 학교에서 셰익스피어 장학금을 포함한 여러 상을 휩쓸고 런던 대학 입학까지 보장되었던 기싱은 특히 라틴어와 그리스어와 고전에 정통한, 학자로서 장래가 촉망되는 학생이었다. 그러나 학교에서 벌어진 절도 사건의 범인이 기싱이라고 밝혀지며 그의 밝은 전망은 하루아침에 사라졌다. 당시 열여덟 살이었던 기싱은 맨체스터 거리에서 만난 열일곱 살 매춘부 메리언 헬렌 해리슨과 (기싱은 그녀를 넬이라고 불렀다) 사랑에 빠졌고, 그녀가 다시 거리로 나가는 것을 막기 위해 돈을 주기 시작했다. (그녀가 새로운 직업을 찾을 수 있게 재봉틀을 사주기도 했다고 한다) 장학금으로 생활하던 그는 돈이 떨어지자 절박한 마음에 결국 학우들의 돈을 훔친 것이다. 학교의 처사는 가혹했다. 그는 모든 명예와 장학금을 뺏기고 퇴학당했으며 한 달간 감옥에서 노역했다. 출소 후 몇몇 사람들의 도움으로 미국으로 보내진 기싱은 처음에는 매사추세츠주에 있는 고등학교에서 교사로 일했으나 어느 날 홀연히 시카고로 떠났는데, 이곳에서 〈시카고트리뷴〉에 단편소설을 발표하며 소설가로서 첫 발걸음을 내디뎠다. 신문에 소설을 투고하며 근근이 생계를 이어가던 기싱은 극심한 가난을 경험하고 갖은 고생 끝에 영국으로 돌아왔다.

 갓 스무 살이 된 기싱은 런던의 초라한 하숙집을 전전하며 집필과 교습을 병행했다. 그는 성인이 되며 물려받은 작은 유산으로 첫 장편 소설 『새벽의 일꾼들 Workers in the Dawn』을 자비 출판하고 넬과 결혼했다. 소설은 참담히 실패했으나 몇몇 사람들의 관심을 끌었고, 그중 한 명인 실증주의자 프레데릭 해리슨은 기싱의 충실한 후원자가 되어 자기 아들들의 과외지도를 맡기고 문예지 편집장들에게 그를 추천하는 등 물심양면으로 도움을 주었다. 기싱의 다음 소설 『그런디 부인의 적들 Mrs. Grundy's Enemies』은 출판사에서 받아주었으나 끝내 출간되지 않았고, 조지 메러디스가 인정한 세 번째 작품 『언클래스드 The Unclassed』로 그는 비로소 작가로서 공식적인 데뷔를 했다. 『민중 Demos』, 『이사벨 클래런던 Isabel Clarendon』, 『인생의 아침 A Life's Morning』 등 뒤이은 소설에서 그는 인간의 도덕성을 타락시키는 가난과 계층 문제, 예술적 이상과 사회적 의무감 사이에서 갈등하는 예술가의 번뇌를 계속해서 탐구했으며, 노동자 계층의 삶을 생생하고 사실적으로 담은 그의 소설들은 졸라의 작품과 비견되었다.

 시간이 흐르며 기싱은 작품의 초점을 노동자 계층에서 중산층으로 옮겼는데, 그가 다시 한번 런던 빈민층의 삶을 잠식한 가난의 해악에 주목하는 사건이 1888년에 발발했다. 넬의 알코올중독과 여러 질병, 이로 인해 벌어지는 소동은 그들의 결혼생활을 몹시 불행하게 만들었고, 두 사람은 결혼한 지 4년째 되던 해부터 별거했다. 몇 년간 보지 못한 넬이 죽었다는 갑작스러운 소식을 듣고 찾아간 기싱은 알코올중독과 가난에 허덕이다 비참하게 죽은 그녀의 모습에 큰 충격을 받았다. 그로부터 3주 후 그는 『밑바닥 세상 The Nether World』 집필에 착수했는데, 가난의 민낯을 적나라하게 다룬 이 소설은 그의 마지막 런던 빈민층 소설이자 가장 어두운 소설로 여겨진다. 같은 해 기싱은 처음으로 이탈리아로 여행을 갔다. 소년 시절부터 고전문학에 남다른 애정을 품은 기싱에게 이탈리아는 특별한 의미가 있었고, 그는 이곳에서의 경험을 바탕으로 『해방된 자들 The Emancipated』을 집필했다.

 교육받은 여성과 결혼하기에 자신이 너무 가난하다고 느꼈으나 고독이 참기 힘들어진 기싱은 거리에서 충동적으로 만난 노동자 계층 여자 이디스 언더우드와 결혼했다. 시작부터 무모했던 이 결혼은 두 사람의 기질적 차이와 이디스의 점차 난폭해지는 행동 탓에 끝내 별거로 끝났다. (이디스가 아마도 정신병을 앓았다는 견해가 있으며, 그녀는 후에 정신병원에 수용되어 그곳에서 일생을 마쳤다.)

불안정한 가정생활과 경제적인 어려움에도 불구하고 기싱은 왕성한 생산력을 보여 1886년과 1895년 사이에 매년 한 권이나 그 이상의 소설을 출간했다. 1891년 『뉴 그럽 스트리트 New Grub Street』의 출간과 함께 기싱은 작가로서 확고한 위치에 올랐다. 문학이 상품화된 세상에서 궁핍한 문인이 마주하는 현실과 이상의 괴리를 자신의 경험을 바탕으로 그린 『뉴 그럽 스트리트』는 평론계의 큰 관심과 호평을 받으며 기싱의 작품 중 처음으로 출간 한 달 만에 2쇄가 발행되는 쾌거를 이루었고, 지금까지도 영미문학사를 통틀어 문필업에 대해 가장 사실적으로 쓴 소설이라는 평을 받는다.

한편 1893년에 출간된 『짝 없는 여자들 The Odd Women』에는 19세기 후반 영국 사회의 여성 문제와 결혼 체제에 대한 기싱의 철학이 담겨 있다. 관습과 사회적 편견에 회의적이었던 기싱은 여성을 열등하고 의존적인 존재로 취급하는 빅토리아 시대의 관념이 사회의 가장 기본적인 구성체인 부부 사이를 불명예스럽게 만든다고 믿었으며, 여성 또한 남성과 마찬가지로 교육받지 못하는 한 사회에 평화는 없을 것이라고 말했다. 『짝 없는 여자들』에서 기싱은 독신 여성의 삶을 경제적, 정신적으로 황폐하게 만드는 제도의 폐단과 더불어 빅토리아 시대의 이상적인 여성상이 현대사회에 얼마나 부적합한지 여지없이 보여 주었다. 출간 후 기싱은 클라라 E. 콜렛, 엘리자 옴 등 여권 신장을 위해 힘쓰던 페미니스트들과 인연이 닿았는데, 특히 그의 평생지기가 된 클라라 콜렛은 아내에게서 위로나 지적 공감을 바랄 수 없던 기싱에게 현명한 조언과 도움을 아끼지 않았고, 그가 죽은 후에는 아들들의 후견인으로 그들의 안위를 살폈다.

　대중적인 인기를 끌기에는 지나치게 사실적이고 어두웠던 그의 소설들은 단 한 번도 엄청난 금전적인 성공을 거두지는 못했으나 1890년대부터 기싱은 집필만으로 생활이 가능해졌으며 조지 메러디스, 토머스 하디와 더불어 당대 영국에서 가장 중요한 작가 중 한 명으로 손꼽혔다. 또한, 1898년, 그는 그토록 선망하던 교양 있고 지적인 여자와 만났다. 『뉴 그럽 스트리트』의 프랑스어 번역권을 문의한 가브리엘 플뢰리와 만난 그는 거의 즉시 사랑에 빠졌으나 이디스가 이혼을 허가하지 않아 영국에서 결혼할 수 없었기 때문에 프랑스에서 조촐한 식을 올렸다. 프랑스로 이주한 기싱은 오랜 열정인 이탈리아를 배경으로 한 역사소설 『베라닐다 Veranilda』에 착수하는 한편 자전적인 소설 『헨리 라이크로프트 수상록 The Private Papers of Henry Ryecroft』, 하루아침에 잡화상으로 전락한 중산층 남자의 깨달음을 그린 『윌 워버턴 Will Warburton』 등 활발한 집필 활동을 이어갔다.

　그러나 폐 질환이 있던 기싱의 건강은 점점 악화되었다. 그는 폐렴에서 회복하지 않은 상태로 추운 날씨에 야외 활동을 나갔다가 심하게 앓았고, 1903년 12월 28일, 마흔여섯이라는 젊은 나이에 프랑스 남서지방의 이즈푸르라는 작은 마을에서 사망했다. 사인은 심근염이었다. 30년이 채 안 되는 시간 동안 그는 총 스물세 권의 장편 소설과 네 권의 노벨라, 100편이 넘는 단편소설, 디킨스에 대한 평론과 기행문 『이오니아 해변에서』를 집필했다.

목차

1부

1장. 양치기와 양 떼 17
2장. 표류 25
3장. 독립적인 여자 44
4장. 모니카가 성인이 된 날 52
5장. 단순한 지인 74
6장. 예비병 훈련소 93
7장. 신분 상승 112
8장. 사촌 에버라드 135
9장. 소박한 믿음 154
10장. 첫째 원칙들 169

2부

11장. 자연의 섭리대로 184
12장. 두 개의 결혼식 198
13장. 지도자들 사이의 불화 215
14장. 맞부딪친 동기 235
15장. 가정의 기쁨 254
16장. 바다가 주는 건강 273
17장. 승리 294
18장. 보강 317
19장. 철커덩거리는 쇠사슬 331
20장. 첫 번째 거짓말 343

21장. 결심하기까지 354

3부

22장. 위험에 처한 명예 371
23장. 습격 393
24장. 미행 405
25장. 이상(理想)의 운명 419
26장. 시험에 든 비(非)이상 443
27장. 재상승 462
28장. 헛된 영혼의 무게 484
29장. 고백과 조언 502
30장. 명예로운 후퇴 522
31장. 새로운 시작 536

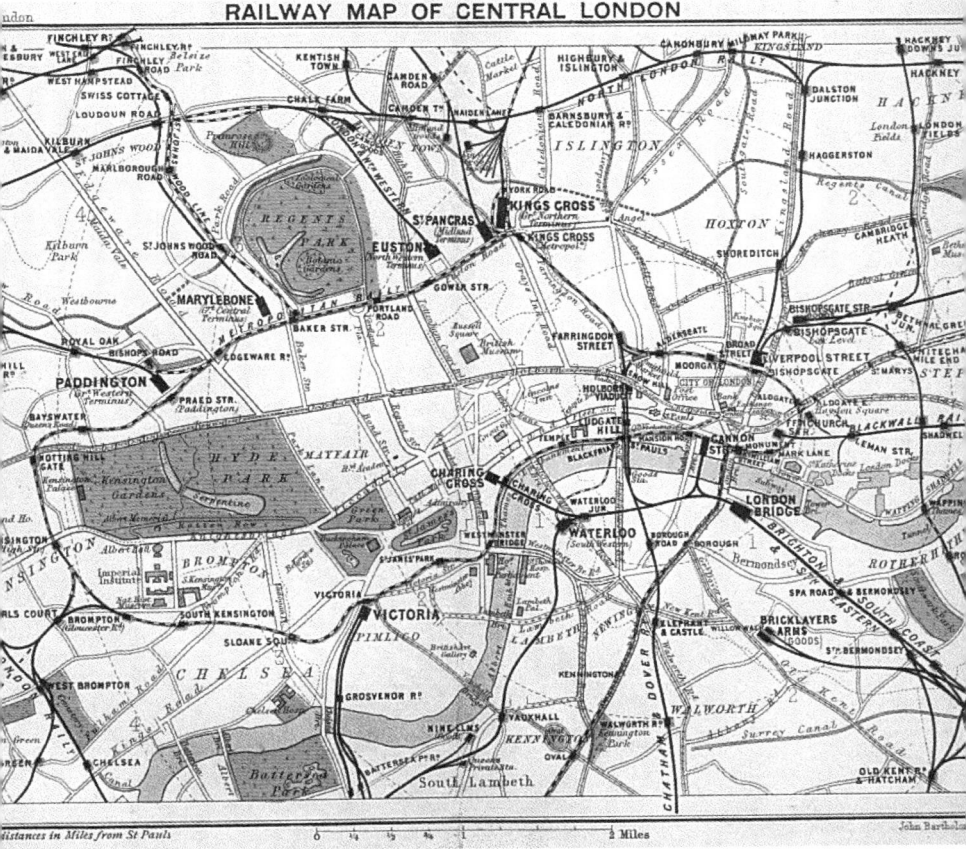

그레이트 포틀랜드 스트리트 1905년.

숄즈앤글리든 (Sholes and Glidden)의 첫 타자기. 레밍턴 No. 1

일러두기

1. 이 책의 번역 대본으로는 The Odd Women (Oxford University Press, 2000)을 참조했습니다.
2. 본문의 각주는 모두 옮긴이의 것입니다.
3. 원서에서 강조를 뜻하는 이탤릭체는 돋움체로 표시했습니다.

1장. 양치기와 양 떼

"앨리스, 그러니까 내일," 맏딸과 함께 클리브던의 해변을 산책하던 매든 씨가 말했다. "내가 1천 파운드[1]짜리 생명보험에 가입하려고 한다."

이 대화는 길고 은밀한 대화의 결론이었다. 키가 작고 움직임이 그다지 우아하다고 할 수 없는 열아홉 살 소녀 앨리스 매든은 볼품없는 외모에 수줍음을 많이 탔으며 유순했다. 아버지의 얼굴을 힐끔 보고 웰시 언덕 밑 파란 물로 시선을 돌리는 그녀의 얼굴에 기쁜 표정이 떠올랐다. 매든 씨는 천성이 과묵하고 금전적인 문제를 가족들과 절대 논하지 않았기 때문에 그녀는 아버지가 자신에게 보인 신뢰에 우쭐했다. 그는 자식들에게 사랑받을 만한 아버지처럼 보였다. 진중하지만 온화하고, 다정하게 소심한 그의 눈가와 입에는 장난기가 어른거렸다. 이날 그는 기분이 무척 좋았다. 좀 전에 그가 앨리스에게 설명했듯이 그의 전망이 지금까지보다 확연히 밝아 보였다. 그가 클리브던에서 개원한 지는 20년이 지났으나 수입이 워낙 적었던지라 식솔 많은 그의 가족은 지출 후에 남는 돈이 거의 없었다. 1872년, 이제 마흔아홉 살이 된 매든 씨는 좀 더 큰 희망을 품고 미래를 내다볼 수 있었다. 일반적으로 생각했을 때 그가 앞으로 10년에서 15년은 더 일할 수 있지 않을까? 클리브던이 해안가 휴양지로 인기를 끌기 시작하면서 새롭게 집들이 세워지고 있었다.

---

1. 1872년 1파운드는 2020년 기준 대략 114파운드이다. 따라서 1,000파운드는 114,000파운드 정도이다.

그의 병원도 점점 번창할 것이 확실했다.

"나는 여자아이들이 이런 문제로 골머리를 앓으면 안 된다고 생각한단다." 그가 사과하듯 덧붙였다. "세상과 싸우는 건 남자에게 맡겨야지. 찬가에서도 이렇게 말하지 않았니, '그것이 그들의 본능이기도 하니[2].' 내 딸들이 돈 걱정을 해야 하면 정말 가슴 아플 거다. 하지만 앨리스, 난 네 어머니가 살아 있었으면 함께 했을 이야기를 네게 하는 버릇이 들어 버렸구나."

여섯 딸을 낳은 매든 부인은 이 멋진 세상에서 그녀의 역할을 다 했다. 그녀가 브리스틀 해협을 내려다보는 클리브던 교회의 묘지에 잠든 지 2년 되었다. 아버지와 딸은 그녀를 추억하며 한숨을 내쉬었다. 상냥하고 차분하며 소탈한 여자였다. 집안일을 훌륭히 해냈고, 말과 생각에 배어 있는 타고난 품위 덕분에 가장 까다로운 사람에게도 숙녀라고 인정받았을 터였다. 그녀는 편안한 적이 거의 없었으며 끝내 건강이 무너지기 한참 전부터 비밀스러운 불안감이 그녀의 얼굴에서 드러났었다.

"그렇지만," 의사가—예의상으로만 의사라고 불린—몸을 숙여 꽃을 꺾고 관찰하며 말했다. "이런 이야기는 네 어머니와도 절대 하지 않았다. 너도 알다시피 우리 삶이 고된 오르막길이었잖니. 하지만 가정생활은 이런 누추한 문제에서 최대한 떨어뜨려 놓아야 한다. 아내와 아이들이 쥐꼬리만 한 돈을 어찌 쓸지 온종일 전전긍긍하는 가난한 가정이야말로 내게 가장 슬픈 모습이다—아무렴, 안 될 일이지. 여자는 나이가 적고 많고를 떠나서 금전 문제를 머릿속

---

[2]. 영국 회중교회 목사이자 신학자, 근대 찬송의 아버지라 불리는 아이작 와츠의 찬가 「개들이 즐겁게 짖고 물도록 하라」에서 인용.

에 들이면 안 된단다."

짭조름한 바다 맛이 나는 서풍과 눈부신 여름 햇살이 그의 천성적인 명랑함을 북돋웠다. 매든 씨는 언제나처럼 미래에 대한 자신의 예견을 피력했다.

"남녀 모두 돈 문제처럼 지저분한 일로 고민하지 않는 날이 올 거다, 앨리스. 물론 금방 오지는 않겠지. 그렇지는 않아. 하지만 그런 날이 올 거야. 인류는 쫓기는 짐승처럼 살 운명이 아니다. 사람들에게 시간을 좀 주고 문명이 발달하기를 기다리자. 우리의 시인이 뭐라고 했는지 기억나지? '근심 많은 왕국이 다수의 판단력에 감탄하니—3'"

가라앉힌 열정으로 2행 연구[4]를 읊는 모습이 그의 성정과 운명을 시사했다. 엘카나 매든은 의술을 택하지 말았어야 했다. 꿈 많은 젊은 시절에 인도주의적 정신에 심취하여 이 업종을 택했으나 그는 경험에서 배운 대로만 치료하는 그저 그런 의사가 되었을 뿐이었다. 그는 '우리의 시인'이라고 일컫은 테니슨을 숭배했고, 콜리지[5]가 살던 집을 지나칠 때면 어김없이 마음속으로 고개 숙여 인사했다. 그가 클리브던에 느끼는 애정도 대개 이 지역에 남아 있는 문학적 발자취에서 우러나왔다. 거친 현실적 문제들 앞에서 그는 본능적으로 움츠러들었다.

그와 앨리스는 가족들이 차를 마시는 시간에 맞추어 돌아왔다.

---

3. 앨프리드 테니슨 경의 「록슬리 홀」에서 인용.
4. Couplet: 대개 동일한 율격과 각운을 쓰는 2행으로 구성된 연.
5. 새뮤얼 테일러 콜리지(1772~1834) 영국의 대표적인 낭만주의 시인이자 비평가.

이날 오후에는 손님이 한 명 있었다. 작은 응접실은 식탁에 둘러앉은 여덟 명이 가까스로 편하게 움직일 수 있는 크기였다. 앨리스 바로 아래 동생은 예쁘지만 섬약한 체질의 열일곱 살 소녀 버지니아였다. 열네 살부터 열 살 사이인 거트루드, 마사, 이사벨은 어린 나이에서 느껴지는 발랄함 외 다른 매력은 없었다. 이사벨은 맏언니보다도 훨씬 못난 외모였다. 막내 모니카는 다섯 살밖에 되지 않은 말라깽이 꼬마였고 검은 머리칼에 반짝이는 눈을 지녔다.

부모는 양치기 노릇을 소홀히 하지 않았다. 집에서와 지역 학교에서 자매들은 신분에 어울리는 교육을 받았으며 언니들은 독학으로 더 큰 지식을 쌓으려고 애썼다. 집안 분위기는 학구적이었다. 책, 특히 시집이 방마다 가득했다. 하지만 딸들에게 직업 교육을 하면 좋으리라는 생각은 매든 씨의 뇌리에 스치지도 않았다. 우울할 때면 그는 자기가 죽은 후를 걱정하며 자식들을 위한 대비책을 마련해야겠다고 결심했지만 실천은 항상 미뤘다. 그는 능력껏 최선을 다해 아이들을 교육하면서 그것이 저축의 차선이라고 믿었다. 혹시라도 무슨 일이 생기면 딸들은 언제나 교습으로 돈을 벌 수 있었다. 하지만 자기 딸들이 먹고살기 위해 일해야 한다는 생각은 너무 불쾌했던지라 그는 이 문제를 심사숙고할 수 없었다. 모호한 신앙심이 그의 용기를 뒷받침했다. 신이 그와 사랑하는 아이들에게 가혹하지 않으리라. 그는 매우 건강했고 병원도 확연히 번창하고 있었다. 그의 앞날에 놓인 한 가지 분명한 의무는 정의로운 삶으로 모범을 보이고 아이들의 지성을 적절한 방향으로 폭넓게 발달시키는 것이었다. 그는 딸들이 기존 영국 숙녀들이 밟은 관습적인 길 외 다른 진로를 위해 훈련받는 일은 상상할 수 없었기 때문이다. 인류의 미래에 대한 매든 씨의 낙관은 일반적인 남자들이 여성을 판단하는 관습과 도덕을 유지하는 것에서 분리될 수 없었다.

찻상에 함께한 손님은 로더 넌이라는 소녀였다. 키가 크고 호리호리하며 열성적인 인상의 소녀는 활력이 넘쳤고 척 봐도 매든가 소녀들과 달랐다. 이따금 안절부절못하며 앞뒤가 안 맞는 말들을 쏟아내는 모습에서 어린아이의 미숙함이 드러났지만 (그녀는 열다섯 살이었으나 두 살 더 들어 보였다) 그래도 그녀는 어른들의 대화를 한껏 흉내 냈다. 그녀는 두 가지 의미 모두에서 머리가 좋았고, 그녀의 외모에서 어떤 아름다움이 꽃필지는 장담할 수 없었으나 지적 열매를 맺을 것은 확실했다. 병자인 그녀의 어머니가 여름에 클리브던에서 요양하며 매든 씨의 환자가 되었고, 이런 인연으로 로더는 매든가 소녀들과 친해졌다. 그녀는 어린 자매들은 다소 깔보듯 대했다. 어린아이의 놀이를 오래전에 졸업한 그녀는 지적 대화를 유일한 즐거움으로 삼았다. 강한 자긍심을 암시하는 특유의 솔직한 태도로 로더는 자기가 아마 교사가 되어 스스로 생계를 책임져야 할 거라고 밝혔다. 그녀는 하루 대부분을 교사 시험 준비에 쏟았고, 쉬는 시간에는 매든가나 스미스선이라는 가족의 집에 자주 방문했는데, 후자를 대단히, 조금 이상할 정도로 존경했다. 스미스선 씨는 결핵에 걸린 딸과 사는 서른다섯 살 홀아비였고 생김새가 투박했으며 목소리는 거칠었다. 그의 과격한 진보주의 때문에 매든 씨는 그를 남몰래 무척 싫어했다. 여자의 관찰을 믿을 수 있다면, 로더 넌은 그에게 홀딱 반해 있었고 어쩌면 자기도 모르게 그를 첫사랑의 대상으로 삼은 것 같았다. 자기들끼리 있을 때 앨리스와 버지니아는 창피한 재미를 느끼며 이에 관해 속닥거렸고, 이런 짝사랑이 어린 아가씨가 받은 가정교육을 의심스럽게 하지 않는지 걱정했다. 그래도 그들은 로더가 뛰어난 사람이라고 생각했고 그녀의 말을 존중하며 열심히 들었다.

"넌 양, 최근에는 어떤 역설을 고민하고 있나?" 찻상에 앉은 소녀들의 얼굴을 둘러본 의사가 엄숙한 표정으로 장난스럽게 물었다.

"글쎄요, 선생님. 잊어버렸어요—아, 하지만 이걸 여쭤보고 싶었어요. 여자가 의회에서 한 자리 차지해야 한다고 생각하세요?"

"음, 아니." 그는 깊이 숙고하는 시늉을 하며 말했다. "여자들이 의회에 굳이 간다면 한 자리 차지하는 대신 서 있어야지."

"정말, 선생님이랑은 진지한 대화를 못 하겠어요." 로더가 비친 듯이 말하자 딸들은 즐겁게 웃음을 터뜨렸다. "스미스선 씨는 의회에 여성 의원이 있어야 한다고 생각하세요."

"그래? 그건 그렇고, 윌리엄스 씨 과수원에 나이팅게일이 있다고 애들이 말해 주었니?"

항상 이런 식이었다. 로더가 마뜩잖은 친구에게서 전해 듣는 급진적인 주제를 매든 씨는 장난으로라도 논하길 거부했다. 딸들은 아버지가 있는 자리에서는 이런 주제에 관해 함구했다. 아버지가 없을 때는 넌 양의 주장에 소심한 관심을 보였으나 그들의 의견은 전혀 독창적이지 않았다.

차를 마신 후 여자아이들은 두세 명씩 짝을 지어 흩어졌다. 몇몇은 사과나무 아래에 앉았고, 다른 아이들은 피아노 옆에 앉아 버지니아가 연주하는 멘델스존의 곡을 들었다. 모니카는 혀짤배기소리로 재잘거리며 뛰어다녔다. 매든 씨는 담쟁이덩굴로 덮인 담벼락 앞 양지에 캔버스 의자를 놓고 앉아서 입에 파이프를 물고 모니카를 주시했다. 그는 착하고 상냥한 딸들 덕분에 자기가 얼마나 행복한지 생각했다. 딸들을 향한 그의 사랑은 매년 여름 무르익는 듯했다. 그의 노후가 얼마나 행복할까. 몇몇은 결혼하고 나머지는 그를 돌볼 것이다—그가 돌보았던 그들이. 버지니아는 아마 결혼할 것이다. 그녀는 예쁘고 자태가 우아했으며 이해력이 뛰어났다. 어쩌면 거트루드도. 그리고 꼬마 모니카를 말하자면—아, 귀여운 모니카! 그녀는 가족의 미녀가 될 것이다. 그는 모니카가 성인이 되면 은퇴할 계획이었다. 그때쯤에는 물론 돈을 모았으리라.

그는 딸들을 위해 친구들을 찾아 주어야겠다고 생각했다. 여태 그들은 항상 자기들끼리만 지냈던지라 모르는 사람들과 있으면 수줍음을 많이 탔다. 아이들 엄마만 살아 있었더라면!

"아버지, 로더가 시를 읽어 주실 수 있는지 물어보네요." 그가 이렇게 백일몽에 빠져 있는데 장녀가 다가와서 말했다.

그는 딸들에게 자주 시를 읊어 주었고 콜리지와 테니슨의 시를 특히 선호했다. 설득은 거의 필요 없었다. 앨리스가 책을 가져오자 그는 「연을 먹는 사람들」[6]을 선택했다. 딸들은 둘러앉아 기쁘게 낭송을 기다렸다. 그들은 숱한 여름밤을 이렇게 보냈는데, 이날보다 평화로울 수는 없었다. 운율에 맞추어 오르내리는 매든 씨의 목소리가 지빠귀의 노랫소리와 섞였다.

"우리를 내버려 두라. 시간은 앞으로 빠르게 나아가니
잠시 후면 우리의 입술은 움직이지 않으리
우리를 내버려 두라. 영원한 것이 무엇이 있으리?

---

6. The Lotos-Eaters: 오디세이아에 나오는 이야기에서 영감을 얻은 테니슨의 시. 이 섬의 연을 먹으면 나른한 행복감에 빠지며 만사에 무심해진다고 한다.

우리의 모든 것을 앗아가리니—"

그때 다급한 목소리가 낭송을 끊었다. 킹스턴 시모어에 사는 농부 한 명이 위독하다는 소식이었다. 의사가 당장 필요했다.

"미안하구나, 얘들아—제임스한테 최대한 빨리 말을 준비하라고 해라."

10분이 채 지나기 전에 매든 씨는 홀로 2륜 마차를 타고 임무의 현장을 향해 전속력으로 달리고 있었다.

로더 년은 7시쯤 떠나면서, 스미스선 부녀와 마주칠 수 있을지도 모르니 집에 가는 길에 바다 앞 산책로에 들를 거라고 언제나처럼 스스럼없이 말했다. 또한 그녀는 이날 어머니가 몸이 안 좋아서 외출을 못 하시는데 이렇게 아픈 날에는 집에 혼자 있고 싶어 하신다고 덧붙였다.

"정말 혼자 있고 싶으실까?" 앨리스가 용기를 내어 물었다.

로더는 깜짝 놀란 표정으로 그녀를 보았다.

"어머니가 왜 마음에도 없는 말을 하시겠어?"

그 순진한 말투가 로더의 성격을 어느 정도 암시했다.

어린 자매 세 명은 9시쯤 잠자리에 들었다. 앨리스, 버지니아, 거트루드는 응접실에 앉아 책을 읽으며 이따금 짧은 대화를 나누었다. 그들은 노크 소리에 크게 주의를 기울이지 않았다. 야식을 차리러 들어온 하녀라고 짐작했기 때문이었다. 하지만 문이 열리자 기묘한 침묵이 흘렀다. 앨리스가 눈을 드니 예상대로 하녀가 서 있었다. 하지만 그녀의 표정이 너무 이상했기에 앨리스는 갑작스러운 공포를 느끼며 벌떡 일어났다.

"잠깐 이야기 좀 할 수 있을까요?"

복도에서 나눈 대화는 짧았다. 심부름꾼이 조금 전에 도착해서 알리길, 매든 씨가 킹스턴 시모어에서 돌아오는 길에 마차에서 떨어져서 의식을 잃은 채 길가 오두막에 쓰러져 있다는 것이었다.

얼마 전부터 의사는 새 말을 살 계획이었다. 그의 충실한 늙은 말은 무릎이 무척 약했다. 다른 일들과 마찬가지로 이번에도 미룬 것이 치명적이었다. 말이 비틀거리다 쓰러지는 바람에 매든 씨는 마차에서 튕겨 나가 머리부터 떨어졌다. 몇 시간 후 사람들이 그를 집으로 데려왔다. 하루 이틀 정도 그가 회복하리라는 희망이 보였으나 부상자는 유언을 말하고 서명할 정도로만 잠깐 정신을 차렸다. 이 임무를 수행한 매든 씨는 영원히 입을 다물었다.

2장. 표류

1887년 크리스마스이브, 이십 대를 넘겼으며 수척한 얼굴에 좌절하고 지친 표정이 새겨진 여자가 라벤더힐의 좁은 골목에 있는 집 문을 두드렸다. 창문에는 셋방 광고가 걸려 있었다. 문이 열리면서 단정하고 진중한 인상의 노부인이 모습을 드러내자 방문객은 불안한 눈빛으로 그녀를 바라보며 하숙집을 찾고 있다고 말했다.

"몇 주만 필요할지도 모르고, 더 오래 머무를지도 몰라요." 그녀는 나지막하게 피곤한 목소리로 말했지만 교육받은 억양이었다.

"알맞은 방을 찾기가 어렵네요. 방 하나면 충분해요. 시중은 거의 필요 없어요."

노부인은 셋방은 딱 하나이고 보여 줄 수 있다고 했다.

그들은 위층으로 올라갔다. 집 후면에 있는 방은 크기는 작았지만 깔끔했다. 방문자는 방이 마음에 든 듯 소심한 미소를 지었다.

"방세는 얼마인가요?"

"어떤 시중이 필요한지에 따라서 달라져요."

"네, 물론 그렇겠군요. 제 생각에―잠시 앉아도 될까요? 너무 피곤해서요. 감사합니다. 저는 정말 시중이 별로 필요 없어요. 제 생활방식은 무척 단순해요. 침대 정리도 직접 할 거고, 날마다 필요한 다른 집안일들도 제가 할 수 있어요. 일주일에 한 번 정도 방을 쓸어 달라고 부탁드릴지도 모르겠어요."

집주인은 생각에 잠겼다. 어쩌면 그녀는 집주인과 최대한 마주치지 않으려는 부류의 하숙인들을 경험해 봤는지도 몰랐다. 그녀는 낯선 여자를 몰래 관찰했다.

"그렇다면," 그녀가 마침내 물었다. "얼마 정도를 생각하고 계시나요?"

"어쩌면 제 상황을 말씀드리는 게 낫겠네요. 전 지난 몇 년 동안 햄프셔에 사는 숙녀분 말동무로 일했는데, 그분이 돌아가시면서 일자리가 없어졌어요. 이런 상태가 오래가지는 않기를 바라요. 여동생이 런던에 있는 상점에서 일해서 여기로 오게 됐어요. 이 부근에서 하숙방을 찾으라고 하더군요. 일자리를 새로 얻을 때까지 동생 가까이 사는 편이 나을 것 같아서요. 운이 좋으면 제가 런던에서 일을 찾을 수 있겠지요. 전 조용하고 저렴한 방이 필요해요. 부인 집이 제게 아주 잘 맞을 것 같아요. 부인이 가격을 정하시면 안 될까요?"

집주인은 다시 숙고했다.

"5실링 6펜스를 내실 수 있을까요?"

"네, 괜찮아요. 부인께 폐를 안 끼치는 범위에서 제 방식대로 살 수 있게 해주신다면요. 사실, 전 채식주의자예요. 그래서 식사를 매우 간단하게 해요. 음식은 제가 해먹을 수 있을 거예요. 방에서 요리해도 되나요? 주전자랑 프라이팬 하나면 충분해요. 정말이에요. 그리고 전 거의 집에만 있을 거라서 난로에 불을 꼭 지펴야 해요."

30분 안에 양쪽 모두에게 꽤 흡족한 계약이 체결되었다.

"난 욕심 많은 사람이 아니에요." 집주인이 말했다. "그건 자신할 수 있어요. 집에서 남는 방으로 일주일에 5~6실링을 벌 수 있으면 만족해요. 하지만 하숙인도 자기 책임을 다했으면 해요. 그러고 보니 아직 성함을 안 알려 주셨네요."

"매든 양이에요. 제 짐은 기차역에 있어요. 오늘 저녁에 배달 올 거예요. 저를 아직 모르시니까 이번 주 방세는 미리 낼게요."

"글쎄요, 난 선금을 요구하지 않아요. 하지만 원하신다면야."

"그럼 지금 바로 5실링 6펜스를 드릴게요. 영수증을 부탁드려요."

이렇게 매든 양은 라벤더힐에 정착했고 이곳에서 혼자 3개월을 살았다.

그녀는 편지는 자주 받았지만 찾아오는 손님은 한 명뿐이었다. 현재 월워스 로드의 옷가게에서 일하고 있는 동생 모니카였다. 어린 아가씨는 매주 일요일에 방문했고, 날씨가 궂은 날이면 자매는 온종일 작은 방에 틀어박혀 있었다. 하숙인과 집주인은 사이가 매우 좋았다. 하숙인은 날짜에 맞추어 꼬박꼬박 방세를 냈으며 집주

2장. 표류

인은 계약서에 명시되지 않은 다양한 작은 친절을 베풀었다.

시간이 흘러 1888년 봄이 되었다. 어느 날 오후 매든 양이 부엌으로 내려와서 언제나처럼 조심스럽게 문을 두드렸다.

"바쁘시나요, 코니스비 부인? 잠깐 이야기 좀 할 수 있을까요?"

집주인은 혼자 있었는데 방금 세탁한 리넨을 다리는 일 말고 딱히 급한 일은 없었다.

"제가 이따금 언니 이야기를 했잖아요. 안타깝게도 언니가 하트퍼드 집을 떠나게 됐어요. 그 집 아이들이 학교에 가게 되어서 가정교사가 더는 필요 없다고 하네요."

"그렇군요."

"네, 언니가 잠깐이나 아니면 한동안 지낼 곳이 필요할 거예요. 제가 이런 생각을 했어요, 코니스비 부인. 언니가 제 방에서 함께 지내도 괜찮은지 여쭤보고 싶었어요. 당연히 방세는 추가로 낼게요. 두 사람이 지내기엔 방이 좀 좁지만 잠깐일 거예요. 언니는 경험이 많은 훌륭한 가정교사이니까 금세 또 일자리를 찾을 수 있을 거라고 확신해요."

코니스비 부인은 생각에 잠겼지만 불쾌한 기색은 전혀 없었다. 부인은 하숙인이 완전히 믿을 만한 사람이라는 걸 알았다.

"글쎄요, 아가씨가 괜찮다면요." 그녀가 말했다. "두 분이 그 비좁은 방에서 지낼 수 있다면야 내가 반대할 이유는 없어요. 방세는 5실링 6펜스 대신 7실링을 내면 난 만족해요."

"고마워요, 코니스비 부인. 정말 고마워요. 언니에게 당장 편지를 쓸게요. 언니가 한시름 놓을 거예요. 둘이 함께 즐거운 휴가를 보낼 수 있겠어요."

일주일 후에 세 명의 매든 자매 중 맏언니가 도착했다. 방에 그녀의 짐까지 놓을 공간이 없었으므로 코니스비 부인이 같은 층에 있는 자기 딸 방에 보관해도 된다고 허락했다. 하루 이틀 안에 자매는 규칙적인 생활을 시작했다. 날씨가 좋으면 그들은 오전이나 오후에 산책했다. 런던이 처음인 앨리스 매든은 도시를 구경하고 싶었으나 돈도 없었을뿐더러 건강도 좋지 않았다. 밤에는 그녀와 버지니아 모두 외출하지 않았다.

자매는 별로 닮지 않았다.

이제 서른다섯 살이 된 장녀는 오랜 세월의 좌업 탓에 살이 쪘으며 어깨가 안으로 굽었고 다리는 매우 짧았다. 얼굴은 피부만 괜찮았더라면 못나지 않았다. 건강의 손길이 뺨을 둥글리고 혈색을 입혔다면 수수한 얼굴에 친절하고 진실한 인성이 보기 좋게 표현되었을 것이다. 그녀의 얼굴은 탄력이 없고 부었으며 추위에 시달린 색으로 고질적으로 물들었다. 이마에는 거의 항상 여드름이 몇 개 자리했고 흐리멍덩한 턱선 아래로 살이 두세 겹 접혔다. 소녀 시절만큼이나 수줍음을 많이 타는 그녀는 도망이라도 치는 것처럼 고개를 떨구고 황급히, 어색하게 걸었다.

서른세 살쯤 된 버지니아 역시 병색이 돌았으나 그녀의 삶을 망가뜨린 가난 혹은 혼탁해진 피가 그나마 덜 흉하게 모습을 드러냈다. 그녀를 보면 한때 미인이었다는 것이 분명했고 어떤 각도에서 보면 여전히 우아하고 사랑스러운 모습이 느껴졌는데, 곧 사라질 조짐 때문에 더 통렬히 느껴졌다. 그녀는 빠르게 노화하고 있었다. 점점 더 흐늘거리고 탄력 없는 입술에는 보기에 꺼림칙한 어떤 특징이 두드러지고 있었다. 퀭한 눈은 쑥 들어갔고 잔주름이 자글거렸다. 목에는 뼈밖에 남지 않았으며 그녀의 훤칠하고 깡마른 몸은 꼿꼿이 설 힘도 없는 듯했다.

앨리스의 머리는 갈색이었고 숱이 매우 빈약했다. 버지니아의 머리칼은 불그스름했고, 땋고 말아서 작은 머리 위에 얹은 다발에 아름다움이 없다고는 할 수 없었다. 큰언니의 목소리에는 귀에 거슬리는 쇳소리가 배어 있었으나 발음이 명확했다. 교습하다 습관이 된 것이 틀림없는 현학적이고 딱딱한 문구가 이따금 튀어나왔다. 버지니아는 태도가 훨씬 자연스럽고 유창하게 말했으며 심지어 움직임도 더 우아했다.

클리브던의 의사 매든 씨가 죽은 지 16년이 지났다. 지금까지 딸들의 인생은 그 무미건조함에 어울리게 간략하게 설명될 수 있다.

의사의 재산이 정리되자 여섯 딸이 물려받은 유산이 통틀어 800파운드라고 밝혀졌다.

800파운드는 물론 꽤 큰 금액이었지만 이런 상황에서 어떻게 투자해야 좋을까?

첼트넘에서 육십 살 정도인 큰아버지가 왔는데, 독신인 그는 죽음과 함께 만료될 연 70파운드의 종신연금으로 생활하고 있었다. 동생의 장례식에 참석하고 조카들을 위로하기 위해 첼트넘에서 클리브던까지 자기 경비로 왔다는 자체를 선행으로 인정해야 할 터였다. 그는 아무런 영향력이 없었으며 일을 떠맡을 의지도 매우 적었다. 그에게는 어떤 도움도 바랄 수 없었다.

앨리스가 요크셔의 리치먼드로 보낸 편지에 답장이 왔다. 자매들에게 이따금 선물을 보냈던 고(故)매든 부인의 늙은 숙모였는데, 알아보기 힘든 편지에는 용기를 북돋는 성경 글귀가 담긴 듯하나 현실적인 도움을 줄 내용은 없었다. 그녀는 물려줄 재산이 없었으며, 딸들이 알기에는 그녀가 어머니의 유일한 생존 친척이었다.

유언 집행은 클리브던의 상인이 맡았다. 친절하고 유능한 그는 수년간 매든 가족과 친분을 맺어 왔고, 그가 업으로 삼은 일보다 훌륭한 인성과 능력을 지녔다. 이 헝거퍼드 씨에게 모든 걸 일임한다는 매든 씨의 유언에 따라 그는 자매들의 처지를 딱하게 여긴 선량한 사람들 몇 명과 의논한 후에, 언니 세 명은 즉시 자립해야 하며 어린 세 명은 최소한의 수고비로 그들을 돌봐 줄 가난한 부인의 집으로 들어간다고 결정했다. 이렇게 하면 800파운드를 신중하게 투자해서 나오는 이자로 마사, 이사벨, 모니카 세 명을 먹이고 입히고 교육할 수 있을지도 몰랐다. 그는 일단 거기까지 결정하고, 새로운 상황이 발생하면 그때마다 해결하기로 했다.

앨리스는 유아들의 가정교사로 1년에 16파운드를 받는 자리를 찾았다. 버지니아는 운 좋게도 웨스턴슈퍼메어에 사는 귀부인의 말동무 직책을 얻었다. 그녀의 연봉은 12파운드였다. 열네 살이었던 거투르드 역시 웨스턴으로 갔는데, 그곳에서 그녀는 고급품을 다루는 가게의 점원이 되었다. 급료는 없었으나 숙소와 끼니, 옷을 제공했다.

10년이 흘렀고, 그 사이 여러 변화가 있었다.

거투르드와 마사는 죽었다. 전자는 결핵으로, 후자는 유람선이 전복하며 익사했다. 헝거퍼드 씨 역시 죽어서 새로운 후견인이 살아 있는 네 자매의 공동재산인 유산을 관리했다. 앨리스는 꾸준히 가정교사로 일했다. 버지니아는 '말동무'로 남았다. 스무 살이 된 이사벨은 브리지워터에 있는 공립 초등학교에서 가르쳤고, 열다섯 살이 된 모니카는 당시 버지니아가 살던 웨스턴에 있는 옷가게에 견습생으로 막 들어갈 참이었다. 만일 좀 더 자유로운 일자리가 있었다면 모니카는 계산대 뒤에 서는 일을 택하지 않았을 것이다. 그녀는 가르치는 일에 전혀 재능이 없었다. 사실, 그녀는 예쁘고 명랑하고 매력적인 소녀로 주변 사람들의 사랑과 친절에 기대는 것 외에는 아무런 능력이 없었다. 모니카는 말투도 자태도 어머니를 쏙 빼닮았다. 그 말인즉, 그녀는 우아함을 타고났다. 이런 소녀가 좀 더 지체 높은 사람들과 교제할 기회가 없는 건 실로 안타까운 일이었다. 하지만 그녀가 '무엇이라도' 일을 해야 할 때가 왔는데, 그녀를 돌보는 사람들의 세계는 좁았다. 앨리스와 버지니아는 사라진 한때의 희망과 극히 대조되는 현실에 안타까워하며 한숨 쉬었지만, 자신들의 경험에 비추어 봤을 때 모니카는 철저하게 숙녀다운 직책보다는 '비즈니스'에 몸을 담는 편이 나을 성싶었다. 그리고 모니카가 웨스턴 같은 지역에 살면서 언니들이 이따금 샤프롱 노릇을 해주면, 그녀가 생계를 위해 일해야 하는 처지에서 금세 벗어날 가능성이 컸다.

청혼을 받은 자매는 여태 한 명도 없었다. 앨리스가 한때 결혼을 꿈꾸었는지는 알 수 없으나 이제는 그녀가 노처녀로 살 운명을 받아들였을 것이 분명했다. 버지니아의 미모는 빛을 잃었고, 깐깐한 병자들을 돌보고 잠을 자야 할 시간에 쓸데없는 공부를 하느라 건강까지 망가진 그녀를 신붓감으로 원할 남자를 찾기는 어려울 터였다. 불쌍한 이사벨은 너무나도 볼품없었다. 모니카가 지금처럼만 자란다면 자매 중 가장 아름답고 발랄한 소녀가 될 터였다. 그녀는 결혼할 것이다. 물론 결혼할 것이다! 언니들은 그 생각을 위안으로 삼았다.

이사벨은 과로하다 곧 병에 걸렸다. 뇌에 이상이 생기며 우울증에 발발했다. 자선 단체가 결국 그녀를 받아주었고, 투박하게 생겼던 가난한 소녀는 스물두 살의 나이에 그곳 욕조에서 자살했다.

그렇게 자매의 수는 절반으로 줄었다. 그들의 공동재산인 800파운드에서 나오는 이자 수입은 지금까지 이런저런 일에 공평하게 쓰이며 모두에게 작은 도움이 되고 그들의 인생을 심지어 더 고달프게 했을 많은 괴로움에서 구했다. 새로운 합의에 따라 원금이 마침내 앨리스와 버지니아 공동명의로 들어왔고, 막냇동생은 1년에 9파운드까지 받을 수 있었다. 적은 액수였지만 옷값은 되었다. 그리고 모니카는 꼭 결혼할 것이다. 하늘에 감사하게도, 모니카는 반드시 결혼할 것이다!

결혼 소식이나 별다른 사건 없이 시간이 흘러 지금의 1888년이 되었다.

6월 말에 모니카는 21살이 될 터였다. 자기들보다 미모가 출중한 막냇동생을 무척 예뻐하는 언니들은 생일이 다가오자 동생 이야기를 많이 하며 어떻게 즐겁게 해줄지 의논했다. 버지니아는 『기독교인의 한 해』[7]가 선물로 적당하다고 제안했다.

"모니카가 책을 한 자리에서 오래 읽을 시간은 없어. 하지만 케블의 구절 하나 정도를 자기 전이나 아침에 읽으면 딱한 아이에게 힘이 될 거야."

앨리스가 동의했다.

---

7. 옥스퍼드 운동의 주역이었던 존 케블이 1827년에 펴낸 책으로 영국 국교회 전례 역년(典禮曆年)의 모든 일요일과 축제에 해당하는 시가 포함되어 있다.

"우리 돈을 합쳐서 사자." 그녀가 불안한 기색으로 덧붙였다. "2~3실링보다 더 쓸 수는 없어."

"안타깝지만 사실이야."

그들은 점심 식사를 준비 중이었다. 하루 중 가장 배부르게 먹는 시간이었다. 작은 냄비에 쌀을 담아 석유 난로 위에 올렸다. 앨리스가 보글거리는 쌀을 젓는 동안 버지니아는 아래층에서 (코니스비 부인이 식료품 실의 선반 하나를 배정해 주었다) 빵과 버터, 치즈, 잼 한 통을 가지고 와서 그들이 식탁으로 사용하는 탁자에 (가로는 1미터가 조금 안 되고 세로는 50센티 정도의) 상을 차렸다. 준비된 밥은 두 접시에 나누었고, 버터와 후추, 소금으로 간을 했다. 자매는 자리에 앉았다.

그들은 아침에 산책했으므로 오후에는 방에서 집안일을 하며 보냈다. 앨리스가 두통과 요통 등 여러 고질병에 시달렸기 때문에 버지니아는 나지막한 등나무 의자를 양보하고 자기는 흔히 침대 옆에 놓는 종류의 의자에 앉았는데, 이제는 이 의자에 익숙해졌다. 그들은 불가피할 때만 바느질을 했다. 필요가 없을 때는 두 명 모두 독서를 선호했다. 단 한 번도 진정한 의미에서 학생인 적이 없는 앨리스는 자기 소유 책을 스무 번째로 읽었다—시집, 일반적인 역사책, 그리고 평범한 어머니들이 가정교사에게 허락할 법한 소설들이었다. 버지니아는 좀 달랐다. 그녀는 스물네 살 즈음까지 기회가 될 때마다 한 가지 주제에 열성적으로 매달렸었다. 그녀는 전반적인 공부에는 관심이 없었다. 공부해봤자 '말동무'로서 그녀의 가치가 높아지지도 않았고 더 좋은 직업을 찾는 데 도움이 되지도 않았기 때문이었다. 그녀의 유일한 지적 열정은 기독교 역사에 대해 방대한 지식을 쌓는 것이었다. 광신도의 열정은 아니었다. 그녀는 신앙심이 있지만 적당한 수준이었고 종교적인 화제에 자극을 받지도 않았다. 기독교의 성장, 예전의 종파, 분파, 위원회, 교황제도 등에 그녀는 진정 흥미를 느꼈다. 만약 상황이 더 좋았더라면 그녀는 학구적인 여자가 될 수도 있었다. 하지만 상황은 전혀 좋지 않았으므로 그녀는 건강만 해치고 말았다. 갑작스레 정신적으로 무너지며 무기력증이 몰려왔는데 그녀는 여기서 끝내 회복하지 못했다. '말동무'를 해주는 숙녀들에게 하루 한 권꼴로 신작 소설을 읽어 줘야 했던 그녀는 본인을 위한 독서는 가벼운 소설이 아니면 집중해서 읽을 기력이 없었다. 최근 그녀는 한 달에 1실링을 내고 그런 책들을 도서관에서 빌렸다. 처음에는 앨리스에게 이런 취향을 들키기 부끄러워 좀 더 진중한 문학작품을 읽으려고 노력했지만 그런 책들을 읽으면 잠이 쏟아지거나 머리가 아팠다. 가벼운 소설들은 다시 등장했고, 앨리스가 쓴소리하지 않았으므로 이전처럼 규칙적으로 오갔다.

이날 오후 자매는 대화를 나눌 기분이었다. 두 사람의 머릿속에는 동일한 침울한 주제가 존재했고 그들은 곧 이것에 관해 이야기를 시작했다.

"금방 무슨 연락이 오겠지." 앨리스가 반쯤 넋을 놓고 중얼거리며 운을 뗐다.

"난 너무 걱정돼." 그녀의 동생이 답했다.

"사우스엔드에 있는 사람한테서 연락이 안 올 것 같니?"

"안 올 것 같아. 그리고 그 여자는 정말 마음에 안 들었어. 까막눈이나 다름없어. 아, 난 그건 견딜 수 없어." 버지니아가 말하며 몸서리쳤다.

"난 플리머스에 있던 자리를 받아들일 걸 그랬나 후회할 정도야." 앨리스가 말했다.

"언니, 안 돼! 애가 다섯 명인데 봉급을 안 준다니, 정말 파렴치한 제안이야."

"맞아." 불쌍한 가정교사가 말했다. "하지만 나 같은 사람은 선택의 폭이 너무 좁아. 요즘은 누구나 자격증이나 학위를 요구하잖아. 이전 고용주들이 주는 추천서밖에 없는데 뭘 기대할 수 있겠니? 결국에는 봉급 없는 자리로 가게 될 거야."

"나를 찾는 사람은 더 적은 것 같아." 말동무가 한탄했다. "노리지에 레이디 헬프[8]로 갈 걸 그랬어."

"얘, 네 몸이 절대 못 버텼을 거야."

"모르겠어. 몸을 많이 움직이면 더 좋을지도 모르잖아, 언니."

언니는 깊은 한숨을 내쉬며 인정했다.

"우리 상황을 검토해 보자." 그녀가 외쳤다.

그녀의 입에서 자주 나오는 표현이었고 이 말을 할 때마다 그녀는 기분이 한결 명랑해졌다. 버지니아도 그 말에 용기를 얻는 것처럼 반겼다.

"나는 말이지," 말동무가 말했다. "지금 거의 최악의 상태야. 배당금을 제외하면 수중에 1파운드밖에 남지 않았어."

"나는 아직 4파운드 조금 넘게 남았어―이제, 우리 생각해 보자." 앨리스가 말을 멈췄다. "이번 연말까지 둘 다 일자리를 못 구한다고 가정하면, 앞으로 여섯 달을 너는 7파운드로, 나는 10파운

---

8. lady-help. 고용인과 동등한 사회적 지위 대접을 받는 대신 봉급을 적게 받고 집안일을 돕는 여자.

드로 살아야 해."

"불가능해." 버지니아가 말했다.

"생각해 보자. 다르게 표현해 볼게. 우리 둘이 같이 17파운드로 살아야 해. 그건—" 그녀는 종이에 계산을 끄적였다. "그럼 한 달에 2파운드 16실링에 8펜스야. 이번 달은 지나갔다고 치면 한 주에 14실링 2펜스야. 그래, 할 수 있어!"

그녀는 의기양양하게 연필을 내려놓았다. 새롭게 돈을 벌 방법을 찾기라도 한 양 그녀의 멍한 눈이 빛났다.

"아냐, 못 해. 언니." 버지니아가 목소리를 낮추어 말했다. "방값으로 7실링을 내면 일주일에 생활비로 7실링 2펜스밖에 없어. 그걸로 전부 해결해야 해—전부."

"할 수 있어." 언니가 고집했다. "만약 정말 버거워지면 식비를 하루에 6펜스 이하로 줄일 수 있어. 그러면 일주일에 3실링 6펜스야. 버지[9], 난 우리가 하루에 식비로—4펜스만 쓰고 살 수 있다고 진심으로 믿어. 그래, 할 수 있어!"

그들은 용기에 인생을 건 사람들처럼 서로의 눈을 똑바로 응시했다.

"그렇게 사는 것도 삶이라고 부를 수 있을까?" 버지니아가 기막히다는 듯 말했다.

"그렇게 생각하면 안 돼. 아, 그런 생각은 정말 안 돼. 하지만 우리가 앞으로 여섯 달 동안 독립적으로 살 수 있다고 생각하면 기운이 나지."

그 단어에 버지니아는 명백히 흥분했다.

---

9. 버지니아의 애칭.

"독립적! 아, 언니. 독립적으로 산다는 건 얼마나 멋질까! 솔직히 말하면 난 최선을 다해서 새 일자리를 알아보지 않은 것 같아. 이 방이 편하고 일주일에 한 번 모니카를 볼 수 있고, 이런 즐거움 때문에 게을러졌어. 난 게을러지고 싶지 않아. 내게 얼마나 유해한지 알거든. 하지만 아! 자기 집에서 일할 수만 있다면!"

앨리스는 동생이 대화에 적절치 않은, 아니면 적어도 위험한 주제를 들먹이는 것처럼 놀라고 두려운 표정이었다.

"그런 생각은 부질없잖니." 그녀가 어색하게 말했다.

"아무 소용 없지. 전혀 없어. 내가 이런 생각에 빠지면 안 되는데."

"무슨 일이 생기건," 잠시 후 앨리스가 자신이 낼 수 있는 가장 단호한 목소리로 말했다. "우리는 절대—하늘이 무너져도—원금에는 손대면 안 돼!"

"절대 안 되지! 우리가 늙고 쓸모없어졌을 때—"

"아무도 우리에게 봉급은커녕 숙식도 제공하지 않게 되면—"

"우리는 의존할 친구도 없어." 두 사람이 일련의 애처로운 탄원 기도를 주고받고 있던 것처럼 앨리스가 답했다. "그때가 되면 원금이 고스란히 남아서 천만다행이라고 생각할 거야. 그 돈 덕분에—" 그녀의 목소리가 잠겼다. "—구빈원 신세를 면할 테니까."

대화 후 자매는 각자 책을 한 권씩 집고 차를 마실 시간까지 조용히 읽었다.

저녁 6시부터 9시까지 두 사람은 독서와 대화를 번갈아 했다. 그들의 대화는 이제 회상에 가까웠다. 그들은 각자 속박되었던 집에서 겪었던 일들을 떠올렸다. 단 한 번도 그들은 '진정 품위 있는' 사람들—그들의 이런 표현은 절대 무의미하지 않았다—아래서 일하지 못했다. 그들의 고용주들은 중하층에서 꽤 넉넉한 편에 속했는데, 노동자도 젠트리도 아닌 이들은 기품을 물려받지도 습득하지도 못했고 천박한 속물근성에 병들었으며 민주주의의 독기로 잔뜩 부풀어 있었다. 그들이 겪은 수모를 고려하면 자매가 고용주들과 비슷한 마음가짐으로 불평했어도 이해할 만했겠지만, 두 사람은 앙심을 품거나 험담하지 않았다. 그들은 마지 못해 급료를 주던 안주인들보다 자신들이 우월하다는 것을 알았고, 천성이 비천한 사람이었다면 독살스럽게 욕했을 상황을 떠올리며 종종 미소를 지었다.

9시에 그들은 코코아 한 잔과 비스킷을 먹고 30분 후 잠자리에 들었다. 램프의 기름이 비싸기도 했거니와 과연 그들은 최대한 빨리 또 하나의 하루를 끝내고 싶었다.

그들은 아침 8시에 일어났다. 코니스비 부인이 아침 식사를 위해 제공하는 뜨거운 물을 받으러 내려갔던 버지니아는 집배원이 두고 간 편지를 발견했다. 봉투에 쓰인 글씨체가 낯설었다. 그녀는 흥분해서 위층으로 뛰어 올라갔다.

"언니, 이게 누구한테 왔을까?"

맏언니는 이날 아침 고질병인 두통을 앓았다. 얼굴은 흙빛으로 질렸고 비틀거리며 움직였다. 숨 막히는 작은 방에서 사는 것만으로도 이런 병세가 나타날 수 있었다. 하지만 예상치 못한 편지에 그녀는 잠시나마 고통을 잊었다.

"런던에서 부친 편지야." 그녀가 봉투를 열렬히 살피며 말했다. "연락하고 지낸 사람이 있었니?"

"런던에 있는 사람들과는 연락이 끊긴 지 몇 달이나 됐어."

개봉하고 실망할까 봐 두려웠던 그들은 5분 동안 계속 추측만 했다. 마침내 버지니아가 용기를 냈다. 언니에게서 멀찍이 떨어져 선 그녀는 떨리는 손으로 편지를 꺼내고 두려워하며 서명을 확인했다.
"누구일 것 같아? 넌 양이야!"
"넌 양! 상상도 못 했어! 네 주소를 어떻게 알았을까?"
그들은 손쉬운 답안을 눈앞에 두고 다시 토론했다.
"읽어 봐!" 끝내 앨리스가 독촉했다. 그녀는 흥분 때문에 두통이 심해져서 의자에 주저앉아야 했다.
편지에는 이러한 내용이 담겨 있었다—

"친애하는 매든 양,
오늘 아침에 우연히 다비 부인을 만났어요. 해변에서 휴가를 보내고 집에 돌아가는 길에 런던에 들르셨대요. 기차역에서 마주쳤기 때문에 5분밖에 이야기를 못 나누었지만, 당신이 런던에 살고 있다는 이야기를 하시면서 주소를 알려 주셨어요. 이렇게 오랜 시간이 흐른 뒤에 다시 만날 생각을 하니까 정말 반갑네요! 삶이 고단해서 내가 이기적이 되었나 봐요. 옛 친구들을 소홀히 대했군요. 하지만 물론 친구들이 내게 소홀하기도 했다는 말을 덧붙여야겠네요. 내가 방문하는 게 좋을까요, 아니면 내가 사는 곳으로 당신이 오는 게 편하겠어요? 편할 대로 해요. 당신이 언니와 함께 살고 있고 모니카도 런던 어딘가에 있다고 들었어요. 우리 꼭 한번 만나요. 최대한 빨리 답장을 주세요. 모두 잘 지내고 있길 바라요.
진정한 당신의 친구,
로더 넌."

"정말 넌 양다워." 편지를 소리 내어 읽은 버지니아가 외쳤다. "우리가 손님을 초대하고 싶지 않을지도 모른다고 미리 헤아린 거야. 항상 생각이 깊었잖아. 내가 편지를 보냈어야 하는 건 사실이야."

"우리가 방문하는 게 낫겠지?"

"아, 물론이야. 선택의 여지를 줬으니까! 정말 반갑다! 무슨 일을 할까? 편지에 쓴 말투가 명랑한 걸 보니까 잘 지내는 것 같아. 주소가 어디였지? 첼시에 있는 퀸스 로드이네. 많이 안 멀어서 다행이야. 쉽게 걸어서 다녀올 수 있어."

그들은 수년 전에 로더 넌과 연락이 끊겼었다. 매든 자매들이 뿔뿔이 흩어지고 얼마 되지 않아 그녀는 클리브던을 떠났고, 그녀가 선생이 되었다는 소식이 들려 왔었다. 모니카가 웨스턴에 있는 상점에서 수습을 시작했을 무렵 그녀와 버지니아가 넌 양과 우연히 마주쳤다. 로더는 여전히 학교에서 가르쳤지만 자기 일에 대해 매우 불만스럽게 말하면서 어떤 계획을 애매하게 암시했다. 학교를 그만두었다는 소식은 듣지 못했다.

날씨가 흐릴 조짐이 보이는 아침이었다. 간밤에 자매는 내주 일요일로 다가온 모니카의 생일 선물을 사러 다음 날 아침 함께 나가자고 얘기했었다. 하지만 앨리스가 몹시 아팠기 때문에 버지니아가 넌 양에게 답장을 쓰고 서점에 혼자 가기로 했다.

버지니아는 9시 30분에 집을 나섰다. 세 번째 여름을 맞는 그녀의 외출복은 매우 조심스럽게 관리되었기 때문에 누추해 보이지는 않았다. 2년밖에 안 입은 망토는 원래는 황갈색이었지만 이제는 어떤 색이라고 꼭 집어 말할 수 없는 회색빛으로 바랬다. 갈색 밀짚

모자는 언제 샀는지 기억도 안 날 정도였다. 수선이 필요했을 때 몇 펜스를 들여 새 트리밍을 달았다. 이 모든 것에도 불구하고 버지니아는 숙녀로밖에 보일 수 없었다. 그녀는 오직 숙녀에게만 가능한 방식으로 옷을 입었으며 (팔의 위치와 움직임이 많은 것을 결정한다) 본성이 천한 사람은 결코 익힐 수 없는 걸음걸이를 지녔다.

갈 길이 멀었다. 그녀는 스트랜드까지 가기로 했는데, 그곳 서점들이 더 다양한 책을 보유했을 뿐만 아니라 그 동네에 가면 즐겁고 휴가를 온 듯한 기분이 들었기 때문이었다. 그녀는 배터시 파크와 첼시 브리지를 지나 빅토리아 스테이션으로 한참 걷고, 채링 크로스로 이어지는 오르막길을 힘겹게 올랐다. 보도만을 따져도 최소한 5마일이 되는 거리였다. 하지만 버지니아는 빠르게 걸었고, 11시 30분경 목적지가 시야에 들어왔다.

장정이 멀끔한 케블의 책이 예상보다 저렴해서 그녀는 매우 기분이 좋아졌다. 그런데 서점에서 나온 그녀의 얼굴에 야릇한 변화가 생겼다—피로보다 강렬하지만 불안감보다는 약한, 고민과는 또 다른 표정이었다. 그녀는 채링 크로스 스테이션 앞에서 걸음을 멈추고 주위를 두리번거렸다. 어쩌면 그녀가 옴니버스를 타고 집에 가려다가 교통비가 아까워서 망설이고 있는지도 몰랐다. 그녀는 돌연 뒤돌아서더니 역으로 향했다.

역 입구에서 그녀는 걸음을 멈췄다. 숨쉬기도 힘든 것처럼, 그녀의 표정이 이상하게 뒤틀렸다. 그녀의 눈빛은 간절하면서도 겁에 질린 듯했으며 입은 살며시 벌어졌다.

다시 걸음을 서둘러 역에 들어간 그녀는 역내 식당의 문 앞으로 곧장 가서 유리창을 통해 안을 들여다보았다. 두세 명의 손님이 서 있었다. 그녀는 뒤로 물러나더니 몸을 떨었다.

식당에서 여자 한 명이 나왔다. 버지니아는 다시 한번 문에 다가섰다. 이제 식당에는 대화 중인 남자 두 명밖에 없었다. 그녀는 초조한 몸짓으로 황급히 문을 열고 들어가 두 남자와 가장 멀리 떨어진 카운터 구석으로 향했다. 그녀는 몸을 앞으로 기울이며 속삭임보다 조금 더 크게 말했다.

"브랜디 한 잔만 주세요."

유령처럼 창백해진 그녀의 얼굴에 땀이 맺혔다. 그녀가 아프다고 판단한 바텐더는 안쓰러워하는 표정으로 즉시 술을 주었다.

버지니아는 술에 두 배 정도 되는 물을 부으면서 바에서 몸을 돌렸다. 그리고 그녀는 급하게 두세 모금 홀짝이더니, 마침내 벌컥 들이켰다. 그녀의 뺨에 홍조가 돌았고, 눈에서 두려운 빛이 사라졌다. 한 번 더 들이키니 잔이 비었다. 그녀는 서둘러 입술을 닦고 힘찬 걸음으로 나갔다.

그사이 먹구름이 해에서 멀어졌다. 따스한 햇볕이 거리와 그곳에서 벌어지는 소란스러운 삶 위에 떨어졌다. 버지니아는 신체적으로 피곤했으나 그녀에게 매우 드문 명랑한 생기를 느끼며 새롭게 기운을 냈다. 트라팔가 스퀘어로 간 그녀는 그곳에 처음 와본 사람처럼 흥미로워하며 둘러보고 미소를 지었다. 이렇게 단순히 공기와 햇살과 주위환경을 즐기는 사이에 15분이 흘렀다. 얼마나 즐거운 15분이었는지—차분하고 만족스럽고 왠지 희망적인. 앨리스가 런던에 온 이래 못 느낀 기분이었다.

그녀는 먹을거리를 싼 종이 꾸러미를 들고 1시 30분이 지나서 집에 돌아왔다. 앨리스는 몹시 괴로워 보였다. 두통이 유난히 심했다.

"버지," 그녀가 신음했다. "우리가 아플 가능성을 미처 계산에 안 넣었어."

"아, 그건 빼놓자." 동생이 지친 표정으로 자리에 앉으며 말했다. 그녀는 미소를 지었지만 트라팔가 스퀘어의 햇살 아래서 지은 미소와는 달랐다.

"그래, 참아 봐야지. 최대한 빨리 밥을 먹어야겠어. 어지러워."

자매가 느낄 때마다 어지럼증을 불평했다면 그 불평은 끊임없이 터져 나왔을 터였다. 하지만 그들은 가난이 강요한 식단이 자신들의 체질에 최고로 잘 맞는다며 서로를 속이고 스스로를 망상에 빠뜨리려 했다.

"허기를 느끼는 건 좋은 징조야." 버지니아가 외쳤다. "오후에는 괜찮아질 거야, 언니."

동생이 식사를 준비하는 동안 앨리스는 『기독교인의 한 해』를 들척이며 위안을 받으려 했다.

3장. 독립적인 여자

버지니아가 넌 양에게 보낸 편지에 대한 답장이 이튿날 왔다. 토요일이었다. 그날 오후에 자기를 방문해 달라는 부탁이었다.

안타깝게도 앨리스는 외출할 수 있는 상태가 아니었다. 그녀의 두통이 열감기로 발전했다. 아침 식사 때 환기를 시키려고 열어 놓은 침실 창문과 문을 통해 들어온 외풍 때문에 걸린 것이 틀림없었다. 그녀가 침대에 누워 있는 동안 동생이 약제사의 조언에 따라 약을 준비했다.

그렇지만 앨리스는 버지니아에게 넌 양을 꼭 만나러 가라고 우겼다. 그녀가 중요한 이야기나 제안을 할지도 몰랐다. 환자가 필요한 것이 있으면 무뚝뚝하지만 다정한 코니스비 부인이 챙겨 줄 것이다.

그래서 그녀는 다진 감자와 우유로 ("아일랜드의 농민들은 거의 이것만 먹고 살았다던데," 앨리스가 쉰 목소리로 말했다. "그런데도 그 사람들은 튼튼한 민족이야.") 간소한 식사를 마치고 첼시를 향해 출발했다. 그녀의 목적지는 퀸스 로드에 있는 나지막하고 수수하지만 널찍한 주택이었고, 맞은편에는 병원 정원이 있었다. 넌 양을 찾아왔다고 말한 버지니아는 1층 후면에 있는 방으로 안내를 받아서 그곳에서 몇 분간 기다렸다. 여러 개의 큼직한 책장과 집필 도구가 잘 갖추어진 책상, 이와 비슷한 물건들이 집주인이 학구적이라고 암시했으며, 꽃병에서 향기를 뿜는 풍성한 꽃다발은 학자가 여성이라고 알리는 듯했다.

넌 양이 들어왔다. 그녀는 버지니아보다 한두 살밖에 어리지 않았으나 노처녀의 길에 접어든 우울한 이미지와는 거리가 멀었다. 창백하지만 투명한 피부, 튼튼한 체격, 가벼운 움직임 등 모든 것이 건강을 뜻했다. 그녀를 과연 미인이라고 부를 수 있을지는 남자들 사이에서 논쟁거리가 될 법했다. 그녀와 동성인 이들은 대부분 아름다운 이목구비가 아니라고 할 터였다. 넌 양 얼굴의 첫인상은 남성적이었고 표정은 다소 공격적이었다—눈은 빈틈없이 예리했으며 입술은 의식적으로 꾹 다물고 있었다. 그러나 감식가는 결정을 망설였다. 관찰하고 싶게 만드는, 사람의 마음을 끄는 얼굴이

3장. 독립적인 여자

었다. 자신감, 뛰어난 지력, 생생한 유머 감각, 거침없는 용기가 선명히 드러났다. 그리고 입술이 벌어지며 따스함과 도톰함을 드러낼 때, 사색에 잠기며 눈꺼풀을 조금 내리깔 때 그녀를 본 사람은 그녀가 지적일 뿐만 아니라 흔하지 않은 부류의 여성이라는 것을 느꼈다. 과연 관능적이라고 할 수는 없으나 특정한 상황에서 발산될 것만 같은 은근히 여성스러운 매력이었다. 그녀는 흰 깃과 소매가 달린 검은색 서지[10] 드레스를 입었고 이마 양쪽으로 물결치며 내려오는 풍성한 머리칼은 느슨하게 두 갈래로 땋아서 뒤로 고정했다. 어두운 곳에서 보면 흑발에 가까웠지만, 빛 아래에서는 매우 진하고 따뜻한 밤색이었다.

그녀는 강하고 모양 좋은 손을 내밀며 손님을 바라보았고, 진심으로 반기는 미소에 안타까움이 묻어났다.

"그럼 런던에 온 지 얼마나 되었어요?"

바쁘고 현실적인 사람의 말투였다. 그녀의 목소리에서 느껴지지 않는 부드러운 음색은 어쩌면 그녀가 의식적으로 철저히 억누르고 있는지도 몰랐다.

"그렇게 오래됐어요? 이렇게 가까이 사는지 진작 알았으면 얼마나 좋았을까요! 난 런던에 산 지 거의 2년 됐어요! 언니랑 동생은요?"

버지니아는 앨리스가 같이 못 온 이유를 설명하고 덧붙였다.

"딱한 모니카는 일요일밖에 쉬지 못해요—한 달에 한 번 저녁에 쉬는 날을 제외하면요. 평일에는 밤 9시 30분까지 일하고 토요일에는 11시 30분이나 자정까지 일해요."

---

10. 바탕이 올차고 내구성이 있어 학생복 따위에 사용되는 모직물.

"아, 저런, 저런, 저런!" 로더는 빠르게 외치며 불쾌한 무언가를 쫓는 듯한 손짓을 했다. "그건 안 될 일이에요. 당신이 말려야 해요."

"그래야 할 것 같아요."

버지니아의 소심하고 가느다란 목소리와 맥없는 몸가짐이 넌 양의 성격과 뚜렷하게 대비되었다.

"맞아요, 맞아요. 이것에 관해서는 곧 이야기하기로 해요. 불쌍한 모니카! 하지만 당신과 미스 매든은 어떤지 말해 줘요. 소식을 들은 지 한참 됐어요."

"내가 먼저 편지를 보냈어야 했어요. 우리가 마지막으로 연락했을 때 내가 편지를 보낼 차례였다는 게 기억나요. 하지만 여러모로 어렵고 우울한 시기였어요. 불평이나 한탄만 썼을 거예요."

"그 까탈스러운 카 부인 집에서 오래 일하지는 않았죠?"

"3년이오!" 버지니아가 한숨을 내쉬었다.

"아, 당신의 그 참을성이란!"

"매일같이 그만두고 싶었어요. 하지만 그럴 때마다 그분이 자기를 버리지 말라고 애원했어요. 정확히 그런 표현을 썼어요. 그래서 난 결국 마음을 굳게 먹지 못했어요."

"참 친절하군요. 하지만—그런 문제는 판단하기 어렵죠. 유감스럽지만, 자기희생은 옳지 않아요."

"그렇게 생각해요?" 버지니아가 불안해하며 물었다.

"네, 난 자기희생이 옳지 않은 경우가 많다고 믿어요—사람들이 상황을 제대로 알지도 못하면서 무조건 미덕으로 치부해서 더더욱 그렇죠. 끝내 어떻게 벗어났어요?"

"그 불쌍한 부인이 돌아가셨어요—그리고 난 그 부인만큼이나 불쾌한 사람 아래로 들어갔고요. 지금은 일자리가 없어요. 하지만 최대한 빨리 찾아야 해요."

그녀는 궁핍한 처지를 암시한 것이 민망한 듯 웃으면서 초조한 몸짓을 했다.

"나는 어떻게 살았는지 얘기할게요." 넌 양이 잠시 생각하다 말했다. "어머니가 돌아가시고 나서 난 선생을 그만두기로 했어요. 그건 알죠? 그 일이 너무 싫었는데, 부분적으로는 물론 내 능력이 부족해서였어요. 내 교습의 절반은 사기나 다름없었어요—잘 알지도 못하고 관심도 없는 것들에 관해 아는 척했으니까요. 나도 다른 여자들과 마찬가지로 그 직종밖에 길이 없다는 음울한 생각 탓에 선택했던 거죠."

"불쌍한 앨리스 언니처럼요."

"아, 괴로운 주제예요. 어머니가 남긴 자그마한 유산을 받고 난 대담한 결정을 내렸어요. 브리스틀로 가서 선생 일에서 벗어나는 데 도움이 될 성싶은 기술은 죄다 배웠어요. 속기, 장부 관리, 사업 통신—1년 동안 힘껏 노력해서 배웠는데 큰 도움이 됐어요. 1년을 그렇게 살고 나니 건강이 좋아졌고 이 세상에서 나도 가치가 있는 사람이라는 느낌을 받았어요. 그리고 난 대형 상점에 출납원으로 취직했어요. 하지만 그 일에 곧 질렸고, 열심히 구직 활동을 해서 바스에 있는 사무실에 들어갔어요. 이것이 나에게는 런던으로 가는 과정이었는데, 그 목표를 이룰 때까지 쉴 수 없었어요. 런던에 와서 처음 취직한 회사에서는 사무총장 아래서 속기를 했어요. 하지만 얼마 안 가 그 사람이 타자기를 쓸 줄 아는 사람을 원했고, 그 말을 명심하고 있던 나는 타자를 배웠어요. 그걸 가르쳐 준 숙녀분이 나중에 나를 직원으로 채용했어요. 이 집이 그분 집이고, 난 여기에서 함께 살아요."

"정말 활동적으로 살았군요!"

"어쩌면 정말 운이 좋았던 거죠. 이 숙녀분 이야기를 해주고 싶어요. 바풋 선생님이에요. 자기 재산이 있는 분이에요. 엄청난 재산은 아니지만, 자신의 선의와 사업을 합칠 수 있을 정도예요. 이분의 목표는 젊은 여자들에게 사무실에 취직할 수 있는 훈련을 제공하는 거예요. 내가 브리스틀에서 배운 기술들과 타자를 가르치는 거죠. 돈을 내고 배우는 사람도 있지만 어떤 사람들은 무료로 배워요. 우리 학원은 그레이트 포틀랜드 스트리트에 있는데, 그림 복원 가게 위층이에요. 한두 명은 저녁에 수업을 듣지만 대부분 학생은 오후에 올 수 있어요. 바풋 선생님은 하류층 사람들에게는 별로 관심이 없어요. 교육받은 사람들의 딸들을 돕고 싶어 하시고, 큰 도움을 주고 계시죠. 존경스러운 일을 하고 계세요."

"아, 물론 그럴 거라고 믿어요! 정말 훌륭하신 분이군요!"

"선생님이 모니카를 도울 수 있을지도 모른다고 생각했어요."

"그렇게 해주실까요?" 버지니아가 간절하게 외쳤다. "그러면 우리 모두 얼마나 고마울까요!"

"모니카는 어디에서 일해요?"

"월워스 로드에 있는 옷가게에서 일해요. 죽기 일보 직전까지 부려 먹는답니다. 불쌍한 모니카가 매주 달라지는 걸 느껴요. 웨스턴에 있는 가게로 돌아가라고 설득할 작정이었는데 방금 말해 준 일이 가능하다면 얼마나 더 좋겠어요! 우리는 막내가 그런 일을 한다는 사실을 인정할 수 없었어요. 단 한 번도."

"일 자체에는 아무 문제가 없다고 봐요." 넌 양이 특유의 다소 무뚝뚝한 말투로 말했다. "하지만 근무시간이 지독하군요. 그렇지만 모니카에게 특별한 자격이 있지 않다면 런던에서 그보다 나은 조건을 찾기 힘들 거예요. 그리고 아마도 그 애는 시골로 돌아가기 싫어하겠죠."

"네, 맞아요. 정말 질색해요."

"이해해요." 상대가 고개를 끄덕이며 말했다. "모니카에게 나를 만나러 오라고 전해 줄래요?"

하녀가 차를 가지고 들어왔다. 손님의 눈빛을 읽은 넌 양이 쾌활하게 말했다.

"오늘 점심을 걸렀더니 배가 꽤 고파요. 메리, 찻상을 식당에 준비하고 고기를 좀 내와요." 그녀가 설명을 덧붙였다. "바풋 선생님은 지금 여행 중이세요. 난 끼니를 제때 먹는 법이 없거든요. 같이 한 입 들어 줄 거죠?"

그 말이 버지니아의 얼굴에 생기가 불어넣었다. 답답한 침실에서 몇 달이나 빈약하게 먹고 마신 그녀에게 이 초대는 진정 기쁨이었다. 식당에 앉은 그녀는 처음에는 채식주의자라고 우기며 고기를 사양했으나 이 불쌍한 여자가 굶고 있다고 확신한 넌 양은 설득에 성공했다. 품질 좋은 소고기 한 점이 그녀가 채링 크로스 스테이션에서 택한 좀 더 위험한 즐거움과 같은 효과를 내었다. 그녀는 근사하게 활발해졌다.

"이제 서재로 돌아갑시다." 식사가 끝나자 넌 양이 제안했다. "금세 다시 만났으면 좋겠어요. 하지만 오늘 만난 김에 중요한 이야기를 그냥 해버리죠. 내가 아주 노골적으로 말해도 될까요?"

상대는 놀라 보였다.

"당신이 할 이야기에서 내가 불쾌해할 것이 뭐가 있겠어요?"

"예전에 한번 당신 상황을 내게 말해 줬었죠. 지금도 마찬가지인가요?"

"완전히 똑같아요. 천만다행으로 아직도 원금에는 손을 대지 않았어요. 무슨 일이 있어도 그것만은 피해야 해요—무슨 일이 있어도!"

"잘 이해해요. 하지만 그 돈을 좀 더 효율적으로 쓸 수 없을까요? 800파운드였죠?—실용적인 사업에 투자할 생각은 안 해봤어요?"

버지니아는 처음에는 놀라서 흠칫했으나 친구의 대담한 관점에 감탄했다.

"그게 가능한가요? 정말로? 그렇게 생각—"

"난 제안밖에 할 수 없어요. 자기 생각을 타인에게 강요하면 안 돼요. 하늘에 맹세코," 이 표현은 듣는 이에게 다소 신성모독처럼 들렸다. "당신이 경솔하다고 생각하는 건 무엇도 부추기지 않을 거예요. 하지만 독립적으로 살 방안을 어떻게 해서든지 마련하면 얼마나 좋겠어요."

"아, 그게 가능하다면요! 불과 며칠 전에 언니와 이런 이야기를 했어요! 하지만 어떻게요? 난 전혀 모르겠어요."

넌 양은 망설이는 듯했다.

"난 조언은 하지 않아요. 내가 하는 말을 지나치게 귀담아듣지 말아요. 스스로 판단을 내려요. 하지만 예를 들어. 예비 학교 같은 걸 세울 수 있지 않을까요? 이미 아는 사람이 많은 웨스턴 같은 곳에서요. 심지어 클리브던도 괜찮겠지요."

버지니아는 숨을 들이쉬었고, 넌 양은 자신의 제안이 친구의 능력 밖이라는 것을 금세 깨달았다. 이렇게 지치고 기죽은 여자들에게 그녀 자신의 패기를 불어넣는 것은 불가능할지도 몰랐다. 이들에게는 아주 어린 아이들을 위한 학교를 운영할 능력조차 없을지도. 그녀는 채근하지 않았다. 이야기할 기회가 또 올 것이다. 버지니아는 생각할 시간이 필요하다고 했다. 아픈 언니를 떠올린 그녀는 얼른 돌아가야겠다고 생각했다.

"이 꽃을 좀 가져가요." 넌 양이 꽃병에서 화사한 꽃들을 그러모으며 말했다. "당신 언니에게 보내는 내 안부 인사라고 전해 줘요. 모니카를 만나면 정말 반가울 거예요. 난 일요일 오후에는 늘 집에 있어요."

버지니아는 두근거리는 가슴을 안고 집을 향해 황급히 발걸음을 옮겼다. 이 만남이 그녀의 마음에 이상하고 새로운 생각들을 가득 채웠고, 그녀는 궁금해하고 있을 앨리스에게 전부 이야기해 주고 싶어 마음이 조급했다. 난생처음으로 그녀는 스스로 생각하고 행동할 정도로 대담한 여자와 대화한 것이다.

4장. 모니카가 성인이 된 날

모니카 매든이 일하고 숙식하는 옷가게에서는 숙식 직원들이 일요일에 기숙사에 머무는 것을 대놓고 금지하지는 않았다. (어떤 곳에서는 그렇게 한다) 하지만 직원들은 휴일을 최대한 활용하라는 권고를 받았다. 물론 직원들의 건강을 우려한 고귀한 마음도 이유 중 하나일 것이다. 평일에는 열세 시간 반, 토요일에는 평균 열여섯 시간을 고되게 일하는 젊은 사람들, 특히 젊은 여성들은 하루 정도는 야외에 나가야 할지도 몰랐다. 스코처 컴퍼니의 사장들은 아침 식사 후 직원들을 몰아내고 잠자리에 들 시간까지 돌아오지 말라고 타이르면서 양심적인 신사 행세를 했다. 휴일을 올바르게 활용하지 않는 직원들에게 극히 최소한의 음식만 (빵 한 덩이와 치즈) 제공하도록 한정한 데에도 이렇게 선량한 의도가 담겨 있었다.

스코처 컴퍼니의 사장들은 도량이 컸다. 그들은 직원들에게 일요일에 신체적인 활동을 하라고 권유했을 뿐 아니라 젊은 직원들이 평일에 퇴근하고 산책하는 것도 반대하지 않았다. 아니, 그들은 너무나 관대하고 직원들을 신뢰했던지라 숙식 직원 모두에게 각자 하나씩 열쇠를 만들어 주었다. 자정 무렵 월워스 로드의 밤공기는 상쾌하고 맑았다. 피곤한 하인들을 배려하느라 평화로운 산책[11]을 일찍 끝내야 할 이유가 무엇이란 말인가?

모니카는 10시가 지나면 피곤해서 걷고 싶지 않았다. 더구나 그녀가 다섯 명의 아가씨들과 함께 쓰는 방에서 자주 들리는 대화는 너무나도 그녀의 취향에 안 맞았던지라 그녀는 그들이 들어오기 전에 먼저 잠들고 싶었다. 하지만 일요일에는 기꺼이 고용주들의 제안을 따랐다. 날씨가 궂으면 라벤더힐의 작은 방이 그녀에게 쉼터가 되어 주었고, 해가 나는 날이면 그녀는 아직도 환상을 모조리 깨

---

11. 월워스 로드가 있는 서덕은 당시 가난한 지역으로 길거리에서 매춘이 성행했다. 여기서 기싱은 여직원들이 퇴근 후 매춘을 하는 것을 사장들이 허가하거나 심지어 부추기는 분위기라고 암시하는 듯하다.

지는 않은 런던을 몇 시간이고 쏘다녔다.

 이날 해가 눈부시게 빛났다. 그녀의 스물한 번째 생일이었다. 앨리스와 버지니아는 물론 그녀가 아침 일찍 오길 기대하고 있었고 물론 그들은 다 같이 식사할 것이다—가로가 1미터 세로가 50센티인 탁자에서. 하지만 오후와 저녁은 반드시 그녀만의 시간이어야 했다. 언니들과 몇 시간 대화하고 나면 어김없이 우울해졌기 때문에 오후는 혼자 보내야 했고 저녁에는 약속이 있었다. 거대하고 흉측한 '업소'를 나서는 그녀의 가슴이 즐겁게 두근거렸고 입가에 미소가 넘실거렸다. 그녀의 건강은 썩 좋지 않았으나 그건 당연한 일이었고, 옴니버스를 타고 가다 보면 머리가 맑아질지도 몰랐다.
 모니카는 모두가 인정하는 예쁜 얼굴이었다. 그녀의 완벽한 계란형 얼굴은 매끈한 이마에서 보조개가 잡히는 작은 턱까지 모든 선이 부드럽고 우아했다. 창백한 피부가 검은 눈썹과 까맣게 빛나는 눈을 한층 돋보이게 만들며 그녀의 실제 성격보다 더 신비로운 느낌을 선사했다. 하지만 사색에 잠긴 단호한 표정은 그녀 입술의 타고난 특징이었고, 매력적인 그 입술에서 싱겁거나 거만한 미소는 보이지 않았다. 날씬한 몸에 꼭 맞는 하늘색 드레스는 저렴했지만 잘 어울렸다. 그녀는 수수한 작은 모자를 검은 머리 위에 썼고, 장갑과 양산이 앙증맞은 그림을 완성했다.
 케닝턴 파크 로드에서 옴니버스를 탈 수 있었다. 그곳으로 가는 길의 한적한 사거리에서 그녀는 젊은 남자에게 따라잡혔는데, 그녀가 기숙사를 나서자마자 같은 건물에서 나와서 조금 거리를 두고 따라오던 남자였다. 젊은이의 낯빛은 건강하지 않았고 코 옆에 빨간 여드름이 났지만 못생긴 얼굴은 아니었다. 그는 격식에 맞게 차려입었다. 원통형 실크 모자, 무릎까지 내려오는 더블브레스트 코트, 분홍색 넥타이, 회색 바지. 걸음걸이는 활발했다.

"매든 양—"

그는 불안한 표정으로 모니카를 따라잡았다. 그녀가 걸음을 멈췄다.

"무슨 일이에요, 불리밴트 씨?"

전혀 용기를 주지 않는 말투였으나 젊은이는 소심하고 다정하게 미소 지었다.

"아름다운 아침이군요! 멀리 가시나요?"

그는 코크니 억양[12]을 쓰기는 했지만 듣기 싫을 정도는 아니었다. 그의 몸가짐에서도 점원인 티가 확연히 나지는 않았다.

"네, 꽤 멀리 가요." 모니카는 천천히 걷기 시작했다.

"조금만 같이 걸어도 괜찮을까요?" 그가 그녀 쪽으로 몸을 기울이며 청했다.

"저기 길 끝에서 옴니버스를 탈 거예요."

그들은 함께 앞으로 걸었다. 모니카의 미소는 이제 사라졌지만 그렇다고 화가 나 보이지도 않았다. 그녀는 난감한 표정이었다.

"당신은 어디에서 하루를 보낼 예정인가요, 불리밴트 씨?" 마침내 그녀가 무덤덤해 보이려고 애쓰며 말했다.

"잘 모르겠습니다."

"강가에 가면 상쾌할 거예요." 그리고 그녀가 소심하게 덧붙였

---

[12]. 대개 런던 이스트엔드 노동자 계층의 억양을 뜻하며, 19세기에는 괄시를 받았다.

4장. 모니카가 성인이 된 날

다. "이드 양은 리치먼드에 간다고 하더군요."

"그런가요?" 그가 애매하게 대꾸했다.

"적어도 가고 싶어 하는 건 확실해요. 같이 갈 사람이 있으면 갈 거예요."

"이드 양이 즐거운 하루를 보냈으면 좋겠군요." 불리밴트가 신중하게 정중한 대답을 했다.

"하지만 혼자 가야 한다면 썩 즐겁지 않겠죠. 딱히 약속이 없다고 하셨으니, 불리밴트 씨, 당신이 함께 가면—?"

그녀는 말끝을 흐렸으나 뜻은 분명했다.

"제가 이드 양에게 같이 가자고 물어볼 수는 없습니다." 젊은이가 심각한 표정으로 말했다.

"아, 물어보셔도 괜찮을 것 같아요—이드 양이 반길 거예요."

자신의 대담한 말에 조금 흠칫한 듯한 모니카가 재빨리 덧붙였다.

"이제 인사를 해야겠네요. 저기 버스가 와요."

불리밴트는 절박한 표정으로 그쪽을 바라보았다. 그가 보니 버스는 텅 비어 있었다.

"제가 조금 같이 가도 될까요?" 그의 입에서 튀어나왔다. "아침 시간을 어떻게 보내야 할지 막막합니다."

마부에게 신호를 보낸 모니카는 서둘러 앞으로 걸어가고 있었다. 불리밴트는 될 대로 되라는 식으로 따라갔다. 잠시 후 두 사람은 버스 안에 앉아 있었다.

"용서해 줄래요?" 동행의 얼굴에서 짜증을 감지한 젊은이가 애원했다. "몇 분만이라도 꼭 같이 있어야겠습니다."

"제가 그러지 말아 달라고 부탁했을 때—"

"제가 얼마나 무례하게 보이는지 알아요. 하지만 매든 양, 저와 친해질 수 없을까요?"

"물론 친하게 지낼 수 있어요. 하지만 거기에 만족하지 않으실 거잖아요."

"네—만족하려고—해볼게요."

"말해도 소용없어요. 벌써 서너 번이나 약속을 어기셨잖아요?"

버스가 승객을 태우기 위해 멈췄고 남자 한 명이 버스 위로 올라갔다.

"미안해요." 불리밴트가 중얼거렸다. 말들이 다시 달리기 시작하자 그들은 함께 앞뒤로 흔들렸다. "귀찮게 하지 않을게요. 하지만 제 입장이 되어 봐요. 당신이 말했잖아요. 아무도 안 만나고 있다고—그러니까 제가 권리를 존중해야 할 사람이 없다고요. 이런 상황에서 저처럼 느끼는 사람이라면 누구나 희망을 놓지 않을 겁니다!"

"그렇다면 제가 무례한 질문을 해도 될까요?"

"무엇이든 물어봐요, 매든 양."

"당신이 결혼하면 아내를 어떻게 부양할 수 있겠어요?"

그녀는 얼굴을 붉히며 미소 지었다. 몹시 당황한 불리밴트는 그녀에게서 눈을 떼지 않았다.

"한동안은 힘들 겁니다." 그가 쉰 목소리로 말했다. "형편없는 급료밖에 없으니까요. 하지만 사람은 희망을 품기 마련이죠."

"가능성 있는 희망이 뭐가 있죠?" 모니카는 잔인해지려고 노력하며 말했다. 그래야만 이 상황을 종결할 수 있을 듯했다.

"아, 우리가 몸을 담고 있는 사업은 가능성이 무궁무진합니다. 성공한 사람들 가운데 불과 몇 년 전에 계산원이었던 사람을 대여섯 명은 알아요. 제가 가게에서 매니저가 될지도 모르고, 그러면 일주일에 최소한 3파운드예요. 운이 좋아서 바이어가 된다면, 글쎄요, 1년에 100파운드를 벌 수도 있어요.—몇백 파운드요."

"그럼 이런 엄청난 기회가 찾아오길 저더러 계속 기다리라는 건가요?"

"제가 당신 마음을 움직일 수 있다면요, 매든 양." 그는 다소 애처롭게 자존심을 세우며 말을 시작했지만, 목소리가 갈라졌다. 그는 여자가 자신을 좋아하지도, 믿지도 않는다는 사실을 너무 뚜렷이 느꼈다.

"불리밴트 씨, 제 생각에 당신은 현실적인 전망이 생길 때까지 기다려야 할 것 같아요. 만약 어떤 여자가 당신을 격려하면 다른 이야기이겠지요—그리고 사실 당신은 멀리 보지 않아도 돼요—하지만 아무런 격려가 없는데 이렇게 행동하는 건 옳지 않아요. 모든 게 불확실한 상황에서 몇 년씩 미루어지는 긴 약혼은 너무 비참해서—아, 내가 남자였다면 절대 여자가 그런 일을 겪게 하지 않을 거예요! 옳지 않고 잔인하다고 생각해요."

이 타이름은 효과를 발휘했다. 불리밴트는 물론 괴로워하며 얼굴을 돌리고 말없이 몇 분 동안 앉아 있었다. 버스가 다시 멈췄다. 네댓 명이 타려고 했다.

"그럼 이만 가보겠습니다, 매든 양." 그가 황급히 속삭였다.

그녀는 민망해하며 그를 보고 손을 내밀었으나 떠나게 내버려두었다.

10분 후 그녀는 기숙사를 나설 때와 같은 기분으로 돌아왔다. 다시 한번 그녀는 스스로에게 미소 지었다. 신선한 공기를 들이쉬고 몸을 움직이니 실제로 머리가 한결 맑아졌다. 언니들이 밥을 먹자마자 놔주기만 한다면!

문을 연 사람은 버지니아였고, 그녀는 언제나처럼 애정을 듬뿍 담아 동생을 껴안고 입맞춤했다.

"예뻐 보이네. 그리고 일찍 왔구나! 불쌍한 앨리스 언니는 어제부터 침대에 누워 있어. 감기가 지독하게 걸린 데다가 두통이 최악이야. 하지만 오늘 아침에는 좀 나은 것 같아."

앨리스는—딱한 광경이었다—쌓아 올린 베개들에 기대앉아 있었다.

"키스하지 말렴, 달링." 그녀는 목소리를 거의 낼 수 없었다. "목감기가 옮으면 안 돼. 오늘 참 건강해 보이네!"

"건강해 보인다고는 할 수 없어." 버지니아가 정정했다. "하지만 최근에 본 중에서는 혈색이 도는 편이야. 모니카, 앨리스 언니가 목소리도 내기 힘든 지경이니까 내가 우리 두 사람을 대표해서 말할게. 앞으로 오래오래 생일을 맞이하기를 바라. 그리고 우리가 함께 준비한 이 작은 책을 받아 줘. 이따금 읽으면 위로가 될 거야."

"언니들은 정말 다정해!" 모니카가 한 명에게는 입에, 다른 한 명에게는 빈약하게 땋은 머리에 키스하며 말했다. "나한테 돈을 쓰지 말라고 해도 소용없겠지. 언니들은 어차피 그냥 해버리니까. 장정이 아주 멋지네! 틈틈이 읽으려고 노력할게."

버지니아는 조금 죄책감을 느끼는 기색으로 방구석에서 아주 작지만 예쁜 커런트 케이크를 꺼냈다. 모니카는 양껏 먹어야 했다. 그녀는 언제나 터무니없이 부족한 아침 식사를 했고, 월워스 로드에서 오는 길에 걸은 덕분에 식욕이 좋았다.

"언니들은 참 바보야! 너무 비싸잖아!"

두 사람은 시선을 교환하면서 모니카가 눈치챌 수밖에 없는 묘한 미소를 지었다.

"알았다!" 그녀가 외쳤다. "좋은 소식이 있구나. 버지 언니가 평소보다 좋은 자리를 찾은 게 틀림없어."

"어쩌면. 누가 알겠니? 착하게 케이크를 먹어. 그리고 너한테 할 이야기가 있어."

두 언니는 흥분한 기색이 완연했다. 버지니아는 소녀 시절처럼 몸을 꼿꼿이 세우고 활력적으로 움직였으며 떨리는 손을 주체하지 못했다.

"내가 누굴 만났는지 상상도 못 할 거야." 모니카가 이야기를 들을 준비가 되자 그녀가 운을 뗐다. "며칠 전 아침에 편지를 받았는데 누군지 도저히 짐작할 수 없었어. 그러니까 우리가 편지를 개봉하기 전에 말이야. 그게 바로—넌 양이었어!"

모니카는 그 이름에 큰 흥미를 느끼지 않았다.

"연락이 끊긴 지 오래됐었지?" 그녀가 물었다.

"꽤 오래됐어. 그녀 소식을 다시 듣게 될 줄 몰랐어. 하지만 정말 운이 좋았지 뭐야. 얘, 넌 양은 정말 멋지더라!"

버지니아는 넌 양의 경력에 대해 들은 이야기와 현재 직책을 자세히 설명했다.

"우리에게 무척 값진 친구가 될 거야. 아, 얼마나 기력이 넘치고 의지가 강한지! 자기 힘으로 훌륭한 길을 개척한 거야! 최대한 빨리 찾아가서 인사해. 오늘 오후에 가면 어떨까? 네 문제를 전부 해결해 줄 거야, 달링. 바풋 선생님이라는 친구가 있는데, 그분이 네게 타자를 가르쳐 주고 편하고 즐겁게 돈을 벌 수 있는 자리를 마련해 줄 거야. 정말이야!"

"하지만 그걸 배우는 데 얼마나 걸릴까?" 놀란 소녀가 물었다.

"금방 배울 것 같아. 구체적인 사항은 얘기하지 않았어. 그건 나중에 하기로 했어. 전부 네가 직접 들을 거야. 그리고 넌 양이 여러 제안을 했단다." 버지니아는 자기도 모르게 조금 과장하며 말을 이었다. "우리가 유산을 더 효율적으로 투자할 방법을 이야기했어. 실용적인 방안이 잔뜩 있어. 정말 근사한 사람이야! 기력과 기략이 꼭 남자 같아. 그녀처럼 결심하고 계획하고 실천할 수 있는 여자가 있을 거라고 상상도 못 했어!"

모니카는 그들의 수입을 늘리려는 계획이 무엇인지 불안해하며 물었다.

"아직 아무것도 결정하지 않았어." 자신감 넘치는 미소와 함께 돌아온 대답이었다. "일단 네가 편하고 안정적인 자리를 찾아야 해. 그게 급선무야."

모니카는 흥미는 느꼈으나 제안된 변화에 적극적인 관심을 보이지 않았다. 그녀는 잠시 후 창가에 서서 생각에 잠겼다. 앨리스가 꾸벅꾸벅 졸기 시작했다. 전날 밤 그녀는 수면제를 먹었는데도 잠들지 못했다. 햇빛이 방에 들어오진 않았으나 무척 더웠고, 평소보다 한 사람이 더 있으니 공기가 텁텁했다.

"30분 정도 나갔다 올까?" 버지니아가 병자의 감은 눈을 가리키자 모니카가 속삭였다. "이렇게 작은 방에 세 사람이 있으면 건강에 안 좋을 거야."

"언니 혼자 두고 나가고 싶지 않아." 버지니아가 속삭였다. "하지만 네가 맑은 공기를 쐬면 좋겠다. 교회에 가고 싶지 않니? 종소리가 아직 멈추지 않았어."

언니 두 명은 교회를 불규칙하게 다녔다. 날씨가 안 좋거나 무기력해서 일요일 아침에 집을 나서기 어려울 때면 그들은 방에서 소리 내어 예배를 올렸는데, 모니카는 그것을 듣고 있기가 괴로웠다. 런던에 홀로 살던 몇 달 동안 그녀는 교회를 빠지는 버릇이 생겼다. 자기 의지로 그만둔 것이 아니라, 교회에 갈 생각조차 없는 동료 직원들에게 점차 물든 것이었다. 이날 그녀는 언니들과 밥을 먹기 전에 잠시 탈출할 핑계를 반겼다.

그녀는 클래펌 커먼 공원까지 걸어갔다가 언니들이 가보지 않은 교회에서 예배를 드렸다고 거짓말할 생각으로 집을 나섰다. 하지만 몇 미터 가기도 전에 양심이 찔렸다. 그녀의 마음가짐이 너무 느슨해지고 있는 거 아닐까? 그녀를 사랑하고 친절을 베푸는 언니들을 속이는 것은 부끄러운 행동이었다. 그녀의 작은 기도 책은 언제나처럼 주머니에 있었다. 그녀는 익숙한 교회로 급히 걸어가 문이 닫히려던 찰나에 들어갔다.

교회에 모인 사람 가운데 그녀만큼 기계적으로 예배를 올린 사람은 없었을 터였다. 설교의 한마디도 그녀의 마음에 와닿지 않았다. 앉아 있건 일어서 있건 무릎을 꿇었건, 그녀는 특별히 흥미로운 대화를 기억하는 것처럼 엷은 미소를 띠거나 입을 옴짝거리며 골몰히 생각에 잠겨 있었다.

지난 일요일 그녀는 모험을 했다. 런던에 온 이래 처음으로 의미

있는 날이었다. 원래 그녀는 이드 양과 함께 강에서 증기선을 탈 계획이었고, 그들은 배터시 파크의 부잔교에서 2시 30분에 만나기로 약속했다. 그러나 이드 양이 약속을 어기는 바람에 여행할 기회를 놓치기 싫었던 모니카는 혼자 배에 탔다.

  그녀는 리치먼드에서 내려서 한두 시간 소요한 후에 차 한 잔을 곁들여 빵을 먹었다. 그래도 돌아가기에 이른 시간이었으므로 그녀는 강가로 내려가 벤치에 앉았다. 보트가 여러 대 지나갔는데, 대개 두 사람만 타고 있었다―노를 젓는 젊은 남자와 키의 손잡이를 잡은 여자였다. 모니카는 몇몇 커플은 무시했으나 이따금 눈을 뗄 수 없는 작은 배가 지나가곤 했다. 저런 배의 쿠션에 기대앉아 상점과는 아무 관계가 없는 남자와 대화할 수 있다면!

  그녀는 혼자라는 사실이 억울하게 느껴졌다. 딱한 불리밴트 씨는 기꺼이 그녀를 뱃놀이에 데려갔겠지만 그는―

  그녀는 언니들을 떠올렸다. 불쌍하게도 그들은 평생 외롭게 살 운명이었다. 그들은 이미 늙었다. 그들은 더 늙고, 더 가련해지고, 소중한 유산에서 나오는 배당금에 보탤 돈을 벌기 위해 버둥거려야 할 것이다―그저 먹고살기 위해서. 아! 그런 비참한 앞날을 생각하니 그녀의 가슴이 저며 왔다. 그들은 차라리 태어나지 않는 편이 훨씬 나았을 것이다.

  그녀의 미래는 그들보다는 희망적이었다. 그녀는 자기가 예쁘다는 사실을 알았다. 길에서 남자들이 쫓아와서 말을 걸었다. 기숙사에는 그녀를 질투하고 심술부리는 여자들이 있었다. 하지만 그녀가 사랑은커녕 존경이라도 할 수 있는 남자와 결혼할 가능성이 조금이라도 있을까?

일주일이면 그녀는 스물한 살이 될 것이다. 웨스턴에 살 때는 그럭저럭 건강을 지켰으나 그녀는 튼튼한 체질이 아닌 데다가 월워스 로드에서 노예처럼 시달리다가 일찍 시들지도 몰랐다. 언니들의 조언이 현명했다. 런던에 온 것은 실수였다. 웨스턴에서는 품행을 대단히 조심해야 하긴 했지만 기회는 더 많았을 것이다.

그녀가 사랑스러운 얼굴에 처절한 좌절감이 떠오른 채로 이렇게 상념에 젖어 있는데 누군가 옆에 앉았다―그러니까, 같은 벤치에 앉았다. 그녀가 옆을 힐끔 보니 수염이 희끗희끗하고 엄격한 인상의 나이든 남자였다. 모니카는 한숨을 내쉬었다.

그녀의 한숨 소리를 들은 걸까? 그는 호기심 어린 눈으로 그녀 쪽을 보았다. 그녀는 창피해서 오랫동안 시선을 피했다. 잠시 후 그녀는 배의 움직임을 눈으로 좇다가 자기도 모르게 말 없는 동행 쪽으로 고개를 돌렸다. 이번에도 역시 그녀를 보고 있던 그가 말을 걸었다. 남자의 진중한 외양과 태도, 그의 입에서 나온 친절한 인사는 위험하게 느껴지지 않았다. 대화가 시작되었고 30분 정도 계속되었다.

이 남자는 몇 살이나 되었을까? 어쨌든 쉰 살은 아닐 것이다. 어쩌면 마흔 살을 갓 넘겼을지도 몰랐다. 그의 말투는 완벽히 기품 있지는 않았지만 교육받은 남자 같았다. 그의 옷차림은 확실히 신사다웠다. 털이 수북하고 마른 손에 노동에 시달린 흔적은 없었으며 손톱은 더할 나위 없이 깨끗하게 관리했다. 장갑이나 지팡이를 들고 있지 않다는 게 불길한 표시일까?

그가 하는 말들은 진지하고 친절할 뿐이었다. 전혀 불쾌하지 않았고―사실, 정중했다. 이따금―지나치게 자주는 아니고―그는 일순 그녀를 뚫어지게 보았다. 서로 소개를 마친 후 그는 혼자서 긴 드라이브를 나갔다가 오는 길이라고 밝혔다. 런던으로 돌아가기 전에 말들을 쉬게 해주며 사료를 먹이고 있었다. 그는 여름이면 종종 그렇게 드라이브를 갔는데 보통은 평일에 간다고 했다. 이날 아침에는 눈부신 하늘에 유혹당했다. 그는 헌힐에 살았다.

마침내 그가 질문을 던졌다. 모니카는 자신이 상점에서 일하며 런던에 가족이 있고 이날 우연히 혼자 나오게 되었다고 주저 없이 말했다.

"당신을 다시 못 만나면 몹시 아쉬울 것 같습니다."

그는 땅에 시선을 고정하고 수줍어하며 말했다. 모니카는 잠자코 있을 수밖에 없었다. 30분 전만 해도 이 남자가 무슨 말을 하건 그녀가 진지하게 주의를 기울이리라 상상할 수 없었는데, 이제 그녀는 불쾌하지 않은 뒤숭숭한 기분으로 다음 말을 기다렸다.

"이렇게 우연히 만나서 대화를 나누고 작별인사를 하네요. 제가 당신에게 큰 관심을 느끼며, 다시 만날 기회를 우연에 맡기기 두렵다고 말 못 할 이유는 없겠지요? 만일 당신이 남자였다면"—그가 미소를 지었다—"명함을 드리면서 저를 찾아오라고 청했을 겁니다. 어쨌든 명함은 드리겠습니다."

이렇게 말하며 그는 작은 지갑을 꺼내서 모니카의 손이 닿을 거리에 명함을 놓았다. 그녀는 "고마워요"라고 중얼거리며 종이를 집었지만 읽지는 않았다.

"강에서 저와 같은 쪽에 사시는군요." 그가 여전히 무척 깍듯한 말투로 덧붙였다. "산책하실 때 언제 한번 만날 수 있을까요? 제게는 어느 요일이나 시간대나 마찬가지입니다. 하지만 당신은 일요일밖에 시간이 없겠군요?"

"맞아요. 일요일밖에 없어요."

한참을 에둘러서 말해야 했지만 끝내 약속이 잡혔다. 그들은 돌아오는 일요일 저녁 배터시 파크의 강변에서 만나기로 했다. 만일 그날 비가 오면 그다음 주에 만나기로 했다. 그녀는 부끄럽고 혼란스러웠다. 다른 상점 아가씨들은 이런 만남을 툭하면 가졌다. 하지만 그녀는 꼭 하인의 신분으로 하락한 듯한 기분이었다. 대체 왜 만난다고 승낙했을까? 그는 그녀와 어떤 사이도 될 수 없었다. 그는 너무 늙었고 엄격해 보였으며 침울했다. 글쎄, 어쩌면 바로 그래서 이 남자를 만나도 괜찮을지도. 사실, 그녀는 거절할 용기를 내지 못했다. 말하자면, 그가 그녀를 위압했다.

그리고 그녀가 약속을 지킬 필요는 없었다. 아무것도 그녀를 강요하지 않았다. 그녀는 자신의 이름도, 일하는 가게도 알려 주지 않았다. 생각해 볼 시간이 일주일이나 있었다.

그는 어느 요일이나 시간대나 마찬가지라고 했다. 그는 단순히 여가활동으로 시골에 드라이브를 다녔다. 재산이 있는 남자였다. 그가 준 명함에 따르면 그의 이름은 에드먼드 위도우선이었다.

그는 꼿꼿이 걸었으며 체격이 건장했다. 멀어지는 그를 보며 그녀가 관찰한 사항이었다. 그가 혹시 뒤돌아볼까 봐 두려웠던 그녀는 몰래몰래 힐긋거렸다. 하지만 그는 한 번도 돌아보지 않았다….

"자, 이제 그럼 우리 하느님 아버지께!" 설교의 한마디도 기억나지 않을 정도로 깊이 딴생각에 빠져 있던 그녀는 교회 안의 웅성거림에 깨어났다. 결국 그녀는 설교 내용을 지어내서 언니들을 속여야 할 것이다.

자매들은 코니스비 부인에게 미리 양해를 구해서 이날 식사를 응접실에서 했다. 게다가 푸짐한 식사였다. 신이 난 버지니아가 모니카의 생일상을 풍성하게 차렸기 때문이었다. 식탁에는 작은 연어 조각과 앙증맞은 커틀릿, 차가운 블랙커런트 타르트가 있었다. 집에서는 꾸준히 채식하는 버지니아는 생선이나 고기에 입을 대지 않았는데, 어차피 그 음식들은 1인분이었다. 앨리스는 위층에서 혼자 죽을 쑤어 먹었다.

모니카가 오후 3시까지 첼시의 퀸스 로드에 가기로 했다. 언니들은 그녀가 새로운 소식과 함께 라벤더힐로 돌아오기를 바랐으나 모니카는 일부러 확언하지 않았다. 그저 재미로, 그녀는 에드먼드 위도우선 씨와 한 약속을 지키기로 했다. 그를 다시 한번 만나 보고, 그의 성격에서 어떤 새로운 인상을 받을지 호기심이 동했다. 그가 리치먼드에서처럼 예의를 갖춘다면야 색다른 경험을 위해서라도 그와 친분을 쌓을 수 있었다. 무엇이라도 불쾌한 일이 생기면 그녀는 곧장 가버리면 됐다. 이렇게 보잘것없는 두근거림이라도 스코처 상점에서 일하는 점원 아가씨에게는 소중했다.

포장된 케블 책을 들고 퀸스 로드로 향하는 그녀는 미스 넌이 정말 자기에게 어떤 제안을 할지 궁금했다. 흥분한 버지니아의 말과 예측이 그리 믿음직스럽지 않다는 것을 모니카는 알았다. 언니보다 열 살 이상 어렸는데도, 세상을 보는 모니카의 시선은 평범한 사건을 부풀리거나 색을 입히지 않았다.

미스 바풋은 여전히 집에 없었다. 로더 넌은 산뜻하고 구식인 응접실에서 손님을 맞이했다. 응접실에 비싸거나 호화스러운 것은 전혀 없었는데도 모니카의 눈에는 무척 고급스러워 보였다. 그녀는 몇 분 동안 어색하게 입을 다물고 있었는데, 지금 자기 앞에 서 있는 여자와 수년 전에 알았던 미스 년을 일치하는 어려움보다는 이렇게 안락한 환경에서 느끼는 이질감이 더 큰 이유였다.

"꼭 처음 만나는 것 같구나." 마찬가지로 놀란 로더가 말했다. "무엇보다, 이제 막 열병에서 회복한 사람처럼 보이는걸. 하긴, 당연한 거지. 네가 얼마나 고달프게 사는지 네 언니에게 다 들었어."

"일이 정말 힘들어요."

"기막힌 곳이야. 모니카, 왜 그런 데서 계속 일하는 거니?"

"경험을 쌓는 중이에요."

"다음 생에 도움이 되도록?"

그들은 함께 웃었다.

"미스 매든은 오늘은 몸이 좀 괜찮아?"

"앨리스 언니요? 안타깝게도 오늘도 아파요."

"네가 쌓고 있는 '경험'에 대해 더 말해 주겠니? 예를 들면, 식사 시간은 언제야?"

로더 년은 의논해야 하는 중요한 문제가 있을 때 한담을 늘어놓는 사람이 아니었다. 그녀는 사려 깊은 연민을 띤 얼굴로 소녀에게 털어놓으라고 격려했다.

"식사 시간으로 20분을 줘요." 모니카가 설명했다. "하지만 오후에 식사할 때랑 차를 마시는 시간에는 다 먹기 전에 불려가는 경우가 허다해요. 그리고 자리를 오래 비우면 먹던 걸 다 치워요."

"멋지구나! 계산대 뒤에 앉아 있는 것도 허락하지 않겠지?"

"아, 물론 안 돼요. 그것 때문에 모두 힘들어요. 어떤 사람들은 병에 걸리고요. 여직원 한 명이 하지정맥류로 병원에 갔고, 두세 명은 그만큼 심각하진 않지만 같은 증상이에요. 토요일 밤에는 가끔 발이 무감각해요. 아직도 발이 달려 있나 확인하려고 발을 구르기도 해요."

"아, 그 토요일 밤!"

"네, 지금도 힘든데 크리스마스 때는 최악이에요! 일주일 이상을 매일 토요일 밤처럼 일했어요. 새벽 1시에 퇴근하고요. 옆에서 일하던 사람이 이틀 연속으로 기절해서 실려 나갔어요. 사람들이 주는 브랜디를 마시고 깨어난 다음에 다시 일하러 돌아왔어요."

"그렇게 하라고 가게에서 강요했니?"

"글쎄요, 그건 아니에요. 그 애가 돌아오고 싶어 했어요. 딱하게도 '주문 장부'가 썩 좋지 않아서예요. 일주일이 끝났을 때 일정한 숫자를 못 채우면 해고당하거든요. 그 애는 결국 해고당했어요. 몸이 너무 허약하다면서 내보냈대요. 그래도 크리스마스 후에 운이 좋게도 1년에 25파운드를 받고 어떤 숙녀의 하녀 자리를 얻었어요. 우리 가게에서는 15파운드를 받았거든요. 하지만 혈관이 터져서 지금은 브롬턴에 있는 병원에 입원했다는 소식을 들었어요."

"즐거운 이야기이구나! 문을 일찍 닫는 날은 없어?"

"제가 일하기 전에는 있었대요. 하지만 3개월 정도 하다가 협정이 깨졌대요."

"직원들처럼 부서진 거구나. 그 가게가 그렇게 되지 않아서 유감이야."

"여자들이 일자리를 구하기 얼마나 힘든지 알면 당신도 그렇게 말하지 않을 거예요."

4장. 모니카가 성인이 된 날

"나도 아주 잘 알아. 하지만 사실 난 더 힘들었으면 좋겠어. 난 여자들이 다락방이나 병원으로 기어드느니 차라리 거리에서 굶어 죽었으면 좋겠어. 지나가는 사람들 모두가 볼 수 있게 그네들의 시체가 길거리 어딘가에 쌓여 있으면 좋겠어."

모니카는 눈이 휘둥그레져서 그녀를 바라보았다.

"그러니까, 개혁이 일어나게 자극하기 위해서죠?"

"누가 알겠니? 어쩌면 그들은 잉여 여자들을 제거했다고 서로 축하할지도 모르지. 가게에서 여름 휴가는 주니?"

"일주일이에요. 봉급도 주고요."

"정말? 봉급도 주고? 놀라서 까무러칠 일이네— 일하는 여자들은 숙녀들이니?"

"스코처 상점에 숙녀는 한 명도 없어요. 거의 다 시골 출신이에요. 몇몇은 소규모 농부들의 딸들인데 끔찍하게 무지해요. 지난번에는 그중 한 명이 제게 아프리카가 어느 나라이냐고 물어봤어요."

"그들과 어울리는 게 즐겁지는 않겠구나?"

"한두 명은 착하고 얌전해요."

로더는 깊은 한숨을 내쉬고 조급하게 움직였다.

"그런 경험 같은 것은—충분히 했다고 생각하지 않니?"

"어쩌면 시골에 있는 상점으로 옮길지도 몰라요. 더 편할 거예요."

"하지만 그렇게 하고 싶지 않지?"

"최근에는 언니들이 저를 좀 다르게 키웠으면 좋았겠다고 생각해요. 앨리스 언니랑 버지니아 언니는 저를 교사로 키우기를 꺼렸어요. 제 언니 한 명이 그 일을 하다가 과로로 죽었잖아요. 그리고 전 똑똑하지도 않아요, 미스 넌. 학교에서 좋은 성적을 받은 적이 없어요."

로더는 부드럽게 웃으며 그녀를 바라보았다.

"인제 와서 공부를 시작할 생각은 없지?"

"안타깝지만 없어요." 모니카가 눈길을 피하며 말했다. "물론 저도 더 교육받은 사람이 되고 싶지만, 진심으로 성실하게 공부해서 그걸로 돈을 벌 자신이 없어요. 그럴 시기는 놓쳤다고 생각해요."

"어쩌면. 하지만 네가 해볼 만한 일이 있어. 내가 어떤 일로 돈을 버는지 네 언니가 이야기했겠지. 타자 기술이 있는 여자들에게 기회가 많아. 피아노를 배운 적 있니?"

"아뇨."

"나도 없어. 타자를 배울 때 후회막심했어. 손가락을 가볍고 빠르고 유연하게 움직여야 하거든. 날 따라와. 타자기를 하나 보여줄게."

그들은 아래층에 있는 방으로 내려갔다. 서재 옆에 있는 빈방이었다. 레밍턴 타자기가 두 대 있었고, 로더는 사용법을 차근차근 설명했다.

"1분에 최소한 50단어는 칠 수 있을 때까지 연습해야 해. 두 배 속도로 칠 수 있게 된 사람을 한두 명 알아. 취업할 수 있을 정도 기술을 익힐 때까지 한 6개월은 열심히 연습해야 할 거야. 바풋 선생님이 학생을 받고 있어."

모니카는 처음에는 집중했으나 점차 주의가 산만해지며 방 안을 두리번댔다. 그녀를 유심히 관찰하고 있는 로더의 눈에 석연찮다는 기색이 어렸다.

"해볼 생각이 있니?"

"이걸 배우는 반년 동안 돈을 못 벌잖아요."

"하지만 그게 너한테 불가능한 일은 아니잖아?"

"불가능하진 않죠." 모니카가 망설이며 대답했다.

넌 양의 얼굴에 불만 비슷한 표정이 스쳤다. 모니카가 눈치챌 정도는 아니었으나 그녀의 입술은 소심한 태도를 경멸하듯 움찔거렸다. 포용은 그녀의 얼굴이 표현하는 미덕 중 하나가 아니었다.

"응접실로 돌아가서 차를 마시자."

모니카는 도무지 편하게 느껴지지 않았다. 그녀는 기운찬 이 여자에게 별로 끌리지 않았다. 그녀는 버지니아가 열광한 특성을 알아보기는 했으나 그것이 근사하다기보다는 무서웠다. 미스 넌의 손에 자신을 맡기면 지금 가게에서보다 더 혹독한 굴레에 묶일지도 몰랐다. 그녀는 자신이 미스 넌 같은 사람을 만족시킬 수 있을 리 만무하며, 실패라도 한다면 경멸을 당하며 쫓겨날 거라고 상상했다.

그런데 로더가 그녀의 생각을 눈치라도 챈 듯 불현듯 명랑하고 친절하게 말했다.

"오늘이 네 생일이지? 난 이제 나이를 안 세어서 내가 몇 살인지 말하려면 계산해야 해. 나에게 별로 상관없거든. 뚜렷한 목표를 가지고 독신으로 살겠노라 결심한 여자에게는 서른한 살이나 쉰한 살이나 매한가지야. 하지만 넌 아직 어려, 모니카. 이번 해에 좋은 일이 많이 생기길 바랄게!"

모니카는 용기를 내서 로더의 목표가 무엇인지 물었다.

"어떻게 설명하지?" 그녀가 웃으며 대답했다. "여자들의 마음을 단단하게 하는 거야."

"마음을 단단하게 한다고요? 무슨 뜻인지 알 거 같아요."
"그래?"
"그러니까 여자들이 독신으로 살길 바라는 거잖아요."
로더가 웃음을 터뜨렸다.
"거의 원망처럼 들리는구나."
"아니—아니에요—그런 뜻이 아니었어요."
모니카가 얼굴을 조금 붉혔다.
"그렇게 느끼는 게 당연하지. 네 나이에는 나도 그랬을 거야."
"하지만—" 그녀는 망설였다. "결혼은 전부 반대하세요?"
"아, 내가 그렇게 엄격하지는 않아! 하지만 우리의 멋진 나라에 여자가 남자보다 5십만 명이 더 많다는 걸 아니?"
"5십만 명!"
그녀가 순진하게 충격받는 모습에 로더는 웃었다.
"그 정도라고 하더라. 그렇게 짝 없는 여자들이 많아. 비관론자들은 그녀들의 인생이 쓸모없고 헛되고 낭비되었다고 여겨. 하지만 그중 한 명인 나는 당연히 관점이 달라. 나는 그들이 대단히 훌륭한 예비병이라고 생각해. 여자 한 명이 결혼하면서 사라질 때 예비병들이 세상의 일을 대신 하는 거야. 그들이 아직 훈련되지 않은 건 사실이야—준비되려면 멀었지. 난 그걸 돕고 싶은 거야—예비병들을 훈련하는 일."
"하지만 결혼한 여자들도 게으르게 살지 않아요." 모니카가 진지하게 반대했다.
"전부는 아니지. 몇몇은 요리도 하고 요람도 흔드니까."
다시 한번 넌 양의 기분이 바뀌었다. 그녀는 웃으면서 화제를 바꾸더니 갑작스레 서머싯 시절을 회상하며 체더의 절벽, 글래스턴 베리, 퀀턱스 언덕에서 산책하던 일에 관해 이야기하기 시작했다. 그러나 대화에 집중하기 힘들었던 모니카는 예의 바른 미소만 애써 유지했다.

"바풋 선생님을 만나러 올래?" 소녀가 얼른 벗어나고 싶다는 게 명백해지자 로더가 물었다. "난 선생님 아래에서 일하는 직원일 뿐이야. 하지만 선생님이 최선을 다해 널 돕고 싶어 하시리라는 걸 알아."

모니카는 고맙다고 인사하고 최대한 이른 시일 내에 찾아오겠다고 약속했다. 하녀가 다른 손님이 왔다고 알렸을 때 모니카는 막 떠나던 참이었다.

5장. 단순한 지인

배터시 파크에서 앨버트 브리지와 근접한 쪽에 흥미로운 건축물의 잔재가 20년 넘게 남아 있다. 대부분은 잘린 기둥인데, 이들은 땅에 일정한 간격으로 세워져 있으며 허물어진 사원의 일부처럼 보인다. 이것은 올드 벌링턴 하우스의 주랑으로, 아무도 알 수 없는 이유로 피커딜리에서 이곳으로 옮겨졌고, 건물의 기원이 세월의 심연으로 사라질 때까지 모험심 강한 아이들의 탐험 장소로 쓰일 것이다.

바로 이곳에서 모니카가 단순한 지인인 에드먼드 위도우선을 만나기로 했다. 그녀는 점잖게 차려입은 그의 야위고 꼿꼿한 몸이 약속 장소의 잔디밭을 서성이는 모습을 멀리에서부터 보았다. 마지막 순간까지 그녀는 갈팡질팡했다. 그녀는 그에게 아무런 감정도 느끼지 않았고, 그녀가 런던에서 익힌 삶의 지혜는 낯선 타인에게 이런 식으로 용기를 주는 것은 위험천만하다고 경고했다. 하지만 그녀는 저녁 시간을 어떻게든 보내야 했는데, 반대 방향으로 가면 그저 모험하듯 헤매고 다닐 것이었다. 미스 넌과의 대화는 모니카의 가슴에서 로더가 의도한 바와 정반대의 결과를 낳았다. 모니카는 무모하게 행동할 충동을 느꼈는데, 가게 여직원들에게서 감지했을 때는 무척 이상하게 여겼던 마음가짐이었다. 하지만 이제 그녀는 남자와의 친분 없이 살 수 없었고 이 남자에게 약속하기는 했으니까—

그가 그녀를 발견하고 다가오고 있었다. 이날 그는 산책용 지팡이를 들었고 장갑을 꼈다. 그것을 제외하면 리치먼드에서 만났을 때와 같은 차림이었다. 몇 걸음 안으로 다가온 그는 모자를 추어올렸으나 그리 우아하지는 않았다. 모니카는 손을 내밀지 않았으며 위도우선도 기대하지 않은 듯했다. 하지만 그는 만나서 매우 기쁘다는 표정이었다. 그의 핼쑥한 뺨이 상기되었고 눈가에 가득한 잔주름이 특이한 미소로 접혔는데, 다정하지만 어딘가 불안하고 걱정스러운 표정이었다.

"당신이 올 수 있어서 정말 기쁩니다." 그가 그녀를 향해 몸을 숙이며 나지막이 말했다.

"지난주 일요일보다도 날씨가 더 좋네요." 지나가는 사람들을 힐긋거리며 모니카가 애매하게 답했다.

"네, 아주 멋져요. 하지만 전 고작 한 시간 전에 집에서 나왔습니다. 이쪽으로 걸을까요?"

그들은 강을 따라 걸었다. 위도우선은 상점 아가씨들에게 말을 거는 데 익숙한 남자들 특유의 인위적으로 싹싹한 행동은 전혀 하지 않았다. 그는 다시 웃지 않았으며 그의 말과 몸가짐은 극히 진중했다. 그는 대개 땅에 시선을 고정하고 걸었고, 입을 다물고 있을 때면 심각한 문제를 고민하는 사람처럼 보였다.

"시골에 다녀오셨습니까?" 그의 첫 질문이었다.

"아뇨. 아침에는 자매들과 시간을 보냈어요. 오후에는 첼시에 사는 어떤 숙녀분을 만나러 갔고요."

"자매들은 당신보다 나이가 많습니까?"

"네, 언니들이에요."

"언니들과 따로 산 지 오래되었나요?"

"저희 자매는 제가 꽤 어릴 때부터 집이 없었어요."

잠시 주저하던 그녀는 자신의 인생사를 짤막하게 설명했다. 위도우선은 눈을 반쯤 감고 입술을 이따금 움찔거리며 집중해서 이야기를 들었다. 툭 불거진 광대뼈와 지나치게 넓은 콧구멍을 제외하면 못생긴 얼굴이 아니었다. 그의 얼굴에서는 강한 인성이 드러나지 않았고 그의 말에서도 아주 재민한 두뇌활동은 느낄 수 없었다. 모니카는 그의 나이를 다시 한번 추측했는데, 희끗희끗한 수염 때문에 더 늙어 보이기는 했으나 그가 마흔두 살이나 마흔세 살일 거라고 결론을 내렸다. 그의 갈색 머리칼은 초로의 영향을 아직 받지 않았으며 치아는 하얗고 가지런했고, 비록 그녀는 정확한 이유는 댈 수 없었으나 그가 스스로를 비교적 젊은 편이라고 자부할 수 있으리라는 확신이 들었다.

"당신이 런던 출신은 아닐 거라고 짐작했습니다." 그녀가 말을 멈추자 그가 말했다.

"어떻게요?"

"말투로요—그렇다고," 그가 재빨리 덧붙였다. "당신이 사투리를 쓴다는 건 아니에요. 당신이 실제로 런던 출신이었다고 해도 그렇게 보이지 않았을 거예요."

그는 말실수했다고 자책하는 듯 잠깐 조용히 있다가 친절하게 물었다.

"도시를 더 좋아하나요?"

"어떤 면에서는요—모든 면에서는 아니에요."

"당신이 이곳에 가족과 친구들이 있어서 다행입니다. 젊은 아가씨들이 혈혈단신으로 오는 경우가 많아요."

"네, 많죠."

그들이 친해지는 과정은 이보다 더 더딜 수 없었다. 이따금 그들은 대화가 완전히 끊길 위험이 느껴지는 정중하고 딱딱한 말투로 대화했다. 모니카는 부지런히 생각하느라 주변 사람들의 존재를 아예 잊을 정도였고, 때때로 그녀의 동행은 단지 목소리일 뿐이었다.

공원 앞쪽을 다 걸은 그들은 첼시 브리지에 가까워지고 있었다. 위도우선이 강에 떠 있는 유람 보트들을 바라보더니 자신 없는 목소리로 물었다.

"강에 나가면 어떨까요?"

예상치 못한 제안에 모니카는 놀란 눈으로 올려다보았다. 그가 어떤 종류이든 놀이를 제안할 남자로 보이지 않았던 것이다.

"즐거울 것 같습니다." 그가 덧붙였다. "물이 아직 차오르고 있어요. 1~2마일 정도 천천히 나갔다가 당신이 원할 때 언제든지 돌아오면 됩니다."

"네, 좋아요."

그의 안색이 환해지며 걸음이 한결 경쾌해졌다. 몇 분 후 그들은 선택한 보트를 밀어서 너른 강 한복판으로 미끄러지듯 나아갔다. 위도우선은 노를 서툴지 않게 저었지만 이런 운동에 익숙해 보이지는 않았다. 보트에 앉은 그는 모자를 벗어 옆으로 치운 후 주머니에서 작은 여행용 모자를 꺼내 썼다. 모니카는 그 모자가 그에게 잘 어울린다고 생각했다. 어쨌든 그는 같이 다니기 창피한 동행은 아니었다. 그녀는 노를 단단히 잡은 그의 털 많은 흰 손을 흡족해하며 보았다. 그리고 그의 부츠—품질이 대단히 훌륭했다. 그의 흰 셔츠 소맷부리에는 금제 커프스 링크가 달려 있었고, 회중시계에서는 신사의 취향이 느껴졌다.

"당신의 분부를 따르겠습니다." 그는 거의 명랑하게 말했다. "지시를 내리세요. 좀 빨리 가길 바랍니까, 아니면 물결에 밀리는 것보다 조금만 더 속력을 낼까요?"

"당신이 원하는 대로 하세요. 노를 많이 저으면 더울 거예요."

"좀 나가고 싶으시군요—알겠습니다."

"아니, 아니에요. 당신이 결정하세요—하지만 물론 한두 시간 안에는 돌아와야 해요."

그가 시계를 꺼냈다.

"지금 6시 10분입니다. 해는 9시가 좀 넘어서 질 거예요. 몇 시에 집에 가고 싶으세요?"

"9시보다 많이 늦고 싶지 않아요." 모니카가 얌전을 피우며 말했다.

"그럼 천천히 나아가도록 하죠. 오후 일찍 나왔으면 좋았을 텐데요. 하지만 어쩌면 다음번에 기회가 있을지도요. 그러길 바랍니다."

모니카는 선물이 든 갈색 종이 꾸러미를 무릎 위에 올려놓았다. 그녀는 이따금 흘끔거리는 위도우선의 시선을 눈치챘으나 먼저 나서서 설명하지 않았다.

"오늘 당신을 못 만날까 봐 무척 걱정했습니다." 배가 첼시 임뱅크먼트를 따라 매끄럽게 나아가는 동안 그가 말했다.

"날씨가 좋으면 나온다고 약속했잖아요."

"맞아요. 하지만 무슨 일이 생겨서 못 올지도 모른다고 걱정했습니다. 제게 시간을 내줘서 정말 고마워요." 그녀의 작은 부츠의 코를 바라보며 그가 말했다. "얼마나 고마운지 모르겠습니다."

몹시 쑥스러워진 모니카는 반짝이는 물방울을 흩뿌리며 오르내리는 노 하나만 뚫어지게 바라보았다.

"작년에," 그가 말을 이었다. "강에 두세 번 나왔지만 번번이 혼자였습니다. 이번 여름 들어서는 오늘 배를 처음 타는 거예요."

"드라이브를 더 좋아하시나요?"

"아, 그건 어쩌다 그렇게 된 겁니다. 하지만 드라이브를 많이 나가는 건 사실이에요. 하루 이틀 전에 다녀온 아름다운 시골길에 당신과 함께 갈 수 있으면 좋겠네요—서리에 있는 곳이었어요. 어쩌면 언젠가 당신이 허락할지도요. 눈치채셨겠지만 전 꽤 외롭게 삽니다. 가정부만 있고 같이 사는 가족은 없어요. 런던에 친척이라곤 제수씨뿐인데 우리는 자주 왕래하지 않습니다."

"달리 하시는 일이 없나요?"

"전 매우 게으릅니다. 하지만 그건 제가 평생 절망적으로 고생했기 때문이에요. 1년 6개월 전까지 그렇게 살았습니다. 전 열네 살에 경제적으로 자립했는데 오늘이 제 마흔네 번째 생일입니다."

"오늘이 당신 생일이에요?" 상대가 이해할 수 없는 묘한 표정으로 모니카가 물었다.

"네. 불과 몇 시간 전에 기억났어요. 제게 이렇게 즐거운 일이 생기다니 신기합니다. 네, 전 대단히 게으릅니다. 1년 반 전에 동생이 죽었는데, 그는 굉장히 성공한 사람이었고, 저로서는 큰돈으로 간주할 만한 유산을 물려줬어요. 동생의 재산에서는 작은 일부였지만요."

듣는 이의 심장이 두근거렸다. 그녀가 무의식적으로 키를 잡아당기자 보트가 육지 쪽으로 움직였다.

"왼손으로 조금 밀어요." 위도우선이 예의 바른 미소를 지었다.

"바로 그렇게요—전 며칠씩이나 집 밖에 안 나갑니다. 책을 좋아해서 여태 못한 독서를 하고 있죠—책을 좋아합니까?"

"많이 읽지 않아요. 저 자신이 무지하게 느껴져요."

"하지만 물론 기회가 없어서이겠지요."

그는 갈색 종이 꾸러미를 슬쩍 봤다. 불안스러운 충동을 따른 모니카는 헐겁게 맨 줄을 풀고 포장을 벗겼다.

"책인 줄 알았습니다!" 그녀가 선물 끄트머리를 보여 주자 위도우선이 신이 나서 외쳤다.

"당신이 이름을 알려 주셨을 때," 모니카가 말했다. "저도 제 소개를 해야 했는데요. 여기 적혀 있어요. 언니들이 오늘 준 거예요."

그녀가 작은 책을 내밀었다. 그는 책이 연약한 무언가라도 되는 양 살며시 받아서—팔꿈치 아래 노를 고정하고—첫 장을 펼쳤다.

"이건? 오늘이 당신 생일인가요?"

"네, 오늘부로 스물한 살이 됐어요."

"악수해도 될까요?" 그는 거의 힘을 주지 않고 그녀의 손가락을 잡았다. "정말 신기하지 않습니까? 아, 이 책을 잘 기억합니다. 이걸 읽거나 이 책에 관해 들은 지는 적어도 20년이 넘었지만요. 어머니께서 일요일에 읽곤 하셨죠―그런데 오늘이 정말 당신 생일입니까?―난 당신 두 배 이상 나이가 많네요, 매든 양."

마지막 문장은 초조하고 처량하게 흘러나왔다. 그리고 그는 아직 기력이 팔팔하다는 걸 스스로에게 증명이라도 하듯이 노를 대여섯 번 힘차게 저었다. 모니카는 책장을 넘겼으나 글자가 눈에 들어오지 않았다.

"제 생각에는―" 그녀의 동행이 잠시 후 말했다. "당신은 일하는 가게에서 행복하지 않군요."

"맞아요. 아니에요."

"그런 일이 얼마나 고달픈지 들었습니다. 당신 가게는 어떤지 이야기해 주시겠어요?"

그녀는 자신의 일주일이 어떻게 흘러가는지 서슴없이 말했으나 분개하는 대신 흥미를 못 느끼는 주제에 관해 말하듯 덤덤했다.

"당신은 아주 튼튼한가 보군요." 위도우선이 말했다.

"오늘 낮에 만난 숙녀분은 제가 아파 보인다고 했어요."

"물론 저도 과로의 흔적이 보입니다. 그런 노동을 당신이 견딘다는 자체가 놀랍다는 뜻이었어요. 그분과는 오랫동안 알고 지냈나요?"

모니카는 자기가 받은 제안까지 언급하며 구체적으로 이야기했

5장. 단순한 지인

다. 위도우선은 곰곰 생각하더니 더 많은 질문을 했다. 자기 소유의 조그만 재산을 알리기 싫었던 모니카는 새로 일을 배우는 동안 언니들이 도와줄 수 있을 거라고 말했다. 그러나 위도우선은 딴생각에 빠졌다. 그는 젓기를 멈추고 노 위로 팔짱을 낀 채로 근처에 있는 다른 배들을 둘러보았다. 그의 이마에 깊은 주름 두 줄이 굽이쳤고, 완전히 상념에 잠긴 듯한 시선은 먼 강변을 향했다.

"그래요." 그는 마치 자신이 지금껏 이 이야기를 해온 것처럼 운을 뗐다. "전 열네 살 때 밥벌이를 시작했습니다. 저희 아버지는 브라이턴에서 경매인으로 일했어요. 결혼한 지 몇 년 만에 그는 심하게 앓으면서 청력을 상실했어요. 다른 사람과 하던 동업은 해체되었고 상황이 계속해서 나빠졌어요. 끝내 어머니가 하숙집을 시작해서 우리는 오랫동안 그 수입으로 먹고살았습니다. 어머니는 현명하고 선하고 용감한 여자였어요—안타깝게도 아버지는 어머니의 삶을 고달프게 하셨죠. 아버지는 성격이 난폭했는데, 물론 귀가 먹으면서 더 나빠졌습니다. 어쨌든 어느 날 아버지는 킹스 로드에서 승합마차에 치였습니다. 병치레가 1년이나 걸렸지만 결국 그 사고로 돌아가셨어요. 자식은 둘뿐이었는데, 제가 형입니다. 어머니가 절 학교에 계속 보낼 형편이 안 되었기 때문에 저는 열네 살 때 아버지의 동업자였던 사람의 회사에 보내졌습니다. 그 사람 아래에서 사업을 배우라는 거였죠. 몇 년이나 거저 일하다시피 했는데 그 사람은 최대한 저를 가르치지 않았습니다. 사업 세계에서 흔히 만나는 완전히 이기적이고 매정한 사람이었어요. 아버지가 그 사람을 항상 나쁘게 평했던 걸 생각하면 제가 그곳에 간 것이 잘못된 선택이었습니다. 하지만 그 사람은 제게 친절을 베풀고 싶은 척을 했어요.

아마도―절 이용할 요량이었던 게 확실합니다."

그는 말을 멈추고 다시 노를 젓기 시작했다.

"그리고 어떻게 됐어요?" 모니카가 물었다.

"제가 무결한 소년은 아니었습니다." 그가 눈가 주름을 깊게 파는 미소를 지으며 말했다. "사실 그 반대입니다. 전 아버지의 성격을 많이 닮았거든요. 어머니에게 자주 못되게 굴었어요. 저에게는 기강을 바로잡아 줄 엄격하되 양심적인 사람이 필요했어요. 시간이 날 때마다 전 해변에 누워 빈둥거리거나 다른 소년들과 말썽을 피웠습니다. 어머니가 돌아가신 후에야 정신을 좀 차렸지만 이미 늦었죠. 그 말인즉, 성공하는 사업가가 될 훈련을 받기에는 너무 나이가 들어 버린 겁니다. 열아홉 살까지 전 자질구레한 심부름이나 하는 사무실 조수나 다름없었어요. 세월이 흘러도 그 직위보다 많이 올라가지 못했죠."

"이해하기 힘드네요." 모니카가 생각에 잠겨 말했다.

"왜요?"

"당신은―자기 길을 개척할 사람처럼 보여요."

"제가요?" 그는 그녀의 표현을 흐뭇해하며 명랑하게 웃었다. "하지만 전 어떤 길로 갈지 끝내 찾지 못했습니다. 회사생활은 언제나 질색이었고, 종류와 무관하게 사업이라면 다 싫었어요. 하지만 다른 길은 보이지 않았습니다. 전 평생 사무원이었어요―수천 명의 다른 남자들과 마찬가지죠. 요새 전 사무원들이 퇴근하는 시간에 우연히 런던에 나오기라도 하면 형언할 수 없는 연민을 느낍니다. 그중에서 가장 열심히 일하는 사람을 두세 명 찾아서 남는 수입을 나눠 주고 싶을 정도예요. 사무원의 삶은―그 위로 올라갈 희망이 없는 인생입니다―얼마나 끔찍한 운명인가요!"

"하지만 동생분은 성공했다고 하셨잖아요. 왜 그분은 당신을 돕지 않았죠?"

"우리는 성격이 안 맞았습니다. 늘 다퉜죠."

"당신 성격이 정말 그렇게 나쁘나요?"

모니카가 순진한 말투로 심각하게 조사하듯 묻자 처음에 당황했던 위도우선은 금세 웃음을 터뜨렸다.

"전 소년 시절부터," 그가 답했다. "동생 말고는 누구와도 다투지 않았어요. 아주 비합리적인 사람들만이 제 신경을 거스릅니다. 어떤 사람들은 저더러 지나치게 수더분하고 선량하다고 하더군요. 확실히 전 선량하게 살길 바랍니다. 그렇지만 전 친구를 쉽게 사귀지 못해요. 모르는 사람에게 말을 거는 일도 거의 없어요. 워낙 혼자 있으니까 저를 잘 모르는 사람들은 제가 쌀쌀맞고 사람을 꺼린다고 생각하죠."

"그럼 동생분은 당신을 도와주길 줄곧 거부한 건가요?"

"까다로운 일이었습니다. 동생은 증권 중매인이 되었고, 조그만 재산을 모을 때까지 차근차근 위로 올라갔어요. 그러고 나서 갖가지 방법으로 투자했죠. 동생이 저를 고용할 수는 없었습니다―우리는 화목하게 일하지 못했을 거예요. 그리고 저를 사무원 말고 다른 직책으로 누군가에게 추천하기도 불가했고요. 동생은 타고난 투자가였어요. 동생이 어떻게 부자가 되었는지 예를 들어 볼게요. 그는 어떤 주택 담보 사업을 통해 클래펌에 있는 들판을 소유하게 되었습니다. 1875년까지는 이 땅에서 연 40파운드밖에 벌지 못했어요. 이곳은 자유 보유가 가능한 땅이었는데 그는 매입하겠다는 제안을 전부 뿌리쳤죠. 그리고 1885년, 그가 죽기 1년 전쯤에는 이 땅에 주택이 잔뜩 들어섰고, 지대로 연 780파운드가 나왔습니다. 자본을 소유하고 있고 그걸 어떻게 써야 하는지 아는 남자들이 그렇게 돈을 법니다. 만약 제게 그 돈이 있었다면 전 아마 3~4파운드 이자밖에 건지지 못했을 거예요. 저는 부자가 되는 사람들 아래에서 일할 운명이었습니다―이제는 별로 상관없죠. 너무 많은 세월을 잃어버린 게 안타까울 따름입니다."

"동생분은 아이가 없었나요?"

"없었습니다. 그래도 그의 유언을 전해 들었을 때 전 놀랐어요. 아무것도 기대하지 않았거든요. 하루 만에, 아니 한 시간 만에, 전 노예에서 자유인이 되었고, 가난에 찌든 삶에서 편안한 것 이상의 여유로운 삶을 살게 된 겁니다―우리가 서로를 싫어한 건 아니었어요. 당신이 그렇게 생각하지 않았으면 합니다."

"하지만―재산 덕분에 편안한 삶 말고 친구도 생기지 않았나요?"

"아." 그가 웃었다. "사람들이 저와 친해지려고 들러붙을 정도 재산은 아닙니다. 1년에 600파운드 정도밖에 없어요."

모니카는 조용히 숨을 들이쉬고 먼 곳을 응시했다.

"아닙니다. 새로 친구는 전혀 사귀지 않았어요. 제가 좋아하는 친구 한두 명은 제 예전 처지와 다를 바 없는데, 그들을 초대하기가 낯부끄럽습니다. 어쩌면 그들은 제가 자기들을 무시해서 멀리한다고 생각할지도 모르는데, 전 제 입장을 어떻게 설명할지 모르겠어요. 제게 삶은 언제나 고민 덩어리였습니다. 어떤 이들이 쉽게 그리하는 것처럼 삶을 단순하게 받아들이지 못해요."

"이제 우리가 돌아가야 하지 않을까요, 위도우선 씨?"

"네, 그럽시다. 시간이 훌쩍 지나니 아쉽네요."

몇 분 동안 침묵을 지키던 그가 물었다.

"이제 제가 완전히 낯선 사람처럼 느껴지지는 않으시죠, 매든 양?"

"네—정말 많은 이야기를 하셨잖아요."

"제 이야기를 참을성 있게 들어 줘서 고마워요. 좀 더 흥미로운 이야기였으면 좋았을 텐데요. 하지만 들으셨다시피 제 인생은 무미건조했습니다." 그는 말을 멈추고 배가 물결에 흔들리게 잠시 내버려 두었다. "지난주 일요일에 용기를 내어 만나자고 청했을 때 당신이 승낙하리라는 희망은 거의 없었습니다. 그날 동의한 걸 혹시 후회하지는 않으시겠죠?—"

"그건 알 수 없죠—제가 낯선 사람과 말을 해도 될까 고민했어요."

"지당한 말입니다—물론 그래야 옳죠. 제가 끈질기게 청했기 때문입니다—제가 절대 불쾌한 행동을 하지 않으리라는 걸 당신이 알아본 거겠죠. 규칙은 필요하나 예외도 있는 법이니까요." 그가 드문드문 대충 노를 저었고 물결이 잔잔했으므로 배는 간신히 앞으로 나아갔다. "저는 당신 얼굴에서 말을 걸고 싶게끔 끌어당기는 무언가를 봤습니다. 이제 우리가 정말 친구가 될 수 있겠죠?"

"네, 당신을 친구로 생각할 수 있어요, 위도우선 씨."

네댓 명의 젊은 남녀가 즐겁게 노래를 부르고 있는 큰 배가 옆을 지나갔다. 콘서트장이나 민스트럴 쇼에서나 부를 법한 노래이긴 했으나 물살을 철썩이는 노의 소리와 어울려 유쾌했다. 아름다운 석양이 강 위에서 빛나기 시작하며, 그 따뜻한 빛깔이 모니카의 수척한 뺨을 물들였다.

"가까운 시일 내에 또 만나 주겠어요? 다음 주 일요일에 햄프턴 코트로 드라이브를 가요—아니면 당신이 원하는 곳 어디라도요."

"첼시에 있는 친구 집에 초대받을 가능성이 커요."

"가게를 정말 그만둘 생각입니까?"

"잘 모르겠어요—생각할 시간이 필요해요—"

"물론이죠—물론입니다. 하지만 제가 금요일쯤 편지를 쓰면 일요일에 만날 수 있는지 알려 주시겠어요?"

"내주 일요일은 거절해야겠어요. 그다음 주에 만날 수 있을지도 몰라요—어쩌면요."

그는 고개를 떨구고 극히 우울해 보이는 얼굴로 노를 저었다. 모니카는 마음이 불편했으나 결심을 굳혔고, 위도우선은 말없이 받아들였다. 그러고 나서 그들은 아름다운 하늘과 강, 강둑의 풍경처럼 개인적이지 않은 이야기만 짧게 몇 마디 주고받았다. 그들은 배에서 내려 첼시 브리지를 향해 묵묵히 걸었다.

"전 어서 기숙사로 돌아가야 해요." 모니카가 말했다.

"어떻게 가십니까?"

"기차를 탈 거예요—요크 로드에서 월워스 로드로요."

위도우선은 묘한 눈빛으로 그녀를 보았는데, 누가 봤으면 그가 런던 대중교통에 관한 지식에 불만이라도 있다고 생각할 법했다.

"그렇다면 역까지 모시겠습니다."

아무말 없이 그들은 요크 로드까지 짧은 거리를 함께 걸었다. 모니카는 표를 사고 인사를 위해 손을 내밀었다.

"제가 편지를 보내도 되겠습니까?" 위도우선이 초조한 표정으로 물었다. "다다음 주 일요일에 만날 약속을 편지로 잡을 수 있을까요?"

"상황이 되면 물론 만나고 싶어요."

"제게는 까마득하게 긴 시간일 겁니다."

모니카는 희미하게 웃으며 역으로 급히 걸어갔다. 기차 안에서 그녀는 중대한 고민에 시달리는 사람의 표정이었다. 그녀는 갑작스럽게 매우 피곤해져서 등받이에 기대고 눈을 감았다.

스코처 상점의 기숙사 바로 옆 길모퉁이에서 그녀는 키가 크고 요란하게 차려입었으며 생김새가 다소 투박한 여자와 마주쳤다. 여자는 길에서 서성이고 있던 모양이었다. 이드 양이었다.

"이야기 좀 하고 싶어요, 매든 양. 오늘 아침에 불리밴트 씨랑 어디 갔어요?"

전형적인 런던 상점 아가씨의 목소리였으며 골난 말투였다.

"불리밴트 씨요? 그분과 아무 데도 가지 않았어요."

"하지만 두 사람이 케닝턴 파크 로드에서 함께 버스에 타는 걸 봤는데요."

"그래요?" 모니카가 차갑게 되물었다. "불리밴트 씨가 나와 같은 방향으로 가는 걸 내가 어떻게 하겠어요."

"아, 잘도 그랬겠죠! 당신을 믿어도 되는 줄 알았는데. 나와는 상관없지만—"

"이드 양, 당신은 정말 어리석게 행동하고 있어요." 여자의 질투를 받아주기에 신경이 너무 곤두서 있던 모니카가 외쳤다. "난 이것밖에 할 말이 없어요. 불리밴트 씨가 클래펌 로드 어딘가에서 내리고 나서 난 그 사람을 다시 생각한 적 없어요. 이렇게 설명하는 것도 지긋지긋해요."

"이거 봐요. 화내지 말아요. 이리 와서 나랑 좀 걸으면서 이야기를—"

"난 너무 피곤해요. 당신에게 할 말 없어요."

"아, 심술궂게 군다 이거죠?"

모니카는 걷기 시작했지만 여자가 따라잡았다.

"나한테 화내지 말아요, 매든 양. 당신이 그 사람이랑 같이 버스에 타고 싶어 했다는 말이 아니에요. 하지만 무슨 대화를 나눴는지는 말해 줄 수 있잖아요."

"별 얘기 안 했어요. 나더러 어디에 가느냐고 물어봤는데, 물론 그 사람이 상관할 바가 아니죠. 난 당신을 위해 노력했어요. 강에 가자고 초대하면 당신이 거절하지 않을 거라고 했어요."

"아, 어떻게 그럴 수가!" 이드 양이 고개를 쳐들었다. "조심스럽지 않은 말 같아요."

"당신은 정말 너무하군요. 나도 그 말이 조심스럽지 않다고 생각해요. 하지만 나한테 그런 말을 하라고 조르지 않았어요?"

"아뇨, 난 그런 적 없어요. 조르다뇨!"

"그렇다면 다시는 내 앞에서 이런 얘기 하지 말아요. 난 질렸어요."

"당신이 그렇게 말했더니 그 사람이 뭐라고 했어요?"

"기억 안 나요."

"아, 당신 오늘 정말 심술궂군요! 정말이에요! 만약 우리 입장이 반대였다면 난 당신을 이렇게 대하지 않았을 거예요. 절대로요"

"갈게요!"

그들은 스코처 상점의 숙식 직원들이 밤에 이용하는 곁문 근처에 있었다. 모니카가 열쇠를 꺼냈지만 이드 양은 궁금증에 애가 타는 채로 남겨질 수 없었다.

"제발 말해 줘요!" 그녀가 속삭였다. "내가 해줄 수 있는 건 다 해줄게요. 쌀쌀맞게 굴지 말아요, 매든 양!"

모니카가 다시 뒤돌아섰다.

"내가 당신이었다면 이렇게 바보처럼 행동하지 않겠어요. 난 불리밴트 씨랑 다시는 말하지 않겠다고 약속할 수밖에 없어요."

"하지만 그 사람이 나에 대해 뭐라고 했어요?"

"아무말도 안 했어요."

이드 양은 굴욕에 입을 다물었다.

"당신도 그 사람을 머릿속에서 완전히 지우는 편이 나을 거예요. 나 같으면 스스로를 좀 더 존중하겠어요. 당신이 나처럼 그 사람을 볼 수 있게 도울 수 있으면 좋겠네요."

"정말 내 이야기를 했어요? 아, 당신이 누굴 좀 만나면 좋을 텐데. 그럼 어쩌면—"

모니카는 잠시 망설이다가 마침내 말했다.

"글쎄요, 누굴 만나긴 했어요."

"그래요?" 여자는 기쁨에 춤을 출 지경이었다. "정말이에요?"

"네—그러니까 제발 날 내버려 둬요."

그녀는 이번에는 뒤돌아서서 건물 안으로 들어갈 수 있었다.

그녀 외엔 아직 아무도 돌아오지 않았다. 모니카는 지하실에 있는 기다란 테이블에 준비되어 있던 빵과 치즈를 한입 가득 먹고 곧바로 침대로 갔다. 하지만 달가운 잠은 찾아오지 않았다. 11시 30

분에 그녀의 다섯 룸메이트 중 두 명이 돌아왔을 때도 그녀는 여전히 뒤척이고 있었다. 그들은 가스등을 켜고 (가스등은 자정까지 켜져 있었고, 자정 이후에 들어오는 사람들은 자기 소유의 초를 써야 했다) 자기들의 하루에 대해 신나게 떠들기 시작했다. 그들과 이야기하기 싫었던 모니카는 자는 시늉을 했다.

자정에 가스가 나갈 즈음 다른 두 명이 돌아왔다. 그들은 매우 침울한 기분으로 말다툼했다. 두 여자는 누가 초를 찾아야 하느냐를 두고 어둠 속에서 한참을 신랄하게 다투더니―침대에 누워 있던 여자 한 명이 짜증을 내며 불을 켜주어 논쟁을 끝냈다―부루퉁해서 옷을 벗어 던지기 시작했다.

"매든 양, 자요?" 한 명이 모니카 쪽을 바라보며 말했다.

아무 대답도 없었다.

"쟤가 오늘 남자 한 명 꼬셨잖아." 물어봤던 여자가 목소리를 낮추고 씩 웃으면서 친구에게 말했다. "아니면 지금껏 만나고 있었거나―그렇다고 해도 놀라지 않겠어."

그들은 신이 나서 머리를 맞대고 조용조용 여러 질문을 쏟아냈다.

"늙은 편이었어. 배터리 파크에서 배를 타고 나가는 걸 봤거든. 남자 얼굴은 제대로 못 봤지만 토머스 씨를 닮았던데."

가게 직원인 토머스 씨는 쉰 살이고 못생겼으며 엄격했다. 이 묘사를 들은 이들이 낄낄거리며 탄성을 내질렀다.

"부자였어?" 한 명이 물었다.

"그럴 거 같아. M양이 눈을 크게 뜨고 찾고 있었다고 확신해도 좋아. 부뚜막에 먼저 올라가는 부류잖니."

5장. 단순한 지인

"아, 그래?" 다른 한 명이 질투하는 목소리로 중얼거렸다. "쟤는 결국 바보처럼 당하는 부류 같던데—난 그렇게 생각해."

그들은 몇 분 동안 이것에 관해 토론했다. 그러고 나서 험담의 대상은 이드 양으로 바뀌었는데, 그녀는 티를 낼대로 내며 일개 점원 꽁무니를 쫓아다녀서 노골적으로 경멸당했다. 다른 아가씨들은, 적어도 지금으로서는, 더 원대한 야심을 품고 있었는데 그들 모두 이드 양보다 어렸기 때문이었다.

1시가 되기 전 15분 정도 침묵이 이어졌을 때 마지막 룸메이트가 소란스럽게 들어왔다. 그녀의 도덕적 평판은 질투할 이유가 없었으나 동료 직원 중 몇몇은 그녀를 확실히 부러워했다. 그녀는 필요할 때마다 쉽사리 돈을 구했기 때문이었다. 언제나처럼 그녀는 시끄럽게 지껄이기 시작했고, 처음에는 그저 천박한 말로 가벼운 웃음을 자아내다가 점점 충격적인 일화를 풀어 놓았다. 한참을 걸려 옷을 갈아입은 그녀는 촛불이 꺼진 후에도 가장 놀라운 이야기를 남겨 놓았는데, 너무나 라블레 풍[13]이라서 한두 명이 심각하게 항의할 정도였다. 입담 좋은 이야기꾼은 오랫동안 깔깔거리는 것으로 대답을 대신하고 "잘 자, 어린 아가씨들!"이라고 외치며 평화롭게 잠들었다.

모니카로 말하자면, 그녀는 창밖으로 희끄무레한 새벽이 번지는 것을 보았으며 월워스 로드에서 새로운 한 주가 북적거리며 시작할 때에서야 눈물에 젖은 눈을 감았다.

---

13. 외설스럽고 노골적인 이야기를 뜻하며, 프랑스 작가이자 풍자가였던 프랑수아 라블레의 이름에서 기인했다.

6장. 예비병 훈련소

그 주에 오간 서신의 결과로 다음 일요일에 매든 자매 세 명이 미스 바풋과 식사하기 위해 퀸스 로드로 왔다. 감기에서 회복했으나 여전히 몸이 안 좋은 앨리스는 최근 희망을 품고 기대했던 일마저 우울하게 느껴졌다. 버지니아는 여전히 넌 양을 열광적으로 믿었으며 이에 버금가는 열정으로 미스 바풋을 존경할 준비가 되어 있었다. 편지에서 막냇동생이 내비친 새로운 직업에 대한 거부감을 언니들은 도저히 이해할 수 없었다. 퀸스 로드에서 그들은 따뜻이 환영받았고 모두 즐거운 시간을 보냈다. 심지어 모니카도 마음속으로 '노처녀 공장'이라고 낙인을 찍은 집에 대한 편견에도 불구하고 집주인의 매력에 반했다.

미스 바풋은 체구는 작은 편이었지만 위엄으로 존재감을 발산했다. 그녀는 미인이었으며 자신의 아름다움을 자각하고 있다는 사실이 몸가짐에서 드러났다. 상황에 따라 그녀는 귀족적인 숙녀 혹은 세상일에 훤한 너그러운 여자 혹은 여성해방의 열정적인 대변인처럼 행동했는데, 어떤 역할을 맡든지 간에 그녀 특유의 나긋나긋함과 친절한 자신감으로 사람들의 호감과 존경을 받았다. 그녀의 빛나는 피부와 언제나 명랑하게 반짝이는 눈은 나이를 추측하기 어렵게 했고, 우아하게 화려한 그녀의 드레스를 보면 모르는 사람들은 그녀를 지체 높은 귀부인이라고 여길 만했다. 하지만 메리 바풋은 꽤 고달프게 살았으며 가난도 겪었다. 그녀의 고생은 로더 넌이 한 고생과 상당히 비슷한 종류였지만 기간은 더 길었다. 정신적, 심리적으로 강인한 그녀는 앨리스와 버지니아가 시달리는 독신 생활의 고초에 맞설 수 있었을 테지만, 그녀의 중년 삶에 젊은 기력과 활기를 소생시킨 것은 물질적인 재산의 변화였다.

"우리 친하게 지내자." 그녀가 모니카의 부드럽고 작은 손을 잡으며 말했다. "우리 둘 다 흑발이지만 예쁘잖니[14]."

그녀가 세상에서 제일 자연스러운 일인 것처럼 자찬하자 모니카는 즐거워하며 얼굴을 붉혔고, 웃지 않을 수 없었다.

모니카가 그레이트 포틀랜드 스트리트에 입학하기로 거의 정해졌다. 잠시 단둘이 대화할 때 미스 바풋은 모니카에게 필요한 돈을 빌려주겠다고 제안했다.

"단순한 비즈니스 거래야, 매든 양. 나한테 담보를 맡기고 상황이 괜찮아지면 갚아. 이쪽 일이 적성에 안 맞는다고 판명 나더라도 어쨌든 건강은 회복할 거야. 넌 양에게 말한 그 끔찍한 곳에는 돌아가면 안 될 거 같아."

손님들은 5시에 집을 떠났다.

"불쌍해라! 딱해라!" 친구와 둘만 남자 미스 바풋이 한숨을 내쉬었다. "언니 두 명은 어떻게 도와주지?"

"좋은 사람들이에요." 로더가 말했다. "친절하고 순진한 여자들이에요. 하지만 여태 해온 일 말고는 할 줄 아는 게 아무것도 없어요. 맏언니는 유능한 교사는 아니지만 아이들이 말썽을 안 피우게 돌보고 교양 있게 말하는 법을 가르치죠. 선생님도 보셨겠지만 건강이 망가지고 있어요."

"가여워라! 제일 애석한 부류이지."

---

14. 아가서 1장 5절에서 인용.

"확실히 그래요. 버지니아는 그렇게 암울하지는 않지만—얼마나 어린아이 같은지!"

"내가 보기에 세 명 다 어린아이 같아. 모니카는 참 사랑스럽더라. 그 애한테 비즈니스 이야기를 하는 게 어처구니없게 느껴져. 그 애는 물론 남편을 찾아야지."

"그렇겠죠."

로더의 멸시하는 듯한 말투에 미스 바풋이 웃었다.

"친애하는 로더, 우리가 인류를 멸종시키려는 건 아니야."

"아니죠." 로더가 웃으면서 인정했다.

"한가지 주의를 좀 줄게. 네 열정이 너를 잠식하고 있어. 이러다간 오히려 우리 목적에 유해할 거야. 우리는 여자들이 적당한 상대와 결혼하는 걸 막으려는 게 아니야. 그렇게 결혼할 수 없는 사람들이 그런대로 먹고살 수 있게 돕는 거지."

"모니카가 적당한 상대와 결혼할 가능성이 얼마나 될까요?"

"아, 누가 알겠니? 어쨌든, 우리가 데리고 있으면 가능성이 커질 거야."

"정말요? 그 애를 신붓감으로 원할 만한 남자를 아세요?"

"그런 건 아니야. 지금은."

미스 바풋이 그녀보다 열성적인 친구에게 눌릴 위험이 있다는 사실이 한눈에 보였다. 타고난 위엄이 있긴 하지만 체격이 작은 그녀는 위풍당당하게 내려다보는 로더 앞에서 불리했다. 또한, 그녀의 사근사근한 성격은 로더의 정력적이면서도 저돌적인 성격에 상대가 될 수 없었다. 하지만 두 사람은 서로를 매우 좋아했으며 그들의 업무적인 관계가 초반에 필요로 했던 격식을 이제는 버려도 괜찮다고 느꼈다.

"만약 그 애가 결혼한다면," 넌 양이 선언했다. "실패할 거예요. 그 가족의 운명은 정해졌어요. 우리에게 너무나도 익숙한 그 계층에 속해요―사회적 지위가 없는데 개인적으로 성공할 가능성도 없죠. 그 넝마 부대에 어울리는 명칭을 찾아야겠어요."

미스 바풋이 곰곰 생각하며 친구를 쳐다보았다.

"로더, 심령이 가난한 자들[15]에게 네가 어떤 위안을 줄 수 있을까?"

"안타깝지만 아무것도 못 해줘요. 제 사명은 그들을 돕는 게 아니에요."

잠시 침묵하던 그녀가 덧붙였다.

"아마도 그들은 종교적인 믿음이 강하겠죠―그리고 그 종교에 많은 책임을 물을 수 있어요."

"그걸 그들에게서 빼앗는 건 엄청난 책임일 거야." 나이 많은 여자가 심각하게 말했다.

로드는 성마른 몸짓을 했다.

"무엇을 하든지 엄청난 책임이 따라요. 하지만 난 다행이라고 생각해요―" 그녀가 조소했다. "그들을 해방하는 것이 제 의무가 아니라서요."

미스 바풋은 수려한 얼굴에 연민의 그림자를 드리운 채 상념에 잠겼다.

"그 종교의 정신 없이는 우리의 목표를 이루기 힘들 거야." 그녀가 마침내 말했다. "본질적인 인간의 정신 말이야. 이 불쌍한 여자

---

15. 마태복음 5장 3절에서 인용.

들에게—우리는 아주 친절해야 해. '넝마 부대'라는 네 표현이 불편하구나. 내가 늙고 우울해지면, 난 처절하게 절망적이고 목적 없는 여자들을 돕는 일에 헌신할 거야. 그들이 세상을 떠나기 전에 조금이라도 따스하게 위로할 수 있게."

"훌륭해요!" 로더가 웃으면서 중얼거렸다. "하지만 그때까지 그 여자들은 우리에게 짐이에요. 우리는 싸워야 한다고요."

그녀는 창과 방패를 휘두르듯 팔을 앞으로 뻗었다. 아테나 여신 같은 그녀의 태도에 미스 바풋이 미소 짓고 있을 때 하녀가 여자 손님 두 명이 왔다고 알렸다. 스멀브룩 부인과 헤이븐 양이었다. 그들은 이모와 조카 사이였는데 이모는 큰 키에 볼품없고 날카롭게 생긴 과부였으며 조카는 귀여운 얼굴에 상냥하고 야무져 보이는 스물다섯 살 아가씨였다.

"선생님이 돌아오셔서 정말 다행이에요." 과부가 미스 바풋과 악수하며 딱딱하고 차가운 목소리로 말했다. "저를 찾아온 흥미로운 아가씨를 위해 조언을 받고 싶었어요. 그 아가씨의 과거는 모르는 편이 낫지만 이제는 확실히 마음을 바로잡았어요. 위니프레드도 그 아가씨가 무척 마음에 든다고—"

위니프레드라고 불린 헤이븐 양이 조금 떨어진 곳에서 로더 넌과 이야기하기 시작했다.

"이모가 저렇게 과장하지 않았으면 좋겠어요." 스멀브룩 부인이 큰 목소리로 다급하게 말하는 동안 그녀가 조용히 속삭였다. "전 마음에 든다고 한 적 없어요. 그 아가씨는 불평이 너무 많아요. 이모의 약점을 이용하는 거예요."

"그게 누구니?"

"아, 오래전에 인성을 잃어버린 사람이에요. 지금은 자선을 베푸는 사람들 도움으로 근근이 살고 있어요. 그 아가씨가 한때는 상당한 미인이었겠다고 제가 말한 걸 이모가 저렇게 오용하는 거예요—정말 유감이에요."

"교육받은 여자예요?" 미스 바풋이 묻는 소리가 들렸다.

"잘 교육받았다고 할 수는 없어요."

"그럼 하층민인가요?"

"전 그 명칭이 싫어요. 좀 더 가난한 계층이에요."

"확실히 숙녀는 아니었어요." 헤이븐 양이 조용히, 그러나 단호하게 말했다.

"그렇다면 제가 도와줄 수 없어요." 집주인이 스멀브룩 부인의 부탁을 거절할 수 있게 된 것에 대한 비밀스러운 만족감을 살짝 드러내며 말했다. 그레이트 포틀랜드 스트리트 학원의 학생인 위니프레드는 두 선생 모두가 아꼈다. 하지만 끊임없이 남의 돈으로 선행을 베풀려는 그녀의 이모는 그저 성가신 여자일 뿐이었다.

"하지만 바풋 선생님, 선생님의 인류애를 인위적인 사회적 지위로 나누진 않으시겠죠?"

"전 그게 인위적이라고 생각하지 않아요." 집주인이 쾌활하게 말했다. "전 교육받지 못한 계층에는 아무런 관심이 없어요. 제가 말씀드렸잖아요."

"네, 하지만 그건—너무 편협하지 않나요?"

"어쩌면요. 하지만 그것이 제가 선택한 영역이에요. 그게 다예요. 하층민들을 (전 하층민이라고 불러야겠어요. 그들은 모든 의미에서 아래에 있으니까요) 위해 봉사하고자 하는 사명감을 느끼는 사람들에게 도우라고 하세요. 전 그런 사명감이 전혀 없어요. 전 제가 선택한 계층을 위해 일하겠어요."

"하지만, 미스 넌." 과부가 로더 쪽으로 몸을 돌리며 외쳤다. "우리가 모든 종류의 불공평한 제도를 폐지하려고 노력하는 거 아닌가요? 우리한테 여자는 모두 같은 여자이잖아요. 아닌가요?"

"전 바풋 선생님과 동의해야겠어요. 교육받지 못한 사람들을 학원에 들이기 시작하면 우리의 모든 계획과 비전이 흔들릴 거예요. 일단 우리는 새로운 언어를 배워야 하겠지요. 하지만 부인의 자선적인 기상은 존경합니다."

"저로 말하자면," 스멀브룩 부인이 선언했다. "전 여성 모두의 단결을 목표로 하고 있어요. 그래도 넌 나랑 같은 생각이지, 위니프레드?"

"이모, 전 숙녀들이 하녀들과 단결할 수는 없다고 생각해요." 로더의 눈빛을 보고 용기를 낸 헤이븐 양이 대답했다.

"그렇다면 슬프게도 네 자선심이 기독교인답지 못하구나."

미스 바풋은 좀 더 희망적인 주제로 화제를 단호하게 바꾸었다.

이 집에 찾아오는 손님은 적었다. 미스 바풋은 학생들을 포함한 지인들이 방문할 시간으로 매주 수요일 저녁 8시 30분부터 11시를 비워 두었다. 하지만 이것은 확실한 목적이 있는 만남이었다. 그녀는 사교적으로 많은 사람을 만나지 않았으며 쓸데없이 형식적인 만남에 낭비할 시간이 없었다. 그녀는 과부였던 언니와 삼촌이 연달아 죽으면서 어느 정도 재산을 물려받았다. 그러나 그녀와 비슷한 처지의 여자들 대부분이 혹했을 종류의 삶에 그녀는 아무런 관심이 없었다. 평생 실용적인 공부를 해왔던 그녀의 능력은 여성에게 드문, 어쨌든 드물게 발달하는 종류였다. 그녀는 대규모의 복잡한 사업을 운영하거나 임원을 맡거나 혹은 지방정부, 아니, 심지어 중앙정부에서도 활발하게 활동할 역량이 있었다. 그리고 이런 지력이 대단히 여성스러운 여러 특성과 조화로웠으므로 그녀를 아는 사람들은 그녀를 존경함은 물론 친애했다. 그녀는 어떤 '운동'의 선도자로 알려지려고 하지 않았다. 그런데도 그녀가 조용히 해내는 일들은 여성해방을 선전하는 여자들의 공식적인 활동보다 더 효과적인 듯했다. 그녀의 목표는 사람이 몰린 교사 직종에서 유능한 젊은 여자들을 최대한 많이 빼내어 최근 여성에게 개방된 몇몇 직업에 적합한 훈련을 제공하는 것이었다. 그녀는 남자가 할 수 있는 일이라면 여자도 똑같이 잘할 수 있다고, 엄청난 신체적 힘이 필요한 일만 아니라면 전부 할 수 있다고 굳게 믿었다. 그녀의 설득과 경제적인 지원 아래 두 명의 아가씨가 약제사가 되기 위해 공부 중이었고, 다른 두 명은 그녀의 도움을 받아 서점을 열었다. 또한, 사무원 자리를 목표로 하는 다수의 여자가 그레이트 포틀랜드 스트리트에서 알찬 교육을 받았다.

  이곳으로 매주 평일 아침 미스 바풋과 로더가 출근했다. 그들은 9시까지 와서 중간에 한 시간을 쉬고 5시까지 일했다.

  그들은 같은 건물 1층에 있는 그림 복원 가게에서 통하는 직원용 문으로 들어가서 2층으로 올라갔다. 그곳에는 편안한 사무실처럼 꾸며진 방이 두 개 있었으며 위층에는 의상실로 쓰이는 작은 방이 두 개 있었다. 사무실 하나에서는 정기적으로 일하는 서너 명의 아가씨들이 타자기를 두드리거나 지력이 필요한 다른 업무를 수행했다. 이곳을 감독하고, 원장의 지시 아래 사업 통신을 관리하는 것이 넌 양의 주된 임무였다. 다른 사무실에서는 미스 바풋이 강의를 했는데 한 수업에 네 명 이상 받지 않았다. 여성학과 그 외 관련 서적이 빼곡한 책장 하나가 대출 도서관 역할을 했다. 이 작은 단체의 회원들은 무료로 책을 빌렸다. 한 달에 한 번, 미스 바풋과 넌 양이 번갈아 가며 특정한 주제에 관해 간단하게 강연했다. 강연은 4시에 열렸으며 대개 열두어 명의 청중이 모였다. 미스 바풋과 넌 양 모두 매우 열심히 일했다. 미스 바풋의 사업은 금전적 이익을 목표로 하지 않았는데도 지출 이상의 수입을 거두었다. 학생 수는 꾸준히 늘었고 직원도 지금보다 많아질 조짐이 보였다. 학생들 대부분이 이들의 기대에 보답했지만 물론 실망스러운 예도 있었다. 미스 바풋의 마음을 특히 아프게 한 학생이 있었다. 그녀가 몹시 고된 삶에서 구출한 아가씨였는데, 몇 달의 노력으로 이룬 상당한 성과를 저버리고 홀연히 사라졌다. 그 아가씨는 런던에 아무런 연고 없이 홀로 있었고, 그녀를 찾으려던 수 주간의 노력은 수포로 돌아갔다. 그러다 어느 날 소식이 왔다. 그녀가 유부남의 정부로 살고 있다는 소식이었다. 그녀를 다시 데려오려고 갖은 노력을 다했으나 끝내 실패했다. 얼마 후 그녀는 다시 종적을 감추었고, 미스 바풋이 그녀를 못 본 지 1년이 한참 넘었다.

  이날 월요일 아침에 집으로 배달 온 우편물 중 길 잃은 여자의 편지가 있었다. 혼자 편지를 읽은 미스 바풋은 평소와 다르게 온종일 침울했다.

  4시에 직원과 학생이 모두 떠나자 잠시 앉아서 명상하던 그녀는 창가에서 책을 넘겨 보던 로더에게 말을 걸었다.

  "이 편지를 네가 읽었으면 해."

"선생님을 아침부터 힘들게 했던 그 편지군요?"

"맞아."

로더는 편지를 받아 재빨리 읽었다. 그녀의 표정이 굳었고, 그녀는 비웃으며 편지를 떨어뜨렸다.

"내가 어떻게 했으면 좋겠니?" 나이 많은 여자가 그녀를 뚫어지게 바라보며 물었다.

"두 마디면 충분해요—선생님이 정 원하시면 수표를 한 장 동봉하시든지요."

"그게 과연 올바른 대처일까?"

"제 생각에는 올바르고도 남아요."

미스 바풋은 생각에 잠겼다.

"과연 그럴까. 절망하며 쓴 편지야. 난 등을 돌릴 수 없어."

"그 애를 좋아하셨으니까요. 돕고 싶으시면 맘껏 도우세요. 하지만 설마 그 애를 다시 받아주실 생각은 아니겠죠?"

"지금 그 얘기를 하는 거야. 왜 다시 받으면 안 되니?"

"첫째," 로더가 친구를 냉정하게 내려다보며 말했다. "선생님은 그 애를 교화하지 못할 거예요. 둘째, 그 애는 여기에서 만날 다른 아이들과 어울릴 수 없어요."

"네가 말한 이유 두 가지 다 확실하지 않다고 생각해. 그 애는 물론 열정에 사로잡혀 한심할 정도로 성급하게 행동했어. 하지만 본질이 악한 아이라고 생각한 적은 한 번도 없어. 너는 그랬니?"

"악하다고요? 그게 대체 무슨 뜻이죠? 저는 청교도가 아니고 일반적인 여자들의 기준으로 그 애를 판단하지 않아요. 하지만 그 애는 우리가 용납할 수 있는 정도를 벗어났어요. 당시 걔는 스물두 살이었어요—어린애가 아니죠—그리고 두 눈 똑바로 뜨고 한 행동이에요. 속임수는 없었어요. 그 애는 남자가 유부남이라는 걸 알았으면서도 그 사람을—부분적으로라도 차지하겠답시고 스스로를 천하게 만든 거예요. 선생님은 일부다처제를 찬성하세요? 그런 거라면 전 이해할 수 있어요. 사회적 난제를 해결하는 한 방안일 수 있겠지만 전 택하지 않을 거예요."

"로더, 화를 끌어낼 필요 없어."

"안 그러려고 노력할게요."

"하지만 화낼 이유가 없잖니. 여기에 앉아서 조용히 이야기해 보자. 아니, 난 일부다처제를 옹호하지 않아. 그리고 그 애의 행동을 이해하기 힘들어. 하지만 아무리 끔찍한 실수라도 그걸로 한 여자를 평생 비난할 수는 없어. 세상은 그러지만 우리는 그러면 안 돼."

"이 문제에 관해서는 사실 전 세상과 동의해요."

"그런 것 같아. 그리고 정말 놀랍구나. 넌 여러 면에서 이상하게 변하고 있어. 1년 전만 해도 벨라에 대해서 이렇게 혹독하게 말하지 않았잖아."

"제 마음을 솔직하게 털어놓을 정도로 선생님과 가깝지 않았기 때문이기도 해요—그리고 선생님이 옳아요. 제가 많이 변했어요. 하지만 어떤 경우에도 전 그 애를 다시 받아주고 지나간 일은 잊어버리자고 하지 않았을 거예요. 착한 마음이지만 반사회적이에요."

"네가 좋아하는 단어가 나왔구나, 로더. 그게 왜 반사회적이니?"

"여성에게 자부심과 자제력을 가르치는 일이야말로 이 시대의 사회가 가장 절실히 필요로 하는 일이기 때문이에요. 이런 문제에서 무모하게 개인주의를 주장하는 사람은 세상에 숱해요. 대부분은 남자이지만 특정한 기질의 여자들도 포함하죠. 그들은 그 애가 멋지게 행동했다고 칭찬할 거예요. 자기가 원하는 길을 택했으니, 그런 말들이오. 하지만 선생님은 그렇게 생각하지 않는다고 믿어요."

"맞아, 난 그렇게 생각하지 않아. '여성에게 자부심을 가르치기.' 알았어. 하지만 여기에 통탄할 만한 유혹에 빠져서 자부심을 잃어버린 딱한 여자가 있어. 그녀가 크나큰 실수를 저질렀다고 판명 났어. 남자는 여자를 내치면서 알아서 살라고 했지. 이제 여자는 구걸해서 먹고살아야 할 처지야. 자, 그런 상황이 되면 여자는 심지어 더 타락할 충동을 느낄 거야. 한두 마디 끄적인 편지랑 수표를 보내는 것은 그 애를 다시는 구출할 수 없는 수렁에 빠뜨리는 것이나 다름없어. 더는 희망이 없다는 확인사살 같을 터이니까. 하지만 우리는 네가 언급한 교육을 실행할 능력이 있어. 그 애는 똑똑하고, 천박한 여자가 아니야. 내가 보기에는 네가 비논리적인—그리고 전혀 친절하지 않은 정신에 휩쓸린 거 같아."

로더는 더 고집스러워질 뿐이었다.

"그 애가 통탄할 만한 유혹에 빠졌다고 하셨죠. 어떤 유혹이오? 차마 말로 하실 수 있나요?"

"물론이야. 할 수 있어." 미스 바풋이 아주 부드러운 미소를 띠며 대답했다. "그 애는 남자와 사랑에 빠져 버렸어."

"사랑에 빠졌다고요!" 이 메아리에는 조롱이 응축되어 있었다. "아, 그 말은 세상만사의 핑곗거리죠!"

"로더, 내가 지금까지 안 했던 질문 하나 할게. 넌 사랑에 빠지는 게 어떤 건지 아니?"

넌 양의 강인한 얼굴이 웃음을 참듯 움찔거렸다. 그녀의 뺨이 아주 희미하게 붉어졌다.

"저도 평범한 사람이에요." 그녀가 조급한 손짓을 하며 말했다. "그 말이 무슨 뜻인지 정확히 알아요."

"그건 대답이 아니야. 넌 남자를 사랑한 적 있어?"

"네, 열다섯 살 때요."

"그리고 그 후에는 아무도 없었지." 미스 바풋이 고개를 가로젓고 미소를 지으며 말했다. "그래? 정말 없었어?"

"하늘에 감사하게도 없었어요!"

"그럼 넌 이 사례를 제대로 판단할 수 없어. 반면에 나는 방대한 이해를 바탕으로 헤아릴 수 있지―그렇게 매섭게 웃지 말렴, 로더. 이번만큼은 네 조언을 받아들이지 못할 것 같아."

"그럼 그 애를 다시 불러서 예전처럼 가르치신다고요?"

"지금 학생들은 벨라를 몰라. 그 애를 알았던 친구들이 괜한 이야기를 하지 않게 입조심을 시켜야지."

"아, 약해요―약해요―약하다고요!"

"이번에는 내 생각대로 하겠어."

"네, 그리고 선생님 사업의 성격 자체가 완전히 변하겠죠―감화원을 운영할 거라고 말씀하신 적은 없잖아요. 선생님의 목표는 세상에 쓸모가 있을 여자아이들을 선발해서 도와주는 거였어요. 로이스턴 양은 쓸모없는 평균 여자를 대표해요―아니, 평균 이하예요. 이런 애가 발전할 가능성이 있다고 믿을 정도로 순진하세요? 그 애를 길바닥에서 구하고 싶으시면, 물론 그렇게 하세요. 하지만 그 애를 선생님이 채택한 학생들 사이에 집어넣으면 선생님의 사업 기반이 흔들릴지도 몰라요. 이 일이 한 번 알려지면―결국 그렇게 될 테니까요—그런 애가 여기에 다닌다는 소문이 나는 순간부터 선생님은 다른 학생들에게도 도움을 못 줄 거예요. 1년 후에는 아예 폐교하거나 부랑아들을 받아주는 기관으로 바꿔야 하겠죠."

미스 바풋은 말없이 테이블을 손가락으로 두드렸다.

"개인적인 감정 때문에 오판하신 거예요." 로더가 말을 이었다. "로이스턴 양도 자기 나름대로 영리한 면이 있었어요. 저도 그건 인정해요. 하지만 그 애가 선생님의 기대에 부응하지 못하리라는 걸 제가 몰랐을까요? 그 애는 시간 날 때마다 소설이나 읽었어요. 소설가들을 죄다 목 졸라서 바다로 던져 버리면 여자들을 발전시킬 가능성이 좀 커질지도 몰라요. 로이스턴 양은 본질 자체가 감상적인 성향에 물들어서 타락했어요. 최고라고 불리는 소설들을 읽을 정도 지력은 있으면서 그것들의 악영향은 이해하지 못하는 여자들처럼요. 사랑—사랑—사랑. 모두 질리도록 똑같이 저속한 사랑 타령이에요. 소설가들의 이상보다 더 한심한 게 있을까요? 그들은 현실을 보여 주지 않아요. 자기 독자들이 지루해할 테니까요. 현실에서 대체 몇 명의 남녀가 정말 사랑에 빠지나요? 만 명 중 한 명도 없을 거라고 전 확신해요. 만 쌍 중 한 쌍의 부부도 소설마다 등장하는 부부들처럼 서로를 생각하지 않아요. 물론 성적 본능은 있겠죠. 하지만 그건 별개의 문제예요. 소설가들은 감히 그런 것들은 책에 못 담아요. 그 비열한 작자들은 사람들에게 실제로 유익한 진실은 하나도 말하지 못해요. 그 결과로 여자들은 자기들이 동물이나 다름없을 때 스스로가 고상하고 명예롭다고 착각해요. 로이스턴 양도 파멸의 길을 택했을 때 십중팔구 어떤 책에서 읽은 멍청한 여주인공을 떠올렸을 거예요—아, 선생님이 가장 중요한 임무를 잊으신 것 같아요. 착한 사마리아인 역할을 할 사람은 세상에 널렸어요. 선생님의 일은 달라요. 선생님의 임무는 여자들이 남편 사냥꾼의 길에서 최대한 멀어지게 훈련하고 격려하는 거예요. 여자들더러 결혼을 꼭 해야겠으면 나중에 하라고 해요. 어쨌든 그들이 결혼을 현실적으로 직시하고 구혼자를 냉철하게 판단할 수 있는 능력을 선생님이 길러 주신 다음에요. 결혼이란 지성의 결합이지, 경제적 지원이나 그보다 더 천박한 무언가를 위한 게 아니라고 가르치신 다음에요. 그렇지만 이 목표를 이루려면 선생님이 여성의 어리석음에 일호의 가치도 없다는 걸 보이셔야 해요. 선생님이 로이스턴 양 같은 애를 다시 받아 준 걸 어떤 학생이 알게 되는 순간 선생님의 자선심이 그 애를 망가뜨릴 거예요—어쨌든 우리 목적에는 쓸모없게 망가질 거라고요. 여자들에게 새로운 영혼을 주는 일은 너무 어려워서 우린 다른 일에, 예를 들면 자기 발로 진흙탕에 들어간 어리석은 사람들을 구제하는 일에 낭비할 여력이 없어요. 인간적인 약점을 용서하는 관용도 나름대로 훌륭하지만, 선생님께서는 절대 가르치시면 안 되는 미덕 중 하나예요. 선생님은 강직한 인성을 고무하는 귀감이 되시고, 감상주의의 기미가 조금이라도 보이는 것은 근절하셔야 해요. 그런데 선생님 본인이 우리가 최선을 다해 박멸하고자 하는 약점에 연민을 보이다니요!"

"정말 무시무시한 열변이구나." 열렬한 목소리가 잠시 조용해지자 미스 바풋이 말했다. "네 뜻은 잘 이해해. 하지만 네 열정은 현실적인 정도를 벗어난 것 같아. 어쨌든, 가능하다면 다른 방법으로 벨라를 돕겠어."

"저 때문에 기분이 상하셨군요."

"이렇게나 확연한 진심을 불쾌하게 생각할 수는 없지."

"하지만 제 말이 옳다고 인정하세요?"

"우리는 어떤 문제에 관해서는 관점이 아주 달라, 로더. 하지만 대개 우리가 사이좋게 일하는 것에 방해가 되지 않을 문제들이지. 너는 결혼이나 그것과 비슷한 모든 걸 싫어하게 됐어. 네가 좀 조심해야 할 것 같아. 여자들이 단순히 경제적인 이유로 결혼한다거나 불쌍한 벨라 로이스턴처럼 자기 명예를 내던지는 일을 우리가 막아야 하는 건 사실이야. 하지만 독신 여성 대부분이 황폐한 삶을 살 거라는 사실을 우리끼리는 인정해도 되겠지."

"전 대부분 여자가 결혼하기 때문에 비참하고 헛되게 산다고 믿어요."

"인간의 운명을 탓해야 하는 문제를 두고 네가 결혼이라는 제도를 공격하는 거 아니니? 거의 모든 사람이 비참하고 헛되게 살 운명이야. 결혼하건 안 하건, 대부분 여자는 고통받고 어리석은 짓을 끝없이 반복할 거야."

"대부분 여자는─현재 사회체제에서는 그렇겠죠. 하지만 세상은 변하고 있어요. 그리고 우리는 하루빨리 새로운 질서가 설립되는 데 이바지해야 해요."

"아, 우리가 같은 말을 다르게 이해하는구나. 나는 제도의 영향이 아니라 인생의 본질을 이야기하는 거야."

"이제는 선생님께서 비현실적인 이야기를 하시네요. 그런 생각은 비관과 무기력증만 유발할 뿐이에요."

미스 바풋이 자리에서 일어났다.

"그 애를 학교로 데려오지 말자는 의견에는 수긍할게. 어떻게 다른 방법으로 도와야지. 믿음직스럽지 않은 아이라는 건 사실이니까."

"어디를 봐도 믿을 수 없는 아이예요. 그 애의 타락을 예시로 삼아 다른 학생들을 가르칠 수 없다는 게 안타깝네요."

"여기에서 우리 의견이 또 갈리는구나. 사람의 마음이 어떻게 움직이는지 네가 잘못 이해하고 있어. 벨라 로이스턴의 비참한 삶은 다른 학생들이 여성의 운명을 생각하는 방식에 아무런 영향도 안 끼칠 거야. 우리는 과장하면 안 돼. 사람들이 우리를 광신적이라고 생각하는 순간 우리는 쓸모없어질 거야. 우리가 추진하는 이상은 인간적이어야 해. 평생 사랑도 결혼도 안 하고 살면 참으로 좋겠다고 생각하는 여자가 한 명이라도 있을 것 같니?"

"없을지도 모르죠." 자기 뜻을 관철한 로더가 좀 더 명랑하게 말했다. "하지만 가슴이 끌리는 만큼 머리로도 끌리지 않는 이상 결혼은 생각도 하지 않을 여자들은 몇 명 알죠."

미스 바풋이 웃었다.

"이런 일에서 머리와 가슴을 분리할 수 있다고 생각하니?"

"오늘 이상하게 회의적이시네요." 로더가 성마른 웃음과 함께 말했다.

"아니, 그렇지 않아. 오늘 우리가 근본적인 문제를 얘기하게 된 것뿐이야. 어쩌면 가끔 이런 이야기를 하는 게 좋을지도 모르겠구나. 아, 난 널 굉장히 존경해, 로더. 만사에 무관심하고 신념도 없이 살면서 세상을 퇴보시키는 여자들에게 넌 최적의 상대야. 하지만 야심이 너무 크면 실망하게 될 거야."

"위니프레드 헤이븐을 예로 들게요." 넌 양이 말했다. "얼굴도 예쁘고 매력적인 아이예요. 언젠가 누군가와 결혼하겠죠."

"말을 끊어서 미안하지만 그건 모르는 일이야. 자기가 버는 돈 말고는 재산이 전혀 없는 아이잖아. 그런 애들은 미모가 정말 출중하지 않은 한 청혼을 받기 힘들지."

"사실이에요. 하지만 일단 누군가 청혼했다고 가정해 봐요. 그 애가 신중하게 판단할 거라는 사실에 의심의 여지가 있어요?"

"위니프레드는 지각이 있는 아이야." 상대가 인정했다. "어쩌면 우리가 아는 어떤 아가씨보다 믿음직스럽지. 하지만 그 애가 정말 한탄스러운 실수를 한다고 해도 난 놀라지 않겠어—물론 그런 일이 생길까 봐 걱정한다는 말은 아니야. 우리 계층 여자들은 교육받지 못한 이들과는 달라. 그 여자들은 어떤 이유에서이든지 간에 독신으로 남느니 차라리 아무나 잡아 결혼하겠지. 우리 학생들은 적어도 격조가 있어—하지만 심지어 위니프레드도 혼자 사는 것보다는 결혼을 선호할 거라는 것이 내 요지야. 그리고 우리는 그 사실은 신중히 염두에 두어야 해. 지나치게 고고한 이상은 나빠. 사실, 이상이 없는 것만큼이나 나빠. 정말 뛰어난 여자만이 우리가 짝 없는 여자들이라고 부르는 사람들을 지지하고 모범을 보이기 위해 독신으로 남는 걸 자기 사명이라고 믿을 거야. 그렇지만 솔선수범하는 것이야말로 자신의 신념을 전파하는 가장 인간적인 방법이야. 여자가 성적인 것들과 완전히 무관하게 살아야 한다는 오만한 주장은 우리 목적에 해를 끼칠 거야. 우리는 독신 여자들이 독신 남자들보다 더 불만스럽지 않게 살도록 도울 수 있으면 그것에 만족하자고."

"그 비교에는 오류가 있어요." 로더가 냉랭하게 말했다. "철저하게 금욕하면서 사는 남자가 어디 있어요? 입에 담을 수 없는 그 사실을 생각해 보시고, 제가 로이스턴 양을 용서하지 않는 것이 완전히 잘못됐는지 말해 보세요. 여자들이 이겨야 하는 상대는 자기 자신들뿐만이 아니에요. 그래서 선생님이 '지나치게 고고한 이상'이라고 부르신 게 필요해요. 여성이 지금의 낮은 위치에서 솟아오르려면 성적 본능에 맞서 싸우는 노력이 광범위하게 일어나야 한다고 전 믿어요. 기독교도 금욕적 이상의 도움이 없었다면 지금처럼 세상에 널리 퍼지지 못했을 거고, 여성해방이라는 위대한 운동 역시 금욕주의자들이 필요해요."

"그 말이 틀렸다고는 못하겠구나. 누가 알겠니? 하지만 어린 학생들에게 설교할 만한 이야기는 아니야."

"선생님 바람을 존중할게요. 하지만—"

로더가 말을 멈추고 고개를 내저었다.

"친애하는 로더," 나이 많은 여자가 심각하게 말했다. "우리가 이런 문제들에 대해 말과 생각을 아낄수록 마음이 편해질 거야. 노동자 계층 여자들의 끔찍한 문제는, 도시에 살건 시골에 살건 그들은 동물적인 본능에 휘둘린다는 거야. 다행히 우리는 교육을 받았고, 우리가 속한 사회의 분위기 덕분에 그것들을 억누를 수 있어. 지금 이대로도 만족스러운 상황은 괜히 휘젓지 말자. 우리 학생들에게 자기 인생을 열심히 살 의무가 있다는 것—자기 힘으로 돈을 벌고 정신을 수양해야 한다는 것을 가르치는 데 만족하자. 결혼은 그냥 무시하자고—그게 현명해. 결혼이 존재하지도 않는 것처럼 행동해. 네가 공격적인 모습을 보이면 오히려 확실히 해를 끼칠 거야."

"선생님 말씀을 따를게요."

"착하고 겸손하구나!" 미스 바풋이 웃었다. "자, 이제 집에 가자—그레이 양이 호턴 씨 서류를 끝냈어?"

"네, 우편으로 부쳤어요."

"이거 봐. 우리 친구 골동품 연구가가 원고를 한 뭉치 보냈어. 내일 아침에 당장 두 명을 붙여야겠다."

그들에게 일임된 원고는 방화 금고에 보관되었다. 금고를 잠근 그들은 의상실로 가서 퇴근할 준비를 했다. 건물에서 거주하는 이들이 사무실을 청소하고 관리했고, 로더는 그들에게 열쇠를 전달했다.

집에 가는 길에 미스 바풋은 울적한 표정으로 침묵했다. 친구가 고민하고 있는 것이 분명한 문제에 짜증이 난 로더는 자기만의 생각에 잠겼다.

7장. 신분 상승

월워스 로드에서 해방되려면 모니카는 일주일 전에만 통보하면 됐다. 그런 통지는 반드시 월요일에 줘야 했으므로, 그녀가 미스 바풋의 제안을 받아들이기로 결심했다고 가정하면 이번 주가 그녀가 계산대 뒤에서 노예로 일하는 마지막 주였다. 퀸스 로드에서 집으로 가는 길에 앨리스와 버지니아는 모니카에게 얼른 결정하라고 다그쳤다. 그들은 모니카가 잠시라도 주저하는 걸 이해할 수 없었다. 그녀가 살 곳은 이미 정해졌다. 그레이트 포틀랜드 스트리트에서 멀지 않은 동네에 혼자 사는 미스 바풋의 직원 한 명이 방세를 분담할 동거인을 환영한다고 전했다. 그런데도 모니카는 망설였다.

"그럴 가치가 있을지 모르겠어." 클래펌 정션으로 가는 열차를 탈 수 있는 요크 로드 스테이션에 거의 다다랐을 때 오랫동안 침묵을 지키던 모니카가 말했다.

"가치가 없다고?" 버지니아가 외쳤다. "훨씬 더 나은 자리라고 생각하지 않아?"

"맞아. 아마 그렇겠지. 내일 아침에 어떤 생각이 드는지 한번 볼게."

그녀는 라벤더힐에서 저녁 시간을 보냈으나 기분은 변하지 않았다. 이상하게 동요한 그녀는 몹시 어렵고 불쾌한 일을 하라고 떠밀리는 사람의 표정이었다.

월워스 로드로 돌아와 가게가 시야에 들어왔을 즈음 그녀는 20미터 정도 떨어진 곳에서 남자를 발견했는데, 그의 모습이 즉각 그녀의 주의를 끌었다. 침침한 가로등 불빛 때문에 확신할 수는 없었으나 그녀는 그 남자가 위도우선이라고 믿었다. 그는 길 건너편에서 그녀의 반대 방향으로 멀어지고 있었다. 스코처 상점의 바로 맞은편에 다다른 그는 상점 쪽으로 고개를 돌렸지만 걸음을 멈추지는 않았다. 모니카는 그가 자신을 발견하고 다가올까 봐 걸음을 서둘렀다. 그녀가 기숙사 입구에 도착했을 때 위도우선이—그래, 그 사람이었다—돌연 뒤돌아서서 걸어오기 시작했다. 그의 시선이 곧바로 그녀에게 꽂혔으나 그녀를 알아봤는지는 불확실했다. 그때 그녀가 문을 열고 들어갔다.

그녀는 위험을 탈출하기라도 한 것처럼 몸이 부들부들 떨렸다. 그녀는 두려움에 질린 채 복도에 꼼짝하지 않고 서서 바깥 소리에 귀 기울였다. 저벅저벅, 보도에 울리는 발소리가 들렸다. 그녀는 초인종이 울릴 거라 예상했다. 그가 만일 문 앞까지 올 정도로 무분별한 사람이라면 절대 만나 주지 않을 것이다.

하지만 초인종은 울리지 않았고 몇 분 더 기다린 그녀는 정신을 가다듬었다. 그를 만난 건 실수였다. 그가 뒤돌아섰을 때 얼굴마저 선명히 보였다. 그가 그녀를 훔쳐보려고 찾아온 게 처음일까? 그녀는 이 행동이 무척 불쾌했으나 어떤 만족감과 섞여 있었다.

기숙사 방 하나에서 월워스 로드 거리가 훤히 보였다. 그녀는 위층으로 뛰어 올라가서 그 방의 문을 조용히 열고 빼꼼히 들여다보았다. 흐릿하게 타는 가스등이 침대에서 자고 있는 듯한 한 사람을 비추었다. 그녀는 살그머니 창문으로 다가가 블라인드를 살짝 밀고 길을 내려다보았다. 하지만 위도우선은 사라졌다. 물론 그가 길을 건너서 이쪽 길에 서 있을지도 몰랐다.

"누구세요?" 침대에 있던 사람이 갑자기 물었다. 이드 양이었다. 모니카가 그녀를 향해 고갯짓했다.

"매든 양? 여기에서 뭐해요?"

"누가 밖에 있는지 확인하려고 했어요."

"그 남자요?"

그녀가 고개를 끄덕였다.

"난 머리가 깨질 것 같아요. 도저히 서 있을 수 없어서 8시에 돌아왔어요. 허리 아래까지 쑤시고요. 이 끔찍한 곳에 오래 남지 않을 거예요. 래드포드 양처럼 앓아눕고 싶지 않아요. 오늘 오후에 누가 병문안을 갔는데 상태가 아주 안 좋대요—어쨌든, 그 남자가 밖에 있어요?"

"갔어요—잘 자요."

모니카는 방을 나갔다.

다음날 모니카는 그만두겠다고 통보했다. 아무런 질문도 없었다. 그녀는 딱히 중요한 존재가 아니었다. 그녀를 대체할 젊은 여자는 오십 명, 아니, 사실 오백 명은 되었다.

화요일 아침에 버지니아에게서 편지가 왔다. 그날 저녁 퇴근하고 최대한 빨리 가게 앞에서 언니들과 만나자는 요청이었다. "네게 전할 아주 멋진 소식이 있어. 오늘 그만둔다고 통보했기를 진심으로 바란단다. 모든 상황이 아주 좋아."

모니카는 9시 45분에 나올 수 있었고, 상점 근처에서 언니들이 애타게 기다리고 있었다.

"다비 부인이 앨리스 언니 일자리를 주선해 줬어." 버지니아가 말했다. "어제 오후 우편으로 소식이 왔어. 야턴에 있는 숙녀분이 아이 두 명을 가르칠 가정교사를 구한대. 정말 잘 됐지?"

"우리 계획에 알맞게 일이 잘 풀렸어." 맏언니가 쉰 목소리로 말했다. "이보다 더 좋을 수는 없어."

"학교 말하는 거야?" 모니카가 꿈꾸듯 멍하니 물었다.

"그래, 학교." 버지니아가 흥분해서 떨리는 목소리로 말했다. "야턴에서는 클리브던과 웨스턴 모두 편리하게 갈 수 있어. 앨리스 언니가 두 지역을 가보면서 어디에 좋은 자리가 있나 알아볼 수 있을 거야."

여태껏 소심하게 논의되었던 넌 양의 제안은 앨리스가 고향 근처로 돌아갈 기회를 얻자마자 그들의 마음을 사로잡았다. 두 사람 모두 그 계획에 열성적이었다. 계획은 그들의 대화에 새로운 이야깃거리를 제공했을뿐더러 그들의 자신감을 되살릴 것처럼 기력을 북

돈 왔다. 결국, 그들에게도 이 세상에서 사명이, 임무가 있는지도 몰랐다. 그들은 번듯하고 번창하는 학교의 교장이 되어 선생들을 고용하고 사람들과 활발하게 교제하며 사는 상상을 했다. 그들은 다시 젊어진 기분이었으며 무엇이든 할 수 있을 것만 같았다. 왜 여태 이 생각을 못 했을까? 이러한 아쉬움은 로더 넌을 향한 찬양을 다시금 불러일으켰다.

"일자리는 좋은 곳이야?" 막냇동생이 물었다.

"아, 꽤 괜찮아. 1년에 12파운드밖에 안 주지만 품위 있는 사람들이래. 다비 부인이 그렇게 말했어. 내가 당장 왔으면 한다는구나. 몇 주 안에 그들과 바닷가로 떠날 가능성이 커."

"이보다 좋을 수 있겠니?" 버지니아가 외쳤다. "언니는 건강을 회복할 거고, 6개월이나 어쩌면 그 전에 우리는 큰 결정을 내릴 거야—넌 가게에 통보했니?"

"응, 했어."

두 언니는 어린아이처럼 손뼉을 쳤다. 밤 10시에 런던 거리에서 보기 드문 광경이었다. 가정생활의 정반대라 할 수 있는 환경에서 무척 포근하게 가정적이었다. 몇 미터 떨어진 곳에서는 길바닥이 일터인 소녀가 두 남자와 시시덕거리고 있었다. 그녀의 목소리를 들은 모니카는 걸으면서 이야기하자고 제안했고, 그들은 월워스 로드 스테이션을 향했다.

"처음에는 이렇게 생각했어." 버지니아가 말했다. "앨리스 언니가 떠나면 네가 와서 나랑 살면 어떨까. 하지만 그레이트 포틀랜드 스트리트까지 너무 멀어서 문제이지. 내가 이사할 수도 있겠지만 과연 그럴 가치가 있을지 확신이 안 드는 거야. 코니스비 부인과 사는 게 참 편하기도 하고, 어차피 오래 머무르지 않을 거니까—학교를 크리스마스쯤에 열면 좋을 거 같아. 그리운 클리브턴에서 열면 가장 좋겠지. 하지만 웨스턴에 기회가 좀 더 많을지도 몰라. 앨리스 언니가 직접 가서 장단점을 따져 볼 거야. 언니가 부럽지 않니, 모니카? 여름에 그곳에 있다고 생각해 봐!"

"언니는 왜 같이 가지 않아?" 모니카가 물었다.

"나? 그쪽으로 이사해서 하숙을 얻으라고? 그건 생각 안 해봤네. 하지만 지출을 아주 신중히 고려해야 하잖니. 나도 가능하면 이번 해 남은 몇 달 동안이라도 일할 곳을 구해야 해. 넌 양이 무언가를 제안할 가능성이 크다는 걸 기억하렴. 그리고 한동안 넌 양을 자주 만나면 큰 도움이 될 것 같아. 벌써 난 그녀랑 바풋 선생님에게 많이 배웠어. 함께 이야기하면 용기가 나. 그들과 교류하는 자체가 정신적인 훈련처럼 느껴져."

"맞아, 나도 그렇게 생각해." 앨리스가 떨리는 목소리로 열렬히 말했다. "친하게 지내면 버지니아가 여러 도움을 받을 수 있을 거야. 그들은 교육에 대한 새로운 관점을 가지고 있고, 우리 학교에 현대적인 체제를 도입하면 좋지 않겠니."

모니카는 조용해졌다. 언니들이 15분 정도 더 비슷한 이야기를 했을 때 그녀가 멍하니 말했다.

"어제 바풋 선생님한테 편지를 썼어. 다음 주 일요일에 그 집으로 이사할 수 있을 것 같아."

그들은 11시가 되어서야 헤어졌다. 기차역 근처에서 언니들과 헤어진 모니카는 잰걸음으로 기숙사를 향해 걸었다. 그녀가 절반 정도 왔을 때 바로 뒤에서 누군가 그녀를 불렀다. 위도우선의 목소리였다. 그녀는 걸음을 멈추었고, 뒤에 있던 남자가 손을 내밀었다.

"왜 이 시간에 여기 있는 거죠?" 그녀가 떨리는 목소리로 물었다.

"우연은 아닙니다. 당신을 볼 수 있기를 바랐어요."

"전 지금 길에서 이야기할 수 없어요, 위도우선 씨. 매우 늦었어요."

"네, 매우 늦은 시간입니다. 당신을 봐서 놀랐어요."

"놀라다니요? 왜요?"

"정말 의외입니다. 당신을 보다니요—이 시간에."

"그럼 어떻게 절 보기를 바랐어요?"

모니카는 불쾌하다는 표정으로 걷기 시작했고, 위도우선은 그녀의 얼굴을 검질기게 살피며 나란히 걸었다.

"아니, 정말 당신을 볼 거라고 기대하진 않았습니다, 매든 양. 그저 당신이 사는 곳 근처에 있고 싶었던 것뿐이에요."

"제가 기숙사에서 나오는 것도 봤겠군요."

"아닙니다."

"만약 그랬다면 제가 여자 두 명, 제 친언니들을 만났다는 걸 알았겠죠. 언니들이랑 역까지 걸어갔다가 돌아오는 길이에요. 제가 당신한테 설명해야 한다고 생각하시는 듯하니까—"

"용서하세요! 제가 감히 그런 질문을 할 권리가 어디 있겠습니까? 하지만 일요일부터 몹시 초조했습니다. 잠깐이라도 만나고 싶었어요. 한두 시간 전에 당신에게 편지를 보냈습니다."

모니카는 아무말도 하지 않았다.

"우리가 약속한 대로 내주 일요일에 만나자는 편지였어요. 가능할까요?"

"아뇨, 힘들 것 같아요. 이번 주말에 전 이곳을 떠날 거고 일요일에는 런던의 다른 지역으로 이사해요."

"떠난다고요? 지난번에 말했던 곳으로 옮기기로 했나요?"

"네."

"어디로 이사하는지 알려 주시겠어요?"

"그레이트 포틀랜드 스트리트 근처의 하숙집이에요. 이제 인사를 드려야겠네요, 위도우선 씨. 정말이에요."

"제발—1분만 더 시간을 주세요!"

"안 돼요. 안녕히 가세요."

그는 그녀를 붙잡을 수 없었다. 그는 어색하게 모자를 집어 인사하는 몸짓을 하더니 빠르고 불안정한 걸음으로 멀어졌다. 30분도 채 되지 않아 그는 돌아왔다. 그는 멈추지 않고 걸으면서 가게 앞을 여러 차례 지나쳤다. 그는 건물 정문을 삼킬 기세로 응시하면서 불빛이 흘러나오는 창문들을 머릿속에 담았다. 곁문으로 들어가는 여자들이 보였으나 모니카는 다시 모습을 비치지 않았다. 자정이 지나고 얼마 후 건물들이 어둠에 잠기고 완전히 조용해지자 초조한 남자는 마지막으로 눈길을 한 번 더 던진 후 승합마차를 타고 집으로 돌아갔다.

그가 언급했던 편지는 다음 날 아침 모니카의 손에 들어왔다. 서리로 드라이브를 함께 가자는 매우 정중한 초대였다. 위도우선은 헌힐 역 앞에서 만나자고 제안하면서 그 앞에서 마차가 기다리고 있을 거라고 했다. "드라이브하다가 제가 1년 정도 전부터 살기 시작한 집을 보여 드리겠습니다."

지금 상황에서 언니들의 궁금증을 유발하지 않고 초대에 응하기는 불가능했다. 그가 초대한 일요일 아침에 그녀는 새 하숙집으로 이사하고 새로운 동거인에게 인사하느라 바쁠 터였다. 앨리스가 내주 월요일에 서머싯으로 출발하기로 했으므로 오후에는 언니들과 만나기로 했다. 그녀는 거절하는 편지를 보내야 했지만 그를 완전히 낙담시키고 싶지는 않았다. 그녀가 마침내 만족스럽게 여긴 전갈에는 이러한 내용이 담겼다.

"친애하는 위도우선 씨,
 무척 안타깝게도 이번 주 일요일에 만나기는 힘들 듯하네요. 그날 온종일 바빠요. 큰언니가 런던을 떠나게 되었기 때문에 일요일이 언니를 마지막으로 보는 날이고, 이번에 헤어지면 오랫동안 만나지 못할 거예요. 당신의 친절한 초대를 등한시한다고 오해하지 않으셨으면 해요. 제가 새로운 삶에 적응했을 때 이에 관해 당신에게 이야기할 기회가 있었으면 합니다.
진정한 당신의,
모니카 매든."

그녀는 추신에 새 주소를 적었다. 주소는 깨알 같은 글씨로 썼는데, 어쩌면 주소를 알려 주기로 한 결정을 다소 께름칙하게 여긴 자신의 마음을 무의식적으로 드러낸 것인지도 몰랐다.
이틀이 지났고, 위도우선에게 편지가 왔다.

"친애하는 매든 양.
이렇게 금세 또 편지를 쓰는 저의 주목적은 화요일 저녁 제 행동에 대한 용서를 구하기 위해서입니다. 정당화할 수 없는 행동이었습니다. 제 잘못에 대한 최선의 변명은, 당신이 늦은 시간에 보호자 없이 돌아다니는 것을 제가 어리석을 정도로 지나치게 걱정했기 때문입니다. 당신과 새롭게 친구가 되었으며 저만큼 당신을 생각하는 남자라면 누구나 같은 기분이었으리라 생각합니다. 편하게 친구를 만날 수도 없는 그 생활은 당신처럼 우아한 사람에게 전혀 어울리지 않으며, 전 생각만 해도 화가 치밉니다. 다행히도 그 생활에 끝이 날 터이고, 당신이 가게를 그만두고 나면 전 무척 마음이 놓일 것입니다.

  우리가 친구로 지내기로 했다는 걸 기억하시죠. 당신이 금전적인 상황 탓에 어쩔 수 없이 떠맡은 일자리와 상반되는 삶을 살길 바라지 않는다면 절 당신의 친구라고 할 수 없을 것입니다. 새로 시작하는 일과 친구들이 어떤지 제게 알려 주시면 무척 고맙겠습니다. 그럼 앞으로는 일요일 외에도 시간이 있을까요? 당신이 이제 리전트 파크 근처에 살게 되었으니 어쩌면 머지않아 저녁에 근방에서 당신을 만나길 기대할 수 있을지 모르겠습니다. 당신을 만나서 몇 분이라도 함께 이야기할 수 있다면 지구 끝까지라도 가겠습니다.

  주제넘은 제 행동을 용서하세요. 믿어 주세요, 매든 양.

언제나 당신의
에드먼드 위도우선.”

이것은 의심의 여지 없이 연애편지였는데 모니카로서는 처음 받은 것이었다. 그녀의 얼굴을 보기 위해서 '지구 끝까지라도' 가겠다고 쓴 남자는 아직까지 없었다. 그녀는 편지를 여러 번 읽고 많은 생각을 했다. 그녀는 편지에 끌리지 않았다. 금세 그녀는 편지가 무미건조하고 평범하다고 느꼈다―아무리 만난 지 얼마 되지 않았다고 해도 이상적인 연애편지와는 거리가 멀었다.

얼마 전 그녀가 잠들었다고 생각한 여직원이 위도우선에 대해 한 말이 그를 보는 그녀의 관점에 큰 영향을 미쳤다. 그는 늙었고, 보통 사람들 눈에는 더 늙어 보였다. 그는 뻣뻣하고 냉정한 인상이었으며, 얼마나 엄격하고 고지식할 수 있는지 벌써 드러내기 시작했다. 1~2년 전이라면 이런 남자를 생각만 해도 불쾌했을 것이다. 그녀는 그에게 애정을 느끼기는 불가능하다고 생각했다. 그런데도 만일 그가 청혼한다면―아마 곧 하겠지만―십중팔구 그녀는 승낙할 것이다. 그가 자신에 관해 한 이야기가 얼추 사실이라고 확인만 된다면.

그들의 인연은 과연 놀라웠다. 연 600파운드 수입이 있는 남자가 접근했다는 이야기를 들으면 그녀의 동료 직원들이 얼마나 놀라고 감탄하겠는가! 하지만 모니카는 그가 솔직하게 말했으며 그의 의중 역시 진심이라고 믿었다. 그의 인생 이야기는 신빙성이 있었고, 무덤덤하게 말하는 그의 태도가 확신을 주었다. 남편을 찾는 전쟁에서 그녀는 운이 좋은 아가씨라고 자부할 수 있었다. 그는 진정 그녀와 사랑에 빠진 듯했다. 헌신적인 남편이 될지도 몰랐다. 그녀는 그를 전혀 사랑하지 않았으나, 번듯한 결혼과 독신으로 남는 두 가능성을 비교하면 망설일 이유가 없었다. 그녀가 존중할 만한 사회적 지위가 있는 남자에게서 두 번 다시 청혼을 못 받을 가능성도 엄연히 있지 않은가.

그러는 동안 그녀가 같이 살게 될 아가씨로부터 정중한 전갈이

한 통 왔다. "바풋 선생님께서 모니카 씨를 아주 좋게 말씀하셔서 같이 살지 결정하기 전에 굳이 만나 보지 않아도 될 거 같아요. 제 소유 가구가 있다는 걸 선생님께서 이미 말씀하셨는지도 모르겠군요. 수수하지만 제 생각엔 꽤 편안합니다. 저는 지금 방 두 개를 쓰면서 관리비를 포함한 방세로 일주일에 8실링 6페니를 내요. 우리 두 사람이 살게 되면 집주인 아주머니가 11실링을 원하시니까 매든 양 몫은 5실링 6페니예요. 너무 비싸다고 생각하지 않으셨으면 해요. 저는 조용한 편이고, 제 생각에는 합리적인 사람입니다." 서명은 '밀드레드 H. 베스퍼'라고 되어 있었다.

해방의 날이 찾아왔다. 아침 내내 비가 왔기 때문에 모니카는 위도우선과의 만남을 연기한 걸 크게 아쉬워하지 않았다. 아침을 먹으며 그녀는 친했던 서너 명의 아가씨들에게 인사했다. 이드 양은 모니카가 떠나서 기뻤다. 경쟁자가 드디어 사라졌으니 불리밴트 씨가 곁에 남은 충성스러운 구애자에게 눈길을 줄지도 몰랐다.

모니카는 그레이트 포틀랜드 스트리트까지 기차를 탔고, 거기에서 짐이 담긴 상자 두 개와 함께 승합마차에 올라 햄프스테드 로드에 있는 러틀랜드 스트리트까지 갔다—작은 집들이 즐비한 좁은 오르막길이었다. 승합마차가 멈추자 그녀가 찾던 집의 문이 즉각 열리며 자그맣고 단정하며 다소 투박하게 생긴 아가씨가 문가에 나타나 환영의 미소를 지었다.

"베스퍼 양이에요?" 모니카가 다가서며 물었다.

"네, 만나서 반가워요, 매든 양. 런던 마차꾼들은 자기 임무의 범위를 좁게 한정하는 편이니까 제가 짐 나르는 걸 도와줄게요."

단번에 모니카는 베스퍼가 마음에 들었다. 마부가 큰 친절을 베풀어 내려준 짐을 그녀들은 계단 밑단까지 옮긴 후 삯을 내고 건물의 꼭대기 층인 3층으로 올라갔다. 베스퍼 양이 쓰는 방 두 칸은 매우 수수했지만 아늑했다. 그녀는 가구를 보는 모니카의 표정을 살폈다.

"괜찮아요?"

"아, 아주 좋아요. 월워스 로드에서 제가 쓰던 방과 비교하면 천국이에요! 하지만 이렇게 신세를 져도 되는지 모르겠어요."

"집세를 함께 부담할 사람을 찾고 있었어요." 상대가 호감이 가는 털털한 말투로 말했다. "바풋 선생님께서 침이 마르도록 칭찬하셨어요. 그리고 우리 둘이 정말 잘 맞을 것 같아요."

"가능한 한 폐를 안 끼치게 노력할게요."

"저도요. 여긴 조용한 동네예요. 위쪽으로는 컴벌랜드 시장이 있는데 건초랑 짚을 팔아요. 장이 열리는 날이면 공기가 꽤 향긋해져요—시골 냄새죠. 전 시골 출신이거든요. 그래서 이런 사소한 걸 이야기하는 거예요."

"저도 마찬가지예요." 모니카가 말했다. "서머싯 출신이에요."

"전 햄프셔요. 그거 알아요? 전 런던에 사는 품위 있는 여자들은 전부 시골 출신이라고 생각해요."

이 말이 농담이라는 걸 확인하기 위해 모니카는 상대의 얼굴을 봐야 했다. 베스퍼 양은 아주 진지한 말투로 농담하기를 즐겼다. 반짝이는 그녀의 눈과 얇은 입술의 움직임만이 그녀의 진의를 드러냈다.

"집주인 아주머니에게 가서 짐 나르는 걸 도와달라고 부탁할까요?"

"안색이 좀 창백하네요, 매든 양. 내가 가서 여쭤볼게요. 어차피 내려가려던 참이었어요. 호킹 부인에게 감자를 삶을 때 소금을 좀 넣어 달라고 말해야 하거든요. 전 일요일에만 요리를 부탁드리는데, 제가 매주 상기시켜 드리지 않으면 소금 없이 감자를 삶으세요. 이해하기 어렵지만 결국에는 자연적인 현상의 하나로 받아들이게 되죠."

그들은 함께 웃음을 터뜨렸다. 베스퍼 양은 대놓고 농담할 때는 무척 즐거워하는지라 그녀를 보기만 해도 기분이 유쾌해졌다.

저녁 식사가 끝났을 즈음에는 두 사람이 매우 친해졌으며 사적인 이야기를 많이 공유했다. 밀드레드 베스퍼는 자기 인생에 깊이 만족하며 사는 여자 중 한 명처럼 보였다. 그녀는 생계를 위해 영국 전역에 뿔뿔이 흩어져 사는 형제자매들과 사이가 돈독했다. 그들은 서로를 거의 못 보고 살았으나 그녀는 이에 관해 대수롭지 않다는 식으로 말했다. 그녀는 미스 바풋의 무한 숭배자였다.

"바풋 선생님은 그 누구보다 나를 성장시켜 주셨어. 3년 전 선생님을 처음 만났을 때 난 정말 바보였거든. 푼돈을 받고 일하면서 고독하게 살 운명이라고 세상을 원망했어. 수천 명의 여자가 겪는 일을 불평하기가 이제는 부끄러워."

"미스 년을 좋아하니?" 모니카가 물었다.

"바풋 선생님만큼 좋아하지는 않지만 존경해. 그분은 가끔 열정이 지나치긴 하지만 정말 찬란한 열정이야. 나에게는 없는 열정이지─어쨌든 그런 형태로는."

"그러니까─"

"난 누가 결혼한다는 말을 들으면 창피하게도 기뻐. 아주 나약한 생각임이 틀림없지. 내가 나이가 들면 좀 성숙할지도 몰라. 하지만 솔직히 말하면, 바풋 선생님에게도 비슷한 약점이 있다고 느낄 때가 있어."

모니카는 웃음을 터뜨리고 화제를 바꿨다. 그녀는 기분이 좋았다. 새 동거인의 인생관이 벌써 그녀에게 옮아가기 시작했다. 그녀는 사람들과 세상사에 대해 좀 더 가볍게 생각했고 자기 연민이 줄어들었다.

그들이 함께 쓸 침실은 좀 더 넓었으면 좋았겠지만 두 사람은 자기들만큼이나 천성적으로 섬세한 숱한 여자들이 런던에서 훨씬 더 초라한 거주환경을 참고 있다는 사실을 알았다―그 여자들은 가난 때문에 삼 분의 일 평짜리 공간에서 숨만 쉬고 산다. 베스퍼 양은 최근에 와서야 자기 가구를 살 수 있었고, (다 합쳐서 4소브린이었다) 그 덕분에 방 하나를 쓰던 방세로 이제 방 두 칸을 쓸 수 있었다. 미스 바풋은 자선가처럼 급여를 주지 않았다. 그녀는 철저히 시장가격에 맞추면서 융통성 있게 원칙을 세웠다. 두 사람은 앞으로의 생활에 대해 이런저런 계획을 세웠고 모니카는 몇 실링을 들여 혼자 쓸 소파침대를 사기로 했다.

"난 악몽을 자주 꾸거든." 그녀가 말했다. "그리고 발길질도 많이 해. 너를 멍들게 하면 안 되잖니."

일주일이 지났다. 앨리스가 야턴에서 명랑한 편지를 보내 왔다. 만성적으로 흥분 상태인 버지니아가 러틀랜드 스트리트와 퀸스 로드에 방문했다. 그녀는 갑작스럽게 엄청난 깨달음을 얻은 사람처럼 말했으며 독립적인 여성성을 향한 열정은 넌 양과 맞먹을 정도였다. 모니카는 심드렁하지만 그럭저럭 만족한 듯한 태도로 타자를 배우고 친구들이 유용하다고 판단한 공부를 시작했다. 그녀는 자기 자신을 좀 더 존중하게 되었다. 상점 아가씨의 신분을 벗어났다는 사실과 더불어 새로운 환경의 정신적 분위기가 그녀에게 매우 유익한 영향을 미쳤다.

밀드레드 베스퍼는 자기 나름대로 꽤 학구적이었다. 그녀는 새뮤얼 먼더[16]의 책을 네 권 소유했으며 매일 저녁 최소 한 시간은 이것들을 읽었다.

"난 천성적으로," 모니카가 이런 공부를 왜 하느냐고 물었을 때 그녀가 답했다. "생각이 진중하지 못한 편이야. 그래서 두고두고 곱씹어 볼 만한 중요한 지식을 쌓아야 해. 나보다 기억력이 나쁜 사람은 없겠지만 노력하면 하루에 한두 가지 지식은 익힐 수 있어."

모니카는 이따금 책을 흘끔거렸지만 먼더와 친하게 지낼 용의는 없었다. 그녀는 책을 읽는 대신 자기 인생의 문제들을 고민했다.

에드먼드 위도우선은 물론 그녀의 새 주소로 편지를 보냈다. 그녀는 답장에서 다시 한번 만남을 미뤘다. 그녀는 저녁에 외출할 때마다 동네 어딘가에서 그를 볼 것 같았다. 그녀는 그가 이미 오래전에 자신의 새 거주지를 보러 왔으며 자신을 몇 차례 훔쳐보았을 가능성이 크다고 믿었다. 상관없었다. 그녀는 떳떳하게 살고 있었으므로 위도우선은 원하는 만큼 그녀의 소재를 확인할 수 있었다.

마침내 어느 날 저녁 9시경 그녀는 그와 정면으로 마주쳤다. 햄프스테드 로드에서였다. 옷가게에서 옷감을 사고 나오는 길이었던 그녀는 작은 꾸러미를 들고 있었다. 서로를 알아본 순간 위도우선

---

16. 새뮤얼 먼더(1785~1849) 영국 작가. 역사, 위인 등 여러 주제에 관한 지식을 집결한 참고서를 많이 집필했다.

의 만면이 너무 상기되며 환해져서 모니카는 안쓰러우면서도 기쁜 마음이 안 들 수 없었다.

"왜 이렇게 저한테 잔인하십니까?" 그녀가 악수를 위해 손을 내밀자 그가 말했다. "마지막으로 본 지 너무 오래됐습니다!"

"그게 정말인가요?" 그가 들었던 중 가장 애교스러운 말투로 모니카가 물었다.

"그렇다면, 마지막으로 대화를 나눈 지라고 하죠."

"저를 언제 봤어요?"

"3일 전 저녁이었습니다. 어떤 아가씨와 토트넘 코트 로드를 걷고 있더군요."

"저랑 같이 사는 베스퍼 양이에요."

"몇 분만 저와 있어 주겠습니까?" 그가 겸손히 물었다. "시간이 너무 늦었나요?"

대답 대신 모니카는 천천히 걷기 시작했다. 그들은 러틀랜드 스트리트와 평행인 길로 꺾어서 리전트 파크를 둘러싼 조용한 지역으로 들어섰다. 걷는 내내 위도우선은 상냥하기로 마음먹은 말투였으며, 그녀 쪽으로 고개를 숙이고 너무 나지막이 말해서 이따금 알아듣지 못할 정도였다.

"당신을 보지 않고선 못 살겠습니다." 그가 마침내 말했다. "날 만나 주지 않으면 당신이 사는 곳 근처를 배회할 수밖에 없어요. 염탐하는 거라고 생각하지 말아요. 그저 당신 얼굴이나 걷는 모습을 보고 싶은 것뿐입니다. 허탕을 치면 비참한 심정으로 돌아갑니다. 당신은 내 머릿속을 단 한순간도 떠나지 않습니다—단 한순간도."

"미안해요, 위도우선 씨."

"미안하다고요? 정말인가요? 뱃놀이를 나갔던 날만큼 저를 친하게 생각하지 않나요?"

"아, 친하게 생각하지 않는 건 아니에요. 하지만 제가 당신을 힘들게만 하니—"

"한편으로는 힘들지만 다른 누구 때문에도 이런 적이 없습니다. 가끔 당신이 만나 준다면 나도 불안해하지 않을 거예요. 여름이 쏜살같이 지나가고 있어요. 다음 주 일요일에 드라이브를 가지 않을래요? 당신이 원하는 곳에서 기다릴게요. 내가 얼마나 행복하게 기다릴지 당신이 안다면!"

잠시 후 모니카는 승낙했다. 날씨가 좋으면 그녀가 2시까지 리전트 파크의 남서향 입구로 가기로 했다. 그는 무척이나 깍듯하게 감사를 표했고, 그들은 헤어졌다.

날씨가 흐릴 낌새가 보였지만 그녀는 약속을 지켰다. 위도우선은 말과 마차와 함께 대기하고 있었다. 잠시 후 그는 이것들이 자기 소유가 아니며, 드라이브를 갈 때는 원래 임대 마구간에서 빌린다고 말했다.

"비는 안 올 겁니다." 그가 하늘을 올려다보며 말했다. "오지 않을 거예요! 이 몇 시간이 내게는 너무 소중합니다."

"비가 오면 정말 어색해지겠네요." 그들이 달리는 동안 모니카가 발랄하게 대꾸했다.

해거름 녘까지 하늘은 줄곧 불안하게 찌푸리고 있었으나 위도우선은 비가 오지 않을 거라고 계속 장담할 수 있었다. 그는 남서쪽 길을 택했고, 워털루 브리지를 지나고 나서부터는 헌힐로 이어지는 주도로를 달렸다. 모니카는 그가 월워스 로드를 피하려고 조금 우회했다는 걸 눈치챘다. 그녀가 이유를 물었다.

"그 거리가 싫습니다!" 위도우선이 격렬하게 답했다.

"싫다니요?"

"당신이 그곳에서 노예처럼 일하고 고생했으니까요. 내가 능력이 있었다면 거리 전체를 밀어 버렸을 겁니다. 모든 상점을요. 몇 번이나." 그가 낮은 목소리로 덧붙였다. "당신이 잠들어 있을 때 나는 몹시 괴로워하면서 그 길을 오갔습니다."

"제가 계산대에서 일해야 했다는 이유 하나 때문에요?"

"그것뿐만이 아닙니다. 그런 일은 당신에게 어울리지 않아요— 하지만 당신 주변 사람들! 그 거리를 오가는 사람들은 남녀를 막론하고 모두 혐오스러웠습니다."

"저도 그곳 사람들을 좋아하지 않았어요."

"안 좋아했길 바랍니다—물론 안 좋아했겠죠. 어쩌다 그런 곳에서 일하게 되었습니까?"

그는 동정하기보다는 혹독히 비난하는 표정이었다.

"단조로운 시골 생활에 질렸었거든요." 모니카가 솔직히 말했다. "그리고 가게랑 사람들이 그럴 줄 몰랐어요."

"그러니까, 당신은 자극적인 삶을 원하나요?" 그가 곁눈질하며 물었다.

"자극적이오? 아뇨, 하지만 사람은 변화가 필요한 법이죠."

그들이 헌힐에 도착했을 무렵에는 위도우선이 조용해졌고, 잠시후 그는 말이 걸을 수 있게 속도를 늦추었다.

"여기가 내 집입니다, 매든 양. 오른쪽이에요."

모니카는 현관문 앞에 포치가 있고 지붕에는 화려한 박공 장식이 달렸으며 작은 두 개의 건물이 연결된 돌벽 빌라를 보았다.

"그저 당신에게 보여 주고 싶었습니다." 그가 재빨리 덧붙였다. "특별히 아름답거나 멋진 집은 아니고 실내도 화려하지 않습니다. 늙은 가정부와 하녀 한 명이 관리할 수 있을 정도예요."

그들이 집을 지나치고 나서 모니카는 일부러 뒤돌아보지 않았다.

"안락해 보이네요." 그녀가 말했다.

"난 평생 내 집을 가지고 싶었지만 그 소망이 실제로 이루어질 거라고 감히 바라지도 못했죠. 대부분 남자는 하숙집이 편하기만 하면 별로 불만이 없는 듯하지만—총각들을 말하는 겁니다—난 언제나 혼자 살고 싶었어요. 모르는 사람들과 한집에 살고 싶지 않았습니다. 내가 별로 사교적이지 않다고 전에 말했죠. 집을 샀을 때 난 꼭 장난감이 생긴 아이 같았습니다. 기뻐서 잠이 오지 않았어요. 가구를 들이기도 전에 날마다 집 안을 걸어 다녔습니다. 계단과 맨바닥에서 울리는 내 발소리가 좋았어요. 여기에서 내가 살고 죽을 거다, 혼잣말로 이렇게 되뇌었죠. 평생 혼자 살기를 바라지는 않지만요. 어쩌면 내가 누군가와—"

모니카는 눈앞의 풍경에 대해 질문하며 그의 말을 끊었다. 그는 짤막하게 답했고 오랫동안 침묵이 흘렀다. 그리고 모니카가 사과하는 듯한 미소와 함께 그를 보며 부드럽게 말했다.

"처음에 집이 무척 마음에 들었다고 하셨죠. 지금도 똑같이 느끼나요?"

"네, 하지만 최근에는 한 가지 바라는 것이 생겼습니다. 그 이상은 말하지 않을게요. 당신이 또 말을 끊을 테니까요."

"우리가 어느 방향으로 가고 있죠, 위도우선 씨?"

"스트레템으로 갔다가 카슐턴으로 갈 겁니다. 5시에 여행자답게 어디 주막집 주인에게 차를 좀 내달라고 청하죠. 저기 봐요, 해가 나려고 합니다. 상쾌한 저녁이 될 거예요. 이런 말이 실례가 아니라면, 그 끔찍한 곳을 떠나니까 당신 안색이 훨씬 좋아졌습니다."

"더 건강해진 느낌이에요."

한참을 말의 귀에 시선을 고정하고 있던 위도우선이 동행 쪽으로 진지하게 고개를 돌렸다.

"내게 제수씨가 있다고 말한 적 있죠. 그녀를 만나 볼래요?"

"그건 안 될 것 같아요, 위도우선 씨." 모니카가 단박에 거절했다.

이 대답을 예상했던 그는 장황하고 열렬한 설득을 시작했다. 소용없었다. 모니카는 입을 다물고 이야기를 들었으나 마음이 흔들릴 낌새는 없었다. 위도우선은 화제를 바꿨고, 두 사람은 다른 이야기를 시작했다.

집으로 돌아가는 길에 흐린 하늘에 땅거미가 내리고 교외 가로등이 반짝이는 긴 줄로 보이기 시작할 무렵, 위도우선은 수줍은 용기를 내어 몇 시간 동안 깊숙한 곳에 숨겨 온 말을 꺼냈다.

"기억에 남을 희망적인 말을 듣지 않고서는 오늘 저녁에 못 헤어지겠습니다. 내가 당신과 결혼하고 싶다는 걸 당신도 알죠. 당신의 승낙을 받기 위해 내가 할 수 있는 일이나 행동이 있으면 알려 주겠습니까? 내 마음을 조금이라도 의심하나요?"

"당신이 진심이라는 건 전혀 의심하지 않아요."

"어떻게 보면 나는 당신에게 완전히 낯선 타인입니다. 우리 사이가 좀 더 일반적이 될 수 있는 기회를 줄래요? 당신이 신뢰하는 친구 몇 명을 내가 만나도 괜찮을까요?"

"그건 아직 안 될 것 같아요."

"나를 좀 더 잘 알아야 하겠습니까?"

"네—그런 일을 승낙하려면 당신을 훨씬 더 잘 알아야 할 것 같아요."

"하지만—" 그가 고집을 부렸다. "우리가 일반적인 방식으로 친분을 쌓으면서 서로의 친구를 만나면 당신에게 가장 좋지 않을까요?"

"어쩌면요. 하지만 친구들에게 당신을 소개하려면 우리 관계를 설명해야 한다는 걸 잊으신 것 같군요. 난 정말 이상하게 행동했어요. 친구들에게 전부 말하고 나면 다른 선택을 할 수 없을 거예요."

"아, 왜 그래야만 합니까? 당신은 완전히 자유로울 거예요. 난 당신을 설득하려는 노력밖에 할 수 없고, 만일 내가 슬프게 실패하더라도 당신은 자유롭지 않겠습니까?"

"하지만 당신이 이해해야 해요. 난 친구들에게 당신을 아예 언급하지 않거나 우리가 약혼했다고 말할 수밖에 없어요. 내가 원하지 않는데 당신과 약혼한 사이라고 기정사실화할 수는 없어요."

위도우선이 고개를 떨구었다. 그의 입꼬리가 침울하게 처졌다.

"난 정말 경솔하게 행동했어요." 여자가 말을 이었다. "하지만 내가 달리 어떻게 할 수 있었겠어요—도저히 다른 방안이 없었어요. 사회가 너무 어렵게 만들어 놓았는걸요. 우리를 서로에게 소개해 줄 지인이 없었으니까, 난 당신과 처음 대화를 나눈 후에 영영 만나지 않거나 아니면 내가 했던 대로 할 수밖에 없었어요. 정말 난감해요. 언니들은 내가 품위 없이 행동했다고 여기겠지만 난 그렇게 생각하지 않아요. 여자가 결혼할 때 느끼는 감정을 언젠가는 내가 당신에게 느낄지도 몰라요. 하지만 당신을 만나서 대화해 보지 않으면 그걸 어떻게 알아낼 수 있겠어요? 당신 입장도 마찬가지예요. 난 한순간도 당신을 탓하지 않아요. 그럼 정말 어처구니없을 거예요. 하지만 우리는 관습에서 벗어난 행동을 했고 사람들은 그걸 흠 잡을 거예요. 적어도 나는 비난받을 거예요."

 말이 끝날 때쯤 그녀는 확신을 잃은 듯했다. 위도우선은 열정적으로 찬미하는 눈으로 그녀를 보았다.

 "그렇게 말해 줘서 고마워요—그렇게 명료하게 정리하고 나를 배려해 줘서요. 남들은 생각하지 맙시다. 그냥 계속 만나기로 해요. 난 영혼을 다해서 당신을 사랑해요—" 그는 이 엄숙한 말을 처음 하며 목이 멨고—"당신의 뜻이 곧 나의 뜻이에요. 당신의 마음을 얻을 기회를 줘요. 내가 혹시나 당신 기분을 상하게 하면 말해 줘요. 나에 대해 마음에 안 드는 것이 있다거나요."

 "몰래 보러 오는 것을 그만두겠어요?"

 "약속해요. 다신 안 그럴게요. 그럼 좀 더 자주 만나 주겠어요?"

 "일주일에 한 번 만날게요. 하지만 이것에 관해서 난 완전히 자유로워야 해요."

 "완전히요! 여자를 사랑하는 여느 남자들처럼 당신에게 구애하겠습니다."

 단단한 도로 위에서 지친 말이 딸그락거리며 걸었고, 밤에 폭풍이 치리라고 경고하는 구름이 스멀스멀 모였다.

8장. 사촌 에버라드

 아침 식사 시간에 미스 바풋은 자기에게 온 편지로 시선을 떨어뜨리자마자 못 믿겠다는 듯 감탄사를 터뜨렸다. 편지를 받는 일이 거의 없는 로더 넌이 궁금해하며 쳐다봤다.
 "이게 내 사촌 에버라드의 글씨체가 아니라면 내가 크게 잘못 본 거야. 맞는 것 같아. 얘가 런던에 왔구나."
 로더는 대꾸하지 않았다.
 "읽어 봐." 미스 바풋이 다 읽은 편지를 건네주며 말했다.
 필치는 상당히 두꺼웠으나 신중했다. 구두법을 엄격하게 지켰고, 군데군데 둥근 선으로 글자를 지운 자국이 있었지만 지운 글자가 여전히 보였다.

 "친애하는 메리 누님,
 누님이 독창적인 사업을 여전히 활발하게 추진 중이며 문명이 누님께 점점 더 많은 빚을 지고 있다고 들었습니다. 몇 주 전 런던에 도착한 이래 집으로 찾아뵐 생각을 몇 번이나 했으나 조심성이 발길을 붙들더군요. 기억하시겠지만 우리가 마지막으로 만났을 때 누님이 저를 못마땅해하셨고, 여태 한 번도 편지를 안 보내셨다는 것이 마음이 풀리지 않았다는 뜻인지도 모르겠군요. 그렇다면 제가 찾아가도 문전박대를 당할 텐데 어리석게 자존심이 센 저로서는 유쾌한 경험이 아니겠지요. 전 아파트를 하나 빌렸고 런던에 적어도 반년은 머무를 예정입니다. 제가 방문해도 좋을지 부디 알려 주세요. 전 만나 뵈었으면 합니다. 자연은 우리가 친구로 지내길 바라는데 편견이 우리 사이를 갈라놓았죠. 환영의 인사이든, '내 뒤로 물러가라!'[17]'이든 한마디 보내 주시길 바랍니다. 누님의 비난에도 불구하고, 전 언제나 그리고 지금도 누님을 친애합니다.

에버라드 바풋."

로더는 편지를 집중해서 읽었다.

"건방진 편지야." 미스 바풋이 말했다. "딱 자기다운 편지를 보냈어."

"이분은 어디에서 돌아오신 거예요?"

"아마 일본일 거야. '편견이 우리 사이를 갈라놓았죠.' 나 참, 정말 대단해! 이처럼 앞서가는 젊은이들 눈에는 도덕적 신념이 전부 편견이지. 물론 집에 찾아오라고 할 거야. 세월이 이 녀석을 어떻게 바꿔놓았나 보고 싶거든."

"정말 도덕적으로 용서가 안 되어서 연락을 끊으신 거예요?" 로더가 미소 지으며 물었다.

"맞아. 네게 자주 말했듯이 난 이 애를 용납할 수 없어."

"하지만 이분이 많이 변한 것 같지는 않은데요."

"이론적으로는 안 변했겠지." 미스 바풋이 답했다. "그건 예상했어. 고집이 엄청나거든. 하지만 생활방식은 좀 더 향상되었을지도."

"일본에서 2~3년을 보낸 다음에요." 로더가 눈썹을 살짝 치켜세우며 말했다.

"에버라드는 서른세 살 정도야. 영국을 떠나기 전에 철이 들 조짐

---

17. "사탄아 내 뒤로 물러가라." 마태복음 16장 23절에서 인용.

이 보인 것 같았어. 물론 난 얘가 좋은 사람이라고 생각하지 않고, 만일 필요하다면 예전처럼 내 생각을 노골적으로 상기시켜 주겠어. 하지만 품행이 나아졌는지 한번 봐서 나쁠 거는 없겠지."

에버라드 바풋은 저녁 식사 초대를 받았다. 초대를 승낙하는 답장이 곧바로 왔고, 약속된 날 저녁 7시 30분에 그가 도착했다. 그의 사촌이 응접실에 홀로 앉아 있었다. 그가 들어오자 그녀는 예리하지만 친근한 눈빛으로 그를 관찰했다.

그는 키가 크고 건장한 체격이었으며 큰 코와 두툼한 입술, 튀어나온 눈썹 아래 눈이 쑥 들어간 인상적인 얼굴선을 지녔다. 머리칼은 매우 풍부한 밤색이었으며 뾰족하게 살짝 앞으로 나온 턱수염과 콧수염은 불그스름한 빛을 띠었다. 혈색이 도는 맑은 피부와 명랑한 표정, 가뿐한 몸가짐이 대단히 건강한 체질을 암시했다. 이마의 하부에는 주름이 잡혔으며, 시선을 고정하고 있지 않을 때는 눈꺼풀이 처지며 잠시 나른한 분위기를 자아냈다. 그는 자리에 앉자마자 완전히 자기 집처럼 편안한 자세를 취했는데, 몸의 훌륭한 비율 덕분에 우아해 보였다. 겉모습만 보면 목소리가 꽤 크고 단호할 듯했지만 사실 그는 조용조용 말했고, 훌륭한 교육을 받았다는 증거인 조심성을 갖추었기 때문에 이따금 그의 목소리는 귓전을 어루만지는 것 같았다. 이런 목소리가 그의 미소와 일치되었고, 그는 자주 미소를 짓기는 했으나 너그럽고 희미한 조소에서 그쳤다.

"네가 돌아왔다는 이야기를 못 들었는데." 그와 악수하며 미스 바풋이 처음 한 말이었다.

"아무도 몰라서일 거예요. 친척 중에 편지를 보낸 사람은 누님뿐입니다."

"영광이구나, 에버라드. 아주 좋아 보여."

"누님도 마찬가지라서 다행이에요. 언제나처럼 열심히 일하고 계시다고 들었어요."

"내 근황을 전하는 소식통이 누구니?"

"콘스탄티노플에서 톰 형한테 받은 편지에 적혀 있었어요."

"톰? 나를 완전히 잊은 줄 알았는데. 그 애는 누구한테 내 소식을 들었는지 상상도 안 되는구나. 그럼 일본에서 곧장 온 게 아니야?"

바풋은 고개를 뒤로 젖히고 무릎을 문지르고 있었다.

"아뇨. 이집트와 터키를 좀 여행하다 왔어요. 여기 혼자 사세요?"

조금 늘어진 마지막 단어의 둘째 모음이 상당히 음악적이고 표현이 풍부했다. 그의 어투는 사촌의 또렷한 발음과 첨예한 대비를 이루었다.

"같이 사는 아가씨가 있어—넌 양이라고. 잠시 후에 여기로 올 거야."

"넌 양이오?" 그가 미소 지었다. "동업자인가요?"

"내게 아주 귀한 도움을 줘."

"꼭 이야기를 듣고 싶네요—누님이 언젠가 제게 말해 주신다면요. 정말 흥미로울 거예요. 우리 집안에서는 늘 누님이 제일 흥미로운 사람이었죠. 톰 형은 천재가 될 가능성을 보였지만 안타깝게도 결혼이 망쳐 버렸고요."

"정말 어이없는 결혼이었어."

"그랬나요? 유감이지만 사실인 것 같아요. 하지만 형은 만족한 듯합니다. 그들 부부는 마데이라 제도에 머무를 작정인 것 같아요."

"톰 부인이 상상 폐결핵을 앓는 데 질리고 이번에는 시베리아로 가야만 낫는 다른 질병을 상상하기 시작할 때까지겠지."

"아, 그런 여자이군요?" 그가 관대한 미소를 지으며 잠시 오른쪽 귓불을 만지작거렸다. 그의 귀는 크기는 작았으나 모양이 좋았고, 귀를 만지면서 보인 손 역시 우아함과 강인함이 모범적으로 조화를 이루었다.

로더가 들어왔다. 그녀가 매우 조용히 들어왔기 때문에 에버라드는 곧바로 알아차리지 못했고, 덕분에 그녀는 잠시 그를 관찰할 기회가 있었다. 미스 바풋의 시선이 방에 다른 사람이 들어왔다는 걸 알렸다. 두 사람이 차분히 서로에게 소개받자 모두 자리에 앉았다.

로더는 집주인과 마찬가지로 검은 드레스를 입었으며 허리에 찬 은제 버클 말고는 아무런 장식도 하지 않았다. 그녀는 머리를 몹시 볼품없게 매만져서 마치 자신의 이름이 연상시키는 이미지[18]에 어울리는 모습을 연출하려고 애쓴 것 같았다. 딱 달라붙게 빗어 넘긴 머리는 그녀가 평소에 즐겨 하며 매우 잘 어울리는 스타일과 전혀 달랐으며 그녀를 더 나이 들어 보이게 했다. 우연인지 계획적이었는지, 그녀는 등받이가 직각인 의자를 골라 뻣뻣하게 앉았다. 수줍음을 타는 로더를 상상하기 힘든 미스 바풋은 호기심이 어린 시선으로 한두 번 그녀를 힐긋거렸다. 깊은 대화를 나눌 시간은 없었다. 거의 곧바로 하녀가 와서 저녁이 준비되었다고 알렸다.

"격식 따위는 차리지 말자, 에버라드." 집주인이 말했다. "이쪽으로 와."

에버라드는 그 말을 따르며 넌 양의 몸매를 살폈는데, 그에게 뒤지지 않을 정도로 강건하고 균형이 훌륭했다. 그의 입술이 흡족하

---

18. 그녀의 성 Nunn은 수녀 Nun과 비슷하다.

다는 듯 즐거운 표정을 지었으나 그는 곧바로 자기 자신을 제어하고 매우 진중한 모습으로 식당에 들어갔다. 자연스레 로더의 맞은편에 앉은 그는 자주 그녀의 얼굴을 훑어보았으며, 아주 드물게 그녀가 입을 열 때면 집중해서 관찰했다.

식사 초반에 미스 바풋은 사촌에게 동양에서의 경험에 관해 물었다. 에버라드는 사근사근하고 유쾌하게 말하며 으스대지 않았고, 한마디로 품위를 증명했다. 로더는 정중한 관심을 보이며 이야기를 들었지만 아무런 질문도 하지 않았으며 불가피할 때만 미소를 지었다. 잠시 후 화제는 고향 소식으로 바뀌었다.

"네 친구 파플턴 씨 소식을 들었니?" 집주인이 물었다.

"파플턴이오? 아무것도 못 들었어요. 만나고 싶어요."

"안타깝게도 정신병원에 있어."

바풋이 놀라서 말을 못 잇는 동안 그의 사촌이 불행한 남자가 사업 문제 때문에 제정신이 나간 것 같다고 말했다.

"하지만 전 다른 가능성을 제안해야겠습니다." 젊은이가 대단히 은밀한 어투로 말했다. "누님은 파플턴 부인을 안 만나 보셨죠?"

넌 양이 관심을 보이며 시선을 들자 그가 그녀에게 말했다.

"제 친구 파플턴은 정말 유쾌한 사람이었습니다—어쩌면 제가 아는 사람 중에 가장 훌륭하고 친절한 사람이었죠. 타고나길 재치와 유머가 넘쳐서 그와 있으면 누구나 명랑해질 수밖에 없었습니다. 그런데 그가 세상에서 가장 아둔한 여자와 결혼하며 모두를 놀랬습니다. 파플턴 부인은 농담 한마디 할 줄 모르는 정도가 아니라 농담을 알아듣지도 못했어요. 문자 그대로 말하지 않으면 못 알아들었습니다. 그야말로 무미건조한 사실만 포함한 대화가 아니면 전혀 이해를 못 했어요. 수이트 푸딩[19] 같은 대화가 아니면 입맛에 안 맞는 거예요."

로더의 눈이 반짝였고 미스 바풋이 웃음을 터뜨렸다. 에버라드는 지금까지 조심스럽게 억눌렀던 허물없는 말투로 이야기하기 시작했다.

"네." 그가 말을 이었다. "부인은 혈통이 고귀하신 분이었죠―그래서 그 결함이 더욱 견디기 힘든 겁니다. 불쌍한 파플턴! 그가 설명하는 걸 수차례 들었습니다―무엇을요? 아내한테 농담에서 우스운 부분을 끙끙대며 설명하는 겁니다. 상상할 수 있겠지만 정말 어려운 일입니다. 아름답지 않은 작은 응접실에 우리 셋이 앉아 있는데―그들은 부유하지 않거든요―파플턴이 무슨 이야기를 해서 제가 포복절도를 하면―제가 그렇게 웃으면 무슨 사태가 벌어질지 모르므로 그저 빙그레 웃기만 하려고 최선을 다하지만 웃음이 터져 나옵니다. 제가 웃으면 파플턴 부인이 저를 빤히 바라보는데―아, 그 눈은! 그러면 그녀의 남편이 끔찍한 임무에 착수합니다. 그 착한 남자의 참을성은 과연 영웅적이에요! 15분 동안 설명하고 또 설명하지만 성공하지 못합니다. 농담이 단순한 언어의 유희일 때도 있어요. 파플턴 부인은 이항 정리를 이해하지 못하듯 말장난을 못 알아듣습니다. 농담에 어떤 암시가 깃들었을 때는 더 난처하죠. 그가 이마에 땀이 송골송골 맺히면서 설명하고 풀이하는 동안 저는 괴로운 눈으로 그에게 간청합니다. 대체 왜 불가능을 시도하냐고요! 하지만 친절한 친구는 아내의 부탁을 무시할 수 없습니다. 제가 그녀

---

19. 밀가루와 수이트(하얀 고체 지방) 그리고 빵가루와 건포도처럼 말린 과일을 섞은 반죽을 찌거나 구워서 만든 푸딩으로 건조하고 맛이 맹맹하다.

를 잊을 수 있을까요. '아—네—알 것 같아요'? 자기 눈앞에 벽이 있다는 사실 말고는 아무것도 모르면서요."

"나도 그런 사람들을 알아." 미스 바풋이 우스워하며 말했다.

"저는 그 친구가 사업 문제 때문에 미쳤다고 생각하지 않아요. 아내에게 끝없이 농담을 설명해야 했기 때문에 정신이 나갔을 거예요. 제 말을 믿어요. 그게 이유입니다."

"가능할 법하네요." 로더가 담담히 말했다.

"네 친구 중에 불행하게 결혼한 사람이 또 있잖아." 집주인이 말했다. "오차드 씨가 납득할 만한 이유를 대지도 않고 아내를 버렸다고 하던데."

"그것도 제가 설명할 수 있어요." 바풋이 조용히 말했다. "과연 그의 행동을 정당화할 수 있는지는 모르겠습니다. 몇 달 전에 알렉산드리아에서 오차드와 마주쳤어요. 길거리에서 우연히 만났는데, 그가 먼저 말을 걸 때까지 못 알아봤습니다. 뼈랑 가죽밖에 안 남았어요. 부인한테 전 재산을 줘버리고 괴로운 혼령처럼 지중해 해안을 떠돌면서 잡지에 이런저런 글을 기고해서 밥벌이를 하나 봐요. 자기 글을 저한테 보여 줬는데 이번 달 '맥밀런'에 실렸더군요. 꼭 읽어 봐요. 알렉산드리아의 밤을 황홀하게 묘사했어요. 그 친구는 곧 굶어 죽을 것 같습니다. 안타깝죠. 훌륭한 일을 해낼 수 있던 사람인데."

"하지만 아직 설명을 안 했잖니. 무슨 연유로 아이랑 부인을 버렸대?"

"제가 영국을 떠나기 조금 전에 틴턴에서 그를 만났던 날을 이야기할게요. 그와 부인이 그곳으로 휴가를 와서 제가 찾아갔습니다.

우리는 틴턴 사원 근방을 산책했어요. 그런데 한두 시간 정도—저는 있었던 일 그대로 말하겠습니다—우리가 아름다운 풍광을 즐기고 있는데 오차드 부인이 어떤 화제를 끊임없이 꺼내는 거예요—자기 집에서 일했던 몹쓸 하인들 이야기입니다. 10~12명 정도 하녀들이 우리의 머릿속에서 집결되었습니다. 그들의 이름, 나이, 가문, 받았던 봉급이 죄다 낱낱이 설명됐어요. 우리는 그들이 깨뜨린 그릇이며 컵이며 다른 식기들의 목록을 들어야 했습니다. 또한, 해고할 수밖에 없게 만든 그들의 극악한 범죄에 대해 들었죠. 오차드가 주제를 바꾸려고 연거푸 노력했으나 아내의 화를 돋우기만 했을 뿐입니다. 꾹 참고 그녀의 이야기를 듣는 것 말고 우리가 무엇을 할 수 있었겠습니까? 산책은 망쳤는데, 그건 어쩔 수 없었습니다. 자, 그런 일이 수년간 반복된다고 상상해 봐요. 글을 쓰려고 앉았는데 오차드 부인이 시시때때로 들이닥쳐서 어느 정육점에서 자기가 시키지 않은 고깃값을 청구했다느니, 그런 종류의 불평을 늘어놓는 겁니다. 그는 자기에게 남은 선택이 도망 아니면 자살이었다고 하는데, 전 그 말을 믿습니다."

그가 이야기를 끝맺으며 넌 양과 눈을 맞추자 그녀가 갑자기 말했다.

"왜 남자들은 바보랑 결혼하죠?"

바풋은 깜짝 놀랐다. 그는 미소를 지으며 자기 접시를 내려다봤다.

"훌륭한 질문이야." 집주인이 웃으며 말했다. "대체 왜 그런 거니?"

"답하기는 어려운 질문입니다." 에바라드가 최대로 미소를 자제하며 말했다. "어쩌면 말입니다, 넌 양. 그 남자들에게 사회적으로 기회가 한정되어 있어서 그럴지도 모릅니다. 결혼하기는 해야 하는데 대부분 남자에게는 선택의 폭이 좁거든요."

"제 생각에는," 로더가 눈썹을 올리며 말했다. "두 가지 고충에서 고르라면 혼자 사는 편이 나을 텐데요."

"물론입니다. 하지만 제가 말한 남자들 같은 사람들은 논리적으로 사고하지 않아요."

미스 바풋이 화제를 바꾸었다.

잠시 후 그가 포도주를 마시면서 명상할 수 있게 여자들이 자리를 비켜 주자 에버라드는 신기해하며 방을 관찰했다. 그러더니 그는 시선을 떨구고 모호한 미소를 지었다. 차분한 한숨이 가슴을 비워 주는 듯했다. 그가 마시던 클라렛에는 특별히 훌륭한 특성이 하나도 없었고, 어쨌든 그는 아주 조금만 마셨는데, 술에 관해서는 금욕적이기 때문이었다.

"내 예상대로야." 응접실에서 미스 바풋이 친구에게 말했다. "눈에 띄게 많이 변했어."

"선생님 이야기를 듣고 상상했던 사람과 전혀 달라요." 로더가 답했다.

"이제는 내가 알던 사람이 아닌지도 몰라. 품행이 확연히 좋아졌어. 예전에는 상당히 위협적으로 자기주장을 내세웠거든. 편지에는 옛날 말투가 배어 있었지. 적어도 어느 정도는."

"전 도서관에 한 시간 정도 다녀올게요." 자리에 앉지 않은 로더가 말했다. "바풋 씨는 10시 전에는 떠나지 않겠죠?"

"우리끼리 할 사적인 이야기는 없는데."

"그래도 선생님이 괜찮으시면—"

그래서 에버라드가 응접실로 왔을 때는 사촌만 있었다.

"이제 뭘 할 거니?" 그녀가 친근하게 물었다.

"뭘 할 거냐고요? 그러니까 무슨 일을 할 계획이냐는 거죠? 인생을 즐기는 것 이상은 계획하지 않았어요."

"네 나이에?"

"너무 젊다고요, 아니면 늙었다고요?"

"당연히 너무 젊다는 뜻이야. 의도적으로 인생을 허비하겠다는 거니?"

"즐기겠다고 했어요. 어떤 전문 직업이나 사업에 착수할 생각은 없습니다. 그런 건 다 접었어요. 활동적인 직업인의 삶에 대해 알고 싶은 건 다 배웠으니까요."

"하지만 즐긴다니, 그게 무슨 뜻이니?" 미스 바풋이 눈살을 찌푸리며 물었다.

"삶의 이런저런 광경을 경험하기만 해도 평생 걸리지 않나요? 사람이 한평생 여행만 다니더라도 지구 모든 나라의 아름다움과 위대함을 전부 경험할 수 있을까요? 전 10년 넘게 그 누구에게도 뒤지지 않을 정도로 열심히 일했습니다. 후회하지는 않아요. 이제껏 편하게 살았더라면 지금 제가 누리는 기회나 자유를 느끼지 못했을 테니까요. 그 경험을 통해 많이 배우기도 했고요. 소위 교육이라고 불리는 것을 무엇보다 더 잘 보완해 줬어요. 하지만 평생 일만 하는 건 삶의 절반을 잃는 거예요. 세상의 백만 분의 일도 못 보고 죽는 것에 만족하는 사람들을 이해할 수 없어요."

"난 거기에 만족해. 무한대로 펼쳐진 풍경 전시회는 내가 생각하는 즐거움이 아니야."

"제가 생각하는 즐거움도 아니에요. 하지만 무한대로 달라지는 삶의 방식은 어때요. 즐거움을 느끼는 자신의 모든 능력을 끊임없이 사용하는 겁니다. 그게 부끄러운 삶이라고 생각하세요? 전 그런 관점을 이해할 수 없어요. 고되게 일하는 사람이 즐기는 사람보다 왜 더 훌륭하다는 거죠? 그 판단의 기준이 뭡니까?"

"사회적 유용성이야, 에버라드."

"사회적 유용성이 어느 정도는 필요하다고 인정해요. 하지만 맹세코, 전 제 몫을 했습니다. 대부분 사람은 그런 이상을 품고 일하는 게 아니라 단순히 먹고살거나 재산을 모으려고 일하죠. 전 세상에 불필요한 노동이 너무 많은 것 같아요."

"사탄과 게으른 손[20]에 대한 옛 속담이 있지―미안하지만 너도 편지에서 그 인물을 언급했잖니."

"그 속담에는 진실이 담겨 있지만 다른 속담들과 마찬가지로 대중에게 적용되는 진실입니다. 제가 만일 잘못을 저지른다면, 그건 제가 매일매일 땀 흘리며 일하지 않아서가 아니라 원래 인간은 실수하기 마련이기 때문일 거예요. 옳지 않은 일을 저지를 의도 따위는 없습니다."

그는 수염을 쓰다듬고 무심한 미소를 지었다.

"네 목표는 대단히 이기적이야. 그리고 이기심을 제어하지 않으면 인성이 영향을 받기 마련이지." 미스 바풋이 여전히 매우 친근한 말투로 지적했다.

"친애하는 누님, 이기적인 행동이란 사람이 자기 의무라고 여기

---

20. 잠언 16장 27절에서 인용.

는 걸 고의로 등한시하는 것을 뜻해요. 전 제가 타인에게 진 의무를 무시하지 않는다고 생각하고, 저 자신에게 진 의무는 정확히 인지하고 있어요."

"그건 나도 의심하지 않아." 메리가 웃으면서 외쳤다. "그간 너의 철학을 다듬었구나."

"철학만 다듬은 게 아니길 바라요." 에버라드가 겸손히 말했다. "제 본질을 조금이라도 개선하지 않았으면 정말 시간을 허비한 거예요."

"듣던 중 반가운 말이야, 에버라드. 하지만 제멋대로 사는 정도의 차이를 말하자면―"

그녀는 말을 멈추고 불만스럽다는 몸짓을 했다.

"그건 물론 누구나 고민해 봐야 하는 일입니다. 하지만 우리는 이 문제에서 절대 동의하지 않을 거예요. 누님은 사회적 관점으로 보고 있으나 전 개인주의자입니다. 누님은 상당히 일관된 이론을 펼칠 수 있다는 이점이 있다는 반면 전 아무 이론이 없고 모순투성이죠. 제게 확실한 건 하나예요. 전 제 삶을 최대로 즐길 권리가 있어요."

"그 대가를 누가 치르더라도?"

"누님이 오해하셨어요. 전 양심이 민감한 편이에요. 누군가에게 피해를 주는 건 질색입니다―누님이 미덥잖다는 듯이 쳐다보시지만, 전 항상 그래 왔어요. 나이가 들면서 이런 성향이 점점 더 강해지고 있고요. 이렇게 사소한 문제에 대해선 그만 이야기하기로 해요. 넌 양은 다시 안 오나요?"

"금세 올 것 같아."

"이분과는 어떻게 알게 되셨어요?"

미스 바풋이 상황을 설명했다.

"인상적인 사람이에요" 에버라드가 말을 이었다. "물론 강인한 성격이겠죠. 확실히 누님보다도 더 신여성에 속할 것 같은데, 맞나요?"

"아, 난 매우 구식인 여자야. 역사의 어느 순간에도 여자들은 나와 비슷한 생각을 했어. 넌 양은 여성 부대를 향한 열의가 훨씬 강하지."

"그분과 이야기하면 재밌을 것 같아요. 정말이에요, 아시겠지만 전 여자들 편입니다."

미스 바풋이 웃었다.

"궤변론자! 넌 여성을 혐오하잖니."

"음, 네, 대부분 여자는 싫어하죠―전형적인 여자들이오. 그래서 예외인 여자들을 더욱 존경하고 그런 사람들이 많아지길 바라는 겁니다. 누님 역시 보통 여자들을 혐오한다는 사실에는 의심의 여지가 없어요."

"난 아무도 혐오하지 않아, 에버라드."

"아, 어떤 의미에서는요! 하지만 넌 양은 저와 같은 의견일 거라고 확신해요."

"그렇지 않을걸. 그녀가 나약한 여자들을 존경하지 않는 건 사실이지만 그렇다고 너와 동의하는 건 아니야, 사촌."

에버라드는 미소를 띠고 생각에 잠겼다.

"그분 생각을 알아내야겠어요. 여기에 가끔 찾아와도 될까요?"

"저녁에는 네가 원할 때 언제든지 와. 그 대신," 미스 바풋이 덧붙였다. "수요일 저녁은 안 돼. 그날은 바쁘거든."

"누님은 여름 휴가라는 걸 모르고 사시죠?"

"아주 그렇지는 않아. 사실 몇 주 전에 다녀왔어. 넌 양은 아마 2주 안에 갈 거고."

10시가 되기 조금 전 바풋이 일본에 있는 지인들에 관해 이야기하고 있을 때 로더가 돌아왔다. 그녀는 대화할 생각이 없어 보였으며 에버라드도 이날 저녁 그녀의 침묵을 깨뜨릴 의향이 없었다. 그는 이야기를 듣는 그녀를 관찰하고 조금 더 말하다가 곧 떠날 준비를 했다.

"수요일 저녁이 금지된 날이었죠?" 그가 사촌에게 물었다.

"응, 사업에 집중하는 날이야."

그가 떠나자마자 두 친구는 시선을 교환했다. 두 사람 모두 수요일 저녁을 금지하는 것이 암시하는 바를 이해했지만 아무 말도 하지 않았다. 한동안 침묵이 흘렀다. 마침내 로더가 반쯤 무심한 호기심이 어린 말투로 물었다.

"선생님이 바풋 씨의 잘못을 과장하신 거 아니에요?"

대답은 잠시 미루어졌다.

"그 애 이야기를 너한테 했다는 자체가 좀 경솔했어. 하지만, 아니, 과장하지 않았어."

"이상하네요." 로더가 벽난로 받침대에 한쪽 발을 올리고 서서 덤덤하게 말했다. "그런 남자처럼 보이지 않는데요."

"아, 확실히 많이 변했어."

미스 바풋은 아무 직업도 갖지 않겠다는 사촌의 결심을 말했다.

"재산도 그렇게 많지 않아. 에버라드를 보면 죄책감이 들어. 원래 그 애가 받았어야 하는 유산을 삼촌이 내게 주셨거든. 하지만 그것 때문에 나를 원망할 정도로 옹졸한 아이는 아니야."

"한마디로, 아버지 유언에서 제명당한 거예요?"

"그런 셈이지. 에버라드는 어렸을 때부터 자기 아버지와 잘 안 맞았어. 이상한 일이야, 두 사람은 여러모로 무척 닮았거든. 외모는 완전히 빼다 박았고, 내 생각에는 성격도 비슷해. 그런데 두 사람은 정말 사소한 일로도 충돌하곤 했어. 삼촌은 신분 상승을 하셨는데 그 사실을 기억하고 싶지 않아 하셨어. 자기 재산을 모으게 해준 상업을 경멸하셨고 사회적으로 높은 위치에 오르기를 소망하셨지. 당시에 준 남작 지위를 돈으로 살 수 있었으면 아마 엄청난 금액을 치르고서라도 사셨을 거야. 하지만 그분은 결국 대단한 지위에 못 올랐는데, 그 이유 중 하나는 확실히 결혼을 너무 일찍 하셔서야. 젊어서 하는 결혼을 대놓고 비난하시는 것을 자주 들었어. 그때 숙모는 이미 돌아가신 후였지만 사람들 모두 삼촌 속뜻을 알았지. 로더, 여자가 남자의 앞길을 가로막는 경우가 얼마나 많은지 생각해 보면 남자들이 지금처럼 여자를 생각하는 것도 무리가 아니야."

"물론 여자들은 언제나 무언가를 가로막죠. 하지만 그 문제를 오래전에 해결하지 못한 걸 보면 남자들도 지독하게 멍청해요."

"삼촌은 자기 아들들을 신사로 키우기로 다짐하셨어. 장남인 톰은 아버지의 소망대로 자랐지. 무척 똑똑했지만 게으름이 그 애를 망쳤고, 게다가 어처구니없는 결혼까지 해서—불쌍한 톰은 끝장났어. 에버라드는 이튼 칼리지[21]에 다녔는데, 그 경험이 큰 영향을 끼쳤어. 애가 극단적인 급진주의자가 된 거야. 학교에서 만난 어린 귀

---

21. 영국 버크셔주에 위치한 명문 사립 남학교로 귀족 자제들이 많이 다녔다.

족들을 흉내 내는 대신 그들을 경멸하고 싫어했어. 에버라드는 소년 시절부터 확실히 아주 독창적이었어. 당시 이튼에서 급진적인 이론을 펼친 사람이 있었는지 난 모르지만, 아마 없었을 거야. 그 애의 강한 개성과 모든 일에서 아버지에게 맞서려는 묘한 반항심 때문이었겠지. 당연히 이튼에서 옥스퍼드로 진학할 예정이었지만 그 무렵 에버라드는 실질적으로 반항하기 시작했어. 이렇게 말했어. 아니, 대학에 가지 않겠어요. 쓸데없는 지식으로 머리를 채우고 싶지 않아요. 엔지니어가 되기로 마음먹었다는 거야. 모두가 깜짝 놀랐어. 공학이 그 애에게 전혀 어울리지 않았으니까. 수학을 잘하는 것도 아니었고 언제나 일반교양 과목에 재능을 보였거든. 하지만 아무도 그 애 고집을 꺾을 수 없었어. 에버라드는 자기와 같은 생각을 지닌 남자라면 공학처럼 힘과 기술이 필요한 실용적인 일을 해야 한다고 마음을 굳힌 거야. 견실한 노동으로 세상을 굴러가게 하는 사람 중 한 명이 되겠다는 거였지. 그 애가 했던 말이야. 그래서 자기 아버지와 어마어마하게 싸웠지만 결국 원하는 대로 했어. 이튼에서 자퇴하고 토목 공학을 배우러 간 거야."

로더는 흥미롭다는 미소를 띠고 들었다.

"그리고," 친구가 말을 이었다. "강인한 성격인지 고집인지, 아무튼 그걸 다시 한번 선보였지. 에버라드는 자기 실수를 깨달았어. 모두가 예상했듯이 공학이 적성에 전혀 안 맞은 거야. 하지만 자기가 틀렸다고 인정하느니 차라리 일하다 죽을 애였기 때문에 그 애가 자기 실수를 깨달았다는 사실을 우리 모두 한참 후에서야 알았어. 공학을 공부한다고 결정했으니까 죽자사자 노력해서 엔지니어가 되기로 한 거야. 아버지에게 절대 굽히지 않겠다는 거지. 그래

8장. 사촌 에버라드

서 열여덟 살 때부터 거의 서른 살까지 에버라드는 자기가 아마 끔찍하게 싫어한 직업에 종사했어. 순전히 의지로 해냈고, 일하는 회사에서도 꽤 높은 위치에 올랐어. 그 애가 성인이 된 순간부터 삼촌은 당연히 일절의 도움도 주지 않았거든. 에버라드는 영향력이 없는 여느 젊은이처럼 혼자 자기 길을 개척해야 했어."

"얘기를 들으니까 사람이 자못 달라 보이네요." 로더가 말했다.

"맞아. 여기에 악행 하나를 추가하지 않아도 된다면 전부 괜찮겠지. 에버라드에 대한 그 수치스러운 추문을 들었을 때 느낀 혐오감은 난생처음이었어. 사실 난 그 애를 항상 소년으로 여겼고 내 친동생이나 다름없이 아꼈어. 그런데 그 충격적인 사건이 터진 거야. 너무 충격적이어서 그날부로 내 인생의 방향도 상당히 바뀌었어. 그날부터 난 네게 말했던 것처럼 그 애를 생각했어―우리가 무찔러야 하는 악의 표본으로. 세상 경험이 많은 사람들은 내가 사소한 일에 과잉반응한다고 하겠지. 에버라드가 보통 남자들보다는 도덕적으로 올바르게 처신했을지도 몰라. 하지만 난 그 애의 명예와 고상한 정신을 굳게 믿었었고, 내 신뢰를 깨뜨린 걸 절대 용서하지 못할 거야."

로더는 혼란스러운 표정이었다.

"선생님이 지금도 일부러 저를 헷갈리게 하시는 것 같아요." 그녀가 말했다. "전 그분이 상상 이상의 방탕아인 줄 알았는데요."

"그 애는 비겁하고 잔인했어―그것밖에 말할 수 없어."

"그 사건 때문에 그분 아버지가 유산을 삭감한 거예요?"

"큰 이유 중 하나였을 거야."

"그렇군요. 그럼 품위 있는 사회에서 쫓겨났겠군요."

"사회가 진정 품위 있었으면 그렇게 되었겠지—그 애의 급진적인 사상들이 얼마나 순식간에 사라졌는지 신기해. 내 생각에 에버라드는 노동자 계층과 진심으로 공감한 적이 한 번도 없어. 더구나 자기 아버지처럼 사회적 지위와 권력에 대한 욕심이 있는 것 같아. 자기가 최고의 엔지니어나 대기업의 임원이 될 가능성이 있었으면 아마 도중에 그만두지 않았을 거야. 지독한 고집이 그 애 인생을 거의 망친 격이지. 자기 적성에 맞는 일을 택했으면 지금쯤 상당한 위치에 올랐을 거야. 안타깝게도 이젠 늦었어."

로더는 생각에 잠겼다.

"아무런 목표가 없대요?"

"아무 야심이 없대. 그 애는 특정한 사회에 속하지도 않고, 친구들은 아까 말한 것처럼 다 별 볼 일 없는 사람들이야."

"사실, 그분이 무슨 야심을 품을 수 있겠어요?" 로더가 웃으며 말했다. "여자여서 좋은 점이 하나 있어요. 우리 시대에 똑똑하고 의지가 강한 여자에게는 지금 일어나고 있는 위대한 움직임에서 한몫할 수 있다는 희망이 있죠—여성을 해방하는 거예요. 하지만 남자들은 천재가 아닌 이상 뭘 할 수 있겠어요?"

"노동자 계층을 해방할 수 있겠지. 그들이 맡을 수 있는 위대한 도전이야. 하지만 에버라드는 나만큼이나 노동자 계층에 무관심해."

"자기 자신을 해방하는 것만으로도 충분하지 않을까요?"

"그 애가 명예로운 남자가 되려고 노력하는 것만으로도 할 일이 많다는 뜻이니?"

"어쩌면요. 저도 제가 무슨 뜻으로 한 말인지 잘 모르겠어요."

8장. 사촌 에버라드

미스 바풋은 골똘히 생각하다가 반가운 생각이 난 것처럼 얼굴이 환해졌다.

"네 말이 맞아. 우리 시대에는 여자로 태어난 게 더 유리해. 우리에게는 앞으로 나아가는 기쁨과 정복하는 영광이 있지. 남자들은 단지 물질적인 진보밖에 생각할 수 없어. 하지만 우리는—우리는 사람들을 교화하고 새로운 종교를 전파하고 세상을 정화하고 있어!"

로더가 고개를 세 번 끄덕였다.

"어쨌든 내 사촌은 신체적으로나 정신적으로나 훌륭한 남자의 본보기야. 하지만 로더, 너와 비교하면 얼마나 못나고 무력한 존재인지! 너를 띄우는 게 아니야. 난 네 단점과 과도한 면도 솔직하게 말하잖니. 하지만 너의 엄청나게 독립적인 정신과 자긍심, 그리고 순수하게 맑은 영혼이 자랑스러워. 우리가 여자라서 얼마나 다행인지!"

미스 바풋은 여간해서는 이렇게 도취되지 않았다. 로더는 다시 고개를 끄덕였으며 그들은 스스로와 목표에 기쁜 확신을 느끼며 함께 웃었다.

9장. 소박한 믿음

에버라드 바풋은 새로 가입한 클럽의 도서실에 앉아서 문예지의 광고란을 훑어보고 있었다. 그의 개인적인 흥미를 끄는 기사가 눈에 들어왔고 그는 곧바로 책상으로 가서 편지를 쓰기 시작했다.

"친애하는 미클스웨이트,

내가 영국에 돌아왔네. 사실 더 일찍 자네에게 편지를 썼어야 했어. 『삼선좌표에 관한 논문』이라는 위협적인 제목의 책을 출간했더군. 이런 엄청난 노동을 끝맺은 걸 진심으로 축하하네. 자네처럼 초연한 인간이 아니었더라면 책을 출간해서 경제적으로 이득이 있었기를 바란다고 덧붙였을 거야. 이런 책을 사는 사람들이 있기는 하겠지만 자네에게는 삼선좌표에 영혼을 쏟아부었다는 사실만이 중요하겠지. 내가 셰필드로 자네를 찾아가도 되겠나? 아니면 자네가 휴가로 런던에 올 가능성이 있을까? 난 베이스워터에 빈약하게 꾸며진 싸구려 아파트를 얻었네. 내게 방을 빌려준 남자가 엔지니어인데, 철도 공사를 하러 이탈리아에 1년 정도 갔어. 나는 아마 런던에 6개월 이상 머무르지는 않을 것 같지만, 우린 꼭 만나서 회포를 풀어야 하네, 등등."

그는 이 편지를 셰필드에 있는 학교로 보냈다. 회신은 3일 만에 클럽으로 왔다.

"친애하는 바풋,

나 역시 런던에 있고 자네 편지는 학교에서 전달해 줬네. 작년 부활절에 학교를 그만두었거든. 내가 초연한 사람이건 아니건, 런던에서 훨씬 좋은 직책을 얻었다고 말할 수 있어서 기쁘네. 어디에서 언제 만날 수 있는지 알려주게나. 아니면 자네가 내 하숙집으로 와도 좋겠군. 난 10월 말까지 일을 시작하지 않으니까 지금은 수학적 자유를 만끽하고 있네. 자네에게 할 이야기가 많아.

진정한 자네의 친구,

토머스 미클스웨이트."

　이날 아침 할 일이 없던 바풋은 즉각 친구가 사는 프림로즈 힐 근처의 외진 골목길로 향했다. 그는 정오쯤에 하숙집에 도착했고, 그의 예상대로 수학자는 연구에 전념하고 있었다. 미클스웨이트는 마흔 살 정도 남자로 어깨가 굽었고 말랐지만 달리 건강하지 않은 기색은 보이지 않았다. 그의 얼굴은 명랑했고 흐늘흐늘하지만 풍성한 머리칼이 덥수룩했으며 수염이 조끼 중간까지 내려왔다. 그들은 십년지기 친구였는데, 그가 한때 에버라드에게 수학을 가르쳤다.

　그가 묵는 방은 1층 후면에 있는 퀴퀴하고 작은 응접실이었다.

　"조용하네, 완전히 조용해." 하숙인이 말했다. "더는 바랄 게 없어. 하숙인이 두 명 더 있는데 매일 아침 8시 30분에 출근해서 밤 10시에 잠자리에 들지. 게다가 난 여기 일시적으로 머무는 거네. 대단히 멋진 일이 기다리고 있어—기적 같은 변화가! 금세 다 말해 주겠네."

　그는 일단 바풋에게 마지막으로 본 이래 있었던 일을 전부 말해 달라고 채근했다. 그들은 1년에 두 번 정도 소식을 주고받았는데, 편지 쓰기를 좋아하지 않는 에버라드는 근황만 아주 간략하게 알렸다. 미클스웨이트는 기이한 자세로 이야기를 들었다. 아마도 몇 시간 동안이나 앉아서 일한 후 운동이 필요해서인 듯했다. 이제 그는 의자 끝에 걸터앉아 몸을 쫙 펴고 두 팔을 위로 힘껏 뻗더니, 다리를 구부려 발을 의자 위에 단단히 고정하고 두 손으로 무릎을 끌어안은 후 앞으로 고꾸라질 것처럼 보일 때까지 몸을 앞뒤로 흔들었다. 오래전부터 친구의 특이한 면모를 알아 온 바풋은 전혀 개의치 않았다.

"그래서 어떤 직책을 맡았나?" 바풋이 서둘러 자기 이야기를 마무리하며 물었다.

그는 런던에 있는 한 대학에서 수학 강사 자리를 얻었다.

"1년에 150파운드를 받는데 부업으로 개인 과외지도를 해도 된다고 하네. 최소한 200파운드는 보장되었고, 너무 기대가 커질까 봐 감히 말하지 못하는 다른 계획이 있어. 1년에 200파운드면 내겐 장족의 발전이지."

"충분히 살 만하겠구먼." 에버라드가 친절하게 말했다.

"아니—충분하지는 않아. 어떻게 해서든지 좀 더 벌어야 하네."

"이런! 갑자기 왜 이렇게 욕심쟁이가 되었나?"

수학자는 새되고 쉰 목소리로 낄낄거리더니 의자 위에서 몸을 굴렸다.

"200파운드보다는 반드시 더 벌어야 하네. 300파운드면 만족하겠네만 내가 벌 수 있는 최대로 벌어야지."

"존경하는 선생, 부끄러운 줄 알게나. 철학자에게 경의를 표하려고 왔더니 돈에 눈이 먼 속물이 여기 있군. 나를 보게! 나는 정신적으로도 신체적으로도 바라는 게 많은 남자이지만 보잘것없는 450파운드로 넉넉하게 살면서 불평하지 않네. 자네 어쩌면 내 수입만큼 바라는 건가?"

"그렇지! 450파운드가 뭔가? 자네가 사업 정신이 있는 남자였다면 두 배, 세 배로 늘렸을 거야. 난 돈의 가치를 알아. 부자가 되고 싶네!"

"자네, 미쳤거나 결혼하는군."

미클스웨이트가 요란하게 킬킬거렸다.

"수업에서 사용할 새로운 대수학 교재를 준비하고 있지. 내가 단단히 착각하고 있는 게 아니라면 현재 시중에 나와 있는 교재를 전부 대체할 책을 쓸 수 있어. 생각해 보게! 전국 모든 학교에서 미클스웨이트의 대수학 교재를 쓰면 그게 믹한테 무슨 의미이겠는가? 1년에 수백 파운드네, 친구. 수백 파운드."

"자네가 이렇게 염치없는 줄 몰랐네."

"난 회춘하고 있는 거네. 아니, 난생처음으로 젊게 느껴. 젊음을 누릴 시간이 여태 없었거든. 난 열여섯 살 때부터 학교에서 가르치기 시작해서 학교 강사이건 개인 과외지도 선생이건 평생 일만 했지. 이제 내게 행운이 찾아왔으니 난 꼭 스물다섯 살로 돌아간 기분이네. 내가 정말 스물다섯 살이었을 때는 마흔 살처럼 느꼈지."

"음, 그거랑 돈벌이랑 무슨 상관인가?"

"믹의 대수학의 뒤를 이어 믹의 수론이 나올 테고, 그다음은 믹의 유클리드 기하학, 믹의 삼각법이네. 지금부터 20년 후에는 내가 1년에 수천 파운드를 벌고 있을 거야! 수천 파운드! 그러면 강사 일을 그만두고 (교수직에서 사임한다는 뜻이지, 물론 그때쯤엔 교수가 되어 있을 테니까) 확률 연구에 인생을 바칠 거네. 60대가 되어서야 진정 살기 시작한 사람들이 많아—그러니까 전성기가 그제야 온 거지."

바풋은 혼란스러웠다. 친구가 유머러스한 과장을 즐긴다는 사실은 익히 알았지만 이렇게 물질적인 성공을 탐하는 모습은 처음이었고, 그가 지금 하는 이야기는 단순한 농담이 아니었다.

"내 말이 맞나, 틀렸나? 자네 결혼하려는 거지?"

미클스웨이트는 문 쪽을 힐끔 보더니 신중하게 말했다.

"여기에서 이야기하고 싶지 않아. 어디 가서 함께 식사하게나. 나랑 밥을 먹자고. 혹은 자네의 귀족적인 표현대로 정찬을 갖기로 하지."

"아니, 내가 자네를 초대하겠네. 내 클럽으로 가세."

"건방지군! 내가 자네의 수학 아버지라는 사실을 잊었나?"

"부디 말끔한 바지를 입고 머리를 좀 빗게. 아, 자네 삼선좌표 책이 여기 있군. 자네가 사람들 앞에 나갈 수 있게 준비하는 동안 난 이거나 읽고 있겠네."

"서문에 끔찍한 오식이 있어. 내가 보여 주지—"

"내게는 전부 마찬가지이네, 친구."

하지만 미클스웨이트는 기어이 보여 주면서 어처구니없는 실수가 생긴 이유를 5분간 설명했다.

"내가 이 책을 어떻게 출간하게 되었을 것 같나?" 그가 물었다. "셰필드 학교의 베넷 교장이 도와줬네. 책이 2년 안에 본전을 못 뽑으면 그가 손해를 물어준다고 했어. 정말 관대하지 않나? 나더러 자기 제안을 받아들이라고 설득했고, 나보다 더 이 책을 자랑스럽게 생각하는 것 같아. 사람이 운이 좋을 때는 세상이 얼마나 친절한지 정말 놀랍네. 세상엔 질투와 시기밖에 없다는 헛소리가 많지. 내가 런던에 있는 대학에 취직되었다는 말이 퍼지자마자 사람들이 얼마나 나를 친근하게 대하던지. 베넷은 무척 다정하게 말했어. '물론이야.' 그가 이렇게 말했네. '자네가 여기보다 더 좋은 곳에서 일해야 한다고 오랫동안 생각해 왔네. 자네 급여는 터무니없이 부족했지. 만일 내게 권한이 있었다면 오래전에 인상했을 거야. 자네의 뛰어난 능력에 걸맞은 자리를 찾아서 정말 기쁘네.' 아니, 난 세상 사람들이 진심으로 타인을 축하할 마음의 준비가 되어 있다고 생각하네. 그들에게 기회만 주면 된다고."

"사람들에게 그런 기회를 주었다니, 자네 참 친절하군. 어쨌든, 이 강사 자리는 어떻게 얻었나?"

"아, 자네에게 말해야지. 한 1년 전쯤에 어떤 거물이 과학 잡지 하나에 올린 글에 내가 답변을 보냈네. 확률에 관한 질문이었어—말해도 자네는 모를 거야. 내 답변이 잡지에 실렸고, 그 거물이 내게 무척이나 친절한 편지를 보냈네. 그렇게 서신을 주고받다가 이 직책까지 이어진 거야. 그 사람이 나를 위해 힘 좀 쓴 거지. 사실, 세상에는 선의가 넘쳐 흐르네."

"명백하군. 이 책을 집필하는 데는 얼마나 걸렸나?"

"아, 7년밖에 안 걸렸네—실제로 쓰는 건. 내가 개인적인 일을 할 시간이 별로 없었단 걸 기억하게."

"자네는 훌륭한 영혼이네, 토머스. 자, 문명사회로 나갈 준비를 하게."

그들은 클럽까지 걸어갔다. 미클스웨이트는 동행이 듣고 싶어 하는 이야기만 제외하고 무엇이든 이야기했다.

"인생에는 엄숙하게 의식을 갖추어야 하는 것들이 있어." 그가 친구의 조급한 질문에 답했다. "길거리에서 이야기하면 안 되는 것들이 있다고. 식사를 끝내고 자네 아파트로 가면 거기서 다 이야기하겠네."

그들은 즐겁게 식사했다. 수학자는 품질 좋은 호크를 한 병 마시고 이에 상응하는 기력으로 음식을 해치웠다. 그의 눈이 행복으로 빛났다. 그는 다시 한번 인류의 자애로움과 세상의 훌륭한 질서에 대해 길게 연설을 늘어놓았다. 그들은 클럽에서 베이스워터까지 승합마차를 타고 갔고, 바풋의 수수하지만 편안한 아파트에서 휴식을 취했다. 미클스웨이트는 엽궐련을 입에 물고 자신이 앉은 안락의자 옆으로 다리를 올렸다.

"이제," 그가 진지하게 운을 뗐다. "자네가 제대로 추측했다고 말할 수 있어. 내가 결혼하네."

"글쎄," 상대가 말했다. "자네가 철이 들 나이가 되긴 했지. 자네가 잘 알고 하는 일이라 믿네."

"맞아, 잘 알고 하는 일이지. 흥미진진한 이야기는 아니야. 난 낭만적인 사람이 아니고 내 약혼녀도 마찬가지네. 사실 난 스물세 살에 사랑에 빠졌었어. 내가 그럴 거라고 생각 못 했지?"

"못 할 이유는 뭔가?"

"뭐, 어쨌든 난 사랑에 빠졌었네. 내가 교직하던 헤리퍼드의 교구목사 딸이었어. 그녀는 내가 일하던 학교의 부설 초등학교에서 어린아이들을 가르쳤지. 나와 동갑이네. 놀랍게도 그녀 역시 내게 호감을 품었고, 내가 감히 무뢰한처럼 고백했을 때 거절하지 않았네."

"무뢰한이라니? 왜 무뢰한이라고 하나?"

"왜냐고? 내가 빈털터리였기 때문이지. 난 학교에서 숙식하면서 1년에 30파운드를 받았는데 그중 절반은 어머니를 부양하는 데 썼네. 그것보다 악당 같은 짓이 뭐가 있나? 내가 결혼할 가능성이 현실적으로 전혀 없는데 고백을 하다니?"

"음, 지독한 악행이었다고 인정하지."

"이 숙녀는—천사들보다 조금 못한[22]—언제까지라도 기다리겠다고 다짐했어. 나를 신뢰하고 내 밝은 전망을 믿는다고 했지. 그녀의 아버지가—어머니는 돌아가셨어—우리 약혼을 허가해 주셨네. 자매가 세 명인데, 한 명은 가정교사이고 다른 한 명은 집안일을 도맡아 하고 또 다른 한 명은 눈이 안 보이네. 모두 다 훌륭한 사람들이야. 나는 가능할 때마다 찾아갔고 이들도 나를 지극정성으로 대접했어. 안타깝지, 사실 난 그 짧은 휴식 시간에도 죽도록 일했어야 했는데."

"당연히 그랬어야지."

"운 좋게도 난 헤리퍼드를 떠나서 연 35파운드를 주는 글로스터 학교로 전근했네. 5파운드를 더 받게 되었다고 우리가 얼마나 기뻐서 방방 뛰었는지! 하지만 이야기를 이런 식으로 하면 끝이 없겠군. 내일 아침까지 떠들어야 할 거야. 어쨌든 그렇게 7년이 지났네. 우리는 서른 살이 되었지만 결혼할 가망은 여전히 만무했지. 난 상당히 열심히 일했어. 런던에서 학위도 땄지만 한 푼도 못 모았고, 남은 돈은 전부 어머니가 필요로 했지. 이 약혼을 지속할 권리가 없다는 생각이 엄습했네. 그래서 서른 살에 패니에게 편지를 썼어—그녀 이름이 패니일세—그리고 그녀에게 자유로워지라고 간청했지. 자네라도 똑같이 하지 않았겠나?"

"맹세코, 난 그런 처지에 나를 대입할 상상력이 없네. 어쨌든 마음을 엄청 독하게 먹어야겠지."

"하지만 내가 잘못했다고 생각하나?"

---

22. 시편 8장 5절에서 인용. 그들을 천사보다 조금 못하게 만드시고.

"숙녀분이 안 좋게 받아들이셨나?"

"그녀가 모욕적으로 여긴 건 아닐세. 하지만 그 편지 때문에 마음고생이 심했다고 하더군. 그녀는 오히려 나더러 스스로를 자유로운 몸으로 여기라고 했어. 언젠가 내가 다시 연락하면 자기는 그때까지 나를 충실하게 기다리고 있을 거라면서. 그렇게 오랜 시간이 흘렀는데도 난 이 이야기를 할 때마다 목이 메네. 내가 지독하게 경멸스럽게 행동한 것 같았어. 난 그냥 자살하는 게 나을 성싶었고 심지어 계획도 세웠었네—정말이야. 하지만 끝내 우리는 약혼을 이어가기로 했어."

"물론이지."

"당연하다고 생각하나? 어쨌든 약혼이 오늘날까지 이어졌네. 한 달 전에 난 마흔 살이 되었고, 그러니까 우리 약혼은 17년간 이어진 걸세."

미클스웨이트는 새삼 놀랍다는 듯이 말을 멈췄다.

"패니 자매 중 둘은 죽었네. 처녀로 죽었어. 맹인인 동생은 패니가 계속 보살펴 왔는데 우리랑 함께 살 거야. 아주 오래전에 우리 둘 다 결혼을 포기했었네. 심지어 나는 내가 약혼했다는 사실을 아무에게도 알리지 않았어. 너무 어처구니없고 너무 신성했기 때문이지."

에버라드의 얼굴에서 웃음기가 사라졌다. 그는 생각에 잠겼다.

"자, 그럼 자네는 언제 결혼할 건가?" 미클스웨이트가 다시 명랑하게 물었다.

"아마 죽을 때까지 안 할 거야."

"그렇다면 자네는 매우 중대한 의무를 저버리는 거야. 그래, 재력이 있는 남자들은 모두 의무적으로 결혼해야 하네. 결혼하지 못한 여자의 삶은 참으로 비참한 것이어서 능력이 되는 남자라면 누구나 여자를 그 운명에서 구하려고 노력해야 해."

"내 사촌 메리 누님과 친구분이 자네 말을 들어야 하는데. 경멸로 자네를 뒤덮었을 거야."

"진심으로 경멸하지는 않았을 거라고 믿네. 물론 나도 그런 여자들 이야기를 들어보았지. 그들에 관해 얘기해 주게나."

바풋은 이야기 끝에 자기 관점을 폭넓게 표현했다.

"자네의 구식 감성을 난 존경하네, 미클스웨이트. 자네에게 어울리고 자네는 훌륭한 사람이야. 하지만 난 여자들도 남성의 결혼관을 공유해야 한다는 새로운 사상에 훨씬 더 공감하네. 그러니까, 결혼을 안 하면 인생이 비참할 거라는 생각을 하지 않고 자랐으면 좋겠다는 거야. 내 관점은 어쩌면 훨씬 극단적이네. 난 결혼을 아예 믿지 않아. 그리고 난 자네처럼 여자를 단지 여자라는 이유로 존경하지 않아. 자네는 러스킨파[23]라고 할 수 있겠지. 그리고 난─어쩌면 내 경험이 특이할지도 모르지만, 난 그렇게 생각하지 않아. 그건 그렇고, 내 친척들이 날 망나니로 생각하는 걸 아나?"

"자네가 몇 년 전에 말했던 그 사건 때문에?"

"전반적으로는 그것 때문이지. 자네에게 진실을 말하고 싶어. 당시에는 그럴 생각이 없었지만 말이네. 난 불한당 취급을 받아들였지. 별로 상관없었으니까. 내 사촌 누님은 다시 한번 다정하게 대

---

23. 빅토리아 시대의 예술 평론가였던 존 러스킨은 「여왕들의 정원」이라는 에세이에서 여성의 영역은 가정이며 그들의 본분은 상냥하고 현명하며 도덕적으로 완벽한 안주인으로서 남성을 위로하고 내조하는 것이라고 주장했다.

해 주긴 하지만 날 절대 용서하지 않을 거야. 그리고 친구 넌 양에게 아마 내 이야기를 죄다 했겠지. 어쩌면 넌 양을 조심시키는 걸지도—누가 알겠나!"

그가 껄껄 웃었다.

"넌 양이 자네에게서 보호받을 필요는 없을 것 같은데."

"그 집에 있는 동안 묘한 생각이 들었네." 에버라드는 등받이에 기대서 눈을 반쯤 감았다. "넌 양은 어떤 구애도 자기를 흔들 수 없다고 믿겠지. 대단히 엄격한 여자 중 하나야. 결혼을 꿈꿀 만큼 나약한 학생들에게 무시무시한 존재이겠지. 자, 나 같은 사람에겐 이게 유혹이란 말일세. 넌 양의 사명감이 얼마나 투철한지 시험하기 위해서 구애하면 짜릿한 경험일 거야."

미클스웨이트가 고개를 가로저었다.

"자네에게 어울리지 않는 저급한 짓이네, 바풋. 물론 자네가 정말 그런 짓을 하진 않겠지."

"하지만 그런 여자를 보면 도전 정신이 치솟는 건 사실이네. 만일 그녀가 부자였다면 난 아무런 양심의 거리낌 없이 했을 거야."

"자네가 당연시하는 것 같은데," 수학자가 웃으며 말했다. "그 숙녀분이 자네에게 넘어올 거라고 말이야."

"여자들이 날 거만하게 만들었다고 인정하겠네. 그리고 나는 내가 여성성에 마땅한 존경을 표하지 않는다는 비난을 들으면 화가 나. 나는 여자들에게 바치는 근거 없는 숭배에 당한 희생자란 말일세. 이제 자네에게 말해 주지. 내가 자네 말고는 아무에게도 이야기하지 않았다는 걸 기억하게. 모두가 나를 불한당 취급할 때도 난 나를 변호하지 않았어. 아마 변호해 봤자 소용없었겠지만. 오히려 더 비열해 보였겠지. 언젠가 메리 누님에게는 사실을 말할 것 같아. 누님에게 좋을 거야."

상대는 다소 마음이 불편하나 호기심이 동한 기색이었다.

"자, 그때 나는 옥스퍼드에서 기차로 갈 수 있는 업처치라는 작은 마을에 사는 친구 집에서 여름 휴가를 보내고 있었네. 구돌이라고, 우리 집안이랑 친구 사이인데 부유하고 자선사업을 하던 사람들이었지. 구돌 부인은 업처치 마을 소녀들을 늘 데리고 있었는데 교육받은 아이들과 그렇지 않은 아이들이 섞여 있었네. 부인은 그들이 함께 어울림으로써 교육받은 아이들이 감화력을 발휘하고, 두 부류 모두 새롭게 성장하길 바랐지. 내가 거기 있는 동안 메리 누님도 그 집에 머무르고 있었네. 메리 누님은 구돌 부인보다는 현실적인 관점을 지녔지만 그런 실험에 큰 관심을 보였어.

그런데 이렇게 정신적으로 고양하려는 소녀 중에 에이미 드레이크라는 아이가 있었어. 일반적인 상황이었다면 나와 안면을 틀 여자아이가 아니었지만, 내가 두세 번 신문을 사러 간 가게에서 일했네. 우리는 이야기를 조금 나눴는데—맹세코 난 깍듯하게 격식을 지켰네—그녀는 내가 구돌가 사람들과 친구라는 걸 알았어. 에이미는 고아였고, 결혼한 언니와 함께 살러 런던으로 곧 떠날 예정이었지.

휴가가 끝나고 내가 런던으로 돌아가는 기차에 우연히 그녀 역시 혼자 탄 거야. 우린 업처치 역에서 서로를 봤지만 대화하지 않았고 난 흡연차에 탔네. 옥스퍼드에서 갈아타야 해서 기다리는 동안 승강장을 서성이는데 에이미가 다가왔기 때문에 난 대화를 시작할 수밖에 없었네. 그녀의 행동에 난 적잖이 놀랐고 구돌 부인이 어떻게 생각할지 걱정했어. 하지만 어쩌면 남녀가 순수한 마음으로 자유롭게 대화할 수 있다는 뜻일지도 모른다고 생각했지. 어쨌든 에이미는 내가 자기와 같은 칸에 타도록 유도했고, 런던으로 가는 길 내내 그 칸엔 우리만 있었네. 어떻게 끝났을지 자네도 예상할 수 있겠지. 패딩턴 역에서 우리는 함께 내렸고, 그날 밤늦게까지 그녀는 언니네 집에 가지 않았어.

물론 난 자네가 내 말을 믿는다고 가정하고 있네. 드레이크 양은 구돌 부인이 생각했던, 혹은 그렇게 만들기를 희망했던 정숙한 소녀가 전혀 아니었어. 노골적으로 말하면, 그녀는 막돼먹은 여자였네. 물론 자네는 그녀의 인성이 내 망나니 같은 행동을 정당화하지는 않는다고 하겠지. 아니, 도덕주의자의 관점에서 보면 내 잘못이었네. 하지만 난 도덕적인 가식이 없는 사람이고, 내가 젊은 여성을 뿌리치면서 그녀에게 설교할 거라고 기대할 수는 없지 않은가. 자네도 그건 인정하겠지?"

수학자는 어색하게 눈살을 찌푸리고 고개를 끄덕였다.

"에이미는 행실이 나쁘기만 한 것이 아니라 사기꾼이었어. 업처치 사람들에게 그 사건을 털어놓았는데 내 생각엔 처음부터 그럴 작정이었네. 내게 얼마나 많은 비난의 화살이 날아왔을지 상상해 보게. 난 끔찍한 죄를 저지른 거야—순진한 처녀를 꾀고 친구들의 호의를 짓밟고 등등. 에이미한테도 상황이 곤혹스럽게 풀렸지. 당연히 내가 즉시 그녀와 결혼해야 했지만 난 그럴 생각이 추호도 없었으니까. 내가 아까 언급한 이유로 난 사람들의 비난을 가만히 듣기만 했네. 물론 멍청한 행동이었지만 어쩔 수 없었어. 아무도 내 말을 안 믿었을 테니까—그들은 진실을 받아들일 수 없었을 거야.

난 모두에게 질타받았네. 그리고 얼마 후 아버지가 유언을 쓰고 돌아가셨는데 당연히 이것 때문에 내 몫을 삭감하셨지. 내가 받았어야 하는 돈의 상당 부분을 메리 누님이 받았어. 그 일이 터지기 직전에 나와 아버지는 사이가 괜찮았었네. 폐기한 유언장에서는 내게 꽤 많은 돈을 남기셨었을 거야."

"흠, 흠." 미클스웨이트가 말했다. "세상에 끔찍한 여자들이 있다는 건 누구나 아는 사실이네만 이 사건 때문에 여자를 전부 그렇게 보아서는 안 되지. 그 여자는 어떻게 됐나?"

"난 1년 반 동안 그녀에게 소소한 용돈을 보냈네. 그러다 아이가 죽었고 난 돈을 그만 보냈지. 그 후에 어떻게 됐는지는 전혀 모르네. 아마 다른 누군가를 낚아서 결혼했겠지."

"글쎄, 바풋." 친구가 의자에서 몸을 굴리며 말했다. "내 의견은 여전하네. 자네는 어떤 훌륭한 여자에게 자네 수입의 절반을 빚지고 있어. 어서 그녀를 찾게. 자네에게 좋을 걸세."

"그렇다면 자네는," 에버라드가 너그럽게 웃으며 말했다. "내가 연 수입 450파운드로 결혼할 수 있다고 생각하나?"

"물론이지! 왜 안 되겠나?"

"상당히 불가하네. 아내를 얻는 건 괜찮을지 모르지만 가난한 상태에서 결혼하는 건—난 나 자신과 세상을 잘 알기 때문에 그럴 수 없어."

"가난이라니!" 수학자가 고함쳤다. "450파운드가!"

"허리띠를 졸라매는 가난일세—결혼한 사람에게는."

미클스웨이트가 쏟아내는 분노의 웅변을 듣는 에버라드의 입술에는 엷은 미소가 걸렸다.

10장. 첫째 원칙들

에버라드 바풋은 정확히 일주일을 기다렸다가 사촌의 호의를 받아들여 저녁 9시에 찾아갔다. 미스 바풋의 집에서는 7시에 저녁 식사를 했다. 둘이서만 식사할 때 그녀와 로더는 식탁에 30분 이상 머무르는 경우가 드물었고, 이번 여름 그들은 저물녘에 자주 나가서 강변을 산책했다. 이날 저녁 그들은 에버라드가 초인종을 울리기 불과 몇 분 전에 집에 돌아왔다. 미스 바풋이 (그들은 서재로 들어가던 참이었다) 친구를 향해 미소 지었다.

"그 젊은이가 아닌지 몰라. 이렇게 금세 또 왔다면 기분이 우쭐하겠어."

손님은 유쾌한 기분이었으며 이와 상응하는 분위기로 환영받았다. 그는 넌 양이 일주일 전보다 훨씬 호감이 가는 모습이라고 곧바로 생각했다. 그녀는 상냥하게 잘 웃어 주었다. 그녀의 앉은 자세에서도 대화하고 싶은 기미가 느껴졌으며 그녀는 장난스러운 농담에도 너그럽게 대꾸했다.

"오늘 찾아온 이유 중 하나는," 에버라드가 말했다. "놀라운 이야기를 해주고 싶어서예요. 지난번에 우리가 나눴던 이야기와 연관이 있습니다." 그가 사촌을 향해 말했다. "제 친구 두 명의 불행한 결혼생활 말이에요. 누님, 미클스웨이트란 이름 기억나요? 저한테 수학을 가르쳤던 사람인데? 네, 기억하실 것 같았어요. 조만간 결혼한다는데 고작 17년간의 약혼입니다."

"네 친구 중 가장 현명한 사람인가 보구나."

"훌륭한 사람이에요. 마흔 살인데 신부도 동갑이래요. 두 사람이 놀라울 정도로 한결같았다는 거죠."

"결혼생활은 어떨 것 같니?"

"전 예측할 수 없어요. 여자분을 모르거든요. 하지만—" 그가 유머스하게 진지한 표정을 지으며 덧붙였다. "두 사람이 서로를 꽤 잘 알 것 같은데요. 단지 가난해서 여태 결혼을 못한 겁니다. 안타깝지 않습니까? 서로에게 충실했던 약혼자들 가운데 10년이 되었는데도 가난 탓에 결혼하지 못하는 이들이 있다면 정부에서 남자의 지위에 따라 적절한 지원을 해줘야 할 듯해요. 생각해 보면, 사회주의적 체제는 그런 생각에 기반을 두었죠."

"만일," 로더가 말했다. "약혼한 지 10년이 되어야만 결혼을 허가하는 법이 먼저 제정된다면요."

"그래요." 바풋이 최대한 부드럽고 정중한 어투로 동의했다. "그러면 체제가 완성되겠군요. 특정한 시험에서 합격한 사람들만이 약혼할 수 있는 법을 추가하길 원하시지 않는다면요. 일종의 대학 학위 같은 겁니다."

"멋져요. 그리고 남녀 모두 정부가 인정하는 직업으로 10년간 돈을 벌었을 경우에만 결혼할 수 있는 거예요."

"만일 이런 법이 있었다면 미클스웨이트 씨의 약혼녀는 어떻게 되겠니?" 미스 바풋이 물었다.

"지금까지 선생을 해서 먹고살았던 모양이에요."

"물론 그랬겠지!" 상대가 못 참겠다는 듯이 외쳤다. "그리고 자기 직업을 질색했을 가능성이 커. 우리가 잘 아는 그 지긋지긋한 고역 아니겠니?"

"하지만 누님, 누군가는 아이들한테 읽고 쓰는 법을 가르쳐야 해요."

"그래. 그 일을 위해 충분한 훈련을 받았고 가르치는 일에 보람을 느끼는 사람들. 이 숙녀분은 예외일 수도 있어. 하지만 난 이분이 평생 적성에 안 맞는 일을 하면서 불쌍한 미클스웨이트 씨가 자기에게 집을 제공할 날만 비참하게 기다렸을 거라고 상상해. 그게 일반적인 여교사들이고, 그렇게 사는 여자들이 더는 없도록 우리가 만들어야 해."

"그걸 어떻게 해내실 생각이죠?" 에버라드가 사근사근하게 물었다. "일반적인 남자들은 결혼하기 위해서 일하고, 일반적인 여자들도 물론 같은 목적을 품고 있죠. 여선생들은 독신으로 살겠다고 맹세해야 합니까?"

"그런 뜻이 전혀 아니야. 하지만 여자들도 남자들과 마찬가지로 자기 적성에 맞는 직업을 찾도록 교육받아야 해. 자기만의 천직이 없으니까 사정이 궁해지면 그냥 선생을 하는 거야. 세상에서 가장 어렵고 고된 일 중 하나를 그들은 설거지 같은 단순 노동으로 생각해. 우리 여자들은 다른 일로는 돈을 벌 수 없지만 아이들을 가르칠 수 있어! 이런 생각인 거지. 남자들은 까다로운 준비 과정을 완료하고 나서야 교사나 과외 선생을 하지―물론 딱히 수준이 높거나 충분하지는 않지만 자기가 선생이 된다고 의식하면서 준비하는 거야. 그리고 상대적으로 소수의 남자만 그 직업을 택해. 남자와 마찬가지로 여자들에게도 직업 선택의 폭이 넓어야 해."

"그것도 말이 되지만, 메리 누님. 남자는 자신의 평생 직업을 선택하는 반면 여자는 결혼하는 순간 자기 직업이 바뀔 거라는 사실을 염두에 둘 수밖에 없습니다. 그럼 결혼 전에 하던 일은—결국 쓸모없어지는 거죠."

"아니, 쓸모없지 않아! 그게 바로 내가 주장하는 요지야. 쓸모없기는커녕 자기 직업이 없었을 때와는 전혀 다른 인간이 됐을 거야. 맥없고 감상적이며—전반적으로 봤을 때—정신적으로 건강하지 않은 존재가 아니라 완전한 인간이 되었을 거야. 남자와 평등하게 설 수 있어. 그렇게 되면 남자들이 지금처럼 여자를 무시할 수 없겠지."

"좋아요." 넌 양의 흐뭇한 미소를 보며 에버라드가 동의했다. "누님의 관점이 무척 마음에 듭니다. 하지만 집안일을 해야만 하는 수많은 여자는 어떻게 하죠? 어쩔 도리 없다는 한숨과 함께 그들을 맥없고 감상적이며 정신적으로 건강하지 않은 상태로 내버려 둡니까?"

"일단, 결혼하지 않은 여자의 다수가 집안일을 해야 할 필요는 없어. 네가 생각하고 있는 그런 여자들은 대부분 자기 의무를 전혀 수행하고 있지 않아. 달리 할 일이 없으니까 집에서 이런저런 잡일을 하면서 시간을 보내는 거야. 여성 교육이 완전히 개혁되고 나면, 여자들이 어떤 확실한 진로를 찾도록 훈련받는다면, 정말 집에 있어야 하는 여자들은 상당히 다른 마음가짐으로 집안일에 임할 거야. 누군가에게 청혼을 받을 때까지 시간을 때우려고 하는 일이나 지겨운 고역으로 여기는 대신 자기가 전문적으로 맡은 업무로 받아들이는 거지. 나는 부모의 재산과 무관하게 모든 여자가 직업을 가져야 한다고 생각해. 하루하루 소일거리를 찾느라고 정신적으로 타락하는 여자가 있어서는 안 된다고."

"남자도 마찬가지겠죠." 에버라드가 수염을 쓰다듬으며 말했다.

"남자도 마찬가지야, 에버라드."

"당신은 이 이야기에 절대적으로 동의하나요, 넌 양?"

"아, 물론이에요. 하지만 저는 여기서 한 걸음 더 나아가요. 전 소녀들이 결혼을 꿈꾸기보다는 꺼리도록 가르칠 거예요. 대부분 여자에게 결혼은 치욕을 뜻하니까요."

"아! 제가 이해할 수 있게 도와주세요. 어째서 결혼이 치욕을 뜻하죠?"

"대다수 남자는 옳고 그름에 대한 신념이 없으니까요. 그런 사람에게 결혼이라는 굴레로 묶이는 것은 수치와 비참한 삶을 뜻해요."

에버라드는 시선을 떨구었고 잠시 아무말도 하지 않았다.

"그렇다면 넌 양, 최대한 많은 여자가 결혼하지 않게 막으면 남자들의 품성을 향상할 수 있다고 진정 믿습니까?"

"하루아침에 이룰 수 있는 일이라고 생각하지 않아요, 바풋 씨. 일단은 불명예스러운 삶에서 여자들을 최대한 많이 구하려는 거예요. 하지만 우리 사업은 멀리 내다보고 있어요. 신분이 높고 낮고를 떠나서 여자들 모두가 자기 자신을 존중하는 법을 배운다면 남자들은 여자들을 다르게 볼 터이고, 결혼은 남녀 모두에게 명예로운 일이 될 거예요."

에버라드는 감탄한 표정으로 다시 한번 입을 다물었다.

"이 주제는 다음번에 다시 이야기하자." 미스 바풋이 명랑하게 끼어들며 말했다. "에버라드, 서머싯에 대해 아는 게 있니?"

"영국의 그쪽 지방에는 안 가봤습니다."

"넌 양이 체더로 휴가를 갈 거야. 넌 양 오빠가 찍은 지역 풍경 사진을 같이 보고 있었어."

그녀가 탁자에서 스크랩북을 집어 건네주자 에버라드는 흥미로워하며 넘겨 보았다. 사진은 확실히 아마추어의 작품이었지만 전체적으로 큰 결함은 없었다. 체더 절벽의 다채로운 모습이 찍혀 있었다.

"이렇게 아름다운 곳인지 몰랐어요. 제 머릿속에 체더 치즈가 너무 각인되어 있어서 자연을 미처 생각하지 못했나 봅니다. 컴벌랜드나 하이랜드라고 해도 믿겠는데요."

"제가 어렸을 때 뛰어놀던 곳이에요." 로더가 말했다.

"체더 출신이에요?"

"아뇨, 액스브리지요. 체더에서 멀지 않은 곳이에요. 하지만 농부인 삼촌이 체더에 살아서 자주 놀러 갔어요. 지금은 오빠가 거기에서 농사를 짓고 있어요."

"액스브리지요? 여기 장터 사진이 있네요. 매력적인 마을인데요!"

"영국에서 가장 나른한 마을 중 하나라고 자부해요. 철도가 깔리긴 했지만 아무런 변화도 생기지 않았어요. 건물을 새로 짓지도, 무너뜨리지도 않아요. 누가 새로 가게를 열지도 않고요. 자기 사업을 확장할 야심을 품는 사람도 없어요. 정말 달콤한 곳이에요!"

"하지만 당신은 그런 걸 즐기지 않겠지요, 넌 양?"

"좋아해요—휴가 때는요. 거기서 2주 동안 꾸벅꾸벅 졸면서 '이른바 19세기라는 것'을 전부 잊어버릴 거예요."

"믿기 힘들군요. 아름답고 예스러운 교회에서 불명예스러운 결혼식이 열릴 터이고, 당신은 그걸 보기만 해도 속이 터질 텐데요."

로더가 쾌활하게 웃었다.

"아, 황금기 시대의 결혼이겠죠! 어쩌면 신부가 제 소녀 시절 친구일지도 몰라요. 그럼 전 그녀에게 입맞춤하고 장밋빛 뺨을 토닥이며 행복을 빌어 줄 거예요. 그리고 신랑은 f와 s를 발음하지 못하는 순박한 바보일 거고요. 그런 결혼은 전혀 반대하지 않아요!"

나머지 두 사람은 그녀를 보고 있었는데—미스 바풋은 애정 어린 미소를 지었고 에버라드는 혼란스럽다는 듯이 관찰하다가 즐겁게 웃었다.

"그 지역 시골에 한번 가봐야겠어요." 후자가 말했다.

이날 밤 그는 불편을 끼칠까 우려하는 마음 단 하나 때문에 오래 머무르지 않았다.

다시 한 주가 흘렀고 같은 요일 저녁에 바풋은 퀸스 로드를 따라 사촌 집으로 향하고 있었다. 아쉽게도 그는 미스 바풋이 집에 없다고 들었다. 저녁 식사를 마치고 외출했다는 것이었다. 차마 그는 넌 양이 있느냐고 묻지 못했고, 실망해서 돌아가려 찰나 산책에서 돌아온 로더가 정문으로 왔다. 그녀는 진중하게 그러나 친숙하게 손을 내밀었다.

"죄송하지만 바풋 선생님은 우리 학생 중 아픈 아이가 있어서 병 문안을 가셨어요. 하지만 금세 돌아오실 거 같아요. 들어오시겠어요?"

"감사합니다. 한 시간 정도 이야기할 수 있기를 고대하고 있었거든요."

로더는 그를 응접실로 안내한 후 양해를 구하고 잠시 자리를 비웠다가 일상적인 저녁 드레스로 갈아입고 돌아왔다. 바풋은 그녀의

10장. 첫째 원칙들

머리가 처음 만난 날보다 훨씬 보기 좋은 모양이란 걸 눈치챘다. 그건 지난주에도 마찬가지였는데, 웬일인지 그는 이날 저녁 그 모습에 유난히 시선이 끌렸다. 그는 몰래몰래 그녀를 머리부터 발끝까지 살펴보았다. 여성에 관해서 에버라드에게 낯선 것은 없었다. 여성, 단순히 여성으로서 여자에게 그는 심오한 흥미를 느꼈다. 그리고 로더 넌이라는 여성의 표본은 여간 흥미롭지 않았다. 단순히 지성적인 관심이었다. 그는 그녀에게 성적으로 전혀 끌리지 않았으나 그녀의 정신세계를 더욱 깊이 들여다봄으로써 그녀가 추구하는 이상의 동기가 얼마나 진실한지 알아내고, 그녀의 지성이 발달한 과정과 사고방식을 이해하고 싶었다. 여태껏 그는 그녀 부류의 여자를 관찰할 기회가 없었다. 그의 사촌은 넌 양과 매우 다른 사람이었다. 습관적으로 그는 사촌 누나를 나이 많은 사람으로 여겼지만, 넌 양은 서른 살이었는데도 한창 젊어 보였다.

그는 그녀가 풍기는 평등의 분위기가 좋았다. 그녀는 여느 남성 지인처럼 그와 함께 앉았는데, 그는 그녀가 어떤 상황에서도 일관되게 행동하리라고 확신했다. 그녀의 직설적인 화법은 신선했고, 성숙하고 지적인 성인들의 대화에서 그녀가 부적절하다고 여길 주제는 없을 듯했다. 이런 태도가 부분적으로는 그녀가 자신이 미인이 아니라는 사실을 덤덤하게 인지해서일지도 몰랐다. 아니, 그녀는 예쁘지 않았다. 하지만 그는 처음 만난 날에도 그녀의 얼굴이 거슬리지 않았다. 그녀의 이목구비를 관찰하던 그는 그 표정에 서려 있는 기품을 느꼈다. 다소 울퉁불퉁하고 툭 튀어나온 이마는 지력을 뜻했다. 짙은 일자 눈썹과 그 사이에 거의 영구적으로 자리한 깊은 세로 주름. 밤색 눈동자와 긴 속눈썹. 가늘고 섬세하며 높은 코.

그녀의 이지적인 입술은 아랫입술이 아주 살짝 더 나왔는데, 옆모습을 보았을 때 발견한 특징이었다. 크고 강인한 턱, 우아한 목—글쎄, 어쨌든 아름다움의 한 종류였다. 그녀의 두상은 품위 있게 조각되었으며 체형은 훌륭했다. 그는 그녀의 튼튼한 손목과 순수하게 새하얀 피부 아래 섬세하게 비치는 혈관을 바라보았다. 아마 그녀는 매우 건강한 체질일 것이다. 그녀의 치아는 가지런했으며 안색에는 건강한 갈색 홍조가 돌았다.

에버라드는 미스 바풋이 병문안을 간 아픈 학생을 언급하며 이전에 하던 이야기를 이어갔다.

"공식적인 단체입니까? 규칙이랑 뭐 그런 게 있는?"

"아, 전혀 아니에요."

"하지만 가르치거나 채용하는 아가씨들은 물론 선발하겠죠?"

"아주 신중하게요."

"그들을 만나 보고 싶군요!—그러니까," 그가 웃으며 덧붙였다. "흥미로울 거예요. 사실 전 지난번에 당신이 여성과 결혼에 대해 한 이야기에 깊이 공감합니다. 우리의 관점은 다르지만 목표는 같아요."

로더는 눈썹을 살짝 추어올리며 차분히 물었다.

"정말인가요?"

"완전히요. 당신은 여성의 정신과 인성을 강화하는 사업에 열중하고 있죠. 당신은 이런 변화가 사회에 가져오는 궁극적인 결과에는 큰 관심이 없을 겁니다. 하지만 저에게는 그 결과가 현실적인 관심사예요. 제 관점에서 말하자면, 당신은 남성의 행복을 위해 일하고 있습니다."

"제가요?" 아이러니가 깃든 미소를 띤 로더의 입에서 새어 나온 말이었다.

"오해하지 말아요. 빈정거리는 것도, 농담으로 한 말도 아닙니다. 여성에게 득이 되는 일은 남성에게도 득이 됩니다. 당신은 일반적인 남자들이 도덕적으로 저급하다고 경멸하지만, 전반적으로 보았을 때 남자들의 그런 결함은 여자들의 천박성에서 직접적인 요인을 찾을 수 있습니다. 생각해 보세요. 제 말이 옳다고 동의하실 겁니다."

"당신 말이 무슨 뜻인지는 알아요. 여자들이 그렇게 된 것은 남자들 탓이지만요."

"사실입니다. 제가 여자들 편이라고 하지 않았습니까. 이 문제에서 우리 문명은 늘 기막히게 결점투성이였습니다. 남자들은 여성을 발달 초기의 미개한 상태에 가둬 놓고 그들이 미개하다고 불평하죠. 사회가 범죄자들을 생성하는 최적의 조건을 갖춘 다음에 범죄자들을 비난하는 것과 마찬가지입니다. 그렇지만 아시다시피 전 남성의 일원이고, 더군다나 성미가 급한 사람입니다. 제가 주변에서 보는 수많은 여자가 너무나도 경멸스러운지라 전 성급하게 불공평한 말을 합니다. 당신이 남자 입장이 되어 보세요. 남자 중 백만 명이 아주 똑똑하고 훌륭히 교육받았다고 가정해 봅시다. 그들과 동등한 지력을 갖춘 여자는 아마 몇천 명밖에 되지 않을 겁니다. 따라서 대다수 남자는 비참하게 실패할 수밖에 없는 결혼을 합니다. 우리 모두 사랑에 빠지는 건 사실입니다. 하지만 자기 결혼생활이 행복하리라고 스스로를 기만할 수 있을까요? 아주 젊은 남자는 그럴지도 모르죠. 사실, 어린 남자들 가운데는 노동자 계층 여자와—그저 몸뚱이라고밖에 할 수 없는—결혼할 정도로 정신 나간 사람들도 있습니다. 하지만 대부분 남자는 자기가 결국 울며 겨자 먹기로 결혼하게 되리라는 것을 압니다. 처음에는 이에 좌절하죠. 그리고 나서는 냉소적으로 변하고 도덕적 의무에 코웃음을 칩니다."

"나쁜 상황을 용감하게 개선하는 대신 훨씬 더 악화시키죠."

"네, 하지만 인간의 본능을 어쩌겠습니까. 평균적으로 지적인 남자를 예로 든 것뿐입니다. 하지만 우리 사회의 관습은 어리석기 짝이 없어서 아마 당신도 이런 주제에 대한 솔직한 견해는 못 들어 봤을 겁니다. 제가 언급한 남자들의 절반 이상이 자기 아내를 경멸한다는 것이 단순한 진실입니다. 아내와 최대한 오래 떨어져 있기 위해 무슨 짓이라도 할 거예요. 만일 상황이 허락한다면, 아내들은 매우 자주 버려질 겁니다."

로더가 웃음을 터뜨렸다.

"더 자주 버려지지 않아서 아쉽나요?"

"비인간적으로 내팽개치는 게 아니라면 괜찮다고 생각합니다. 제 친구 오차드를 예로 들어 보죠. 그로서는 끔찍한 아내에게서 벗어나든지 자살하든지 둘 중 하나였습니다. 다행히도 그는 가족들에게 생활비를 줄 능력이 되었고 굴레를 벗어날 용기도 있었습니다. 만일 그가 처자식이 굶게 내버려 두고 도망했다면, 전 이해는 하겠지만 용납하지는 않았을 겁니다. 오차드처럼 행동하고 싶지만 고문받으면서 사는 편을 선호하는 남자들이 있죠. 네, 그들은 정말로 그걸 '선호'합니다. 전 그들이 어리석고 유약하다고 생각하기는 하지만 그들에게 고통스러운 딜레마라는 걸 인정합니다. 마음이 여린 그들에게는 가족을 버린다는 생각이 너무 괴로운 거죠. 돈과 다른 물질적인 요인 때문에 하릴없이 가정에 남는 남자도 많습니다. 하지만 대개 양심과 습관—가증스러운 습관—그리고 남들의 손가락질에 대한 두려움이 남자를 붙들죠."

"이 모든 이야기가 정말 흥미롭군요." 로더가 진지하게 반어적인 말투로 말했다. "그건 그렇고, 당신은 부성애도 가증스러운 습관에 포함하나요?"

바풋은 망설였다.

"제가 빠뜨리면 안 되었던 동기이군요. 하지만 제 생각에는 자식을 사랑하는 마음 또한 대부분 남자에게는 양심이라는 것에 포함됩니다. 부성애는 사람으로 하여금 불행한 결혼생활을 참게 할 정도로 강하지 않거든요. 똑똑하고 선량한 수많은 남자가 아이들을 사랑하면서도 아내에게서 도망쳤습니다. 그들은 자기 능력 안에서 최대로 자식들을 부양하죠—하지만 어떻게 보면 아이들을 위해서라도 그는 스스로를 구해야 하는 겁니다."

로더의 표정이 불현듯 변했다. 시시각각 급변하는 그녀의 표정도 에버라드의 눈길을 끄는 것 중 하나였다.

"당신의 표현에 께름칙한 부분이 있어요." 그녀가 무척 솔직하게 말했다. "물론 객관적인 사실만 따지면 저도 당신과 동의해요. 대부분 결혼이 어느 모로 보나 지긋지긋하리라 생각해요. 하지만 여자들이 결혼의 비참한 현실을 어느 정도 인지하고 그것에 반발하지 않는 한 발전은 없을 거예요."

"당신이 성공하길 바랍니다—진심이에요."

그는 말을 멈추고 방을 둘러본 후 귀를 만지작거렸다. 그리고 진지한 목소리로:

"저에게 이상적인 결혼은 남편과 아내 모두 완전한 자유를 보장받는 겁니다. 물론 여러 조건이 맞아야만 실현할 수 있겠죠. 가난이나 그 외 괴로운 사정들 때문에 사람은 개인적인 신념과 어긋나는 행동을 하게 되니까요. 그러나 이상적인 조건에서 결혼할 수 있는 사람도 꽤 많습니다. 지성인들의 사회가 승인하는 완전한 자유는 우리가 방금 논한 불행을 대부분 근절할 겁니다. 하지만 일단 여자들이 개화되어야 해요. 그 점에서는 당신이 옳아요."

문이 열리고 미스 바풋이 들어왔다. 그녀는 두 사람을 번갈아 보더니 말없이 에버라드에게 손을 내밀었다.

"환자는 어떻습니까?" 그가 물었다.

"조금 나은 것 같아. 위험한 병은 아니야. 네 형 톰한테 편지가 왔어. 어쩌면 곧바로 읽는 게 낫겠구나. 네가 궁금해하는 소식이 들어 있을지도 모르니까."

그녀는 자리에 앉아 봉투를 뜯었다. 그녀가 혼자 편지를 읽는 동안 로더는 조용히 방에서 나갔다.

"그래, 여기 소식이 있네." 잠시 후 미스 바풋이 말했다. "안 좋은 소식이야. 몇 주 전에—그러니까 이 편지를 쓰기 몇 주 전에—낙마해서 갈비뼈에 금이 갔대."

"그래요? 몸은 좀 어떻답니까?"

"회복하고 있다는구나. 영국으로 귀국할 거래. 물론 아내의 결핵 증세가 없어져서, 하루빨리 마데이라 제도를 떠나고 싶어 한대. 톰의 갈비뼈가 나을 때까지 그 여자가 제발 좀 기다리길 바라자꾸나. 물론 그 여자는 톰의 건강은 안중에도 없겠지만. 같은 우편으로 너한테도 편지를 보냈대."

"불쌍한 형!" 에버라드가 탄식했다. "아내에 대해 불평했나요?"

"지금까지는 한 번도 안 했어. 하지만 이 편지에는 그런 속마음을 암시하는 문장이 있어. '제가 다치는 바람에 뮤리엘이 무척 기분이 안 좋습니다. 제가 일부러 말에서 떨어지지 않았다고 아무리 말해도 믿지 않는 것 같아요. 하지만 누님, 맹세컨대, 고의가 아니었습니다.'"

에버라드가 웃었다.

"톰 형이 빈정거릴 정도이면 정말 속상한가 보네요. 전 토머스 부인을 만나고 싶지 않아요."

"그 여자는 어리석고 천박해. 톰이 결혼하기 전에 내가 대놓고 그렇게 말했어. 나랑 아직도 친하게 지내는 건 톰이 성격이 좋아서야. 편지를 읽어 봐, 에버라드."

그는 편지를 읽었다.

"흠, 저에 대해 참 친절하게 썼네요. 착한 형! 내가 왜 결혼을 안 하느냐고요? 글쎄, 형은 자기 경험을 통해서라도—"

미스 바풋은 다른 화제를 꺼냈다. 잠시 후 로더가 돌아오고 나서 이어진 대화에서 그녀가 이틀 뒤에 휴가를 떠난다는 말이 언급됐다.

"체더에 대해 읽어 봤습니다." 에버라드가 쾌활하게 말했다. "바위 틈새에서 자라는 '체더 핑크'라는 꽃이 있다더군요. 뭔지 아십니까?"

"아주 잘 알아요." 로더가 답했다. "표본을 좀 가져올게요."

"정말요? 감사합니다."

"로더, 나는 진짜 체더 치즈를 1~2파운드 부탁할게." 미스 바풋이 명랑하게 말했다.

"그럴게요. 여기 가게에서 파는 건 죄다 가짜예요, 바풋 씨. 세상 거의 모든 게 그렇듯이요."

"전 치즈에는 관심 없습니다. 메리 누님처럼 현실적인 사람이야 좋아하겠지만, 저는 시적인 성향이 강하거든요. 눈치채셨나요?"

그들이 악수할 때—

"정말 꽃을 가져다주실 건가요?" 에버라드가 확연히 부드러워진 목소리로 물었다.

"안 잊어버리게 적어 놓을게요." 그녀가 다짐했다.

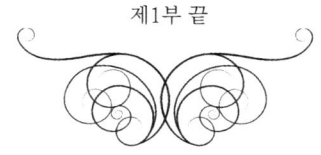

제1부 끝

11장. 자연의 섭리대로

　미스 바풋이 병문안을 갔던 아픈 학생은 모니카 매든이었다.
　이따금 명랑하기까지 하면서 몇 주 동안이나 씩씩하게 열심히 공부했던 모니카는 이상하게도 갑자기 풍하고 무심하고 우울해졌다. 그러더니 극심한 두통이 시작되었고 어느 날 아침 그녀는 못 일어나겠다고 선언했다. 밀드레드 베스퍼가 평소와 같은 시각에 그레이트 포틀랜드 스트리트로 가서 미스 바풋에게 친구가 아프다고 알렸다. 왕진을 온 의사는 소녀가 예전 직장에서 시달린 피로가 지금 와서 병으로 나타났을 가능성이 크다고 했다. 그녀의 신경이 쇠약해졌으며 히스테리와 함께 전체적으로 몸의 체계가 무너졌다. 환자에게 정신적으로 힘든 일이 있는지? 특별한 고민이라도 (의사가 미소지었다) 있는지? 이런 질문에 답할 수 없던 미스 바풋은 밀드레드와 단둘이 대화를 나눴지만, 후자는 이맛살을 한껏 모으고 골똘히 생각해도 정보를 제공할 수 없었다.
　하루 이틀 후 모니카는 라벤더힐에 있는 언니의 집으로 옮겨졌다. 코니스비 부인이 방 하나를 비워 주었으며 버지니아가 간병했다. 에버라드가 찾아왔던 날 미스 바풋이 방문한 곳이 이 집이었다. 15분 정도 환자를 살핀 그녀는 버지니아와 이야기를 나눴고, 두 사람은 환자가 확연히 좋아졌다고 입을 모았으나 모니카의 심적 상태에는 어딘가 불안한 구석이 있었다.
　"혹시 모니카가," 손님이 물었다. "제가 설득해서 시작한 일을 후회하는 것 같아요?"

"아, 그건 말도 안 돼요! 만날 때마다 모니카는 진전이 있다고 기뻐했어요. 아뇨, 월워스 로드에서 고생한 여파일 거예요. 얼마 후면 다시 일할 수 있을 거고, 그 언제보다 밝은 모습일 거예요."

미스 바풋은 석연치 않았다. 그날 저녁 에버라드가 떠난 후 그녀는 로더와 이에 관해 의논했다.

"유감이지만," 넌 양이 말했다. "모니카는 좀 어리석은 아가씨인 것 같아요. 자기 주관이 없어요. 이런 일이 반복되면 시골로 돌려보내는 게 낫겠어요."

"또 상점에서 일하라고?"

"그게 나을지도 몰라요."

"아, 난 싫은데."

로더는 그녀 특유의 격노한 연설을 토해냈다.

"중산층 부모가 딸들에게 실용적인 훈련을 시키지 않고 세상에 내보내는 잘못의 폐단을 매든 가족만큼 잘 보여 주는 예시가 또 있을까요? 물론 저도 그들이 고아가 됐을 때 모니카는 아직 어린아이였다는 걸 잘 알아요. 하지만 그녀의 언니들은 이미 쓸모없는 존재로 자라 버렸고, 그들의 본보기가 애한테 해로운 영향을 끼쳤죠. 후견인들은 모니카를 어처구니없이 키웠어요. 반은 숙녀이고 반은 상점 아가씨로 만든 거예요. 얘는 평생 무가치하게 살 가능성이 커요. 언니들은 그저 간신히 입에 풀칠만 하겠죠. 선생님도 아시죠? 그들이 입으로는 학교 얘기를 하지만 끝내 실천하지 않을 거예요. 불쌍하고 무력하고 어리석은 버지니아는 그 비참한 하숙집에서 혼자 살고 있고! 누가 그녀를 말동무로 원하겠어요? 그런데도 이들은 재산이 있어요. 세 명이 공동으로 800파운드를 소유하고 있다고요. 유능한 여자가 800파운드로 할 수 있는 일을 생각해 봐요."

"난 이 자매들 투자에 간섭하기가 너무 두려워."

"물론이죠. 저도 마찬가지예요. 무언가를 실행하거나 제안하기도 두렵죠. 버지니아는 굶고 있어요. 확실히 굶고 있어요! 딱하기도 하지! 제가 고기를 권했을 때 빛나던 눈을 평생 못 잊을 거예요!"

"난 정말 간절히 바라." 미스 바풋이 괴로운 미소를 지으며 말했다. "내가 아는 사람 중에 모니카를 사랑해줄 정직한 남자가 있으면 얼마나 좋을까. 로더, 너는 뭐라고 할지 모르겠지만 나라면 그런 결혼을 성사시키기 위해 최선을 다할 거야. 하지만 그런 사람이 없는걸."

"아, 저도 도울 거예요." 로더가 모질지 않게 웃으며 말했다. "안타깝지만 그 애는 다른 일에는 아무 가망이 없어요. 모니카에게 영웅적인 모습을 기대할 수는 없죠."

미스 바풋이 라벤더힐을 떠나고 30분도 되기 전에 밀드레드 베스퍼가 모니카를 찾아왔다. 밤 9시 30분 경이었다. 정오부터 기대앉아 있던 환자는 침대에 누웠으나 잠들지는 않았다. 집 정문으로 불려 나온 버지니아가 베스퍼 양에게 환자 상태를 알렸다.

"잠깐은 봐도 될 거 같아요."

"괜찮으시면 그러고 싶어요, 미스 매든." 밀드레드가 자못 초조한 표정으로 말했다.

그녀는 위층으로 올라가서 램프가 켜져 있는 침실로 들어갔다. 친구가 들어오자 모니카의 얼굴이 환해졌다. 그들은 다정하게 서로와 입맞춤했다.

"착하기도 하지! 내일은 집에 돌아가기로 마음먹고 있던 참이야. 늦어도 내일모레에는 돌아가려고 했어. 여긴 정말 무시무시하게 지루해. 아, 그리고 혹시—나한테 온 편지가 있는지 물어보고 싶었어."

"사실 그것 때문에 지금 온 거야."

밀드레드는 주머니에서 편지를 꺼냈고 고개를 반쯤 돌리며 건네주었다.

"특별한 편지는 아니야." 모니카가 편지를 베개 아래 넣으며 말했다. "고마워."

하지만 그녀의 뺨이 뜨거워졌고, 그녀는 몸을 떨었다.

"모니카—"

"응?"

"나한테 이야기하고 싶은—일이 있니? 그러면 마음이 좀 더 편해지지 않을까?"

잠시 모니카는 몸을 뒤로 기대고 벽을 응시하다가 방을 재빨리 둘러보고 창피하다는 듯 웃었다.

"오래전에 너한테 털어놓아야 했는데, 난 참 바보 같지. 하지만 넌 참 분별 있는 사람이고. 난 좀 두려웠어. 다 얘기할게. 지금은 아니지만 러틀랜드 스트리트로 돌아가자마자. 내일 갈 거야."

"집에 올 수 있을 것 같아? 아직도 많이 아파 보여."

"여기 있으면 낫지 않을 거야." 환자가 속삭였다. "불쌍한 버지니아 언니를 보면 너무 우울해지는걸. 바풋 선생님이나 미스 넌에게서 들은 이야기를 언니는 계속 되풀이하는데, 내가 도저히 못 배겨내겠다는 걸 몰라. 언니는 긍정적인 척하려고 정말 노력하지만—난 언니가 비참하다는 걸 알아. 그래서 나 역시 기분이 참담해져. 네

곁을 떠나선 안 됐어. 네가 옆에 있었으면 하루 이틀 안에 나았을 거야. 넌 전혀 꾸밈이 없어, 밀리. 진짜로 자연스럽게 활달한 성격인걸. 네 얼굴만 봐도 정말 좋다."

"아, 아부쟁이. 정말로 몸이 나은 것 같아?"

"훨씬 나았어. 이제 금방 잘 거야."

손님은 곧 떠났고, 몇 분 후 모니카는 언니에게 잘 자라고 인사하고 (램프의 불은 끄지 말라고 부탁하며) 밀드레드가 가져온 편지를 읽기 시작했다.

"가장 소중한 모니카,"—편지는 이렇게 시작했다—"왜 진작 편지하지 않았어요? 마지막 편지를 받고 몹시 걱정했어요. 두통이 좀 괜찮아졌나요? 왜 다시 만날 약속을 잡지 않는 거예요? 다시 만나리라는 기대 하나로 나는 약속을 어기고 당신 안부를 직접 확인하고 싶은 걸 참고 있어요. 곧바로 답장 줘요, 부탁이에요, 내 사랑. 이런 애칭을 금하는 건 아무 소용 없어요. 내 입과 펜에서 막을 수 없이 흘러나오는걸요. 내 온 마음과 영혼을 다해서 당신을 사랑하는 걸 알죠. 우리가 처음 편지를 주고받을 때처럼 당신을 부를 수 없어요. 나의 달링! 나의 사랑스럽고 소중하고 아름다운 소녀여—"

이런 내용이 4장을 빼곡하게 채워서 편지 끝에 E. W. 라고 서명할 공간도 부족했다. 편지를 다 읽은 모니카는 베개 위에서 얼굴을 옆으로 돌리고 오랫동안 누워 있었다. 시계가 11시를 알렸다. 이 소리에 그녀는 침대에서 빠져나가 편지를 치마 주머니에 숨겼다. 그리고 잠시 후 그녀는 잠이 들었다.

다음 날 퇴근하고 돌아와 거실문을 연 밀드레드 베스퍼는 발랄한 웃음소리로 환영받았다. 모니카가 낮 3시부터 기다리면서 친구가 돌아올 시간에 맞추어 찻상을 준비해 놓았다. 그녀는 아주 창백했으나 눈에는 즐거움이 어른거렸고 예전처럼 활발하게 움직였다.

"버지니아 언니가 같이 왔었는데 머무르지는 않았어. 앨리스 언니한테 쓸 아주 중요한 편지가 있대—물론 학교에 관한 거겠지. 아, 그 학교! 언니들이 제발 좀 빨리 결정했으면 좋겠어. 필요하면 내 돈도 다 쓰라고 했어."

"정말? 나도 누군가에게 몇백 파운드를 선물하는 기분을 느껴 보고 싶다. 나 자신이 고귀하고 중요하게 느껴지는 이상한 기분일 거야."

"아, 고작 200파운드인걸! 하찮은 푼돈이지."

"내가 자주 말했지만 넌 정말 통이 큰 거 같아. 어쩌다 그렇게 되었니?"

"그런 표정 하지 마! 네 여러 표정 중에 제일 마음에 안 들어. 미심쩍은 표정."

밀드레드는 옷을 갈아입고 금세 돌아왔다. 그녀는 평소보다 다소 심각한 표정이었고 이야기를 하기보다는 들을 태세였다.

두 사람이 차를 마신 후 길고 부자연스러운 침묵이 이어졌고, 밀드레드가 먼더의 모음집 하나를 열심히 읽는 시늉을 하는 동안 친구는 창가에 서서 뒤를 힐끔거렸다. 그때 아래층에서 울린 집배원의 노크 소리에 두 사람이 화들짝 놀랐다가 뜨끔한 표정으로 서로를 보았다.

"나한테 온 편지일 거야." 모니카가 문으로 다가서며 말했다. "내려가서 확인하고 올게."

그녀의 추측이 옳았다. 위도우선이 편지를 한 통 더 보냈는데 전보다 더 초조하고 열정적인 내용이었다. 그녀는 계단을 올라오며 재빨리 읽고 봉투와 편지지를 구겨서 손에 쥔 채로 방으로 들어왔다.

"너한테 전부 말할게, 밀리."

친구는 고개를 끄덕이고 진지하게 주의를 기울이는 자세를 취했다. 이야기하는 동안 모니카는 끊임없이 방 안을 오락가락하고 벽난로 선반에 있는 물건들을 만지작거렸다가 초조히 뒷짐을 지고 거실 한복판에 서기도 했다. 그러는 내내 그녀는 방어적인 태도였고 자신이 없어 보였으며 상황을 자기에게 최대한 유리하게 설명하려고 안간힘을 쓰는 듯했다. 그녀의 목소리에서 용감한 열정이나 부드러운 애정은 한 번도 느껴지지 않았다. 그녀의 서술은 연결은 되었으나 어색했고, 이 특이한 연애가 진행되는 여러 단계에서 자신이 어떻게 처신했는지 아주 불분명하게 흐렸다. 사실 그녀는 본인의 설명이 제시하는 것보다 훨씬 신중하고 품위 있게 행동했다. 이 사실에 속이 상한 그녀가 마침내 외쳤다.

"이제 네가 날 안 좋게 보는 걸 알겠어. 내 이야기가 불쾌하고, 내가 어처구니없게 처신했다고 생각하겠지."

"글쎄, 처음 만난 날 그분을 다시 만나겠다고 승낙한 건 좀 이상해." 밀드레드가 평소처럼 솔직하긴 하지만 부드럽게 답했다. "물론 그다음에는 이야기가 다르지. 그분이 신사라는 걸 확인했으니까—"

"정말 금세 확신할 수 있었어." 모니카가 여전히 새빨간 얼굴로 외쳤다. "너도 이 사람을 보면 무슨 뜻인지 알 거야."

"내가 그분을 만났으면 좋겠니?"

"난 지금 편지를 써서 결혼하겠다고 할 거야."

그들의 시선이 오랫동안 부딪쳤다.

"정말?"

"응, 어젯밤에 결정했어."

"하지만 모니카―내가 솔직히 말해도 된다면―넌 그분을 사랑하지 않는 것 같아."

"아니야, 이 사람과 결혼하는 게 옳은 일이라고 느낄 정도로 사랑해." 그녀는 식탁 앞에 앉아서 턱을 괴었다. "이 사람은 날 사랑해. 그건 의심할 여지도 없어. 나한테 보낸 편지를 읽으면 너도 진심을 느낄 거야."

그녀는 흥분에 오한이 나서 부르르 떨었다. 순간 그녀는 목이 메었다.

"하지만 사랑은 그렇다 치더라도," 친구가 매우 심각하게 말했다.

"네가 위도우선 씨에 대해 아는 게 뭐가 있니? 그분 본인이 한 이야기 말고는 아무것도 없잖아. 친구들이 너 대신 알아보게 할 거지?"

"응, 언니들한테 말할 거야. 그럼 언니들은 곧바로 미스 넌에게 가겠지. 성급하게 행동하고 싶지 않아. 하지만 다 괜찮을 거야―그러니까 그는 사실만을 말했어. 너도 이 사람을 알았다면 믿을 거야."

식탁 위에 두 손을 가지런히 올려놓고 있던 밀드레드는 양손 손끝을 마주했다. 그녀의 입술이 양옆으로 당겨졌으며 그녀의 시선은 옷에서 무언가 작은 것을 찾는 듯했다.

"사실," 그녀가 마침내 말했다. "이런 일이라고 예상했어. 어쩔 수 없었어."

"물론 그랬겠지."

"당연히 난 네가 상점에서 일하다가 알게 된 사람일 줄 알았어."

"내가 어떻게 그런 부류 사람이랑 결혼할 생각을 하겠니?"

"그랬다면 난 정말 슬펐을 거야."

"날 믿어도 좋아, 밀리. 너도 위도우선 씨를 알게 되자마자 호감을 느끼고 존경할 거야. 내게 깍듯이 예의를 지켜. 내가 언짢아할 이야기는 편지로도 말로도 한 적 없어—나 때문에 자기가 너무 힘들다는 말 빼고는. 그런 말을 들으면 당연히 나도 마음이 불편하지."

"그렇지만 누굴 존경하는 건, 심지어 호감을 느끼는 것도 사랑하는 것과는 달라."

"네가 호감을 느끼고 존경하게 될 거라고 했잖아." 모니카가 조급하게 농담처럼 말했다. "네가 위도우선 씨를 사랑하길 바라지는 않아."

밀드레드가 희미하게 웃었다.

"난 아직 누굴 사랑한 적 없어. 그리고 아마 그런 일은 없을 거야. 하지만 누굴 사랑하게 되면 마음으로 느끼리라 믿어."

모니카는 그녀 뒤로 와서 어깨에 기댔다.

"꼭 결혼해야겠다는 생각이 들 정도로 이 사람은 날 사랑해줘. 그리고 난 기뻐. 난 너와 달라, 밀리. 나는 이런 삶에 만족할 수 없어. 바풋 선생님과 미스 넌은 똑똑하고 좋은 사람들이고, 나도 그분들을 존경하지만 난 그렇게 살 수 없어. 독신으로 살면 정말 끔찍할 것 같아. 뒤돌아보고 쏘아붙이지 말아 줘. 네가 날 안 보고 있을 때 진심을 말하고 싶어. 난 앨리스 언니랑 버지니아 언니를 볼 때마다 두려워. 아, 언니들 나이에 그렇게 사느니 난 차라리 자살하겠어. 언니들이 얼마나 비참한지 넌 몰라. 그리고 너도 알다시피 난 언니들과 같은 기질인걸. 너나 헤이븐 양과 비교하면 난 유약하고 어린애 같아."

눈살을 찌푸리고 손가락으로 식탁을 두드리던 밀드레드가 진지하게 답했다.

"그럼 나도 진심을 말할게. 난 네가 완전히 잘못된 생각으로 결혼하는 것 같아. 위도우선 씨한테 부당한 일이야. 넌 편하게 살고 싶어서 그분과 결혼하려는 거지―결국 그거잖아. 그러면 언젠가는 후회할 거야―뼈저리게 후회할 거라고."

모니카는 몸을 일으켜 세우고 멀찍이 떨어져 섰다.

"일단," 밀드레드가 불안해하며 열심히 말했다. "그분은 나이가 너무 많아. 너랑 생활방식이 안 맞을 거야."

"내가 원하는 대로 살게 해준다고 맹세했어. 그게 바로 자기가 원하는 삶일 거라고. 난 이 사람의 친절을 깊이 느끼고 있고, 나도 보답하기 위해서 최선을 다할 거야."

"착한 마음이구나. 하지만 찰떡궁합인 사람끼리 해도 힘든 게 결혼이라고 생각해. 그럴 위험이 없다고 생각했던 사람들 사이에서도 얼마나 불화와 끔찍한 다툼이 많은지 들었어. 어쩌면 넌 운이 좋을지도 몰라. 다만 나는 네가 고백한 동기로 결혼하는 건 위험천만하다고 말하는 것뿐이야."

모니카가 몸을 꼿꼿이 세웠다.

"난 수치스러운 동기 따위 고백한 적 없어, 밀리."

"기회가 다시는 없을까 봐 무서워서 결혼한다고 했잖아."

"그건 내 말을 비하하는 거야. 내가 그 사람을 사랑한다고 먼저 말했잖아. 그리고 난 정말로 그를 사랑해. 내가 자기를 사랑하게 만들었어."

"그럼 난 더는 아무말도 할 권리가 없어. 네 행복을 바랄 뿐이야."

밀드레드는 한숨을 내쉬고 먼더에 집중한 척했다.

몇 분간 망설이던 모니카는 공책을 찾아 두리번거리더니 잉크스탠드를 들고 방으로 들어갔다. 그녀는 30분 동안 나오지 않았다. 다시 나온 그녀는 우표를 붙인 편지를 들고 있었다.

"지금 보낼 거야, 밀리."

"그래, 난 이제 할 말 없어."

"날 포기하기로 했구나. 어떻게 될지 한번 보자."

그녀는 쾌활하게 말하고 외출복을 걸친 후 편지를 부치러 갔다. 이때쯤에는 아픈 몸으로 흥분하고 무리한 증세가 나타나기 시작했다. 팔다리에 힘이 빠지고 두통이 시작되어 그녀는 집에 돌아오자마자 침대에 누워야 했다. 밀드레드는 조금도 줄어들지 않은 상냥함으로 그녀를 보살폈다.

"괜찮아." 머리를 베개로 떨어뜨리며 모니카가 중얼댔다. "이걸 해버리니까 이제 정말 안심이 되고 기뻐—행복해."

"잘 자." 밀드레드는 모니카에게 키스하며 대답하고 책 읽는 시늉을 재개했다.

이틀 후 모니카는 예고 없이 코니스비 부인 집을 방문했다. 그 훌륭한 노부인에게서 매든 양이 방에 있다는 말을 들은 그녀는 위층으로 뛰어 올라가 문을 두드렸다. 누구냐는 버지니아의 다급한 질문에 모니카가 자신이라고 밝히자 당황한 외침이 터져 나왔다.

"잠깐 기다려! 잠깐만."

문이 열리자 모니카는 언니의 어수선한 행색에 놀랐다. 버지니아의 두 뺨은 벌겋고 눈에는 이상하게 초점이 없었으며 머리는 지금 막 낮잠에서 일어난 것처럼 헝클어져 있었다. 그녀는 빠르게 횡설수설하면서 몸이 안 좋아서 제대로 차려입고 있지 않았다고 변명했다.

"이상한 냄새가 나!" 모니카가 방을 둘러보며 외쳤다. "브랜디 냄새 같아."

"냄새나니? 내가―어쩔 수 없이―코니스비 부인에게 부탁했어―널 걱정시키고 싶지는 않지만 좀 어지러웠거든. 사실, 기절하는 줄 알았어. 어쩔 수 없이 코니스비 부인에게―하지만 신경 쓰지 마. 이제 괜찮아. 견디기 어려운 날씨야―"

그녀는 초조히 웃으며 모니카의 손을 다독였다. 언니의 설명이 성에 차지 않았던 막냇동생은 질문을 쏟아부었으나 아무것도 아니라는 버지니아의 다짐을 결국 받아들였다. 그리고 자기 일을 떠올린 그녀는 자리에 앉아 미소를 지으며 말했다―

"기절초풍할 소식이 있어. 언니가 아까 기절 안 했다면 이제 할지도 몰라."

그녀의 언니는 다시 한번 흥분한 듯했고, 마음 졸이며 기다리게 하지 말라고 간청했다.

"난 오늘 신경이 바짝 곤두서 있어. 날씨 탓이 틀림없어. 나한테 할 이야기가 대체 뭐가 있겠니, 모니카?"

"난 타자를 그만 배워도 될 거 같아."

"왜? 그만두고 뭘 하려고, 막내야?" 언니가 날카롭게 물었다.

"언니—나 결혼해."

어마어마한 충격이었다. 버지니아의 손이 툭 떨어졌고 눈은 휘둥그레졌으며 입이 쩍 벌어졌다. 그녀의 얼굴이 흙빛으로 질리면서 순간적으로 입술마저 핏기를 잃었다.

"결혼이라니?" 그녀가 마침내 헐떡이며 내뱉었다. "누구—누구야?"

"언니가 들어 본 적 없는 사람이야. 이름은 에드먼드 위도우선 씨야. 무척 부유하고 헌힐에 자기 집이 있어."

"자기 재산이 있는 신사야?"

"그래. 한때 일하다가 이제는 은퇴했어. 언니가 이 사람을 만나기 전까지는 많이 이야기 안 할 거야. 그러니까 이것저것 물어보지 마. 오늘 오후에 나랑 같이 만나러 가자. 원래는 혼자 사는데 오늘은 친척이—제수씨라는 분이—우리를 같이 만날 거야."

"아, 하지만 너무 갑작스러워! 아무런 준비 없이 이런 만남을 가질 수는 없어! 불가능해! 이게 대체 무슨 일이니? 결혼한다고, 모니카? 이해가 안 돼. 믿어지지 않아. 그분이 대체 누구니? 얼마나—"

"아니, 내가 이미 한 이야기 이상은 말할 수 없어. 언니가 직접 만나기 전까지는."

"하지만 네가 말한 게 뭐가 있니? 난 지금 정리가 안 돼. 너무 혼란스러워. 위—이름이 뭐라고?"

버지니아에게 기본적인 정보를 전달하는 데 30분이 걸렸다. 모니카가 정말 결혼한다고 실감이 나기 시작하자 그녀는 발작을 일으키듯 환희했다. 그녀는 웃음을 터뜨렸고 기쁨의 소리를 질렀으며 심지어 손뼉까지 쳤다.

"모니카가 결혼한다고! 자기 재산이 있는 신사랑―그것도 아주 부유한 신사랑! 달링, 정말 꿈 같구나! 하지만 이런 날이 올 줄 알았어. 앨리스 언니가 뭐라고 할까? 로더 넌은? 넌 양에게―말했니?"

"아니, 아직 안 했어. 언니가 나 대신 소식을 전해 줬으면 해. 내일 찾아가서 말해 줘. 일요일이잖아."

"아, 기뻐라! 앨리스 언니는 기뻐서 어쩔 줄 모를 거야. 우리는 이런 날이 올 거라고 항상 얘기했었어."

"이제 걱정하지 않아도 돼, 언니. 학교를 열어도 되고 안 해도 돼. 위도우선 씨가―"

"아, 막내야," 버지니아가 불현듯 위엄 있는 목소리로 말을 잘랐다. "우리는 꼭 학교를 설립할 거야. 굳게 결심했다고. 그게 우리의 필생 사업이 될 거야, 단순한 밥벌이가 아니라. 하지만 서두를 필요는 없을지도 몰라. 우리에게 알맞은 속도로 일을 진행하면 돼. 하나만 말해 줘, 달링. 이분을 언제 처음 소개받았니?"

모니카는 쾌활하게 웃으며 대답하기를 거부했다. 버지니아가 나갈 채비를 해야 했는데 새로운 문제가 부상했다. 이런 자리에 입을 만한 옷이 있을까? 모니카는 꽤 화려하게 차려입고 왔으며 언니가 한정된 자원을 최대한 활용할 수 있도록 도왔다. 자매는 4시에 집을 나섰다.

12장. 두 개의 결혼식

헌힐에 있는 위도우선의 집에 도착할 무렵에는 두 자매 모두 초조함에 떨었다. 모니카는 루크 위도우선 부인에 대해 아는 바가 거의 없었고 버지니아는 마치 꿈속에서 걷는 기분이었다.
"여기에 자주 와봤니?" 집이 시야에 들어오자마자 버지니아가 속삭였다. 그녀는 집이 무척 멋지다고 생각했으나 가슴속 상반된 감정의 충돌이 너무 격렬해서 잠시 멈춰 서서 동생의 팔에 기대야 했다.
"집 안에는 안 들어가 봤어." 모니카가 흐리멍덩하게 말했다. "가자. 이러다 늦겠어."
"네가 좀 알려 줬으면 하는데—"
"난 말 못 해, 언니. 부탁이니까 그냥 조용히 하고, 전부 다 자연스러운 것처럼 행동해."
그런 부탁은 버지니아의 능력 밖이었다. 자매로서는 다행스럽게도—위도우선에게는 무척 짜증 나는 일이었지만—위도우선의 제수씨 루크 위도우선 부인이 30분이나 늦게 도착했다. 하녀를 따라 안락한 응접실로 들어온 손님들을 집주인 혼자 맞이했다. 제수씨가 지각해서 창피했던 위도우선은 침울한 미소를 띠고 전반적으로 과하게 정중한 모습으로 연거푸 사과했다. 그는 손님들을 편하게 해주려고 최선을 다했건만 별 소용 없었다. 자매들은 응접실 한쪽 세티에 나란히 앉았는데 집주인이 한참 떨어진 곳에 앉는 바람에 그들은 상대가 무슨 이야기를 하는지—런던의 거대함과 날씨가 화제를 이루는 가운데―제대로 알아듣지도 못하고 대화를 이어갔다. 그때 돌연 문이 활짝 열리면서 등장한 사람이 너무나도 위압적이었던지라 버지니아는 질겁했고 모니카는 홀린 듯이 바라보았다. 루크 부인은 인생의 전성기를 누리고 있는 키가 크고 투실투실한 여인으로, 낯빛은 상당히 불그스름했고 이목구비는 수려했으나 섬세하지는 않았으며 명랑한 표정에는 우월감이 감돌았다. 그녀의 상복은―그것을 상복이라고 부를 수 있다면―최신 유행을 따랐는데, 옷의 번쩍거림과 풍성함은 가히 다른 여자들에게 충격을 줄 만했다. 불과 잠시 전만 해도 텅 빈 느낌의 응접실을 루크 부인 혼자 꽉 채우고 빛냈다.

이렇게 휘황찬란 사람을 위도우선은 세례명으로 불렀는데, 그의 허물없는 태도에 모니카는 깜짝 놀랐다. 그가 자매들을 소개하자 루크 부인은 멀리서 우아하게 인사하고 앞섶에서 금테 코안경을 꺼내 모니카를 샅샅이 훑어보았다. 그러고 나서 그녀의 얼굴에 떠오른 미소는 여러 뜻으로 해석할 수 있었다. 그 뜻을 정확히 해석할 수 있던 유일한 사람인 위도우선은 냉정하고 위엄 있는 표정으로 답했다.

루크 부인은 늦었다고 사과할 생각조차 없었으며 오래 머무를 계획도 확실히 없어 보였다. 그녀의 목적은 이 상견례를 최대한 비격식적으로 만드는 것인 듯했다.

"그건 그렇고 아주버니는 호지선 불이랑 그 사람 가족을 알아요?" 의례적인 이야기로 대화를 매끄럽게 진행하려고 초조히 애쓰는 위도우선의 말을 단박에 자르며 그녀가 물었다. 그녀는 교양 있는 억양을 썼지만 명령하는 듯한 어조였다.

"못 들어 봤는데요." 그가 냉랭하게 답했다.

"그래요? 이 동네에 산다고 하던데요. 난 그 사람들을 방문해야 해요. 아마 마부가 집을 찾을 수 있겠죠."

어색한 침묵이 흘렀다. 위도우선이 모니카에게 무슨 말을 하려는 찰나 어린 아가씨를 안경 너머로 자세히 관찰하던 루크 부인이 부드러운 말투로 끼어들었다.

"이 동네가 마음에 들어요, 매든 양?"

모니카는 뻔한 대답을 했고, 상대적으로 그녀의 목소리는 약하고 소심하게 들렸다. 이런 식으로 10분 정도 대화 비슷한 것이 이어졌다. 루크 부인은 여전히 깔보는 듯한 태도였지만 친절하게 대하려는 의지가 느껴졌다. 모니카가 말을 하면 그녀는 미소를 짓고 고개를 주억거렸으며 이따금 버지니아에게도 조심스럽고 깍듯하게 말을 걸었는데, 남루한 행색의 수줍음 많은 여자를 안쓰럽게 여기는 마음을 어쩌면 무의식적으로 내비쳤다. 찻상이 깔렸고 한두 모금 홀짝이는 시늉을 한 그녀는 즉각 떠날 채비를 했다.

"언제 한번 나를 만나러 와요, 매든 양." 그녀가 소녀에게 다가서서 손을 내밀며 뜻밖의 친절한 말을 건넸다. "우리가 대화를 나눌 수 있는 조용한 시간에 에드먼드랑 꼭 한번 같이 와요. 만나서 반가웠어요—정말 반가워요."

그리고 위풍당당한 여자는 사라졌다. 그녀의 마차가 출발하는 소리가 창문 아래서 들려 왔다. 세 사람 모두 안도의 한숨을 내쉬었으며 위도우선은 갑자기 딴사람이라도 된 양 버지니아 옆에 앉아서 대단히 친밀하게 대화를 나눴다. 그와 비슷하게 안도한 버지니아 역시 정신을 추슬러서 필요한 질문을 할 용기를 냈으며 만족스러운 대답을 들었다. 그들은 루크 부인에 대해서는 한마디도 하지 않았지만 두 시간에 걸친 방문이 끝나고 집을 나서는 길에 모니카와 언니는 그 굉장한 여인을 가차 없이 평했다. 그들은 그녀가 개인적으로 몹시 혐오스럽다고 입을 모았다.

"하지만 엄청난 부자야." 버지니아가 나지막이 말했다. "척 봐도 알 수 있어. 나도 그런 사람들을 만나 봤거든. 그들만의 태도가 있어―아! 물론 위도우선 씨가 너를 데리고 인사를 가겠지."

"자기 집에 손님이 없을 시간에 오라고 했잖아. 그게 그 여자 말뜻이었어." 모니카가 차갑게 말했다.

"신경 쓰지 마, 내 사랑. 너도 지체 높으신 분들과 어울리고 싶지 않을 거야. 에드먼드는 다행히 사람이 참 괜찮아 보이더라. 과묵하지만 그건 단점이 아니지―아, 당장 앨리스 언니에게 편지를 보내야 해! 얼마나 놀랄까! 얼마나 좋아할까!"

다음날 모니카가 약혼자를 리전트 파크에서 만났을 때―그녀는 여전히 밀드레드 베스퍼와 살았지만 이제 그레이트 포틀랜드 스트리트에는 가지 않았다―그들은 자연스레 루크 부인에 관해 이야기했다. 위도우선이 얼른 이야기를 꺼냈다.

"내가 말했듯이," 그가 억양을 신중히 골라 말했다. "난 제수씨를 거의 안 만나요. 내가 그 사람을 좋아한다고는 할 수 없지만 이해하기 어려운 사람인 것은 확실하고, 자기도 모르게 남들 기분을 상하게 하는 경우가 종종 있는 것 같아요. 그래도 당신이―불쾌해하지 않았으면 하는데?"

모니카는 두루뭉술하게 답했다.

"나를 그분 집에 데리고 갈 거예요?" 그녀가 물었다.

"당신이 가고 싶으면요. 그녀가 우리 결혼식에는 꼭 올 거예요. 유감스럽게도 내 유일한 친척이에요. 어쨌든 나와 조금이라도 친분이 있는 사람은 그녀뿐이에요. 우리가 결혼한 다음에는 아마 거의 만나지 않을—"

"네, 아마 볼 일이 없겠죠." 모니카가 말했다. 그리고 그들은 좀 더 즐거운 주제로 돌아갔다.

그날 아침 위도우선은 제수씨에게서 손으로 휘갈겨 쓴 엽서를 받았는데, 이튿날 최대한 이른 시간에 자기를 찾아오라는 요청이었다. 그녀가 매든 양에 대해 할 말이 있다는 뜻이 틀림없었다. 마지못해, 하지만 부득이한 의무로 생각하며 그는 그녀를 찾아갔다. 약속 시각은 아침 11시였지만 친척이 등장하기까지 그는 그녀의 빅토리아 스트리트 아파트에서 15분가량 기다려야 했다.

루크 부인의 응접실은 예상대로 화려했다. 값비싸고 아름다운 물건들이 그득했으며 공기는 향기로웠다. 위도우선 부인은 과부가 되고 나서야 인테리어를 현대적으로 호화스럽게 꾸미는 취향을 맘껏 충족시킬 수 있었다. 소탈한 사업가였던 고인 루크 씨는 자신이 젊은 시절에 익숙했던 패션을 고집했다. 그의 두 번째 아내는 자기가 살게 될 교외의 집에 이미 가구가 채워져 있다는 걸 발견했으며, 자신이 남편에게 행사하는 영향력에도 불구하고 그의 촌스러운 취향을 바꿀 수 없었다. 적갈색 레프 쿠션이 달린 의자, 녹색 바탕에 빨간 장미가 수놓아진 브뤼셀 양탄자, 세상에서 가장 불편한 형태의 말 털 소파, 실내 곳곳에 의자 덮개가 널려 있었으며 유리 공예 장식은 동료 샹들리에와 함께 몸을 떨었다. 애매한 준 남작 지위를 얻은 무명 가문의 일가였던 그녀는 빈털터리에 야심만 그득했으나 자신의 인상적인 몸매 덕분에 위태로운 시기에 가난을 탈출했다. 그녀는 루크 위도우선의 평민 취향을 경멸하면서도 장수할 가능성이 희박해 보였던 남편과 사이좋게 지낼 정도로 영리했다. 돈벌이하던 이는 그녀가 합리적으로 희망할 수 있던 것보다 훨씬 일찍 죽어 주면서 그녀에게 연 4천 파운드의 수입을 남겼다. 이때부터 루크 부인은 자신의 평생 야망에 착수했다. 준 남작 친척을 보며 어린 시절부터 귀족적인 이상을 선망했던 그녀는 서른여덟 살밖에 되지 않은 미인 과부로서 자신의 재산을 이용해 귀족들과 교유하겠노라 작심했다. 그녀의 지인들은 런던 사람들이었지만 자유로운 만남을 통해 소위 화려한 사회와 친밀해졌고, 빅토리아 스트리트에 있는 그녀의 아파트에는 향락주의자들과 한탕 노리는 무리가 다양하게 섞여 있었으며, 이들 중에는 젊은 떠돌이 귀족 자제들이 한두 명 끼어 있었다. 그녀는 실리적인 미덕과 가장 조화로운 삶을 살았다. 진정한 야심을 이루기에 자기 재산이 부족하다는 것을 금세 깨달은 그녀는 금융에 통달한 옛 친구와 상담했고, 그때부터 도박꾼의 흥분이 그녀의 혼탁한 삶에 새로운 재미를 첨가했다. 그녀는 대부분 여성 지인들과 마찬가지로 술을 손쉽게 구할 수 있었으나 그런 자극에 빠져 버리면 멋쟁이 여성의 삶이 체력적으로 어려워졌는데, 루크 부인은 삶을 즐겼다―굉장히 즐겼다. 런던에서 일이 잘만 풀리면 그녀가 야심을 이룰 가능성이 있었다. 그녀는 자기 이름에서 미천한 호칭을 제거하고, 사교계 신문들이 자신의 밝아지는 광채를 기리는 날을 예지했다.

그의 친척이 마침내 들어왔을 때 위도우선은 슬슬 짜증이 나려던 참이었다. 그녀는 푹신한 의자에 앉아 다리를 꼬고 조롱하듯 그를 보았다.

"내 걱정만큼 나쁘지는 않네요, 에드먼드."

"무슨 뜻이에요?"

"아, 충분히 점잖은 아가씨예요. 그건 나도 알겠어요. 하지만 그래도 당신은 바보짓을 한 거예요. 나를 속일 수 없었을 거라는 걸 알죠? 만일 무언가 숨기는 게 있었다면—무슨 뜻인지 알죠?—난 바로 눈치챘을 거예요."

"이런 이야기는 내 취향이 아니에요." 위도우선이 매섭게 말했다.

"단도직입적으로 말해요. 내가 당신에게 무언가를 속여야 할 사람과 결혼한다고 생각했군요."

"물론이에요. 자, 그 애를 어떻게 알게 됐는지 이제 말해 봐요."

남자는 불편한 몸짓을 했지만 결국 상황을 전부 털어놓았다. 루크 부인은 우습다는 표정으로 고개를 계속 주억거렸다.

"그래요, 그래. 그 애가 기막히게 해냈네요. 영리한 꼬마 마녀예요. 눈이 아주 매혹적이던데요."

"모욕적인 말을 하려고 날 부른 거라면—"

"됐어요! 기꺼이 결혼식에 가죠. 하지만 당신은 참 바보예요. 아니, 왜 나한테 신붓감을 찾아달라고 부탁하지 않았어요? 당신 정도 재산을 가진 남자한테 달려올, 문자 그대로 달려올, 훌륭한 가문 영양을 두세 명은 아는데요. 예쁘기도 하고요. 하지만 당신은 언제나 지독하게 실리를 못 따졌죠. 아주버니, 모르겠어요? 연 수입 5백~6백 파운드를 가진 신사라면 만나자마자 결혼할 준비가 된 숙녀들이, 진정한 숙녀들이 깔렸다는 걸요? 내가 도와줄 수 있는 걸 알면서도 왜 도움을 청하지 않았어요?"

위도우선은 자리에서 일어나 뻣뻣하게 섰다.

"당신은 나를 조금도 이해하지 못하는군요. 나는 내가 존중하고 사랑할 수 있는 여자를 난생처음 만났기 때문에 결혼하는 거예요."

"대단히 훌륭하고 대단히 지당하군요. 하지만 가문이 훌륭한 여자는 존경하고 사랑할 수 없나요?"

"매든 양은 숙녀예요." 그가 화가 나서 답했다.

"아―네―물론이죠." 상대가 머리를 뒤로 젖히며 중얼댔다. "어쨌든 우리가 조용히 정찬을 가질 수 있을 때 한번 데리고 와요. 말해 봤자 소용없는 걸 알겠어요. 당신은 예리한 남자가 아니에요, 에드먼드."

"진심으로 말한 거예요?" 위도우선이 진지하게 궁금해하며 물었다. "내가 연 몇백 파운드 수입이 있다는 이유 하나만으로 지위 높은 여자들도 나와 결혼할 거라는 게?"

"2~3일 안에 열두어 명은 모을 수 있어요. 자기들을―공포스러운 삶에서 구해 주었다는 이유 하나만으로도 남자에게 충실하고 좋은 아내가 될 여자들이에요."

"내가 못 믿겠다고 해도 이해해요."

루크 부인은 명랑하게 웃었고 이런 식의 대화가 10분 더 이어졌다. 대화가 끝날 때쯤에는 루크 부인이 싹싹하게 행동하며 모니카의 예쁜 얼굴과 조신한 몸가짐을 칭찬했고, 자신의 고귀한 존재로 결혼식을 빛내 주리라 다시 한번 약속하며 근엄한 남자를 내보냈다.

모든 것이 신속하게 결정되고 진행되었기 때문에 로더 넌이 휴가에서 돌아왔을 즈음에는 모니카의 결혼식이 일주일밖에 남지 않았다. 버지니아에게서 위도우선 씨에 대해 전부 들은 미스 바풋은 희망을 품었다. 연륜이 있는 눈이 보았을 때 나이가 지긋하고 부유한 남자는 모니카 같은 아가씨에게 나쁘지 않았다. 이런 관점을 들은 로더는 불만스럽지만 수용하는 미소를 보였다.

"그렇지만," 그녀가 말했다. "선생님이 그런 결혼을 혹독히 비난하신 적이 있잖아요."

"이상적인 결혼은 아니야." 미스 바풋이 답했다. "하지만 세상에는 타협할 일이 한둘이 아니잖니. 어쨌든 우리 생각보다 모니카가 그 남자를 좋아할지도 몰라."

"물론 그 애는 득실을 따졌겠죠. 선생님이 제안한 미래가 자기 입맛에 좀 더 맞았더라면 그 나이 많은 구애자를 뿌리쳤을 거예요. 그 남자의 운명은 최근 몇 주 사이에 결정됐어요. 선생님이 수요일 저녁 모임에 초대했을 때 모니카가 젊은 남자를 만나리라 기대했을 가능성이 커요."

"만일 그랬어도 나쁘지 않았을 텐데." 미스 바풋이 웃으며 말했다.

"하지만 베스퍼 양이 곧 환상을 깨줬을 거야."

"길거리에서 남자랑 친분을 맺을 애로 보이지는 않았는데요."

"나도 그렇게 생각해. 그래서 이제 일어날 일이 더 다행스러운 거야. 그 불쌍한 아이는 엄청난 위험을 감수했어. 로더, 자연의 섭리는 거스를 수 없어."

로더가 고개를 뒤로 획 젖혔다.

"그 애 언니는 희열하고 있겠죠! 정말 한심해요. 모니카가 결혼한다는 사실 하나만으로 그 불쌍한 여자는 다른 불행의 가능성은 전부 망각한 거예요."

그들이 같은 주제로 계속 대화하던 중에 로더가 생각에 잠겨 말했다.

"위도우선 씨가 사람을 잘 믿는 성격일 거 같아요. 대개 남자들은, 어쨌든 돈이 있는 남자들은 길에서 만난 여자에게 청혼하지 않을 거예요."

"모니카가 예외라는 걸 알아봤겠지."

"그걸 어떻게 알아보겠어요?"

"넌 참 매정하구나. 그 애가 상점에서 일한 경험 탓이 커. 그 애 언니들은 이런 식으로 남편감을 절대 찾아 주지 못했을 거야. 모니카 이야기를 듣고 처음에는 큰 충격을 받았겠지."

로더는 가볍게 화제를 바꾸었으며 대화가 끝난 후에는 모니카의 소식에 거의 관심을 보이지 않았다.

그동안 모니카는 그레이트 포틀랜드 스트리트의 엄중한 철학과 노동에서 해방되었음을 만끽했다. 그녀는 위도우선을 이곳저곳에서 매일 만났고, 그가 앞날에 대해 늘어놓는 이야기를 들었으나 본인은 거의 입을 다물고 있었다. 그들은 함께 루크 부인을 찾아가서 정찬을 가졌다. 모니카는 자신을 맞이한 루크 부인의 태도에 그럭저럭 만족했으며 그 휘황찬란한 세계가 언젠가는 자신에게도 더 활짝 열리지 않을까 몰래 기대하기 시작했다.

미래의 남편과 같이 있지 않을 때면 모니카는 장난기가 넘쳤고, 이따금 부자연스럽게 느껴질 정도로 흥분해 있었다. 미스 넌을 결혼식에 초대하겠다고 밀드레드에게 선언한 그녀는 우스갯소리처럼 여겨지는 이 행동을 실천하겠노라 굳게 마음먹은 듯했다. 그녀의 초대를 서신으로 받은 로더는 정중하게 거절했다. 그녀는 자신은 그런 의식에 어울리지 않지만 모니카의 행복을 진심으로 빈다고 전했다. 그래서 버지니아가 퀸스 로드로 보내졌고, 그녀의 간곡한 부탁에 마음이 움직인 선구자는 결국 승낙했다. 이 말을 들은 모니카는 기뻐서 춤췄으며 러틀랜드 스트리트의 동거인은 함께 즐거워할 수밖에 없었다.

결혼식은 헌힐의 교회에서 열렸다. 모든 면에서 특이한 이 커플의 결혼식에도 남다른 점이 있었다. 웨딩드레스를 포함한 모니카의 물건을—사회적인 그리고 개인적인 창피함 때문에—신랑의 집으로 미리 보냈기 때문에 결혼식 당일 아침 일찍 버지니아와 신부가 그곳으로 가서 준비한 것이다. 아주 조용한 결혼식이었지만 일반적인 격식은 전부 갖추었다. 위도우선이 이에 관해 아무런 주관이 없었기 때문이었다. 하객은 버지니아 (신부를 신랑에게 넘겨주는 역할을 맡은), 베스퍼 양 (모니카가 선물한 예쁜 드레스를 입은 모습이 확실히 어색했던), 로더 닌 (뜻밖에도 행사에 적절한 옷을 입었고 평소보다 예뻐 보인), 루크 위도우선 부인 (자신이 별난 무리에 섞여 있다는 걸 의식한 듯한 위풍당당한 여성), 안절부절못하고 퀴퀴한 시청 공무원이자 위도우선의 친구인 뉴딕 씨였다. 위도우선을 포함한 모두의 얼굴에 침울한 기색이 서려 있었다. 신랑의 표정이 하도 딱딱하고 우울하며 움직임이 뻣뻣하고 어색해서 모르는 사람이 봤으면 그가 억지로 끌려왔다고 상상할 법했다. 모니카는 교회에 가기 전에 한 시간 동안 흐느꼈으며 이루 말할 수 없이 서글퍼 보였다. 지난 이틀 동안 잠을 설친 그녀의 안색이 창백했다.

사람들이 모이기 직전에 버지니아의 흥분이 가라앉으며 그녀 역시 눈물을 많이 쏟았다.

오찬이 차려졌는데, 이런 종류의 바보짓 중에서도 끔찍하게 어리석은 격식이었다. 핏기없는 뉴덕 씨가 바들거리면서 모니카의 건강을 위한 건배를 청했으며 언제나처럼 음산하고 엄격해 보이는 위도우선이 침울하게 답했다. 다행스럽게도 이것이 끝났다. 오후 1시에는 사람들이 흩어지기 시작했다. 모니카가 로더 넌을 한쪽으로 데려갔다.

"와줘서 고마워요." 그녀가 반쯤 흐느끼며 속삭였다. "전부 바보스러웠고 아마 백 번도 넘게 도망가고 싶으셨겠죠. 정말, 진심으로 고마워요."

로더는 소녀의 두 뺨에 손을 올리고 입맞춤했으나 아무말도 하지 않았다. 그리고 집을 떠났다. 모니카가 아침에 한 것처럼 그녀의 의상실에서 옷을 갈아입은 밀드레드 베스퍼는 그레이트 포틀랜드 스트리트로 출근하기 위해 기차를 탔다. 버지니아만 홀로 남아 부부가 신혼여행을 떠나는 모습을 지켜보았다. 그들의 목적지는 콘월이었고, 돌아오는 길에 서머싯에 들려서 앨리스를 만날 계획이었다. 버지니아는 일단 지금으로서는 코니스비 부인 집에 계속 살기로 했으나 예전과는 달랐다. 이제 그녀의 방은 제대로 시중을 받을 것이며 채식 식단에도 변화를 줄 것인데—그녀가 집주인에게 설명했듯 의사의 권고를 따른 것이었다.

바로 그날 저녁 에버라드 바풋이 첼시에 있는 사촌을 찾아왔다. 로더가 체더에서 돌아온 이래 처음 만나는 것이었다. 그는 오전에 있었던 특별한 일에 대해 아무런 이야기도 못 들었으나 넌 양이 평소와 달라 보인다고 생각했다. 그녀는 딴생각에 잠겨서 말수가 적었는데, 그는 그녀가 처음으로 우울해 보인다고 생각했다. 어떤 이유에서 미스 바풋이 잠시 방을 비웠다.

"고향이 그리우신가 봐요." 에버라드가 넌 양에게 가까이 옮겨 앉으며 말했다.

"아뇨. 왜 그런 생각을 하셨어요?"

"어쩐지 슬퍼 보여서요."

"사람이 살다 보면 슬프기도 하죠."

"표정이 잘 어울립니다—체더에서 꽃을 가져다주기로 하신 걸 상기시켜 드려도 될까요?"

"아, 가져왔어요." 이제야 생각이 난 로더가 외쳤다. "과학적으로 기름종이 사이에 끼워 놓았는걸요. 지금 가져올게요."

그녀는 꽃을 가지고 미스 바풋과 함께 돌아왔고, 그러고 나서는 대화가 좀 더 활기를 띠었다.

하루 이틀 후 에버라드는 런던을 떠나서 3주 동안 돌아오지 않았으며 그 시간의 일부는 아일랜드에서 보냈다.

"런던을 잠시 떠났어요." 그가 킬라니에서 사촌에게 편지를 보냈다. "부분적으로는 제가 누님과 넌 양을 지겹게 하고 있을지도 모른다는 걱정 때문입니다. 방문을 허락한 걸 후회하지 않으세요? 사실 전 지적인 여자들과 어울리지 않고는 못 삽니다. 누님과 넌 양과 이야기할 때처럼 여성과 대화하는 건 세상에서 가장 즐거운 일 중 하나이거든요. 제가 자꾸 찾아와서 성가신 게 아니길 바랍니다. 런던을 떠나고 나서 깨달은 사실인데, 누님 집에 방문하는 시간이 제게는 꼭 필요해졌습니다. 하지만 누님과 넌 양도 쉴 시간이 필요하죠."

"걱정하지 마." 메리가 이 대목에 대한 답변으로 적었다. "우리는 너와의 대화에 전혀 질리지 않았어. 솔직히 말하자면 예전에 너와 나누던 대화보다 훨씬 즐거워. 네가 정신적으로 더 건강해진 것 같고, 지적인 여성들과의 대화가 (넌 양과 나는 쓸데없는 겸손 따위는 떨지 않는단다) 네게 좋은 영향을 미칠 거야. 오고 싶을 때 언제든지 찾아와. 난 널 환영할 테니."

에버라드는 마데이라 제도에서 돌아오는 토머스 바풋 부부와 거의 똑같은 시기에 영국으로 돌아왔다. 그는 현재로서는 토키에 머무르고 있는 형을 당장 찾아갔다. 그의 건강 때문에 선택한 지역이었는데, 토머스가 여전히 사고의 후유증을 앓는 동안 그의 아내는 남편을 호텔에 버려두고 친척들을 만나러 영국 각지를 돌아다니고 있었다. 오랜만에 만난 형제는 무척 반가워했다. 그들은 일주일을 함께 보냈고 토머스 부인이 돌아오면 다시 만나기를 기약했다.

에버라드는 약속을 지키기 위해 런던으로 돌아왔다. 그는 바야흐로 현실로 이루어질 미클스웨이트의 결혼식에 참석할 예정이었다. 수학자는 사우스 토트넘에 아주 작고 아주 저렴한 적당한 집을 찾았고, 신부는 부모님이 죽었을 때 물려받은 가구를 이곳으로 옮겼다. 미클스웨이트는 극히 소수의 물건만 가져왔다. 조심스럽게 수소문한 결과 바풋은 패니가 음악을 좋아하지만 운반 비용을 들이면서까지 낡은 피아노를 가져올 가치가 없다고 판단했기 때문에 새집에서는 피아노가 없으리라는 사실을 알아냈다. 그래서 결혼식이 열리기 하루 이틀 전 미클스웨이트는 아직 존재하지 않는 사람인 미클스웨이트 부인 앞으로 배달 온 코티지 피아노[24]를 보고 깜짝 놀랐다.

"이런 불한당!" 다음 날 집에 찾아온 바풋에게 그가 외쳤다. "자네가 한 짓이지? 대체 무슨 뜻인가? 가난하다고 칭얼대던 사람이! 글쎄, 내가 받은 최고의 친절이네. 패니는 자네에게 헌신할 거야. 집에 음악이 있으면 눈이 안 보이는 처제의 삶도 아주 달라지겠지. 제길! 눈물이 날 것 같구먼. 이보게, 난 선물을 받는 것에 익숙하지 않아. 심지어 남에게 전해 주라고 대신 받는 것도 말이야. 소년 시절 이후 처음 받는 선물이네."

"대담한 말이구먼. 위틀리 양이 자네 생일마다 빠짐없이 선물을 보냈다고 자네 입으로 말하지 않았나."

"아, 패니! 하지만 난 나와 패니를 별개의 사람으로 생각한 적이 없네. 맹세컨대, 지금 생각해 보니 정말 그렇군. 패니와 나는 수년간 한 사람이었어."

그날 저녁 위틀리 자매가 시골집에서 올라왔다. 미클스웨이트는 자매들에게 집을 내주고 하숙집으로 갔다.

결혼식 날 아침 바풋은 잔뜩 궁금해하며 사우스 토트넘의 친구 집으로 갔다. 그는 위틀리 양의 사진을 본 적이 있지만 17년 전 사진이었다. 그녀 앞에 서자 그는 연민에 마음이 저며 오며 여자의 얼굴을 보고는 웬만해서는 느끼지 않는 감정을 경험했는데, 바로 경의가 담긴 애정이었다. 그의 앞에 있는 여자의 얼굴과 사진 속 얼굴을 일치하기 불가했다. 스물세 살에 그녀는 남자의 시선이 즐겁게 머무를 소박하게 예쁘고 사랑스러운 얼굴을 지녔었다. 마흔 살 그녀

---

24. 19세기에 사용되던 작은 직립형 피아노.

의 누렇게 뜬 얼굴에는 주름이 지고 뺨은 푹 꺼졌으며 이마와 입술에 지울 수 없는 피로의 흔적이 새겨져 있었다. 그녀는 동갑인 미스 바풋보다 훨씬 늙어 보였다. 이 모든 것이 돈이 조금 부족해서였다. 순수하고 친절하며 다정다감한 여자의 삶이 일용할 양식을 위한 몸부림과 절망적인 기다림 속에서 삭아 버린 것이었다. 그녀가 그의 손을 잡고 기품 있게 겸허한 모습으로 선물에 대한 감사의 말을 전하자 에버라드는 속에서 뜨거운 것이 치밀었다. 그는 그녀에게 혹독했던 세월의 흔적을 관찰하기가 부끄러웠다. 그러나 그녀의 눈을 깊이 들여다보고 그 속에서 여전히 반짝이는 부드러운 빛과 넘실거리는 즐거움을 발견한 그는 진심으로 기뻤다.

아마도 미클스웨이트는 불쌍한 약혼녀의 퇴색한 외모를 알아차리지 못할 터였다. 그는 그녀를 주기적으로 만나기도 했거니와 모든 것을 완벽하게 만드는 사랑의 렌즈를 통해서 보았다. 그의 애처로운 표현에 따르면, 그녀는 그의 일부였다. 그는 거울 앞에서 자신의 결함을 찾고 불평하지 않듯이 그녀의 모습을 비판하지 않았다. 그녀 옆에 선 그를 얼핏 보기만 해도 그가 이 순간 세상에서 가장 자랑스럽고 행복한 남자라는 사실이 분명했다. 그에게 기적이 일어난 것이다. 친절한 운명의 여신이 그녀를 그에게 안겨 주며 오랜 세월의 슬픔을 지웠고, 이날 패니는 그의 젊은 시절 약혼녀로, 그가 그녀를 처음 봤을 때만큼이나 아름다웠다.

그녀보다 다섯 살 어린 여동생은 이목구비가 더 단아했으나 역시 마찬가지로 고생에 찌들었고, 그녀가 눈이 안 보인다는 사실 때문에 그녀를 바라보기가 가슴 아팠다. 하지만 그녀는 쾌활하게 이야기했고, 패니의 행복에 기뻐하며 웃었다. 바풋은 무척 따스하게 그녀의 손을 꼭 잡았다.

 그들은 마차 한 대를 함께 타고 교회로 갔고, 30분 후에는 피아노의 수신인으로 적혔던 여자가 세상에 존재하기 시작했다. 아주 간단한 변화였다. 웨딩드레스나 베일이나 화관도 없었다. 오직 금반지만이 두 사람의 결합을 상징했다. 수년 전에 일어날 수 있었던 변화였다. 함께할 수 있었던 수년의 시간이 인생에서 사라진 것이다―돈이 조금 부족해서.

 "난 이만 인사하겠네." 에버라드가 교회 문간에서 친구에게 말했다.

 신랑이 그의 팔을 붙들었다.

 "절대 안 될 소리를 하고 있군. 패니, 바풋이 곧장 떠난다고 하네요! 자네는 내 아내가 그 축복받은 악기로 연주하는 곡을 듣기 전에는 아무 데도 못 가네."

 그래서 다들 다시 마차를 타고 집으로 돌아왔다. 패니와 함께 시골에서 올라온 열다섯 살짜리 하녀가 미소를 짓고 무릎 인사를 하며 문을 열었다. 모두 화기애애하게 웃고 떠드는 가운데 눈이 보이지 않는 여자가 가장 활발했다. 그녀는 목사와 교회의 모습을 묘사해 달라고 부탁했다. 그리고 미클스웨이트 부인이 피아노 앞에 앉아서 단순한 구식 노래를 하나 연주했는데, 연주를 특별히 잘하지도 못하지도 않았지만 듣는 사람 모두가 무한대로 즐거워했다.

 "바풋 씨." 한참 후에 그녀의 여동생이 말했다. "오래전부터 성함은 익히 들었으나 오늘 같은 날에 이렇게 만나고 영원히 고마워하게 될 줄은 몰랐습니다. 음악이 있는 한 저는 눈이 안 보인다는 사실을 잊을 수 있어요."

"바풋은 세상에서 가장 훌륭한 사람이에요." 미클스웨이트가 외쳤다. "그가 삼선좌표만 이해하면 정말 완벽할 텐데요."

"부인은 수학에 능하십니까, 미클스웨이트 부인?" 에버라드가 물었다.

"저요? 아, 설마요! 3수법 이상은 많이 못 배웠어요. 하지만 톰이 오래전에 용서해 줬지요."

"당신에게 평면삼각법을 가르친다는 희망을 버리지 않았어요, 패니. 우리 죽는 날까지 사인과 코사인을 논의합시다."

그는 반쯤 진지하게 이야기했고 에버라드는 웃음을 터뜨릴 수밖에 없었다.

그는 그들과 간단한 점심을 함께하고 오후 일찍 떠났다. 휑뎅그렁한 아파트를 집이라 부를 수 있을지 모르겠지만 그는 집에 갈 기분이 아니었다. 클럽에서 신문을 읽은 그는 길거리를 쏘다니다가 다시 클럽으로 돌아와 저녁 식사를 했다. 그리고 그는 엽궐련을 피우면서 백일몽에 빠져 있다가 8시 30분에 로열 오크 스테이션으로 가서 첼시로 출발했다.

13장. 지도자들 사이의 불화

실망이 그를 기다리고 있었다. 미스 바풋이 아파서 손님을 못 받는다고 했다. 오랫동안 앓으셨나요? 그가 물었다. 아니, 이날 저녁부터였다. 그녀는 식사를 거르고 침실로 곧장 갔다. 넌 양은 지금 그를 만날 수 없었다.

그는 집에 가서 사촌에게 편지를 썼다.

다음 날 아침 그는 미스 바풋이 아픈 이유를 설명할 만한 기사를 읽었다. 벨라 로이스턴이라는 아가씨가 독극물로 자살했다는 검시 보고서였다. 직업 없이 혼자 살던 그녀를 찾아오는 사람은 숙녀 한 명뿐이었다. 미스 바풋이라는 숙녀가 젊은 아가씨를 경제적으로 돕고 최근에는 일자리를 주선해 주었다고 했다. 하지만 여자는 필요한 노력을 하기에 너무나도 괴로운 일을 겪은 듯했다. 그녀는 후원자에게 몇 마디를 남겼는데, 다시 제대로 살기 위해 버둥대느니 차라리 죽는 편을 택한다는 내용이었다.

토요일이었다. 그는 그날 오후에 찾아가서 메리가 회복했나 확인하기로 했다.

그는 다시 한번 실망했다. 미스 바풋은 몸이 나아졌으나 아침 식사를 마치고 외출했다고 했다. 넌 양 역시 집에 없었다.

에버라드는 동네를 어슬렁거리다가 첼시 병원의 정원까지 흘러들었다. 포근한 오후였으며 무척 교교했던지라 오솔길을 따라 걷다 보면 낙엽이 떨어지는 소리마저 들렸다. 그는 넌 양을 못 만나서 아쉬웠다. 그녀가 그곳에 살지 않았더라면 그는 사촌 집에 그렇게 자주 찾아가지 않았을 터였다. 로더를 향한 그의 마음은 여전히 진지한 것과는 거리가 멀었지만 그는 미클스웨이트에게 농담처럼 했던 말을 실행에 옮길 충동을 느끼곤 했다. 그는 흥미진진한 오락 삼아 그녀에게 구애해서 그녀처럼 강인한 정신의 여성이 어떻게 반응하는지 보고 싶었다. 그녀의 가슴속에는 감성이라는 것이 전혀 없을까? 다른 여자들의 마음을 움직였듯 그녀의 마음을 움직이는 건 불가한가? 이런 상념에 잠겨 시선을 들었을 때 그가 생각하던 사람이 눈앞에 있었다. 그녀는 몇 미터 떨어진 곳에 앉아 있었는데 그를 아직 못 본 듯했다. 시선을 땅에 고정하고 있는 그녀의 얼굴은 산란한 고민으로 어두웠다.

"좀 전에 집에 찾아갔습니다, 넌 양. 누님은 오늘 어떠신가요?"

그가 말하기 직전에서야 눈을 들었던 그녀는 그와 마주쳐서 언짢은 표정이었다.

"바풋 선생님은 괜찮으신 것 같아요." 그와 악수하며 그녀가 차갑게 말했다.

"하지만 어제는 아팠다고 들었는데요."

"두통인지, 아무튼 비슷한 거였어요."

그는 놀랐다. 로더는 냉랭하고 무관심하게 말했다. 그녀는 벤치에서 일어나서 자리를 벗어나겠다는 뜻을 내비쳤다.

"누님이 어제 검시에 불려가셨던데 어쩌면 그것 때문에 괴로웠나 보군요?"

"네, 그런 것 같아요."

그는 로더의 이상한 태도에 바로 적응할 수는 없었으나 이유를 알아내기 전까지는 보내지 않겠노라 다짐하고 그녀와 나란히 걸었다. 이쪽 정원에는 간호사와 아이 몇 명뿐이었다. 로더라는 놀라운 여성과 한층 더 친밀해지기에 최적한 시간과 장소였다. 하지만 그녀가 그를 떼어 놓을 작정일지도 몰랐다. 그녀와 벌이는 의지의 대결은 그가 매우 좋아하는 종류의 유희였다.

"당신도 괴로웠던 모양이군요, 넌 양."

"검시 때문에요?" 그녀는 멸시감을 거의 숨기지도 않았다. "전혀 아닌데요."

"그 딱한 아가씨를 알았습니까?"

"한때요."

"그렇다면 당신이 그 비참한 운명을 안타까워하는 게 당연하죠."

그는 그녀의 말을 못 들은 체하고 애도를 표하듯 말했다.

"전 아무렇지도 않아요." 로더가 한편으로는 놀랐으며 다른 한편으로는 불쾌하다는 눈빛으로 그를 보며 말했다.

"그 말을 믿기 힘들다고 해도 용서하세요. 어쩌면 당신이—"

그녀가 그의 말을 끊었다.

"전 제 말을 거짓말로 생각하는 사람을 쉽게 용서하지 않아요, 바풋 씨."

"아, 너무 심각하게 받아들이시는군요. 정말 죄송합니다. 어쩌면 당신이 이런 일에 느끼는 연민을 자인하지 않는다고 말하려고 했습니다."

"제가 느끼지 않는 감정을 어떻게 인정하겠어요. —그럼 안녕히."

그는 최대한 부드럽고 설득력 있는 미소를 지었다. 그녀는 냉정하고 위엄 있게 손을 내밀었으나 그는 작별인사로 잠시 악수하는 대신 손을 놓지 않았다.

"저를 용서해요! 부탁입니다! 당신이 이런 식으로 가버리면 너무 괴로울 것 같아요. 제가 완전히 잘못 짚었군요. 당신은 사건의 정황을 전부 알지만, 전 신문 기사를 읽었을 뿐이니까요. 물론 당신의 동정을 받을 가치가 없는 아가씨였겠죠."

그녀는 손을 빼려고 했다. 에버라드는 그녀 손의 힘을 느꼈으며 그 느낌이 어쩐지 너무 좋아서 쉽게 놓을 수 없었다.

"저를 용서해 주시는 거죠, 넌 양?"

"어리석은 소리 하지 마세요. 손을 놓아 주시면 고맙겠어요."

가능한 일인가? 그녀의 뺨이 아주 희미하게나마 발그레해졌다. 하지만 물론 화가 났기 때문이었다. 그녀는 맹렬히 그를 쏘아보고 있었다. 마지못해 에버라드는 명령을 따랐다.

"그럼 부탁 하나 할게요." 그가 좀 더 진지하게 말했다. "메리 누님이 힘들어하는 이유가 그거 하나인지 말해 주겠어요?"

"전 모르겠어요." 그녀가 잠시 후 말했다. "바풋 선생님이랑 말을 안 한 지 2~3일 됐어요."

그는 진심으로 깜짝 놀라 그녀를 보았다.

"두 분이 말을 안 한다고요?"

"선생님이 제게 화가 나셨어요. 우리가 아마 갈라서게 될 거예요."

"갈라서다니요? 어떻게 그럴 수가 있습니까? 누님이 당신에게 화가 났다고요?"

"제가 당신 호기심을 충족시켜야 한다면 말이죠, 바풋 씨. 당신이 언급한 아가씨 때문에 갈등이 생겼다고 말하는 편이 낫겠군요. 얼마 전에 그 아가씨가 바풋 선생님께 자기를 다시 받아달라고 부탁했어요. 자기가 수치스러운 일을 저지르기 전처럼 그레이트 포틀랜드 스트리트로 와서 일을 배울 수 있게 해달라고요. 바풋 선생님은 워낙 관대하셔서 허락하려고 했지만 제가 반대했어요. 제 생각에는 무척 나약하고 잘못된 일이었어요. 그때 선생님은 결국 저와 동의하셨지만, 이제 그녀가 자살하고 나니까 제가 참견해서 그렇게 되었다고 탓하시는 거예요. 우린 무척 괴로운 대화를 나누었고, 앞으로는 같이 살기 힘들 거예요."

바풋은 만족스러운 기분으로 이야기를 들었다. 로더가 자신의 심정과 상황을 설명하도록 부추기는 데 성공했다는 만족감이었다.

"그럼 이제 같이 일하지도 않는 겁니까?" 그가 물었다.

"힘들 거예요."

로더는 계속 걷고 있었지만 속도가 느려졌다.

"당신과 누님이 어떻게 해서든지 이 갈등을 극복하리라 확신합니다. 비논리적인 보통 여자들처럼 다투지 않을 테니까요. 제가 도와드리면 안 될까요?"

"어떻게요?" 로더가 놀라며 물었다.

"메리 누님에게 누님이 틀렸다는 걸 증명하겠습니다."

"왜 선생님이 틀렸다고 생각하세요?"

"당신이 옳다고 확신하니까요. 전 메리 누님의 판단력을 존중하지만 당신의 판단력은 더 존중합니다."

로더가 고개를 들더니 미소를 지었다.

"그 찬사는," 그녀가 말했다. "당신이 무의식적으로 한 칭찬보다 더 불쾌하네요."

"무슨 뜻인지 설명해 주세요."

"선생님이 틀렸다고 당신이 증명하면 화를 풀 수 있을 거라고 암시하셨죠. 과연 세상 사람들이 그 말에 동의할지 모르겠군요. 선생님이 남자였어도 말이에요."

에버라드가 웃었다.

"자, 이게 훨씬 낫네요. 우리가 다시 예전처럼 이야기하고 있어요. 하지만 제가 세론에 무관심한 건 아실 텐데요."

그녀는 묵묵히 있었다.

"하지만, 메리 누님이 정말 틀렸나요? 당신 얼굴이 조금 밝아졌으니까 이런 질문을 할 수 있겠네요. 당신이 얼마나 화가 났었는지! 하지만 제가 무슨 잘못을 했습니까. 저기 앉아 있는 당신을 발견하고 제가 얼마나 반가워했는지 알았다면 제게 좀 더 너그러웠을 겁니다. 우리가 마지막으로 만난 지 한 달이 다 되어가는데 더는 떨어져 있을 수 없었어요."

로더는 무관심한 눈으로 먼 곳을 보았다.

"메리 누님이 이 아가씨를 좋아했나요?" 그가 그녀를 바라보며 물었다.

"네, 좋아했어요."

"그러면 누님이 괴로운 것이, 심지어 화가 난 것도 당연합니다. 그 아가씨가 어떤 사람이었는지는 이야기하지 않기로 해요. 충분히 알 것 같습니다. 그렇지만 그녀가 어떤 잘못을 저질렀건 당신도 물론 사람을 자살로 내몰고 싶지는 않았겠죠."

로더는 대꾸하지 않았다.

"하지만 실질적으로," 그가 최대한 나지막이 말했다. "당신이 그렇게 한 것이나 다름없어졌습니다. 메리 누님이 다시 받아줬으면 그 아가씨가 그렇게까지 절망하지는 않았겠죠. 그렇다면 메리 누님이 당신 조언대로 행동한 걸 후회하고 어쩌면 좀 심한 말을 하는 게 당연하지 않습니까?"

"물론 당연해요. 하지만 제가 아무 잘못 없이 비난을 받으면 반발하는 것도 마찬가지로 당연하죠."

"진심으로 그렇게 생각합니까?"

"좀 전에는 제 판단력을 믿는다고 하지 않으셨나요?"

로더는 웃고 있지 않았지만 에버라드는 꾹 다문 그녀의 입에서 미소의 조짐이 어른거렸다고 생각했다.

"이런 문제에서는—당신이 옳다고 생각하는 버릇이 들었습니다. 하지만 당신이 과하게 엄격했을지도 모릅니다. 어쩌면 당신이 인간적인 약점에 너무 혹독한지도요."

"인간적인 약점은 너무나도 자주 남용되는 핑곗거리이고, 대개 그 핑곗거리가 필요한 사람이 들먹이죠."

이 말은 개인적인 비난처럼 느껴졌다. 로더가 의도했는지 아닌지 바풋은 판가름할 수 없었다. 그는 그녀가 의도했기를 바랐는데, 그들의 대화가 개인적일수록 더 흥미로우리라 생각했기 때문이었다.

"저로 말하자면," 그가 말했다. "저 자신을 위해서건 타인을 위해서건 그 핑계는 웬만하면 쓰지 않습니다. 하지만 그것은 우리가 완전히 제거할 수 없는 정신 탓입니다. 당신의 냉철한 논리가 메리 누님을 설득한 것을 후회하지 않아요?"

"조금도 후회하지 않아요."

에버라드는 이 대답이 굉장하다고 생각했다. 그녀가 대답을 회피하리라 예상했던 것이다. 상황에 부적절하기는 했으나 그는 웃을 수밖에 없었다.

"당신은 정말 엄청나게 일관적이군요! 당신과 비교하면 우리 나머지 사람들은 줏대 없는 갈대입니다."

"바풋 씨," 로더가 돌연 말했다. "그만하세요. 당신이 진심으로 저와 동감한다면, 전 당신의 승인이 필요 없어요. 만일 당신이 반어적으로 한 말이었다면, 그런 화법은 다른 사람한테 연습하는 편이 좋겠어요. 괜찮으시다면 전 이만 갈게요."

그녀는 고개를 살짝 숙이고 그를 떠났다.

지금으로서는 충분했다. 모자를 추어올려 인사하고 뒤돌아선 바풋은 야릇하게 흡족한 기분으로 걸었다. 그는 마음속으로 웃었다. 그녀는 확실히 탁월했다―신체적으로도 그랬다. 그는 그녀의 외출복이 무척 마음에 들었다. 그녀는 자기 체형의 장점을 숨기지 않으면서 수수하게 입었다. 그는 언덕을 소요하는 그녀를 상상하며 그런 모험을 함께하길 열망했다. 보통 여자들과 산책할 때 으레 그래야 하는 것처럼 연약한 체력을 걱정할 필요도 없을 것이다. 시골길을 따라 20마일을 산책하며 얼마나 대담한 화제를 논할 수 있을까! 로더 넌은 격식에 절절매지 않았다. 그녀는 칭얼대지도, 말을 에두르지도 않았다. 인생이라는 여정에서 그녀를 동지로 삼아도 나쁘지 않을 것이다.

만일 그가 농담을 한층 더 부풀려서 그녀에게 청혼한다면? 물론 그녀는 거절할 것이다. 하지만 그녀가 당당하고 의연하게 자유를 내세우는 모습을 보기만 해도 얼마나 흐뭇할지! 하지만 청혼은 너무 흔해 빠진 행위 아닐까? 그와 그녀 모두 무의미하다고 여기는 형식의 구속에 얽매이지 않고 둘이 자유로운 관계로 일생을 함께하자고 제안한다면? 너무 대담한 생각인가?

그가 진심이라면 그렇지 않다. 진심 없이 그런 말을 한다면 모욕이고, 그녀는 그의 거짓을 꿰뚫어 보고 영영 그와 상종하지 않을 것이다. 하지만 그의 지성적 공감에 열정이 섞인다면―그리고 정말 그럴 가능성이 없을까? 그가 로더 넌과 사랑에 빠진다면 이상할 것이다. 지금까지 그의 이상형은 그녀와 전혀 달랐다. 그는 드물게 아름다운 얼굴과 우아하게 관능적인 매력을 바랐다. 물론 이것은 그저 이상일뿐이었다. 그는 이상형에 가까운 여자를 만나 보지도 못했다. 그리고 이런 환상은 몇 년 전보다 시들해졌다. 어쩌면 그가 더는 젊지 않아서일지도 몰랐다. 이성이 감각을 다스리는 편이며 현대 문화에 힘을 얻은 성숙한 남자에게 로더는 바람직한 상대일 수 있었다. 그가 가사에 길든 여자에게 묶이는 일은 절대 없을 것이며 마찬가지로 그는 허울뿐인 사교계 여자들, 머리가 텅 비었고 혈통은 불순해진 그들 가운데 짝을 찾지도 않을 것이다. 세상에서 흔히 뜻하는 결혼은 그에게 없을 것이다. 그는 '가정'이라고 불리는 것도 자식도 원하지 않았다. 만일 로더 넌이 이런 것들에 대해 생각하기는 한다면 아마 그녀는 자신이 지적인 존재로 남을 수 있는 결합을 원할 것이다. 부엌, 요람, 바느질 바구니는 그녀에게 아무런 자극도 주지 못할 것이다. 그녀가 독신의 삶에 완전히 만족하고 있을 가능성이 컸다—어쩌면 자신의 목적에 필수적이라고 여길지도 몰랐다. 그는 그녀의 얼굴에서 순결을 읽었으며 그녀의 눈빛은 관찰하는 시선 앞에 당당했다. 그녀의 손바닥은 서늘했다.

이런 여자는 사랑에 가슴앓이하지 않는다. 그런 감정은 몹시 진부한 심적 혼돈으로, 빈곤한 두뇌와 연관되었다. 만일 그가 로더를 제대로 파악했다면 그녀는 현대적인 남성을 관찰할 기회를 즐겼으며 그가 얼마나 가까이 접근하느냐에는 일말의 신경도 쓰지 않았다. 자신이 언제라도 그를 뿌리칠 수 있다는 자신이 있기 때문이었다. 즐거움은 이제 막 시작되었다. 혹시나 그가 진심이 되면 또 어떤가? 그는 강렬한 경험을 원하지 않았던가?

한편 로더는 집으로 돌아갔고 저녁 식사를 알리는 종이 울릴 때까지 방에 틀어박혀 있었다.

그녀가 식당으로 들어가기 직전 미스 바풋이 들어왔다. 식사하는 내내 그들은 그 시간대에 어울리지만 두 사람 모두 관심 없는 일에 대해 한두 마디 주고받았을 뿐 침묵을 지켰다.

연상인 여자는 무척 고통스러운 표정이었다. 그녀는 지칠 대로 지쳐 보였고, 시선을 식탁에서 단 한 번도 떼지 않았다.

식사가 끝나자 미스 바풋은 홀로 응접실로 갔다. 그녀가 거기서 30분 정도 아무것도 안 하고 생각에 잠겨 있을 때 로더가 들어와서 그녀 앞에 섰다.

"생각해 봤어요. 제가 여기에 남으면 안 될 것 같아요. 우리가 서로를 완벽하게 이해하는 사이일 때만 같이 살 수 있다고 생각해요."

"네가 최선이라고 생각하는 대로 하렴, 로더." 상대는 우울하게 대답했지만 불쾌한 기색은 없었다.

"네, 제가 다른 곳에서 하숙을 얻는 편이 낫겠어요. 제가 알고 싶은 건, 선생님이 지금도 저를 고용하고 싶은지 여부예요."

"난 네 고용인이 아니야. 그 말은 우리 관계를 적절히 설명하지 않아. 우리가 사업적인 용어를 써야 한다면, 넌 내 동업자야."

"그건 선생님이 친절을 베푸신 거예요. 선생님이 저를 친구로 여기지 않는 순간 전 단순히 직원이에요."

"난 너를 친구로 생각하지 않은 적 없어. 우리 사이의 결별은 순전히 네가 만드는 거야."

로더가 앉을 의향이 없다는 걸 깨달은 미스 바풋은 일어나서 벽난로 앞에 섰다.

"전 야단맞는 걸 견딜 수 없어요." 로더가 말했다. "특히나 그것이 비논리적이고 부당할 때는요."

"내가 설사 널 나무랐다고 해도 네가 모욕으로 받아들일 종류는 아니었어. 남들이 들으면 내가 너를 반항적인 하녀처럼 대했다고 생각하겠구나."

"그게 가능했더라면," 로더가 엷은 미소와 함께 말했다. "제가 여기에 있지도 않았을 거예요. 그 특정한 상황에서 제 말을 따르신 걸 지독하게 후회한다고 하셨잖아요. 그건 억지예요. 제 주장에 수긍하시면서 선생님도 동의한다고 하셨잖아요. 게다가 전 양심적으로 행동했기 때문에 그런 비난은 더더욱 부당해요."

"네 양심이 시키는 행동을 내가 싫어할 수도 있지 않을까?"

"선생님도 저와 동의하시고 그 결론에 따라 행동하셨으면 비난할 수 없어요. 전 제가 장점이 많다고 자부한 적 없고, 순종도 제게 없는 미덕 중 하나예요. 누가 저한테 화를 내면 전 견딜 수 없어요. 제 본성이 그걸 거부해요."

"내가 화를 낸 건 잘못이지만 사실 난 말을 가려서 할 정신도 없었어. 너무 큰 충격이었어. 난 그 불쌍한 애를 사랑했어. 그 애가 내 도움을 구하러 온 이후에 본 것들 때문에 더더욱 사랑하게 됐고. 너의 무자비한 냉정함이 비인간적으로 느껴져서 반감이 든 거야. 만일 네 얼굴에서 연민이 조금이라도 보였다면—"

"전 아무런 연민도 느끼지 않았어요."

"그래, 맞아. 넌 이론으로 마음을 딱딱하게 굳혔지. 조심해, 로더! 여자들을 위해 일하려면 여성성을 지켜야 해. 너는—넌 올바른 길에서 많이 벗어나고 있어—아, 심지어 벨라보다 더 많이!"

"그런 말에 대답할 수 없어요. 우리가 친밀하게 의견 차이를 논하는 건 다 괜찮았지만 지금 제 생각을 말하면 단순히 못된 말이 될 거고 서로 기분만 상할 거예요. 유감이지만 우리 사이가 완전히 끝난 것 같아요. 저를 보면 이 괴로운 일이 계속 떠오르실 테니까요."

한동안 침묵이 흘렀다. 로더는 뒤돌아서서 우두커니 생각에 잠겼다.

"성급하게 행동하지 말자." 미스 바풋이 말했다. "우리의 감정 외에도 고려해야 할 문제가 많아."

"제가 말했듯이, 전 제 일을 계속할 용의가 있어요. 하지만 지금과는 다른 위치일 거예요. 우리 관계는 더는 동등할 수 없어요. 전 선생님 지시를 따르는 것에 만족해요. 하지만 선생님이 저를 싫어하게 되었으니까 결국 같이 일할 수 없겠죠."

"싫어하다니? 넌 정말 나를 심하게 오해하고 있구나. 내 생각에는 네가 나를 싫어하는 것 같아. 자기 감정을 제어하지도 못하는 약해 빠진 여자라고."

또다시 정적이 흘렀다. 잠시 후 미스 바풋이 한걸음 다가왔다.

"로더, 난 내일 온종일 나가 있을 거야. 어쩌면 월요일까지 런던으로 돌아오지 않을지도 몰라. 차분하게 생각해 보겠니? 내 말을 믿어. 난 네게 화나지 않았고, 너를 싫어하다니—그건 정말 터무니없는 소리야! 하지만 너한테 받은 충격을 드러낸 걸 후회하지는 않아. 넌 원래 그렇게 무자비한 사람이 아니야. 네가 일부러 키우고 있는 성격이고, 그것 때문에 무척 고귀한 인성이 우그러지고 있어."

"전 솔직하고 싶을 뿐이에요. 선생님이 연민을 느끼는 일에 전 분노를 느껴요."

"그래. 우리가 다 얘기하지 않았니. 그 분노는 억지로 자아올린 과장된 감정이야. 어쩌면 넌 그렇게 생각하지 않을지도. 하지만 벨라가 네 여동생이었으면 어땠을지 상상이라도—"

"그건 문제의 본지를 흐리는 일이에요." 로더가 조급히 외쳤다. "제가 그런 감정의 힘을 부인한 적 있어요? 물론 전 슬픔 때문에 대의를 죄다 잊어버렸을 거예요. 하지만 다행히도 그 애는 제 동생이 아니었고 전 그 애의 사례에 대해 진실을 말할 권리가 있어요. 문명에서 위대한 움직임을 이끄는 것은 사사로운 감정이 아니에요. 선생님이 옳았다면 저 역시 옳았어요. 끝에 가서는 우리가 필연적으로 동의하지 않을 거라고 선생님이 그때 인정하셨어야 했어요."

"난 그렇게 생각하지 않았어."

"제가 그 애를 동정하는 척이라도 했다면 전 스스로를 경멸했을 거예요."

"척을 했다면—그래."

"실제로 동정했더라도 마찬가지예요. 그렇다면 제가 스스로를 잘 모른다는 뜻일 테니까요. 이렇게 중대한 문제에서 감히 제 의견을 주장하지 말았어야 했어요."

미스 바풋이 슬프게 미소 지었다.

"넌 정말 어리구나! 아, 우리는 단순히 나이 차이만 10년 나는 게 아니야, 로더! 정신적으로 넌 어린 소녀이고 난 늙은 여자야. 아니, 아니야. 우린 다투지 않을 거야. 넌 내게 너무 소중하고 나도 너한테 중요한 사람이라고 감히 생각해. 내가 슬픔을 소화할 시간을 줘. 그러면 나도 좀 더 이성적으로 생각하고 너를 정당하게 대할 수 있을 테니까."

로더는 문을 향해 돌아서서 잠시 가만히 있었지만 뒤돌아보지 않앉고 그렇게 방을 나갔다.

미스 바풋은 그녀가 말했던 대로 런던을 떠났다가 월요일 아침에 그레이트 포틀랜드 스트리트로 출근할 시간이 되어서야 돌아왔다. 그녀와 로더는 악수했지만 아무런 개인적인 이야기도 나누지 않았다. 그들은 평소처럼 하루의 일과를 처리했다.

이날은 매달 한 번 미스 바풋이 4시에 강연을 하는 날이었다. 강연의 주제는 일주일 전에 예고되었다. '여성의 침입.' 그들은 평소보다 한 시간 더 일찍 업무를 마치고 소규모 청중을 위한 자리를 재빨리 마련했다. 청중은 열세 명뿐이었다—직원들과 학생들, 그리고 특별히 참석한 몇 명이었다. 모두가 미스 바풋이 최근 연관되었던 비극을 알았다. 그녀의 얼굴에 깃든 슬픔은 평소 그녀의 모습과 크게 대비되었고, 자연스레 그들은 최근 사건 탓이라 짐작했다.

언제나처럼 그녀는 소탈하게 대화하듯 강연을 시작했다. 얼마 전 그녀는 일자리를 잃은 사무원에게서 익명의 편지를 받았는데, 그는 사무원의 세계에서까지 여자들과 경쟁해야 하느냐며 그녀를 혹독하게 비난했다. 엉망진창인 문법만큼 격조도 떨어지는 편지였지만 그래도 어떤 내용인지 들어 봐야 했다. 그녀는 편지를 처음부터 끝까지 읽었다. 글쓴이가 누구인지는 몰라도 생산적인 토론을 함께 나눌 수 없는 사람이란 건 분명했다. 그가 회신을 보낼 수 있게 자기 이름을 밝혔더라도 아무 소용없었을 터였다. 그러나 이 모든 것에서 불구하고, 그의 무례한 공격은 시사하는 바가 있었으며 그와 같은 의견을 좀 더 정중한 표현으로 주장할 사람들이 숱했다. "그들은 당신에게 이렇게 말할 거예요. 상업의 세계에 들어가는 여자는 자신의 여성성을 잃는 것뿐 아니라 기초 생활비를 위해 애쓰고 있는 수많은 젊은 남자들에게 못 할 짓을 하는 거라고요. 전체적으로 급료를 낮추고 이미 공급이 과잉인 노동 시장에 압력을 가할 것이며, 수입이 충분했다면 결혼해서 아내를 부양했을 남자들의 혼삿길까지 막음으로써 다른 여성에게도 피해를 준다고요." 미스 바풋은 말을 이었다. 이날 그녀의 목적은 이 문제의 경제적인 양상을 논하는 것이 아니었다. 그녀는 다른 관점에서 문제를 고찰하면서 어쩌면 청중에게 이미 했던 이야기를 되풀이할지도 몰랐다. 최근 그녀의 마음을 강렬하게 사로잡고 있는 생각들이었다.

편지를 보낸 무례한 남자는 원망할 이유가 있었다. 그는 더 적은 봉급을 받고 같은 업무를 할 의향이 있는 젊은 여자에게 대체되었다고 불평했다. 그러나 끔찍하게 엉망진창인 우리 사회체제에서 하나의 고충은 다른 고충과 저울질되어야 했고, 미스 바풋은 오직 남성에게만 열려 있던 세상에 침입한 여자들이 그들의 침입을 불평하기 시작한 남자들보다 더 힘들다고 주장했다.

"그들은 여성에게 단연코 적절하다고 여겨지는 대여섯 가지 직업을 열거합니다. 왜 우리가 울타리 밖으로 나가려고 합니까? 왜 제가 소녀들에게 가정교사나 간호사가 되라고 격려하지 않습니까? 그쪽 노동 시장에 이미 사람이 너무 많아서라고 제가 답하리라 예상하시겠죠. 물론 그것은 사실입니다만 전 그것을 근거로 논쟁하고 싶지 않습니다. 편지를 보낸 사무원과 같은 논점이니까요. 아뇨. 진실을 간략하게 요약하자면, 여러분이 돈을 버는 것은 저의 주 관심사가 아닙니다. 저의 바람은 여자들이 전반적으로 한층 더 책임감 있고 이성적인 인간이 되는 겁니다.

제 말을 신중히 들어 보세요. 가정교사나 간호사도 최고로 훌륭한 여자일 수 있습니다. 적성에 맞는 사람이 이 길을 택하는 것을 제가 반대하는 일은 없을 겁니다. 하지만 비참하게 살지 않으려면 반드시 일자리를 구해야 하는 수많은 여자 중 소수만이 그런 적성을 가지고 있습니다. 저는 사무에 필요한 교육을 받았고, 그런 업무에서 제 능력을 가장 잘 발휘합니다. 그래서 저는 저와 비슷한 적성을 가진 소녀들을 찾아서 사무실에 취직하기 적합한 훈련을 제공합니다. 그리고 (여기서 다시 한번 힘주어 말하건대) 저는 제가 이 길을 밟아서 다행입니다. 제 적들이 여성스럽지 못하다고 부르는 직업을 소녀들에게 소개할 수 있어서 기쁩니다.

  이유를 들어 보세요. '여성스럽다'와 '여자 같다'[25]는 매우 다른 뜻을 지녔습니다. 하지만 세상에서는 전자가 후자와 다름없게 쓰이게 되었습니다. 여성스러운 직업이란 결국 남성들이 경시하는 직업을 뜻합니다. 이것이 문제의 근원입니다. 여자들에게 먹고살 길을 마련해 주어야 한다는 고민을 제가 처음 한 게 아니라고 다시 말씀드립니다. 전 공격적이고 혁명적이며 말썽을 일으키는 사람입니다. 전 '여성스럽다'와 '여자 같다'라는 표현 사이의 흔한 혼동을 끝내고 싶고, 이러한 목표는 무장한 움직임을 통해서만, 남성이 여성에게 항상 금기해 왔던 영역에 여성이 침입함으로써만 이룰 수 있다고 생각합니다. 전 러스킨 씨가 참으로 우아한 글로 묘사한 여성의 모습에 격렬하게 반대합니다—여성을 우아함과 반대의 의미로 여기고 이야기하는 남자들의 편에서 쓴 글이기 때문입니다. 우리가 이상적인 세상에 살았다면 여자들이 온종일 사무실에 앉아 있지 않

---

25. 원문에서는 womanly와 womanish를 비교하는데, womanish는 나약함 등의 부정적인 의미를 내포하는 단어로 특히 남성에게 쓰이면 모욕이라고 여겨진다.

을 겁니다. 그렇지만 우리가 사는 세상은 이상적인 것과 거리가 아주 멉니다. 우리는 전쟁과 반란의 시대를 살고 있습니다. 그러므로 여성이 '여자 같은' 존재가 아니라 권위와 책임이 있는 인간이 되려면 그녀는 전투적이고 도전적이어야 합니다. 자신의 주장을 끝까지 밀고 나가야 합니다.

뛰어난 가정교사와 훌륭한 간호사는 매우 귀중한 일을 합니다. 하지만 우리가 추구하는 해방에서 그들은 쓸모없습니다―아니, 해롭습니다. 남자들은 그들을 가리키며 말합니다. '저들을 본보기로 삼아요. 여자들에게 어울리는 세계에 머무르란 말입니다.' 우리에게 어울리는 세계는 지성과 정직한 노력과 강인한 정신력의 세계입니다. 완벽한 여성성에 대한 구식 관념은 우리에게 아무런 도움이 되지 않습니다. 끊임없이 되풀이된 탓에 대부분 사람에게 무의미한 주절거림이 되어 버린 교회 설교나 마찬가지입니다. 이런 말들은 효력을 잃었습니다. 우리에게 아무것도 가르치지 않습니다. 우리는 자문해야 합니다. 어떤 훈련이 여성을 일깨워서 자기 영혼을 의식하고 건실한 활동을 영위하도록 자극을 줄까?

그것은 새롭고, '여성스럽다'라는 비난에서 자유로운 훈련이어야 합니다. 저는 우리가 남자들의 일자리를 뺏는다는 사실에 무관심합니다. 전 우리의 움직임이 어떤 결과를 초래해도 상관없습니다. 여성이 강인하고 자주적이며 고귀하게 독립적인 존재가 되기만 한다면요! 부수적인 결과는 세상이 알아서 대처해야 할 문제입니다. 지금까지 일어났던 그 무엇보다 거대한 사회적 혁명이 일어날 것이 틀림없습니다. 일어나라고 합시다. 일어나게 우리가 도웁시다. 관습의 노예, 자기 자신의 나약함과 욕망의 노예가 되어 경멸스럽고 비참하게 사는 여자들을 생각할 때마다 난 이렇게 외치고 싶습니다. 세상이 계속 이렇게 굴러가느니 차라리 요동치다 부서져 버리라고!"

잠시 그녀는 말을 이을 수 없었다. 그녀의 눈에 눈물이 글썽였다. 청중은, 최소한 그중 다수는, 그녀의 격한 감정을 이해했다. 그들은 심각한 표정을 주고받았다.

"그 무례한 편지를 보낸 사람은 자기 나름대로 최선을 다할 겁니다. 그는 태초부터 지금까지 줄곧 계속된 남성의 어리석음 탓에 고통받는 겁니다. 어쩔 수 없습니다. 누군가의 삶을 힘겹게 만들 의도는 추호도 없지만, 우리도 마찬가지로 더는 배겨 낼 수 없는 고통에서 탈출하려는 겁니다. 우리는 스스로를 교육하고 있습니다. 세상의 모든 영역에 활발히 일하는 새로운 부류의 여성이 존재해야 합니다. 바깥에서는 새로운 일꾼이자 안에서는 새로운 가장입니다. 우리가 유지해야 할 옛 미덕은 많으나 우리는 여태 남성에게만 적합하다고 간주되었던 여러 미덕을 우리 것으로 만들어야 합니다. 여자더러 상냥하라고 합시다. 하지만 동시에 그녀는 강해야 합니다. 여자더러 순수한 마음을 지니라고 합시다. 하지만 그녀의 마음은 또한 현명하고 지적이어야 합니다. 우린 아직 잠들어 있는 다른 여자들에게 본보기가 되어야 하므로 반드시 적극적으로 전투해야 하며—침입자가 되어야 합니다. 여성과 남성이 동등한지 전 모르겠고 관심도 없습니다. 체격이나 몸무게 혹은 근육량에서 우리는 동등하지 않으며 어쩌면 지력도 다를지 모릅니다. 이런 것들은 중요하지 않습니다. 여성의 자연스러운 성장이 이제껏 억눌려 왔다는 사실을 인지하는 것만으로도 충분합니다. 역사를 통틀어 한심스러운 여자는 언제나 있었고, 그들의 어리석음은 남성에게 저주가 되었습니다. 그러니까, 만일 이렇게 생각하는 편을 선호한다면, 우리는 여성뿐 아니라 남성을 위해서도 일하는 겁니다. 우리의 움직임이 낳는 사회적 혼란은 여성으로 하여금 자신들의 예전 모습을 경멸하게 만든 사람들에게 책임지라고 합시다. 어떤 대가를 치르더라도—그 어떤 대가를 치르더라도—우리는 스스로를 나약하고 경멸스러운 전통에서 해방해야 합니다!"

모임은 평소보다 늦게 파했다. 모두 떠난 후 미스 바풋은 다른 방에서 들리는 발소리에 귀 기울였다. 아무 소리도 들리지 않자 그녀는 로더가 있는지 확인하러 갔다.

그래, 로더는 골똘히 생각하며 앉아 있었다. 그녀가 시선을 들더니 미소를 짓고 몇 발자국 다가왔다.

"아주 좋았어요."

"네가 좋아할 것 같았어."

미스 바풋이 가까이 다가서서 덧붙였다.

"너에게 하는 말이었어. 내가 이런 문제를 진짜 어떻게 생각하는지 네가 잊은 것 같아서."

"제가 못되게 굴었어요." 로더가 대답했다. "제 단점 중 하나가 고집이에요."

"맞아."

그들의 눈이 마주쳤다.

"제 생각에," 로더가 말을 이었다. "제가 선생님께 용서를 구해야 할 것 같아요. 옳고 그르고를 떠나서 전 무례하게 행동했어요."

"맞아, 그랬던 것 같아."

로더가 미소를 지으며 야단에 고개를 떨구었다.
"그 이야기는 여기까지." 미스 바풋이 덧붙였다. "우리 이제 화해하고 다시 친구 하자."

14장. 맞부딪친 동기

바풋의 다음 방문 때 로더는 얼굴을 비치지 않았다. 그는 넌 양을 언급하지 않고 사촌과 유쾌한 대화를 나누었다. 그러다 그녀를 못 볼 것 같다는 불안감이 든 그는 끝내 로더의 안부를 물었다. 집주인이 미소를 지으며 넌 양은 매우 잘 지낸다고 말했다.
"오늘 저녁에는 집에 안 계시나 봐요?"
"무슨 공부를 하느라 바쁜 것 같은데."
바풋의 예상대로 두 여자의 갈등은 잘 해소되었다. 그는 로더와 병원 정원에서 마주쳤던 일을 말하지 않는 편이 낫겠다고 판단했다.
"지난주에 누님이 무척 괴로운 일에 연관되었다고 들었어요." 그가 잠시 후 말했다.
"정말 괴로웠어—하루 이틀 동안 앓았어."
"그래서 저를 못 만나셨군요?"
"맞아."
"하지만 제게 보낸 답장에 그 이야기는 언급하지 않으셨는데요."
미스 바풋은 대답하지 않았다. 그녀는 살며시 눈살을 찌푸리며 추운 날씨 때문에 지펴 놓은 불을 바라보았다.

"아마도," 에버라드가 그녀를 힐긋 보고 말을 이었다. "아마—저를 배려해서 말씀을 안 하신 거겠죠."

"우리가 지금 그 이야기를 꼭 해야겠니?"

"잠깐만요. 요새 누님은 저를 환영해 주시지만 제 인성에 대해서는 몇 년 전과 생각이 다름없으시죠?"

"그런 질문이 무슨 소용이니?"

"명확한 이유가 있어서 하는 질문이에요. 저를 전혀 존중하지 않으시죠?"

"솔직히 말하자면, 에버라드, 난 너에 대해 아무것도 몰라. 난 불쾌한 기억을 떠올리고 싶지 않고 아마도 네가 존중받을 만한 사람이라고 믿어."

"지금까지는 좋습니다. 제게 공평하게, 질문 하나만 더 허락해 줘요. 넌 양에게 제 이야기를 한 적 있어요?"

"그게 무슨 상관이니?"

"크게 상관있어요. 제가 얽혔던 사건을 넌 양한테 이야기한 적 있으세요?"

"응. 했어."

에버라드가 놀란 표정으로 그녀를 보았다.

"네 이야기를 했어." 그녀가 말을 이었다. "네가 이 집에 올 거라고 상상도 하기 전이야. 솔직히 말하면, 너를 내가 혐오하는 악행의 예시로 삼았어."

"누님은 정말 용감하고 솔직한 여자예요." 에버라드가 쿡쿡거리며 말했다. "다른 예시를 찾을 수는 없었나요?"

그녀는 대답하지 않았다.

"그렇다면," 그가 말을 이었다. "넌 양은 저를 악명 높은 불한당으로 생각하나요?"

"그 사건을 말하지는 않았어. 그저 내가 너를 못마땅하게 여기는 전반적인 까닭을 암시한 거야."

"그나마 다행이네요. 누님이 교훈조차 없는 허구 이야기로 넌 양을 즐겁게 해주지 않아서요."

"허구?"

"네, 허구예요." 에버라드가 냉랭하게 말했다. "자세한 이야기는 하지 않겠어요. 이미 끝난 일이고 당시 잠자코 있기로 한 건 제 선택이었으니까요. 하지만 그때 상황이 실제와 전혀 다르게 묘사되었다고 누님께 이제는 말해도 되겠죠. 저를 도덕적 예시로 삼았다면 누님은 딴 길로 샌 거예요. 더는 말하지 않겠습니다. 누님이 절 믿을 수 있으면 믿으세요. 만일 못 믿겠다면 잊어버리시고요."

잠시 정적이 흘렀다. 그리고 미스 바풋은 완전히 침착한 태도로 새로운 화제를 꺼냈다. 에버라드는 그녀의 본보기를 따랐다. 그는 오래 머무르지 않았고, 떠나면서 넌 양에게 인사를 전해달라고 부탁했다.

일주일 후 그가 다시 찾아왔을 때도 사촌이 홀로 그를 맞았다. 이제 그는 넌 양이 고의로 자신을 피한다는 확신이 들었다. 정원에서 그녀가 갑작스레 가버렸을 때 어쩌면 그의 생각보다 훨씬 불쾌한 심정이었다는 뜻인지도 몰랐다. 넌 양에 대해서는 무엇 하나 쉽게 확신할 수 없었다. 만일 다른 여자가 이렇게 행동했다면 그는 내숭이라고 짐작했을 터였다. 하지만 로더는 내숭 따위는 떨 수 없는 여자인 듯했다. 어쩌면 그녀는 그의 말에 배어 있던 농담조를 불쾌하게 여길 정도로 스스로를 중요하게 생각하는지도 몰랐다. 혹은 그녀가 미스 바풋과의 불화를 고백한 것이 창피해서 그를 피한다는 가능성도 있었다. 심술이 풀리면서 그녀는 (그건 확실히 심술이었고) 자신의 행동을 부끄럽게 여긴 것이다. 그는 메리와 대화를 나누는 동안에도 이런저런 가능성을 추측했다. 하지만 그는 넌 양에 관해 물어보지 않았다.

열흘 정도 흘렀고, 그는 사회적으로 방문이 허락된 시간, 즉 오후 5시에 다시 찾아갔다. 그는 혹시나 다른 손님들과 마주칠지도 모른다는 기대를 하며 이 시간대를 골랐는데, 이 집에 찾아오는 사람들이 궁금했기 때문이었다. 그의 바람은 이루어졌다. 사회적 관습에 따라 하녀에게 곧장 응접실로 안내받은 그는 사촌과 그녀의 친구뿐 아니라 두 명의 낯선 여자를 보았다. 그가 슬쩍 보니 낯선 여자 두 명 모두 젊고 예뻤는데, 그중 한 명은 특히 그가 좋아하는 종류의 미모였다—머리칼은 검고 피부는 창백했으며 눈이 매우 반짝였다.

미스 바풋은 여느 집주인과 다름없는 태도로 그를 맞이했다. 그녀는 다시 예전처럼 명랑해졌으며 함께 대화를 나누던 숙녀—머리칼이 검은 여자—를 위도우선 부인이라고 곧 소개했다. 조금 떨어져 앉은 로더 넌은 그에게 손을 내밀었으나 함께 있던 다른 여자와 대화를 즉시 재개했다.

그는 곧 특유의 느긋하고 품위 있는 태도로 위도우선 부인과 담소를 나누기 시작했고, 미스 바풋이 이따금 한마디씩 보탰다. 그는 대화 상대가 결혼한 지 얼마 안 된 부인이라는 걸 눈치챘다. 반짝이는 눈의 처녀다운 시선과 수줍어하는 아리따운 모습이 암시한 사실이었다. 그녀는 아주 예쁘게 차려입었으며 자기도 그 사실을 의식하는 듯했다.

"어젯밤에 사보이 극장[26]에서 새로 공연하는 오페라를 봤어요." 그녀가 즐거운 기억에 미소를 지으며 미스 바풋에게 말했다.

"정말? 넌 양과 나도 거기 있었는데."

에버라드는 장난기 어린 눈빛으로 사촌을 보며 못 믿겠다는 표정을 지었다.

"그게 가능한가요?" 그가 외쳤다. "누님이 사보이 극장에 가셨다고요?"

"왜 그게 놀랄 일이니? 넌 양이랑 내가 극장에 못 갈 이유라도 있니?"

"전 위도우선 부인에게 맡기겠습니다. 부인도 놀라 보이셨거든요."

"맞아요, 저도 놀랐어요, 선생님!" 어린 아가씨가 명랑하게 웃음을 터뜨리며 외쳤다. "이렇게 경박하게 시간을 보낸 걸 얘기해도 되나 사실 망설였거든요."

미스 바풋은 목소리를 낮추고 로더를 향해 미소를 지으며 말했다.

"넌 양을 위해 이따금 양보해야 해. 넌 양이 소소한 오락이라도 즐기지 못하면 불공평하지 않겠니."

넌 양과 다른 아가씨는 좀 떨어진 곳에서 심각한 얼굴로 열심히 이야기하고 있었다. 잠시 후 그들은 자리에서 일어났고 손님이 인

---

26. 런던 웨스트민스터에 세워진 극장으로 1881년 10월 10일 개관했다. 극본가 W. S. 길버트와 작곡가 아서 설리번의 희가극을 다수 공연해서, 그들의 가극은 사보이 오페라라고 불리기 시작했다. .

사를 하러 미스 바풋에게 왔다. 그때 에버라드가 넌 양이 앉아 있는 자리로 옮겨 갔다.

"길버트와 설리번의 새 오페라에서 특별히 좋았던 부분이 있나요?" 그가 물었다.

"아주 많아요. 정말 아직 못 보셨어요?"

"부끄럽게도—아직 못 봤습니다."

"좌석을 구할 수 있으면 오늘 저녁에라도 가세요. 극장에서는 어떤 자리를 좋아하시나요?"

그는 그녀의 눈을 똑바로 보았지만 비아냥대는 기미는 없었다.

"아시다시피 전 가난한 남자입니다. 저렴한 좌석에 만족합니다. 사보이 오페라와 게이어티의 풍자극 중 어떤 걸 좋아하십니까?"

이런 식으로 의례적이거나 얄팍한 대화가 억지스럽게 몇 마디 오갔고, 에버라드는 상대의 얼굴을 관찰하다가 웃음을 터뜨렸다.

"우리를 좀 봐요." 그가 말했다. "오후 5시 만남에 매우 적절한 대화를 나누고 있군요. 어제 제가 누군가의 응접실에서 들은 대화랑 똑같습니다. 아주 많은 이들의 삶에서 매일, 매년 되풀이되는 대화이지요."

"그런 사람들과 친하신가요?"

"저는 모든 부류의 사람들과 친합니다." 그가 목소리를 낮추며 덧붙였다. "넌 양, 거기에 당신을 추가해도 괜찮을까요?"

하지만 그녀는 들은 척도 하지 않았다. 그녀는 자리에서 막 일어난 모니카와 미스 바풋을 보고 있었다. 그들이 다가왔고, 잠시 후 바풋은 익숙한 두 사람과 남겨졌다.

"차를 한 잔 더 할래, 에버라드?" 그의 사촌이 물었다.

"고마워요. 누님이 제게 소개하지 않은 아가씨는 누구인가요?"

"헤이븐 양—우리 학생 중 하나야."

"사무실에서 일을 시작할 분인가요?"

"얼마 전에 주간지의 출판부에 취직되었어."

"하지만 정말—제 귀에 들린 몇 마디만 들어도 교육을 많이 받은 아가씨 같던데요."

"사실이야." 미스 바풋이 답했다. "뭐가 불만이니?"

"그럼 왜 더 나은 직책을 구하지 않죠?"

미스 바풋과 로더가 미소를 주고받았다.

"하지만 그 애에게 정말 완벽한 직책인걸. 언젠가 자기 잡지사를 창설하고 싶어 하거든. 그래서 그 사업에 필요한 세부사항을 속속들이 배우려는 거야. 아, 넌 아직도 틀에 박힌 생각을 하는구나, 에버라드. 그러니까 네 말은 그 애가 좀 더 우아하고 예쁘장한 일을 해야 한다는 거지—숙녀다운 일."

"아뇨, 아니에요. 정말 좋습니다. 절대적으로 찬성이에요. 헤이븐 양이 잡지사를 차리면 넌 양이 기고하면 되겠네요."

"그랬으면 좋겠어." 그의 사촌이 동의했다.

"여기에서 대화하다 보면 제가 우리 시대의 위대한 운동에 박식한 기분이에요. 제가 누님과 친분이 있어서 정말 기뻐요. 하지만 말해 봐요, 제가 도울 일은 없나요?"

메리가 웃었다.

"안타깝지만 전혀 없어."

"글쎄요—그저 서서 기다리는 자들도 섬길 수 있으니[27], 라고 하

---

27. 존 밀턴의 「실명(失明)에 대한 노래」에서 인용.

지 않았습니까."

　에버라드가 충동을 따랐다면 그는 퀸스 로드의 사촌 집에 매일같이 찾아왔을 터였다. 하지만 그건 불가했고, 독서나 다른 일로 고독한 시간을 메울 생각이 딱히 없던 그는 다른 사람들과도 활발히 교제했다. 재산과 지위가 있는 런던 지인 한두 명으로 시작한 그는 쉽사리 인맥을 넓혔다. 만일 결혼할 생각이 있었더라면 그는 자신의 부족한 재산에도 불구하고 어떤 부유한 가문과 한 식구가 될 기회가 충분했다. 그 집의 두 딸은 외모는 뛰어나지 않았지만 훌륭한 교육을 받았으며, 자신들의 가치를 알아볼 똑똑한 남자를 기다리고 있었다. 그러나 세상에 똑똑한 남자는 턱없이 부족했는데 게다가 아, 이런! 숱한 경우 그들은 아내를 택하는 일에서 자신들의 지력을 제대로 활용하지 못했다. 바풋은 원칙적으로 어떤 가능성도 간과하지 않았으므로 이 집 딸 중 한 명—브리센든 자매—과 친밀해지는 것이 합리적이지 않겠느냐고 자문했다. 그는 더 큰 수입이 필요했다. 그는 지난번보다 좀 더 편안하게 여행하고 싶었다. 아그네스 브리센든은 매우 차분하고 현명한 아가씨처럼 보였다. 아마도 그녀는 자기에게 어울리는 남자만을 배우자감으로 고려할 것이며, 결혼을 영구한 우정으로, 여성의 어리석음에 망가져서는 안 되는 결합으로 여길 것이다. 그녀는 미인은 아니었으나 평균보다 명석했고—확실히 자기 동생보다는 뛰어났다.

　염두에 둘 가치가 있는 가능성이었지만 이러는 와중에도 그는 로더 넌을 더 만나고 싶었다. 그는 로더를 신체와 정신이 모두 매력적인 여성의 반열에 포함하기 시작했다. 처음 만났던 날의 그녀와 지금의 그녀는 신기할 정도로 달라 보였다. 그녀의 얼굴을 보면서 그는 미소 지었는데—모든 감각으로 즐거움을 느끼는 남자의 미소였다. 그녀의 얼굴이 그에게 무척 익숙해졌고, 그는 자신의 말에 특정한 모습으로 움직이는 그녀의 눈과 입술이라든지 시시각각 변하는 표정을 예상하며 기다리게 되었다. 병원 정원에서 그녀의 손을 억지로 잡았던 순간이 점차 커지는 호감의 한 단계를 기념했고, 그날 이후 그는 같은 실험을 되풀이하고픈 열망을 느꼈다.

"그대의 연인이 맹렬히 분노하거든
그녀의 부드러운 손을 붙잡고 그녀더러 마음껏 화를 내라고—"[28]

시의 한 구절이 뇌리에 스쳤는데, 그는 이제야 그 시를 제대로 이해한 듯한 기분이었다. 로더의 화를 돋운 후 그녀를 힘으로 붙들고 감각을 정복하여, 표정이 풍부한 눈 위로 기다란 속눈썹이 드리우는 모습을 보면 무척 즐거울 터였다. 이것은 사랑에 빠진 것과 흡사한 기분이었으나 그는 로더 넌과 진정 사랑에 빠지고 싶은 생각은 추호도 없었다.

그가 그녀와 단둘이 이야기할 수 있기까지 3주가 걸렸다. 어느 일요일 오후 4시쯤 그가 찾아오자 그녀가 응접실에 홀로 있었다. 미스 바풋은 런던에 없었다. 로더는 꽤 오랜만에 친근감을 꾸밈없이 보이며 그를 반겼다. 그녀가 이렇게 다정한 것은 체더에서 돌아온 이래 처음이었다. 그녀는 혈색이 좋았고 쉽게 웃어 주었으며 전반적으로 상냥했다. 바풋은 피아노 뚜껑이 열려 있는 것을 보았다.

"피아노를 치시나요?" 그가 물었다. "아직도 이런 걸 물어봐야 하

---

28. 영국의 낭만주의 시인 존 키츠의 「우울에 대한 송가」에서 인용.

다니 이상하네요."

"일요일에 찬송가를 치는 정도예요." 그녀가 담담하게 말했다.

"찬송가라고요?"

"안 될 이유라도 있나요? 옛날 찬송가 중에 아주 좋아하는 노래가 몇 곡 있어요. 좋았던 시절을 떠올리게 하죠."

"당신 인생에서 좋았던 시절이라는 뜻이죠?"

그녀가 고개를 끄덕였다.

"지금은 별로 행복하지 않은 것처럼 그 시절 이야기를 몇 번 하셨죠."

"당연히 전 별로 안 행복해요. 어떤 여자가 그렇겠어요? 그러니까, 주인이 쓰다듬어 준다고 좋아하는 고양이 수준 이상인 여자 중에서요."

에버라드는 소파의 목받이에 기댄 채 그녀 쪽으로 고개를 기울였다. 그는 그녀의 얼굴을 뚫어지게 응시했다.

"당신의 불만을 제가 해소할 수 있으면 좋겠네요. 당신에게 밝힐 수 있는 이상으로 기꺼이 할 겁니다."

"무척 친절하시군요, 바풋 씨." 그녀가 웃으며 대답했다. "하지만 안타깝게도 당신은 세상을 바꿀 수 없어요."

"세상 전체를 바꿀 수는 없죠. 하지만 당신이 세상을 보는 관점 하나 정도는 바꿀 수 있지 않을까요?"

"그게 어떻게 가능할지 모르겠어요. 당신이 대체해 주려는 것보다는 저만의 관점을 지키는 편이 나을 것 같아요."

이런 식으로 그녀는 그의 남성성에 도전할 의지를 이 날따라 유난히 강하게 보였다. 그녀는 머리부터 발끝까지 무장했다. 그녀는 그의 입에서 나올 그 어떤 말도 두려워하지 않았다. 속뜻을 이해하면서 얼굴을 붉히거나 초조히 떨거나 소심하게 눈치를 보지도 않았다. 그런데도 그는 그녀를 여자로 보았으며 그녀를 갈망했다.

"제 관점이 저급하지는 않습니다." 그가 중얼댔다.

"아니길 바라요. 하지만 남성의 관점이죠."

"남자와 여자는 세상을 같은 시선으로 보아야 합니다."

"그런가요? 어쩌면요. 잘 모르겠어요. 하지만 우리 시대에는 그럴 수 없을 거예요."

"개인적으로는 가능합니다. 편견과 미신을 떨쳐 버린 남녀가 있으니까요. 예를 들면 당신과 나요."

"아, 그런 말은 전혀 다른 여러 해석이 가능해요. 당신의 눈에 저는 쓸데없는 편견만 가득한 것처럼 보이겠군요."

그녀는 이런 대화를 즐겼다. 그는 그녀의 얼굴에서 즐거움을 감지했으며 그녀의 눈에서 쾌활한 도전 정신이 빛났다. 그것을 본 그의 맥박이 빨라졌다.

"예를 들면 당신은 저에 대한 편견이 있죠."

"사보이 극장에 가셨나요?" 로더가 못 들은 척 물었다.

"전 사보이 극장에 관해 이야기하고 싶지 않습니다, 넌 양. 물론 지금이 차를 마시는 시간이긴 하지만 아직은 방에 우리끼리 있으니까요."

로더가 일어나서 종을 울렸다.

"찻상을 금방 내올 거예요."

그는 희미하게 웃었고 처진 눈꺼풀 아래로 그녀를 관찰했다. 로더는 찻상이 깔리고 차를 한 잔 따를 때까지 소소한 한담을 이어갔다. 두 모금에 차를 다 마신 그는 전처럼 다시 기대앉은 채 그녀를 향해 몸을 기울였다.

"글쎄요, 당신은 저에 대한 편견이 있죠. 물론 메리 누님 탓입니다. 저를 부당하게 대하셨더군요. 우리가 만나기도 전에 저를 몹시 불쾌한 사람으로 낙인찍어 놓았으니까요. 그건 정말 너무했습니다."

로더는 차를 홀짝였고 냉랭하고 무관심한 표정이었다.

"전 누님이 그런 이야기를 한 줄 전혀 몰랐습니다." 그가 말했다. "그러니까 우리가 정원에서 만났던 날, 제가 당신을 무척 화나게 했던 날 말입니다."

"전 그 사건에 대해 농담할 기분이 아니었어요."

"그건 저도 마찬가지였습니다. 당신이 저를 완전히 오해한 것 같아요. 그 불쾌한 사건이 어떻게 매듭지어졌는지 알려 주시겠어요?"

"물론이에요. 제가 고집을 부리고 심술궂게 말했다고 인정했어요."

"멋지군요! 고집이라고요? 제 성격에서도 큰 부분을 차지하는 특성입니다. 직업에 관련된 제 삶은 기나긴 고집의 연속선이었죠. 어렸을 때 전 어떤 분야의 일을 하겠다고 결심했으나 적성에 맞지 않아 무척 괴로웠는데 단순히 고집 하나로 계속 밀고 나갔습니다. 메리 누님이 이 얘기를 하셨나 모르겠군요."

"비슷한 이야기를 한 번 하셨어요."

"감히 짐작하건대, 당신은 믿기 힘들었겠죠? 전 이제 훨씬 합리적인 사람입니다. 여러 방면에서 굉장히 많이 변해서 제 과거를 돌이켜 보면 그때의 제가 꼭 낯선 사람처럼 느껴져요. 무엇보다 많이 바뀐 건 여성에 관한 제 생각입니다. 만일 제가 보통 남자들처럼 이십 대에 어떤 맹추랑 결혼했으면 상당히 불쾌하게 결말났을 겁니다. 지금 결혼한다면 지성과 인성을 따지겠죠. 하지만 전 법적인 의미의 결혼은 절대 하지 않을 거예요. 제 동반자는 저와 마찬가지로 형식에서 완전히 자유로워야 합니다."

로더는 찻잔 속을 잠시 들여다보았다가 웃으면서 물었다.

"그렇다면 당신 역시 개혁자인가요?"

"그 방향에서는요."

그는 초조한 기색을 숨기기 어려웠다. 자기도 모르게 대담한 발언을 해버린 그는 차분히 받아들이는 로더의 모습에 기뻤다.

"결혼과 관련된 문제들은." 로더가 말을 이었다. "제게 큰 흥미를 유발하지 않아요. 그렇지만 당신이 방금 말한 개혁은 별로 실용적이지 않은 듯해요. 사회가 기초적인 문제도 해결하지 못하고 버둥거리고 있는 마당에 완벽한 이상을 실현하려는 거예요."

"세상 사람 모두가 이렇게 자유로워야 한다는 말이 아닙니다. 그런 자유를 누릴 자격이 있는 사람만요."

"그렇다면"―그녀가 조금 웃었다―"그런 자격은 어떻게 확인하나요? 그걸 반드시 알아야 할 것 같은데요."

에버라드는 진지한 표정을 유지했다.

"사실입니다. 하지만 자유로운 결합은 두 사람이 평등하다는 가정에서 시작합니다. 이런 관계의 의미를 전부 이해하지 못하거나, 두 사람이 서로에게서 독립적으로 살기로 하고 나서 자립할 능력이 없는 여자에게 이런 제안을 하는 건 정직하지 않습니다. 물론 어려운 일이라는 걸 저도 인정합니다. 물질적인 것뿐 아니라 감정적인 고통도 고려해야 하니까요. 아내가 저와 헤어지고 싶다고 밝힌다면 물론 전 몹시 괴롭겠죠. 하지만 웬만한 지력이 있는 남자로서 저는 사람의 마음이 변할 수 있다고 인정할 겁니다. 결혼이 강요하는 잔인한 속박을 택할 생각은 전혀 없습니다. 제가 원하는 부류의 여자도 저와 동감할 겁니다."

그가 언급하지 않은 지대한 문제점 하나를 제기할 정도로 그녀가 용기 있을까? 아니, 그는 그녀가 무언가 말하려는지 알았으나 그녀는 차를 한 잔 더 권하는 데 그쳤다.

"결국, 당신도 이런 이상을 꿈꾸지 않습니까?" 그가 물었다.

"전 그 주제와 아무 관계 없어요." 로더가 어쩌면 조금 성마른 듯한 말투로 답했다. "제 일과 철학은 결혼하지 않은 여자들—즉 제가 '짝 없는 여자들'이라고 일컫는 이들을 위한 거예요. 그게 제 유일한 관심사예요. 사람은 너무 많은 일을 떠맡으면 안 돼요."

"그리고 당신도 그들 중 하나로 살기로 했나요?"

"물론이에요."

"그러므로 전 당신의 관점 한 가지를 바꾸고 싶습니다. 당신은 훌륭한 일을 하고 있지만, 전 당신 말고 다른 여자가 자기 인생을 바쳤으면 합니다. 전 꽤 이기적이어서—"

그때 문이 열리더니 하녀가 고했다.

"위도우선 부부가 오셨습니다."

넌 양은 완벽히 침착한 모습으로 일어나서 앞으로 걸어갔다. 좀 더 천천히 일어난 바풋은 전에 한 번 만났던 까만 눈썹의 미인의 남편을 호기심 어린 눈으로 살펴봤다. 그는 위도우선을 보고 놀라는 한편 흥미가 동했다. 수염이 희끗희끗하고 뻣뻣하고 엄격한 남자가 어떻게 저런 아내를 얻었을까? 위도우선 부인이 출중한 여자처럼 보이지는 않았지만, 확실히 전혀 안 어울리는 부부였다.

위도우선 부인이 앞으로 다가와서 그들과 악수했다. 상투적인 인사말을 몇 마디 나누는 동안 에버라드는 자기를 쏘아보는 남편의 시선을 느꼈는데, 그 눈빛이란! 낯빛만으로 세상에서 가장 지독한 질투를 표현하는 남자가 있었다면 바로 위도우선이었다. 그의 딱딱한 미소가 차가워졌다.

잠시 후 바풋과 그는 소개받았다. 그들은 서로에게 할 말이 없었지만 에버라드는 상대를 관찰하기 위해 몇 마디 건넸다. 그러고 나서 그는 몸을 돌려 위도우선 부인과 이야기하기 시작했다. 남편의 질투하는 눈빛을 의식한 그가 일부러 더 싹싹하고 친밀하게 대하자 부인은 대답하기는 했지만 불안해하며 머뭇거렸다.

에버라드는 이들 부부가 와서 몹시 짜증이 났다. 한 15분만 더 있었다면 그와 로더 사이에 흥미진진한 일이 터졌을 것이다. 그녀가 사랑 고백 앞에 어떻게 대처하나 볼 기회였다. 로더의 침착한 모습에도 불구하고 그는 그녀가 자기에게 완전히 무관심하지 않다고 믿었다. 그녀는 그와 대화하길 좋아했으며 어떤 주제도 서슴없이 논하는 그의 자유로움을 즐겼다. 여성으로서 그녀의 모습에 호감을 표한 남자가 그가 처음이었을지도 몰랐다. 하지만 그녀는 항복하지 않을 것이며 그의 구애에 가슴앓이할 위험도 별로 없었다. 아니, 사실 위험한 건 그의 평정심이었다. 그는 그녀의 거절이 자신의 구애에 불을 붙일 것이며 어쩌면 진정한 열정으로 타오르게 만들지도 모른다고 생각했다. 글쎄, 그녀가 이길 능력이 있다면 승리감을 맛보라 하자.

그는 척 봐도 오래 머무를 의향이 없는 위도우선 부부보다 늦게까지 남기로 작정했다. 하지만 운명은 그의 편이 아니었다. 코스그로브 부인이라는 또 다른 손님이 찾아왔는데, 그녀는 최소한 한 시간은 머무를 자세로 앉았다. 그런데 상황이 더 나빠졌다. 그녀가 로더에게 하는 말이 들렸다.

"아, 그럼 같이 가서 우리랑 식사해요. 꼭 그렇게 해요!"

"그렇게 할게요." 넌 양이 대답했다. "기다리셨다가 저와 같이 가시겠어요?"

오래 머무를 이유가 없었다. 위도우선 부부가 떠나자마자 그는 로더에게 다가가서 말없이 손을 내밀었다. 그녀는 그에게 거의 눈길조차 주지 않았으며 힘주어 잡는 손에 반응하지 않았다.

로더는 코스그로브 부인 집에서 식사하고 밤 11시에 돌아왔다. 문단속이 끝나고 하인들이 잠자리에 든 후 그녀는 서재에 앉아 친구 집에서 빌려온 책을 뒤적였다. 에세이 모음집이었는데, 그중 하나는 남녀 관계라는 주제를 개방적으로 취급하며 현대적인 정신으로 탐구하여 전통적이지 않은 결론에 도달했다. 코스그로브 부인은 이 에세이에 생생한 흥미를 보이며 이야기했었다. 로더는 매우 신중히 정독하며 이따금 곰곰 생각에 잠겼다.

바풋은 그녀의 마음을 거의 정확히 읽었다.

그녀에게 구애한 남자는 여태 한 사람도 없었다. 그녀가 알기에는 그럴 충동을 느낀 남자도 없었다. 그녀는 어떨 때는 이 사실에 만족을 느끼며 삶의 목적을 단단하게 굳히는 데 사용했다. 서른 살이 넘은 그녀는 이제 청혼받을 가능성이 없다고 생각할 법했으며 그녀의 지적 결심을 흔들 가능성이 있는 모든 본능을 잠재울 수 있었다. 그러나 이런 본능은 때때로 꿈틀거렸다. 미스 바풋이 말했듯 그녀는 자기 나이에 비해 아주 어렸다. 신체적으로도, 감정적으로도 어렸다. 한때 그녀는 열정적으로 꿈꾸던 소녀였으며 그녀의 본질에 내재한 불꽃은 도덕적, 정신적 훈련 아래 사그라졌으나 완전히 소멸하지는 않았다. 그녀는 한 시간만 가만히 있어도 좌절감이 들었는데, 스스로 그런 사실을 부끄러워하면서 더욱 좌절했다. 다른 여자들처럼 그녀가 한 번이라도 사랑을 받아봤다면, 그녀에게 헌신하겠다는 남자의 고백을 받아봤다면, 그리고 거절했다면—그녀의 마음은 훨씬 평온하고 안정적이었을 터였다. 적어도 그녀는 그렇게 생각했다. 또한 그녀는 자신의 성이 흔하게 맛보는 승리감을 한 번도 못 느껴 보고 산다는 건 괴로운 일이라고 남몰래 한탄했다. 게다가 그것은 독립적으로 사는 여성들을 이끌고 지지하는 사람으로서 그녀의 자격에 흠을 냈다. 그녀가 선택이 아니라 어쩔 수 없이 혼자 산다고 말하거나 생각하는 사람이 있을지도 몰랐다.

  에버라드 바풋의 접근에 그녀는 상당히 놀랐다. 그를 방종한 남자라고 생각했던 그녀는 처음에는 그가 모든 여자에게 이렇게 행동하겠거니 짐작하고 그 건방짐이 불쾌했다. 하지만 심지어 그때도 그녀는 찬미의 표현이 싫지만은 않았다. 그녀의 머리가 경멸하는 것을 그녀의 가슴은, 그 오랜 굶주림 후에, 만끽할 태세를 갖추었다. 그녀가 바풋에게 느끼는 호기심은 그에 관해 들었던 악소문 때문에 더욱 커졌다. 이 남자 때문에 자기 자신을 저버린 여자들이—한 명 이상임이 확실했으므로—있었다. 따라서 그녀는 성적인 호기심을 품고 그를 볼 수밖에 없었다. 그녀의 관심이 커질수록 호기심이 증폭되었고, 그들의 관계가 일종의 친구처럼 친밀해지며 그녀는 그에 대한 도덕적 비난이 흔들리고 거의 사라진 걸 느꼈다. 어쩌면 이런 약한 마음을 보상하려는 심리로 그녀가 벨라 로이스턴의 죽음에 관해 더욱 혹독하게 말했는지도 몰랐다.

확실히 그녀는 바풋을 자주 생각했으며 그의 방문을 기다렸다. 첼시 병원 정원에서 만난 이래 그를 보고 싶은 갈망이 더욱 열렬해졌고, 바로 그 이유로 그녀는 충동을 억제하고 그를 피했다. 이것은 사랑이 아니었고 사랑의 시작도 아니었다. 그녀는 이 감정을 단정할 수 없는 무언가라고 판단했다. 이 남자와 함께 있을 때는 그의 존재가 자신의 가슴에 불러일으키는 동요를 쉽게 감출 수 있었지만, 그가 떠나고 나면 그녀는 창피하고 괴로웠다. 그녀는 그의 지성이 무척 인상적이라는 명백한 사실과, 그와 말이 잘 통한다는 생각으로 스스로를 위로했다. 미스 바풋은 그의 영향력을 인정했다. 그녀는 사촌과의 대화가 언제나 즐거웠다고 고백했다.

그녀의 복잡한 감정에 상응하는 감정을 그가 느낄 수 있을까? 어쩌면 상응하는 것 이상으로? 그녀가 정말 이상하게 오해한 게 아니라면, 이날 그의 사랑 고백을 막은 것은 순전히 다른 손님들이 찾아왔다는 우연이었다. 저녁 내내 그녀는 이 생각에 잠겨 있었으며 점점 더 놀라워했다. 그가 그녀의 상상보다 더 저급한 남자일까? 독립적인 사상과 진지한 도덕적 이론이라는 껍질 아래 방탕함과 잔인함을 감추고 있는 것 아닐까? 이런 문제를 그녀 자신과 연관해서 고민한다는 자체가 놀라웠다. 그녀는 스스로에 대해 다시 공부하고 자신의 성격을 새롭게 파악해야 할 것처럼 느꼈다. 그녀가 남자의 열정의 대상이라니!

그리고 그 생각은 짜릿한 승리감을 안겨 주었다. 비록 때늦었으나 그녀는 자기만족의 갈망을 채울 수 있었다―아니, 어쩌면 단순한 자기만족이 아닐지도 몰랐다.

 그는 분명 진심이었다. 그가 달리 무슨 목적으로 그런 시늉을 하겠는가? 그가 어떤 면에서는 정말 변했으며 마침내 진정한 감정을 느낄 정도로 성숙했을 가능성도 있지 않을까? 만일 그렇다면 그녀는 다시 단둘이 대화할 순간을 기다리기만 하면 되었다. 그녀가 구애자의 간청을 잘못 알아볼 리 없었다.

 그녀는 오직 희극적인 이익만 얻을 것이다. 그녀는 에버라드 바풋을 사랑하지 않았고 앞으로 사랑하게 될 가능성도 느끼지 않았다. 전반적으로 보면 그녀는 그에게 고마워해야 했다. 소위 자유로운 결합이라는 것을 그녀가 승낙하리라고 그가 진심으로 기대할 수는 없었다. 법적으로 절대 결혼하지 않겠노라 선언함으로써 그는 자신의 구애를 단순히 이상적인 감성의 영역으로 옮겼다. 그렇지만 그가 진정 그녀와 사랑에 빠졌다면 자신의 이론적 신념을 언젠가는 포기할지도 몰랐다. 그는 그녀에게 법적인 아내가 되어 달라고 간청할 것이다.

 그녀는 그 지점까지 그를 데려가고 싶었다. 그가 어떤 제안을 하더라도 그녀는 승낙하지 않을 터이지만, 그녀가 남몰래 느끼는 열패감은 사라질 것이다. 사랑은 더는 다른 여자들의 전유물이 아니었다. 많은 여자가 시샘할 만한, 면면이 이상적인 남자를 거절하고 나면 그녀의 자신감이 향상되고 스스로 선택한 길을 더 단호하게 걸을 수 있을 것이다.

 새벽 1시였다. 난로의 불이 꺼지면서 추위에 몸이 떨리기 시작했다. 하지만 동시에 짜릿한 기쁨이 그녀의 팔다리를 관통했고, 다시 한번 그녀는 승리감에 도취되었다. 그녀는 그를 딱 잘라 거부하지 않을 것이다. 그녀를 사랑한다면 그는 자신의 사랑의 가치를 증명해야 한다. 이렇게 뒤늦게 찾아왔으니, 이 경험은 그녀에게 내줄 수 있는 모든 기쁨과 만족을 안겨 주어야 한다.

15장. 가정의 기쁨

퀸스 로드의 미스 바풋 집에서 나온 모니카와 그녀의 남편은 동쪽으로 느릿느릿 걸었다. 해가 저물었지만 쌀쌀하지는 않았다. 그들은 딱히 할 일이 없었고, 5분 정도 각자의 생각에 잠겨 있었다. 돌연 위도우선이 걸음을 멈췄다.

"이제 집에 갈까요?" 그가 모니카를 잠깐 보더니 멍하니 눈길을 어스름으로 돌리며 물었다.

"밀리를 만나고 싶어요. 그런데 미안하지만 당신과 함께 갈 수는 없어요."

"왜 안 되죠?"

"정말 비좁고 초라한 방이에요. 더구나 밀리 친구들이 있을지도 몰라요. 당신이 어디에 가 있다가 나중에 나랑 만나서 집에 가면 어때요?"

위도우선이 인상을 쓰며 시계를 보았다.

"거의 6시예요. 곧 집에 들어가야 해요."

"에드먼드, 당신이 먼저 집에 가고 내가 나중에 혼자 갈까요? 한번쯤은 이렇게 해도 괜찮겠죠? 밀리랑 정말 이야기하고 싶어요. 내가 9시나 9시 30분쯤 집에 오면 간단한 야식을 먹을 수 있고, 난 그거면 괜찮아요."

그는 퉁명스럽게 답했다.

"아, 하지만 당신이 밤에 혼자 돌아다니게 할 수는 없어요."

"왜요?" 모니카가 희미하게 짜증을 드러내며 물었다. "내가 강도를 당하거나 살해라도 될까 봐 걱정돼요?"

"말도 안 되는 소리. 하지만 당신은 혼자 다니면 안 돼요."

"예전에는 내가 항상 혼자 다니지 않았나요?"

그는 화가 난 몸짓을 했다.

"그 이야기를 하지 말라고 부탁했잖아요. 내가 언짢아할 거를 알면서 왜 말하는 거예요? 당신은 애초에 할 필요가 없었어야 했던 별별 일을 다 했어요. 생각만 해도 괴로워요."

다가오는 행인을 본 모니카는 걷기 시작했고 길 끝에 다다를 때까지 두 사람 모두 입을 열지 않았다.

"그냥 집에 가는 편이 낫겠어요." 위도우선이 마침내 말했다.

"가고 싶으면 가요. 하지만 내가 왜 밀리를 만나면 안 되는지 모르겠어요. 벌써 밀리네 집 근처에 왔는데요."

"왜 아까 우리가 집을 나설 때 이야기하지 않았어요? 당신은 좀 더 체계적일 필요가 있어요, 모니카. 매일 아침 나는 하루를 어떻게 보낼지 계획하는데 당신도 그렇게 하면 훨씬 좋을 거예요. 그러면 지금처럼 산만하고 불확실하지 않겠죠."

"내가 러틀랜드 스트리트로 가서," 모니카가 나무람에 전혀 개의치 않고 말했다. "한 시간만 밀리를 만날 수 있게 좀 기다리면 안 돼요?"

15장. 가정의 기쁨

"그동안 난 대체 뭘 하라는 거예요?"

"산책하면 어떨까요. 당신이 아는 사람이 너무 적어서 유감이에요, 에드먼드. 사람들과 좀 더 어울리면 당신도 즐거울 거예요."

결국 그는 그녀를 러틀랜드 스트리트까지 데려다주고 자기는 한 시간 정도 밖에서 시간을 보내다가 그녀를 데리러 오기로 했다. 그들은 승합마차를 타고 가다가 햄프스테드 로드에서 내렸다. 위도우선은 아내가 베스퍼 양이 사는 건물로 들어가는 걸 눈으로 확인할 때까지 뒤돌아서지 않았으며 그러고 나서도 마치 모니카가 도망이라도 갈까 봐 두렵다는 듯이 근처 거리를 서성이다가 10분 간격으로 돌아와서 조금 떨어진 곳에서 집을 지켜보았다. 그는 지독하게 성나 보였다. 그는 시선을 땅에 고정하고 우울한 박자에 맞추어 지팡이로 땅을 탁탁 두드리며 인적이 가장 뜸한 곳을 이리저리 기계적으로 배회했다. 결혼한 지 3~4달 만에 그는 더 늙은 듯했다. 그의 자세는 더는 꼿꼿하지 않았다.

그는 약속한 시각 정각에 집 바로 앞에서 기다렸다. 5분이 지났다. 그는 두 번 시계를 내려다보았고 점차 과하게 조바심을 치기 시작했으며, 마치 몸에 열을 내리는 것처럼 발을 굴렀다. 5분이 더 흐르자 그의 입에서 초조한 외마디가 터져 나왔다. 그가 정문을 두드리려는 찰나 모니카가 나왔다.

"오래 기다리지 않았기를 바라요." 그녀가 명랑하게 말했다.

"10분을 기다렸어요. 뭐, 상관없어요."

"정말 미안해요. 이야기하다 보니까—"

"네, 하지만 사람은 시간 약속을 잘 지켜야 해요. 당신에게 이걸 꼭 좀 가르치고 싶어요. 시간 개념이 없는 삶은 정말 안 될 말이에요."

"정말 미안해요, 에드먼드. 더 조심할게요. 부탁이니까 훈계하지 말아요. 집에는 어떻게 갈까요?"

"빅토리아까지 마차를 타기로 하죠. 역에서 기차를 얼마나 오래 기다려야 할지 모르겠군요."

"심술부리지 말아요. 어디에 갔다 왔어요?"

"아, 그냥 걸어 다녔어요. 아니면 뭘 했겠어요?"

마차 안에서 그들은 한마디도 주고받지 않았다. 빅토리아에서 헌 힐로 가는 기차를 타기까지 30분을 기다려야 했고, 모니카가 대기실에 앉아 있는 동안 그녀의 남편은 여전히 박자에 맞추어 지팡이로 땅을 치며 승강장을 오락가락했다.

일요일에 그들은 1시에 식사를 하고 6시에 차를 마셨다. 위도우선은 가정생활의 일정에 조금이라도 차질이 생기면 질색했으며 이날 오후에는 모니카가 원해서 어쩔 수 없이 첼시까지 나온 것이었다. 허기 때문에 짜증이 곱으로 늘었다.

"당장 뭘 좀 먹읍시다." 그가 집에 들어가며 말했다. "이렇게 엉망진창으로 하루를 보낼 수는 없어요. 어떻게 해서든 좀 더 제대로 관리해야 해요."

모니카는 대꾸하지 않고 종을 울려서 하녀에게 식사를 시켰다.

집주인이 결혼한 이래 인테리어는 많이 바뀌지 않았다. 부부의 침실과 연결된 의상실을 모니카가 쓰기 시작했으며 응접실에 이런저런 장식이 추가되었다. 죽은 동생과는 달리 위도우선은 그럭저럭 미적 감각이 있었다. 그는 평판이 좋은 인테리어 디자이너에게 상담을 받았고, 적당한 비용을 들여서 독창성이라고는 전혀 없지만 세련된 눈에 거슬리지 않는 집을 꾸몄다. 집을 처음 본 모니카는 무척 기뻐했다. 그녀는 모든 것이 완벽하므로 아무것도 바꾸지 않아도 된다고 말했다. 당시 그녀가 100파운드를 들여 집을 개조하자고 했으면 그녀의 연인은 그 소망을 듣는 것만으로도 기뻐서 기꺼이 복종했을 터였다.

한평생 쪼들리며 살다가 재산을 얻은 사람치고 위도우선은 인색하지 않았다. 충분하고도 남은 수입이 있는 그는 아내나 자신이 원하는 것에 돈을 아낌없이 썼다. 신혼여행으로 7주에 걸쳐 콘월, 데번, 서머싯을 관광하는 동안 모니카는 남편이 금전적으로 관대한 사람이라는 사실을 다소 덜 유쾌한 다른 특성들과 함께 배웠다.

그는 그녀가 잘 차려입기를 무척 바랐으나 오직 자기의 만족을 위해서라는 것을 모니카는 금세 깨달았다. 그들이 헌힐에 자리를 잡고 얼마 지나지 않아 그녀는 추운 날씨를 대비한 옷가지를 몇 벌 샀는데, 위도우선은 그녀의 새 옷이 자기 마음에 드는 한 가격은 전혀 상관하지 않았다.

"당신 덕분에 내가 나비가 되겠어요." 새로 배달 온 화사한 아침용 드레스를 무척 흡족해하는 그를 보며 모니카가 말했다.

"아름다운 여자는," 그는 그녀에게 찬사를 보내거나 애정 표현을 할 때 여전히 나오는 불안하고 심각한 말투로 대답했다. "아름다운 여자는 아름답게 입혀져야 해요."

동시에 그는 모니카가 기혼 여성의 의무감을 막심하게 느끼게 하려고 노력했다. 그는 충분히 진심으로 행복하기는 했으나 이따금 모니카의 가벼운 한마디가 조금이라도 거슬릴 때면 이상하게 행복감이 식었고, 이럴 때 그는 아내의 위치에 대해 오랫동안 심각하게 숙고했다. 그는 자신에게 만족스러운 일상에 그녀의 삶을 별다른 마찰 없이 맞추었다. 아침 내내 그녀는 집안일에 몰두했다. 점심에는 그가 그녀를 데리고 산책이나 드라이브를 갔고, 저녁에 그는 그녀가 응접실이나 서재에서 책을 읽기를 바랐다. 그가 생각하는 행복한 결혼생활이란 그들이 매 순간 함께 있는 거라는 사실을 모니카는 곧 깨달았다. 그녀의 목적지가 가깝건 멀건, 무슨 이유로 나가건, 그는 그녀가 혼자 외출하는 것을 정말 마지못해 승낙했다. 그는 공공 유흥 장소를 좋아하지 않았으나 모니카가 콘서트나 오페라를 즐긴다는 사실을 알게 되자 2주에 한 번 정도 가는 것은 반대하지 않았다. 본인도 음악을 좋아했기 때문에 이 부분은 양보하기 쉬웠다. 또한, 그는 그녀가 새로 사람을 사귀는 걸 질투했다. 사교에 무관심한 그는 아내가 현재 친구들에 만족해야 한다고 생각했을 뿐 아니라, 그들을 왜 그렇게 자주 만나고 싶어 하는지 도저히 이해할 수 없었다.

　모니카는 유순한 성격이었기 때문에 한동안 그는 그녀와 의견 충돌이 없을 거라고 상상했다. 신혼여행 중에는 자연스레 어디든지 함께 다니면서 낮이건 밤이건 서로와 한 시간도 떨어져 있지 않았다. 고요한 해변에서 단둘이 앉아 있자면 위도우선은 말이 많아졌고, 모니카가 다소곳이 듣고 있다는 확신에 기뻐하며 자신의 인생철학을 쏟아냈다. 그녀에게 바치는 그의 헌신은 수천 가지 양상으로 드러났다. 매주 그는 심지어 더 친절하고 다정해졌다. 그러나 부부의 관계를 이해하는 그의 관점은 무의식적으로 완전히 독재적이었으며, 가히 남성 독재의 표식이라고 할 만했다. 여자가 아내로서의 권리와 의무와는 별개로 독립적인 개인으로 남아야 한다는 생각은 위도우선의 뇌리에 스치지도 않았다. 그가 하는 모든 말은 자신의 우월함을 전제로 했다. 그는 이끄는 것이 자기의 역할이며 따르는 것이 그녀의 의무라고 당연시했다. 집안일과 무관한 일에 모니카가 활력이나 목표, 야심을 보이면 그는 몹시 동요했다. 이때마다 그는 이상적인 결혼생활이라고 여겨지는 것과 너무나도 상반되는 충동을 억제하고 친절하게 행동하려고 애써야 했다. 그는 모니카가 미스 바풋이나 넌 양이 주장하는 원칙에 공감하지 않아서 기뻤다. 그가 봤을 때 이 여자들은 뜻은 좋았으나 터무니없는 착각에 빠져 있었다. 그는 넌 양이 '여성스럽지 않다'라고 여겼으며, 모니카와 그녀의 관계가 곧 소원해지기를 몰래 기대했다. 아내의 예전 직업은 물론 혐오스러웠고, 이에 관한 이야기가 나오기만 해도 그는 진저리를 쳤다.

"여자의 영역은 가정이에요, 모니카. 여자들이 밖에 나가서 돈을 벌어야 하는 안타까운 세상이긴 하지만 그건 부자연스러운 현상이고 문명이 진화되면 완전히 폐지해야 해요. 존 러스킨의 글을 읽어요. 그가 여성에 관해 한 말은 전부 옳고 훌륭해요. 자기만의 가정을 갖거나 다른 사람의 가정에서 일할 수 없는 여자는 정말 동정을 받아야 해요. 불행할 수밖에 없는 운명이죠. 난 교육받은 여자들이 남성의 삶을 모방하기보다는 차라리 가정부가 되는 편이 훨씬 낫다고 진심으로 믿어요."

모니카는 경청하는 듯 보였으나 얼마 안 가 그녀는 듣는 체를 하면서 자기만의 생각을 하는 법을 터득했다. 그리고 그녀의 생각은 앞에서 지루하게 주절대고 있는 남편이 상상도 못 하는 종류일 때가 많았다.

그는 자신이 세상에서 제일 행복한 남자라고 믿었다. 그가 대담한 결정을 내렸으나 운명의 여신이 미소를 지었으니, 모니카는 그가 사랑의 열병에 빠져 상상하던 모습 그대로였다. 그가 그녀에 대해 아는 사실 중 거짓은 하나도 없었으며 그녀의 인격에도 흠잡을 구석이 없었다. 그는 그녀가 자신을 사랑한다고 철석같이 믿었으며, 의심할 수도 없었다. 게다가 신혼여행 초반에 그녀가 한 어떤 말이 행복의 잔을 넘치도록 채웠다.

"당신 덕분에 내 인생이 완전히 변했어요, 에드먼드! 내가 당신에게 고마워할 게 얼마나 많은지요!"

정확히 그가 듣고 싶었던 말이었다. 그의 생각이었다. 그리고 그는 모니카 역시 자신들의 관계를 이렇게 이해하는지 궁금했다. 그녀의 입에서 실제로 이 말이 떨어지자 그는 희열했다. 이것이야말로 그가 생각하는 이상적인 남편과 아내의 관계였다. 그녀는 그를 은인으로, 구세주로 우러러봐야 했다. 그녀가 동전 한 닢 없었다면 더할 나위 없었겠지만, 다행히 모니카는 자신의 재산에 대해 아무 생각이 없는 듯했다.

물론 그는 자기만큼 함께 살기 쉬운 남자도 없다고 믿었다. 모니카가 때때로 불만스럽다는 것을 처음 깨달은 순간 그는 큰 충격을 받았다. 그녀가 좀 더 자유롭게 돌아다니고 싶어 한다는 사실에 그는 불안하고 짜증이 솟았으며 의심에 사로잡혔다. 아직은 그들 사이에 말다툼이 일어나지 않았으나 위도우선은 필요하리라고 생각했던 것 이상으로 권력을 써야겠다고 느끼기 시작했다. 그의 걱정들이 결국 근거 없는 걱정이 아니었다. 가정적이지 않았던 모니카의 삶과 어쩌면 첼시 여자들과의 인연이 그녀의 정신에 영향을 미쳤다. 처음에 그는 그녀더러 집안일에 좀 더 집중하라고 부드럽게 타일렀다. 하루에 몇 시간 정도 바느질을 하거나 수를 놓으면 어떨까? 모니카는 간단한 바느질감을 가져오는 정도까지 그의 말에 복종했지만, 자세히 관찰하면 그녀가 바늘을 놀리는 시늉만 하는 것이 보였다. 밤에 그는 뜬눈으로 누워 온갖 암담한 상상을 했다.

이날 저녁 그는 지금까지보다 훨씬 화가 났다. 그는 아무말 없이 꾸역꾸역 먹었는데, 모니카가 두어 술 뜨다 말자 이 또한 그의 화를 돋우었다.

"당신이 아픈가 봐요. 며칠 동안이나 입맛이 없었잖아요."

"평소랑 똑같아요." 그녀가 멍하니 답했다.

그들은 저녁이면 으레 그렇듯 서재로 갔다. 위도우선은 영문학책 수백 권을 소유했는데, 읽는 척을 하는 사람도 몇 안 되지만 지성인이라면 꼭 읽어야 한다고 여겨지는 책들이었다. 독학자였던 위도우선은 위대하고 중요한 작가들을 익히는 것을 의무로 여겼으며, 그의 공부도 허세가 아니었다. 그는 시에는 별 흥미를 못 느꼈고 소설은 진중한 독서 중간중간에 읽는 용도로만 가치가 있다고 생각했다. 하지만 그는 역사, 정치경제학, 심지어 형이상학에도 진심으로 흥미를 느꼈다. 늘 그는 두세 권의 중요한 책을 정독하며 책마다 펜을 끼워 놓았다. 그는 정해진 시간에 언제나 같은 테이블에 앉아 공책을 펼쳐 놓고 이 책들을 공부했다. 그는 한때 인기를 끌었던 토드의 『학생 지침서』[29]를 바탕으로 공부 습관을 형성하고 영감을 얻었다.

---

29. 19세기 미국 목사 존 토드가 집필한 책으로 지성과 도덕성을 강화하고 학생의 습관을 만드는 것에 대한 조언이 담겨 있다.

이날은 일요일이었던지라 그는 배로[30]의 설교가 적힌 책과 함께 앉았다. 그의 신앙심은 완전히 전통적이지는 않았으나 그는 성공회의 관습을 따랐고, 결혼한 이래 그 언제보다 충실해졌다. 그는 여자에게 이단적인 성향은 끔찍하다고 여겼으며 기독교 교리 중에 자기가 미심쩍어하는 부분이 조금이라도 있다는 걸 모니카에게 꼭꼭 숨겼다. 그와 같은 부류의 남자 대부분이 그렇듯, 그는 종교를 여성의 정신을 다스리는 강력하고 귀중한 도구로 여겼다. 그는 종종 아내에게 책을 읽어 주었지만 이날 저녁에는 그럴 마음이 없어 보였다. 모니카는 아무것도 하지 않고 앉아 있었다. 그가 한두 차례 마뜩잖다는 듯 힐끔거리다 말했다—

"성경은 다 읽었어요?"

"아직이에요. 하지만 지금은 읽을 생각이 없어요."

뒤를 이은 침묵을 이번에는 모니카가 깨뜨렸다.

"루크 부인이 보낸 만찬 초대에 답했어요?"

"거절했어요." 그가 무심히 말했다.

모니카가 아랫입술을 깨물었다.

"왜요?"

"모니카, 설마 우리가 그 이야기를 또 할 필요는 없겠죠."

그는 시선을 책으로 돌렸고 짜증이 난 기색으로 몸을 들썩였다.

"하지만," 그의 아내가 말을 이었다. "그분을 전혀 안 만나고 살 생각이에요? 만일 그렇다면 좋은 생각이 아닌 것 같아요, 에드먼드. 내가 사람들의 단점도 파악하지 못한다고 생각하는 거라면 당

---

30. 아이작 배로(1603~1677) 영국의 수학자이자 신학자로 미적분학의 기초를 닦은 것으로 유명하다.

신이 나를 어떻게 보는지 모르겠군요! 당신이 그분에 대해 하는 말이 모두 사실인 걸 알아요. 하지만 우리에게 잘해 주려고 노력하시잖아요. 난 확신해요—그리고 난 우리와 판이한 삶은 또 어떤지 알고 싶어요."

위도우선은 발로 바닥을 두드렸다. 그는 모니카의 말을 무시하고 수염을 쓰다듬다가 잠시 후 아무렇지도 않은 척 물었다.

"당신이 바풋 씨를 어떻게 안다고 했죠?"

"전에 한 번 만났어요—토요일에 그 집에 갔을 때요."

위도우선이 시선을 떨구었다. 그의 미간에 주름이 잡혔다.

"그 사람은 그 집에 자주 오나 보군요?"

"몰라요. 어쩌면요. 바풋 선생님 사촌이잖아요."

"그 사람을 한 번밖에 안 만났어요?"

"그래요. 왜요?"

"아, 꼭 당신과 오래 알고 지낸 사이처럼 말하던데요."

"원래 말투가 그런가 보죠."

결혼 전에도 너무나도 자주 드러난 질투심이 여전히 그의 가슴속에 도사리고 있다는 걸 모니카는 오래전에 깨달았다. 이런 질문의 속내를 아는 그녀는 완전히 무덤덤하게 보이기 어려웠고, 자신을 관찰하고 있는 그의 시선이 거슬렸다.

"당신도 그 사람이랑 얘기하지 않았나요?" 그녀가 안락의자에서 고쳐 앉으며 말했다.

"전혀 모르는 사람들과도 나눌 수 있는 그런 이야기였어요. 그 사람도 무슨 직업이 있겠죠?"

"난 정말 몰라요. 왜요, 에드먼드? 그 사람이 흥미로웠나요?"

"남편이라면 자기 아내가 누구한테 소개받는지 알고 싶기 마련이죠." 그가 신랄하게 쏘아붙였다.

평소에 그들은 10시 30분에 잠자리에 들었다. 정확히 그 시각에 위도우선은—책 읽는 시늉을 그만해도 되어서 다행이라 여기며—아래층으로 내려가서 집을 점검했다. 그는 규칙적인 일과에 열광했다. 매일 밤 위층 침실로 가기 전에 그는 수많은 잡다한 일을 똑같은 순서로 처리했다—다음 날을 위해 달력을 바꾸고 책상을 깨끗하게 정리하고, 시계태엽을 감고 등등. 모니카가 자기처럼 완벽히 규칙적으로 하루를 보내지 못한다는 사실이 종종 그의 짜증을 돋웠다. 그녀가 일과에서 아주 사소한 것이라도 하나 빠트릴라치면 그는 매우 근엄한 표정으로 좀 더 주의하라고 당부했다.

다음 날 아침 식사 후 모니카가 식당 창가에 맥없이 서서 납빛 하늘을 응시하고 있는데 그녀의 남편이 할 말이 있는 표정으로 다가왔다. 그녀가 뒤돌아보자 지난밤과 심지어 이날 아침에도 그녀를 무척 괴롭혔던 엄격한 표정이 더는 없었다.

"우리 친구인가요?" 장난스럽게 말하려 할 때 그는 유난히 더 어색했다.

"물론이에요." 그녀는 미소를 지었지만 그를 바라보지 않았다.

"어젯밤에 이 남자가 어여쁜 소녀에게 퉁명부리지 않았나요?"

"조금이오."

"늙은 곰이 어떻게 사과하면 좋을까요?"

"다시는 그러지 말아요."

"늙은 곰은 이따금 늙은 거위처럼 멍청해서 자기 자신을 괴롭히곤 해요. 또 못되게 굴면 그렇게 말해요. 오늘 아침이 가계부 정리하는 날이죠?"

"맞아요. 11시에 당신한테 갈게요."

"우리가 이번 주에 조용히 즐겁게 지내면 토요일에 크리스털 팰리스에서 열리는 콘서트에 데리고 가줄게요."

모니카는 명랑하게 고개를 끄덕이고 집안일을 하러 갔다.

이번 주는 하나부터 열까지 위도우선의 마음에 꼭 들었다. 아무도 집에 찾아오지 않으며 모니카도 누구를 만나러 가지 않았다. 이틀만 빼고 일주일 내내 비가 쏟아지거나 진눈깨비가 날리거나 보슬비가 내리거나 안개가 꼈다. 날씨가 맑았던 이틀에 두 사람은 한 시간 정도 산책했다. 토요일에도 날씨가 갤 기미는 없었으나 위도우선은 대단히 행복했다. 그는 콘서트에 가기로 한 약속을 기꺼이 지켰다. 그들이 밤에 함께 앉자 그의 마음속에는 결혼 초기 때처럼 만족스러운 애정이 충만했다.

"자, 왜 맨날 이렇게 살 수 없을까요? 다른 사람들이 왜 필요해요? 우리, 서로에게 전부가 되고 세상에 다른 사람들이 존재한다는 자체를 잊기로 해요."

"좋은 생각이 아니에요." 모니카가 답했다. "일단, 우리가 사람들을 더 많이 만나면 우리끼리 있을 때도 화제가 풍부해질 거예요."

"우리 자신에 관한 이야기를 하는 편이 나아요. 난 당신만 보고 살아도 괜찮아요. 소녀가 늙은 곰을 사랑하는 것보다 늙은 곰이 소녀를 훨씬 더 사랑하는 거예요."

모니카는 대답하지 않았다.

"그렇지 않아요? 나만 있어도 충분하지 않아요?"

"내가 다른 사람들을 소홀히 하는 게 과연 옳은 일일까요? 언니들도 있잖아요. 내일 버지니아 언니를 초대해야겠어요. 내가 언니를 잊었다고 서운해할 거예요. 언니처럼 혼자 살면 얼마나 적적하겠어요."

"언니들은 학교에 관해 결정했어요? 좋은 아이디어 같아요. 만일 사업이 실패해서 재산을 잃더라도 그들이 어려워지지 않게 우리가 도와줄 거예요."

"언니들은 몹시 겁을 먹었어요. 그리고 우리한테 평생 얹혀살 거란 생각은 당연히 하고 싶지 않겠죠. 내일 아침에 버지니아 언니를 만나러 갔다가 같이 와서 밥을 먹을래요?"

"당신이 원하면요." 위도우선이 천천히 동의했다. "전갈을 보내서 언니더러 오라고 하면 어때요?"

"내가 가고 싶어요. 나도 변화가 좀 필요해요."

위도우선이 극히 싫어하는 말이었다. 변화. 모니카의 입에서 이 말이 나올 때는 언제나 그의 곁을 떠나는 것을 의미했다. 하지만 그는 불만을 삼키고 그렇게 하라고 끝내 승낙했다.

식사에 초대받은 버지니아는 저물녘까지 머물렀다. 동생의 친절 덕분에 그녀는 예전보다 잘 차려입었으나 안색은 좋아지지 않았다. 로더 넌이 불어넣었던 열정은 이제 모니카가 서머싯에서의 계획에 대해 캐물을 때만 거짓으로 표현되었다. 전반적으로 그녀는 말수가 줄어들고 몽상에 빠져 있는 듯한 표정이었으며 자신을 관찰하는 듯한 시선을 불편해했다. 그녀는 하찮은 일들에 관해서만 이야기했다. 이날 오후 그녀는 코니스비 부인이 선물한 고양이에 대해 30분 동안 떠들었고, 지난 수일 동안 동물을 키우는 데만 집중한 듯했다.

이날 손님이 한 명 더 찾아왔는데, 모니카의 결혼식에 참석했던 공무원 뉴딕 씨였다. 모니카가 만나 본 남편 친구는 그와 루크 위도우선 부인뿐이었다. 뉴딕 씨는 헌힐에 오길 좋아했다. 방문 초반에는 어김없이 울적한 표정인 그는 점점 명랑해졌고, 떠날 즈음에는 수다쟁이가 되었다. 하지만 그는 응접실 대화에 어울리는 화제에 관해 묘한 생각을 품고 있었다. 만일 가능했다면 그는 25년간 자신이 몸을 담은 기관의 역사를 몇 시간이고 모니카에게 설명했을 터였다. 이것이 그의 유일한 관심사였는데, 시에서 일해 보지 않은 사람은 그가 주절대는 일화를 도저히 이해할 수 없었다. 그런데도 모니카는 그를 싫어하지 않았다. 그는 선량하고 단순하며 이기적이지 않은 남자였고, 그녀에게 엄청나게 정중했다.

며칠 후 모니카는 갑작스레 앓아누웠다. 긴 신혼여행 동안 자연을 즐기고 결혼생활을 시작한 이래 그녀는 상점에서 일할 때보다 훨씬 건강해 보였다. 하지만 지금 그녀의 병세는 러틀랜드 스트리트에서 앓던 것과 유사했다. 위도우선은 그녀의 증상이 자신이 학수고대하고 있는 그것을 뜻하길 바랐다. 그러나 아닌 듯했다. 불려 온 의사가 환자의 생활 습관에 대해 여러 질문을 했다. 운동은 충분히 하는가? 심신에 건강한 다양한 활동을 하는가? 이런 질문에 위도우선은 내심 분노했다. 그는 모니카가 어떤 말을 해서 의사가 이런 질문을 한다고 의심하며 괴로워했다.

그녀는 3~4일간 침대에 누워 있었고, 병상에서 일어난 후에도 난롯가에 말없이 침울하게 앉아 있기만 했다. 위도우선은 자신의 희망을 놓지 않았으나 모니카는 웃어넘겼고, 그가 다시 이야기를 꺼내면 짜증을 내기까지 했다. 그녀는 이상하게 감정 기복이 심했다. 대화하다 우연히 나온 말에 짜증을 못 참고 신경질을 부리다가 고집스럽게 입을 꾹 다물었다. 그러다가 가끔은 놀랄 정도로 상냥하고 순종적이어서 위도우선은 기쁨을 금치 못했다.

일주일간의 회복기가 지난 어느 날 아침 모니카가 말했다.

"우리 어디에 좀 가면 안 될까요? 여기 있으면 도저히 나을 것 같지 않아요."

"끔찍한 날씨 때문이에요." 그녀의 남편이 답했다.

"아, 하지만 날씨가 이렇지 않은 곳도 많아요. 비용은 괜찮죠, 에드먼드?"

"비용? 전혀 상관없어요! 하지만—혹시 해외를 생각하는 거예요?"

그녀는 불현듯 빛나는 눈으로 그를 보았다.

"아! 갈 수 있어요? 겨울을 영국 밖에서 보내는 사람들이 많잖아요."

위도우선은 희끗희끗한 수염을 잡아당기고 시곗줄을 만지작거렸다. 유혹이었다. 외국인과 낯선 사람들만 있는 곳으로 그녀를 데려가면 어떨까? 하지만 그는 이 계획이 불안했다.

"난 영국 밖에 나가 보지 않았어요." 그가 주저하며 말했다.

"그러니까 더더욱 가야죠. 바풋 선생님이 조언해 주실 수 있을 거예요. 해외에 나가 보셨고 친구도 정말 많으시니까요."

"미스 바풋에게 물어볼 필요 없어요." 그가 딱딱하게 대꾸했다. "내가 그렇게 무능한 남자는 아니에요, 모니카."

하지만 그는 생각하면 할수록 이 계획을 실천할 자신이 없어졌다. 자연스레 그는 니스나 칸처럼 부유한 영국인들이 영국 날씨를 피해 가는 프랑스 남부 지방에 대한 흐리멍덩한 지식을 부지런히 떠올렸다. 그는 이런 곳으로 떠나는 자기 모습을 상상할 수 없었다. 물론 프랑스어를 하지 못하더라도 그런대로 돌아다닐 수 있을 것이다. 하지만 그는 자신의 무지가 초래할 온갖 수치스러운 상황을 상상했으며 모니카 앞에서 창피를 당할 가능성을 무엇보다 두려워했다. 자유자재로 외국어를 구사하며 유럽 대륙을 자기 안방처럼 여기는 남자와 비교당하는 것은 견딜 수 없을 것이다.

그래도 그는 이에 관해 은밀히 의논할 목적 하나로 친구 뉴딕을 식사에 초대했다. 식사가 끝난 후 그는 이야기를 꺼냈고, 그로서는 놀랍게도 뉴딕은 니스나 칸이나 그런 도시에 관한 견해가 있었다. 그의 직장에서 주니어 파트너에게 이런저런 이야기를 들은 것이었는데, 그 젊은 신사는 자신의 해외 경험을 떠벌리길 즐겼다.

"대단히 문란하다더군." 그가 미소를 띠고 고개를 가로저으며 말했다. "괴상망측한 짓들을 많이 한다네."

"아, 하지만 그건 외국인들 이야기겠지?"

그 말에 뉴딕 씨는 자신의 영문학 지식을 뽐냈다.

"자네 위다[31]의 소설을 읽어 봤나?"

"아니, 한 권도 안 읽었네."

"부인을 그곳에 데려가기 전에 다시 한번 숙고하길 바라네. 위다는 그쪽 지역 사람들에 대한 이야기를 많이 썼는데, 온갖 일에 휘말리게 되는 모양이야. 혼자 있을 수 없는 것 같아. 남들과 겸상해야 하고, 위도우선 부인과 친분을 맺으려고 별별 사람들이 달려들

---

31. 영국 소설가 마리아 루이즈 라메의 필명. 우리나라에는 아동소설인 『플랜더스의 개』가 잘 알려져 있지만 그녀의 문학 소설은 영국 사회의 관습적인 도덕성을 비판하는 내용과 로맨스가 담겨 있었고 자극적이라고 평가받았다.

겠지. 내가 알기로는 아주 이상한 사람들이야."

그는 해외로 갈 생각을 단번에 그리고 완전히 버렸다. 이 사실을 알게 된 모니카는—그는 애매하고 허술한 핑계만 댔다—다시 침울해졌다. 온종일 그녀는 한마디도 하지 않았다.

이튿날 을씨년스러운 오후에 루크 부인이 갑작스러운 방문으로 그들을 놀랬다. 이 과부는—외양으로만 봤을 때는 이보다 과부와 다를 수 없는—생기발랄하게 들어와서 다정한 어머니처럼 기운 없는 부부를 나무라기 시작했다.

"참 어리석은 젊은이들이군요. 언제까지 신혼여행 중인 것처럼 살 거예요? 서로 애칭을 부르며 온종일 여기 앉아 있어요? 그것도 나름대로 매력적이지만 이렇게까지 둘만 있으려는 사람들은 처음 봤어요. 모니카—검은 눈의 미녀, 드레스를 갈아입고 나랑 같이 호지선 불가 사람들에게 인사하러 가요. 상당히 끔찍한 사람들이라 나 혼자 상대하기 벅찬데 친분은 유지해야 하거든요. 어서 가서 갈아입어요. 그리고 내 만찬 초대를 감히 거부한 젊은이에게 잔소리를 좀 해야겠어요. 아주버니, 내 초대는 왕실의 초대와 마찬가지인 걸 몰랐나요? 예의를 갖춘 명령이에요."

위도우선은 잠자코 있으며 아내가 어찌하는지 지켜보았다. 예의상 그는 아내가 루크 부인을 동행하는 것을 반대할 수는 없었으나 생각만 해도 불쾌했다. 그의 얼굴이 음산한 미소로 일그러졌고 그는 뻣뻣하게 앉아서 벽을 응시했다. 그런데 모니카가 잠시 망설이더니 양해를 구했다. 그는 표현할 수는 없었으나 매우 기꺼웠다. 그녀는 몸이 좋지 않아서 도저히 갈 수 없다고 했다.

"아!" 손님이 웃음을 터뜨렸다. "알겠어요, 잘 알겠어요! 물론 원하는 대로 해요. 하지만 에드먼드가 조금이라도 nous[32]가 있었더라면—그녀는 이 표현을 옥스퍼드 대학을 졸업하고 이제는 경주마 경매 회사와 다른 장소들을 들락거리는 젊은이에게 배웠다—당신이 온종일 우울하게 앉아 있게 두지 않을 거예요. 척 보면 알겠어요. 당신이 얼마나 우울한지."

쾌활한 숙녀는 오래 머무르지 않았다. 그녀가 치렁치렁한 드레스를 끌고 마차로 돌아가자 위도우선은 사랑과 감사의 찬사를 쏟아냈다. 모니카의 희생을 고마워하는 마음을 어떻게 표현할 수 있을까? 하루 이틀 그는 상당히 비밀스럽게 집을 비웠으며 그러는 동안 뉴딕과 상의해서 아내를 건지섬으로 데려가기로 결심했다.

이 계획을 처음 들었을 때 모니카는 큰 감정의 변화 없이 고맙다고 했으나 이틀이 지나자 기운을 되찾고 떠날 날을 열렬히 기다렸다. 그녀의 남편은 세인트피터포트에 있는 숙소를 고집했다. 호텔에서 마주칠지 모르는 불쾌한 우연들을 피하기 위해서였다. 2주 안에 모든 채비가 끝났다. 그들이 여행하는 동안—한 달 가까이 걸릴지도 몰랐다—버지니아가 집에 머무르면서 하녀 두 명을 감독하기로 했다.

떠나기 전 마지막 일요일에 모니카는 친구들을 만나러 퀸스 로드에 갔다. 위도우선은 반대하기가 부끄러웠다. 그는 그 집에 그녀를 혼자 보내기 못마땅했으나 함께 가기도 싫었다. 미스 바풋의 집에서 그는 편하게 앉거나 서거나 말하는 시늉도 하기 어려웠다.

그날도 우연히 코스그로브 부인이 찾아왔다. 모니카를 처음 만난 날에는 큰 관심을 보이지 않았던 그녀가 이날은 친근하게 말을 걸

---

32. 분별력.

었고, 대화하다 보니 그들은 다음 한 달 동안 같은 곳에서 여행하리라는 사실을 알게 되었다. 부인은 이따금 만났으면 좋겠다는 희망을 내비쳤다.

집으로 돌아오는 길에 모니카는 이 우연에 대해 입을 다물고 있는 편이 낫다고 판단했다.

그녀가 건지섬에서 지인과 어울리는 위험을 감수하느니 차라리 헌힐에 남겠다고 남편이 마지막 순간에 마음을 바꿀지도 모르기 때문이었다. 이런 문제에서는 그에게 합리적인 행동을 기대할 수 없었다. 처음으로 모니카는 그에게 숨기고 싶은 비밀이 생겼는데, 숨겨야 하는 필요성은 남편을 대하는 그녀의 마음가짐에 부정적으로 작용할 수밖에 없었다. 그들은 월요일 저녁에 출발할 예정이었다. 이날 그녀의 마음속에는 새로운 곳을 본다는 설렘과 자신의 집에 대한 지긋지긋한 불쾌함이 공존했다. 지금까지 그녀는 남편 외에는 아무도 못 만나고 집에만 틀어박혀 계속 살면 얼마나 끔찍할지 미처 깨닫지 못했다. 여행에서 돌아오면 그녀를 기다리고 있을 삶이었다. 하지만 이럴 수는 없었다. 그녀는 어떻게 해서든지 자신들의 생활방식을 바꾸겠노라 다짐했다.

16장. 바다가 주는 건강

헌힐에서 세인트피터포트까지의 여정 동안 모니카는 완전히 새 사람으로 다시 태어났다. 날씨가 이보다 좋을 수는 없었다. 매일같이 바람은 잠잠했으며 하늘은 청명했다. 하루 어느 시간대에 힘차게 걸어도 상쾌하고 해가 중천에 떠 있을 때도 야외에서 편히 쉴 수 있을 정도로 온도가 적당했다. 그들의 숙소는 타운에서 가장 경치가 빼어난 곳, 사크섬의 절벽 아래로 파란 바다가 내려다보이는 고지에 위치했다. 위도우선은 이곳으로 오기로 한 자신의 결정을 자축했다. 신혼여행을 다시 온 듯한 기분이었다. 헌힐에 정착한 이래 모니카가 이렇게 고마워하고 애정이 넘친 적이 없었다. 정말이지, 모니카는 그가 처음에 상상했던 딱 그런 여자였으며 아내의 미덕을 빠짐없이 갖추었다. 오직 그의 눈을 즐겁게 해주려고 검은 머리를 새로운 스타일로 매만지고 예쁜 드레스를 입은 그녀가 열린 창문을 통해 바닷바람을 쐬며 아침 식사 자리에 앉아 있는 모습이 얼마나 사랑스러운지! 그와 함께 부둣가에서 산책할 때면 모든 남자가 노골적으로 선망의 눈길을 보내지 않았는가! 개방형 마차를 탄 그녀의 두 뺨과 입술이 햇볕에 한층 더 붉어질 때는 얼마나 매혹적인가!

"에드먼드," 어느 날 저녁 난롯가에서 대화하던 중 그녀가 말했다. "당신이 인생을 너무 심각하게 사는 것 같지 않아요?"

그가 웃었다.

"심각하게요? 내가 즐겁게 지내고 있지 않은가요?"

"아, 맞아요. 요즘은요. 하지만—그래도 상당히 심각한 방식으로요. 누가 보면 당신은 늘 고민이 있고 그걸 떨치려고 애쓰는 것 같아요."

"난 아무 고민 없어요. 세상에서 가장 복 받은 사람인걸요."

"당신은 정말 그렇게 생각해야 해요. 하지만 우리가 집에 돌아가면 어떻게 될까요? 당신, 나한테 화 안 낼 거죠? 진심으로 난 우리가 살던 방식대로 못 살 것 같아요."

"살던 방식—"

그의 미간에 그림자가 드리웠고, 그는 놀란 눈으로 그녀를 보았다.

"우리는 좀 더 즐기면서 살아야 해요." 그녀가 용기를 내어 말을 이었다. "어쩔 수 없이 지루하고 단조롭게 사는 뭇 사람들을 생각해 봐요. 우리처럼 부유하고 원하는 대로 살 수 있는 자유로운 삶을 얼마나 부러워하겠어요! 날마다 집에 단둘이 틀어박혀 있는 것이 얼마나 안타까워—"

"이러지 마요, 여보!" 그가 애원했다. "하지 말아요! 이러면 당신이 날 진심으로 사랑하지 않는다는 생각이 들어요!"

"말도 안 되는 소리예요! 당신이 나를 이해했으면 해요. 난 흥청망청 놀 생각만 하는 어리석은 사람이 아니에요. 하지만 런던에 돌아가면 우리가 삶을 좀 더 즐겼으면 해요. 당신도 알다시피 우리는 영원히 살지 못해요. 매일같이 집에만 있는 게 과연—"

"아니, 잠시만요. 우리도 할 일이 있잖아요. 물론 당신도 말끔하게 관리된 집을 보면 기쁘겠지요. 우리에게도 의무가—"

"네, 알아요. 하지만 난 그런 일들을 한두 시간이면 끝낼 수 있어요."

"완벽하게는 아니죠."

"충분히 완벽해요."

"내 생각엔 말이에요, 모니카. 여자에게는 집안일만 한 행복이 없어요."

위도우선 특유의 고압적인 말투였다. 그의 자세가 말투를 닮아가며 여유가 사라지고 뻣뻣해졌다. 하지만 모니카는 움츠러들지 않았다. 지난 한 주 동안 그녀는 바로 이 대화를 위해서 그의 비위를 맞추었던 것이다. 어리석은 남편이여!

"나도 내 의무를 다하고 싶어요." 그녀가 단호한 목소리로 말했다. "하지만 삶을 만끽해야 하는 순간에도 따분한 일을 스스로에게 강요하는 건 옳지 않다고 생각해요. 매일매일 그렇게 사는 건 인생이라고 부를 수 없어요. 우리가 만일 가난하고 돌볼 아이들이 잔뜩 있는 데다가 집안일이 쌓여 있었다면 난 아마 불평하지 않았을 거예요. 어쨌든 내가 그런 사람이 아니기를 바라요. 아무도 도와줄 수 없으니까 내가 해야 한다는 걸 인정하고 최선을 다해 견뎠을 거예요. 하지만—"

"최선을 다해 견딘다고요!" 그가 화를 내며 끼어들었다. "어떻게 그런 표현을 해요! 여보, 그건 당신의 의무이기만 한 것이 아니라 당신이 누리는 특혜이기도 해요!"

"기다려요, 에드먼드. 당신이 만일 일주일에 15실링을 벌면서 새벽부터 밤까지 일해야 하는 점원이었다면 당신은 그걸 의무이자 특혜로 생각했겠어요?"

그가 격노한 몸짓을 했다.

"어떻게 그런 비교를 하죠? 내가 점원이었다면 나는 생판 모르는 사람들을 위해서 고생하는 거예요. 하지만 결혼한 여자는 자기 가정과 남편과 아이들을 위해—"

"일은 일이에요. 그리고 여자가 일에 치이다 보면 가정과 남편과 아이들에게 지치지 않기 힘들 거예요. 물론 내가 지금 고생하고 있다는 뜻이 아니에요. 내 말은, 세상에 대체 누가 안 해도 되는 일을 굳이 만들어 내겠느냐는 거예요. 왜 삶을 최대한 즐겁게 살지 않으냐고요."

"모니카, 첼시 사람들이 당신한테 이런 생각을 주입한 거예요. 그래서 내가 그 사람들을 자주 만나지 말라는 거고요. 나는 절대 반대해요—"

"당신 오해예요. 바풋 선생님과 미스 넌은 일밖에 모르는 사람들이에요. 그분들은 당신만큼이나 삶을 심각하게 받아들여요."

"일? 대체 무슨 일을 말하는 거예요? 그 사람들은 여자들을 여성스럽지 않게 만들고 여자의 유일한 의무를 저버리라고 부추기고 있어요. 당신도 내가 그런 것에 관해 어떻게 생각하는지 잘 알죠."

그는 감정을 억누르고 너그럽게 말하려고 애쓰느라 몸을 떨고 있었다.

"난 남자와 여자가 별반 다르지 않다고 생각해요, 에드먼드. 그러니까, 여자들이 공평하게 대우받았다면 정말 차이가 없었을 거예요."

"차이가 없다고요? 아, 정말. 당신이 이제 허튼소리를 하고 있군요. 남자와 여자는 신체적으로 다른 것처럼 정신적으로도 달라요. 남자와 여자는 각자 맡은 의무가 완전히 다르다고요."

모니카가 한숨을 쉬었다.

"아, 그 의무라는 말!"

위도우선은 이루 말할 수 없이 괴로워하며 앞으로 몸을 숙여 그녀의 손을 잡았다. 그는 매우 엄격하면서도 매우 부드럽게 타이르듯 말했다. 그녀는 위험천만한 길에 빠질지도 모르는 생각을 머릿속에 들인 것이며, 그런 생각은 그녀의 행복을 망치고 끝내 그들을 비참하게 만들 것이다. 그는 제발 그런 끔찍한 생각들을 머릿속에서 떠나보내라고 간청했다.

"나의 사랑하는 착한 아내여! 당신 남편의 지도를 따라요. 달링, 나는 당신보다 나이도 많고 세상을 훨씬 많이 경험했어요."

"여보, 난 아무런 나쁜 이야기도 하지 않았어요. 다른 사람들이 나한테 주입한 생각이 아니에요. 내 머릿속에서 자연스럽게 떠오른 생각이에요."

"그럼 당신이 진정 원하는 게 뭐예요? 지금까지처럼 살 수 없다고 했죠. 무엇을 바꾸고 싶어요?"

"난 친구를 더 사귀고 싶고 사람들을 더 자주 만나고 싶어요. 사람들 이야기를 듣고, 내 주변에서 어떤 일들이 일어나는지 알고 싶어요. 다양한 종류의 책을 읽고 싶어요. 내가 진심으로 좋아하고, 즐겁게 음미해 볼 주제를 제공하는 책들이오. 좀 더 자유로워지지 않으면 삶이 곧 버거워질 거예요."

"자유?"

"네, 그 말을 해서 나쁠 건 없겠죠."

"자유라고요?" 그가 그녀를 노려보았다. "당신이 나와 결혼한 걸 후회한다는 생각마저 들기 시작하는군요."

"당신이 나를 집에 가두고 내가 원하는 곳에 가지도 못하게 구속한다는 생각이 들 경우에만 난 후회할 거예요. 당신이 어느 날 오후 런던을 좀 돌아다니고 싶은 생각이 들었다고 가정해 봐요. 좀 더 가뿐하게 돌아다닐 수 있게 혼자 걷고 싶은데 내가 당신이 가는 걸 금지하거나 불평한다면 어떻겠어요? 그런데 당신은 내가 어디든지 혼자 간다고만 하면 질색을 하죠."

"여기 혼돈하면 안 되는 문제가 있어요. 나는 남자이고 당신은 여자예요."

"그게 무슨 상관인지 모르겠군요. 여자도 남자만큼 자유롭게 다녀야 해요. 그렇지 않으면 불공평해요. 집안일을 끝내고 나면 나도 당신만큼 자유로워야 해요. 모든 면에서요. 그리고, 에드먼드, 사랑이 진실하려면 먼저 자유로워야 한다고 난 굳게 믿어요."

그가 그녀를 꿰뚫어 보듯 쳐다봤다.

"정말 무시무시한 말을 하는군요. 그 말인즉, 당신이 법칙도 모르는 여자가 되는 걸 내가 반대하면 날 사랑하지 않겠다는 말이에요?"

"무슨 법칙을 말하는 거예요?"

"물론 여자의 위치를 규정하는 자연의 법칙이죠. 그리고—" 그가 떨리는 목소리로 덧붙였다. "여자가 남편의 지도를 따라야 한다고 명한 자연의 법칙이에요."

"이제 당신은 화가 났군요. 오늘은 그만 이야기하기로 해요."

그녀는 자리에서 일어나 물을 한 잔 따랐다. 물을 마시는 그녀의 손이 떨렸다. 위도우선은 우울하게 상념에 잠겼다. 잠시 후 그들이 나란히 눕고 나서 그는 이야기를 다시 꺼내려 했으나 모니카가 거부했다. 그녀는 너무 졸린다며 그에게서 등을 돌렸고, 정말 금세 잠이 들었다.

그날 밤 폭풍우가 몰려 왔다. 포효하는 강풍이 채널 제도를 휩쓸었으며 동이 터도 비와 먹구름밖에 보이지 않았다. 잠을 설친 위도우선은 무거운 기분으로 말이 없었다. 한편 모니카는 상대가 반응하지 않는다는 사실을 못 알아차린 양 쾌활하게 이야기했다. 그녀는 음산한 날씨가 반가웠다. 이제 섬에서의 삶의 다른 면모를 볼 수 있었다—거칠고 사나운 파도가 화강암 절벽에 철썩이는 모습이라든지.

그들은 책을 몇 권 가져왔고, 아침 식사 후 위도우선은 난롯불 앞에 앉아서 독서하기 시작했다. 모니카는 먼저 언니에게 편지를 한 통 썼다. 편지를 쓴 후에도 여전히 날씨가 궂어서 바깥출입이 불가했으므로 그녀는 예전 숙박인이 거실 탁자에 남기고 간 소설 한 권을 읽기 시작했다. 그녀가 고른 책은 표지가 노란색[33]이었다. 그녀의 움직임을 몰래 지켜보던 위도우선이 그림이 그려진 표지를 보고야 말았다.

"그런 걸 읽어서 당신에게 좋을 거 없어요." 그가 한두 마디 건넨 후에 말했다.

"나쁠 것도 없겠죠." 그녀가 털털하게 대꾸했다.

"글쎄요, 그건 확실치 않아요. 왜 그런 책에 시간을 낭비해요? 소설을 읽고 싶으면 『가이 매너링』[34]을 읽어요."

"일단 이 책이 재미있는지 읽어 볼게요."

그는 스스로가 무력하게 느껴졌고 모니카가 반항하고 있다는 생각에 몹시 괴로웠다. 그녀가 왜 급변했는지 그는 이해할 수 없었다. 아내의 사랑을 잃을지도 모른다는 두려움 단 하나가 그가 완전히 독재자로 변하는 것을 막았으나 그는 명령을 내리기 직전이었다.

오후에는 비가 그치고 바람이 가라앉았다. 그들은 바다를 보러 함께 나갔다. 거대한 파도가 사크섬의 험준한 절벽에 몰아치며 거

---

33. 대중에게 인기가 많은 자극적인 내용의 소설들은 노란색 표지로 알아볼 수 있었다.
34. 스코틀랜드의 역사소설 작가이자 시인이었던 월터 스콧 경의 소설.

품을 일으키는 장관을 내려다볼 수 있는 항구 근처에 많은 사람이 모여 있었다. 그들이 경치를 감상하고 있는데 모니카의 이름을 부르는 친근한 목소리가 들렸다―코스그로브 부인이었다.

"당신과 마주치길 기다리고 있었어요." 부인이 말했다. "우리는 3일 전에 도착했어요."

깜짝 놀란 위도우선은 상대를 검사하기 위해 뒤돌아섰다. 명랑해 보이는 부인은 아직 중년에 다다르지 않았고 미인이었으며 수수한 차림이었다. 그녀가 손을 내밀고 나서야 그는 미스 바풋의 집에서 만난 여자라는 걸 기억했다. 세찬 바람 속에서 우아하게 보이기는 어느 남자에게나 어려운 법이지만 코스그로브 부인의 인사에 답하는 위도우선만큼 어색하기는 힘들 터였고, 그가 바람 때문에 중절모자를 움켜쥐고 있지 않았다 하더라고 매일반이었을 것이다.

세 사람은 몇 분간 이야기를 나누었다. 코스그로브 부인은 두 명의 동행과 함께였는데 젊은 아가씨와 서른 살 정도 되는 남자였다. 후자는 잘생기고 쾌활했으며 머리는 주황빛이 도는 황갈색이었다. 이들은 모니카를 바라보았지만 코스그로브 부인은 그들을 소개하지 않았다.

"날 만나러 와요, 알았죠?" 그녀가 주소를 알려 주며 말했다. "저녁에는 외출하기 힘들더군요. 저녁 식사 후에는 거의 항상 호텔에 있어요. 그리고 우리는 음악―비슷한 것도 있고요."

모니카는 기꺼이 가겠다며 대답하게 초대를 받아들였다. 그리고 코스그로브 부인은 그들과 작별하고 동행들과 내륙 쪽으로 걸어갔다.

위도우선은 바다를 응시하며 서 있었다. 그의 표정을 잘못 읽을 여지가 없었다. 그것을 본 모니카는 입을 꾹 다물고 그가 무슨 말이나 행동을 할지 기다렸다. 그는 아무말도 하지 않았지만 금세 파도에서 등을 돌리고 걷기 시작했다. 거리로 안전하게 돌아올 때까지 침묵이 흘렀다. 그러더니 위도우선이 갑자기 물었다.

"아까 그 사람은 대체 누구예요?"

"이름만 아는 부인이에요. 바풋 선생님 지인이고요."

"정말 어처구니없군요." 그가 몹시 역정을 내며 말했다. "저런 사람들에게서 벗어날 수가 없으니 원."

모니카도 역시 화가 났다. 바람에 상기된 그녀의 얼굴이 더욱 뜨거워졌다.

"당신이 사람들을 이렇게까지 싫어하는 게 더 어처구니없어요."

"그게 사실이건 아니건—난 정말 싫어요. 당신이 그 여자를 만나러 가지 않았으면 해요."

"정말 비합리적이군요." 모니카가 날카롭게 대꾸했다. "난 물론 만나러 갈 거예요."

"금지하겠소! 만일 그래도 간다면 내 뜻을 무시하는 거요."

"그렇다면 당신 뜻을 무시할 수밖에 없겠군요. 난 당연히 갈 거예요."

그의 얼굴이 무시무시하게 일그러졌다. 그들이 외딴곳에 있었다면 모니카는 두려웠을 것이다. 그녀는 숙소를 향해 황급히 걷기 시작했고 몇 발자국 따라가던 그는 걸음을 멈추더니 뒤돌아서서 반대 방향으로 걸었다.

그는 성큼성큼 분노의 걸음으로 부두를 지나고 호텔들과 그 뒤로 나오는 작은 집들을 지나쳐 세인트샘선까지 갔다. 밤에 또다시 폭풍우가 몰아치리라 경고하는 거센 해풍이 그의 몸을 후려치고 흔들고 이따금 거의 멈추게까지 했다. 그는 광인처럼 이를 갈며 계속 분노했다. 그는 보르도 하버의 화강암 채석장을 지나 섬 북쪽 끝단인 랑크레의 모래가 날리는 황무지까지 걸었다. 땅거미가 깔리기 시작했으며 사람은 전혀 보이지 않았다. 그는 한 자리에 거의 15분 동안 우두커니 서서 빠르게 움직이는 나지막한 먹구름 무리를 바라보았다—혹은 바라보는 듯했다.

그들의 저녁 식사 시간은 7시였다. 7시가 되기 조금 전 위도우선은 숙소로 돌아와 거실로 갔다. 모니카는 그곳에 없었다. 그는 침실 거울 앞에 앉아 있는 그녀를 발견했다. 거울에 그의 모습이 비치자마자 그녀가 뒤돌아봤다.

"모니카!" 그가 그녀의 어깨에 손을 올리고 쉰 목소리로 속삭였다. "모니카! 나를 사랑하지 않아요?"

그녀는 대답하지 않고 고개를 돌렸다.

"모니카!"

돌연 그는 무릎을 꿇고 그녀의 허리를 끌어안으며 흐느끼기 시작했다.

"나를 전혀 사랑하지 않아요? 달링! 내 아름다운, 사랑하는 아내! 나를 미워하기 시작했나요?"

그녀의 눈에 눈물이 가랑가랑했다. 그녀는 진정하고 일어나라고 간청했다.

"내가 너무 난폭하고 거칠었어요. 생각할 겨를도 없이 나온 말이에요—"

"하지만 대체 왜 그렇게 말해야 하죠? 왜 그렇게 비합리적이에요? 전혀 나쁘지 않은 소소한 일을 금지하면서 내가 어린아이처럼 복종할 거라고 기대할 수는 없어요. 난 거부할 거예요. 어쩔 수 없어요."

그는 일어나서 그녀를 으스러지게 껴안고 그녀의 목에 뜨거운 숨결을 내뿜으며 속삭였다.

"난 당신을 독점하고 싶어요. 난 그런 사람들이 싫어요. 그들은 사고방식이 너무 다르고 못된 생각을 당신 머릿속에 집어넣을 거예요. 그들은 당신에게 적당한 친구가 아니에요—"

"당신은 그들을 오해하는 것뿐 아니라 나를 전혀 이해하지 못하는군요. 아, 아파요, 에드먼드!"

그는 그녀의 몸을 놓고 그녀의 머리를 두 손으로 감싸 안았다.

"당신의 사랑이 식는 걸 보니 차라리 당신이 죽었으면 좋겠어요! 그 부인을 만나러 가요. 반대하지 않을게요. 하지만 모니카, 제발, 제발 내게 충실해 줘요!"

"충실해 달라고요?" 모니카가 기가 막혀 되풀이했다. "당신이 이렇게 의심할 만한 행동을 내가 한 적 있나요? 내가 다른 여자들처럼 그저 친구를 좀 사귀고 싶다고—"

"내가 너무 고독하게 살아서 그래요. 나는 친구가 한두 명 이상 있었던 적이 없고, 당신이 내가 없는 곳에서 낯선 사람들과 즐겁게 보내면 미칠 듯이 질투가 나요. 난 그런 사람들과 대화할 수 없어요. 난 사교적인 사람이 아니에요. 우리가 그렇게 특이하게, 기적적으로 만나지 않았다면 난 평생 결혼하지 못했을 거예요. 당신이 친구들을 사귀도록 내가 허락한다면—"

"난 그 말이 싫어요. 왜 당신이 허락한다고 하죠? 당신은 나를 하녀로 생각하나요, 에드먼드?"

"내가 당신을 어떻게 생각하는지 잘 알잖아요. 내가 당신의 하인이고 노예예요."

"아, 말도 안 돼요!" 그녀가 손수건으로 뺨을 누르며 부자연스럽게 웃었다. "그런 말은 무의미해요. 명령하고 금지하고 허락하는 건 당신이잖아요. 그리고—"

"다시는 그런 말을 쓰지 않을게요. 다만 당신이 날 여전히 사랑한다고 믿게 해줘요."

"또 말다툼해야 한다면 정말 끔찍할—"

"다시는 안 할게요! 사랑한다고 말해 줘요! 팔을 내 목에 감고—더 가까이—"

그녀는 그의 뺨에 입을 맞추었으나 아무말도 하지 않았다.

"날 사랑한다고 말할 수 없어요?"

"난 항상 행동으로 보여 주잖아요. 이제 가서 저녁 먹을 준비해요. 7시가 지났어요. 아, 당신이 얼마나 어리석게 굴었는지!"

물론 그들은 대화로 밤을 거의 지새웠다. 모니카는 대단히 꿋꿋이 자기 주장을 고수했다. 결혼이 지운 의무에서 분리된 자기만의 삶을 살 권리를 단호하고 상당히 논리적으로 피력하는 그녀의 모습을 구세대 여자들이 보았으면 부러워했을지도 몰랐다. 모니카의 이런 생각과 이를 표현하는 말들은 대부분 위도우선이 의심하는 여자들과 보낸 시간에서 유래했다. 러틀랜드 스트리트에서 체류하기 전이었다면 그녀는 지금 매우 명확하게 발언한 요구들을 자기 자신에게조차 똑바로 설명하지 못했을 터였다. 비록 그녀는 자신이 미스 바풋과 로더 넌에게서 아무것도 배우지 못했다고 믿으며 최근까지는 본능적으로 그들의 가르침을 거부했으나, 사실 그레이트 포틀랜드 스트리트에서 지낸 몇 주간 그녀는 처음으로 진정한 교육을 받았다. 그녀의 의지와 무관하게 그녀가 얼마나 훌륭한 제자였는지 이제 상황이 증명하고 있었다. 발달할 능력이 있는 여자들에게 결혼은 어김없이 새로운 하늘과 새로운 땅을 제공했으며, 모니카에게도 마찬가지였다. 그녀의 현재 생각은 어쩌면 단 하나의 예외도 없이 결혼식 날 아침 그녀의 생각과 달랐다.

"당신은 나를 완전히 신뢰하거나," 그녀가 말했다. "아니면 아예 신뢰하지 않거나 둘 중 하나예요. 당신이 나를 믿으려고 하지 않거나 믿지 못하면 어떻게 내가 당신을 사랑하겠어요?"

"내가 평생 조언도 할 수 없어요?" 자기가 완전히 파악했다고 생각했던 여자의 너무나도 다른 모습에 당황하고 심지어 조금 얼이 빠진 그녀의 남편이 물었다.

"아, 그건 금지하고 명령하는 것과 전혀 달라요!" 그녀가 웃었다. "오늘 아침에 그 소설을 예로 들게요. 물론 나도 『가이 매너링』이 더 좋은 책이라는 건 당신만큼이나 잘 알아요. 하지만 그렇다고 내가 다른 책을 읽고 의견을 형성할 권리가 없는 건 아니에요. 당신이 누리는 자유를 나도 똑같이 향유한다고 겁낼 필요 없어요."

이 대화 끝에 위도우선은 열정적인 사랑이 새롭게 활활 타는 걸 느꼈다. 순간 그는 그들 관계의 변화를 받아들일 수 있을 것만 같았다. 남녀 사이의 멋진 평등, 먼 훗날 이 세상을 새롭게 빛을 찬가가 잠시 그의 상상력에 불을 지피고 그를 본질보다 고귀하게 만들었다.

한편 정신력을 무리하게 쓴 모니카는 하루 동안 앓았다. 머리가 깨질 듯이 아팠으며 열병 증세가 나타났다. 그녀는 침대에서 몸을 일으킬 기력조차 없었다. 하지만 병세는 지나갔고, 그녀는 폭풍의 뒤를 이은 새파란 하늘 아래로 나가기를 다시 한번 갈망했다.

"오늘 저녁에 나랑 코스그로브 부인을 만나러 갈래요?" 그녀가 남편에게 물었다.

그가 승낙해서 저녁 식사 후 그들은 지인들이 머무르는 호텔로 찾아갔다. 위도우선은 몹시 불편한 심정이었는데, 건지섬에서 이런 만남을 가질 거라 예상하지 못했으며 원하지도 않았던지라 야회복을 가져오지 않아서 적당한 옷이 없었기 때문이었다. 그가 코스그로브 부인을 알았더라면 이런 문제로 고민하지는 않았을 것이다. 이 부인은 턱시도의 제비 꼬리보다 훨씬 더 진중한 제도에도 반발했으며 자신을 찾아오는 손님들의 옷차림에 눈곱만큼도 신경 쓰지 않았다. 위도우선에게는 끔찍하게도, 코스그로브 부인의 방에는 여자들이 잔뜩 있었다. 부인은 그들이 부두에서 보았던 여자와 같이 있었는데, 결혼하지 않은 여동생이었다. 나트 양은 건강상의 이유로 겨울에 런던을 떠나야 했다. 손님은 총 네 명이었다―베비스 부인과 그녀의 세 딸―모녀가 전부 병자처럼 보였고 어머니는 다소 무기력했으며 딸들은 달갑지 않은 노처녀의 길에 접어든 듯했다.

모니카의 화사한 미모와 품위 있는 드레스가 이 모임에서 유달리 눈에 띄었으며 그녀는 곧 자기 집에서처럼 편한 모습이었다. 그녀는 난생처음 느끼는 자신의 성숙함에 조금 놀라며 다른 아가씨들과 명랑하게 담소했다. 상황이 필요로 할 때는 사교적이고 푸근한 여자가 될 수 있는 코스그로브 부인이 위도우선에게서 말을 끌어내려고 최선을 다하자 잠시 후 그도 조금 긴장을 풀었다.

나트 양이 피아노 앞에 앉아서 꽤 훌륭하게 연주했다. 그리고 베비스 자매 중 막내가 슈베르트의 노래를 한 곡 불렀다. 그녀의 목소리는 나쁘지 않았으나 독일어 실력이 형편없었는데, 이로 인해 괴로워한 사람은 코스그로브 부인 한 사람뿐이었다.

그러는 동안 모니카는 베비스 부인에게 붙잡혀 부인의 친구들 모두 귀에 못이 박히게 들은 이야기를 들어야만 했다.

"내 아들을 아시나요, 위도우선 부인? 아, 어쩌면 만났을지도 모른다고 생각했어요. 오늘 저녁 만나게 되기를 바라요. 2주 휴가를 보내려고 여기에 왔어요."

"부인은 건지섬에 사시나요?" 모니카가 물었다.

"난 여기에 살다시피 하고, 딸아이 중 한 명은 꼭 나와 함께 지내요. 다른 두 명은 아들이랑 베이스워터에 있는 아파트에 살고요. 아파트를 좋아해요, 위도우선 부인?"

모니카는 아파트에 살아 보지 않았다고밖에 말할 수 없었다.

"아주 멋진 것 같아요." 베비스 부인이 말을 이었다. "무척 비싸기는 하지만 그만큼 편리하고 이런저런 장점이 많아요. 내 아들은 하늘이 무너져도 자기 아파트를 포기하지 않을 거예요. 내가 말했듯이 언제나 누이 두 명을 데리고 살면서 그들에게 아파트 관리를 맡기거든요. 아직 꽤 젊어요. 서른 살이 안 됐죠. 그런데—믿으시겠어요?—가족 모두를 부양하고 있어요! 지난 6~7년간 그 애가 가족을 돕고 있는데 그것도 순전히 자기 힘으로 한 거예요. 정말 놀랍지 않아요? 그 애가 아니었으면 우리는 정말 힘들었을 거예요. 딸들은 몸이 아주 약해서 어떤 일로도 무리해서는 안 돼요. 아들이 우리를 위해 대단한 희생을 했어요. 그 애는 원래 전문 음악가가 되기를 바랐어요. 모두 그 애가 뛰어난 음악가가 되리라 믿었죠. 나는 확신했어요—물론 그건 어머니라서 당연한 일인지도 모르지만요. 하지만 집안 사정이 불안해지면서 미래를 내다보기 힘들었을 때 아들이 회사에 취직하겠다고 승낙했어요—자기 아버지가 연관된 포도주 매매 사업이에요. 그 애가 숭고하게 노력하고 능력을 발휘한 덕분에 우리의 모든 걱정이 사라졌어요. 서른 살이 되기도 전에 확고한 위치에 올랐지요. 우리는 이제 아무 근심이 없답니다. 난 여기에서 아주 절약하며 살아요.—세인트마틴으로 가는 거리에 있는 작고 아늑한 집이에요. 언제 한번 꼭 나를 보러 왔으면 좋겠어요. 딸들은 왔다 갔다 하고요. 지금은 가족 전부가 여기에 있죠. 아들이 런던으로 돌아갈 때 큰딸이랑 막내를 데리고 갈 거예요. 둘째는, 우리 예쁜 그레이스는 수채화에 재능이 뛰어나서 만일 필요하면 그 애가 전문 화가가 될 수 있을 것 같아요."

그때 베비스 씨가 방으로 들어왔고 모니카는 부두에서 보았던 활발한 청년을 알아보았다. 집주인은 그를 새 친구들에게 소개했다. 그는 위도우선과 대화를 시작했다. 손님들을 위해 노래를 불러 달라는 부탁에 그는 경쾌한 노래를 한 곡 했는데, 적어도 모니카는 이렇게 아름다운 노래는 처음 듣는다고 생각했다.

"오빠가 직접 작곡한 곡이에요." 위도우선 부인 옆에 앉아 있던 그레이스 베비스가 속삭였다.

그 말에 모니카는 더욱 감동했다. 베비스 부인이 실없는 여자라는 건 의심의 여지가 없었지만 어쩌면 자기 아들에 대한 칭찬은 과장이 아니었는지도 몰랐다. 그는 최고로 훌륭한 남자처럼 보였다. 친절하고 명랑하고 활력이 넘쳤으며 능력도 뛰어났다. 그가 가족 모두를 부양해야 한다니, 정말 딱한 일이라고 모니카는 생각했다. 얼마나 돈이 많이 들까! 어쩌면 그들 때문에 결혼도 못할지도.

베비스 씨가 다가와서 그녀 옆에 앉았다.

"노래 감사해요." 그녀가 말했다. "아름다운 노래였어요. 발표하셨나요?"

"아, 설마요!" 그가 웃으며 풍성한 머리를 흔들었다. "오래전에 독일에서 유학할 때 작곡한 노래 중 하나예요. 악기를 연주하시나요?"

모니카는 안타깝지만 못한다고 했다.

"아무렴 어떻습니까? 연주해 달라고 부탁하면 희열할 사람들이 세상에 얼마나 많은데요. 음악에 진정한 재능을 보이는 아이들에게만 악기를 가르치면 참 좋겠습니다."

"그럼," 모니카가 말했다. "저를 위해 연주해 줄 사람이 별로 없을 거예요."

"그렇겠네요." 그가 다시 명랑하게 웃었다. "제가 모순되는 말을 해도 이해해 주세요. 제 버릇입니다. 겨우내 계속 여기에 머무르시나요?"

"유감이지만 몇 주만 지낼 듯해요."

"돌아가는 여정이 걱정되시나요?"

"솔직히 말하면 그래요. 여기 오는 길에도 정말 힘들었어요."

"저로 말하자면 제가 어떻게 여기를 오가는지도 모르겠습니다. 이러다 죽고 말 거예요. 의심의 여지가 없습니다. 누이들이 저를 해변까지 들고 가야 해요. 한 명은 제 머리칼을 붙잡고 다른 한 명은 장화를 붙들고요. 다행히 저는 워낙 깡말라서 무겁지는 않습니다.

하루 이틀 정도 살을 찌우면 아주 건강해져요—지금처럼요. 보시다시피 제가 지금은 엄청나게 건강해 보이죠."

"맞아요, 아주 좋아 보이세요." 모니카가 하얗고 잘생긴 얼굴을 힐끔 보며 말했다.

"허울뿐입니다. 우리 가족은 전부 약골 체질이에요. 휴가 없이 몇 달만 연속으로 일하면 저는 완전히 망가집니다. 제가 책상 앞에 똑바로 앉을 수 있게 의자를 맞춤 주문해야 했어요—이렇게 농담하는 걸 용서하시길 바랍니다, 위도우선 부인." 그가 돌연 전혀 다른 목소리로 말했다. "여기 공기를 쐬면 기분이 들떠요. 얼마나 상쾌한지! 하지만 진지하게 말씀드리건대, 어머니는 이곳으로 오셔서 살아나셨어요. 저희 모두 어머니가 돌아가실 줄 알았는데 이제는 오래오래 사실 거라고 기대할 수 있죠."

그는 현저히 애정을 담아 어머니 이야기를 하며 파란 눈으로 그녀를 뒤돌아보았다.

모니카는 오직 한두 번만 시선을 들어 남편과 눈을 마주쳤다. 그가 대화를 나누고 있어서 다행이었지만 정말로 어떤 기분인지는 나중에서야 알게 될 터였다. 그들이 떠날 무렵 그녀가 쳐다보니 놀랍게도 남편이 베비스 씨와 유쾌하게 대화하고 있었다. 그들이 타고 갈 마차가 왔고, 호텔을 나서자마자 그녀는 쾌활한 표정으로 어땠는지 물었다.

"아주 유해하지는 않은 것 같군요." 그가 건조하게 대꾸했다.

"유해하다고요? 정말 당신다운 말이군요, 에드먼드! 다시 만나면 즐거울 것 같다고 이제 고백해요."

"당신이 원하면 같이 갈게요."

"당신은 정말! 사람들을 새로 만나서 즐거웠다고 차마 인정하지 못하는 거예요. 내 생각에 당신은 즐거운 건 죄다 나쁘다고 내심 믿는 것 같아요. 음악이 좋지 않았어요?"

"아가씨들 노래는 딱히 훌륭하지 않았지만 베비스란 친구는 썩 나쁘지 않더군요."

그의 얼굴을 관찰한 모니카는 웃음을 참는 것처럼 보였다.

"아뇨, 전혀 나쁘지 않았어요. 당신이 베비스 부인과 이야기하는 걸 봤어요. 그 부인이 자기의 멋진 아들을 자랑했나요?"

"특별한 이야기는 없었어요."

"아, 그럼 내가 전부 말해 줄게요."

그녀는 반쯤 농담하듯이, 반쯤 진심으로 칭찬하듯 그들의 사정을 전했다.

"자기 의무를 다하는 것뿐인데요." 이야기를 들은 위도우선이 말했다. "하지만 나쁜 사람은 아닌 것 같아요."

자기만의 이유로 모니카는 남편이 베비스를 대하는 태도와 바풋에게 보이던 적의를 비교하며 몰래 우스워했다.

2~3일 후 아침에 그들은 쁘띠뽀베이에 놀러 갔는데 그곳에서 베비스와 세 자매를 마주쳤다. 이 만남의 결과로 그들은 함께 돌아가서 베비스 부인의 집에서 다 같이 점심을 먹자는 초대를 받았다. 부부는 초대를 받아들였으며 해 질 녘까지 머물렀다. 젊은이의 휴가는 끝났다. 다음 날 아침 그는 무시무시하다고 묘사했던 여행을 마주해야 했다.

"게다가 혼자입니다!" 그가 모니카에게 한탄했다. "생각해 봐요. 누이들은 지금 건강이 평소보다 안 좋아서 여기에 남아야 해요."

"그럼 런던에서도 혼자 계시겠네요?"

"네, 무척 슬픕니다. 하지만 용기를 내야죠. 최악은 말이죠, 저는 원래 쉽게 우울해지는 성격입니다. 혼자 있으면 가라앉고, 또 가라앉아요. 하지만 너무 괴로운 주제이군요. 마지막 시간을 이런 생각으로 어둡게 하지 맙시다."

위도우선은 장난스러운 젊은 포도주 상인에 대한 너그러운 의견을 유지했다. 심지어 그는 베비스가 한 말을 떠올리며 이따금 껄껄거리기도 했다.

그 후에 모니카는 베비스 부인과 여러 차례 오랜 대화를 나누었다. 자기의 온갖 사생활을 이야기하길 좋아하는 그녀는 딸들이 아들과 함께 사는 주된 이유는 '사람을 더 만날' 기회를 얻기 위해서—즉 그들이 결혼할 가능성을 높이기 위해서라고 밝혔다. 코스그로브 부인과 한두 명의 다른 부인들이 이러한 사회적 봉사를 베풀었다.

"그들은 평생 결혼하지 못할 거예요!" 모니카가 말했는데, 안쓰러워하기보다는 깊이 숙고하는 말투였다.

"왜요? 충분히 참한 아가씨들인데요."

"맞아요. 그렇지만 돈이 없잖아요. 그리고," 그녀가 미소를 지었다. "남편을 절박하게 찾는 티가 나요."

"가난한 것은 크게 상관없을 것 같고, 처녀들이 남편감을 찾는 건 자연스러운 일 아닌가요."

모니카는 대꾸하지 않았지만 잠시 후에 말했다.

"저런 아가씨들이야말로 할 일을 꼭 찾아야 해요."

"할 일이라뇨? 왜, 저들은 어머니와 오빠를 돌보잖아요. 그보다 더 적당한 일이 어디 있겠어요?"

"어쩌면 아주 적당하겠죠. 하지만 그들은 비참하고, 평생 비참할 거예요."

"그들은 비참할 권리가 없어요. 자기의 의무를 이행하고 있다는 생각만으로도 즐겁게 살아야 해요."

모니카는 할 말이 많았으나 애써 삼키고 웃어넘겼다.

17장. 승리

겨울 중반까지 바풋은 미클스웨이트 부부를 다시 만나지 못했다. 새해 전날 그는 초대를 받아 사우스 토트넘으로 갔고 7시에 함께 저녁 식사를 했다. 그는 그들이 결혼한 후 신혼집에 발을 들인 첫 손님이었다.

문지방에서부터 에버라드는 신경을 안정시키는 가정적인 분위기를 느꼈다. 문을 열어준 어린 하녀의 친절하고 침착한 태도는 신중한 교육의 결과가 틀림없었다. 즉각 복도로 나온 미클스웨이트에게서도 같은 영향력이 느껴졌다. 진심으로 친구를 반기는 그의 어투는 부드러웠고 그의 얼굴은 평온한 행복으로 빛났다. 응접실에서 (이곳은 미클스웨이트의 서재였는데 다른 방을 식당으로 썼기 때문에 여기서 손님을 접대했다) 적당히 밝은 램프와 따뜻한 난롯불이 나란히 손님을 기다리고 있는 안주인과 그녀의 맹인 동생을 비추었다. 두 사람은 몇 달 전보다 훨씬 건강해 보였다. 미클스웨이트 부인은 더는 안쓰럽게 늙어 보이지 않았다. 그에게 다가오는 그녀의 얼굴에 소녀 같은 즐거움이 환하게 빛났다. 아니, 그가 잘못 본 것이 아니라면 그녀의 두 뺨에는 부드러운 홍조가 감돌았고 잠시 내리깐 시선은 풋풋한 신부만큼이나 겸허하고 우아했다. 바풋은 난생처음이라 할 만한 완벽한 예의와 진실한 감정으로 그녀를 대했으며 그녀의 동생에게도 마찬가지였다. 그녀의 손을 잠시 잡고 친절한 인사에 답하는 그의 목소리는 다정다감했다.

그의 마음에 먹구름을 드리울 지나친 궁핍의 흔적은 보이지 않았다. 그는 미클스웨이트 부인이 들어온 이래 집이 여러모로 향상된 것을 발견했다. 소박하지만 집을 한층 편안하고 아름답게 만드는 그림, 장식, 가구가 추가되었다. 보통 여자라면 겉으로만 번지르르하게 꾸몄겠지만 미클스웨이트 부인은 집 본연의 질박한 아름다움을 끌어냈다. 그녀가 직접 요리하고 함께 나른 음식은 간소하고 정갈한 정도였으나 손님은 한껏 즐겼다. 심지어 채소와 빵도 훨씬 고급스러운 식탁에서 먹었던 음식보다 어쩐지 더 맛있게 느껴졌다. 그는 눈이 보이지 않는 위틀리 양이 단정하게 식사하는 기술에 감탄하지 않을 수 없었고, 그녀의 불운을 몰랐더라면 자기 맞은편에 앉은 여성에게 남다른 점이 있다는 사실을 알아차리기도 힘들었을 터였다.

그새 수학자는 평범한 사람들처럼 의자에 앉는 법을 익혔다. 처음 1~2주 동안은 고생깨나 했을 것이다. 이제 그는 앉은 자리에서 혼자 앞뒤로 몸을 흔들거나 팔다리를 비틀 충동을 느끼지 않는 듯했다. 여자들이 자리를 비켜 주자 그는 찬장에서 상자를 하나 꺼냈다. 바풋은 불편해하며 바라봤다.

"자네 여기에서—담배를 피우나?"

"아, 안 될 이유가 있나?"

에버라드는 창문에 드리운 산뜻한 커튼을 힐긋 보았다.

"안 되네, 친구. 여기서 담배는 안 될 말이네. 사실 난 자네 클라렛이 맛있더군. 입맛을 망치고 싶지 않아."

"원하는 대로 하게나. 하지만 패니가 속상해할 텐데."

"내가 담배를 끊었다고 해주게."

미클스웨이트의 마음속에서 갈등이 일었지만 결국 그는 고마워하며 얼굴을 빛냈다.

"바풋―" 그가 앞으로 몸을 기울여 친구의 팔을 잡으며 말했다. "우리 시대에도 천사들이 살고 있네. 과학은 천사들을 몰아내지 않았어. 그리고 앞으로도 그럴 일은 없을 것 같아."

"천사들을 만나는 건 소수의 몇 명이겠지만, 사우스 토트넘의 집에서 그들을 영원히 영접할 수 있는 이들은 더 드물겠지."

"자네 말이 맞아." 미클스웨이트는 소리를 거의 내지 않는 새로운 방식으로 웃었는데, 에버라드가 이미 눈치챈 변화였다. "이 자매는―하지만 그들에 대해서 내가 입을 다물고 있는 편이 낫겠지. 노년에 난 숭배자, 신비주의자, 꿈과 선견을 지닌 남자가 될 거네."

"교회에서의 숭배는 어떤가?" 바풋이 웃으며 물었다. "그 부분에서 충돌은 없었나?"

"난 적당히 타협하고 있네. 그녀는 내게 아무것도 요구하지 않아. 광신적이거나 편협하지 않지. 내가 일요일 아침에 교회도 같이 안 간다면 정말 못된 짓일 거야. 알겠나, 내가 엄격히 과학적인 태도를 유지하기 때문에 기분 상할 일이 없는 걸세. 패니는 이해하지 못하지만 내가 독선적이지 않아서 그녀는 정말 다행이야. 과학적인 정신이 물질주의와 무관하다는 사실을 그녀에게 설명하고 있어. 물론 그녀가 새로운 사상들을 이해하기는 어렵겠지만, 언젠가는. 언젠가는 이해할 거야."

"이런, 누굴 개종하려고 하지 말게!"

"그런 뜻은 추호도 없네. 하지만 난 그녀가 시간과 공간의 상대성이라든지, 지각과 이해의 개념 차이를 이해했으면 하네—그런 단순한 것들 말이네!"

바풋이 웃음을 터뜨렸다.

"그건 그렇고," 그가 안전한 화제로 돌리며 말했다. "내 형 톰이 런던에 왔네. 몸이 몹시 안 좋아. 형의 천사를 말하자면 그녀는 잘못된 구역 출신인데, 한마디로 지옥의 가장 깊은 구덩이에서 솟아났다고 할 수 있지. 진심으로 나는 그녀가 형을 죽이려고 한다고 생각하네. 형이 낙마했었다고 내가 편지에서 말한 걸 기억하나? 그 사고에서 아직 회복하지 못했는데 아마 평생 못 할 것 같아. 형이 마데이라에서 쉬면서 회복해야 했을 때 그 여자가 여기로 끌고 온 거네. 그리고 그녀가 이집 저집 놀러 다니는 동안 형은 토키에 혼자 있었어. 사람들을 다 만난 후에 토키로 돌아오기로 이야기되어 있었는데, 끝내 거부하더군. 그곳이 지루하고 자신의 무척이나 허약한 체질에 안 맞는다는 거야. 자기가 태어나고 자란 고향 런던의 깨끗한 공기를 마시면서 살아야 한다나. 형이 조언을 받아들일 줄 아는 사람이었으면 그 여자가 자기에게서 멀리 있다는 사실을 하늘에 감사하며 제멋대로 살게 내버려 두었을 거네. 하지만 불쌍한 형은 그 여자 없이는 못 살아. 그래서 결국 런던까지 따라왔는데, 형이 계속 여기 있다간 죽을 거라고 난 확신하네. 참으로 무시무시한 일이네만 남자를 손아귀에 넣은 여자 대부분과 매우 비슷하지."

미클스웨이트가 고개를 설레설레 저었다.

"자네는 여자들에게 너무 엄격하네. 자네가 운이 나빴던 거야. 자네의 의무에 대해 내가 했던 말을 기억하지?"

"내게 결혼이 아주 불가능하지는 않다고 생각하기 시작했네." 바풋이 진지한 미소를 지으며 말했다.

"하! 멋지군!"

"하지만 법적인 결혼이 아니야—단순히 자유로운 결합이네."

수학자는 맥이 빠졌다.

"안타까운 이야기이군. 그건 안 돼. 우리는 세상에 맞추어야 하네. 게다가 실제로 그런 관계를 승낙하는 여자라면 자네에게 전혀 어울리지 않을 거야. 자네야말로 꼭 숙녀와 결혼해야 하네."

"숙녀가 아닌 사람은 생각해 본 적도 없어."

"여성해방이 그렇게까지 진행되고 있나? 숙녀들이 그런 관계를 허락하나?"

"내가 아는 사람 중에는 없네. 그래서 그 생각에 더욱 끌리는 거야." 바풋은 더는 설명하지 않았다.

"자네의 대수학 교재는 어떻게 되어 가나?"

"아! 친구, 집에 오면 유혹이 너무 커. 내가 보통 친구들과도 앉아서 담소하며 저녁 시간을 보낸 적이 없다는 걸 기억하게. 심지어—지금으로서는 참을 수 없는 유혹이야. 게다가 자네도 알다시피 난 일요일에는 일하지 않아. 책을 언젠가는 쓸 거네. 적당한 시기에 이루어질 거야. 지금까지의 내 삶을 고려하면, 반년 정도는 이렇게 여유롭게 살아도 괜찮겠지."

"물론이네. 대수학더러 좀 기다리라고 하게."

"물론 틈틈이 구상하고 있네. 일요일 아침 교회에서가 적당하지."

바풋은 한 해가 저물 때까지 머무르지는 않았지만 정답게 새해 인사를 나누고 헤어졌다. 미클스웨이트가 역까지 배웅했다. 집에서 몇 걸음 멀어졌을 때 그가 집을 가리키며 말했다.

"바풋, 저 작은 집이 세상에서 가장 성스러운 곳 중 하나일세. 내가 절망하며 보내던 시절에도 저 집이 나를 줄곧 기다리고 있었다고 생각하면 묘한 기분이 들어. 마치 집에서 신비로운 광채라도 뿜어져 나와야 할 것 같네. 평범한 집처럼 보이면 안 될 것처럼 말이야."

집에 돌아가며 바풋은 자기가 보고 들은 것을 흐뭇하게 떠올렸다. 그래, 미클스웨이트 부부는 하나의 이상적인 결혼생활을 영위하고 있었다. 그의 이상은 아니었지만, 추하거나 조악한 일반적인 경험들 가운데 무척이나 아름다운 결혼생활이었다. 구식 행복의 순수한 예시, 가정적 행복의 신성한 모습이라고 할 수 있었으며 이것에는 풍자의 손이 범접할 수 없었고, 무언가 굳이 닿는다면 아주 조심스러운 아이러니의 손길일 것이다.

그에게 적합한 삶은 아니었다. 그가 시도했다면 아무리 완벽한 여성과 함께였어도 권태에 빠져 버렸으리라. 그에게 결혼은 휴식을 뜻해서는 안 되었다. 휴식은 필연적으로 나른해지기 마련이니 그는 강건한 정신이 상호적으로 자극을 주는 결합을 원했다. 열정—물론이다. 열정은 필요했다. 최소한 시작 단계에서는 필요했다. 초기의 설렘을 나중에 다시 불러일으킬 수 있는 열정이어야 했다. 더 이상 그는 이론적인 의미의 아름다움을 바라지 않았다. 얼굴에 표현이 풍부하고 신체에 활력이 있으면 충분했다. 지성이 곁들지 않은 아름다움이라면 그대로 소멸하라고 하자. 어떤 여자이든지 간에 그녀는 똑똑하고 자기의 지력을 쓸 줄 알아야 했다! 이런 소망은 그의 남성성이 성숙했음을 시사했다. 가벼운 연애에서는 오달리스크[35]도 그를 유혹할 수 있었다. 하지만 결혼에서는, 남자와 여자 사이의 굳건한 결속에서 그는 무엇보다 지성을 중요시했다.

남성의 이해력과 논리적인 사고력을 지닌 여자. 종교적이건 사회적이건 미신에서 자유로운 여자. 남성이 비열한 목적으로 여성에게 이상화한 저속한 약점들을 뛰어넘는 여자. 천박한 질투심을 경멸하되 사랑이 무엇인지 아는 여자. 이것은 자연과 문명에게 지나치게 바라는 것이었다. 이런 여성의 완벽한 본보기를 찾았다는 확신은 엄청난 자기기만일까?

그가 이 정도로 로더 년을 생각하게 되었다. 이 표현에 무슨 의미가 있기는 하다면, 그는 그녀와 사랑에 빠졌다. 기묘하고 복잡한 감정이었다. 그녀를 아내로 삼고 싶은 소망은 여전히 반쯤 장난이었으며 사실 그는 그녀로부터 열정을 끌어내는 짜릿함과 자기만족을 갈망하고 있었다. 그러므로 그는 정식 결혼은 머릿속에 들이지도 않았다. 그녀에게서 결혼 승낙을 받는 건 무의미할 터였고 그는 아무런 만족도 느끼지 못할 것이다. 하지만 그 당당하고 지적이며 정열적인 여자가 그를 위해 사회에 반발할 정도로 사랑에 빠뜨리는 것은—아! 도전할 가치가 있는 일이었다.

그가 자신의 소망을 밝히고 거의 사랑 고백까지 했던 날 이후 그

---

35. 옛 이슬람 궁중의 여자 노예 혹은 터키 군주의 첩. 아름답지만 무지한 여자를 뜻하는 듯하다.

는 로더와 단둘이 있을 기회가 없었다. 확실히 그녀는 그를 일부러 피하고 있었으니, 이런 경계는 그녀가 그에게 매력을 느낀다는 뜻이 아닐까? 그들 사이에서 필연적으로 일어나야 하는 일이 지연되면서 그는 조바심이 나기 시작했고 열정이 더 뜨거워졌다. 다른 뾰족한 수가 없으면 그는 로더와 둘이서만 이야기하게 해달라고 사촌에게 부탁할 수밖에 없을 터였다.

하지만 우연이 그의 편이었고, 그는 상상도 못 했던 방식으로 넌양을 만나게 되었다.

1월 첫째 주 후반에 그는 미스 바풋에게 저녁 식사 초대를 받았다. 그날 오후에는 안개가 몹시 짙어서 그가 집을 나설 무렵에는 통행이 어려울 정도로 숨 막히는 어둠이 깔릴 조짐이 다분했다. 그는 평소처럼 슬론 스퀘어까지 지하철을 타고 거기서부터 퀸스 로드까지 짧은 거리를 걷기로 했다. (땅이 질퍽하지 않았고 그는 푼돈도 아껴야 했기에) 역에서 나오자 안개가 너무 지독해서 과연 사촌의 집을 찾아갈 수 있을지 의심스러웠다. 승합마차는 잡을 수 없었으므로 그는 길을 잃을 각오로 어둠을 헤쳐 나가거나 아예 포기하고 지하철을 타고 돌아가야 했다. 하지만 그는 노력도 하지 않고 포기하기에는 로더가 너무 보고 싶었다. 어렵사리 킹스 로드에 들어선 그는 상점에서 흘러나오는 불빛 덕분에 한결 수월하게 전진할 수 있었다. 하지만 시시각각 안개가 무서울 정도로 짙어지고 있었고, 큰길에서 꺾어 들어가자 상황이 암담해졌다. 그는 문자 그대로 건물들의 정문을 더듬거리며 앞으로 나아갔다. 평소라면 약속 시각에 아슬아슬하게 맞추어 도착했겠지만 이미 아주 늦었다. 그가 이런 날씨에 외출하지 않기로 했다고 그들이 짐작하고 먼저 식사를 시작했을지도 몰랐다. 상관없었다. 어느 길을 택하든지 이제는 매한가지였다. 몇 번이나 포기할 위기를 넘기고 거의 반쯤 질식한 상태에서 그는 길에서 부딪힌 사람에게 물어 목적지가 얼마 안 남았다는 걸 알아냈다. 또 한 번의 노력 끝에 그는 유쾌한 초인종을 울렸다.

실수였다. 남의 집이었고, 그는 건물 두 개를 더 지나야 했다.

이번에는 다행히 그에게 익숙한 작은 홀로 들어갈 수 있었다. 하녀는 그에게 미소를 지었으나 아무말도 하지 않았다. 그가 안내를 받아 응접실로 들어가니 로더 넌이 혼자 있었다. 그는 그녀가 혼자 있다는 사실보다 그녀의 모습에 놀랐다. 그가 그녀를 만난 이래 처음으로 그녀는 검은 옷을 입지 않았다. 그녀는 붉은 실크 블라우스와 검은 치마를 입고 있었는데, 옷차림이 무척 잘 어울려서 그는 기쁨의 탄성을 지를 뻔했다.

그녀는 근심스러운 표정이었다.

"유감이지만," 그녀의 첫 말이었다. "바풋 선생님이 식사 시간까지 못 돌아오실 거 같아요. 오늘 아침에 패버셤에 가셨다가 7시 30분까지 돌아오기로 하셨는데 좀 전에 전보가 왔어요. 안개가 심해서 기차를 놓치셨고, 다음 차는 10시 10분에서야 빅토리아에 도착할 예정이래요."

8시 30분이었다. 식사가 약속된 시간이었다. 바풋은 자기가 늦은 이유를 설명했다.

"그렇게 심한가요? 몰랐어요."

그 상황에 두 사람 모두 수줍어했다. 바풋은 넌 양이 자신이 떠나기를 내심 바란다고 추측했지만, 외부적 어려움이 없더라도 그는 이런 행운을 포기할 수 없었다. 솔직하게 말하는 게 최선이었다.

"저는 지금 나갈 수 없습니다." 그가 그녀와 눈을 맞추고 미소 지으며 말했다. "굶주린 남자를 가혹하게 대하지는 않으시겠죠?"

곧바로 로더는 망설이지 않는 척했다.

"아, 물론 바로 식사해야죠." 그녀가 종을 울렸다. "바풋 선생님은 당연히 제가 선생님을 대신해서 대접할 거라고 예상하실 거예요. 봐요, 안개가 심지어 난로를 타고 들어오고 있어요."

"정말 유쾌한 광경이군요. 메리 누님은 패버섬에 왜 가셨어요?"

"선생님과 연락을 주고받던 사람 하나가 거기에서 여자들에게— 어떤 주제로 강연을 좀 해달라고 부탁했어요."

"아, 메리 누님이 곧 유명인이 되겠군요."

"아시겠지만 선생님이 원하시는 바는 아니죠."

그들은 식당으로 갔고, 이 별난 상황을 무척 즐기고 있는 바풋은 계속해서 사촌에 관한 이야기를 이어 갔다.

"누님이 사람들 앞에 나서길 거부하는 건 비논리적이라고 생각합니다. 누님이 하려는 일은 남들 뒤에서 조용히 할 수 있는 종류가 아니에요. '고아 소녀에게 바느질을 가르치기[36]'와는 다르지 않습니까."

"저도 선생님께 똑같은 말씀을 드렸어요." 로더가 말했다.

식탁의 상석에 앉은 그녀의 모습이 에버라드의 상상력을 제대로 달구었다. 자기가 생각해도 완전히 떳떳하지 않은 동기로 결심한 일을 왜 밀고 나가는가? 왜 그냥 그녀에게 청혼해서 원하는 것을 얻는 길에 놓인 장애물 하나를 치우지 않는가? 그가 가난한 건 사실이었다. 이런 처지에서 결혼하면 그의 생활은 모든 면에서 자유

---

36. 앨프리드 테니슨의 「클라라 비어 드 비어」에서 인용.

를 잃을 것이다. 하지만 로더가 결혼하지 않기로 마음먹었으며, 특히 그를 미래의 남편으로 단 한순간도 생각하지 않았을 가능성이 컸다. 글쎄, 그것을 확인하고 싶었다.

그들은 식사를 마칠 때까지 그럭저럭 자연스럽게 대화를 나눴다. 식사가 끝나자 다시 어색해졌으나 이번에는 로더가 먼저 노력했다.

"좀 쉬면서 생각할 수 있게 자리를 비켜 줄까요?" 그녀가 식탁에서 조금 움직이며 물었다.

"당신이 조금 더 시간을 내준다면 전 당신과 이야기하고 싶습니다."

그녀는 아무말 없이 일어나서 응접실을 향해 앞장섰다. 응접실에서 그들은 격식에 걸맞은 거리를 두고 앉아서 안개에 관해 이야기했다. 미스 바풋이 과연 돌아올 수나 있을까?

"말하다 보니 생각났는데," 에버라드가 말했다. "「참담한 밤의 도시」[37]를 읽으셨나요?"

"네, 읽었어요."

"물론 공감하지 않았겠지요?"

"왜 '물론'이라고 하세요? 제가 얄팍한 낙천주의자처럼 보이나요?"

"아뇨. 활기차고 이성적인 낙천주의자입니다—제가 추구하는 모습이죠."

"그런가요? 하지만 그런 낙천은 사회를 위한 노력으로 증명되어야 하는데요."

---

37. 스코틀랜드 시인 제임스 B.V. 톰슨의 시로 황량하고 우울한 도시를 묘사했으며 비관적이다.

"저는 바로 그런 노력을 하고 있습니다. 사람이 자기 인성에서 가장 고귀한 특성을 발달시키고 강화하려고 노력한다면 그는 물론 사회를 위해 봉사하는 격이죠."

그녀가 회의적으로 웃었다.

"네, 물론 그렇겠죠. 하지만 당신은 스스로를 어떻게 향상하고 강화하고 있죠?"

그녀가 반쯤 양보하고 있다,라고 에버라드는 생각했다. 불가피하게 벌어질 일을 내다본 그녀는 차라리 빨리 해치울 작정인 것이다. 아니면—

"전 매우 조용히 삽니다." 그가 답했다. "하루 대부분을 중대한 문제를 숙고하며 보냅니다. 사실, 전 혼자 있는 시간이 많습니다."

"자연스러운 일이죠."

"아뇨, 자연스럽지 않습니다."

로더는 아무말도 하지 않았다. 그는 잠시 기다렸다가 그녀에게 훨씬 가까이 다가앉았다. 그녀의 표정이 굳었으며, 그는 그녀가 깍지걸이하는 것을 보았다.

"사랑에 빠진 남자에게 고독은 가장 자연스럽지 않은 상태입니다."

"부탁이니까 제게 사적인 이야기를 털어놓지 마세요, 바풋 씨." 로더가 그럴듯하게 농담을 가장하며 말했다. "전 그런 이야기를 좋아하지 않아요."

"하지만 어쩔 수 없습니다. 내가 사랑하는 상대가 당신인걸요."

"그렇다면 정말 안타깝군요. 다행히 그런 감상에 오래 괴롭지는 않을 거예요."

그는 그녀의 눈빛과 입술에서 극심한 동요를 읽었다. 그녀는 방을 둘러보더니 그가 다시 말할 수 있기 전에 일어나서 종을 울렸다.

"식사 후에 항상 커피를 드셨죠?"

그는 대답하지 않고 다시 멀찌감치 떨어져 앉아서 탁자에 놓인 책을 몇 권 들척였다. 5분간 침묵이 흘렀다. 하녀가 커피를 내오자 그는 커피를 마시고 컵을 내려놓았다. 로더가 음료를 방어막으로 삼고, 만일 필요하면 영원히 커피를 홀짝일 요량인 것을 간파한 그는 그녀 앞에 섰다.

"넌 양, 난 당신이 생각하는 이상으로 진지합니다. 당신이 감상이라고 일컬은 것은 상당히 오랫동안 날 괴롭혀 왔고, 앞으로도 계속 그럴 거예요."

그녀의 피난처가 무너졌다. 그녀가 들고 있는 컵이 조금 떨리기 시작했다.

"내가 옆에 놓아 줄게요."

로더는 그에게 컵을 건네주고 다시 깍지를 꼈다.

"난 당신을 너무나도 사랑하는지라 이 집에서 며칠 이상 못 떨어져 있겠습니다. 물론 당신도 알았겠죠. 내가 여기에 왜 자주 오는지 숨기려고 한 적 없으니까요. 당신과 단둘이 이야기하기 쉽지 않은데 운명이 친절하게도 이런 기회를 마련했으니 난 최선을 다해서 내 마음을 표현해야 합니다. 당신 눈에 어리석어 보일 짓은 하지 않겠어요—최소한 그러지 않도록 노력할 겁니다. 당신은 연회장이나 가든파티에서의 구애를 우스꽝스럽게 여기죠. 나도 마찬가지입니다. 진심으로요. 환상이 별로 없는 남자답게 말하겠습니다. 난 당신이 내 삶의 동반자가 되어 주길 바라요. 내가 당신 없이 어떻게 살지 잘 모르겠습니다. 내 생각엔 당신도 이미 알겠지만, 내 수입은 초라합니다. 비참하지 않게 살 정도예요—그게 전부입니다. 아마 난 평생 더 부자가 되지 않을 겁니다. 돈을 벌려고 노력하겠다고 약속할 수 없으니까요. 난 삶에서 다른 것을 추구합니다. 내가 공유하자고 제안하는 삶이 어떤 것인지 당신도 상상할 수 있습니다. 내 아내—우리가 구식 언어를 쓴다면—는 나만큼이나 자기 인생을 자유롭게 살 거예요. 당신도 그걸 알 만큼 날 이해한다고 믿습니다. 하지만 그 모든 걸 떠나서, 내가 갈구하는 건 사랑입니다. 남성과 여성에 대한 당신 생각이 어떻든지 간에 당신도 그들 사이에 사랑이 존재한다는 것을, 지적으로 사고할 수 있는 남자나 여자의 사랑은 인생에서 맛볼 수 있는 가장 큰 축복이라는 걸 알겠죠."

그는 그녀의 눈을 볼 수 없었으나 그녀는 입을 꾹 다물고 억지 미소를 짓고 있었다.

"당신이 기어이 말을 하니까," 그녀가 마침내 말했다. "난 들을 수밖에 없었어요. 제 생각에 이런 경우에는 보통—어쨌든 소설에 나오는 내용이 사실이라면—그런 제안에 여자가 고맙다고 인사하는 것 같더군요. 그러니까, 고마워요, 바풋 씨."

에버라드는 가까이 있던 작은 의자를 집어 로더 옆에 놓고 의자에 앉더니 그녀의 손을 잡았다. 그의 움직임이 무척 재빠르고 격렬했던지라 로더는 깜짝 놀라 뒤로 물러났고, 장난스럽게 조롱하는 표정이 두려움으로 바뀌었다.

"그런 인사는 듣지 않겠습니다." 몹시 동요한 그가 나지막이 말했고, 그의 미소는 이상하게 엄격해 보였다. "남자가 사랑한다고 할 때 그것이 무슨 뜻인지 당신이 알기를 바랍니다. 내 눈에 당신의 얼굴이 너무나도 아름다워져서 난 당신의 입술에 내 입술을 포개고 싶은 열망에 괴롭습니다. 하지만 당신의 허락 없이 그럴 거라고 걱정하지 마요. 당신을 존경하는 마음은 심지어 내 열정보다 강하니까요. 우리가 처음 만났을 때는 당신의 명백한 지성을 느끼고 흥미로운 여자라고 생각했습니다―그게 전부였어요. 과연 당신은 내게 여자가 아니었습니다. 하지만 이제 내 세계에서 여자는 당신 한 사람입니다. 그 누구도 내 눈길을 당신에게서 뺏을 수 없어요. 당신이 내 몸에 손을 대면 난 아마 떨고 말 겁니다―그게 내 사랑이 뜻하는 것입니다."

그녀의 얼굴에서 핏기가 사라졌다―가쁜 숨을 헐떡이며 조금 벌어진 그녀의 입술이 떨렸다. 그녀는 손을 빼려고 하지 않았다.

"나를 사랑할 수 있나요?" 에버라드가 얼굴을 더욱 가까이 들이대며 물었다. "당신이 내게 이런 감정을 품을 수 있나요? 당신이 자부하는 용기를 내요. 한 인간이 다른 인간에게 말하듯 솔직하게, 있는 그대로 말해 줘요."

"난 당신을 조금도 사랑하지 않아요. 그리고 만일 사랑했더라도 당신의 삶을 공유하지 않았을 거예요."

그녀의 목소리는 평상시와 전혀 달랐다. 말하기도 아픈 것처럼 들렸다.

"이유는―나를 신뢰하지 않으니까요?"

"당신을 신뢰하는지 안 하는지 말할 수 없어요. 당신의 삶에 대해 아무것도 모르니까요. 하지만 난 내 일이 있고, 그 누구를 위해서라도 이걸 저버리지 않을 거예요."

"당신의 일이오? 당신은 그게 무엇이라고 생각합니까? 당신에게 어떤 의미가 있죠?"

"아, 나를 너무나도 잘 이해해서 당신의 평생 동반자로 삼고 싶다고 좀 전에 말하지 않았나요?"

그녀는 놀리듯 웃으면서 그의 손의 열기에 뜨거워진 손을 빼려고 했다. 바풋은 손에 힘을 주었다.

"당신의 일이 뭡니까? 타자기를 두드리고, 다른 여자들에게 그걸 가르치는 것 아닙니까?"

"내가 봉급을 받고 하는 일은 그거예요. 하지만 단지 그것뿐이었다면—"

"그럼 설명해 줘요."

그녀의 눈빛에 서린 고고한 멸시감을 보자 열정이 그를 압도했다. 그는 그녀의 손을 자신의 입술로 가져갔다.

"싫어요!" 로더가 돌연 분노를 터뜨리며 외쳤다. "존경한다고—아, 당신의 존경이 대단히 고맙군요."

그녀는 손을 비틀어 그의 손아귀에서 빼고 멀리 가버렸다. 바풋은 찬미하는 시선으로 그녀를 바라보며 일어났다.

"내가 당신에게서 멀리 있는 편이 낫겠군요." 그가 말했다. "난 당신의 마음을 알고 싶어요. 정신을 똑바로 차린 상태에서요."

"당신이 그냥 가는 편이 낫지 않을까요?" 다시 침착해진 로더가 말했다.

"당신이 정말 원한다면요." 그는 상황을 떠올리고 순종적으로 말했다. "하지만 당신의 너그러운 처사를 간청할 핑곗거리를 안개가 주는군요. 지금 나가면 난 지옥에서 길을 잃을 가능성이 큽니다."

"당신이 전에 한 번 그랬듯 나를 이용하고 있다고 생각하지 않아요? 난 신체적으로 당신만큼 강하다는 척도 한 적 없는데 당신은 나를 힘으로 붙잡으려고 하네요."

그는 자신이 느끼는 희열과 비슷한 것을 그녀에게서 감지했다—충돌에서 느끼는 쾌감. 그렇지 않았다면 그녀는 지금처럼 말하지 않았을 것이다.

"네, 맞습니다. 사랑은 인간의 야만성을 되살리죠. 그러지 않는다면 대단치 않은 사랑일 겁니다. 그 어떤 남자도, 얼마나 문명화가 되었든, 자신이 사랑하는 여자가 힘에서 자기와 동등하길 바라지 않겠죠. 힘으로 강행하는 결혼을 완전히 없앨 수는 없습니다. 당신은 나를 조금도 사랑하지 않는다고 했죠. 하지만 당신이 나를 사랑했더라도, 당신이 냉큼 고백하길 내가 바랄까요? 남자는 여자에게 애원하고 구애해야 합니다. 하지만 그런 것에도 여러 종류가 있습니다. 난 당신 앞에 무릎을 꿇고 내가 한참 부족하다며 하소연할 수 없습니다—난 당신을 얻을 가치가 있는 남자이니까요. 내가 당신을 여왕이나 여신이라고 부를 일은 없을 것이고—내가 열병에 걸려 헛소리하는 것이 아니라면—또한 난 내 발에 머리를 가져다 대는 여자에게도 곧 질릴 겁니다. 단지 내가 당신보다 힘이 세기 때문에, 그리고 내 열정이 더 강렬하기 때문에, 그것을 이용해서 당신의 매력 중 하나인 여성스러운 저항을 이기려는 겁니다."

"그렇다면 이런 대화가 무용하군요. 당신이 힘으로 나를 이길 수 있다고 계속 상기시킬 작정이라면—"

"아, 절대 그럴 생각 없습니다! 당신에게 한 발자국도 다가가지 않을게요. 앉아요. 그리고 내 질문에 답해 줘요."

로더는 주저했지만 결국 근처에 있던 의자에 앉았다.

"당신은 결혼하지 않기로 마음먹었습니까?"

"절대 안 할 거예요." 로더가 단호하게 대답했다.

"하지만 결혼이 당신의 일에 지장을 주지 않아도요?"

"내 인생에서 최고인 부분들을 엄청나게 방해할 거예요. 당신이 이해하는 줄 알았는데요. 내가 결혼하면 어떻게 학생들에게 용기를 주겠어요?"

"결혼을 거부할 용기 말입니까?"

"결혼하지 않은 여자의 인생은 허비되었다는 케케묵은 생각을 경멸할 용기요. 단순히 필요에 의해 혼자 살아야 하는 여자들—저속한 사람들이 조롱하는 여자들을 돕는 것이 내 일이에요. 그들 가운데에서, 그들 중 한 사람으로 살면서 내 삶은 전혀 피폐하거나 한탄스럽지 않다는 것을 보이는 것만큼 효과적인 방법이 있을까요? 나는 이 일에 잘 맞아요. 내가 능력과 쓸모가 있는 사람이라고 느껴지고, 난 그게 좋아요. 당신 사촌도 같은 일을 훌륭하게 해내고 있어요. 이걸 포기하면 난 스스로를 경멸하게 될 거예요."

"멋집니다! 내가 당신 없이 살 수 있었다면 계속 분투해서 위업을 이루라고 응원했을 거예요."

"난 분투하라는 응원 따위 필요 없어요."

"바로 그래서 당신이 고귀한 일을 할 수 있는 겁니다. 그래서 난 당신을 더욱 사랑하고요."

그녀가 감추려고 노력하기는 했으나 얼굴에 승리감이 드러났다.

"그렇다면 당신 마음의 평화를 위해," 그녀가 말했다. "앞으로 날 피하길 바랄게요. 아주 쉬운 일이에요. 우리는 공통점이 하나도 없어요, 바풋 씨."

"그 말에 동의할 수 없습니다. 일단, 당신처럼 나와 대화할 수 있는 여자는 세상에 대여섯 명도 없을 겁니다. 그런 사람을 내가 다시 만날 가능성도 없어요. 내가 여기서 그만 인사하고, 내 삶을 완성할 유일한 기회를 포기해야 합니까?"

"당신은 날 몰라요. 우리는 수천 가지 관점에서 동의하지 않을 거예요."

"당신이 날 오해하고 있어서 그렇게 생각하는 겁니다."

로더는 벽난로 선반 위의 시계로 시선을 던졌다.

"바풋 씨." 그녀가 달라진 목소리로 말했다. "실례이지만 이제 밤 10시라는 걸 상기시켜 드려야겠네요."

그는 한숨을 내쉬며 자리에서 일어났다.

"안개가 좀 걷혔을 거예요. 승합마차를 부르라고 할까요?"

"지하철역까지 걸어가겠습니다."

"한마디만 더 할게요." 그녀는 그가 무시할 수 없는 차분한 위엄을 보였다. "우리가 이런 이야기를 하는 건 오늘이 마지막이에요. 부질없고 괴로운 대화를 피하려고 제가 고생하게 만들지는 않을 거죠?"

"난 당신을 사랑합니다. 희망을 버릴 수 없습니다."

"그렇다면 제가 고생해야겠군요." 그녀의 안색이 어두워졌고, 그녀는 그가 떠나기를 기다리며 서 있었다.

"악수를 차마 청할 수 없군요." 에버라드가 한 걸음 다가서며 말했다.

"제가 당신을 대접해야만 하는 상황이었다는 걸 기억하길 바라요."

그녀의 말투와 표정에 그는 일순 부끄러웠다. 그는 고개를 떨구고 다가와 그녀가 내민 손을 아주 잠깐 살며시 잡았다.

그리고 그는 방에서 나갔다.

밤에는 안개가 좀 걷혔다. 그는 길을 더듬지 않고 무난히 걸을 수 있었고, 역에 도착할 때까지 불쾌한 사건도 없었다. 로더의 얼굴과 몸이 그의 눈앞에 어른거렸다. 그는 침울하지 않았다. 그녀의 모든 말에도 불구하고 언젠가 그녀는 항복할 것이다. 그는 묘하고 무근한 확신이 들었다. 어쩌면 그의 고집이 이렇게 자신만만한 예측을 낳았는지도 몰랐다. 이제 그는 그녀를 어떻게 얻느냐는 아무래도 좋았다—법적으로 결혼하든 자유로운 결합이든—상관없었다. 그러나 강한 의지의 힘이 유의하다면, 그녀의 삶은 반드시 그의 삶과 연결되어야 했다.

미스 바풋은 숱한 지연 끝에 밤 11시 30분에서야 돌아왔다. 그녀는 추위에 시달리고 독한 안개에 목이 메었으며 패버섐에서의 강연은 불만족스러웠다.

"저녁 식사는 어땠어?" 로더가 걱정스럽고 안타까워하는 표정으로 홀에 나오자마자 그녀가 물었다. "안개 때문에 손님이 못 왔니?"

"아뇨. 여기에서 식사했어요."

"잘 됐구나. 네가 외롭지 않았을 테니까."

미스 바풋이 피로를 풀고 허기를 채울 때까지 그들은 이것에 관해 이야기하지 않았다.

"에버라드가 그냥 돌아가겠다고 먼저 말했니?"

"그럴 수 없는 상황이었어요. 슬론 스퀘어에서 여기까지 오는 데

30분 넘게 걸렸대요."

"어리석어라! 왜 바로 역으로 돌아가지 않았을까!"

로더의 얼굴이 이상하게 빛났는데, 미스 바풋은 집에 오자마자 그것을 눈치챘다.

"많이 논쟁했어?"

"예상할 수 있을 만큼이었어요."

"내가 돌아올 때까지 기다리려고 하지는 않았고?"

"10시쯤에 떠났어요."

"그랬구나. 상황을 고려하면 꽤 늦게 갔네. 아쉬워라. 하지만 에버라드는 서운해하지 않았겠지. 너를 놀릴 기회를 즐겼을 테니까."

그날 저녁을 즐겁게 보낸 사람이 에버라드 한 사람만은 분명히 아니었다. 로더가 화제를 바꾸었으나 미스 바풋은 자신이 느낀 것에 대해 골똘히 생각했다.

며칠 후 미스 바풋이 한두 시간 홀로 앉아 있는데 로더가 서재로 와서 가까이 앉았다. 책에서 시선을 든 연상의 여자는 친구가 특별히 할 말이 있다는 걸 깨달았다.

"무슨 일이야?"

"선생님의 선한 마음을 이용해서 불쾌한 질문을 좀 해야겠어요."

미스 바풋은 무슨 뜻인지 즉각 알아차렸다. 그녀는 기꺼이 대답할 용의를 보였지만 심란한 표정이었다.

"선생님 사촌이 정확히 어떤 부끄러운 짓을 했는지 곧이곧대로 말해 주시겠어요?"

"꼭 알아야겠니?"

"알고 싶어요."

정적이 흘렀다. 미스 바풋은 앞에 펼쳐 놓은 책에 시선을 고정했다.

"그렇다면 난 오랜 친구로서 허물없이 물어봐야겠다, 로더. 그걸 왜 알고 싶니?"

"바풋 씨가," 그녀가 건조하게 대답했다. "친절하게도 저를 사랑한다고 하시네요."

그들의 시선이 마주쳤다.

"그럴 거라고 짐작했어. 곧 일어날 낌새를 느꼈지. 그 애가 청혼했니?"

"아뇨, 안 했어요." 로더는 일부러 모호하게 대답했다.

"네가 그럴 기회를 안 줬어?"

"어쨌든 그런 이야기까지 나오지 않았어요. 이제 제 질문에 답해주시면 좋겠어요."

미스 바풋은 잠시 고민했지만 결국 에이미 드레이크 사건을 이야기했다. 로더는 두 손으로 무릎 하나를 끌어안고 고개를 숙인 채 말없이 이야기를 들었고, 그녀의 표정으로 보건대 아무런 감정도 느끼지 않는 듯했다.

"그것이," 그녀의 친구가 이야기를 끝맺으며 말했다. "당시 사람들이 이해한 사건의 진상이야—어떻게 봐도 그 애가 몹쓸 짓을 한 거지. 에버라드는 사람들이 자기를 비난하는 걸 알았지만 한마디 변명도 하지 않았어. 하지만 얼마 전 저녁에 나한테 물어보더라. 네가 이 사건에 대해 아느냐고. 그래서 내가 혐오하는 일을 저질렀다는 정도만 네게 말했다고 했어. 그랬더니 에버라드는 상처받은 표정으로 나를 포함해서 우리 지인 중 아무도 그 사건의 진실을 모른다고 주장했어―자기가 뒤집어썼다고. 그렇게만 말했어. 그럼 내가 뭘 믿어야 하겠니?"

로더는 좀 더 집중해서 이야기를 들었다.

"자기 탓이 아니래요?"

"그런 뜻이었던 것 같아. 하지만 참 까다로운 문제야―"

"물론 진실은 결국 알 수 없죠." 로더가 갑작스레 무심히 말했다. "그리고 상관없어요. 제 궁금증을 풀어 줘서 고마워요."

미스 바풋은 잠시 기다렸다가 웃었다.

"로더, 언젠가 너도 내 궁금증을 풀어 줘야 해."

"네, 우리가 오래 살면요."

그 사건에서 바풋의 책임이 어느 정도인지 로더는 자문하지도 않았다. 그녀는 그 이야기를 마음속에서 지웠다. 물론 그의 과거에는 유사한 다른 사건들도 있었을 것이다. 도덕적인 측면에서 그는 보통 남자들보다 고결하지도 저급하지도 않았다. 그녀는 남자에게 그런 기회를 제공한 여자들을 멸시했다. 남자를 판가름하는 그녀의 기준은 예전보다 한결 너그럽고 철학적이 되었다.

그녀는 자신이 바라던 것을 얻었으며 승리감을 만끽했다. 그녀가 손가락 하나만 움직여도 에버라드는 청혼할 것이다. 이제 그런 확신이 생겼으니 그녀는 인생에서 새로운 만족을 느낄 수 있었다. 이따금 그녀는 이 경험과 전혀 무관한 일을 하다가도 갑작스레 환희가 밀려오며 가슴을 채우고 뺨을 빛냈다. 그녀는 사람들 사이에서 한결 더 의식적으로 위엄 있게 행동했는데, 남들보다 우월하고자 하는 열망을 채우기만 했던 예전의 위엄과는 사뭇 달랐다. 그녀는 전보다 더 상냥하게 말했으며 참을성이 많아졌고, 예전에는 코

웃음 치던 일에 이제는 미소를 지었다. 전반적으로 넌 양은 더 호감이 가는 사람이 되었다.

하지만 그녀는 자신의 본질은 바뀌지 않았다고 스스로를 설득했다. 인생의 목표를 좀 덜 공격적으로, 한층 더 넓은 아량으로 추구하게 된 것뿐이었다. 그러나 그녀는 이 목표를 계속 추구할 것이며 고귀한 길에서 벗어날 위험은 없었다.

18장. 보강

1월 내내 바풋은 형 톰에게 병자의 상태를 확연히 악화시키고 있는 런던을 떠나라고 설득했다. 의사들도 같은 의견을 주장했으나 아무 소용없었다. 토머스 부인은 회복할 가능성이 없는 곳에 굳이 남으려는 남편의 어리석음에 놀라움을 표하면서도 그와 함께 이사하기를 끝내 거부했다. 부부는 자식이 없었다. 부인은 이유를 알 수 없는 불임을 항상 애달프게 한탄하며 사실 히스테리에 가까운 모습을 보였는데, 이는 천박한 본질과 유해한 교육의 영향과 떼려야 뗄 수 없게 얽혀 있었다. 그래도 그녀는 부유한 속물들의 세계에서 상당한 위치에 올랐고, 심지어 추문을 즐기는 사람들의 입이 부지런히 움직일 기회를 제공했다. 그녀의 남편은 속으로는 무슨 생각인지 몰라도 아내를 비난하는 말은 들은 척도 안 했다. 에버라드와 마찬가지로 고집스러운 그는 심한 말다툼 끝에 동생에게 그 특정한 주제를 다시는 언급하지 말라고 금했다.

"톰 형이 죽어 가고 있어요." 2월 초반에 에버라드가 퀸스 로드 사촌에게 서신을 보냈다. "스웨인 선생은 형이 런던을 떠나지 않으면 한두 달 이상 살지 못할 거라고 하더군요. 오늘 아침에 그 여자랑―그는 형수를 언제나 이렇게 칭했다―이야기를 하다가 그 여자가 난생처음 들었을 법한 노골적인 언어를 사용했습니다. 어마어마한 장면이었고, 그 여자가 온 집이 쩌렁쩌렁 울리도록 악을 쓰면서 소파에 몸을 내던지는 것으로 마무리되었습니다. 우리가 억지로라도 형을 끌고 가야 해요. 형의 집착 때문에 화가 나고 욕이 나옵니다. 하지만 전 형의 목숨을 구하고 말 거예요. 누님이 절 도와주시겠어요?"

일주일 후 그들은 환자를 토키로 다시 데려가는 데 성공했다. 의사와 간호사와 격노한 친척들에게 남편을 떠맡긴 바풋 부인은 자기 집에서 쫓겨났다고 넋두리하며 화려한 호텔로 이사했다. 에버라드는 한 달 넘게 데번에 머무르며 성심성의껏 형을 보살폈는데, 화가 나면서 오히려 애정이 더 강해진 듯했다. 토머스는 조금 회복했다. 다시 한번 희망이 보였다. 그러나 아내에게 편지를 50통을 보내도 답장을 받지 못한 그는 돌연 광적인 충동에 사로잡혀 아내를 찾아 나섰고 런던에 돌아온 지 3일 만에 죽었다.

토키에서 집행된 유언에서 그는 자기 재산의 사 분의 일을 에버라드에게 남겼다. 나머지는 죄다 바풋 부인에게 갔는데, 너무 아파서 장례식에 참석하지 못하겠다고 했던 그 여인은 2주 만에 충분히 회복해서 시골에 있는 친구 집에 놀러 갔다.

에버라드는 이제 거의 연 1,500파운드 수입에 기댈 수 있었다. 형이 죽으면 자신이 부자가 되리라는 건 항상 알고 있었으나 그러한 혜택을 뒤로 미루려고 그처럼 열심히 노력한 사람은 세상에 또 없었다. 과부는 그가 의도적으로 형을 죽였다고 기회가 될 때마다 우겼다. 그녀는 대화와 편지에서 지인 모두에게 그를 비방했고, 그가 유산이 부족하다며 분노를 터뜨려서 자신의 안위가 두렵다고 호소했다. 두 번째 내용은 그녀가 미스 바풋에게 보낸 길고 사나운 편지에 담겼다. 메리는 기회가 되자마자 사촌에게 이것을 보여 주었다. 3월 말 일요일 아침, 에버라드가 몇 주간 여행을 떠나기 전에 인사하러 찾아왔다. 편지를 읽은 그의 웃음은 묘하게 격렬했다.

"이런 일은," 미스 바풋이 말했다. "네가 그 여자를 고소해야 할지도 몰라. 아무리 여자라도 봐주는 데 한계가 있는 법이야."

"저는 차라리," 그가 답했다. "아주 멋진 지팡이를 하나 사서 그 여자를 제대로 매질하고 싶은데요."

"오!"

"맹세컨대, 그러면 안 될 이유를 모르겠습니다. 남자가 저를 이렇게 모욕했다면 당연히 혼쭐을 내줬을 텐데 그가 자기를 방어할 수 없는 왜소한 남자였다고 해도 마찬가지였을 거예요. 우리가 톰 형을 데려가기 전 소동이 일어났던 날, 전 그 여자를 때릴 충동을 간신히 억눌렀습니다. 여자를 때리는 것에 대해서는 할 이야기가 많지만 자기 부인을 때리는 노동자들 가운데 아마 상당수가 옳은 일을 하고 있을 거예요. 다른 방법은 통하지 않을 테니까요. 자기가 잘못해도 벌을 받지 않을 거라는 확신이 사람을 어떻게 만드는지 아시죠. 사람들 앞에서 나한테 두들겨 맞을지도 모른다고 생각했으면 이 여자가 아마 훨씬 행동을 조심했을 겁니다. 넌 양에게 물어보죠."

때마침 로더가 방에 들어왔다. 그녀는 덤덤하게 손을 내밀어 악수하고 무슨 이야기를 하고 있었는지 물었다.

"이 편지를 읽어 봐요." 바풋이 말했다. "아, 벌써 읽었군요. 제가 가볍고 나긋나긋한 멋쟁이 지팡이를 하나 들고 손님들이 모이는 어느 오후에 토머스 바풋 부인 응접실에 찾아가서 등을 대여섯 대 후려쳐 줄 생각이라고 했습니다. 당신은 이 계획을 어떻게 생각하나요?"

그가 몹시 분노한 표정으로 심각하게 이야기했기 때문에 로더는 말하기 전 잠시 기다렸다.

"당신과 공감해요." 그녀가 마침내 말했다. "하지만 나라면 그렇게까지 하지는 않을 거예요."

에버라드는 사촌에게 펼쳤던 이론을 되풀이했다.

"당신이 옳아요." 로더가 동의했다. "세상에는 맞아도 싼 여자가 많고, 응당 맞아야 할 여자도 많다고 생각해요. 하지만 여론은 당신에게서 등을 돌릴 거예요."

"그러면 어떻습니까? 여론은 당신에게도 등을 돌렸는데요."

"좋아요. 원하는 대로 해요. 바풋 선생님과 제가 재판에 가서 당신에게 유리한 증언을 해줄게요."

"이야말로 진정한 여자입니다!" 에버라드가 외쳤다. 순전히 장난으로 한 말은 아니었는데, 로더를 보자 가슴이 두근거리고 흥분되었기 때문이었다. "넌 양을 봐요, 메리 누님. 제가 넌 양의 사랑을 얻기 위해 세상 끝까지 가겠다는 것이 당연하지 않습니까?"

로더는 얼굴이 새빨개졌고 미스 바풋도 몹시 민망해했다. 두 사람이 상상하지도 못한 발언이었다. "그게 단순한 진실입니다." 에버라드가 대담하게 말을 이었다. "넌 양도 알아요. 하지만 내 말을 듣지 않습니다. 어쨌든 두 분 다 건강하세요! 지금 제가 망나니처럼 행동했으니 다음번에 올 때 넌 양이 얼굴도 비치지 않을 핑계가 하나 생겼군요. 하지만 메리 누님, 제가 없는 동안 제 이야기 좀 잘 해주세요."

그는 그들의 얼굴을 거의 보지도 않고 악수한 후 휙 나가 버렸다.

여자들은 한동안 서로에게서 조금 떨어진 채로 서 있었다. 그러더니 미스 바풋이 친구를 힐끔 보고 웃음을 터뜨렸다.

"내 딱한 사촌은 확실히 조심스러운 사람은 아니야."

"전혀 아니죠." 로더가 등받이에 기대어 눈을 내리깔며 말했다. "저분이 정말로 그 여자를 때릴까요?"

"어떻게 그런 걸 물어볼 수 있니?"

"재밌을 거예요. 만일 진짜로 한다면 전 저분을 더 좋게 볼 거예요."

"글쎄, 그럼 조건으로 달지 그러니. 숙녀와 장갑에 대한 시[38]처럼. 네가 그녀와 공감하는 것 같구나."

로더는 웃고 방에서 나갔는데, 미스 바풋은 그녀가 진심이었다는 느낌을 받았다. 로더가 그녀의 연인에게 이렇게 말하고 싶은지도 몰랐다. "이 못된 추문을 해결하면 난 당신 거예요."

일주일 후에 외국 우표가 찍힌 편지가 넌 양에게 배달 왔다. 미스 바풋이 아침 식사를 위해 내려오기 전에 편지를 받은 그녀는 저녁에 한가해질 때까지 편지를 서랍에 보관하고 이에 관해 아무말도

---

38. 영국 시인 리 헌트(Leigh Hunt)의 「장갑과 사자들」이라는 시를 뜻한다. 왕실에서 두 마리 사자의 싸움을 구경하던 여자가 연인의 사랑과 용기를 시험하기 위해 자신의 장갑을 사자우리에 떨어뜨린다.

하지 않았다. 그날 그녀는 온종일 달뜬 기색이었다. 저녁을 먹고 나서 그녀는 방에서 편지를 읽었다.

"친애하는 넌 양, 나는 지금 까느비에흐 거리에 있는 카페 밖의 작은 대리석 테이블에 앉아 있어요. 이 거리를 아시나요? 까느비에흐는 마르세유에 있는 대로 중 하나이고, 아름다운 카페와 식당이 즐비하며 지금은 전깃불로 휘황찬란합니다. 당신은 틀림없이 난롯가에서 몸을 떨고 있겠지만 이곳은 여름밤이에요. 나는 훌륭한 식사를 마치고 커피를 마시면서 이 편지를 쓰고 있어요. 근처 테이블에서 두 여자가 명랑하게 이야기를 나누고 있는데, 이따금 귀를 간질이는 예쁜 프랑스어 문구가 들립니다. 한 명은 엄청난 미인이라서 처음 그들이 자리에 앉았을 때 난 시선을 뗄 수 없었어요. 이루 말할 수 없이 우아하고 발랄하게 말하며, 너무나도 사랑스러운 눈과 입술입니다.

그런데도 난 계속 다른 사람만 생각하고 있습니다. 아, 당신이 여기에 있다면! 아름다운 남부 지방에서 우리가 얼마나 즐거웠을지! 혼자 있어도 즐겁긴 합니다만 당신이 내 동행이었다면, 당신 특유의 솔직함으로 온갖 주제를 함께 논할 수 있다면! 물론 이 프랑스 여자들은 사소한 잡담 중입니다. 당신의 입에서 나오는 몇 마디가 그리워집니다—강하고, 용감하고, 지적인.

나는 꿈 같은 일이 벌어지길 바랍니다. 내가 지금 눈을 들었는데 당신이 저기 거리에 서 있는 거예요. 몇 시간 전에 런던에서 온 당신의 눈은 즐겁게 빛나며 우리가 친구 이상으로, 단순한 남편과 아내 사이보다 무한대로 친밀하게 내일 당장 제노바로 여행을 떠납니다! 우리의 즐거움을 위해 돌아가라고 세상에게 명한 뒤에 우리는 관찰하고, 즐기고, 토론하는 것을 업으로 삼을 거예요.

모두 헛된 바람인가요? 로더, 당신이 날 사랑하지 않으면 내 삶은 그 언제보다 황폐할 겁니다. 그리고 당신, 당신 역시 무언가를 잃을 거예요. 상상 속에서 당신의 손과 입술에 입을 맞춥니다.

에버라드 바풋."

편지에 발신 주소가 적혀 있었으나 물론 바풋은 답장을 기대하지 않았고 로더 역시 보낼 생각이 없었다. 그런데도 매일 밤 그녀는 얇은 외국 종이를 펴서 거기에 쓰인 글을 한 번 이상 읽었다. 표면적으로는 차분하게, 눈썹에 명상하는 표정을 드리운 채 읽었으며 읽고 나서는 한동안 멍하니 넋을 놓고 있었다.

그가 다시 편지를 보낼까? 그녀가 날마다 궁금해하던 사항은 2주가 지나서야 답을 알 수 있었다. 이번에는 이탈리아에서 편지가 왔다. 로더가 그레이트 포틀랜드 스트리트에서 돌아오자 편지가 홀 탁자 위에 올려져 있었고, 미스 바풋이 먼저 주소를 읽었다. 그들은 아무말도 하지 않았다. 겉봉을 열자—그녀는 곧바로 열었다—부서졌지만 향긋한 말린 제비꽃 한 다발이 들어 있었다.

"당신이 준 체더 핑크에 보답하기 위해서입니다." 꽃과 동봉된 짧은 편지가 이렇게 시작됐다. "파르마의 거리를 걷다가 예쁘장한 소녀에게서 산 꽃이에요. 꽃을 살 생각이 없어서 그냥 지나가는데 이 어여쁜 소녀가 뛰어와서 꽃을 살포시 내 단춧구멍에 찔러 넣는 겁니다. 그래서 소녀의 보드라운 뺨을 토닥이고 1리라를 쥐어줄 수밖에 없었어요. 내가 당신의 얼굴을 얼마나 간절히 그리워하는지! 가끔 나를 생각해 줘요, 소중한 친구여.”

그녀는 웃음을 터뜨리며 편지와 제비꽃을 함께 내려놓았다.

"에버라드 소식을 들으려면 네게 물어봐야겠구나." 미스 바풋이 저녁 식사 후 말했다.

"제가 말씀드릴 수 있는 건," 로더가 가볍게 말했다. "프랑스 남부에서 이탈리아 북부로 여행하면서 여자들 얼굴을 열심히 관찰하고 있다는 거예요.”

"너한테 그런 이야기를 하니?”

"물론이죠. 그분의 주요 관심사인걸요. 솔직한 게 좋죠.”

바풋은 4월 말까지 돌아오지 않았으나 파르마에서 보낸 쪽지 이후에는 소식이 없었다. 어느 화창한 5월의 토요일 오후 그가 사촌의 집에 찾아왔다. 응접실에는 두세 명의 다른 손님이 있었는데 언제나처럼 여자들이었다. 위니프레드 헤이븐 양과 위도우선 부인이었다. 메리는 야단을 부리지 않고 그를 맞이했고, 잠시 그녀와 이야기를 나눈 그는 위도우선 부인 옆에 앉았는데, 그녀가 결혼 초반과는 상반되게 우울해 보인다고 생각했다. 그녀가 말을 시작하자마자 그가 받은 인상에 확신이 생겼다. 처음 만났을 때 무척 유쾌하게 눈에 띄었던 소녀다움은 사라졌으며 깨진 환상과 근심을 뜻하는 침울함이 대신 서려 있었다.

그녀는 그의 아파트 바로 위층에 사는 베비스 남매를 아느냐고 물었다.

"베비스요? 계단 입구에 있는 안내표에서 이름은 본 적 있지만 개인적으로 알지는 못합니다.”

"제가 어제 그걸 보고 당신이 그 건물에 사는 걸 알게 됐어요." 모니카가 답했다. "남편이랑 베비스 남매를 만나러 갔는데 당신 이름을 봤어요. 어쨌든 당신이라고 추측했는데 바풋 선생님이 확인해 주셨어요."

"아, 맞습니다. 그 아파트에 쓸쓸하게 혼자 삽니다. 위도우선 씨와 당신이 다음번에 친구들을 찾아올 때 제 문도 두드려 주면 얼마나 기쁠까요?"

모니카는 미소를 지었고, 그녀의 눈은 초조히 두리번거렸다.

"여행 중이셨죠—해외로요?" 그녀가 물었다.

"네, 이탈리아에 다녀왔습니다."

"부러워요."

"아직 안 가보셨나요?"

"아직이오."

그는 이탈리아에서 사는 것의 장단점을 조금 이야기했다. 하지만 위도우선 부인은 반응이 없어졌고, 마침내 그는 그녀가 과연 듣고 있는지 의심스러워졌다. 그래서 헤이븐 양이 그쪽으로 오자 그는 기회를 잡아 사촌과 단둘이 이야기를 시작했다.

"넌 양은 집에 없어요?"

"없어. 저녁 식사 때까지 안 올 거야."

"잘 지내요?"

"아주 잘 지내. 7시 30분에 다시 와서 우리랑 식사할래?"

"물론입니다."

이렇게 즐거운 기대를 품고 그는 집을 나섰다. 오후에 날씨가 쾌청했으므로 그는 곧바로 역으로 가는 대신 첼시 임뱅크먼트로 가서 첼시 브리지 로드를 거닐었다. 슬론 스퀘어에 진입했을 때 그는 기차역으로 가고 있는 위도우선 부인을 발견했다. 그녀는 시선을 떨구고 다소 맥없이 걸었으며 그가 이름을 부를 때까지 그를 보지도 못했다.

"우리가 같은 방향으로 가나요?" 그가 물었다. "서쪽으로 가세요?"

"네, 전 포틀랜드 로드까지 돌아서 가요."

역으로 함께 들어가는 길에 바풋은 명랑하게 이야기를 계속했다. 동행의 울적한 얼굴에 집중하고 있던 그는 바로 옆을 지나친 사람을 보지 못했다. 미스 바풋의 예상보다 일찍 돌아온 로더 넌이었다. 두 사람을 발견한 그녀는 잠시 뚫어지게 쳐다봤다. 그리고 그녀는 계속 걸어서 거리로 나갔다.

그들이 들어간 일등석 칸에는 다른 승객이 없었으며 바풋의 목적지까지 아무도 타지 않았다. 위도우선 부인의 심정을 알고 싶었던 그는 관습적인 예의는 갖추었으나 꽤 친밀한 말투를 쓰고야 말았다. 그는 이번 해 왕립아카데미의 전시회가 어땠느냐는 질문으로 대화를 시작했다. 그녀는 아직 가보지 못했지만 월요일에 갈 생각이었다. 그녀는 예술에 취미가 있는지? 아니, 아무것도 하지 않았다. 그녀는 매우 쓸모없고 게을렀다. 그녀가 예전에 미스 바풋의 학생이 아니었는지? 그랬다. 하지만 결혼하기 전 아주 잠깐이었다. 넌 양과 친밀한 사이인지? 친하지 않다. 한때 알고 지냈으나 이제는 미스 넌이 그녀를 별로 좋아하지 않는다.

"아마 제가 결혼해서이겠지요." 그녀가 미소를 지으며 덧붙였다. "넌 양이 그렇게까지 결혼을 반대합니까?"

"아주 나약한 사람들이 하는 결혼은 용서하는 것 같아요. 저로 말하자면, 너그럽게 제 결혼식에도 와주셨어요."

바풋은 몹시 놀랐다.

"결혼식에 왔다고요? 하객 복장을 하고요?"

"물론이에요. 아주 멋졌어요."

"저한테 묘사해 주세요. 기억하나요?"

아무리 사소한 상황이었더라도 여자들은 다른 여자의 옷차림을 잊지 않는 법이고, 모니카는 물론 그의 궁금증을 해결해 주었다. 호기심이 동한 그녀는 심지어 은근한 질문도 한두 개 던졌다.

"그런 차림의 미스 넌을 상상하기도 힘드나요?"

"못 봐서 안타까울 따름입니다."

"미스 넌 얼굴은 굉장히 인상적이에요. 그렇게 생각하지 않아요?"

"맞습니다. 근사한 얼굴이죠."

그들의 시선이 마주쳤다. 바풋은 모니카 맞은편 자리에서 앞으로 몸을 기울였다.

"제게는 세상에서 가장 흥미로운 얼굴입니다." 그가 조용히 말했다.

그의 동행은 놀라고 기뻐하며 얼굴을 붉혔다.

"이상하다고 생각하시나요, 위도우선 부인?"

"아—왜요? 전혀 아니에요."

순식간에 그녀는 놀랄 정도로 쾌활해졌다. 그 주제는 다시 언급되지 않았지만 남은 시간 동안 그들은 서로 호감을 느끼고 신뢰하는 기분으로 대화했으며, 모니카는 다소 수줍어하는 예쁜 미소를 유지했다. 그리고 바풋이 베이스워터에서 내리기 전에 그들은 특별히 친밀하게 악수했고, 두 사람 모두 금세 또 만나고 싶다는 바람을 표정으로 내비쳤다.

그들은 돌아온 월요일에 다시 마주쳤다. 위도우선 부인이 벌링턴 하우스에 방문할 계획이라는 것을 기억한 바풋이 그날 오후 그곳에 갔다. 자그마하고 예쁘장한 부인과 우연히 마주쳐도 나쁘지 않을 것이다. 그녀의 남편이 동행했을지도 모르는데, 그렇다면 그들 사이를 관찰할 기회였다. 위도우선이라는 남자는 혹독해 보였다. 독재자일 가능성이 매우 크다고 그는 생각했다. 그가 잘못 보지 않았다면 그녀는 남편에게 질렸으며 그 멍에를 후회하고 있었다—흔한 이야기였다. 그가 이런 생각을 하면서 그림을 구경하고 있는데, 일단 지금으로서는 혼자 있는 지인이 카탈로그를 들고 서 있는 모습이 보였다. 그녀의 애처로운 얼굴이 그의 미소에 답했다. 그들은 그림에서 물러나 벤치에 앉았다.

"토요일 저녁에 첼시 친구들과 저녁 식사를 했습니다." 바풋이 말했다.

"토요일에요? 거기로 돌아간다는 말씀은 없으셨잖아요."

"그때는 미처 생각나지 않았습니다."

모니카는 흥미로워하는 표정이었다.

"사실 말입니다," 그가 말을 이었다. "저는 아무것도 기대하지 않았고 그저 만나게 되어서 기뻤습니다. 넌 양은 최고로 냉정했습니다. 저녁 내내 한 번도 안 웃은 것 같아요. 사실 외국에서 제가 편지를 보냈는데, 아마 그것이 불쾌했던 모양입니다."

"미스 넌 표정을 보고 속마음을 읽기는 어려운 것 같아요."

"어쩌면요. 하지만 전 그녀 얼굴을 너무나도 자주, 그리고 열심히 관찰했거든요. 그런데도 그녀는 제가 알고 지낸 어떤 여자보다 신비롭습니다. 물론 부분적으로는 제가 그녀를 생각하는 마음 때문이겠지요. 만일―그녀가 한 번이라도 자기 마음을 제게 표현하면 정말 기분이 묘할 것 같습니다. 여자들은 가면 아래 얼굴을 단 한 남자에게만 보여 주죠. 하지만 로더의―그러니까 넌 양의―가면은 제가 꿰뚫어 보려고 한 어떤 가면보다 철저합니다."

모니카는 이 대화에서 위험한 무언가를 감지했다. 그녀의 마음속에 숨기고 있는 고민에서 솟구친 예감이었는데, 이러다가 은연중에 자신의 비밀을 들킬 것 같았다. 그녀는 어떤 남자와도, 사실 남편과도 이렇게 은밀하게 대화한 적이 없었다. 그녀가 바풋에게 부적당한 감정을 품게 될 가능성은 전혀 없었다. 그녀만의 이유가 있는 확신이었다. 하지만 조금이라도 감상적인 대화는 그녀의 평정심을 어지럽힐 위험이 있었다―얼마 남지 않은 그 평화마저. 허물없이 털어놓는 이 남자를 말렸어야 했다. 그러나 그가 보이는 신뢰가 기쁘고 우쭐하기도 했거니와 화제가 너무 흥미로워서 그녀는 조심하라는 본능을 따르지 못했다.

"그러니까," 그녀가 말했다. "미스 넌이 진심을 숨기고 있는 것 같다고요?"

"이러면 안 되겠죠? 남자가 여자한테 다른 여자에 대한 의견을 물어보면 안 되는 거죠?"

"전 알려드리고 싶어도 못해요." 모니카가 말했다. "전 미스 넌이 무슨 생각인지 전혀 모르는걸요."

바풋은 위도우선 부인의 지력을 과연 어느 정도로 가늠해도 좋을지 궁금했다. 확실히 로더보다는 부족했으나 그녀 부류의 여자들에게서 찾기 힘든 섬세한 감성과 예리한 지력을 지닌 듯했다. 진심으로 그녀의 도움을 원하게 된 그는 진지한 미소를 지으며 물었다.

"넌 양이 사랑에 빠질 수 있는 사람이라고 생각해요?"

모니카는 감정이 격해진 것처럼 보였다. 하지만 그녀는 마음을 추스르고 곧 대답했다.

"어쩌면 사랑에 빠지지 않으려고 노력할지도 모르죠─아니면 스스로에게 인정하지 않거나요."

"실제로는 사랑하면서도요?"

"그런 감정은 무시하는 편이 훨씬 고상하다고 생각할 테니까요."

"알아요. 그녀는 결혼을 꿈꿀 수 없는 여자들에게 영감을 주는 본보기가 되어야 하죠." 그가 소리 없이 웃었다. "자신이 선택한 길을 포기하기 부끄러워서라도 반대 방향으로 돌아서지 않을지도 모르겠군요."

"미스 넌은 아주 강인한 사람 같아요. 하지만─"

"하지만?"

그가 기대하는 눈빛으로 그녀의 얼굴을 들여다보았다.

"전 말할 수 없어요. 미스 넌을 잘 몰라요. 여자는 남자에게만큼이나 다른 여자들에게도 미스터리일 수 있어요."

"모든 걸 다 고려했을 때, 전 당신이 그렇게 말해서 기쁩니다. 저도 그렇게 생각해요. 미련한 사람들이나 반대 의견을 고집하죠."

"우리 이제 그림을 좀 볼까요, 바풋 씨?"

"아, 죄송합니다. 제가 당신 시간을 낭비해군요─"

모니카는 불안한 표정으로 그렇지 않다고 말하며 자리에서 일어나 그림 가까이 다가섰다. 그들이 10분 정도 함께 그림을 감상하고 있는데 지나가는 사람을 보려고 고개를 돌렸던 바풋이 평소와 다름없는 목소리로 말했다.

"저기 반대편에 위도우선 씨가 있는 것 같습니다."

모니카는 황급히 뒤돌아봤고, 그림에 집중한 척하며 그녀를 힐끔거리고 있는 남편을 발견했다.

19장. 철커덩거리는 쇠사슬

토요일 저녁 이래 모니카와 그녀의 남편은 말을 한마디도 나누지 않았다. 미스 바풋을 방문하고 나서 밀드레드 베스퍼를 만나러 갔던 그녀는 식사 시간이 한참 지나서야 집에 돌아왔다. 무시무시한 분노의 폭발이 기다리고 있었고, 그녀는 단호하고 오만한 침묵으로 상대했다. 그 후 두 사람은 서로를 최대한 멀리했다.

위도우선은 모니카가 왕립예술원에 갈 계획이라는 것을 알았다. 그는 그녀가 혼자 출발하게 내버려 두었고, 그녀가 언제 돌아오든 관심 없다고 스스로를 설득하려고까지 했다. 하지만 그녀가 떠나고 얼마 되지 않아 그는 따라갔다. 그는 못 견디게 괴로웠다. 그의 결혼생활은 완전히 파탄이 날 지경이었는데, 그는 이 재앙이 대체로 자기 탓이라고 고통스러워하면서 인정했다. 아무리 결심을 굳혀도 그는 질투심을 억제할 수 없었고, 이것은 그들 사이에 평화가 자리 하자마자 새로운 오해를 낳았다. 그의 머릿속에서 끔찍한 생각들이 시커멓게 타올랐다. 그는 자신이 격정범죄를 저지르는 남자 중 하나라고 생각하면서 비참했던 인생의 비극적 결말을 음침하게 상상했다. 그는 자살할 것이며 모니카 역시 그와 함께 죽어야 한다. 하지만 한 시간만 만족스럽게 보내도 이런 상상은 완전히 미친 짓으로 느껴지며 머릿속에서 사라졌다. 다시 한번 그는 모니카의 요구가 얼마나 무해하고 지당한지, 벗어날 수 없는 저주스러운 의심병만 아니었다면 두 사람이 얼마나 평화롭게 살 수 있을지 생각했다. 다른 남자들은 그녀를 아내다운 미덕을 갖춘 부인의 모범으로 여길 터였다. 그녀는 집안일을 야무지게 해냈고, 그녀의 행실에서는 일말의 결함도 찾을 수 없었다. 그는 그녀가 세상 어느 여자보다 순결하다고 믿었다. 그녀가 바라는 건 오직 그의 신뢰였으나, 이 모든 것에도 불구하고 그에게는 불가능한 바람이었다.

그는 세상 어느 여자도 완벽히 믿지 못했을 것이다. 그는 여자들이 영원히 가르침을 받아야 하는 존재라고 믿었다. 그들이 천성적으로 방탕하다고 생각하는 것이 아니었다. 그저 그들은 결코 성숙할 수 없는 존재였고, 평생 불완전한 상태로 살면서 어린아이처럼 그른 생각이나 꾐에 빠질 위험이 있었다. 물론 그가 옳았다. 그는 여성이 미숙한 상태를 벗어나지 못하게 문명의 잔야부터 힘껏 노력한 남성 보호자이자 아내의 소유자를 대표했다. 그의 문제는, 자신이 완전한 인간이라는 것을 반박의 여지 없이 증명하는 여자와 결혼했다는 것이었다. 이성과 전통이 마음속에서 논쟁하며 끊임없이 그를 괴롭혔다.

또한 그는 모니카가 자신을 사랑하지 않을지도 모른다고 두려워하기 시작했다. 그녀가 그를 사랑한 적이 있었나? 진저리나는 직업 대신 안락한 결혼생활을 원하는 마음으로, 사랑하는 시늉이 가능할 정도 호감만 있던 그의 끈질긴 구애를 받아들였다고 의심할 근거가 숱했다. 그녀가 그를 좋아하기는 했었다. 행복했던 결혼 초기에는 확실히 그랬다. 그의 모든 표정, 모든 말에 담겨 있는 열정적인 숭배를 느끼지 못할 여자는 없었다. 그러나 나중에 잘못된 길로 새버린 그는 그녀의 본성을 억압하고, 그녀의 생각을 갈아엎고, 끝내 그녀의 주인이자 왕이 되고자 했다. 이제라도 돌이킬 수는 없을까? 그녀가 그에게 절하거나 발에 키스할 수 없는 여자라면, 그녀를 유쾌한 동반자이자 충실한 친구로 삼는 데 만족할 수는 없을까?

이런 기분으로 그는 벌링턴 하우스를 향해 급히 발걸음을 옮겼다. 모니카를 찾아 전시회장을 헤매던 그는 결국 그녀를 찾았는데—그녀는 바풋이라는 남자와 나란히 앉아 있었다. 그들은 은밀히 대화하고 있었다. 바풋은 목소리를 낮춘 듯이 그녀 쪽으로 고개를 기울이고 미소 짓고 있었다. 모니카는 즐거우면서도 난처한 표정이었다.

그의 혈관에서 피가 끓었다. 그가 느낀 첫 충동은 곧바로 모니카에게 가서 자기를 따라오라고 명령하는 것이었다. 하지만 정신이 아득해지는 질투의 고통에 그는 하염없이 바라보기만 했다. 그들이 그를 발견할 때까지 그는 바라보았다.

어쩔 수 없었다. 머리가 핑핑 돌고 온몸을 칼에 찔리는 것 같았지만 바풋이 내미는 손을 잡을 수밖에 없었다. 그는 미소를 짓지도, 말을 하지도 못했다.

"결국 왔네요?" 모니카가 말하고 있었다.

그는 고개를 끄덕였다. 그녀의 얼굴에는 분명히 곤혹스러운 기색이 있었으나 지난 며칠간의 일을 생각하면 달리 설명이 필요 없었다. 그는 그녀의 눈을 들여다보았지만 거기서 양심의 가책을 읽었는지 알 수 없었다. 여자 마음속의 비밀을 어떻게 파헤친단 말인가?

바풋은 이런저런 그림을 가리키며 어색한 상황이라고 판단되는 순간을 최대한 무마하려고 노력했다. 그 언제보다 독재자처럼 보이는 음울한 남편은 알아들을 수 없는 몇 마디를 웅얼거렸다. 1~2분 후 에버라드는 자리를 벗어나 그들 시야에서 사라졌다.

모니카는 남편으로부터 돌아서서 그림에 관심을 느끼는 척했다. 그들이 전시회장 끝에 다다르기 전에 위도우선이 말했다.

"얼마나 더 있고 싶어요?"

"당신이 가고 싶을 때 갈게요." 그녀가 외면한 채로 대답했다.

"당신 즐거움을 망칠 생각 없어요."

"정말로, 난 아무것도 즐겁지 않아요. 날 감시하러 왔어요?"

"이제 집으로 가는 편이 낫겠군요. 더 보고 싶으면 나중에 다시 와요."

모니카는 카탈로그를 접고 걷기 시작하는 것으로 승낙을 표했다.

그들은 침묵 속에서 헌힐까지 돌아왔다. 위도우선은 서재에 틀어박혀서 저녁 식사 시간까지 나타나지 않았다. 두 사람 모두 한 술 뜨는 시늉만 했고, 식탁에서 일어날 수 있자마자 각자 다른 방으로 갔다.

10시쯤 모니카가 응접실에 있는데 남편이 들어왔다.

"난 거의 결정했어요." 그가 그녀에게 다가서며 말했다. "큰 변화를 주기로 했어요. 당신이 클리브던 고향 집을 언제나 즐겁게 추억하니까 우리가 이 집을 나가서 거기로 이사하면 어때요?"

"당신이 결정할 일이에요."

"당신이 반대하는지 알고 싶어요."

"당신이 하라는 대로 할게요."

"아니, 그건 충분하지 않아요. 내 계획은 이거예요. 내가 거기서 큰 집을 얻어서—그쪽 동네는 당연히 집세가 저렴할 테니—당신 언니들까지 초대해서 함께 사는 거예요. 그럼 그들과 당신 모두에게 좋을 거예요."

"언니들이 동의할 거라고 확신할 수 없어요. 버지니아 언니는 자기 하숙집에서 살고 싶어 하잖아요."

이상하게도 그건 사실이었다. 건지섬에서 돌아온 그들은 버지니아에게 함께 살자고 초대했으나 그녀가 거절했다. 모니카는 이해할 수 없었다. 그녀는 아내의 친정 사람들이 남편에게 부담을 주면 안 된다는 모호한 주장을 하며 거절했지만—진심으로 느껴지지 않았다. 버지니아가 위도우선을 싫어하는지도 몰랐다.

"클리브던은 두 사람 모두 좋아할 거예요." 그가 주장했다. "당신 언니들이 한 이야기를 들어보니 학교를 연다는 생각은 포기한 것 같아요. 더구나 앨리스가 지금 일하는 집이 고달픈 곳이라고 당신이 말했잖아요. 하지만 당신이 진심으로 찬성하는지 난 꼭 알아야겠어요."

모니카는 침묵했다.

"대답해 줘요."

"왜 이런 생각을 했어요?"

"내가 설명할 필요는 없는 듯해요. 우리는 이미 불쾌한 대화를 너무 많이 나누었고, 난 당신이 오해할 말을 하지 않고 최선의 방법을 택하고 싶어요."

"내가 오해할 여지는 없어요. 당신은 나를 도저히 못 믿어서, 내가 늘 당신의 감시 아래 있을 조용한 시골로 데려가려는 거잖아요. 그냥 솔직하게 말해요."

"감옥에 가는 것처럼 여긴다는 뜻이군요."

"내가 달리 어떻게 생각하겠어요? 당신에게 무슨 다른 동기가 있겠어요?"

그는 거칠게 권위를 내세워서 힘으로 해결할 충동을 느꼈다. 정곡을 찌른 모니카의 추궁은 그의 화만 돋울 따름이었다. 하지만 그는 애써 자제했다.

"우리 행복이 걷잡을 수 없이 망가지기 전에 무슨 대책을 세워야 하지 않겠어요?"

"우리 행복이 왜 망가져야 하는지 난 모르겠어요. 내가 전에도 이야기했듯이 당신은 그런 말로 스스로를 저급하게 만들고 나를 모욕하는 거예요."

"나도 단점이 있어요. 나도 너무나도 잘 알아요. 그중 하나는 내가 좋아하지 않는 사람들과 당신이 친구가 되는 걸 못 견딘다는 거예요. 난 결코 참을 수 없을 거예요."

"물론 당신은 지금 바풋 씨를 뜻하는 거죠."

"맞아요." 그가 퉁명하게 인정했다. "내가 갔을 때 당신이 하필 그 사람과 있었다는 게 정말 불쾌해요."

"당신은 너무나 비합리적이에요." 모니카가 쏘아붙였다. "내가 바풋 씨를 우연히 공공장소에서 만나서 대화를 나누는 게 뭐가 나빠요? 난 그런 친구가 스무 명이 있었으면 좋겠어요. 그런 대화는 삶에 새로운 흥미를 불어넣어요. 나는 바풋 씨를 좋게 생각할 이유가 충분해요."

위도우선은 비통했다.

"그리고 나는," 그가 분노로 떨리는 목소리로 말했다. "난 그 사람을 싫어하고 의심할 이유가 충분하다고 생각해요. 그는 올곧은 남자가 아니에요. 얼굴을 보면 알 수 있어요. 난 그 사람이 떳떳하지 않게 살았다고 확신해요. 이런 것들은 내가 당신보다 잘 알아요. 그 사람을 베비스와 비교해 봐요. 베비스는 믿을 만한 남자예요. 한 번만 대화를 나누어 봐도 호감이 오랫동안 남죠."

모니카는 잠시 아무말 없이 무표정한 얼굴로 앞을 응시했다.

"그렇지만 당신은 베비스 씨와도 친구가 되지 않죠." 그녀가 마침내 말했다. "당신의 그런 단점 때문에 온갖 문제가 생기는 거예요. 당신은 사람들을 사귈 생각조차 안 해요. 당신이 바풋 씨를 싫어한다는 말인즉 당신이 그 사람을 모르고 알고 싶어 하지도 않는다는 뜻이에요. 하지만 당신이 그분을 완전히 오해했어요. 난 당신이 틀렸다고 확신해요."

"물론 당신은 그렇게 생각하겠죠. 당신은 세상사에 무지해서—"

"모름지기 여자는 그래야 한다면서요." 그녀가 쓸쓸하게 끼어들었다.

"맞아요! 그런 지식은 여성에게 해로워요."

"그럼 부디 말해 봐요. 여자는 자기 지인들을 어떻게 판단해야 하죠?"

"결혼한 여자는 남편의 의견을 반드시 따라야 해요. 최소한 다른 남자들에 관한 견해는요." 위도우선은 그 진부한 수렁으로 뛰어들었다. "어떤 것들이 여자의 머릿속에 들어가면 해로운지 남자는 확실히 알아요."

"난 동의하지 않아요. 그렇게 생각할 수 없고, 하지도 않을 거예요."

그는 좌절한 몸짓을 했다.

"우리는 절망적으로 다르네요. 우리가 이런 주제를 사이좋게 토론하는 것은 괜찮았어요. 하지만 이제 당신은 나를 화나게 하려고 내가 싫어하는 말을 일부러 닥치는 대로 하고 있죠."

"아뇨, 정말 아니에요. 하지만 우리가 사이좋게 지내기 어려운 건 사실이에요. 난 진심으로 당신의 친구가 되고 싶어요—당신의 진정한, 충실한 친구가 되고 싶다고요. 하지만 당신이 그걸 불가능하게 만들어요."

"친구!" 그가 경멸하며 외쳤다. "내 아내가 된 여자는 친구 이상이어야 해요. 이제 당신은 날 전혀 사랑하지 않아요—그래서 우리가 비참한 거예요."

모니카는 대답할 수 없었다. 그의 입에서 나오는 '사랑'이라는 단어에 그녀는 질려 버렸다. 그녀는 그를 사랑하지 않았다. 사랑하는 척도 할 수 없었다. 그들 사이의 틈은 매일 점점 벌어졌고, 그가 그녀를 안으면 그녀는 역겨움에 몸서리쳤다. 부자연스러운 결합이었다. 그가 아내의 애정을 요구라도 할 때면 그녀는 지긋지긋한 거부감에 숨이 막혔다. 그렇지만 이런 말을 어떻게 한단 말인가? 진실을 입 밖에 내는 순간 그녀는 그를 떠나야 했다. 그녀의 가슴에 사랑이란 흔적도 없이 사라졌다고 선언하고 계속 그와 사는 것은—그건 불가했다! 그를 떠나야 한다는 어두운 예감이 이따금 위도우선을 끔찍하게 유혹하는 무시무시한 이미지들과 그녀의 마음속에서

부합했다.

"당신은 나를 사랑하지 않아요." 그가 거칠게 쉰 목소리로 말을 이었다. "내 친구가 되고 싶다고요. 그걸로 사라진 사랑을 보상하려는 거겠죠."

그가 쓴웃음을 터뜨렸다.

"당신은 그런 말을 할 때," 모니카가 답했다. "당신이 내 사랑을 받으려고 노력했는지 자문은 안 하나요? 이런 다툼이 내 건강을 망가뜨리고 있어요. 이제 난 당신과 이야기하기도 겁나요. 성질을 내거나 불평하지 않는 당신 목소리가 어땠는지 기억도 잘 안 나요."

방을 오락가락하는 위도우선의 입에서 묵직한 신음이 새어 나왔다.

"그래서 내가 여기를 떠나자는 거예요, 모니카. 새로운 삶을 시작하려면 새집으로 가야 해요."

"장소가 바뀐다고 우리 삶이 달라지진 않을 거예요. 당신은 여전히 같은 남자일 테니까요. 당신이 여기서 질투심을 다스리지 못하면 어디에서도 못 할 거예요."

그는 무슨 말을 하려다가 포기한 듯하더니, 부자연스러운 쉰 목소리로 다시 말했다.

"그럼 당신은 오늘 바풋과 함께 앉아서 무슨 이야기를 했는지 내게 솔직하게 말할 수 있어요?"

모니카의 눈이 번뜩였다.

"할 수 있어요. 토씨 하나 안 빼놓고 전부 말할 수 있어요. 하지만 말하지 않겠어요."

"내가 부탁하더라도, 모니카? 내 마음을 편하게 해주기 위해서라도—"

"싫어요. 전부 당신이 들어도 되는 내용이라고만 말하겠어요."

그는 자기가 이렇게 수치스러운 부탁을 할 지경으로 전락했다는 사실이 몹시 창피했다. 그는 의자에 주저앉아 얼굴을 가리고 모니카가 연민을 보이길 기대했다. 하지만 그녀가 일어났을 때는 잠자리에 들 준비를 하기 위해서였다. 그녀는 참담한 심정이었다. 남편과 한 침실로 가야 했기 때문이었다. 간절히, 그녀는 혼자 있고 싶었다. 하인의 다락방에 있는 가장 누추한 침대가 백 배 나았을 것이다. 깨어 있고 싶으면 깨어 있고, 방해하는 사람 없이 생각할 수 있고, 원하면 눈물을 흘릴 수 있는 자유—가 그녀에게는 귀중한 축복처럼 느껴졌다. 그녀는 월워스 로드에서 일하고 있는 모든 여직원이 부러웠다. 그곳으로 돌아가고 싶은 바람이 가슴에 사무쳤다. 얼마나 멍청한 짓을 저질러 버렸는가! 결혼에 대해 로더 넌이 한 이야기는 전부 사실이었다!

다음 날 위도우선은 유사한 상황에서 한 번 시도했던 임시방편을 사용했다. 그는 여덟 장의 빽빽한 편지에서 그들의 갈등의 원인을 되짚고 자기 잘못을 고백하는 한편 아내의 잘못을 부드럽게 상기시키고, 그들의 행복을 되살릴 진정한 노력에 협조해 달라는 말로 끝맺었다. 그는 점심 식사 후 편지를 식탁에 올려놓고 모니카가 혼자 읽을 수 있게 집을 비웠다. 내용을 이미 예상한 모니카는 대충 훑어보았다. 그가 답장을 요구했기 때문에 그녀는 최대한 짤막하게 썼다.

"당신은 매우 나약하고 남자답지 않게 행동하고 있어요. 당신은 우리 둘 모두를 이유 없이 불행하게 만들고 있어요. 난 이미 했던 이야기밖에 할 수 없어요. 당신이 나를 노예가 아닌 자유로운 동반자로 여기지 않는 이상 아무것도 나아지지 않을 거예요. 당신이 그렇게 하지 못하면 난 우리가 애초에 만나지 않았기를 바라게 될 것이고, 결국 우리는 함께 살 수 없을 거예요."

그녀는 아무것도 적히지 않은 봉투에 쪽지를 넣고 홀 테이블 위에 올려놓은 후 한 시간 동안 산책했다.

이것은 점점 나빠지고 있는 그들의 관계에서 또다시 악화된 한 단계의 끝이었다. 모니카는 2주 동안 집에만 있음으로써 남편을 달래고 자신의 마음도 어느 정도 진정했다. 하지만 이제 그녀는 다정한 화해를 가장할 수 없었다. 그의 손길이 닿으면 그녀는 차가워졌고, 위도우선은 아내가 자기와 있기보다는 혼자 있기를 선호한다는 걸 알아차렸다. 함께 앉을 때면 그들은 책을 읽었다. 모니카는 삶이 불행해질수록 더욱 책의 세계에 빠져들었다. 위도우선이 마지못해 머디 도서관의 구독권을 얻어 주자 그녀는 신간 도서 목록에서 혼자 무작위로 고르거나 코스그로브 부인의 집에서 만난 사람들 같은 다독가들의 조언을 참고했다. 그녀의 정신은 이런 책들에 담긴 현대적인 가르침을 선뜻 흡수했다. 그녀는 불만과 반발심밖에 남지 않은 자신의 기분에 꼭 맞는 논점과 사상이 담긴 책을 찾았다.

사랑 이야기를 읽다 보면 그녀는 때때로 속이 쓰라리게 후회스러웠다. 결혼하기 전에 그녀는 사랑을 몰랐다. 사랑은 몹시 흐리멍덩하고 불확실한 관념일 뿐이었다. 그녀는 사랑을 부정적으로 생각하기까지 했었는데, 상점의 다른 직원들이 숙덕거리는 천박하고 지저분한 욕망에 대한 거부감 때문이었다. 자신의 타고난 기질을 더 잘 알게 된 그녀는 어떤 성격의 남자가 자신과 더 잘 맞을지도 분명해졌다. 그는 모든 면에서 그녀의 남편과 달랐다. 그녀는 비슷한 남자를 책에서 찾았으며 실제 삶에서는 비슷한 것 이상인 남자를 찾았는지도 몰랐다. 자유를 향한 그녀의 갈망에 관해서만은 위도우선의 질투에 확실히 근거가 있었다. 좀 더 당당하게 화를 내고 싶을 때 그녀는 이 사실을 인정하며 침울해졌다. 하지만 위도우선은 특정한 편견 탓에 엉뚱한 오해를 하고 말았는데, 이 점에서 그녀는 완전히 떳떳했으므로 마음껏 반발하며 비밀스러운 양심의 가책을 견딜 수 있었다. 바풋과 무슨 이야기를 나누었는지 알려 주지 않은 것도 어느 정도는 위도우선이 계속 헛다리를 짚길 바라는 마음 때문이었다. 바풋에 대한 그의 끈질긴 의심은 영영 되풀이되는 그들의 싸움에서 모니카에게 확고한 발판을 주었다.

  방향을 잘못 잡은 남편의 의심은 아내의 경멸과 우월감을 자극한다. 또한, 의심받고 있지 않은 애정을 더욱 열렬하게 만들고, 틀린 길로 유인하는 비뚤어진 즐거움을 촉발한다. 모니카는 이런 감정을 인지했다. 비참함에 그녀는 이따금 날카로운 웃음을 터뜨렸는데, 진지하게 고려하지는 않았으나 무모한 상상을 부추기는 생각들 때문이었다. 이 모든 게 어떻게 끝날까? 그녀는 다시금 자문했다. 지금으로부터 10년 후 그녀는 불명예스러운 삶을 살고 있을까, 아니면 무의미한 삶에 지쳐 영혼이 시들어 버렸을까? 그녀의 가슴 속에 다른 누군가의 이미지가 존재하건 텅 비어 있건, 사랑하지 않는 남자와 사는 것은 불명예였다. 사회적 도덕이 찬미하고 때로는 무시무시한 벌로 강제하는 그 불명예에 수많은 여자가 굴복했다.

  그러나 그녀는 매우 젊었고, 인생에는 천만뜻밖의 변화가 가득했다.

20장. 첫 번째 거짓말

아이가 없는 과부인 코스그로브 부인은 수입이 충분했으며 다양한 사람들과 교류했다. 그녀의 결혼생활이 행복했다는 것이 일반적인 의견이었으며, 그녀가 죽은 남편에 관해 이야기할 때면 존경은 물론 애정이 종종 느껴졌다. 그렇지만 그녀의 결혼관은 놀랄 정도로 대담했는데, 그녀가 매우 친한 지인 몇 명에게만 자기 생각을 털어놓았기 때문에 그녀 집에 드나드는 사람들 대부분은 그녀를 조금 별나지만 싹싹하고 사교적이며 손님 접대를 할 줄 아는 여자라고만 생각했다.

그녀의 응접실에서 부와 지위를 지닌 사람들은 찾기 힘들었고, 보헤미안적인 기질도 드물었다. 태생도 결혼도 불변의 중간계급에 속하는 코스그로브 부인은 사교를 꺼리는 외톨이들에게 사람 만날 기회를 제공하는 것을 목표로 삼은 듯했다. 외롭고 가난한 소녀들과 여자들이 그녀 집에 자주 드나들었고, 그녀는 그들을 위로하고 결혼을 주선해 주려고 최대한 노력했다. 그녀가 궁핍한 사람들에게 현실적인 도움을 주는 데 상당한 돈을 쓴다는 소문도 돌았다. 더구나 그녀의 손님 중에는 가난하지도, 외롭지도 않은 아가씨들이 드문드문 섞여 있어서, 이런저런 직종에서 성공하려고 애쓰고 있거나 신붓감을 찾는 젊은이들의 발길을 유혹했다. 격식은 최소한으로 지켜졌고, 집주인을 제외하고는 샤프롱이 없는 경우가 허다했다.

"우리는 거짓된 허례허식을 끝내고 싶은 거예요." 그녀가 가까운 친구들에게 당부했다. "소녀들은 스스로를 믿고 위험을 경계하는 법을 배워야 해요. 끊임없는 감시를 통해서만 정숙하게 만들 수 있는 여자아이라면, 뭐, 알아서 살게 내버려 두고 직접 겪어서 배우라고 하죠. 사실 난 경험이 훈계를 대체했으면 해요."

코스그로브 부인과 미스 바풋은 관점이 달랐음에도 불구하고 서로를 무척 좋아할 만큼 충분히 많은 사항에 동의했다. 코스그로브 부인 슬하 아가씨가 결혼에 대한 생각을 접고 미스 바풋에게 건너와 그레이트 포틀랜드 스트리트에서 일을 배우기도 했다. 로더넌은 코스그로브 부인의 영향이 전반적으로 매우 유해하다고 대놓고 말하긴 했으나 그 부인을 좋아했다.

한번은 그녀가 미스 바풋에게 말했다. "그 집은 결혼 중매소나 진배없어요."

"여러 사람이 모이는 집은 다 그렇지."

"다 똑같지는 않아요. 코스그로브 부인이 얼마 전에 청혼을 승낙한 여자아이 이야기를 했어요. 그러면서 하는 말이, '두 사람이 잘 맞지는 않을 것 같지만 시도해서 나쁠 건 없겠죠.'"

미스 바풋은 웃음을 참을 수 없었다.

"누가 아니? 어쩌면 부인이 옳을지도 몰라. 여하튼 너도 알다시피, 누가 결혼할 때마다 사람들이 하는 생각을 입 밖으로 낸 것뿐이잖아."

"문장의 첫 부분은—그렇죠." 로더가 신랄하게 말했다. "하지만 '시도해 봐서 나쁠 건 없겠죠'라뇨. 1년 후에 아내 이야기를 들어 보기로 해요."

런던의 사교계 시즌[39] 중반쯤 된 어느 일요일 오후 코스그로브 부인의 응접실은 북적거렸고—두 사람도 계단을 사이에 두고 앉아 있었다. 언제나처럼 누군가가 피아노를 연주했으나 두런두런하는 말소리가 선율 아래 흘렀다. 조용한 것을 선호하는 대여섯 사람이 아래층 서재에 모였는데 그중 한 명이 위도우선 부인이었다. 무릎 위에 사진첩을 올려놓고 넘겨 보는 그녀는 발랄한 베비스 씨와 그의 농담에 쉴 새 없이 깔깔거리는 젊은 유부녀의 대화를 듣고 있었다. 그녀는 조금 전에 응접실에서 내려왔다. 잠시 후 그녀의 눈이 베비스의 눈과 마주치자 그는 단번에 그녀 옆자리로 왔다.

"오늘은 누이들과 함께 안 오셨나요?" 그녀가 물었다.

"아뇨, 자기들 손님을 접대하고 있어요. 저희를 보러 또 언제 오시나요?"

"곧 가고 싶어요."

베비스는 다른 곳을 응시하며 생각에 잠긴 듯했다.

"다음 주 토요일에 와요—올 수 있어요?"

"약속은 안 하는 게 낫겠어요."

"꼭 노력해 봐요, 그리고"—그가 목소리를 낮추었다—"혼자 와요. 이런 말을 해서 미안해요. 하지만 누이들이 위도우선 씨를 무서워해요. 정말이에요. 당신이랑 편하게 대화하고 싶어 해요. 3시 30분이나 4시쯤 당신이 올 거라고 얘기할게요. 누이들이 벌떡 일어나서 나를 천사라고 부를 거예요."

모니카는 웃으면서 갈 수 있으면 가겠다고 마침내 응했다. 그녀

---

39. 전통적으로 1년 중에 상류층 사람들이 런던에서 연회, 만찬, 자선회 등 다양한 모임을 갖던 시기를 뜻하며, 크리스마스 후에 시작하여 여름까지 이어졌다.

는 베비스와 오랫동안 이야기했다. 사람들이 하나둘씩 떠나기 시작했고 그녀는 다른 지인과 대화를 시작했으나 이제 멍하니 단답형으로만 답했다. 마치 좀 전의 대화에 모든 기력을 소진한 듯했다. 6시에 그녀는 조용히 나가서 집으로 향했다.

이제 위도우선은 그녀의 외출을 막는 걸 포기했다―적어도 겉으로는 그랬다. 그가 마지막으로 아내와 함께 사람들을 방문한 지 여러 주가 지났다. 그는 무기력증에 빠지고 있었으며 사람들을 이전보다 더 꺼렸다. 단호한 결단력을 발휘해 모니카는 서머싯으로 데려가겠다는 그의 헛된 노력은 그런 종류의 헛된 노력이 대개 그렇듯 의지를 더 약하게 만들었을 뿐이었다. 그는 자신이 권력이라는 최후의 수단을 남겨 놓았다고 여전히 믿었으나 그걸 휘두르기는커녕 들어 올릴 힘조차 없었다. 이따금 그는 며칠씩이나 집 밖으로 나가지 않았다. 이제 그는 일간지 하나 대신 세 개를 읽었다. 아침 식사 후에 몇 시간 동안 『타임스』를 읽었고, 저녁 식사를 하고 자기 전까지 석간신문을 읽었다. 희끗희끗한 수염과 비슷하게 세기 시작한 그의 머리를 발견한 모니카의 가슴에서는 상반된 감정이 고통스럽게 충돌했다. 이것이 그녀의 책임일까?

베비스 남매를 만나기로 한 토요일, 그녀는 남편이 함께 가자고 할까 봐 조마조마했다. 그녀는 어디에 가는지 말해야 하는 상황 자체를 피하고 싶었다. 그녀가 점심을 먹고 일어나자 위도우선이 흘긋 바라보았다.

"모니카, 내가 이륜마차를 불러 놓았어요. 드라이브 안 갈래요?"

"시내에서 약속이 있어요. 정말 미안해요."

"상관없어요."

이것이 그가 최근에 쓰는 작전이었다—우울하게 체념한 모습.

"며칠간 기분이 좀 안 좋았어요." 그가 어두운 표정으로 말을 이었다. "드라이브를 나가면 좀 좋아질까 생각했죠."

"물론이에요. 그러길 바라요. 저녁은 언제 먹고 싶어요?"

"난 일정이 바뀌는 걸 안 좋아해요. 당연히 평소에 먹는 시간까지 돌아올 거예요. 당신은요?"

"아, 나도요. 식사 시간 한참 전에 올게요."

그래서 그녀는 설명하지 않고 나갈 수 있었다. 그녀는 3시 45분에 베비스 남매가 (그리고 에버라드 바풋이) 사는 아파트에 도착했다. 그녀는 설레는 가슴으로 발소리를 숨기듯 사뿐사뿐 위층으로 올라가서 조심스럽게 문을 두드렸다.

베비스가 직접 문을 열었다.

"반가워요! 당신일지도 모른다고 생각했죠."

그녀는 아파트에 들어가서 한 번 와봤던 앞방으로 갔다. 놀랍게도 방에는 아무도 없었다. 그녀가 뒤돌아보니 그는 만족스러운 표정으로 얼굴을 빛내고 있었다.

"누이들이 금세 올 거예요." 그가 말했다. "몇 분 안에요. 이 의자에 앉겠어요, 위도우선 부인? 당신이 올 수 있어서 정말 기쁘네요!"

처음에 다소 당황했던 모니카는 그의 자연스러운 태도를 보면서 상황의 부자연스러움을 잊으려고 노력했다. 사회적 격식이라는 측면에서 아파트는 주택과 여러모로 달랐다. 일반적인 주택의 응접실이었다면 누이들이 올 때까지 베비스가 잠시 그녀를 접대하더라도 전혀 이상하지 않았을 것이다. 하지만 이 작은 방에서 그녀가 젊은 남자와 단둘이 있는 것은 어떤 경우에도 용납되기 힘들 터였다. 더구나 그가 직접 문을 열었다는 것은 집에 하인조차 없다는 뜻이었다. 그녀는 말을 하면서도 몸이 떨리기 시작했는데, 부분적으로는 베비스와 단둘이라 기뻤기 때문이었다.

"당신에게는 이런 곳이 집처럼 느껴지지 않겠군요." 그가 그녀에게서 그다지 멀지 않은 의자에 앉으며 말했다. "누이들도 처음에는 별로 안 좋아했습니다. 문명이 퇴보하는 것일지도 모르겠네요. 하인들은 확실히 그렇게 생각합니다. 집에서 일할 사람을 구하기 아주 힘들어요. 아마도 뒷문에서 나누는 수다가 그리워서겠죠. 지금 우리는 하녀를 안 두고 있어요. 아파트에서 일하는 불이익을 보상받을 작정으로 내 담배랑 엽궐련을 훔치는 걸 잡았거든요. 한 번에 허니듀[40]를 반 파운드씩이나 훔쳤으니, 그렇게 조심성 없는 범죄에는 연민도 느껴지지 않습니다. 게다가 훔쳤다는 추궁을 받자 어찌나 사납게 굴던지 그 자리에서 내보내야 했어요."

"그녀가 담배를 피운 것 같아요?" 모니카가 웃으면서 물었다.

"우리는 이에 관해 흥미로운 토론을 했습니다. 방금 제가 말했듯이 매우 진보적인 사상을 가진 여자였거든요. 공산주의자나 다름없었어요. 하지만 그녀 본인이 허니듀 담배를 좋아했는지는 모르겠습니다. 어쩌면 우유 배달부나 빵집 조수, 심지어 시내 경찰도 그녀의 공산주의 덕을 보았겠지요."

베비스는 흘러가는 시간에는 아랑곳하지 않고 평소와 다름없이 명랑하게 떠들었다. 그는 이따금 중독성 있는 웃음을 터뜨리며 황갈빛 머리를 흔들었다.

"당신에게 할 말이 있습니다." 마침내 그가 진지한 표정으로 말했

---

40. 당밀로 달게 만든 담뱃잎.

다. "제가 영국을 떠나게 되었어요. 회사에서 한 2~3년 정도 보르도에서 살라고 발령을 내렸습니다. 성가시긴 하지만 가야 합니다. 내 뜻대로 살 수는 없으니까요."

"그럼 누이들은 건지섬으로 가나요?"

"네, 전 아마 7월 말에 떠날 듯합니다."

그는 입을 다물었고 유머러스한 서글픈 표정으로 모니카를 바라봤다.

"누이들이 금세 올까요, 베비스 씨?" 모니카가 방을 둘러보며 물었다.

"그럴 거예요—사실은 말이죠, 제가 좀 어리석었습니다. 당신이 오는 걸 (만일 당신이 온다면) 비밀로 해서 누이들을 놀래려고 아무말도 안 했거든요. 제가 3시 조금 전에 돌아왔을 때 누이들이 막 나가던 참이었어요. 1시간 이내로 돌아올 거냐고 물었더니 확실하다고 했습니다—확실해요. 누이들 마음이 변해서 딴 곳에 가지 않았으면 하네요. 하지만 위도우선 부인, 제가 차를 좀 끓여 드리지요—소설가들이 말하듯, 제 고운 두 손으로요."

모니카는 그럴 필요 없다고 말렸다. 그녀는 이런 상황에서 머무를 수 없었다. 금세 다시 방문하겠다.

"아뇨, 그럴 수는 없습니다! 보낼 수 없어요!" 베비스가 그녀 앞에 서서 활발한 말투를 조금 가라앉히며 외쳤다. "제가 어떻게 부탁할 수 있을까요? 당신한테 차를 한 잔 끓여 주는 게 저한테 얼마나 기쁜 일인지 당신이 안다면! 보르도에 가면 전 매주 토요일에 오늘을 기억할 겁니다."

그녀는 자리에서 일어났으나 결의를 보이지는 않았다.

"정말 가야 해요, 베비스 씨—"

"저를 절망의 구렁텅이에 빠뜨리지 마세요. 제가 늦게 온 누이들에게 화가 나서 불쌍한 그들을 아예 대문에서—그러니까 아파트 문이죠—쫓아 버릴지도 모릅니다. 누이들을 가엾게 생각해서라도 가지 말아요, 위도우선 부인! 게다가 당신에게 들려주고 싶은 새 노래가 있어요. 제가 직접 작사, 작곡한 거예요. 15분만 기다려요! 누이들이 금세 올 거예요!"

그의 의지와 그녀의 본심이 끝내 승리했다. 모니카는 다시 앉았고, 베비스는 차를 만들러 갔다. 물을 이미 끓이고 있었던 모양인지 5분도 되지 않아 젊은이는 다기가 가지런히 정리된 쟁반을 들고 왔다. 그는 예의를 갖추어 쾌활하게 손님을 대접했다. 모니카의 두 뺨이 홧홧했다. 이제는 확실히 손가락질당할 만한 상황이었고, 그것에서 벗어나려는 헛된 노력이 무산되고 나니 모니카는 할 수 있을 때 즐기겠다는 듯이 지금까지보다 편하게 앉았다. 베비스가 이런 자리를 계획했다는 의심이 들었다. 그의 설명은 미덥지 않았으며 사실 그녀는 자기가 갈 때까지 누이들이 돌아오지 않기를 바랐다. 그들과 마주치면 몹시 민망할 터였다.

대화를 나누면서도 내심 그녀는 그른 행동을 하고 있다는 자책에서 스스로를 변호했다. 그녀가 무슨 잘못을 하고 있다는 말인가? 그들이 단둘이 있으면 왜 안 되는가? 그들은 다른 사람들과 함께 있을 때와 똑같은 대화를 나누었다. 더구나 베비스처럼 솔직하고 서글서글한 사람이 그녀를 모욕할 가능성은 없었다. 그런 비난은 전부 위선이었으며 위선 중의 위선이었다. 그녀는 저급한 편견의 노예가 되지 않을 것이다.

"바풋 씨와는 아직 모르는 사이인가요?" 그녀가 물었다.

"네, 그렇습니다. 만날 기회가 없었어요. 제가 그분을 알고 지냈으면 합니까?"

"아, 저는 상관없어요."

"바풋 씨를 좋아해요?"

"무척 호감이 가는 분이에요."

"당신에게 그런 칭찬을 들으면 얼마나 기쁠까요, 위도우선 부인! 제가 영국을 떠난 다음에 누가 저에 관해 묻거든 당신이 좋게 이야기해 줄까요? 제가 어리석다고 생각하지 말아 줘요. 저는 친구들에게 좋은 사람이라는 평을 꼭 듣고 싶어요. 당신이 바풋 씨에 대해 말한 것처럼 제 이야기를 한다면 전 온종일 행복할 겁니다."

"부럽네요! 그렇게 쉽게 행복할 수 있다니."

"자, 이제 제 노래를 들려줄게요. 대단하진 않습니다. 작곡을 안한 지 몇 년이나 됐어요. 하지만—"

그는 피아노 앞에 앉아 건반을 두드렸다. 모니카는 건지섬에서 들었던 것처럼 활기찬 곡조에 유쾌한 가사를 기대했다. 하지만 그가 연주한 곡은 슬픔과 그리움과 외로운 마음의 고통을 표현했다. 그녀는 노래가 매우 감미롭고 감동적이라고 생각했다. 베비스가 그녀의 반응을 보려고 뒤돌아봤으나 그녀는 눈을 마주치지 않았다.

"제게는 색다른 시도였습니다, 위도우선 부인. 그렇게 형편없었나요?"

"아뇨—전혀 그렇지 않아요."

"하지만 솔직하게 칭찬하기는 힘들고요?" 그가 의기소침해서 한숨을 내쉬었다. "당신에게 악보를 드리려고 했습니다. 당신을 위해

20장. 첫 번째 거짓말

작곡한 곡이에요—부디 용서해요—제가 멋대로 당신에게 헌정했습니다. 아시다시피 작곡가들은 그런 걸 하거든요. 하지만 물론 당신에게는 너무나 부족하고—"

"아뇨—아뇨. 정말 고마워요, 베비스 씨. 부디 제게 주세요—당신이 하려던 대로요."

"받아 주실 겁니까?" 그가 기뻐하며 외쳤다. "자 이제 승리의 행진곡을!"

그가 위풍당당한 곡을 연주하는 동안 모니카는 자리에서 일어났다. 그녀는 시선을 내리깔고 입을 꾹 다물고 서 있었다. 마지막 음이 울리자—

"전 이제 정말 가야 해요, 베비스 씨. 누이들을 못 만나서 아쉬워요."

"저도 마찬가지입니다—한편으로는 아니지만요. 제 평생 가장 행복한 30분이었어요."

"제게 악보를 주실 거예요?"

"말아서 드릴게요. 여기요. 그럼 들고 다니기 불편하지 않을 겁니다. 하지만 7월 말이 되기 전에 당신을 또 볼 수 있겠죠? 오후에 다시 놀러 오겠어요?"

"베비스 양이 집에 확실히 있을 때 제게 알려 주시면—"

"네, 그럴 겁니다. 그거 알아요, 전 오늘 오후에 있었던 일에 대해서는 입도 뻥끗하지 않으려고요. 당신이 찾아왔던 걸 비밀로 해도 될까요, 위도우선 부인? 누이들이 무척 화를 낼 겁니다. 제가 참 바보 같았어요. 누이들한테 숨긴 거 말입니다."

모니카는 말로는 대답하지 않았다. 그녀가 문을 쳐다보자 베비스가 먼저 가서 열어 주었다.

"잘 가요. 제가 가끔 우울해진다고 했었죠. 이제 아주 힘들어질 겁니다. 가라앉고—가라앉고—또 가라앉을 거예요!"

그녀는 웃으면서 손을 내밀었다. 그는 아주 살며시 손을 잡으며 파란 눈으로 그녀를 응시했는데, 과연 그의 눈에는 심오한 슬픔이 서려 있었다.

"고마워요." 그가 중얼거렸다. "친절하게 대해 줘서 고마워요."

그리고 그는 현관문을 열었다. 모니카는 그를 다시 쳐다보지 않고 곧바로 계단을 내려갔다. 그녀는 아파트 입구까지 자신을 바래다주지 않은 그의 배려를 고마워했다.

집으로 들어가기 전에 그녀는 악보를 꼭꼭 숨겼다. 하지만 다행히 위도우선은 아직 돌아오지 않았다. 30분이 지났고—근심과 공상에 빠진 30분이었다—계단을 올라오는 발소리가 들렸다. 그녀는 명랑한 미소를 띠고 계단참에서 그를 맞이했다.

"드라이브 좋았어요?"

"꽤 괜찮았어요."

"기분은 나아졌나요?"

"별로 그렇진 않아요. 하지만 얘기할 필요 없어요."

나중에 그는 그녀에게 어디에 갔었는지 물었다.

"밀리 베스퍼를 만났어요."

그녀가 그에게 한 첫 거짓말이었지만 완벽하게 자연스러웠던지라 세상에서 가장 예리한 눈도 속일 법했다. 그는 언제나처럼 부루퉁했으나 아무런 의심 없이 고개를 끄덕였다.

그리고 그 순간부터 그녀는 그를 증오했다. 그가 만일 꼬치꼬치 캐묻거나 의심하는 기색을 보였다면 자신이 한 거짓말의 무게가 견딜 만했을 것이다. 그녀의 말을 곧이곧대로 믿음으로써 그는 가장 혹독한 비난을 가했다. 그녀는 스스로를 혐오했고, 군림으로 자신의 타락을 초래한 그를 증오했다.

21장. 결심하기까지

미스 바풋은 살면서 권태로운 순간이 없었다. 그녀의 기억에는 생생한 순간들이 그득했다. 개인적이건 좀 더 넓은 의미가 있건 기쁨과 슬픔은 그녀에게 유달리 강렬하게 작용했는데, 이런 경험을 자기만의 신조로 승화할 수 있는 뛰어난 지력 때문이었다. 이제 그녀는 자신의 환경이나 일하는 방식, 동기 등에 큰 변화가 있으리라 예상하지 않았으며 원하지도 않았고, 젊은 사람들이 살아가는 모습을 지켜보고 필요할 때 이끄는 것에 만족을 느꼈다. 그녀의 성정을 빚을 때 자연이 참으로 너그러웠던지라, 그녀는 독신 여성의 중년을 하나의 긴 탄식으로 만드는 본능의 열기를 이미 이겨냈다. 그러나 그녀의 여성스러운 공감력은 여전했고, 그녀의 담담한 마음을 흥분시킬 힘이 있는 희극과 드라마가 바로 눈앞에서, 그녀의 지붕 아래 벌어지고 있었다. 그녀가 이상하게 오해한 게 아니라면, 지난 12개월 동안 진행되어 온 이것의 대단원이 가까워졌다.

독학으로 쌓은 지력과 보통 여자들이라면 외면했을 외형적, 심리적 사실을 똑바로 직시하는 강인함에도 불구하고 메리는 자신이 완벽하게 평온한 마음으로 로더 넌을 관찰할 수 있는 마지막 승리의 순간을 잘못 계산했다. 벨라 로이스턴의 사건 당시 느낀 분노는 그녀가 스스로에게 인정할 수 있는 것보다 큰 의미가 있었다. 당시 그녀는 에버라드 바풋을 대하는 로더의 태도가 달라진 것을 막 느끼기 시작하던 참이었다. 여자만이 감지할 수 있는 이 미세한 변화를 알아차린 그녀는 에버라드가 로더에게 보이는 관심이 어떤 중대한 반응을 일깨웠다고 믿었다. 그녀는 놀라지는 않았으나 왠지 모르게 울컥했는데, 이런 감정이 단지 객관적인 안타까움이나 자연스러운 걱정이라고 믿었다. 그러고 나서 며칠간 그녀는 로더를 반쯤 조롱하고 비아냥대는 기분으로 생각했다. 그러다 벨라의 자살이라는 사건이 터졌고, 그들의 대화에서 로더는 몹시 격앙된 감정에서 비롯된 것이 틀림없는 매몰찬 모습을 보였다. 순간 메리는 자신도 깜짝 놀랄 만큼의 엄청난 분노와 적대감에 휩싸여 입에서 나오자마자 후회할 말들을 하고 말았다.

서로를 진심으로 아끼고 존경하는 두 여자 사이의 갈등에서 딱한 벨라는 큰 비중을 차지하지 않았다. 그녀는 아마도 필연적으로 분출되었어야 하는 비밀스러운 감정들을 폭발시킨 촉매제일 뿐이었다. 메리 바풋은 그녀의 사촌 에버라드를 사랑했었다. 당시 그는 스물한 살이었고, 그보다 훨씬 연상이었던 그녀는 에버라드를 포함한 모두에게 자기 마음을 숨겼는데, 이때 2~3년간 느낀 심적 고통을 그녀는 그전에도, 굳건한 이성이 다시 한번 그녀의 삶을 이끌기 시작한 그 후에도 경험하지 못했다. 이로부터 한참 후에 에이미 드레이크 사건이 발발하자 그녀는 다시금 괴로웠지만, 이때는 순수히 여자로서 용납할 수 없었기 때문이었다. 이 순간부터 그녀는 에버라드가 자신에게 남보다 못한 존재이며, 자신이 그의 비열한 행동을 경멸한다고 믿으려 했다. 그러나 그녀는 에이미 드레이크를 훨씬 더 경멸했다.

로더 넌과의 우정이 깊어지자 그녀는 지구 반대쪽에 있으며 어쩌면 영영 다시 못 만날 에버라드에 관해 이야기할 충동을 못 이겼다. 그녀는 그를 혹독하게 비난했으나 다른 감정들이 섞여 있는 비난임이 너무나도 명백했기 때문에 로더 넌은 진실을 짐작하지 않을 수 없었다. 미스 바풋은 친구에게 감상적으로 고백할 의도 따위 없었다. 그녀는 오래전에 마음을 정리했고 자기 자신을 우스꽝스럽게 만들지 않을 것이다. 다른 여자는 몰라도 로더 넌은 그녀가 묻어 버린 과거를 파헤치는 질문이나 이야기를 꺼낼 리 없었다. 하지만 나중에 로더에게 사랑한 적 있느냐고 물었을 때 그녀는 자신이 충분히 경험했다는 사실을 서슴없이 암시했다. 마흔 살이라는 나이의 보호를 믿고 가볍게 한 말이었으나 로더 넌은 그녀가 에버라드를 뜻했다는 것을 물론 눈치챘다.

그래서 그들의 다툼에는 질투라는 요소가 있었다. 하지만 다툼이 일어나자마자 메리 바풋은 부끄러워하고 괴로워했으며, 이런 감정은 실상 그녀가 오래전에 에버라드를 잊었음을 뜻했다. 그녀는 자신이 화낼 일이 아닌데 화를 내서 부끄러운 것으로 생각했지만, 사실은 수년 전에 이미 정리한 감정에 다시 동요했다고 자책한 것이었다. 바로 이 탓에, 그녀가 스스로에게조차 속내를 숨긴 탓에 갈등이 오래갔다. 그녀는 로더가 크게 잘못했으므로 자신이 불쾌하게 느끼는 것이 당연하며, 넌 양의 기강을 바로잡을 필요가 있으니 냉큼 화해하는 것은 현명하지 못한 처사라고 스스로에게 일렀다.

그녀는 부차적인 문제에 집중함으로써 주된 문제에서 시선을 돌렸고, 그녀가 로더에게 청한 화해에는 입 밖에 내지 않은 뜻이 담겨 있었다. 자신에게 허락되지 않았던 행복을 로더가 느끼기를 바란다는 소망이었다.

 메리가 봤을 때, 로더를 사랑한다는 에버라드의 노골적인 고백은 철저히 계산된 대담함이었다. 그가 로더와 결혼하기로 마음먹었다면 이런 노골적인 선언으로 그들 상황의 특별한 장애물을 제거할 수 있었기 때문이었다. 그녀의 진심이 무엇이든지 간에 로더는 자기가 추구하는 신념 때문에라도 에버라드의 구애를 무시하며 입을 다물고 있을 수밖에 없었다. 하지만 그가 그녀의 의연한 침묵, 어쩌면 그녀 자신에게 짐이 되기 시작했을지도 모르는 위엄에 도전함으로써 두 여자가 그에 관해 대화할 기회를 제공한 것이었다. 아니, 이야기할 수밖에 없도록 만들었다. 자신의 구애자에 관해 이야기하는 여자는 그를 생각하게 되기 마련이다.

 미스 바풋은 이 기묘한 커플의 결혼이 과연 바람직한지 확신할 수 없었다. 그녀는 사촌이 미심쩍었으며 그를 충실한 남편으로 상상하기 어려웠다. 또한, 로더의 개성이 끝내 그의 마음을 붙들지 거부감을 일으킬지 알 수 없었다. 그녀는 에버라드가 단순히 충동에 이끌려 구애한다는 추측으로 마음이 기울었다. 하지만 로더가 그에게 마음을 열고 있다는 사실에는 의심의 여지가 없었고, 그가 상당한 재산을 상속받은 이후에는 상황이 새롭게 보였다. 이제 그는 세상 어느 여자라도 만날 수 있는데―바풋의 개인적인 강점에다가 연 1,500파운드라는 수입을 지닌 남자에게는 선택의 폭이 무척 넓었다―여전히 로더에게 매달린다는 것은 사랑을 뜻하는 듯했다. 하지만 로더가 친구들 앞에 신부로 나타난다면 어떤 대가를 치르게 될까! 그녀의 명예가 얼마나 실추될 것인지!

그녀가 이런 수치를 감내할 만큼 누군가를 사랑할 수 있을까? 혹은 열렬히 사랑하면서도 다른 여자들의 비웃음과 속닥거림이 두려워서 행복을 포기할까? 아니면 부유한 연인을 거절함으로써 사람들 앞에 한층 더 당당한 독립적인 여성의 모습을 선보일까? 어떤 결말로 이어지든 이렇게 다양한 감정적 가설을 가능케 하는 상황은 사람의 호기심을 돋우는 법이다.

그들은 에버라드에 관해 이야기하지 않았다. 그가 해외에서 보낸 편지에 로더가 답장했는지 미스 바풋은 알 길이 없었다. 하지만 돌아온 그에게 그녀는 무척 냉담했는데, 어쩌면 편지에 다소 묻어난 뻔뻔함 때문이었는지도 몰랐다. 로더는 다시 그를 피하기 시작했으며 예전보다 더 맹렬히 일에 몰두하는 모습이 미스 바풋의 눈에 띄었다.

"이번 휴가는 어떻게 할까?" 6월 어느 저녁 그녀가 물었다. "네가 먼저 가고 싶니, 아니면 내가 먼저 갈까?"

"선생님이 원하는 대로 하세요."

미스 바풋은 8월 말까지 휴가를 연기하고 싶은 이유가 있었다. 그녀는 이렇게 말하며 로더에게 먼저 아무 때나 3주를 쉬라고 제안했다.

"베스퍼 양이 네 업무를 대신 잘 처리할 거야." 그녀가 덧붙였다. "이런 점에서는 우리가 작년보다 훨씬 안심할 수 있어."

"맞아요. 베스퍼 양이 믿음직스럽게 맡은 바를 잘 하고 있어요." 로더는 이 말을 하고 나서 생각에 잠겼다.

"베스퍼 양이," 그녀가 잠시 후 말했다. "위도우선 부인을 자주 만나는지 혹시 아세요?"

"전혀 모르겠는걸."

로더가 7월 말에 휴가를 떠나기로 정해졌다. 휴가를 어디에서 보내면 좋을까? 미스 바풋이 레이크 디스트릭트를 제안했다.

"저도 그 생각을 하고 있었어요." 로더가 말했다. "하지만 바다에도 들어가고 싶어요. 바닷가에서 일주일을 보내고 나머지 기간에 산을 떠돌아다니면 딱 좋을 거예요. 코스그로브 부인이 컴벌랜드를 잘 아시니까 조언을 구해야겠어요."

그녀는 그렇게 했고, 이렇게 계획이 세워지고 나니 로더는 무척 즐거운 마음으로 휴가를 고대하는 듯했다. 컴벌랜드 해안에 있는 세인트비스라는 도시에서 몇 마일 남쪽으로 가면 시스케일이라는 작은 마을이 있는데, 일반적인 관광객에는 많이 알려지지 않았으나 훌륭한 호텔과 숙박을 받는 집들이 군데군데 있었다. 이곳에서 멀지 않은 곳에 레이크 디스트릭트의 산들이 병풍처럼 둘러섰고 워즈데일이 선명히 보였다. 그래서 휴가 첫째 주에 로더는 아름다운 모래사장이 펼쳐진 고즈넉한 시스케일 해변에서 정확히 그녀가 꿈꾸던 휴식을 취할 것이다.

"자쿠지가 한두 개 있지만," 코스그로브 부인이 말했다. "그 끔찍한 것을 쓰지 않길 바라요. 어린 시절에는 발가벗고 바다에 뛰어들 수 있어서 얼마나 좋았는지! 나는 새벽 3시에 일어나야 하더라도 그 느낌을 다시 즐기고 싶어요."

이 무렵 어느 날 저녁 바풋이 찾아왔다. 로더를 만날 희망도 없던 그는 응접실에 앉아 있는 그녀를 보고 기뻐하며 놀랐다. 1년 전에 그랬듯이 넌 양의 휴가가 화제로 떠올랐으며 바풋이 직접 계획을 물어보았다. 흥미로워하며 로더의 대답을 기다리던 메리는 그녀가 계획을 공유하자 신중히 미소를 억제했다.

"시스케일 다음에는 어디로 갈지 정하셨나요?" 바풋이 물었다.

"아뇨. 그건 거기서 결정할 거예요."

이렇게 소박한 휴가에 대비를 주려는 의도였는지는 알 수 없으나 바풋은 곧 자신의 원대한 여행 계획을 소개했다. 그는 다음번에 해외로 나갈 때는 오리엔트 특급열차를 타고 콘스탄티노플로 갈 것이라고 했다. 사촌이 오리엔트 특급열차에 관해 묻자 그는 세계의 여러 왕국을 보기를 갈망하는 사람이라면—로더는 확실히 그중 하나였으니—누구나 설렐 만한 세부사항을 묘사했다. 유명한 국제 교통 시설이 연상시키기 마련인 어떤 장엄함이 오리엔트 특급열차라는 이름 자체에서 느껴졌다. 그는 이야기하다 자기도 심취하여 로더의 표정을 자세히 살폈다. 미스 바풋도 마찬가지였다. 로더는 무관심해 보이려 애썼으나 성공적이지 않았다.

다음 날 그레이트 포틀랜드 스트리트에서 업무가 끝나고 로더는 밀드레드 베스퍼와 대화를 시작했다. 미스 바풋은 그날 저녁 식사 약속이 있었기 때문에 로더는 밀리에게 첼시 집으로 함께 가자고 초대했다. 밀리에게는 대단한 영광이었다. 그녀는 초라한 옷차림 때문에 주저했으나 초대가 진심이라고 느껴지자 즉시 받아들였다.

저녁 식사를 하기 전 그들은 배터시 파크에서 산책했다. 로더는 매우 스스럼없이 친근하게 말했다. 그녀는 차분하고 가식 없는 소녀에게서 어린 시절과 학교, 가족 이야기를 끌어냈다. 밀리가 평온히 삶에 만족하는 모습은 실로 인상적이었다. 얼마 전 미스 바풋이 그녀의 봉급을 인상해 주었으며, 이제 그녀에게는 뿔뿔이 흩어져 먹고살려고 버둥거리는 형제들이 모두 행복하길 바라는 마음 외에는 아무런 소망도 없다고 생각할 법했다.

"하숙집에서 이따금 외롭겠구나?" 로더가 물었다.

"아주 가끔요. 얼마 후면 저녁에 음악을 들을 수 있을 거예요. 저희 하숙집에서 제일 좋은 방에 바이올린을 연주하는 젊은 남자가 들어왔는데, 「스코틀랜드의 블루벨」을 연주했어요—나쁘지 않았어요."

로더는 언제나처럼 완벽히 담담한 말투의 베일에 가려진 농담을 감지했다.

"위도우선 부인이 놀러 오니?"

"자주 오지는 못해요. 며칠 전에 왔어요."

"너도 그 집에 찾아가고?"

"안 간 지 몇 달 되었어요. 처음에는 꽤 자주 갔는데—너무 멀어서요."

저녁 식사 후 그들이 응접실에 편히 자리 잡자 로더는 이 주제로 돌아갔다.

"위도우선 부인이 여기에 가끔 찾아오면 우리는 언제나 반가워. 하지만 그 애가 사실 불행해 보인다는 생각이 들더구나."

"안타깝게도 그런 것 같아요." 밀리가 진지하게 동의했다.

"우리 둘 다 결혼식에 갔었잖아. 별로 유쾌한 결혼식이 아니었지? 거기 있는 내내 난 불길한 예감을 떨칠 수 없었어. 결혼을 후회하는 것 같니?"

"정말 유감이지만 그런 것 같아요."

로더는 이 말과 함께 보인 표정을 관찰했다.

"어리석기도 하지! 왜 우리랑 일하면서 자유롭게 살지 않았을까? 새로 친구를 사귄 것 같지도 않아. 너한테 이야기한 적 있어?"

"이 집에서 만난 사람들에 관해서만 이야기했어요."

로더는 툭 터놓고 이야기할 충동을 못 이겼다―혹은 못 이긴 것처럼 보였다. 그녀는 근심스러운 표정으로 몸을 조금 기울이며 은밀한 말투로 말했다.

"모니카에 대한 걱정을 네가 덜어줄 수 있을까? 일주일 전에 만났다고 했잖아. 그 애가 한 말이나 행동에서 우리가 심각하게 걱정해야 할 만한 것이 있었니?"

대답하기 전 밀리의 얼굴에 갈등이 떠올랐다. 로더가 덧붙였다―

"이야기하고 싶지 않으면―"

"아뇨, 말씀드리고 싶어요. 모니카가 이상한 말을 많이 해요. 사실 전 정말 걱정스러워요. 누군가한테 이야기하고 싶었어요―"

"내가 너한테 물어보고 싶은 충동이 든 게 신기하구나." 이상하게 빛나고 예리한 눈으로 소녀를 보며 로더가 말했다. "불쌍한 모니카가 정말 괴로운 모양이야. 남편이 그 애를 완전히 방치하는 것 같아."

밀리는 놀라 보였다.

"모니카는 제게 정반대로 말했어요. 자기가 갇혀 산다고요."

"참 이상하네. 혼자서 많이 돌아다니던데."

"전 그건 몰랐어요." 밀리가 말했다. "여자에게도 남자와 같은 자유가 있어야 한다고 자주 말했어요. 그리고 제가 알기론 위도우선 씨가 모니카 혼자서는 아무 데도 못 가게 해요. 이 집이랑 제 하숙집에 오는 것만 제외하고요."

"모니카가 남편이 싫어하는 사람이랑 친하게 지내는 것 같니?"

밀리는 머뭇거렸지만 결국 말했다.

"그런 사람이 있어요. 누구인지는 말하지 않았어요."

"노골적으로 말하면, 위도우선 씨는 자기가 질투할 이유가 있다고 생각하는 거야?"

"네, 모니카 말이 그 뜻 같아요."

로더의 안색이 어두워졌다. 그녀는 초조히 손을 움직였다.

"하지만—모니카가 남편을 속일 수 있는 아이 같아?"

"아, 그렇지 않아요!" 베스퍼 양이 진심으로 말했다. "하지만 지난번에 본 이래 모니카가 남편을 떠날 작정까지 하고 있다는 생각이 들어요. 자유에 대해서 정말 많이 말하거든요—결혼이 실수였다고 깨달으면 남편을 떠날 권리가 있어야 한다고요."

"이런 이야기를 해줘서 정말 고마워. 우리가 모니카를 도와야 해. 물론 너한테 들었다고 하지는 않을 거야. 베스퍼 양, 그렇다면 정말로 모니카가 남편 말고 좋아하는 사람이 있는 것 같아?"

"그런 느낌을 떨칠 수가 없어요." 상대가 대단히 심각한 표정으로 인정했다. "너무 불쌍해요. 도와줄 수 없어서 무력한 기분이 들고요. 모니카가 좀 울기도 했어요. 경솔하게 행동하지 말라는 말밖에 할 수 없었어요. 어쩌면 그 애 언니가 알지도—"

"아, 매든 양은 쓸모없어. 모니카는 언니한테 도움이나 충고를 구할 수 없어."

이 대화 후 로더는 무척 심란한 밤을 보냈으며 며칠 동안이나 그녀의 얼굴은 그늘져 있었다.

그녀는 모니카와 직접 이야기하고 싶었으나 자신의 마음속에서 들끓는 의심이 타당한지 알아낼 자신이 없었다. 그녀와 위도우선 부인은 한 번도 마음을 터놓는 사이가 아니었고, 지금 상황에서 모니카가 그녀에게 털어놓으리라 기대할 수 없었다. 그녀가 이 문제를 고민하고 있을 때 에버라드 바풋이 편지를 한 통 보냈다. 편지는 깍듯했다. 다가오는 그녀의 휴가에 도움이 되고자 관광 안내 책자를 읽어 보았고, 그녀가 염두에 두고 있는 도보 여행과 비슷한 걸 찾아서 동봉한 종이에 간추려 놓았다는 내용이었다. 로더는 하루 기다렸다가 답장을 보냈다. 그녀는 그의 친절한 노고에 진심으로 감사했다. "하루에 10마일로 제한하셨더군요. 물론 그런 풍경을 감상하며 서두르면 안 되겠지만 제겐 20마일도 무리가 아니라고 알려드려야겠어요. 일주일간 바닷가에서 휴식하고 당신이 알려 준 여행 일정을 따를 가능성이 커요. 전 다음 주 월요일에 떠나요."

바풋은 다시 찾아오지 않았다. 그녀는 매일 저녁 그를 기다렸다. 미스 바풋이 외출해서 늦게까지 돌아오지 않은 이틀 동안 로더는 저녁 식사 후 아무것도 안 하고 앉아 있었으며, 그녀의 얼굴에서 복잡한 심경이 드러났다. 떠나기 전 일요일 갑작스럽게 그녀는 모니카를 찾아가기로 했다.

하녀가 위도우선 부인이 한 시간 전에 외출했다고 알렸다.

"위도우선 씨는 집에 계시나요?"

그는 집에 있었다. 그가 오기까지 로더는 응접실에서 한참을 기다렸다. 최근 위도우선은 외양에 전혀 신경을 쓰지 않았던지라 예기치 않은 방문에 손님을 맞이하기 위해 서둘러 옷을 갈아입어야 했다. 몇 달 만에 그를 만난 로더의 눈에 울화 때문에 망가진 건강이 훤히 보였으며, 우울하고 뻣뻣하며 남의 눈을 의식하는 초췌한 모습이 그의 근심을 여지없이 드러냈다. 그는 퀭한 눈으로 손님을 보면서 미소 지었으나 단지 예의를 지키기 위해서라는 것이 명백했다. 로더는 태연해 보이려고 노력했다. 그녀는 (그가 앉으라고 권하는 걸 잊어버렸기에 선 채로) 내일 휴가를 떠나는데 최근 건강이 안 좋다고 들은 위도우선 부인을 만나러 왔다고 했다.

"네, 몸이 별로 좋지 않습니다." 위도우선이 멍하니 대답했다. "오늘 오후에 코스그로브 부인을 만나러 갔어요—당신도 아시는 분 같습니다만."

그만 떠나 달라는 기색이 역력했으나 로더는 대화를 계속하면 무언가 중요한 정보를 얻을 수 있을지도 모른다고 생각했다. 어색한 대화라는 사실에는 신경도 쓰지 않았다.

"휴가를 곧 가시나요, 위도우선 씨?"

"잘 모르겠습니다. 앉으시죠, 넌 양. 최근에 제 아내를 못 만났습니까?"

그는 의자에 앉아서 손님의 치마를 바라보며 무릎에 두 손을 얹었다.

"위도우선 부인이 안 온 지 한 달이 넘었어요—제가 제대로 기억하고 있다면요."

그는 놀라고 이상하다는 표정이었다.

"한 달이오? 하지만 제가 알기론—제 생각엔—며칠 전에 갔었는데요."

"낮에요?"

"그레이트 포틀랜드 스트리트로요—무슨 강연 같은 걸 듣는다고

21장. 결심하기까지

요. 미스 바풋이 하는."

로더는 잠시 아무말도 하지 않았다. 그리고 그녀가 재빨리 대답했다.

"아, 맞아요. 아마 그랬을 거예요. 전 그날 학교에 없었어요."

"그렇군요. 아마 그래서―"

그는 안심한 듯했지만 순간뿐이었다. 그는 몹시도 초조한 기색으로 두리번거렸다. 로더는 그를 자세히 관찰했다. 그는 발을 옴짝거리다가 불현듯 몸을 뻣뻣하게 세우더니 좀 더 크게 말했다.

"우리는 런던을 완전히 떠날 생각입니다. 아내의 고향 클리브던에 정착하기로 했어요. 모니카 언니들과 함께 살 겁니다."

"최근에 결정하신 건가요?"

"한동안 생각하고 있었습니다. 런던이 모니카의 건강에 안 좋아요. 확신합니다. 시골에 가면 훨씬 나아질 거예요."

"네, 그럴 것 같아요."

"당신도 그녀 안색이 나빠진 것 같다고 했으니 서둘러 준비해야겠습니다." 그는 결의를 보였다. "몇 주 안에 이사할 겁니다. 당장 클리브던으로 가서 집을 알아봐야겠어요. 네, 내일이나 모레 출발할 겁니다. 매든 양도 전혀 좋은 상태가 아닙니다. 이렇게 미루면 안 되었어요."

"현명한 선택 같아요. 저도 위도우선 부인에게 이런 변화를 제안하려고 했어요. 제가 지금 곧장 코스그로브 부인 집에 가면 만날 수 있을지도요?"

"어쩌면요. 내일 휴가를 떠난다고 하셨습니까?―3주라고요―아, 그럼 당신이 돌아올 즈음에 우리는 한창 이사 준비를 하고 있겠네요."

그는 눈에 띄게 달라졌다. 자리에 앉아 있지 못하고 방 안을 계속 오갔다. 자신의 목적을 이룰 가능성이 사라졌다고 느낀 로더는 짤막하게 인사하고 코스그로브 부인 집으로 출발했다.

그녀는 몹시 심란했다. 모니카는 미스 바풋의 강연에 오지 않았으므로 의도적으로 남편을 속인 것이었다. 무엇 때문에? 그 시간에 어디를 갔을까? 밀드레드 베스퍼가 한 이야기가 암울한 추측의 근거가 되었고, 슬론 스퀘어 스테이션에서 모니카와 바풋이 열중해서 대화하던 모습에 그녀가 분노할 만한 의미가 있는 것처럼 느껴졌다.

그녀는 코스그로브 부인 집에 너무 늦게 도착했다. 집주인은 모니카가 왔었지만 30분 전에 이미 떠났다고 했다.

로더는 당장 베이스워터로 가서 어떻게 해서든 바풋의 집을 지켜보고 싶었다. 모니카가 그곳에 있을지도 몰랐다. 건물에서 나오는 모습을 포착할 수 있을지도.

하지만 실천의 어려움과 그곳을 맴도는 모습을 들킬지도 모른다는 두려움에 그녀는 생각이 들자마자 포기했다. 집에 돌아온 그녀는 한두 시간 동안 홀로 앉아 있었다.

"무슨 일이니?" 그들이 마침내 자리를 함께했을 때 미스 바풋이 물었다.

"무슨 일이라뇨? 아무 일도 없어요."

"너 표정이 이상한데."

"선생님이 잘못 보신 거예요. 짐 싸고 있었어요. 어쩌면 가방 위로 계속 수그리고 있어서 그런가 봐요."

메리는 석연찮았고 무언가 이상한 일이 벌어지고 있다는 느낌을 받았다. 그러나 그녀는 대단원이 과연 멀지 않았다는 생각을 되풀이하며 기다릴 수밖에 없었다.

저녁 9시에 초인종이 울렸다. 미스 바풋은 손님이 예상대로 에버라드라면, 이 순간의 극적 긴장 외 모든 걸 무시하고 30분 정도 두 사람이 단둘이 있게 두겠다고 작정했다. 과연 에버라드였다. 그는 평소보다 훨씬 명랑한 얼굴로 응접실에 들어왔다.

"온종일 시골에 가 있었습니다." 그가 들어오자마자 한 말이었다. 그리고 그는 얼마 전에 알게 된 코크니 여행자들의 일화 등 소소한 이야기를 늘어놓았다.

잠시 후 메리는 자리를 비울 핑계를 지어냈다. 그녀가 나가자 로더가 바풋을 뚫어지게 바라보더니 물었다.

"오늘 정말 런던에 없었나요?"

"그걸 왜 의심하죠?"

"오늘 아침에 떠났다가 이제 막 돌아왔다고요?"

"제가 말한 대로입니다."

그녀는 얼굴을 돌렸다. 그녀를 호기심 어린 눈으로 관찰하던 에버라드가 한걸음 다가와서 그녀 앞에 섰다.

"다음 3주 동안 언제 한번 저를 만나 주셨으면 합니다. 당신의 휴가지 아무 곳에서나요. 하루 정도 같이 걸으면 어떨까요. 그리고—헤어지면 되죠."

"레이크 디스트릭트는 당신에게 열려 있어요, 바풋 씨."

"하지만 당신과 엇갈리면 안 됩니다. 내일 시스케일로 떠난다고요?"

"지금은 그렇게 생각해요. 하지만 어떤 약속에 제 계획을 묶어 두고 싶지 않아요. 휴가는 자유로워야 해요."

그들은 서로를 바라보았다. 그녀는 도전하는 듯한 냉담함으로, 그는 의미심장한 미소를 띠고.

"그럼 다음 주에 우리가 만날지도 모르겠군요."

로더는 무관심을 표하려는 듯 눈썹을 조금 꿈틀거렸을 뿐 아무런 대답도 하지 않았다.

"오늘은 이만 가보겠습니다. 즐거운 여행 하세요!"

그는 악수하고 방에서 나갔다. 홀에서 미스 바풋이 그를 만나서 그와 로더의 관계와 무관한 사소한 이야기를 몇 마디 나누었다. 로더 역시 친구에게 바풋과의 대화를 언급하지 않았다. 그녀는 다음 날 오전 10시에 유스턴에서 급행열차를 타고 출발할 계획이었으므로 일찍 방으로 올라갔다.

그녀의 짐은 트렁크 하나와 남성용 배낭과 같은 역할을 할 끈이 달린 여행 가방뿐이었다. 빼놓을 수 없는 우산 외에는 짐이 될 물건은 전혀 챙기지 않았다. 해변과 산에서 입기에 적당한 새 옷은 가방에 넣었다. 옷을 본 미스 바풋이 로더에게 무척 잘 어울릴 거라고 판단했다.

하지만 로더는 몸에 지니고 갈 짐을 다 챙긴 후에도 몇 시간이나 바지런히 움직였다. 그녀는 자물쇠가 달린 서랍에서 몇 년간 모은 편지 묶음들을 꺼냈고, 신중히 십 분의 일 정도를 골라서 다시 묶은 후 상자에 넣었다. 나머지 편지는 벽난로에서 불살랐다. 그리고 그녀는 장식용부터 실용적인 도구까지 방에서 이런저런 작은 물건들을 챙겨서 같은 커다란 상자에 넣었다. 그녀에게 조금이라도 가치가 있는 물건들은 책만 빼고 전부 운반이 쉽고 자물쇠가 달린 상자들에 담겼다. 하지만 그녀는 미처 못 발견한 소소한 물건들을 찾기라도 하는 양 여전히 뒤적거리면서 짧은 여름밤이 새벽에 거의 밀려날 때까지 푹신한 슬리퍼를 신고 소리 없이 방 안을 서성였다. 마침내 피로에 못 이겨 눕고 나서도 그녀는 잠들지 못했다.

  미스 바풋도 마찬가지로 잠을 설쳤다. 그녀는 야릇한 가능성을 예견하며 뜬눈으로 밤을 지새웠다.

  월요일 아침 그녀는 그레이트 포틀랜드 스트리트에서 돌아오자마자 로더의 침실로 갔다. 태운 편지의 재는 치웠으나 넌 양이 자기 물건 대부분을 필요 이상으로 꼼꼼하게 정리하여 싸놓은 것이 한눈에 보였다. 메리는 다시 한번 심산한 밤을 보냈다.

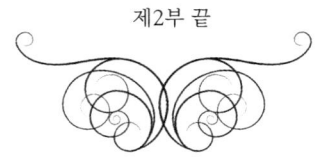

제2부 끝

22장. 위험에 처한 명예

    그 주 일요일에 코스그로브 부인 집에서 모니카는 단 한 사람만 바라보고 생각했다. 그녀는 오직 베비스를 만나러 왔다. 그녀가 그의 아파트에 갔던 날 이래 그들은 두 번 만났다. 방문하고 하루 이틀 후 베비스 자매가 오빠가 보르도로 가게 된 소식을 전했고, 그녀는 남매 모두를 저녁 식사에 초대했다. 그로부터 2주 후 그녀는 옥스퍼드 스트리트에서 베비스와 우연히 마주쳤다. 그가 바빴기 때문에 그들은 길게 이야기할 수 없었으나, 돌아오는 일요일에 코스그로브 부인을 방문할 계획을 공유했고, 말한 대로 그 집에서 서로를 만났다.

    모니카는 누가 자기를 보고 의심할까 봐 겁을 먹고 떨었다. 그날 코스그로브 부인 집에는 손님이 적었으며 모니카는 베비스와 의례적인 인사만 나누고 집주인과 이야기하러 갔다. 그녀는 30분이 지난 후에서야 연인이나 다름없는 남자가 보내는 눈길에 복종했다. 그가 언제나처럼 너무나도 느긋해 보였기에 모니카는 자신이 혹시 오해한 게 아닐까 자문해야 했다. 한순간 그녀는 전부 오해이길 바랐다가 다음 순간에는 그의 열정적인 헌신을 열망했고, 그가 영영 떠날 날이 다가온다는 생각에 괴로웠다. 이 남자야말로 자신의 남편이 되어야 했다고 그녀는 간절히 믿었다. 그가 남편이었다면 마음과 영혼을 다해 사랑하고, 그의 뜻을 섬기고 헌신하며, 그의 미소만 보고 살 수 있을 것이다. 그녀가 결혼하고 나서부터 줄기차게 주장했던 독립성은 단지 사랑할 자유였다. 그녀가 스스로를 지금처럼 잘 이해했더라면 절대 이렇게 굴레에 매이지 않았을 터였다.

"누이들은 목요일에 떠납니다." 베비스가 말했다. "그러고 나면 계속 저 혼자 있을 거예요. 월요일에 가구를 창고에 맡기고 화요일에—전 떠납니다."

속사정을 모르는 사람들은 그가 이 전망을 반긴다고 믿을 법했다. 모니카는 딱딱한 미소를 띠고 방에서 이야기하는 다른 사람들을 둘러봤다. 아무도 그녀를 보고 있지 않았다. 동시에 그녀는 상대의 입에서 흘러나온 중얼거림을 들었다. 그는 여전히 말하고 있었으나 목소리를 들릴락 말락 하게 낮추었다.

"금요일 오후 4시에 와요."

그녀의 가슴이 미친 듯이 쿵쿵거리기 시작했다. 그녀는 자신의 얼굴이 티가 나게 빨개진 걸 알았다.

"와요. 제발 와요—마지막으로. 저번과 똑같을 거예요—완전히 똑같을 거예요. 한 시간만 이야기하고 작별인사를 하기로 해요."

그녀는 한마디도 할 수 없었다. 자기들 쪽을 향한 코스그로브 부인의 시선을 눈치챈 베비스가 농담 중인 것처럼 갑자기 웃음을 터뜨리더니 쾌활한 이야기를 재개했다. 모니카도 웃었다. 잠시 연기가 이어지다가 부드러운 속삭임이 그녀의 귓전에 다시 와닿았다.

"기다릴게요. 내게 베푸는 마지막 친절을 거부하지 않을 거라고 믿어요. 언젠가—" 그의 목소리는 거의 들리지 않았다. "언젠가—누가 알겠습니까?"

무시무시한 희망이 그녀를 관통했다. 누군가의 시선이 그들을 향했고, 그녀는 다시 웃었다.

"금요일 4시요—기다릴게요."

그녀는 자리에서 일어나서 잠시 방을 둘러보고 그에게 손을 내밀며 상투적인 작별인사를 했다. 그들은 눈을 마주치지 않았다. 그녀는 코스그로브 부인에게 인사하고 재빨리 집을 떠났다.

그녀는 집에 들어가자마자 위도우선과 마주쳤다. 그의 얼굴에서 평소와 다른 기색이 느껴지자 그녀는 두려움에 움찔했다.

"벌써 왔어요?" 그가 음산한 미소와 함께 외쳤다. "서둘러요. 겉옷을 벗고 얼른 서재로 와요."

만일 그가 무언가를 발견했다면 (예를 들어 그녀가 한 달 전에 한 거짓말이나, 미스 바풋의 강연에 간다고 별다른 이유도 없이 했던 최근 거짓말) 이런 표정을 짓거나 이렇게 말하지 않았을 것이다. 그녀는 숨을 가삐 몰아쉬며 황급히 옷을 갈아입고 그의 호출에 복종했다.

"넌 양이 다녀갔어요." 그의 첫마디였다.

그녀는 사색이 되었다. 그는 물론 그녀의 낯빛이 변한 걸 알아차렸다. 이제 그녀는 무슨 말이라도 할 태세였다.

"월요일에 휴가를 떠나기 전에 당신을 만나고 싶었대요. 당신, 왜 그래요?"

"아니에요. 당신 말투가 이상해서—"

"내가요? 당신이야말로 정말 이상해 보여요. 이해할 수 없군요. 넌 양이 말하길, 사람들 모두 당신이 아픈 것 같다고 걱정한대요. 우리가 뭔가 할 때가 왔어요. 내일 아침에 당장 서머싯으로, 클리브던으로 가서 집을 찾읍시다."

"그 생각을 접은 줄 알았는데요."

"그런 건 상관없어요." 그는 기운차게 말하려 했으나 막상 나온 말투는 거칠게 고집스러웠으며, 이따금 사나워지는 완고함을 드러냈다. "난 결정했어요. 오전 10시 20분에 브리스틀로 가는 기차가 있어요. 짐을 간단하게 싸요. 하루 이틀 이상 머물지 않을 거니까."

화요일, 수요일, 목요일—금요일까지는 돌아올 것이다. 여태껏 어찌할 바를 모르고 곤혹스러워하던 모니카는 결심했다. 하늘이 무너지더라도 금요일에 그를 만날 것이다. 만일 그때까지 돌아올 수 없으면 편지라도 쓸 것이다.

"당신 말투가 왜 그래요?" 그녀가 차갑게 물었다.

"말투라뇨? 내 결정을 당신에게 알리는 거예요. 그게 다예요. 집은 아마 쉽게 찾을 수 있을 거예요. 당신이 잘 아는 지역이니까 괜찮은 동네를 추천할 수 있잖아요."

팔다리에 힘이 풀린 그녀는 의자에 털썩 앉았다.

"정말이에요." 위도우선이 충혈된 눈으로 그녀를 빤히 보며 말했다. "당신 정말 유령처럼 보이기 시작했어요. 아, 이렇게 살 수 없어요!" 그가 화가 난 웃음을 터뜨렸다. "쓸데없이 단 하루도 더 미루지 않겠어요! 오늘 저녁에 언니들에게 편지를 써서 말해요. 난 그들이 우리랑 같이 살았으면 해요."

"알았어요."

"자, 기쁘지 않아요? 이러면 전부 다 좋아지지 않겠어요?"

그가 바짝 다가서자 그의 뜨거운 숨결이 느껴졌다.

"말했잖아요." 그녀가 답했다. "당신이 원하는 대로 해요."

"그럼 당신은 갇혀 산다느니 그런 이야기 하지 않을 거예요?"

모니카가 웃었다.

"오, 아니에요. 아무말도 하지 않을 거예요."

그녀는 자기 입에서 무슨 말이 나오는지도 몰랐다. 그가 계획하게 내버려 두자. 마음대로 하라고 하자. 그녀와는 무관했다. 그녀의 눈앞에 무언가 아른거렸다—고작 한 시간 전만 해도 감히 진심으로 생각할 수도 없는 일이었다. 이것은 운명의 힘으로 그녀를 끌어당겼다.

"우리가 계속 이렇게 살 수는 없잖아요—안 그래요, 모니카?"

"맞아요."

"거봐요!" 그녀의 미소를 오해한 그가 의기양양하게 외쳤다. "결국 내가 단호하게 결정하면 되는 거였어요. 내가 기막히게 우유부단했고, 남편이 유약하면 아내가 불행한 법이에요. 오늘부터 당신은 나를 따라요. 나는 독재자가 아니에요. 하지만 당신을 위해서 내가 이제 당신을 지배해야겠어요."

그녀는 여전히 미소를 띠고 있었다.

"이렇게 우리 불행이 끝났군요, 그렇지 않아요, 여보? 얼마나 비참했는지! 맙소사, 내가 얼마나 괴로웠는지! 당신도 알았죠?"

"너무 잘 알았어요."

"그럼 이제 내게 보상해줄 거죠, 모니카?"

저항할 수 없는 힘에 다시 한번 이끌려 그녀는 기계적으로 말했다.

"우리를 위해 최선을 다할게요."

그는 그녀 옆의 바닥에 무릎을 꿇고 앉아 그녀를 끌어안았다.

"이제야 나의 사랑스러운 아내가 돌아왔군요! 당신 표정이 완전히 변했어요! 남편이 나서서 주도권을 쥐니까 얼마나 합당한지 봐

22장. 위험에 처한 명예

요! 우리가 함께하는 두 번째 해는 첫 번째와 완전히 다를 거예요. 그래도 우린 행복했었는데요. 그렇지 않아요, 아름다운 모니카? 끔찍한 런던이 우리 사이에 끼어든 것뿐이에요. 우리는 클리브던에서 새로운 삶을 시작할 거예요—건지섬에서 그랬듯이요. 우리 사이 불화는 전부 당신 병에서 비롯되었다고 난 확신해요. 여기 공기가 당신과 맞지 않아요. 당신은 우울했고 집에서도 마음 편히 있을 수 없었어요—불쌍한 여보! 나의 불쌍한 달링!"

저녁 내내 그는 들떠 있었는데, 한편으로는 모니카가 자신의 결정을 진정 반긴다는 착각 때문이었고 또 다른 한편으로는 자기가 드디어 결단력 있는 남자답게 행동했다는 뿌듯함 때문이었다. 그의 눈은 심하게 충혈되었으며 잠자리에 들기 전에 지독한 두통에 시달렸다.

그의 계획대로 일이 진행되었다. 그들은 서머싯으로 내려가 클리브던에 있는 한 호텔에 묵으면서 집을 알아보기 시작했다. 수요일에 그들은 적당한 집을 찾았다—적당히 화려하고 공간이 넉넉하며 위치가 좋은 곳이었다. 2주일이면 입주할 준비가 끝날 거라고 했다. 정력적인 기세를 몰아갈 작정이었던 위도우선은 그날 저녁 바로 계약서에 서명했다.

"내일 당장 런던으로 돌아가서 이사 준비를 합시다. 준비가 끝나면 당신은 여기로 내려와서 집에 가구를 들이는 동안 호텔에서 지내요. 버지니아에게 당신 말을 따르라고 그냥 명령해요. 내 본보기를 따라요!" 그가 실실거렸다. "반대하는 말은 무시해 버려요. 이사하고 나면 당신에게 고마워할 거예요."

그들은 목요일 오후에 헌힐로 돌아왔다. 위도우선은 여전히 생생한 척했으나 사실 지칠 대로 지쳐 있었다. 목이 심하게 쉬어서 누가 들으면 지독한 목감기에 걸렸다고 생각할 정도였으나, 단지 피로 때문이었다. 그는 저녁을 먹는 둥 마는 둥 하고 책을 읽으려는 것처럼 자리에 앉았다. 잠시 후 모니카가 바라보니 그는 잠들어 있었다.

그녀는 그를 쳐다보기 싫었는데도 시선이 자꾸만 그에게로 향했다. 그의 얼굴이 거부감을 일으켰다. 깊게 파인 주름, 불그스름한 눈꺼풀, 얼룩덜룩한 피부가 혐오스러웠다. 하지만 그녀는 그를 동정했다. 그의 열광적인 환희는 너무나도 잔인한 아이러니였다. 그가 과연 어떻게 반응할까? 그는 어떻게 될 것인가? 그녀는 고개를 돌리고 곧 방에서 나갔다. 그의 쌕쌕거리는 숨소리가 듣기에 괴로웠기 때문이었다.

잠에서 깬 그는 그녀를 찾아 나왔고, 깜박 졸았다며 웃었다.

"자, 그럼 당신은 내일 아침에 언니를 만나러 가요."

"오후에 갈게요"

"왜요? 미루지 말아요. 아침에 가요, 아침에!"

"이런 사소한 일은 내가 알아서 하게 해줘요." 모니카가 초조히 외쳤다. "외출하기 전에 집에서 할 일이 한두 가지가 아니에요."

그가 그녀를 어루만졌다.

"비합리적으로 군다는 말은 또 듣지 않겠어요. 그럼 오후에 가요. 반대하거든 들은 척도 하지 말아요."

"알았어요. 알았다고요."

금요일이었다. 아침 내내 위도우선은 부동산 업자들과 이사업자들과 만났다. 단 하루라도 그는 혐오스러운 생활에서 벗어나는 절

차를 밟지 않고서는 배길 수 없었다. 모니카 역시 자신의 영역에서 바삐 움직였다. 그녀는 서랍과 옷장을 헤집고 자신이 정한 어떤 원칙에 따라 물건들을 골랐다. 그녀의 얼굴에는 여전히 홍조가 번져 있었는데, 오랫동안 그녀를 병자처럼 보이게 했던 파리한 낯빛과 극히 대조되었다. 발그스름한 홍조와 유별나게 빛나는 눈이 그녀가 행복한 결혼을 했더라면 얼마나 아름다웠을지 암시했다.

그들은 1시에 점심을 먹었고, 2시가 되기 15분 전 모니카는 기차를 타고 클래펌 정션으로 출발했다. 그녀는 자기들이 클리브던에 다녀온 사실을 이미 아는 버지니아에게 이사하기로 한 결정을 짤막하게 알리고, 4시까지 베이스워터로 갈 요량이었다. 하지만 버지니아는 집에 없었다. 코니스비 부인은 버지니아가 오전 11시에 나가면서 차를 마시는 시간까지 돌아온다고 했다고 전했다. 잠시 망설이던 모니카는 코니스비 부인에게 메시지를 남겼다.

"제가 먼저 연락하기 전에는 헌힐로 오지 말라고 전해 주세요. 전 하루 이틀 동안 집을 비울 거예요."

그녀는 약속 시각까지 무엇을 할지 막막했다. 그녀는 역으로 돌아가서 빅토리아까지 갔고, 서쪽으로 향하는 다음 차를 탈 때까지 흥분 속에서 마음을 졸이며 대기실 구석에서 기다렸다.

위험할지도 몰랐다—그러나 위험에 지레 겁먹을 필요는 없을지도. 아파트 계단을 오르다가 바풋 씨와 마주치기라도 한다면? 하지만 그는 위층에 사는 그녀의 친구 중 자매가 떠났다는 사실을 모를 가능성이 컸다. 그리고 그가 뭐라고 생각하건 무슨 상관인가? 하루 이틀이면—

그녀는 거리로 나와서 무의식적으로 초조히 두리번거리며 아파트 골목으로 접어들었다. 그녀가 아파트 입구 20야드 반경에 들어왔을 때 정문이 열리더니 바풋이 나왔다. 곧바로 그녀는 비이성적인 공포에 사로잡혔다. 뒤이은 감정은 그녀가 두려워하던 만남이 건물 안에서 일어나지 않았다는 안도였다. 그의 발길이 그녀 쪽을 향했고, 곧 그는 그녀를 발견했다. 그의 얼굴이 반가움으로 환해졌다.

"위도우선 부인! 마침 당신을 생각하던 참이었습니다. 만나고 싶다고 생각하고 있었죠."

"저는 이 동네에 사는 친구를 만나러—"

그녀는 침착하게 행동할 수 없었다. 놀란 가슴에 몸이 바들바들 떨렸으며 평소처럼 보이려고 애쓰느라 신경이 극도로 곤두섰다. 바풋이 자기 속마음을 훤히 들여다봤다는 확신이 들었다. 그는 그녀의 죄책감을 감지했다. 딴 곳을 향한 그의 시선과 묘한 미소는 세상 물정에 빠삭한 남자의 너그러운 관용을 뜻했다.

"제가 길 끝까지 동행해 드리죠."

그의 말이 그녀의 귓가에서 윙윙거렸다. 그녀는 건드리면 움직이는 자동인형처럼 기계적으로 걸었다.

"넌 양이 컴벌랜드로 휴가 간 걸 아십니까?" 그가 그녀를 유심히 보며 말하고 있었다.

"네, 알아요."

그녀는 그를 보면서 미소 지으려고 노력했다.

"제가 내일 거기로 갈 겁니다." 그가 말을 이었다.

"컴벌랜드로요?"

"만나고 싶어서요—저에게 화만 낼지도 모르지만요."

22장. 위험에 처한 명예

"어쩌면요—안 그럴지도 몰라요."

그녀는 당혹감을 숨길 수 없었다. 귀와 목이 뜨거웠다. 수치심이 주는 고통이었다. 그녀는 멍청이처럼 웅얼거리면서 바풋에게 최악의 인상을 주고 있음이 틀림없었다.

"만일 헛수고가 되더라도," 그가 덧붙였다. "그럼 그녀에게 작별 인사를 하고, 그렇게 끝이 나겠죠."

"아니길 바라요—제 생각에는—"

소용없었다. 그녀는 입을 다물고 침묵했다. 그가 좀 사라져 준다면! 그녀가 생각하자마자 거의 즉시 그는 다정한 말 몇 마디를 건네고 떠났다. 그녀는 그의 손의 압력을 느꼈고 잰걸음으로 멀어지는 그의 뒷모습을 보았다—그는 분명히 그녀의 속마음을 읽었다.

그가 시야에서 완전히 사라질 때까지 모니카는 같은 방향으로 계속 걸었다. 그러다 그녀는 휙 뒤돌아서 황급히 돌아갔다. 자기가 늦어서 베비스가 포기했을지도 모른다는 걱정 때문이었다. 그녀가 두려워하던 사람은 이제 건물에 없었다. 그녀는 커다란 아파트 정문을 열고 계단을 올라갔다.

베비스가 그녀의 발소리를 기다리고 있던 모양이었다. 그녀가 두드리기도 전에 문이 벌컥 열렸다. 그는 말없이 소리 없는 미소를 띠고 그녀가 들어올 수 있게 비켜 주며 두 손을 꼭 잡았다.

거실은 어수선했다. 그림들이 벽에서 내려졌으며 작은 장식품들이 사라졌다.

"오늘 밤에 난 여기에서 안 지낼 겁니다." 모니카만큼이나 명백히 동요한 그가 운을 뗐다. "몸에 지니고 갈 짐을 내일 쌀 거예요—이 모든 게 얼마나 지긋지긋한지!"

모니카는 문가에 있는 의자에 주저앉았다.

"아, 거기에 앉지 말아요!" 그가 외쳤다. "여기, 전에 앉았던 자리에 앉아요. 오늘도 차를 마실 거예요."

그의 목소리는 억지로 쥐어짠 기색이 완연했고 중간중간 터져 나오는 불안한 웃음소리가 그의 떨리는 심정을 대변했다.

"우리가 마지막으로 본 이래 뭘 했는지 말해 줘요. 난 밤낮으로 당신을 생각했어요."

그는 의자를 바로 옆에 놓고 앉아서 그녀의 한 손을 잡았다. 두려움과 비참함에 시달린 모니카는 흐느낌을 거의 억누르지도 못하며 손을 뺐다. 하지만 그가 손을 다시 잡았다.

"장갑을 끼고 있잖아요." 그가 떨리는 목소리로 말했다. "내가 당신 장갑을 잡는 게 왜 나쁘겠어요? 생각하지 말아요. 내게 말해요. 난 음악을 사랑하지만, 세상에 당신 목소리 같은 음악은 없어요."

"월요일에 떠난다고요?"

그녀가 아니라 그녀의 입이 말하고 있었다.

"아뇨, 화요일이에요—아마도."

"제—위도우선 씨가 저를 런던에서 데리고 나갈 거예요."

"데리고 나간다고요?"

그녀는 상황을 설명했다. 베비스는 그녀의 얼굴에서 눈을 떼지 않았으며 열렬히 흠모하는 표정은 끝내 괴롭고 비통한 곤혹스러움으로 바뀌었다.

"당신은 결혼한 지 1년 됐지요." 그가 중얼거렸다. "아, 내가 그 전에 당신을 만났더라면! 모든 희망이 사라지고 나서야 우리가 만나야만 했다니, 이 얼마나 잔인한 운명인가요!"

남자는 애처롭고 감상적으로 고백했다. 평소의 쾌활하고 느긋한 태도와 건강한 낯빛, 튼튼하면서도 나긋나긋한 몸은 그가 남성적으로 사랑을 표현할 남자라고 암시하는 듯했으나 그는 소녀처럼 떨고 얼굴을 붉혔으며, 끝에 가서 그의 어조는 선율처럼 오르내리는 칭얼거림으로 변했다.

그는 그녀의 장갑 낀 손을 자기 입술에 가져갔다. 모니카는 눈을 감고 창백해진 얼굴을 돌렸다.

"오늘 헤어지면 다시는 못 보는 건가요?" 그가 말했다. "날 사랑한다고 말해요! 사랑한다는 말만 해줘요!"

"내가 이렇게 와서 당신은 날 경멸하겠죠."

"경멸한다고요?"

그는 갑작스러운 열정에 휩쓸려 그녀를 끌어안았다.

"사랑한다고 말해요!"

그녀의 속삭임의 마지막 음절은 그의 키스에 묻혔다.

"모니카! 우리는 앞으로 어떻게 되는 건가요? 내가 어떻게 당신 곁을 떠나요?"

정신을 잃을 것 같은 혼미함 속에서도 그녀는 열정에 과격해진 그의 애무를 뿌리치고 벌떡 일어났다. 그도 따라 일어났고, 그들은 말없이 서 있었다. 그가 다시 다가섰다.

"날 데려가요!" 모니카가 두 손을 맞잡으며 외쳤다. "난 그 사람과 살 수 없어요. 나를 프랑스로 데려가 줘요."

당황한 베비스의 파란 눈이 휘둥그레졌다.

"당신—정말 그럴 수 있어요?" 그가 말을 더듬었다.

"그럴 수 있냐고요? 왜 못 하겠어요? 내가 증오하는 남자 곁에 어떻게 남겠어요?"

"당신은 그를 떠나야 해요. 당연히 떠나야 해요."

"아, 하루라도 빨리요!" 모니카가 흐느꼈다. "오늘 집에 돌아가는 것도 옳지 않아요. 난 당신을 사랑하고, 그건 부끄러워할 일이 아니에요. 하지만 가식적으로 그와 계속 사는 건 지독하게 부끄러운 일이에요. 그 사람은 내가 그를 혐오하는 것만큼이나 나 자신을 혐오하게 만들어요."

"그가 난폭하게 굴었어요, 내 사랑?"

"난 그를 책망할 이유가 없어요—그가 결혼하자고 설득했을 때—내가 사랑에 대해 아무것도 몰랐을 때—내가 자기를 사랑할 수 있다고 착각하게 만든 것 외에는요. 이제 그는 나를 모두에게서 떨어뜨려 놓으려고 해요. 모든 사람을 질투하니까요. 하지만 내가 그를 어떻게 탓하겠어요? 그가 의심하는 것이 사실이잖아요? 그를 속이고 있잖아요—오랫동안 속여 왔어요. 그가 죽어서 나를 놓아주길 자주 바라면서도 충실한 아내인 척했으니까요. 비난받아야 하는 사람은 나예요. 내가 그를 떠났어야 했어요. 나처럼 자기 남편을 생각하는 여자들은 모두 결혼에서 벗어나야 해요. 그렇게 속이면서—거짓으로 사는 건 천하고 악하고—"

베비스가 가까이 다가와서 그녀를 안았다.

"날 사랑해요?" 그의 뜨거운 입맞춤에 그녀가 헐떡였다. "나를 데리고 갈 거예요?"

"그래요, 당신이 올 거예요. 우리가 같이 갈 수는 없겠지만 내가 자리를 잡고 나면 당신이—"

"왜 같이 갈 수 없어요?"

"내 사랑, 우리 비밀이 탄로 난다고 생각해 봐요—"

"탄로 난다고요? 하지만 어떻게 그걸 생각할 수가 있죠? 내가 당신과 입을 맞춘 후에 어떻게 그곳으로 돌아갈 수 있어요? 아, 당신이 떠나는 날까지 내가 어딘가 다른 곳에서 살다가—내가 가져가고 싶은 물건들은 따로 챙겨 놓았어요. 그 사람 계획에 전부 동의하는 척해야 했지만 난 이렇게 비참하게 사느니 차라리 굶고 동냥하면서 살겠어요. 그 어떤 일도 각오할 만큼 나를 사랑하지 않아요?"

"내 영혼을 다 바쳐서 사랑해요, 모니카! 다시 앉아요. 우리가 어떻게 할 수 있나 이야기해 봅시다."

그는 그녀를 반은 안고 반은 끌다시피 소파로 데려왔고, 다시금 격렬해진 애무에 모니카가 그를 밀쳐냈다.

"당신이 날 사랑한다면," 그녀가 몹시 괴로워하며 말했다. "내가 여기에 오기 전과 마찬가지로 나를 존중할 거예요. 도와줘요—난 너무 괴로워요. 날 데리고 갈 거라고 말해요. 우리가 모르는 사람처럼 따로 앉아야 하더라도요. 소문이 두려우면 무슨 수를 써서라도 내가 막을게요. 내가 집에 돌아가서 화요일까지 기다리다가 마지막 순간에 나올게요. 그러면 내가 어디로 갔는지 아무도 짐작할 수 없을 거예요. 난 우리가 외국에서 궁핍하게 살아도 괜찮아요. 내가 당신과 같은 동네나 근처에 하숙을 얻고, 당신이—"

머리는 엉망으로 흐트러지고 눈은 열광적으로 빛내며, 그는 이런저런 가능성을 떠올리는 것처럼 흥분에 떨었다.

"내가 당신에게 짐이 될까요?" 그녀가 가느다란 목소리로 물었다. "당신이 비용을 도저히 감당할 수 없다면—"

"아니, 아니, 아니에요! 어떻게 그런 생각을 할 수 있어요? 하지만 당신이 좀 기다리는 편이 낫겠어요. 최소한—아, 당신에게 겁쟁이로 보이는 게 얼마나 괴로운지! 하지만 어려움이 너무 많아요, 달링. 난 보르도에 대해 아무것도 몰라요. 프랑스어도 못해요. 거기 도착하면 회사 사람이 날 마중 나올 텐데—생각해 봐요, 우리가 대체 뭐라고 설명하겠어요? 내가 당신과 도주했다는 소문이 나면 내 평판이 바닥까지 떨어질 거예요. 무슨 일이 생길지 몰라요. 달링, 우리는 신중해야 해요. 몇 주만 기다리면 모든 게 쉬워질지도 몰라요. 내가 당신에게 편지를 쓸게요. 어디 다른 주소로요. 그리고 내가 적당한 준비를 마치자마자—"

모니카는 울음을 터뜨렸다. 그의 남자답지 못한 말에 그녀의 환상이 무참히 깨졌다. 그녀는 전혀 다른 반응을 기대했었다—민첩한 대처와 강렬한 열정, 탈출하고 싶은 그녀의 소망을 미리 읽는 열의, 그녀가 몸과 영혼을 모두 기댈 힘과 용기. 완전히 무너져 버린 그녀는 얼굴을 가리고 오열했다.

역시나 혼란스러운 그는 무릎을 꿇고 그녀의 허리를 감싸 안았다.

"이러지 말아요!" 그가 애절하게 외쳤다. "도저히 견딜 수 없어요! 당신이 하라는 대로 할게요, 모니카. 내가 당신한테 편지를 보낼 수 있는 곳을 알려줘요. 울지 마요, 달링. 울지 마—"

그녀는 다시 소파로 갔고 등받이에 얼굴을 묻고 흐느꼈다. 한동안 그들은 횡설수설 옹알거리기만 했다. 열정이 다시 한번 그들을 사로잡았고, 그들은 말없이 서로를 끌어안고 꼼짝도 하지 않았다.

"내일 그를 떠날 거예요." 마침내 그들의 눈이 마주쳤을 때 모니카가 속삭였다. "그 사람이 내일 아침에 외출하면 내가 필요한 걸 챙겨서 나올 수 있어요. 내가 어디에 가 있으면 좋을지 말해 줘요—당신이 준비될 때까지요. 우리가 함께 떠났다고 아무도 의심하지 못할 거예요. 그 사람은 내가 비참하다는 걸 알아요. 내가 런던에서 자립할 방법을 찾았다고 생각할 거예요. 화요일까지 내가 어디에 가 있으면 좋을까요?"

베비스는 그녀의 말을 한 귀로 흘리고 있었다. 저속하게 이기적인 본능의 유혹이 다시 강하게 끓어올랐다.

"날 사랑해요? 정말 날 사랑해요?" 그가 흥분하고 쉰 목소리로 그녀에게 물었다.

"그걸 왜 물어봐요? 어떻게 의심할 수 있어요?"

"당신이 날 정말 사랑하면—"

그의 표정과 말투에 그녀는 겁이 났다.

"당신의 사랑이야말로 의심스럽군요! 내가 당신을 완벽하게 믿지 못하면 난 대체 어떻게 되겠어요?"

다시 한번 그녀가 그에게서 멀찌감치 떨어졌다. 그가 다가가서 그녀의 팔을 거칠게 잡았다.

"아, 내가 당신을 잘못 봤군요!" 모니카가 두려움과 서러움에 외쳤다. "당신은 내가 느끼는 사랑이 무엇인지 몰라요. 당신은 우리의 미래에 대해 말하지도, 생각하지도 않고—"

"내가 약속했잖아요—"

"놔요! 내가 여기에 와서 당신이 나를 우습게 보는 거예요. 명예도 자존심도 없는 여자라고—"

그는 맹렬히 부인했다. 그녀의 눈빛에 서린 고통이 그에게 전달되며 점차 그의 흥분을 가라앉히고 천한 욕망에 대한 수치심을 일깨웠다.

"당신이 화요일까지 지낼 수 있는 곳을 내가 알아볼까요?" 그가 뒤로 물러나며 물었다.

"그렇게 해주겠어요?"

"내일—확실히 의심받지 않고 나올 수 있어요?"

"네, 확실해요. 그 사람은 내일 아침에 시내에서 용무가 있대요. 당신과 만날 수 있는 곳을 알려주면 내가 마차를 타고 갈게요. 거기서부터 당신이 나를—"

"하지만 당신이 여러 위험을 간과하고 있어요. 당신이 헌힐에서 짐을 들고 마차를 타면 나중에 그 사람이 마부를 찾아서 당신을 어디에서 내려 줬는지 알아낼지도 몰라요."

"그럼 기차역까지만 마차를 타고 빅토리아로 갈게요. 거기에서 당신을 만날게요."

조야한 책략을 꾸며야 하는 필요가 그녀의 영혼을 모멸감으로 채웠다. 그녀는 도주의 세부사항은 미처 생각하지 않았다. 그녀는 이런 것들은 당연히 연인의 몫이며, 그녀가 잠시라도 당황하지 않게 그가 신속하게 처리할 거라고 믿었었다. 그녀는 모든 것이 몇 시간 안에 준비되리라 막연히 상상했었다. 그녀의 유일한 책임은 혐오스러운 결속을 깨는 것뿐이라고 생각했다. 필연적으로 그녀는 베비스가 자신을 부담스러워한다는 비참한 생각에 다시 빠졌다. 이미 그에게는 어머니와 누이들을 부양할 책임이 있었다. 그녀가 잊지 말았어야 하는 사실이었다.

"몇 시에 만날까요?" 그가 물었다.

그녀는 차마 대답하지 못하고 계속 생각했다. 그녀에게는 자그마한 재산이 있지만 그걸 어떻게 손에 넣는단 말인가? 결혼에서 벗어나도 그녀는 지금처럼 비밀스럽게 살아야 할 듯했다. 상상도 못한 가능성이었다. 그녀는 자신을 자유롭게 해준 사랑을 사람들에게 밝혀야 한다고 믿었다—그렇게 하고 싶었다. 그녀의 자존심이 그걸 요구했다. 그래야만 언니들과 다른 지인들 앞에서 떳떳할 수 있었다. 어쩌면 그들은 사랑도 그녀의 행동을 정당화하지 못한다고 생각할지도 모르지만, 그건 상관없었다. 양심이 그녀의 선택을 승인할 터였다. 하지만 이런 식으로 남몰래 도망가서 숨어 사는 것은 스스로를 부끄러워하는 여자의 행동이었고, 그녀는 이에 거부감을 느꼈다. 차라리 남편과 공식으로 갈라서서 따로 사는 편이 낫지 않을까?

"솔직히 말해 줘요." 그녀가 갑작스레 외쳤다. "당신은 오늘 일이 후회스럽나요?"

"아니, 아니에요! 난 당신 없이 살 수 없어요."

"하지만 정말 그렇다면 왜 사람들에게 말할 용기가 없죠? 당신이 마음속으로는 우리 행동이 옳지 않다고 생각하는 게 틀림없어요."

"아니에요! 나도 당신과 마찬가지로 사랑만이 유일하게 진정한 결혼이라고 믿어요. 좋아요!" 그가 좌절한 몸짓을 했다. "무슨 일이 생기든 받아들입시다. 당신을 위해서라면—"

그의 과장된 정열은 모니카를 속일 수 없었다.

"당신이 가장 두려워하는 게 뭐예요?" 모니카가 물었다.

그는 부정하는 말을 중얼거렸으나 그녀는 들은 체도 하지 않았다.

"말해요. 난 물어볼 권리가 있어요. 뭐가 가장 두려워요?"

"당신과 있으면 아무것도 두렵지 않아요. 가족들은 원하는 대로 말하고 생각하라고 해요. 난 그들을 위해 이미 큰 희생을 했고, 당신을 포기하는 건 너무 큰 희생이에요."

하지만 그의 심적 갈등이 눈에 보였다. 그의 입꼬리가 바들거리고 이마에는 주름이 잡혔다.

"당신은 수치를 견딜 수 없을 거예요. 어머니와 누이들도 다시는 못 만나겠죠."

"그들이 편견을 품고 이해해 주지 않으면 어쩔 수 없죠. 그들은—"

우렁찬 노크 소리가 그의 말을 끊었다. 창백해진 모니카가 고개를 돌리니 연인의 얼굴도 시체처럼 하얗게 질려 있었다.

"누굴까요?" 그가 쉰 목소리로 속삭였다. "오기로 한 사람이 없는데."

"꼭 대답해야 하나요?"

"설마—누가 당신을 미행했나요? 혹시 누가 의심을—?"

그들은 반쯤 마비가 되어 서로를 보았고, 숨죽이며 기다리는 동안 노크가 조급히 반복되었다.

"난 못 열겠어요." 베비스가 보호를 구하듯 그녀에게 가까이 기대며 속삭였다—그가 그녀를 보호할 생각은 확실히 없었다. "어쩌면—"

"아니에요. 그건 불가능해요."

"난 문까지 못 가겠어요. 너무 무시무시해요. 누군지 모르겠지만 대답이 없으면 가겠죠."

그들은 순수한 공포에 질려 떨었다. 베비스는 모니카를 껴안았고

22장. 위험에 처한 명예

자신의 심장에 맞닿은 심장의 요동을 느꼈다. 이 순간 그들의 열정은 효과적으로 사라졌다.

"들어 봐요! 편지통이 달그락거렸어요. 쪽지나 그런 것을 넣었나 봐요. 그럼 이제 다 괜찮아요. 잠시만 더 기다리죠."

잠시 후 그가 살그머니 문을 여니 계단을 내려가는 발소리가 들렸다. 그리고 그가 그녀를 돌아봤는데, 미소라기보다는 싱긋 이를 드러낸 모습에 모니카는 그를 대신해서 부끄러움을 느꼈다. 그가 편지통을 열어 보자 몇 마디 휘갈겨 쓴 쪽지가 있었다.

"회사 파트너 중 한 명이었어요!" 그가 신이 나서 외쳤다. "오늘 밤에 만나고 싶대요. 내가 외출했다고 생각했겠죠."

모니카는 시계를 보았다. 5시가 넘었다.

"난 이제 가야 해요." 그녀가 힘없이 말했다.

"하지만 우리 계획은요?" 당신은 여전히 그럴 생각—"

"그럴 생각이라뇨? 당신이 결정할 일 아닌가요?"

두 사람 모두의 어투가 냉랭했는데, 그들이 방금 겪은 충격 탓도 있었으나 서로에게 조금 짜증이 나기도 했던 것이다.

"달링, 내가 처음에 제안했던 대로 해요. 내가 보르도에 자리를 잡을 때까지만 며칠 기다려요."

"기다리라고요? 남편이랑 살면서요?"

그녀는 그의 반응을 살피려고 일부러 그 단어를 의미심장하게 썼다. 점차 환상에서 깨어나며 씁쓸해진 그녀는 열정이 흔적도 없이 사라진 것처럼 생각하고 말할 수 있었다.

"우리 모두를 위해서예요, 소중한, 소중한 내 사랑! 며칠만 기다리면 내가 편지를 써서 정확히 어떻게 해야 할지 알려 줄게요. 여정이 고되지는 않을 거예요. 사랑하는 모니카, 우리가 사람들에게 들키지 않고 두려움이나 부끄러움 없이 살 수 있으면 얼마나 더 좋겠어요. 당신은 나의 진정한, 사랑하는 아내가 될 거예요. 내가 죽을 때까지 당신을 지키고 사랑할게요."

그는 차분하고 부드럽게 그녀를 껴안으며 뺨을 맞대고 그녀의 손에 입을 맞추었다.

"우리가 다시 만나야 해요." 그가 말을 이었다. "일요일에 와요. 알았죠? 그동안 내 편지를 받을 수 있는 곳을 알아봐요. 편지를 대신 받아주는 문구점은 많아요. 내 말대로 해요, 내 사랑. 1~2주만 참으면—평생 행복하게 살 수 있어요."

모니카는 바닥에 시선을 고정한 채 건성으로 이야기를 들었다. 그녀의 침묵에 용기를 얻은 연인은 한층 열렬하게 그들이 남의 이목을 벗어나 조용한 보르도의 교외에서 살면 얼마나 행복할지 주절거렸다. 이곳에서 회사 동료들의 시선을 어떻게 피할 것이며 그들로 인해 퍼질 수 있는 소문을 어떻게 막을지는 이야기하지 않았다. 사실을 말하자면, 베비스는 무척이나 곤란한 입장이었다. 그가 생각해 본 적도 없는 일이었으며 지금으로서 그는 공공연하게 소문이 나는 위험만 피하고 싶을 따름이었다. 수더분하고 싹싹한 이 청년은 유부녀를 조금 유혹해서—처음부터 소심하게 이기적이었던—벌어질 모든 결과와 책임을 고려하지 않았으며, 그녀가 자신의 접근을 이토록 절박하게 진심으로 받아들일 줄 몰랐다. 그는 대담하게 파렴치하지도 못했거니와 이런 상황에서 남자의 결심을 굳힐 수 있는 또 하나의 특성인 반도덕적인 영웅심은 더욱 없었다. 따라서 그는 무척 초라해 보였고, 그 사실을 자기도 서글프게 인지했다. 그는 계속해서 뇌까렸다. 그가 허세가 가득한 말로 자신의 나약함을 감추려는 동안 모니카는 계속 눈을 내리깔고 있었다.

30분이 지나자 그녀는 깊은 한숨을 내쉬며 일어났다. 그녀는 그와 서신을 주고받을 수 있는 주소를 편지로 알리겠다고 말했다. 아니, 그녀는 여기에 다시 올 수 없었다. 그가 할 말이 있으면 반드시 편지를 보내야 했다. 그녀의 맥 빠진 말투, 비애에 젖은 말들에 베비스는 연민을 느꼈으나 내심 다행이라고 생각했다. 그는 이 여자에게 비난받을 짓은 전혀 하지 않았다. 그는 자신이 훌륭하게 자제했으며 완벽하게 '신사적으로' 행동했다고 믿었다. 물론 그는 사랑에 깊이 빠져 있었고, 만일 상황이 허락한다면 모니카를 프랑스로 부를 것이다. 하지만 이것이 불가능하다고 판명 나더라도 그의 양심에 거리낌은 없을 터였다.

그가 그녀에게 팔을 벌렸다. 모니카는 고개를 젓고 시선을 피했다.

"사랑한다고 한 번만 더 말해 줘요, 달링." 그가 애원했다. "당신에게 '내게로 와요'라는 편지를 쓸 날이 오기까지 난 한순간도 쉬지 않을 거예요."

그녀는 그가 한 번 더 부드럽게 안을 수 있게 허락했다.

"키스해 줘요, 모니카!"

그녀는 그의 뺨에 잠시 입술을 대고 뒤로 물러났으며 여전히 그의 눈을 피했다.

"아, 그런 거 말고요. 아까처럼 키스해 줘요."

"못 하겠어요." 다시 눈물이 쏟아진 그녀가 목이 멘 소리로 말했다.

"하지만 내가 뭘 잘못했기에 당신 사랑이 줄어들었죠?"

그는 흐르는 눈물에 입을 맞추며 사랑을 다짐하고 용기를 북돋웠다.

"당신의 사랑이 그대로라고 말하기 전에는 보낼 수 없어요. 내게 속삭여 줘요, 내 사랑!"

"우리가 다시 만났을 때요—지금은 안 돼요."

"당신 때문에 겁이 나요, 모니카. 우리가 영원히 작별하는 건 아니죠?"

"당신이 부르면 갈게요."

"진심으로 약속해요? 정말 올 거예요?"

"당신이 부르면 갈게요."

그녀의 마지막 말이었다. 그는 문을 열어 주었고 멀어지는 그녀의 발소리를 들었다.

23장. 습격

지금까지 위도우선은 진심으로 아내를 의심하지는 않았다. 그녀가 주장하는 원칙들은 그가 싫어하고 두려워하는 첼시의 호전적인 여자들의 영향인 듯했다. 그러나 그는 그녀의 품행이 무결하다고 믿었다. 바풋을 향한 질투는 모니카가 그 남자를 대하는 태도에서 기인한 것이 아니었다. 단지 바풋이라는 남자가 전형적인 바람둥이처럼 보였을 따름이었다. 그의 관점에서 바풋은 방탕한 총각을 대표했다. 왠지는 자신에게도 설명할 수 없었다. 어쩌면 에버라드의 여유만만한 태도, 그의 어투와 얼굴에 배어 있는 귀족적인 기질, 특히 여자들과 격식을 갖추어 대화할 때 눈에 띄는 세련된 몸가짐이 근본이 중산층인 위도우선의 기질에 반감을 일으켰는지도 몰랐다. 만일 모니카가 유혹당할 위험이 있다면 반드시 그런 남자일 거라고 그는 확신했다. 미술관에서 아내가 바풋과 무슨 이야기를 은밀히 나누었는지 그는 여전히 몰랐다. 그에게 숨겨야 할 내용은 전혀 없었다는 그녀의 반항적인 다짐을 믿었으나, 내용과 무관하게 바풋의 자세가 의심스러웠다. 그는 이 느낌을 도저히 떨칠 수 없었다.

그는 의처증이 있는 남자가 무고한 아내를 달달 볶다가 결국 실제로 질투할 일을 저지르게 내몰 가능성이 크다는 이야기를 어디에선가 읽었다. 세상 경험이 부족한 남자들은 이런 권위적인 단언에 큰 영향을 받는 법이다. 이런 말들은 그들의 마음속 틈새로 파고 들어가서 생각을 좌지우지한다. 결혼하기 전에 위도우선은 여자를 이해하기 어려운 존재라고 생각한 적 없었다. 이 주제에 관한 본심을 그가 말로 표현했다면 그야말로 가장 원시적으로 여성을 이해하는 남자의 표본이었을 것이다. 여자는 아이와 마찬가지였다. 그들을 즐겁게 해주고 말썽을 부리지 않게 지도하는 건 일이었다. 그러므로 고된 집안일과 특히 양육, 그리고 이와 관련된 모든 일은 남성에게 축복이었다. 모니카와의 결혼생활은 그의 관점을 크게 흔들었으나 주로 혼란만 주었다. 날마다 반박할 수 없는 증거들이 그의 관념을 허물었지만 그렇다고 새로운 생각의 기반을 제공하지도 않았다. 여자들에게는 각자 개성이 있었다. 그다지 심오하지도 않은 이 발견에 그는 마치 자기만의 관찰을 통해 대단한 깨달음을 얻은 양 충격을 받았다. 그에게 모니카는 너무나도 불가사의한 존재였다. 그는 그녀가 무엇에 만족하고 무엇을 불만스럽게 여기는지 도통 알아낼 수 없었다. 그녀를 단순히 한 명의 인간으로 생각하는 것은 그의 지력의 한계를 벗어났다. 이 난제 앞에 그는 성(性)을 탓하면서 책에서 힌트를 찾고자 했다. 여성의 기이한 본능이 모니카로 하여금 일부러 나쁜 짓을 하게 부추기지 않도록 그는 자신의 질투심을 꼭꼭 숨기리라 마음먹었다.

 이날 처음으로 그는 자기가 이미 속고 있는지도 모른다고 생각했다. 점심시간에 모니카의 묘한 모습을 보고 움튼 의심이었다. 그녀는 음식에 거의 손도 대지 않고 연거푸 시계를 흘끔거리며 허둥거렸다. 그리고 멍하니 생각에 잠겼다. 그의 시선을 느끼면 그녀는 불안한 기색을 드러내면서 주섬주섬 되는대로 말했다. 물론 이 모든 것이 단지 런던을 떠난다는 슬픔을 못 감추는 것일지도 몰랐으나 위도우선은 무척 민감하게 받아들였다. 어쩌면 지난 한 주 동안의 흥분 탓이거나, 체력적으로 무리하고 의지를 불태우다가 지각력이 날카로워졌는지도 몰랐다. 또한, 단 한 번도 그의 마음을 떠난 적이 없는 생각, 즉 이제 며칠이면 그녀를 위험에서 멀리 데려갈 수 있다는 기대가 그 위험을 되레 더 생생하게 만들었다. 순간적인 예견이 그의 평정심을 무너뜨리고 온갖 추잡한 추측을 낳았다. 여자들은—그가 읽은 책들에 따르면—시치미에 능했다. 그가 최근에 허가한 자유를 모니카가 악용한 건 아닐까? 관찰하듯 똑바로 바라보는 시선을 여자가 못 견딘다는 것은 곧 그녀가 엄청난 죄를 저질렀다는 뜻 아닐까?—정확히 이런 난관에 맞설 무기를 자연이 그들에게 선사했으니.

 모니카는 몇 마디 인사도 나누려 하지 않고 척 봐도 황망한 기색

23장. 습격

으로 역으로 출발했다. 버지니아를 만나러 가면서 왜 그렇게 서둘렀을까? 정직하고 단순한 이유로 서두른 것이라면, 왜 그가 제안했던 대로 아침에 출발하지 않았을까?

그녀가 떠나고 5분 동안 그는 넋을 놓고 앞을 응시하며 복도에 서 있었다. 새롭게 질투가 솟구치고 무시무시하게 심장을 조여 오며 그를 고문하기 시작했다. 그는 서재로 가서 거닐었으나 마음을 가라앉힐 수 없었다. 그는 모니카가 천한 행동을 할 사람이 아니라고 끝없이 되뇌었으나 소용없었다. 그는 이것을 확신했는데도, 머릿속에서는 흉측한, 무시무시한 이미지가—계속 떠오르면서 생각을 오염시켰다.

미치지 않으려면 한 가지 수밖에 없었다. 라벤더힐로 걸어가서 아내와 함께 돌아오는 것이다. 사실 그는 오후 내내 의심에 시달릴 것이 뻔했으므로 이러는 편이 나았다. 아무것도 손에 잡히지 않았고, 한 번 불붙은 의심은 그를 잠시도 쉬게 내버려 두지 않을 터였다. 그렇다. 그는 라벤더힐로 갈 것이고, 모니카가 언니와 이야기를 충분히 나누는 동안 근처를 걸어다니며 기다릴 것이다.

3시쯤에 장대비가 쏟아지기 시작했다. 위도우선은 그로서는 드물게도 조용한 펍에 들어가 바에 앉아 위스키를 마시며 15분가량 보냈다. 지난 일주일간 그는 밥을 먹을 때도 평소보다 포도주를 훨씬 많이 마셨다. 술의 도움이 필요한 듯했다. 그는 술을 홀짝이면서 웬일로 바텐더와 이야기도 했는데, 그녀는 꽤 매력적인 젊은 아가씨였고 가식 없이 겸손했다. 위도우선이 마지막으로 여자 바텐더와 이야기한 지 20년이나 지났다. 그들은 매우 사소한 주제로 담소했다—날씨, 기차 사고, 이런 계절에 바람직한 휴가 등등. 그가 마침내 자리에서 일어나며 이야기를 끝냈을 때는 즐겁고 아쉬운 기분이었다.

"착하고 상냥한 아가씨이군." 그는 바에서 나가면서 혼잣말했다. "펍에서 일해야 하다니 안타까워―별별 수상한 이야기를 다 들어주어야 하고 자주 흉한 꼴을 보겠지. 참하고 말을 점잖게 하는 아가씨였어."

그는 흡족하게 그녀의 얼굴을 기억하며 위안을 받았다.

불현듯 그의 기분이 생각으로 전환되었다. 그가 지적으로도, 사회적 지위로도 명백히 아래인 여자와 결혼했으면 훨씬 행복하지 않았을까? 여자가 착하고 사랑스럽고 순종적이라는 가정하에 그런 여자는 모니카와의 결혼이 낳은 온갖 고충을 그에게 안겨 주지 않았을 터였다. 처음 만난 순간부터 그는 모니카가 평범한 상점 아가씨가 아니라는 걸 알아보았고, 바로 그래서 그녀에게 더 열정적으로 끌렸다. 하지만 실수였다. 그는 자신 안에 있는 모든 감정으로 그녀를 사랑했고 아직도 사랑하지만, 그 사랑 덕분에 진정 행복했던 시간이 얼마나 된단 말인가? 그녀가 그의 아내였던 지난 12개월의 극히 적은 일부분이었다. 그런데 고통은, 미칠 듯한 비참함으로 자주 이어졌던 고통은 몇 주나 되었다. 그런 결혼을 진정한 의미로 결혼이라고 할 수 있을까?

'나 자신에게 물어보자. 모니카가 나와 계속 사는 것과 완전한 자유의 몸으로 돌아가는 것 중 하나를 선택할 수 있다면 그녀가 내 아내로 남을 거라고 내가 과연 믿을 수 있을까? 그녀는 떠날 것이다. 단 하루도, 한 시간도 내 곁에 있지 않을 것이다. 나는 마음으로 그 사실을 안다. 그리고 그녀의 불만도 이해한다. 우리는 서로에게 맞지 않는다. 우리는 서로를 이해하지 못한다. 우리의 결혼은 단지 신체적일 뿐이다. 내 사랑은—내 사랑은 무엇일까? 나는 그녀의 정신이나 지성을 사랑하지 않는다. 내가 만일 그랬다면 이렇게 지독하게 질투하지 않았을 것이다. 모니카보다는 아까 그 바텐더 아가씨가 내게 걸맞은 이상에 가깝다. 모니카의 독립적인 정신은 늘 나를 불편하게 했다. 나는 그녀가 진정 무슨 생각을 하는지, 그녀의 지성적인 삶이 무엇을 뜻하는지 모른다. 그런데도 난 그녀를 꽉 붙잡고 있다. 그녀가 나를 떠나려고 시도하면 난 그녀를 죽일 수도 있을 것 같다. 이것이야말로 이상하고 잔인한 일이 아닌가?'

위도우선은 이렇게 높은 고찰에 이른 적이 없었다. 그 순간, 모니카와 자기가 함께하면 안 된다는 걸 인정한 순간 그는 지금까지보다 아내의 곁에 있을 자격이 있었다.

글쎄, 그가 앞으로 더 너그러워질 것이다. 그녀가 요구하는 자유를 존중함으로써 그녀의 존경을 되찾으려 노력할 것이다. 최근 들어 그가 품은 의심은 끔찍했다. 그녀가 알았더라면 얼마나 그를 경멸했을지! 만일 그녀가 남편보다 더 자신에게 어울리는 남자에게 관심을 품었으면 어떠한가? 지금 그도 다른 여자를 생각하면서 그 여자가 모니카보다 자기에게 잘 어울린다고 상상하지 않았나? 단지 이런 생각을 했다고 배우자에게 불성실하다고 할 수는 없을 것이다.

그들은 평생 함께할 운명이었으며 그들의 지혜는 서로를 명확히 이해하고 타협하려는 끊임없는 노력에서 샘솟는 것이지 상대의 정신적 자유를 강압하는 것이 아니었다. 얼마나 많은 부부가 단지 서로를 참아 주는 결혼생활 이상의 관계를 맺고 있을까? 어쩌면 결혼의 영구성은 강요되어서는 안 되는지도 몰랐다. 대담한 발상이었다. 모니카의 입에서 이런 말이 나왔더라면 그는 참지 못했을 것이다. 하지만—어쩌면, 언젠가, 한쪽의 의지가 결혼의 결속을 깨는 날이 올지도 몰랐다. 더 이상 자신을 사랑하지 않는 여자를 강제로 붙들려는 남자가 멸시와 질타를 받을지도.

여태껏 그가 결혼을 얼마나 단순하게 생각했으며, 단순하지 않은 일이라고 얼마나 뼈저리게 깨달았는지! 이것 때문에 그는 세상의 질서를 뒤엎는 생각을 하게 되었고, 종교와 도덕과 관련된 모든 관념이 소용돌이 같은 혼란에 빠졌다. 이렇게 생각하면 안 된다. 그는 몹시 다루기 어려운 여자와 결혼한 것뿐이다—그것이 실질적인 결과였다. 그에게는 그녀를 길들일 의무가 있었다. 그녀의 정숙한 행실은 그의 책임이었다. 그녀가 악의 없이 무심코 천만뜻밖의 위험에 빠질지도 몰랐는데, 특히나 지금처럼 마지못해 친구들 곁을 떠나게 되었을 때는 더더욱 위험했다. 이런 위험이 그의 과도한 감시를 정당화했다.

따라서 그는 논리의 범주에 잠시 발을 들였다가 인습의 안전한 영역으로 뒷걸음질 쳤다. 이제 벌써 4시 30분이었으니 모니카가 언니와 두어 시간 대화를 나누었을 것이다. 그는 코니스비 부인 집으로 급히 발걸음을 옮겼다.

그가 문을 두드리니 집주인이 문을 열었다. 그녀는 위도우선 부인이 왔다 갔다고 말했다. 아, 그렇다면 모니카가 곧장 집에 간 것이 틀림없었다. 하지만 그는 매든 양이 집에 있으니 그녀와 잠시 이야기를 나누겠다고 말했다.

"불쌍한 아가씨가 딱하게도 몸이 별로 안 좋아요." 코니스비 부인이 앞치마의 끝자락을 만지작거리며 말했다.

"그래요? 잠깐만 만나면 안 될까요?"

그때 버지니아 본인이 계단에 모습을 드러내며 이 질문에 답했다.

"제 손님인가요, 코니스비 부인?" 그녀가 위층에서 외쳤다. "아, 당신이군요, 에드먼드? 반가워요! 코니스비 부인이 친절하게 당신을 응접실로 안내해 주실 거예요! 하필 내가 없을 때 모니카가 왔다 갔어요! 시내에서—볼 일이 있어서요. 그리고 계속 걸었어요, 계속. 완전히 움직일—수가—없을 때까지—"

그녀는 의자에 털썩 주저앉더니 고개를 위아래로 까닥이고 환하게 자애로운 미소를 지으며 손님을 뚫어지게 응시했다. 위도우선은 잠시 혼란스러웠다. 그가 오해한 게 아니라면 매든 양의 상태는 도저히 믿기지 않는 한 가지 이유로 설명되었다. 그는 코니스비 부인을 쳐다보았으나 집주인은 문을 닫고 서둘러 자기 방으로 가버렸다.

"내가 참 바보 같죠, 에드먼드." 버지니아가 처음으로 그를 세례명으로 부르며 주절댔다. "집 밖에 나가기만 하면 밥 먹는 걸 다 잊어버려—죄다 잊어버려요. 그리고 갑자기 내가 얼마나 지쳤는지 깨달으면서—보다시피 정말 지쳐 버렸어요. 최악은 말이에요, 집에 돌아올 즈음에는 입맛이 싹 달아나는 거예요. 한 입도 먹을 수 없었어요—한 입도—정말이에요. 그러면 코니스비 부인이 무척 속상해하거든요. 얼마나 저에게 친절하신지—제 건강을 무척 신경 쓰세요. 아, 그건 그렇고 배터시 파크 로드에서 충격적인 일이 있었어요. 커다란 수레가 불쌍한 강아지를 쳐서 그 자리에서 즉사했어요. 얼마나 놀랐는지. 제 생각엔 말이죠, 에드먼드, 운전하는 사람들이 정말 조심해야 해요. 며칠 전에도 제가 코니스비 부인에게 말했어요—그러니까 기억나네요. 클리브던에 잘 갔다 왔는지 듣고 싶어요. 그리운, 그리운 클리브던! 정말 거기에 집을 빌렸어요, 에드먼드? 아, 우리가 클리브던 시절로 돌아갈 수만 있다면! 당신도 알겠지만 사랑하는 아버지와 어머니가 클리브던 교회 묘지에 묻혀 있어요. 그 교회에 관한 테니슨의 구절[41]을 알아요? 아, 그리고 모니카는 어떻게 하기로 했어요?—그거—그거, 내가 뭘 물어보려고 했지? 밥 먹는 시간까지 잊어버리다니, 난 정말 바보 같죠. 너무 지쳐서 기억도 잘 나지 않아요."

의심의 여지가 없었다. 이 불쌍한 여자가 고독하고 무기력한 삶을 좀먹는 그 유혹에 넘어간 것이다. 그의 연민에는 혐오가 섞여 있었다.

"저는 단지 이 말을 하러 왔습니다." 그가 딱딱하게 말했다. "우리가 클리브던에 집을 빌렸고—"

"정말이군요!" 그녀가 두 손을 맞잡았다. "어디쯤에요?"

"다이얼힐 부근입니다."

버지니아는 제부가 들을 의사가 전혀 없는 랩소디를 흥얼거리기 시작했다. 그가 벌떡 일어났다.

"어쩌면 내일 우리 집으로 오시는 게 낫겠군요."

"하지만 모니카가 앞으로 며칠 동안 집을 비울지도 모른다면서

---

41. 앨프리드 테니슨이 그의 절친한 친구였으며 여동생의 약혼자였던 시인 아서 헨리 핼럼을 추모한 시 「인 메모리엄 In Memoriam」을 뜻하는 듯하다. 스물세 살에 요절한 핼럼은 클리브던 교회의 묘지에 묻혔다.

23장. 습격

자기가 연락할 때까지 찾아오지 말라고 했는데요."

"집을 비우다니요—? 아니, 뭔가 오해가 있는 듯합니다."

"그럴 리 없어요! 코니스비 부인에게 물어보죠."

그녀는 문으로 나가서 집주인을 불렀다. 코니스비 부인은 모니카가 정확히 뭐라고 말했는지 전했다. 그는 잠시 생각했다.

"그럼 모니카가 편지를 보낼 겁니다. 아직은 오지 마세요. 전 이제 가봐야 합니다."

악수하는 시늉만 하고 그는 즉각 집을 떠났다.

의심이 짙어졌다. 그는 매든 양이 이렇게 비천하게 타락할 거라고 상상도 못 했고, 이 혐오스러운 발견이 모니카를 보는 시선까지 물들였다. 그들은 자매였다. 그들에게는 공통점과 가족의 특성과 약점이 있었다. 언니가 이렇게 타락할 수 있다면 지금껏 그가 머릿속에 들이지도 않았던 가능성이 모니카의 인성에도 내재하지 않을까? 그녀를 의심할 만한 끔찍한 이유가 있지 않을까? 그녀가 버지니아에게 남긴 메시지는 과연 무슨 뜻일까?

화가 머리끝까지 치민 매서운 얼굴로 그는 마차를 타고 최대한 빨리 집에 돌아왔다. 그는 5시 30분에 집에 도착했다. 아내는 집에 없었으며 들어왔다가 다시 나간 흔적도 없었다.

베비스와 헤어진 모니카가 베이스워터에서 기차에 올랐을 무렵이었다. 빅토리아에 돌아온 그녀는 주승강장으로 건너가서 얼굴을 씻으러 숙녀용 대기실로 들어갔다. 그녀의 눈은 빨갛게 부어 있었으며 머리는 조금 부스스했다. 매무새를 손질한 그녀는 헌힐로 가는 다음 열차가 언제 있는지 물었다. 방금 차가 떠났고, 다음 차는 15분 후에 출발한다고 했다.

그녀는 몹시 갈팡질팡했다. 집에 가야 할까? 아니, 감히 돌아갈 수 있을까? 자연스럽게 행동할 기력을 짜낼 수 있다고 해도 그렇게 저속한 역할을 연기할 수 있을까?

다른 방안은 한 가지뿐이었다. 버지니아의 하숙집으로 가서 지내면서 남편에게 헤어지자고 편지를 쓰는 것이었다. 진정한 이유를 고백할 필요는 없었다. 단지 그와의 삶을 더는 견딜 수 없어서 벗어나고 싶다고 말하면 됐다. 클리브던으로 이사하기로 한 그의 결정이 핑곗거리를 마련했다. 그곳에서의 고독한 삶을 내다보니 인내심이 무너졌고, 이런 심정으로 아내 역할을 가장하는 것은 불명예스럽다고 말할 수 있었다. 그 후에 베비스가 그녀의 사랑을 되살릴 만한 편지를 써서 자신에게 와달라고 진심으로 청하면, 그녀는 이곳에서 사라짐으로써 모든 문제를 해결할 수 있었다.

실망한 사랑이 과연 되살아날 수 있을까? 이 순간 그녀는 베비스의 제안대로 남몰래 도주해서 그와 함께하는 것은 법적으로 그녀에게 권리가 있는 남자를 견디는 것만큼이나 치욕스럽다고 느꼈다. 지난 2~3개월 동안 그녀의 머릿속에 있던 베비스는 그녀가 상상으로 만든 허구의 인물이었다. 진짜 베비스는 그녀가 생각했던 사람과 판이하다고 판명 났으니, 그녀는 이제 그를 새롭게 정의해야 했다. 그녀가 여전히 애틋한 감정으로 생각할 수 있는 것은 그의 얼굴뿐이었다. 아니, 심지어 그것마저 변질됐다.

시간이 가는 줄도 모르고 대기실에 앉아 있던 그녀는 열차를 또 놓쳤다. 이제 그녀는 더욱 어찌할 바를 모르며 괴로워했다.

갑자기 그녀는 어지럽고 속이 메슥거렸다. 그녀의 이마에 땀방울이 맺히고 눈앞이 핑핑 돌았다. 그녀는 고개를 푹 떨구었다. 증상은 지나갔다가 1~2분 후 다시 시작되었고, 그녀는 신음하며 정신을 잃었다.

대기실에 있던 2~3명의 여자가 그녀를 도왔다. 그들은 확신 없는 말투로 조심스럽게 에둘러서 대화했으나, 모니카가 들었다면 큰 의미가 있었을 내용이었다. 몇 분 후에 정신을 차린 그녀는 깜짝 놀라며 벌떡 일어나서 주위 사람들에게 황급히 고맙다고 인사한 후 대답도, 질문도 하지 않고 승강장으로 나갔다. 때마침 헌힐로 가는 열차가 들어왔다.

그녀는 지난 몇 시간의 긴장 탓에 자신이 기절했다고 생각했다. 놀랄 일도 아니었다. 그녀는 이루 말할 수 없이 괴로웠으며, 지금도 괴로웠다. 조용한 집으로 돌아가서 쉬고 잠이 들어 모든 걸 잊고 싶을 뿐이었다.

그녀가 집에 돌아오니 남편은 보이지 않았다. 복도에 모자가 걸려 있는 것으로 보아 그는 서재에 있는 듯했다. 그녀가 혼자 외출하고 돌아오면 어김없이 문으로 나오던 그가 잠자코 있다는 것이 그의 기분이 평소보다 좋다는 뜻인지도 몰랐다.

그녀는 옷을 갈아입고 얼굴에서 고통의 흔적을 최대한 지웠다. 몸이 휘지고 떨려서 눕고 싶었으나 남편과 이야기하기 전에는 감히 그럴 수 없었다. 그녀는 난간을 붙들고 내려가서 서재 문을 열었다. 위도우선은 신문을 읽고 있었다. 그가 뒤돌아보지 않고 덤덤히 물었다.

"왔어요?"

"네—오래 안 기다렸기를 바라요."

"아, 괜찮아요." 그는 어깨 너머로 재빨리 그녀를 힐끔 봤다. "버지니아랑 이야기가 길어졌나 봐요?"

"네, 더 일찍 나올 수 없었어요."

위도우선은 신문의 한 단락에 매우 집중한 듯했다. 그는 얼굴을 신문에 바짝 대고 2~3초간 아무말도 없었다. 그러더니 그가 다시 뒤돌아봤는데 이번에는 아내를 뚫어지게 응시했다. 그러나 그의 표정에 별다른 낌새는 없었다.

"우리랑 같이 가겠대요?"

모니카는 아직 잘 모르겠지만 버지니아를 설득할 수 있을 것 같다고 말했다.

"당신 몹시 피곤해 보이네요." 상대가 말했다.

"네, 정말 피곤해요."

더는 표정을 관리할 수도, 서 있을 수도 없던 그녀는 서재에서 나갔다.

24장. 미행

그날 밤 위도우선이 침실로 올라오자 모니카는 이미 잠들어 있었다. 가스등을 켜고 아내가 자고 있음을 발견한 그는 그녀를 보려고 침대 옆으로 갔다. 불빛이 떨어진 그녀의 얼굴에서는 휴식밖에 읽을 수 없었다. 그녀의 입술은 살짝 벌어져 있었고 눈꺼풀은 펜으로 그린 것처럼 짙은 새까만 속눈썹을 부드럽게 내리깔고 있었으며, 머리는 그녀가 언제나 잠자리를 위해 준비하는 모양이었다. 그는 그녀를 5분 동안 계속 내려다보았지만 곤히 잠든 그녀는 꼼짝도 하지 않았다. 그리고 그는 입속말로 중얼거리며 멀어졌다—"위선자! 거짓말쟁이!"

그는 오직 머릿속의 계획을 위해 그녀 옆에 누웠다. 침대로 올라온 그는 최대한 그녀에게서 멀리 누웠고, 잠들 수 없는 밤 내내 그녀의 몸이 혹시 닿을까 봐 웅크리고 있었다.

그는 평소보다 한 시간 일찍 일어났다. 모니카는 한참 전에 일어나 있었지만 미동도 하지 않았기 때문에 그는 확신할 수 없었다. 그녀는 반대쪽으로 돌아누워 있었다. 그가 씻고 방에 들어오자 모니카는 턱을 괴고 앉아 왜 이렇게 일찍 준비하느냐고 물었다.

"9시까지 시내로 가려고요." 그가 명랑한 척하며 말했다. "확인해야 할 돈 문제가 있어요."

"안 좋은 일인가요?"

"유감이지만 그래요. 한시라도 빨리 확인해야 해요. 당신은 오늘 계획이 어떻게 돼요?"

"아무것도 없어요."

"오늘 토요일인 거 알죠. 오후에 뉴딕을 만날 거예요. 어쩌면 저녁 식사에 초대할지도 몰라요."

그는 정오쯤 집에 돌아왔다. 그리고 2시에 다시 나가면서 7시 전에는 돌아오지 않을 것 같다고 했다. 어쩌면 더 늦을지도 몰랐다. 모니카는 그가 오가는 것에 대해 아무런 생각도 하지 않았다. 최근 들어 계속 그랬듯이 그가 안절부절못하는 것뿐이었다. 하지만 그가 점심 식사를 마치고 나가자마자 그녀는 의상실로 가서 망설이며 외출 준비를 천천히 시작했다.

이날 아침 그녀는 베비스에게 편지를 쓰려 했으나 쓰지 못했다. 자기가 무엇을 원하는지 모르며 앞을 내다볼 수도 없는 그녀는 무슨 말을 쓰면 좋을지 막막했다. 그러나 그와 연락을 할 생각이라면 이날 오후에 편지를 전달받을 주소를 구해서 그에게 알려야 했다. 다음날은 일요일이었으므로 볼일을 볼 수 없었고, 월요일에는 혼자 못 나갈지도 몰랐다. 게다가 편지가 월요일 밤이나 화요일 아침에 도착하면 베비스가 이미 떠났을 가능성도 있었다.

그녀는 마침내 옷을 입고 집을 나섰다. 가장 현명한 방법은 라벤더힐 근처의 상점 주인에게 부탁하는 것이었다. 그리고 그녀는 버지니아를 찾아가서 어제 한 척만 했던 대화를 실제로 하고 베비스에게 전갈을 쓸 것이다.

그녀는 기분이 시시각각 혼란스럽게 변했다. 백 번이고 그녀는 베비스가 이제는 자기에게 무의미한 사람이라고 생각했으나 다음 순간에는 그를 그리워하며 그가 현명하고 올바르게 대처했다고 스스로를 설득했다. 백 번이고 그녀는 어제 하려던 일을 실행하리라 결심했지만—그녀를 붙잡으려는 모든 노력을 뿌리치고 남편을 떠나는 것—역사를 통틀어 수많은 여자가 그리했듯 현실과 타협하고 그의 곁에 남는 편이 낫지 않을까 고민했다. 그녀의 마음은 극히 혼란스러웠고 신체적으로도 그녀는 건강하지 않았다. 팔다리가 무거워서 짧은 거리도 걷기 힘들었다.

클래펌 정션에 도착한 그녀는 무심하고 지친 발길로 자신을 도울 수 있는 상점을 찾아 헤맸다. 어떤 이유에서건 남모르는 장소에서 받아야 하는 서신은 런던의 소형 문구점 주인들에게 무척이나 평범한 일상이었고, 도시 곳곳에서 매주 수백 통의 편지가 그렇게 전달

되었다. 모니카는 도움을 받을 상점을 금세 찾았다. 그녀가 부탁한 첫 가게 주인이었는데, 신문, 담배, 팬시 용품 등을 파는 선량한 여자였고 흔쾌히 승낙했다.

그녀는 빨개진 얼굴로 상점에서 나왔다. 수치스러운 타락의 길에서 한 걸음 더 내디딘 것이다—하지만 이것이 베비스를 향한 애정에 다시 한번 불을 붙였다. 그를 위해 무릅쓴 창피는 더 자연스럽게 예상되는 결과를 낳는 대신 그녀를 그에게 가까이 데려갔다. 어쩌면 그녀가 떳떳한 여자들의 세상에서 한층 더 절망적으로 멀어졌다는 외로움과 소외감 때문에 남자의 사랑에 더 필사적으로 매달리게 되었는지도 몰랐다. 그는 그녀를 사랑한다, 그렇지 않나? 그의 천성에 없는 대담함을 기대한 것은 그녀의 잘못이었다. 그녀가 유약하다고 매섭게 비난했던 그의 조심성이 어쩌면 본인은 물론 그녀의 안위를 살핀 현명한 선택인지도 몰랐다. 이혼의 추문은 실로 무시무시했다. 그의 장래를 위협하고 친족들과 갈라놓는다면, 이러한 불행을 초래한 사랑이 안전할 거라고 어떻게 기대할 수 있겠는가?

그녀는 갑작스레 사랑에 목말랐다. 자신의 입술에 키스를 퍼부으며 열정적으로 끌어안았던 이 연인을 놓치느니 차라리 어떤 조건에도 순종할 것이다. 삶을 포기하기에 그녀는 너무 젊었고, 너무나 절실했다. 그녀가 대체 왜 그를 절망 속에, 다시는 그녀를 못 볼지도 모른다는 불안감 속에 두고 나왔을까?

버지니아의 하숙집으로 향하던 그녀는 돌연 뒤돌아서더니 다시 역사로 들어가서 시내로 향하는 차를 탔다. 모니카가 미처 눈치채지 못한 이상한 일은, 그녀가 여기서 표를 살 때 가까이 있던 남자가—노동자처럼 보였다—그녀가 헌힐 역에서 표를 살 때도 근처에 있었다는 사실이었다. 이 남자는 그녀와 같은 칸에 타지는 않았으나 베이스워터 역에서 따라 내렸다. 그녀는 한 번도 그를 알아차리지 못했다.

그녀는 편지를 쓰는 대신 베비스를 다시 만나기로 했다. 그가 집에 없을 가능성도 있었지만 어쩌면 그녀가 온다는 희망을 품고 기다리고 있을지도 몰랐다. 바풋과 마주칠 위험은 없었다. 그는 오늘 컴벌랜드로 떠날 거라고 말했는데, 그렇게 멀리 가는 여행이라면 아침 일찍 출발했을 터였다. 베비스가 집에 없다는 최악의 상황에도 실망밖에 더하겠는가. 격렬한 감정에 빠진 그녀는 어제만큼이나 베비스를 그리워했다. 그녀의 입속에 애정의 말들이 맴돌았다. 그녀는 거의 정신 착란의 상태로 그의 아파트에 다다랐다.

그녀가 2층에 올라왔을 때 뒤에서 발소리가 들렸다. 노동자처럼 입은 남자 한 명이 고개를 푹 숙이고 들어왔는데, 아마 아파트 어느 집에 일하러 온 모양이었다. 어쩌면 그가 베비스의 집에 가는 길인지도 몰랐다. 그녀는 걸음을 늦추어서 다음 계단참에서 그가 지나치도록 기다렸다. 그랬다. 연인의 이삿짐을 포장하러 온 사람 같았다. 그녀는 걸음을 멈추었다. 순간 위층에서 문이 닫히는 소리가 나더니 여자의 가볍고 빠른 발소리가 아래층으로 향했다. 그녀가 듣기에는 베비스의 집에서 나온 사람 같았다. 몹시 당황한 그녀는 공황 상태에 빠졌다. 그녀는 위층으로 올라가기도 아래층으로 내려가기도 두려웠으며, 멍하니 서 있는 것도 마찬가지로 두려웠다. 그녀는 바로 옆에 있던 문 앞에 다가서서 문고리를 두드렸다.

바풋의 집이었는데, 그녀는 이미 알고 있었다. 뒤에서 올라오는

24장. 미행

노동자를 보고 처음 흠칫했을 때 이 집을 힐끔 보고 베비스의 집 바로 아래층인 바풋의 집인 걸 확인했다. 그러나 너무나도 당황하고 뜨끔한 그녀는 집에 사람이 있을 가능성을 따질 정신이 없었다. 그 상황에서 가능한 유일한 행동처럼 느껴졌다. 위층에서 발소리를 낸 여자가 용무를 보러 런던에 온 베비스의 누이일지도 몰랐는데, 그렇다면 그녀는 연인의 집보다는 바풋의 집 앞에서 발견되는 편이 나았다.

　불확실함은 몇 초뿐이었다. 모니카는 두려움에 떨면서도 지나가는 여자를 재빨리 보았다. 완전히 낯선 얼굴이었는데 젊은 미인이었다. 이미 들썽거리던 그녀의 마음은 새로운 혼돈에 빠졌다. 이 여자가 베비스의 집에서 나왔을까, 아니면 옆집에서? 한 층마다 두 집이었다.

　그러는 동안 아무도 그녀의 노크에 응답하지 않았다. 바풋 씨는 집에 없었다. 그녀는 안도의 한숨을 내쉬었다. 이제 그녀가 위층으로 올라갈 수 있었다. 하지만 그때 위층에서 노크 소리가 들렸다. 베비스의 문에서 난 소리라고 그녀는 확신했다. 그렇다면 노동자에 대한 그녀의 짐작이 옳았다는 뜻이었다. 그녀는 바풋 씨의 집 문이 열리길 기다리는 양 가만히 서 있었다. 노동자가 난간 너머로 고개를 빼꼼 내밀고 그녀를 보았으나 그녀는 알아차리지 못했다.

　노크 소리가 되풀이되었다. 맞았다. 이번에는 의심의 여지가 없었다. 아파트 이쪽에서 난 소리였고, 그곳은 그녀의 연인의 집이었다. 하지만 문은 열리지 않았다. 그래서 그녀는 올라가지 않고도 베비스의 부재를 확인했다. 그가 나중에 돌아올지도 몰랐다. 그녀에게는 아직 한두 시간 정도 시간이 있었다. 그래서 그녀는 바풋 씨

집에 사람이 없어서 실망한 것처럼 계단을 내려가 거리로 나왔다.

긴장한 탓에 그녀는 녹초가 되었다. 또 기절할 것처럼 눈앞이 어지럽고 아찔했다. 그녀는 음료를 파는 가게를 찾아 차를 한 잔 앞에 놓고 삽화 신문을 뒤적이며 30분 정도 앉아 있었다. 베비스의 집에 노크했던 노동자가 인도를 한두 번 오갔고, 그녀가 있는 가게에서 눈을 떼지 않았다.

그녀는 마침내 필기도구를 부탁해서 몇 줄 썼다. 다시 가도 그가 없으면 편지통에 쪽지를 넣고 올 생각이었다. 쪽지에는 그가 편지를 보낼 수 있는 주소와 열정적인 사랑의 다짐, 그녀에게 진실해 달라는 부탁과 함께 최대한 빨리 프랑스로 불러달라는 간청이 담겨 있었다.

그녀 같은 처지에서 사람은 별별 방법으로 자기 자신을 고문하는 법이다. 위험천만했던 상황을 몇 개 벗어난 그녀는 잠시나마 다소 안정을 되찾았지만, 이번에는 아래층으로 내려온 예쁘장한 젊은 여자에 대한 새로운 불안이 싹텄다. 노동자의 노크에 아무 대답이 없었으니 베비스가 부재중이며 여자는 다른 집에서 나온 것이 틀림없는 사실 같았다. 그러나 그녀는 어제 자신과 연인을 놀랜 사건을 기억했다. 그때 베비스는 문을 열지 않았다. 그렇다면—아, 어리석은 생각이다! 하지만 여자가 그와 함께 있었고, 베비스가 그녀가 떠나자마자 울린 노크 소리에 문을 열고 싶지 않았던 거라면?

이런 광적인 질투 말고도 그녀가 괴로워할 일이 충분하지 않은가? 터무니없는 상상은 머릿속에 들이지도 않겠다. 그 여자는 분명히 다른 집에서 나왔다.—하지만 베비스가 없는데 여자가 집에 머물렀을 가능성도 있지 않을까? 그가 열쇠를 맡길 만큼 친밀한 관계라면? 그게 사실이라면 베비스의 미적지근했던 반응도 이해가 되지 않을까?

이런 추측과 의심은 미치는 지름길이었다. 더는 가만히 앉아 있을 수 없던 모니카는 가게를 나와서 동네를 10분 정도 쏘다니다가 조금씩 아파트로 다가갔다. 마침내 그녀는 건물로 들어가서 계단을 올라갔다. 이번에는 아무도 마주치지 않았으며 뒤에서 따라오는 사람도 없었다. 그녀는 애인의 집 문을 두드리고 열리기를 간절히 소망하며 기도했다. 그러나 열리지 않았다. 그녀의 눈에 눈물이 차올랐다. 그녀는 괴로운 실망감에 신음하며 봉투를 편지통에 집어넣었다.

그녀가 건물에 들어가는 것을 본 노동자는 몇 미터 떨어진 곳에서 기다렸다. 그녀가 곧 다시 나오거나, 그렇지 않으면 어느 집에 들어갔다는 뜻이었다. 후자의 경우 호기심 많고 한가한 노동자는 그녀가 나올 때까지 계단 어딘가에 잠복하면 됐다. 하지만 이렇게 인내할 필요가 없다고 곧 밝혀졌다. 그는 헌힐까지 여자를 따라가기만 하면 되었다. 동기가 뻔한 지시에 따라 일하고 있는 이 훌륭한 남자는 여자가 두 번째 올라갔을 때는 딴 집에 갔으리라고 상상도 못 했다.

모니카는 저녁 식사 시간 한참 전에 돌아왔다. 시간이 되었는데도 남편은 오지 않았다. 뉴딕 씨와의 만남이 길어지는 모양이었다. 하지만 시간이 흘러도 그는 오지 않았다. 밤 9시에도 모니카는 홀로 굶주리며 앉아 있었으나 마음속 고통 때문에 허기를 느끼지도 못했다. 위도우선이 이런 적이 없었다. 다시 15분이 지나자 정문이 열리는 소리가 들렸다.

그는 그녀가 기다리고 있는 응접실로 들어왔다.

"늦었네요! 혼자 왔어요?"

"그래요."

"저녁 먹었어요?"

"안 먹었어요."

그는 상당히 침울해 보였으나 모니카는 불안스러운 낌새는 눈치채지 못했다. 그는 바닥에 시선을 고정하고 가까이 다가왔다.

"시내에서—안 좋은 소식이 있었나요?"

"그래요."

그는 더 가까이 왔고, 그녀의 1~2미터 반경 안에 들어오자 눈을 들어 그녀를 바라보았다.

"오늘 오후에 외출했어요?"

그녀는 부인하려고 했으나 그의 시선이 너무 집요했던지라 차마 입이 떨어지지 않았다.

"네—바풋 선생님을 만나러 갔어요."

"거짓말!"

이 말을 내뱉자마자 그는 그녀에게 달려들어 멱살을 거머쥐고 난폭하게 끌어내려 무릎을 꿇렸다. 그녀의 입에서 공포에 질린 외마디가 튀어나왔고, 그녀는 얼이 빠져 눈을 크게 뜨고 입을 벌린 채 꼼짝도 하지 못했다. 그가 그녀의 목이 아니라 옷을 잡아 다행이었다. 살기등등한 그의 손아귀가 조여들었으며 그의 머릿속에서는 그녀의 숨통을 끊고 싶은 충동이 순간 번뜩였다.

"거짓말!" 그가 다시 외쳤다. "나한테 거짓말한 바로 다음 날 또 거짓말을! 거짓말쟁이! 간음범!"

"아니에요! 난 아니에요!"

그녀는 그의 팔을 붙들고 일어나려고 했다. 하얗게 질린 입술과 쉰 목소리는 두려움을 뜻했지만, 그녀의 얼굴은 증오와 반항심으로 일그러졌다.

"아니라고? 당신 말을 어떻게 믿지? 차라리 길거리의 매춘부를 믿겠어. 적어도 그런 여자들은 자기가 어떤 여자라고 솔직히 말하지만, 당신은—어제 언니네 집에 안 가고 어딜 갔었지? 오늘 오후에는 어딜 갔었고?"

그녀가 간신히 일어섰으나 그는 다시 밀쳐서 무릎 꿇린 후 그녀의 머리가 거의 바닥에 닿을 때까지 뒤로 밀었다.

"어디 갔었어? 사실대로 말해. 아니면 영영 말을 못 하게 해버리겠어!"

"아, 도와줘요! 이 사람이 날 죽이려고 해요!"

그녀의 비명이 방에서 울렸다.

"소리 질러. 사람들을 불러서 당신을 보고 어떤 여자인지 들으라고 해. 금세 모두가 알게 될 테니까. 오늘 오후에는 어디에 갔었지? 당신은 미행당했어. 당신이 이 집을 나서서 천하고 더럽고 사악한 여자가 된 그 집에 가는 길 내내 당신을 지켜본 사람이 있다고—"

"아니에요! 당신 염탐꾼이 잘못 말한 거예요—"

"잘못 말했다고? 오늘 오후에 바풋 그 남자 집에 가서 문을 두드리지 않았나? 그가 없으니까 기다렸다가 또 가지 않았어?"

"그랬으면 어때요? 당신이 생각하는 그런 게 아니었어요."

"뭐야? 혼자 사는 남자의 집에 계속 찾아가고—게다가 그런 남자를—그런데 아무 일이 아니라고?"

"그 집에 처음 간 거예요."

"그 말을 믿으라고?" 위도우선이 험악하게 경멸을 담아 외쳤다. 그는 조금 전에 그녀를 놓았고, 그 앞에 똑바로 선 그녀는 온몸을 부들부들 떨었으나 눈에서는 반발심이 번득거렸다. "거짓말을 언제부터 시작했지? 미스 바풋의 강연에 간 적도 없으면서 갔다고 한 그때부터인가?"

그가 혹시나, 하는 생각에 어림짐작한 말을 그녀의 표정이 사실이라고 증명했다.

"대체 몇 주 동안, 몇 달 동안 당신 자신과 나를 모욕한 거지?"

"난 당신이 생각하는 그런 잘못은 한 적 없어요. 하지만 변명하지 않을 거예요. 다행히 이제 우리 사이가 완전히 끝났네요! 당신이 원하는 대로 비난해요. 난 당신을 떠날 거고 다시는 보고 싶지 않아요."

"그래, 당신은 나가야 해―그건 당연하지. 하지만 내 질문에 대답하기 전에는 아무 데도 못 가. 거짓말이든 아니든 상관없어. 지금까지 대체 뭘 한 건지 내게 털어놓아야 해."

신체적으로 대단히 벅찬 일을 하는 것처럼 두 사람은 가쁜 숨을 씩씩대며 서로를 노려보았다. 그들의 눈에 상대가 생판 모르는 사람처럼 보였다. 모니카는 남편의 얼굴에서 이렇게 거칠고 사나운 표정을 상상해 본 적 없었고, 그녀의 눈에는 광적인 무모함이, 얼굴의 모든 선에는 경멸과 혐오감이 서려 있어서 위도우선은 자기 앞의 여자를 처음 보는 것만 같았다.

"난 어떤 질문에도 대답하지 않을 거예요." 모니카가 말했다. "난 그저 이 집에서 나가서 다시는 당신을 보고 싶지 않아요."

그는 자신의 행동을 후회했다. 첫 염탐에서 얻은 증거가 불완전했으므로 그는 아내의 죄를 확실하게 밝힐 수 있는 증거를 손에 넣을 때까지 기다릴 작정이었다. 그러나 이렇게 신중하게 행동하기에 그의 질투심이 너무 강렬했고, 모니카의 입에서 거짓말이 떨어진 순간 그는 이성을 잃었다. 이런 이야기를 쉽사리 믿는 기질인 그는 바풋을 의심하지 않았다면 그랬을 것처럼 논리적으로 생각할 수 없었다. 추잡한 관계가 어떻게 발전했는지 눈앞에 생생하게 보이는 것만 같았다. 그는 모니카가 첼시에서 바풋을 만난 날이 시발점이었다고 믿었다. 공공연하게 사람들 앞에서 망신을 주고 아내를 쫓아낸다는 충동과 파멸의 길에 들어선 그녀를 말린다는 연민 사이에서 갈등하던 그는 두 가지 의도 모두와 맞지 않는 중간 길을 허둥지둥 택했다. 이런 단계에서 자신이 발견한 것을 모니카에게 알릴 요량이었다면 그는 엄숙하고 차분하게, 그녀의 죄책감을 일깨울 위엄을 담아 말했어야 했다. 하지만 결국 그는 모든 기회를 망쳤다. 어쩌면 모니카가 이런 상황을 간파했을지도 몰랐다. 그는 그녀를 교활하고 간사한 여자로 보기 시작했다.

"그 남자의 집에 처음 간 거라고?" 그가 목소리를 낮추어 물었다.

"내 말을 기억하는 건 당신 몫이에요. 난 어떤 질문에도 답하지 않겠어요."

다시 한번 그녀에게 겁을 주어 고백을 받아 내고 싶은 충동이 들었다. 그는 무시무시한 얼굴로 한걸음 다가왔다. 이때 모니카가 뛰어서 그를 지나쳤고, 그가 미처 붙잡기 전에 문에 다다랐다.

"그 자리에 가만히 있어요!" 그녀가 외쳤다. "내 몸에 다시 한번 손대면 누가 올라올 때까지 소리 지를 거예요. 당신이 날 건드리면 용납하지 않겠어요!"

"당신이 아무런 잘못도 안 한 척을 하는 거야?"

"난 당신이 말한 그런 여자가 아니에요. 당신이 원하는 대로 모든 걸 설명해요. 난 아무말도 하지 않을 거예요. 난 당신에게서 벗어나고 싶을 뿐이에요."

그녀는 문을 열고 재빨리 계단참을 지나 위층으로 올라갔다. 따라가도 소용없다고 느낀 위도우선은 문을 활짝 열어 두고 기다렸다. 5분 후에 모니카가 외출 준비를 하고 내려왔다.

"어디 가는 거야?" 그가 그녀를 가로막기 위해 방에서 나오며 물었다.

"당신과 상관없어요. 난 떠날 거예요."

그들은 아래층에 있는 하인들에게 들릴까 봐 목소리를 낮추었다.

"아니, 못 가!"

그가 계단을 막으려고 나아갔으나 이번에도 모니카가 한발 빨랐다. 그녀는 뛰어 내려가서 복도를 지나 현관문으로 갔다. 그곳에서 그녀가 걸쇠 두 개를 여느라 멈춰야 했을 때 위도우선이 그녀를 따라잡았다.

"소란을 피워서 추문을 일으키고 싶으면 마음대로 해. 하지만 당신은 이 집에서 나갈 수 없어."

그의 말투는 단호하기보다는 사나웠다. 그가 무얼 할 수 있겠는가? 모니카가 계속 나가려고 하면 그가 어떻게 막을 수 있을까? 억지로 위층으로 끌고 가서 방에 가두는 것이 유일한 방안이었다. 그는 자신이 그럴 용기가 없다는 걸 알았다.

"추문 따위 신경 안 써요." 그녀가 답했다. "어떻게 해서든지 난

24장. 미행

이 집을 나갈 거예요."

"어디 가는 거야?"

"언니네 집에요."

위도우선은 손을 문에 올리고 완고하게 막으려는 양 섰다. 하지만 그녀의 의지가 더 강했다. 이런 상황에서 남자가 위세를 지키려면 살인밖에 수가 없었다. 위도우선은 아내를 죽일 수 없었고, 그렇게 서 있는 매 순간 그는 더욱 경멸스럽고 우스꽝스러워졌다.

그는 복도로 돌아가서 모자를 집었다. 그러는 동안 그녀는 문을 열었다. 비가 세차게 쏟아지고 있었으나 그녀는 신경 쓰지 않았다. 위도우선은 급히 그녀를 따라 나갔고, 그 역시 쏟아지는 비에 무심했다. 그녀는 기차역으로 향했지만 지나가는 마부가 그녀를 불렀고, 그녀는 그의 제안을 받아들여 마차에 올라타 라벤더힐까지 가 달라고 말했다.

위도우선도 같은 수단으로 최대한 신속히 빗줄기에서 벗어나 동일한 목적지로 향했다. 그는 코니스비 부인의 집에서 멀지 않은 곳에서 내렸다. 모니카가 이곳에 왔다는 건 의심의 여지가 없었으나 그는 곧 확인할 것이다. 여전히 비가 내렸으므로 그는 펍으로 들어가 비를 피했고, 타는 듯한 갈증을 해소하며 이런 술집에서 흔히 제공하는 간단한 음식으로 허기를 채웠다. 거의 밤 11시였지만 그는 점심 식사 후에 아무것도 마시거나 먹지 않았다.

그리고 나서 그는 코니스비 부인 집으로 가서 문을 두드렸다. 집주인이 나왔다.

"실례합니다만," 그가 말했다. "위도우선 부인이 여기에 있습니까?"

여자의 얼굴에 떠오른 어렴풋한 호기심이 그녀가 상황의 묘한 점을 깨달았다고 암시했다.

"네. 위도우선 부인이 언니랑 있어요."

"고맙습니다."

그리고 그는 말없이 떠났다. 하지만 그는 조금 걷다가 자정까지 코니스비 부인의 집 문을 감시했다. 비가 내렸고 공기는 싸늘했다. 비를 그대로 맞으면서 순찰원처럼 규칙적으로 거리를 오가는 위도우선은 몸에 열과 함께 오한이 자꾸 났다. 그는 월워스 로드와 러틀랜드 스트리트를 지켜보며 보낸 숱한 밤을 기억할 수밖에 없었다. 그때도 질투심이 가슴속에 들끓었으나 다시는 되살릴 수 없는 열정적인 사랑과 함께였다. 이로부터 고작 12개월이 조금 넘었다! 그리고 그는 거의 반평생을 결혼을 꿈꾸면서 살았다.

25장. 이상(理想)의 운명

해변에서 보낸 로더의 일주일은 예측불허한 날씨 때문에 망쳐졌다. 해는 이틀밖에 안 났으며 나머지 날에는 폭풍을 예고하는 구름이 깔린 하늘에서 드문드문 빛이 새어 나올 뿐이었다. 워즈데일 위로는 컴컴한 먹구름이 드리웠고 스코펠에서는 우르릉거리는 천둥소리가 들려 왔다. 그리고 첫째 주의 마지막 날에는—모니카가 쏟아지는 비를 맞으며 가출한 날—산과 바다 위로 폭풍이 몰아쳤다. 새벽까지 뜬눈으로 누워 있던 로더가 내륙을 향한 창문으로 이따금 하늘을 내다보면, 워스트워터 호수를 에워싼 음산한 바위산들이 번갯불에 너무나도 오래, 강렬하게 번쩍이는 바람에 몇 마일이나 되는 거리감이 사라지며 그 매서운 바위와 절벽이 몇 걸음 앞에 있는 것처럼 느껴졌다.

일요일에는 아침부터 비가 내렸으나 날씨가 갤 조짐이 보였다. 먼바다 위로 파란 하늘이 널따랗게 보였고, 누그러진 파도의 기다란 거품이 눈부시고 희망적인 햇빛 아래 반짝였다. 로더는 세인트비스헤드 쪽으로 해변을 거닐었다. 그녀가 얼마 걷기도 전에 바다로 콸콸 쏟아지는 너른 강이 앞길을 막았다. 강을 건너려면 모래사장 가녘을 따라 달리는 기찻길로 올라가는 수밖에 없었다. 그러나 그녀는 더 걸을 생각이 없었다. 주위에는 집도 사람도 보이지 않았다. 그녀는 자리에 앉아 강어귀에서 물고기를 사냥하는 갈매기들을 바라보았고, 그들의 우짖음만이 수그러진 파도의 소리와 섞였다.

지평선에는 구름으로 착각할 만한 나지막한 형태가 길게 깔렸는데, 육지 같았다. 맨 섬이었다. 한두 시간이 지나자 섬이 훨씬 선명하게 보였다. 섬의 굴곡이 더는 아련하지 않았다. 북쪽으로는 또 하나의 멀고 가파른 산길이 보였다. 솔웨이만 너머로 보이는 스코틀랜드 해안이었다.

먼 지형들을 보자 로더의 상상력이 타올랐다. 여행에 관해, 오리엔트 특급열차에 관해 이야기하던 바풋의 목소리가 귓전에 맴돌았다. 그가 제안한 자유의 즐거움. 어쩌면 그가 같은 제안을 다시 한번 하려고 가까이 왔을지도. 지난번에 언급한 계획을 그가 실행한다면 그녀는 오늘이나 내일 그를 볼 것이고, 그렇다면 그녀는 선택해야 했다. 그와 함께 하루 동안 산에서 하이킹을 하는 것은 결정이나 다름없었다. 하지만 무엇을 결정하는 것인가? 그가 제안한 자유로운 결합을 거부하면 정식으로 청혼할까? 그럴 것이다. 그 정도로 그는 그녀에게 빠져 있었다. 하지만 이렇게 되면 그가 그녀를 달리 보지 않을까? 그를 법적으로 구속하는 순간 그녀를 존경하는 마음이 사그라지고 그의 사랑이 오래갈 가능성이 줄어들지 않을까? 바풋은 명목뿐이라도 굴레를 달게 받아들일 남자가 아니었고, 그가 그녀를 사랑하는 마음은 자기와 같은 관점을 지닌 여자를 발견했다는, 나약한 사람들이 목매는 격식을 경멸할 만큼 자신이 받는 사랑에 확신이 있는 여자를 찾았다는 믿음에서 피어난 것이 틀림없었다. 그녀가 격식을 요구하면 그는 복종하겠지만 훗날에—열정이 식으면—

이 고민만으로도 일주일이 부족했는데 그녀의 마음은 심지어 더 괴로운 의심으로 번잡했다. 그녀는 모니카에 대한 의심을 떨칠 수 없었다. 위도우선 부인이 남편에게 언제나 솔직하지 않았다는 확실한 증거가 있었다. 그것이 그녀가 두려워하는 모니카와 에버라드의 관계를 증명하는지는 알 수 없었다. 그녀는 정황이 심각하게 의심스럽다고 느꼈으며 사실 너무 심각하게 느껴져서 컴벌랜드에 온 첫 하루 이틀 동안은 남몰래 키우던 희망을 거의 포기했었다. 스스로를 잘 이해하는 그녀는 질투심이—심지어 과거에 대한 질투라도—자기 인생을 얼마나 망가뜨릴지 알았다. 만일 그녀가 바풋과 결혼한다면 (법적이건 아니건—그것은 이 문제에서 무관했다) 그녀는 완벽한 충실을 요구할 것이다. 그의 마음을 일부만 차지한다는 생각은 자존심이 용납하지 않았다. 그가 조금이라도 불성실했다는 증거를 발견하는 순간 그녀는 반드시, 필연코 그를 떠날 것인데—그러면 그녀의 삶이 얼마나 비참해지겠는가!

에버라드 바풋이 한 여자에게 완전히 충실할 수 있을까? 그의 사촌이 비웃을 만한 소망이었다―어쨌든 로더는 그렇게 생각했다. 관습적으로 사고하는 여자라면 그가 법적 결혼을 꺼린다는 사실 자체가 그의 불성실한 경향을 증명한다고 믿을 것이다. 하지만 로더는 이 논리의 허점을 알았다. 사랑이 그를 붙잡지 않는다면 결혼이라는 형식은 에버라드에게 아무런 제재도 가할 수 없었다. 결혼을 열 번 하더라도 그는 자신에게 의무가 없다고 생각할 터였다―사랑에 대한 의무가 아니라면. 하지만 그가 사랑에 대한 의무는 어떻게 생각할까? 어쩌면 그는 그것이 가벼운 끌림과 완벽하게 양립한다고 여길지도 몰랐다. 그리고 로더는 이런 관점을 (그녀가 생각하기에 모든 남자의 관점인) 용인할 수 없었다. 전부가 아니면 아무것도 필요 없었다. 완벽한 믿음이 아니라면 아무것도 원하지 않았다.

오후가 되자 그녀는 기대감에 싱숭생숭했다. 바풋이 이날 온다면―그녀는 근방 어딘가에 있다가 만남의 시간이 가까워지자 시스케일을 향해 다가오는 그를 상상했다―그가 그녀의 숙소로 찾아올까? 그녀가 주소를 알려 주지는 않았으나 그가 틀림없이 메리에게 물어봤을 것이다. 어쩌면 그는 그녀와 조우하길 바랄지도 몰랐다―주민도 관광객도 적은 이 작은 마을에서는 충분히 가능한 일이었다. 확실히 그녀는 그가 오기를 원했다. 어쩌면 바로 이날 저녁 그가 올지도 모른다는 생각에 가슴속에서 기쁨이 일렁였다. 그녀는 새로운 환경에서 그를 관찰하고 싶었고―어쩌면―그 언제보다 허심탄회하게 이야기하고 싶었다. 그럴 기회가 충분할 것이다.

저녁 6시쯤에 남쪽에서 올라오는 기차가 로더의 숙소 거실 창밖으로 보이는 기차역에 멈췄다. 그녀는 이 순간을 기다려 왔다. 그러나 그녀는 역에 갈 수 없었으며 역의 출입구에서 보이는 곳에서 기다릴 엄두조차 못 냈다. 기차에서 승객이 내렸는지는 불확실했다. 에버라드가 이 기차를 타고 왔다면 그는 분명히 역에서 몇 미터 떨어지지 않은 호텔로 갈 것이다. 그는 밥을 먹고 금세 그녀를 찾아 나올 것이다.

그녀는 30분을 기다렸다가 옷을 차려입고 해변을 향해 출발했다. 시스케일에는 도로도 상가도 없었다. 해안가 위로 융기한 지대 이곳저곳에 두세 채의 집들이 옹기종기 모여 있을 뿐이었다. 해변으로 가는 길을 가로지르는 철도를 건너려면 기차역을 통해 가거나 다리 밑으로 난 길로 우회할 수 있었는데, 전자를 택하면 호텔 앞을 지나치므로 호텔의 창문에서 보일 터였고, 후자를 택하면 호텔을 아예 피할 수 있었다. 로더는 전자를 택했다. 모래사장에는 몇몇 사람들이 흩어져 있었으며 아이들은 일요일답게 조용히 놀고 있었다. 조수가 높아지고 있었다. 그녀는 가장 가까운 단단한 모랫길로 내려가 부드러운 서풍에 얼굴을 맡기고 오랫동안 서 있었다.

바풋이 왔다면 이제 그녀를 찾으러 오고 있을 것이다. 그가 멀리서는 그녀를 못 알아볼지도 몰랐는데, 그가 본 적 없는 옷차림이었기 때문이었다. 이제 슬슬 그녀가 바슬거리는 하얀 모래 언덕으로 올라가도 될 것이다. 언덕에는 삼색메꽃이 흐드러졌으며 그녀가 이름을 모르고 관심도 없는 꽃들이 만발했다. 그녀가 돌아서자마자 다가오는 에버라드가 보였다. 아직 멀리 있었지만 확실했다. 그는 모자를 벗어 인사했고 금세 그녀 곁으로 왔다.

"내가 뒤돌아서기 전에 알아봤어요?" 그녀가 웃으며 물었다.

"물론입니다. 저기 기차역 근처에서 당신을 봤어요. 달리 누가 당신처럼 걸을 수 있겠습니까—평범한 인간들을 멋지게 깔보면서요?"

"제가 우스꽝스럽게 걷는다고 생각하게 하지 말아 주세요."

"멋진 걸음걸이입니다. 당신 뺨에는 벌써 바다의 손길이 닿았군요. 하지만 안타깝게도 날씨가 별로 안 좋았다고 들었습니다."

"네, 꽤 우울했어요. 하지만 오늘은 희망이 보이네요. 어디에서 오는 길이에요?"

"칸포스에서 기차를 타고 왔습니다. 어제 아침에 런던에서 출발해서 모어컴에 갔죠—거기 지인들이 있거든요. 오늘 기차 일정이 안 맞아서 모어컴에서 칸포스까지 마차를 탔습니다. 내가 올 줄 알았습니까?"

"당신이 온다고 했으니까 올지도 모른다고 생각했어요."

"내가 한 주를 어떻게 견뎠는지 모르겠군요. 며칠 전부터 오고 싶었지만 겁이 났습니다—바다 쪽으로 걸읍시다—당신이 화를 낼까 봐 두려웠어요."

"자기가 한 말은 지켜야죠."

"물론 그렇습니다. 한 주를 애틋하게 기다리고 만나니까 더 기쁘네요. 바다에는 들어갔어요?"

"한두 번이오."

"오늘 아침에 밥 먹기 전에 비를 맞으면서 수영했습니다. 그나저나 당신은 수영을 못하겠군요."

"네, 못해요. 그런데 왜 확신하시죠?"

"수영을 배운 여자는 정말 드무니까요. 수영을 못 하는 남자는 반쪽짜리라고 할 수 있겠지만 수영이 여자에게 더 좋은 것 같습니다. 모든 방면에서 그렇듯 여자들은 복장에도 억압되어 있으니까요. 그것들에서 벗어나서 모든 신체 부위를 더 자유롭고 씩씩하게 움직이면 정신적, 신체적은 물론 영혼의 건강에도 좋을 거예요."

"맞아요. 확실히 그럴 거예요." 로더가 바다를 바라보며 말했다.

"제가 꽤 의기양양하게 말했군요, 그렇지 않나요? 제가 당신보다 뛰어난 점이 있다고 생각하니 좋군요. 제가 얼마나 시시하고 보잘것없는 인간인지 당신이 너무나도 자주 일깨워 주니까요."

"전 그런 말을 한 적 없는데요. 그렇게 암시한 적도 없고요."

"하루를 어떻게 보냅니까?" 에버라드가 완벽히 동지처럼 물었다. "밥은 먹었어요?"

"식사는 정말 간소하게 하고 있어요. 1시에 먹고, 9시쯤에 야식을 먹을 거고요."

"그럼 좀 걷죠. 담배를 피워도 될까요?"

"왜 안 되겠어요?"

에버라드는 엽궐련에 불을 붙였고, 그들은 밀려오는 파도를 피해 높은 지대로 차차 올라갔는데, 그곳에서는 노을의 빛깔에 화려하게 물든 산의 아름다운 정경이 보였다.

"내일 떠날 거예요?"

"네." 로더가 대답했다. "기차를 타고 코니스턴에 갔다가, 거기서 헬벨린까지 걸어갈 생각이에요. 당신이 추천한 여로예요."

"다른 제안을 하나 하겠습니다. 기차에서 만난 사람에게 들었는데 이 동네에 걷기 아주 좋은 곳이 있다고 하더군요. 이 지역 바로 아래 있는 레이븐글래스에서 에스크데일로 가는 작은 기차가 있는

데 종착역이 스코펠 산어귀에 있는 부트라는 마을이라고 합니다. 부트에서 스코펠 정상으로 등산하거나 워즈데일 헤드로 가는 완만한 길을 택할 수 있다고 하네요. 대단히 웅장하고 야생이 살아 있는 곳이라고 합니다. 특히 워스트워터로 내려가는 끝자락은요. 거리도 대단치는 않습니다—내일 아침에 거기에 가보면 어떨까요? 저녁에 워즈데일에서 시스케일까지는 마차를 타고 돌아오고요. 그다음 날은—당신이 원하는 대로 보내요."

"거리가 어느 정도인지 확실히 알아요?"

"네. 주머니에 실측도가 있습니다. 보여 줄게요."

그는 담벼락 위에 지도를 펼쳤고, 그들은 나란히 서서 확인했다.

"먹을거리를 가져가야 해요. 그건 내가 책임지겠습니다. 그리고 워즈데일 호텔에서 서너 시쯤에 식사할 수 있어요. 즐거울 것 같지 않아요?"

"비가 안 오면요."

"안 오길 바랍시다. 돌아가는 길에 역에서 열차 시간표를 확인하죠. 오전에 출발하는 차가 있을 거예요."

그들은 허물없이 친근하게 이야기하며 걷다가 황혼이 깔리고 30분이 지나서 시스케일에 돌아왔는데, 다음 날 날씨가 좋으리라 예시하는 듯한 황혼이었다.

"야식을 먹고 다시 나오지 않을래요?" 바풋이 물었다.

"오늘은 안 나갈래요."

"15분만요." 그가 졸랐다. "바다까지만 갔다 옵시다."

"오늘 온종일 걸었어요. 쉬면서 책을 읽고 싶어요."

"좋아요. 그럼 내일 아침에 봐요."

기차역에서 그들은 레이븐글래스에서 에스크데일 선으로 갈아탈 수 있는 기차를 찾았고, 다음 날 아침 역에서 만나기로 약속했다. 바풋이 점심을 준비하기로 했다.

날씨에 대한 그들의 소망은 완벽하게 이루어졌다. 오히려 햇살이 너무 따가울까 봐 다소 걱정스러웠으나 이 걱정은 쾌활한 마음으로 차치되었다. 바풋은 음식을 담은 가방을 어깨에 둘러메고 왔는데, 이것이 기차 안에서 이야깃거리를 제공했다. 바풋은 이 가방을 메고 세계 곳곳에 갔고, 별별 기이한 음식을 담았다.

레이븐글래스에서 부트로 향하는 에스크데일 선은 자그마한 열차였고, 특이하게 생긴 작은 엔진과 원시적으로 단순한 객차 칸이 한두 개 달렸다. 굽이굽이 올라가는 오르막길에 위치한 역에 멈출 때마다—역은 공구실 같은 목조 헛간이었다—승객이 있으면 차장이 뛰어내려서 매표원 역할을 했다. 몇 마일 달리는 동안 풍경은 아름다움에서 웅장함으로 바뀌었고, 종착역에서는 기차가 더 나아갈 수 없었는데, 스코펠의 거대한 산등성이가 앞을 가로막았기 때문이었다.

에버라드와 동행은 띄엄띄엄 흩어져 있는 부트의 예쁜 마을을 지나치며 등산하기 시작했다. 길가에서는 산바람이 윙윙거렸는데, 지도에 표시한 경로에 의하면 그들은 반드시 이 계곡을 따라 몇 마일을 올라가 계곡의 원천인 호수까지 가야 했다. 집, 사람, 심지어 사람의 발길이 닿은 길도 곧 사라졌고, 그들은 우뚝 솟은 산봉우리들이 근경과 원경을 수놓은 드넓은 황야 지대에 들어섰다. 정상까지 올라가는 것은 무리였다. 그들이 앞으로 걸어야 할 길을 생각하면 스코펠의 우람한 어깨 하나에 올라가는 것만으로도 충분했다.

"만일 당신이 지치면," 그들이 한 시간 정도 잿빛 고독을 헤치며 걸었을 때 에버라드가 쾌활하게 말했다. "도와줄 사람이 없습니다. 내가 당신을 업고 부트나 워즈데일로 가야 할 거예요."

"당신보다 먼저 지치지는 않을 거예요." 그녀가 웃으며 대답했다.

"사람의 마음을 기쁘게 하는[42] 포도주와 닭고기 샌드위치를 가져왔습니다. 배고파지면 말해요. 버무어 호수에서 쉬는 게 좋겠어요."

실로 그곳이 편리한 쉼터라고 판명 났다. 끝없이 펼쳐진 황야의 우묵한 야생 지대에 자리한 작은 호수의 검은 물이 한낮의 태양 아래 반짝였다. 이곳에는 양치기의 오두막이 있었는데, 그들이 부트를 떠난 이래 처음 보는 사람의 거주지였다. 여기서부터 경로에 확신이 없던 그들이 오두막에 문의하자 혼자 있는 듯한 여자가 필요한 정보를 주었다. 한결 안심한 그들은 호수의 어귀에 있는 다리를 건넜고, 바로 너머에서 쉴 곳을 찾았다. 에버라드는 샌드위치와 포도주가 담긴 병은 물론 로더를 위한 포도주잔까지 꺼냈다. 그들은 흥겹게 먹고 마셨다.

"바로 이것이 내가 1년 넘게 상상으로 즐기던 것입니다." 식사가 끝난 후 바풋이 팔꿈치를 괴고 누워 로더의 맑은 눈과 햇볕에 발그스름해진 뺨을 보며 말했다. "인생에 한 번, 이상이 실현되네요. 완벽한 순간이에요."

"그 오두막에서 이탄을 태우던 냄새가 좋지 않았어요?"

"네, 하늘, 땅, 지금 우리 주위에 있는 모든 게 좋습니다. 무엇보

---

42. 시편 104장 15절에서 인용.

다 당신과 함께라서 좋아요, 로더."

그가 처음으로 그녀의 이름을 불렀는데, 무척 자연스럽고 필연적이었던지라 그녀는 불쾌해할 수 없었다. 그런데도 그녀는 조금 기분이 상한 듯 고개를 돌렸다.

"당신도 나랑 있어서 즐겁나요?" 그가 헤더꽃 다발로 그녀의 손등을 두드리며 물었다. "아니면 그냥 너그러운 마음으로 참아 주고 있나요?"

"시스케일에서 여기까지 오는 길에는 즐거웠어요. 나머지 길을 망치지 말아 줘요."

"그렇게 되면 정말 안타깝겠네요. 오늘은 온종일 완벽할 겁니다. 불화라고는 전혀 없어야 해요. 하지만 내 머릿속에 떠오르는 말을 할 자유는 있어야 합니다. 그리고 당신이 대답하기 싫으면 난 그걸 존중할게요."

"출발하기 전에 엽궐련을 피우고 싶지 않아요?"

"네. 하지만 안 피우는 게 낫겠어요. 당신이 담배 냄새보다 이탄 냄새를 좋아하니까요."

"엽궐련에 불을 붙여요."

"당신의 분부대로─" 그가 그녀의 말대로 했다. "정말 완벽한 하루가 될 거예요. 여인숙에서 즐거운 식사를 하고 나서 시스케일까지 드라이브를 하고, 한두 시간 쉬고 해거름 무렵에 바닷가에서 조용히 대화를 나누죠."

"전부 다 좋은데 마지막만 빼고요. 너무 피곤할 거예요."

"아니, 난 반드시 바닷가에서 이야기를 나눠야겠습니다. 당신은 대답하기 싫으면 안 해도 되지만 나와 함께 있어 줘요. 오늘은 우리가 이상적인 세상에 있다는 걸 기억해요. 인간의 자녀에게는 신경도 쓰지 맙시다. 우리는 구름 한 점 없는 하늘과 고요한 땅 사이에서 하루를 같이 보낼 거예요—평생 간직할 기억입니다. 저녁녘에 당신은 다시 나와서 내가 어제 당신을 처음 발견한 그 바닷가에서 나를 만날 겁니다."

로더는 대답하지 않았다. 그녀는 시선을 돌려 검고 깊은 호수를 보았다.

"정말 좋은 기회예요." 그가 오두막을 가리키며 말했다. "머릿속에 떠오르는 가장 바보스러운 생각을 말할 기회군요."

"그게 과연 무엇인지 궁금하네요."

"저기서 당신과 여생을 함께하면 굉장히 행복할 겁니다, 이런 거죠. 이런 말을 하는 부류의 남자들을 당신도 알잖습니까."

"다행히 개인적으로 아는 사람은 없어요!"

"일주일—어쩌면 한 달—이런 날씨에 여기 사는 거예요. 아니, 온갖 종류의 폭풍이 몰아칠 때 살아요—스코펠 산봉우리에서 먹구름이 밀려오고 호수 위에서는 칼바람이 울부짖으며 비바람과 우박이 우리 지붕을 두드려요. 우리는 이탄에 지핀 불 앞에 앉아요. 고전과 신작 가운데 명작들을 잔뜩 쌓아놓고요. 석 달을, 아니 반년을 그렇게 사는 걸 상상할 수 있습니다!"

"조심하세요. '그런 부류의 남자'를 기억하세요."

"난 안전합니다. 평생과 6개월은 큰 차이가 있으니까요. 반년이 지나면 우리는 영국을 떠날 거예요."

"오리엔트 특급열차를 타고요?"

그들은 함께 웃었는데, 단순한 농담 이상의 의미가 있는 말을 해버린 로더는 얼굴을 붉혔다.

"오리엔트 특급열차를 타고요. 그다음 6개월은 보스포루스 해협에 있는 집에 살아요. 그리고 버무어 호수에서의 경험과 비교해 보는 거죠. 그렇게 보내는 1년이 얼마나 풍요로울지 생각해 봐요! 우리가 자연과 서로에게서 얼마나 많이 배웠을지도요!"

"그리고 우리가 얼마나 서로에게 질려 있을까요!"

바풋은 그녀를 예리하게 관찰했다. 그는 그녀의 얼굴에서 무엇을 읽었는지 확신할 수 없었다.

"진심이에요?" 그가 물었다.

"사실이라는 걸 당신도 알잖아요."

"쉿! 오늘은 완벽해야 해요. 환경을 적당히 바꿔 가며 사는데도 우리가 서로에게 질릴 거라고 생각하지 않아요. 나는 당신이 무한대로 흥미롭고, 나도 당신에게 그럴 거라고 믿어요."

그는 한가로운 시간에 어울리는 공상적인 말투를 유지했다. 로더는 말수가 적었다. 그녀가 말을 할 때는 대개 에버라드의 말을 막기 위해서였다. 그가 엽궐련을 다 피우고 나자 그들은 자리에서 일어나 다시 출발했다. 워즈데일의 절경에 대한 기대가 여정의 후반을 가장 흥미롭게 했다. 어둡고 황량하며 가파른 산봉우리가 눈에 들어왔다. 그레이트 게이블인 듯했다. 한층 더 열성적으로 1마일을 걸었을 때 너무나도 홀연히 아래로 골짜기가 펼쳐져서 그들은 순간 걸음을 멈추고 말없이 서로를 바라봤다. 그들은 드높은 고지에 서서 호수 중에서 가장 검고 음산한 워스트워터와 계곡이 굽이치는 골짜기 정상의 들판과 잡목림, 그리고 산의 그림자 너머에 펼쳐진 험준한 협곡을 내려다보았다.

하산하는 길은 겨울에는 눈보라가 휘몰아치는 곳으로, 경사가 가파르고 바위가 많았으며 깊은 숲속을 지그재그로 돌았다. 이 길을 내려와 마을로 이어지는 평지에 이르렀을 때도 그들은 쉴 때와 다름없이 자연스럽고 쾌활하게 이야기했다. 그들이 여인숙에서 식사할 때도, 마차를 타고 숲과 절벽에 에워싸인 가뭇한 호수를 지나 푸릇푸릇한 시골길로 나와 고스포스를 통해 바다로 이어지는 먼 길을 내려올 때도 마찬가지였다. 그들이 아침에 출발한 이래 구름이 해를 가린 적이 거의 없었다―완벽한 하루였다.

그들은 시스케일에 도착하기 전에 마차에서 내렸다. 바풋은 마부에게 삯을 내고―마부는 말에게 사료를 먹이러 호텔로 향했다―나머지 사 분의 일 마일을 로더와 걸었다. 그의 제안이었다. 로더는 아무말도 하지 않았으나 그의 신중한 배려를 고마워했다.

"6시예요." 짧은 침묵 후 에버라드가 말했다. "우리 약속을 기억하죠? 8시에 해변에서 만나요."

"안락의자에 앉아서 책을 읽으면 훨씬 편할 것 같은데요."

"아, 책은 충분히 읽었어요. 이제 인생을 즐길 시간입니다."

"쉴 시간이에요."

"많이 피곤하군요! 딱해라! 당신에게는 너무 고된 날이었군요."

로더가 웃음을 터뜨렸다.

"만일 필요하면 워스트워터로 다시 걸어갈 수도 있어요."

"물론이죠. 알고 있어요. 당신은 정말 대단해요. 그럼 8시에―"

그들은 이에 관해 더는 이야기하지 않았다. 로더의 숙소가 시야에 들어오자 그들은 악수하지 않고 헤어졌다.

8시가 되기 전 에버라드는 해변을 거닐며 영롱한 빛을 뿜으며 내려앉는 석양을 바라보았다. 그의 얼굴이 미소로 자꾸 실룩였다. 로더를 마지막으로 시험할 순간이 마침내 왔으며 그는 결과를 자신했다. 만일 그녀의 기상이 그의 시험을 통과하면, 즉 그녀가 자신이 결심했던 이상적인 삶을 포기하는 것뿐 아니라 세상의 시선을 무시하고 형식적인 굴레 없이 그의 아내가 된다면—그녀는 그가 상상했던 바로 그 여자였으며, 그는 결혼한 남자로서 그녀의 곁을 평생 행복하게 지키리라. 법적으로 결혼한 남자로서. 자유로운 결합이라는 제안은 단순히 시험이었다. 그에게 이런 사랑은 난생처음이었다. 하지만 그녀에게 처음 구애하기 시작했을 때의 기질이 여전히 너무 많이 남아 있었으므로, 그는 무조건적인 항복이 아니면 만족할 수 없었다. 그는 그녀의 독립적인 정신을 찬미하면서도 그녀를 완전히 지배하길 바랐으며 비이성적인 열정에 빠뜨리고 싶었다. 결혼에 고분고분하게 승낙하는 것은 흔한 일이었다. 그는 자기가 청혼만 하면 아그네스 브리센든이 곧바로 승낙할 것이며 세상에서 가장 훌륭한 아내 중 한 명이 될 거라고 확신했다. 하지만 그는 로더 넌에게 더 많은 것을 기대하고 요구했다. 그녀는 평범하게 지적인 여성의 수준을 훨씬 뛰어넘어야 했다. 또한, 그를 절대적으로 신뢰해야 했다—이것이 지금 그에게 가장 중대한 동기였다. 솔직하게 표현하지 않은 의심과 비난이 그녀의 마음 한구석에 남아 있으면 안 되었다.

 그녀를 애타게 기다리는 그의 심장이 방망이질하듯 뛰었다. 그녀는 올 것이다. 로더는 꾐수를 부리는 여자가 아니었다. 그를 만날 생각이 없었다면 엊저녁에 그랬듯이 딱 잘라 말했을 터였다.

 약속 시각이 몇 분 지나서 그가 내륙으로 시선을 돌리자 금빛 하늘을 배경으로 다가오는 그녀의 실루엣이 보였다. 그녀는 모래 둔치에서 천천히, 소요하듯 무심하게 걸었다. 그는 그녀 쪽으로 조금 다가가다 멈췄다. 그는 자신의 역할을 완수했다. 이제 그녀가 여성의 특혜를 포기하고 사랑의 구속에 순종해야 했다. 서쪽 하늘에 퍼진 잔광이 그녀를 에워싸면서 에버라드가 알아보게 된 아름다움을 강조했다. 여전히 그녀는 천천히 걸으면서 몸을 숙여 해초를 집기도 했다. 그는 꿋꿋이 자기 자리를 지켰고, 그녀가 다가왔다.

"산을 물들인 석양빛을 봤어요?"

"네." 그가 대답했다.

"여기 와서 이런 석양은 처음 봐요."

"그런데 당신은 방에 틀어박혀 책을 읽고 싶어 했죠. 완벽한 날에 어울리는 마무리가 아닙니다."

"당신 사촌에게서 편지가 왔어요. 어제 구돌가 사람들을 만났대요."

"구돌가―한때 알고 지냈죠."

"네."

그녀는 의미심장하게 말했다. 에버라드는 그녀가 암시하는 바를 알았지만 모르는 체했다.

"메리 누님은 당신 없이 어떻게 지낸답니까?"

"별 어려움 없어요."

"당신을 대신할 유능한 사람이 있나요?"

"네, 베스퍼 양이 필요한 업무를 다 할 수 있어요."

"여성들에게 독립적인 삶을 살라고 격려하는 일도요?"

"어쩌면요."

시스케일의 집들이 보이지 않을 때까지 그들은 황혼의 따스한 색채 속에서 바닷가를 거닐었다. 그리고 에버라드가 걸음을 멈췄다.

"그럼 우리가 내일 코니스턴에 가는 건가요?" 그가 그녀 앞에 서서 웃으며 물었다.

"당신도 가요?"

"내가 당신 곁을 떠날 수 있을 것 같아요?"

로더는 시선을 내리깔았다. 그녀는 기다란 해초를 잡고 있던 양손에 힘을 주었다.

"내가 떠나길 바라나요?" 그가 덧붙였다.

"그러니까 오늘처럼—같이 호숫가를 걷자는 말인가요?"

"아뇨, 그런 뜻이 아닙니다."

로더가 몇 발자국 앞으로 걸어갔으며 그는 그대로 뒤에 서 있었다. 잠시 후 그가 그녀를 껴안으며 그의 입술이 그녀의 입술에 포개졌다. 그녀는 저항하지 않았다. 그는 더 세게 껴안으며 그녀의 입술에 키스를 퍼부었다. 그녀의 얼굴이 깊은 진홍빛으로 물들며 달라지는 모습에 그는 환희했다. 그는 자신의 눈을 일순 들여다보는 그녀의 시선을 느꼈고, 그 시선이 포착했을 승리의 빛을 의식했다.

"내가 당신 입술을 갈망한다고 편지에 썼던 것 기억해요? 내가 여태 어떻게 참았는지—"

"당신의 사랑의 가치가 뭐죠?" 로더가 어렵사리 물었다. 해초를 떨어뜨린 그녀의 손이 그의 어깨를 살며시 밀고 있었다.

"당신의 인생 전부가 아닐까요?" 그가 나지막하게 즐거운 웃음을 터뜨리며 말했다.

"그걸 확신하지 못하겠어요—날 설득해 봐요."

"설득해 보라고요? 더 많은 키스로요? 그럼 당신의 사랑의 가치는 뭡니까?"

"어쩌면 당신이 지금껏 이해한 것 이상이에요. 어쩌면 당신이 이해할 수 있는 그 이상이겠죠."

"난 그 말을 믿을게요, 로더. 어쨌든 가늠할 수 없는 가치라는 건 알아요. 난 1년 넘게 그걸 알고 있었어요."

"당신에게서 좀 멀리 설게요. 아직 해야 할 이야기들이 있어요—아니, 일단 당신에게서 좀 떨어질게요."

그는 그녀에게 한 번 더 키스하고 놓아주었다.

"내게 완벽하게 진실만을 말할 건가요?"

그녀의 목소리는 조금 떨렸으나 그를 보는 시선은 흔들리지 않았다.

"네, 무엇이든 물어봐요."

"남자답게 말했네요. 그럼 말해 줘요—지금 이 순간에 당신에게 책임을 물을 수 있는 여자가 있나요—도덕적으로?"

"전혀 없어요."

"하지만—우리가 그 말을 같은 뜻으로 이해하나요?"

"물론이에요." 그가 진심을 담아 답했다. "내가 어떤 식으로라도 책임을 느낄 여자는 한 명도 없어요."

로더가 망설이며 말없이 서 있는 동안 긴 파도가 몰려와 부서지고 쓸려갔다.

"질문을 다르게 할게요. 지난 한 달—아니 석 달 동안—당신이 사랑을 고백하거나—사랑한 척한 여자가 있나요?"

"전혀 없습니다." 그가 단언했다.

"그럼 됐어요."

"당신이 무슨 생각을 하는지 알 수 있으면 좋겠군요!" 에버라드가 웃으며 외쳤다. "내가 대체 어떻게 산다고 생각하는 거예요? 메리 누님이 한 이야기 때문인가요?"

"직접적으로는 아니에요."

"그래도 당신 마음에 그런 의심을 심었죠. 날 믿어요, 당신이 완전히 오해했습니다. 나는 메리 누님이 생각했던 그런 남자인 적이 한 번도 없어요. 언젠가 당신이 그 사건에 대해서 더 잘 알게 되겠지만—그때까지는 내 확언이면 충분해요. 내가 사랑하는 여자는 당신뿐이에요. 편지에 쓴 장난스러운 고백 때문에 놀랐어요? 일부러 그런 말을 한 겁니다—당신은 눈치챘겠지만요. 세상에서 흔히 보이는 여자들의 천박하고 알량한 질투심이 난 너무 싫습니다. 머리가 비었다는 뜻이니까요. 다른 여자의 아름다운 얼굴을 칭찬했다고 삐치는 여자랑 사랑에 빠질 정도로 내가 불운했다면, 난 실을 끊듯 즉시 그 여자랑 인연을 끊을 거예요. 하지만 당신은 그런 한심한 여자가 아니죠."

그는 다소 심각한 얼굴로 그녀를 보았다.

"내가 어떤 종류라도 불성실함을 거부한다고 하면 나를 한심한 여자로 여길 건가요? 그것에 사랑이—고귀한 뜻의 사랑이—담겨 있고 아니고를 떠나서?"

"아니, 그건 남자와 아내가 서로에게 합리적으로 바랄 만합니다. 당신이 내게 충실하길 바란다면—난 물론 그걸 바랄 겁니다—나도 당신에게 똑같은 의무가 있죠."

"방금 '남자와 아내'라고 했잖아요. 일반적인 뜻인가요?"

"우리에게는 아니에요. 내 아내가 되어달라는 말이 무슨 뜻인지 알잖아요. 우리가 법적 구속 없이는 서로를 신뢰하지 못한다면 우리 사이의 어떤 결속도 무의미해요."

그는 두근거리는 가슴을 억누르고 그녀의 대답을 기다렸다. 바다에서 퍼져 나오는 창백하고 노르스름한 빛 속에서 그들은 서로의 얼굴을 또렷하게 볼 수 있었다. 로더의 얼굴에서 격렬한 갈등이 느껴졌다.

"결국, 당신이 나를 정말 사랑하는지 확신이 없나요?" 바풋이 조용히 물었다.

그녀가 불확실하게 느끼는 것은 그것이 아니었다. 그녀는 그를 열정적으로 사랑했으며 여태 한 번도 느낀 적 없는 달콤한 감정에 빠져 있었다. 그녀는 자신을 껴안은 그의 팔을 다시 한번 느끼고 싶었다. 그러나 이러는 와중에도 그녀는 그가 고집하는 방향이 시사하는 방대한 문제들을 숙고할 수 있었다. 그의 말대로 하고 싶은 충동은 매우 강했다. 자신이 결혼한다고 발표하는 것보다는 사회적 규율에서 벗어나기로 했다고 선언하기가 훨씬 쉽고 고상해 보였기 때문이었다. 그녀가 결혼한다는 소식은 놀라움보다 많은 감정을 자아낼 것이다. 메리 바풋은 부드러운 아이러니가 담긴 미소를 금치 못할 터이며 다른 여자들은 자기들끼리 비웃을 것이다. 학생들은 그토록 영웅인 체했던 여자의 추락에 충격받을 것이다. 이런 조롱을 피하는 확실한 방법은 더 큰 충격을 안겨 주는 것이다. 극히 소수의 여자만이 대담하게 걷는 길을 그녀가 택했다는 소문이 퍼지면—그녀는 새로운 자유의 본보기가 될 것이며 당당한 독립성의 상징으로 지인들의 머릿속에 남을 것이다. 기질상 로더는 이러한 유혹에 특히 약했다. 몇 달씩이나 그녀는 이것을 고민했고, 자신이 여태 맹렬히 반대했던 일반적인 결혼보다는 충격적인 방법이 낫다고 생각했다. 이제 선택의 순간이 오자 그녀는 무엇이든 감수할 수 있을 것 같았다—자기가 겪을 어려움이라면. 하지만 그녀는 자기 미래만 영향을 받는 게 아니라는 사실을 처음으로 깊이 지각했다. 이렇게 이단적인 행동이 에버라드의 사회적 지위에 어떤 영향을 미칠 것인가?

그녀는 생각하고 있는 바를 말했다.

"이 신념 때문에 당신은 이런 선택을 승인하거나 묵인할 몇몇 사람만 빼고 모두와 절교하겠다는 건가요?"

"나는 이렇게 생각합니다. 어디에 갈 때마다 우리의 신념을 남들에게 광고할 필요는 없어요. 우리가 서로와 결혼했다고 믿으면, 물론 우리는 결혼한 사이입니다. 난 세상을 바꾸겠다고 덤비는 돈키호테가 아니에요. 이건 우리 둘만의 개인적인 일입니다—우리 생각에 합리적이고 명예로운 일이에요."

"그건 단순히 남들을 속이는 거 아닌가요?"

"메리 누님에게는 당연히 말할 거고, 당신이 말하고 싶은 사람들에게는 이야기해요."

그녀는 그가 완벽하게 진심이라고 믿었다. 다른 여자였다면 그의 제안이 사랑을 확인하거나 자기만족을 채우려는 시험이라고 의심했을지도 몰랐다. 하지만 이상주의자인 로더는 그의 말을 곧이곧대로 믿었다. 지난 수년간 그녀 역시 인간의 의무와 가치에 드높은 기준을 매겨 왔던 것이다. 지금까지보다 에버라드를 고결한 사람으로 생각하고 싶었던 그녀는 법적인 결혼을 반대하는 그의 신념이 모든 면에서 훌륭하다고 믿으려고 노력했다.

"지금 당장은 대답할 수 없어요." 그녀가 반쯤 돌아서며 말했다.

"대답해요. 여기에서, 지금요."

승낙 한마디면 그는 만족했을 것이다. 그는 이것을 고집했다. 그녀가 안겨 줄 수 있는 그 어떤 만족감보다 이것이 그의 사랑을 확실시하리라고 그는 믿었다. 그는 그녀를 굉장한 여자로, 목숨을 바칠 만한 여자로 볼 수 있어야 했다. 또한, 그는 자신의 의지로 그녀를 정복하는 기쁨을 느껴야만 했다.

"아뇨." 로더가 단호히 말했다. "오늘 밤에 대답할 수 없어요. 이렇게 갑작스럽게 결정할 수는 없다고요."

이 말은 사실 아니었으며 그녀는 핑계를 대는 자신이 부끄러웠다. 그는 그녀에게 갑작스러운 결정을 요구하지 않았다. 첼시에서 휴가를 떠나기 전부터 그녀는 이 순간을 내다보았고, 미스 바풋의 집에 돌아오지 않을 경우를 대비했다―그녀는 자신이 받을 청혼이 어떤 종류인지 알았다. 하지만 실천은 상상 이상으로 힘들었다. 무엇보다 그녀는 자신이 승낙한 다음에 의지를 상실할까 봐 두려웠는데, 그렇게 되면 에버라드의 존경을 잃을 것이며 자괴감으로 인해 행복한 결혼의 꿈은 물거품처럼 사라질 것이다.

"로더, 아직도 나를 못 믿는군요."

그는 그녀의 손을 잡고 가까이 잡아당겼다. 그녀는 입술을 거부했다.

"아니면 당신이 나를 사랑하는지 확신이 안 드나요?"

"아니에요. 난 사랑이 뭔지 알고, 당신을 사랑해요."

"그럼 내가 기다리고 있는 키스를 해줘요. 아직 내게 입 맞추지 않았어요."

"안 돼요―확신이 들기 전에는―준비가 되었다고―"

더듬거리는 목소리가 그녀의 가슴속에서 요동치는 열정을 고백했다. 에버라드는 그녀의 떨리는 몸을 감지했다.

"손을 줘요." 그가 속삭였다. "왼손을."

그녀가 이유를 짐작하기도 전에 그가 손가락에 반지를 끼웠다―결혼반지였다. 흠칫한 로더는 그에게서 떨어지며 그 위험한 상징을 곧바로 뺐다.

"싫어요―이걸 보니까 못하겠다는 걸 알겠어요! 우리가 대체 무엇을 이루겠어요? 당신도 일관적으로 행동할 용기가 없잖아요. 우리를 모르는 사람들을 속이는 것뿐이에요."

"하지만 내가 설명했잖아요. 우리끼리는 일관될 거예요―우리의 마음속에서는―"

"도로 가져가요. 우리가 맞서기에 관습은 너무 강해요. 우리는 반항하는 시늉만 하는 격이에요. 다시 가져가지 않으면―모래에 떨어뜨리겠어요."

크나큰 굴욕을 느낀 에버라드는 금반지를 집어넣고 우두커니 서서 어렴풋한 지평선을 바라보았다. 잠시 후 그는 자신의 이름을 부르는 소리를 들었다. 그는 뒤돌아보지 않았다.

"에버라드―내 사랑―"

이것이 진정 로더의 목소리인가, 나지막하고 부드럽게 귓전을 어루만지는? 그는 가슴이 설렜고, 자신의 약한 모습을 소리 없이 비웃으며 뒤돌아섰다. 열정이 모든 생각을 불살랐다.

"키스해 줄래요?"

대답으로 그녀는 양손을 그의 어깨에 올리고 그를 바라보았다. 바풋은 이해했다. 그는 억지 미소를 지으며 낮은 목소리로 말했다.

"그 낡고 헛된 격식을 원해요—?"

"종교적인 격식은 아니에요. 우리에게 아무런 의미도 없어요. 하지만—"

"당신은 여기 7~8일간 머물렀죠. 15일까지 있기로 해요. 그럼 여기 지역 관청에서 혼인신고할 수 있어요. 그럼 좋겠어요?"

그녀의 눈이 대답했다.

"이것 때문에 날 덜 사랑하나요, 에버라드?"

"키스해 줘요."

그녀는 키스했고, 그들의 입술이 합쳐지고 심장이 하나로 뛰는 동안 아무 생각도 할 수 없었다.

"더 좋지 않아요?" 어스름 속에서 돌아가는 길에 로더가 물었다. "우리 삶이 훨씬 더 단순하고 행복하지 않겠어요?"

"어쩌면요."

"그럴 거라는 걸 당신도 알잖아요." 그녀는 그와 눈을 마주치려 하면서 즐겁게 웃었다.

"어쩌면 당신이 옳을지도요."

"아무에게도 말하지 않겠어요—그때까지는. 그리고 우리 해외로 가요."

"메리 누님을 볼 자신이 없어요?"

"당신이 원하면 만날게요. 물론 비웃겠지요. 모두 저를 비웃을 거예요."

"뭐, 당신도 같이 웃으면 되겠네요."

"하지만 당신이 내 삶을 망친 거 알죠? 정말 근사했을 거예요. 왜 내 인생에 들어와서 방해해야 했어요? 게다가 당신은 정말 끈질겼죠."

"물론이에요. 그게 내 본성인 걸요—하지만 결국 내가 약했군요."

"당신에게 아무런 의미도 없는 그 한 가지를 양보했다고요? 당신이 나를 사랑한다고 확인할 수 있는 유일한 방법이었어요."

바풋이 조소하듯 웃었다.

"그 다른 방법으로 내가 당신의 사랑을 확인해야 했다면요?"

26장. 시험에 든 비(非)이상

그리고 두 사람 모두 만족하지 않았다.

호텔에서 엽궐련과 위스키를 들고 앉은 바풋은 분했다. 사랑하는 여인은 그의 것이 되었으며 그 생각만으로도 뜨거운 상상이 타올랐다. 그러나 성격상 그는 만족할 수 없었다. 결국, 그는 승리하지 못했다. 언제나처럼 여자 뜻대로 되었다. 그녀는 그의 감각을 정복해서 순종적인 노예로 만들었다. 계속 줄다리기를 해봤자 아무 소용없었을 것이다. 로더 역시 부분적으로는 이기고 싶은 충동에 떠밀린 게 틀림없었으며 그녀는 자기가 그에게 어떤 힘을 발휘하는지 알았다. 그러니까 그 오래된 이야기가 되풀이된 것뿐이다—흔하디흔한 결혼. 어떤 결과를 낳을까?

그녀는 장점이 많은 탁월한 여자였다. 하지만 그들이 진정 평생을 함께하려면 그가 제압하고 바꿔야 할 부분이 많지 않을까? 그녀는 주도하려는 기질이 어쩌면 그보다도 강했다. 그런 여자는 결혼하고 나면 자신이 그저 공평하기 위해서 이론적으로만 허가했던 그의 자유를 인정하지 않을 가능성도 있었다. 온갖 사소한 일들을 아내로서 자기의 권리에 대한 침해로 여기고, 끝없는 질투심으로 그를 들들 볶을지도 몰랐다. 이런 것들을 고려하면, 법적인 결혼을 거부해서 그녀가 그에게 절대적으로 의존할 수밖에 없게 하는 것이 훨씬 현명한 선택일지도. 나중에 모든 게 순조로우면 그때 양보해서 법적으로 결혼해도 괜찮았을 것이다—만일, 예를 들어, 그녀가 어머니가 된다면. 하지만 로더가 자신의 의지를 꺾었다는 생각에 다시금 속이 쓰라렸다. 이야말로 불길한 전조의 시작이 아닐까?

물론 결혼한 후에는 그들의 관계가 달라질 터였다. 그때는 그도 감각에 휘둘리지 않을 것이다. 하지만 서로 윗자리를 선점하기 위한 길고 지독한 싸움을 예상해야 하는 것이 얼마나 넌더리가 나는지. 사실 그렇게 될 가능성은 적었다. 그런 불화의 시작과 동시에 결별의 신호가 깜박일 것이다. 그의 재산이 자유를 보장했다. 경제적으로 별거할 능력이 없어서 불쾌한 여자와 계속 살아야 하는 불쌍한 가난뱅이들과는 달랐다. 그가 가장 두려워하던 상황을 걱정해야 할까—아내의 의지에 억눌려 독립성을 잃어버린다는?

그는 자기가 일반적인 연인처럼 사랑에 눈이 멀지 않았다고 자부했으나 그 역시 로더를 미화했다. 그녀 역시 보통 여자들처럼 사회의 허가 없이는 자신의 사랑을 믿지 못했다. 글쎄, 그건 포기한 것으로, 잃어버린 것으로 간주해야 했다. 결혼은 결국 타협이었다. 그는 이상적인 여자를 찾지 못했다—그런 여자가 존재한다고 불과 얼마 전까지만 해도 확신했었지만.

  한편 로더는 숙소의 응접실에 오랫동안 앉아서 그와 마찬가지로 괴로운 심정으로 자신의 영혼을 성찰했다. 에버라드는 만족하지 않았다. 어쩌면 그는 여성의 약점이라고 여기는 것에 반쯤 자조하며 항복했다. 그녀와 함께 혼인신고를 하러 가는 길에 그가 자괴감을 느끼지 않을까? 그로 하여금 자기 신념에 어긋나게 행동하도록 강제한 것은 나쁜 시작이 아니었을까?
  그녀는 멋지게 승리했다. 객관적인 관점에서 그녀의 결혼은 합리적으로 바랄 수 있던 그 무엇보다 훌륭했고, 그녀는 기쁘고 흐뭇한 마음으로 받아들였다. 남자의 사랑을 끝내 모르고 살 거라고 자인하기 시작할 무렵 그가 구애했으며, 그의 열정은 젊고 아름다운 여자도 뿌듯해할 법했다. 그녀는 미인이 아니었다. 그는 그녀의 정신을, 그녀라는 사람 자체를 사랑한 것이다. 하지만 에버라드의 마음이 변하지 않았을까? 그는 그녀를 얻었으나, 과연 자신이 열망하던 여자를 얻은 걸까?
  왜 그녀는 좀 더 수완을 발휘하지 못했을까? 그를 만족시키면서도 법적인 결혼에 승낙하게 유도할 수는 없었을까? 그의 요구에 일단 동의함으로써 자신이 그가 찾던 여자라고 증명할 수 있었다. 그리고 그가 환희에 차 있을 때—애원하거나 초조해하지 않고—격식을 저버려서 좋을 건 없다고 넌지시 알릴 수도 있었을 것이다. 어쩌면 그들의 상황이 이런 책략을 필요로 했다. 절대적인 헌신을 약속받은 고마움에 감동한 그가 이런 제안을 반겼을지도 몰랐다. 수완을 발휘하는 것은 여자의 몫이었고, 로더는 자신이 이런 점에서 안

쓰러울 정도로 부족하다고 스스로에게 증명했다.

내일 그녀는 그의 태도를 관찰할 것이다. 만일 어떤 심각한 변화나 실망했다는 표시가 나면—

그녀의 인생은 어떻게 될까? 처음에는 그들이 함께 여행을 다닐 것이다. 하지만 얼마 안 가 정착할 집이 필요할 것이고, 그러고 나면 그녀의 사회적 위치와 의무와 즐거움은 어떻게 될까? 집안일과 단순한 살림은 하루의 아주 작은 부분밖에 차지할 수 없었다. 고귀하고 흥미로우며 시간이 갈수록 점점 더 영역을 확장했을 하나의 목적을 잃고 나서 무엇으로 그걸 대체할 수 있을까?

남편을 사랑하는 마음—어쩌면 아이를 사랑하는 마음. 그녀는 그보다 많은 것이 필요했다. 로더는 자신의 기질이 무엇을 필요로 하는지에 있어서 스스로를 속이지 않았다. 그녀는 지성적인 사업에서 실무를 맡아야 했다. 이 시대에 일어나고 있는 혁명과 연관된 어떤 '운동'에서 한 몫을, 아니 지도자 역할을 해야 했다.—이런 성취감을 느꼈던 그녀의 가슴은 또다시 이런 것들을 원할 것이다. 하지만 만일 에버라드가 거부한다면? 그가 정말로 그녀의 개성을 존중할 사람인가? 아니면 그에게 내재한 강력한 지배자의 기질이 아내를 종속 취급하고 자기 관점을 주입하려 할까? 그녀는 자신이 이해하는 의미의 여성해방을 그가 진심으로 응원하는지 미심쩍었다. 하지만 그녀의 신념은 전혀 바뀌지 않았고—바뀌지도 않을 것이다. 이제 그녀는 '짝 없는 여자들' 중 하나가 아니었다. 운명이 그녀에게 관대했다—어쨌든 관대한 것처럼 보였다. 하지만 그녀의 사명감은 그대로였다. 그녀는 더 이상 독립적인 여성의 완벽한 본보기가 될 수 없으며 그러므로 예전과 같은 언어를 사용할 수는 없겠지만, 결혼에서 여성의 평등을 주장할 수 있을 것이다—그녀 본인의 경험이 장애가 되지 않는다면.

다음 날 아침 그들은 약속대로 시스케일에서 조금 떨어진 곳에서 만나서 2~3시간을 함께 보냈다. 지나가는 농부 외에는 그들을 볼 사람이 없었다. 문을 걸어 잠근 방 안에 있어도 이렇게 안전하지는 않았을 터였다. 호텔에 문의하면 사람들의 호기심을 자극할 위험이 있었으므로 바풋은 오후에 인근 도시인 고스포스까지 걸어가서 시스케일의 관청이 어디 있는지 알아보자고 제안했다. 엊저녁 그들의 의견 차이에 대해서는 아무런 대화가 오가지 않았으나 로더는 상대의 열정이 시들해졌다는 의심으로 자학했다. 그는 평소와 다르게 과묵하고 사색에 잠긴 표정이었으며, 그녀의 손을 이따금 잡는 것에만 만족했다.

"이번 주에 계속 여기에 머무를 생각인가요?" 그녀가 물었다.

"당신이 원하면요."

"지겨워질 거예요."

"당신이 여기 있는데 그럴 리 없어요. 하지만 하루 이틀 정도 런던에 가면 좋을 거예요. 준비할 것들이 있어요. 우리가 일단 내 아파트로 가서—"

"난 런던에 가고 싶지 않아요."

"당신이 필요한 물건들을 사고 싶어 할 거로 생각했는데요."

"다른 지방에 가서 며칠 지내가다 영국을 떠나기로 해요."

"좋아요. 맨체스터나 버밍엄으로 가죠."

"당신, 조급하게 들리네요." 로더가 불안한 미소를 띠고 그를 보며 말했다. "당신이 원하면 런던으로—"

"그런 게 아니에요. 우리가 함께 무사히 떠나기만 한다면 어디로 가든지 상관없어요. 남자라면 다 이런 준비 과정을 빨리 해치우고 싶은 법이에요. 네, 그럼 난 물론 런던으로 가야 해요. 내일 떠났다가 토요일에 오면 되겠죠?"

보슬비가 내리기 시작해서 걷기가 조금 불편해졌다. 바풋이 고스포스에서 용무를 보는 오후 내내 비가 부슬거리다가 그치기를 반복했다. 그는 로더를 8시에 만나기로 했다. 시간이 많이 남았기에 그는 멀리 우회하는 길로 돌아와서 시스케일 호텔에 6시 30분쯤 도착했다. 그가 방에 들어가자 한두 시간 전에 집배원이 두고 간 편지가 그를 기다리고 있었다. 그는 봉투에 쓰인 로더의 글씨체를 알아보고 놀랐는데, 봉투에 편지가 최소한 두 장은 들어있는 듯했기 때문이었다. 이건 뭐지? 마음이 변한 걸까? 골치 아픈 일을 예감하면서 불안하고 화가 난 그는 서둘러 봉투를 뜯었다.

메리의 편지가 있었다. 그가 다음 종이를 펼치니 이렇게 쓰여 있었다.

"오늘 오후에 받은 편지를 동봉했어요. 8시에 나를 만나러 올 때 가지고 와줘요. 당신이 아직도 그럴 생각이 있다면요—"

그의 얼굴이 분노로 새빨개졌다. 이렇게 치졸한 여자의 말투가 대체 웬 말인가? '아직도 그럴 생각이 있다면'이라니—게다가 떨리는 손으로 쓴 글씨였다. 이런 행동이 그의 결혼생활을 예고한다면—메리가 대체 어떤 헛소리를 보낸 걸까?

"친애하는 로더—난 방금 몹시 괴로운 일을 겪었고, 지체 없이 네게 알려야 한다고 느꼈어―너와 관계가 있을지도 모르니까. 오늘 저녁에 (월요일) 그레이트 포틀랜드 스트리트에서 돌아오니 엠마가 위도우선 씨가 다녀갔는데 최대한 빨리 나를 만나고 싶으며 6시에 다시 온다고 했다는 거야. 약속된 시간에 온 그 사람을 보고 난 너무 놀랐어. 몹시 아파 보였거든. 그는 거두절미하고 이렇게 말했어. '내 아내가 날 떠났습니다. 자기 언니네 집에 갔고 돌아오길 거부합니다.' 깜짝 놀랄 소식이기도 했지만, 그걸 너무나도 이상한 말투로 내게 와서 말하는 것이 참 의아했어. 설명이 금세 뒤따랐는데, 내가 들은 이야기를 네가 판단하렴. 위도우선 씨가 말하길 아내가 최근 들어 품행이 매우 나빴으며 오후나 저녁에 집을 비우고 어디를 갔는지 사실대로 말하지 않았대. 최악을 의심할 이유가 있던 그는 끝내 토요일에 사설탐정을 고용해서 미행을 시켰는데, 모니카가 에버라드가 사는 베이스워터 아파트에 가서 그 집 문을 두드렸다는 거야. 그리고 아무 대답이 없으니까 나가서 기다리다가 다시 갔는데 또 허탕을 쳤대.

   탐정의 보고를 들은 위도우선 씨가 아내에게 그날 오후 어디에 갔었느냐고 물었더니 모니카가 나를 보러 왔었다고 거짓말했대. 그때 그가 이성을 잃고 간음을 저질렀다고 추궁하니까 그녀는 아무런 설명도 없이 결백만 주장하면서 그 자리에서 집을 나갔다는구나. 그날 이후로는 그를 아예 만나 주지도 않는데, 매든 양 말로는 모니카가 몹시 아프고, 자기가 억울하다고 주장한대.

   그는 자기가 너무나도 괴롭고 무력한 심정으로 나를 찾아왔다면서, 모니카와 내 사촌이 내 집이나 다른 곳에서 만났을 때 이상한 관계라고 의심할 만한 낌새가 있었느냐고 물었어. 정말 멋진 질문이지! 물론 나는 그들을 관찰할 이유도 없었으며—내가 알기론 두 사람이 만난 적이 거의 없으니까—모니카를 의심한 적은 한 번도 없다고 했어. '하지만 들으셨다시피 그녀가 죄를 지은 건 확실합니다.' 그가 계속 말했어. 나는 아니라고, 전혀 무관한 이유가 있을지도 모른다고 했어. 모니카가 거짓말한 이유를 짐작할 수는 없었지만. 그랬더니 에버라드가 지금 어디에 있는지 아느냐고 묻기에 난 그 애가 런던에 없을 가능성이 크지만 어디에 갔고 또 언제 돌아오는지는 모른다고 했어. 그 딱한 남자는 무척 못마땅해하면서 내가 어떤 저속한 계획에 가담하기라도 한 양 쳐다봤어. 그가 자기의 방문을 비밀로 해달라며 마침내 나갔을 때 얼마나 다행이었는지.

너도 알겠지만 아주 황급히 쓰는 편지야. 내가 편지를 써야 한다는 건 확실한 듯하지만—어쩌면 한탄스러운 실수를 저지르는 건지도. 난 위도우선 부인이 정말로 그런 일을 했다고 생각하지 않아—무슨 이유가 있을 거야. 네가 이미 시스케일을 떠났다면 편지가 전달되겠지.

언제나 너의 친구.
메리 바풋."

에버라드는 신랄하게 웃었다. 로더의 눈에는 압도적으로 유죄로 보일 것이 확실했으나 그는 완벽하게 결백했기에 스스로를 변호해야 한다는 필요 자체가 피곤하게 느껴졌다. 과연 그가 어떻게 자신을 변호한단 말인가?

정말 기묘한 이야기였다. 한번 스쳐 지나갔던 어떤 생각이 사실일까—아니면 그저 자만일까? 그는 금요일에 아파트 근처에서 위도우선 부인을 마주친 일을 기억했다. 더구나 지금 생각해 보니 그 전에 만났을 때도 그녀가 자신에게 큰 관심을 보였던 것 같았다. 딱한 어린 여자가—자기 남편과 불행한 것이 틀림없는—그와 사랑에 빠져 버린 걸까? 아무리 그렇다고 해도 집으로 찾아오다니 정말 무모했다! 아니, 어떤 절망감에 쫓겨 조심성을 완전히 잊어버린 것이 틀림없다! 그가 집에 있었다면 그녀는 로더 넌에 관해 이야기하고 싶은 시늉을 했을지도. 이런 사람에게 속내를 털어놓은 것은 실수였다. 하지만 그는 그녀에게 호감을 느꼈던 것이다.

"맙소사!" 여기까지 생각이 미친 그는 기겁하며 중얼거렸다. "내가 집에 없었던 게 천만다행이군!"

하지만—그는 토요일에 떠난다고 그녀에게 말했다. 그럼 어떻게 그를 만나리라 기대한 걸까? 그녀가 몇 시에 왔었는지는 적혀 있지 않았다. 어쩌면 그가 떠나기 전에 만날 생각이었을지도. 그리고 금요일에 동네에서 마주친 그녀의 모습—곤혹스러워하던 태도—그의 집에 찾아와서 단둘이 만나려다가 실패한 탓이라고 설명할 수 있을까?

정말 괴상한 일이었다—게다가 말도 안 되게 일이 꼬였다! 로더는 질투심에 사로잡혀 격분하고 있었다. 글쎄, 그였어도 분노했을 것이며, 숨기지 못했을 것이다. 그런데도 이상하게, 그는 로더와 다툴 구실을 반기다시피 했다. 그는 온종일 짜증이 나 있었는데, 그가 스스로를 이해한 바로는 간밤의 패배가 원통해서였다. 로더를 갈망하는 마음은 그 언제보다 뜨거웠으나 거의 난폭함에 가까운 요소가 그의 감정에 침투했다. 그래서 이날 아침 그는 그녀를 안지 않았다. 자기 자신을 믿을 수 없었기 때문이었다.

그는 이런 황당한 의심을 참지 않을 것이다. 사실이 아니라는 단순한 한마디를 로더가 믿지 않으면—결과는 그녀더러 책임지라고 하자. 어쩌면 그녀의 무릎을 꿇릴 기회가 아직 남았는지도 몰랐다. 터무니없는 의심으로 그를 모욕하라고 하자! 그러고 나면 사랑을 애원해야 할 사람은 더 이상 그가 아닐 것이다. 그녀를 떠나보내고, 참회하며 돌아오기를 기다리자. 그의 자존심과 그녀의 자존심, 그들의 고집이 언젠가는 한번 맞붙어야 했다. 돌이킬 수 없는 선택을 하기 전에 차라리 지금 하는 게 낫다.

그는 사나운 식욕으로 저녁을 해치우고 평소보다 술을 훨씬 많이 마셨다. 그리고 약속 시각 직전까지 담배를 피웠다. 그녀가 편지를 호텔로 보낸 것은 당연했다. 어스름 속에서 못 읽을 가능성을 현명하게 방지한 것이었다. 그로서는 다행이었다. 생각할 시간을 얻어서, 논리적으로 분노를 끌어올릴 수 있어서. 남자가 화를 내기 좋을 때가 있다면!

그녀는 파도 바로 앞까지 내려가 있었다. 그녀는 그가 왔나 확인하려고 돌아서지 않을 것이다. 그는 확신했다. 그의 발소리를 들었는지는 알 수 없었다. 그녀와 가까워졌을 때 그가 외쳤다—

"그래서요, 로더?"

그녀는 이미 그의 기척을 느꼈던 모양이었다. 전혀 놀라지 않았다. 그녀는 천천히 뒤돌아보았다. 그녀의 얼굴에 눈물 자국은 없었다. 아니, 로더는 그럴 여자가 아니었다. 무척이나 엄격한 표정—그게 전부였다.

"그래서요?" 그가 말을 이었다. "나한테 할 말 없어요?"

"나요? 아무것도 없어요."

"그럼 메리 누님이 쓴 내용을 내가 당신에게 설명해야 한단 말인가요? 난 할 수 없습니다. 그게 끝이에요."

"그게 무슨 뜻이죠?" 그녀가 냉담하게 또박또박 물었다.

"내가 말한 그대로예요, 로더. 나야말로 당신의 이상한 말투가 무슨 의미인지 묻고 싶네요. 우리가 오늘 아침에 헤어지고 나서 무슨 일이 있었죠?"

그녀는 놀라움을 금치 못하고 그를 빤히 쳐다봤다.

"당신이 이 편지를 설명하지 못하면 누가 할 수 있죠?"

"어쩌면 위도우선 부인이 설명할 수 있겠군요. 나는 못 합니다. 그리고 이상하게도 당신은 우리가 어제 나눈 이야기를 잊은 것 같군요."

"무슨 이야기요?" 그녀는 꼿꼿이 세운 고개를 바다 쪽으로 돌리며 차갑게 물었다.

"내가 당신에게 무언가를 숨겼다고 의심하는 모양이지만, 어제 당신이 솔직하게 했던 질문과 내가 마찬가지로 솔직히 한 답을 기억해 봐요."

그녀의 굳은 입술이 미소로 움직일 조짐이 보였다.

"기억해요."

"그런데도 내게 화낼 수 있어요? 화내야 할 사람은 나 아닌가요? 당신은 내가 거짓말을 했다고 의심하고 있어요."

순간 로더는 자제를 잃었다.

"내가 달리 어떻게 생각할 수 있어요?" 그녀가 괴로운 몸짓을 하며 외쳤다. "이 편지가 대체 무슨 뜻이에요? 그녀가 왜 당신 집에 갔죠?"

26장. 시험에 든 비(非)이상

"난 전혀 몰라요, 로더."

그는 자신의 차분한 태도가 그녀의 화를 돋운다는 이유 하나로 더 침착하게 행동했다.

"그 전에는 당신 집에 온 적 없어요?"

"내가 알기로는 없어요."

로더는 집요한 시선으로 그의 얼굴을 관찰했다. 그녀는 그 얼굴에서 자신이 의심하는 바를 확인하는 무언가를 본 것만 같았다. 사실 그녀는 런던에서 목격한 광경과 메리의 편지가 오기 전에도 의심스러웠던 정황 때문에 그의 말을 믿을 수 없었다.

"마지막으로 위도우선 부인을 본 게 언제예요?"

"아니, 난 그런 식으로 심문당하지 않겠어요." 에버라드가 비소하며 말했다. "당신이 내 말을 믿기를 거부하는 순간, 그런 질문 자체가 무의미해져요. 당신은 나를 믿지 않아요. 솔직하게 인정하고, 우리 서로를 이해합시다."

"난 당신이 마음만 먹으면 위도우선 부인의 행동을 설명할 수 있다고 믿을 이유가 있어요."

"맞아요. 그건 확실하죠. 내가 지금 화를 내면 난 용서받을 수 없을 정도의 악당이겠죠. 자, 내가 우리를 동등하게 취급한다고 불쾌해하지는 않겠죠, 로더. 당신의 진정성을 시험할게요. 이렇게 가정해 봅시다. 당신이 큰 관심을 보이는 듯한 남자와 단둘이 어딘가에서 이야기하는 광경을 내가 봤어요. 그리고—오늘이라고 하죠—당신이 혼자 있는데 그 사람이 찾아왔다는 이야기를 내가 들은 거예요. 그래서 내가 매서운 얼굴로 돌아서며 당신에게 나를 지독하게—최악의 방법으로—기만했다고 추궁해요. 그럼 당신은 뭐라고 대답하겠어요?"

"무의미한 가정이에요." 그녀가 비웃듯이 외쳤다.

"하지만 가능한 상황이란 걸 당신도 인정해야 해요. 난 당신이 내 심정을 이해하길 바라요. 내가 이렇게 행동했다면 당신은 경멸하며 돌아설 수밖에 없겠죠. 그러니까, 지금 내가 당신에게 달리 어떻게 행동하겠어요—내가 결백한 걸 나는 알지만, 특성상 증명이 불가한 상황인데요?"

"보이는 정황이 당신에게 아주 불리해요."

"그건 우연입니다—나를 탓할 수 없는 우연이라고요. 당신더러 수치스러운 행동을 했다고 내가 추궁하면 당신도 아니라는 말로밖에 스스로를 변호할 수 없을 거예요. 나도 마찬가지예요. 하지만 당신은 내 말을 믿기를 아예 거부하는군요. 지금 당신은 내게 큰 잘못을 하고 있어요."

로더는 침묵을 지켰다.

"당신이 무슨 생각하는지 알아요. 내 옛날 행실이 올바르지 않았다고요. 이런 문제에서 내게 이미 편견이 있죠. 글쎄요, 당신을 위해서 더 노골적으로 말해 줄게요. 내가 완전히 순결하게 산 건 아니에요. 내 생각에 그런 남자는 없어요. 나는 많은 곳을 돌아다녔고, 여느 남자처럼 이런저런 모험을 했어요. 그중 하나는 당신도 들었죠. 에이미 드레이크란 여자의 이야기요—구돌 부인이 정의로운 분노를 터뜨린 일이죠. 당신에게 진실을 말해 줄게요. 듣기 싫어도 어쩔 수 없어요. 그 여자가 내게 먼저 안겼어요. 우리가 기차에서 우연히 만났을 때요."

"듣고 싶지 않아요." 로더가 뒤돌아서며 말했다.

"하지만 들어야 해요. 그 사건 때문에 당신은 나를 최악으로 상상하게 됐죠. 내가 당신을 억지로 붙잡아서라도 당신은 전부 들을 겁니다. 메리 누님이 그저 불길한 암시만—"

"아뇨. 낱낱이 다 말해 줬어요. 난 전부 알아요."

"그들의 관점에서만이죠. 좋아요. 그렇다면 내가 말을 아껴도 되겠군요. 그 선량한 사람들은 에이미가 어떤 여자였는지 몰라요. 세상 모르는 순진한 아가씨라고 생각했으나 그녀는—그 단어는 쓰지 않겠어요. 단순히 나를 꿰차려고 계획한 거예요—자기랑 결혼하게 만들려고요. 당신 생각보다 훨씬 자주 일어나는 일이에요. 어떤 남자가 불명예스럽게 행동했다는 소문이 들리면 다른 남자들이 종종 야만적이라고 불리는 미소를 짓는 이유가 이거예요. 당신 가슴속에 가득한 질문들에 대한 만족스러운 답을 찾기 전에 이런 것들을 고려해야 해요. 로더, 나는 에이미 드레이크가 정숙한 길에서 벗어난 것에 아무 책임이 없어요. 나는 어리석게 행동한 게 다예요. 내가 어리석었다는 걸 알았고, 그 여자의 실체를 드러내서 내 명예를 지키려는 시도가 얼마나 무용할지 알았어요. 그래서 사람들이 원하는 대로 떠들게 내버려 둔 거예요. 하지만 당신은 나를 안 믿는군요. 눈에 보여요. 여성의 자존심 때문에 나를 못 믿는 거예요. 이런 경우에는 남자가 무조건 불한당이니까요."

"당신이 단지 '어리석게' 행동했다는 말이 이해되지 않아요."

"그럴 수도 있겠군요. 그런데 난 한 남자에게, 내 친구에게 말했던 대로밖에 설명할 수 없어요. 자신이 도덕적이라고 한껏 자부하는 사람도 뼛속까지 타락했다고 소문난 여자를 위해서는 에이미 드레이크 양 사건 때처럼 목소리를 높이지 않는 법이죠. 나도 조금만 노력했으면 훌륭한 구돌 부인과 메리 누님이 충격받을 사실을 만천하에 알릴 수 있었어요—글쎄요, 이거면 충분해요. 난 순결한 척하지 않지만 그렇다고 불한당처럼 행동한 적도 없어요. 당신이 의도적으로 날 불한당으로 몰아가니 난 최선을 다해 나 자신을 변호해야 합니다. 순진한 소녀를 꼬드긴 다음에 내팽개친 남자라면 위도우선 부인과도 부정한 관계를 맺을 수 있다고 당신이 생각할 테니까요. 특히나 이렇게 의심스러운 상황에서는요. 하지만 그때도 지금도, 난 말로밖에 부인할 수 없어요. 문제는—당신은 내 말을 믿어요?"

놀랍게도 시스케일에서 이쪽으로 오는 두 남자 때문에 그들은 대화를 멈추어야 했다. 그들의 말소리가 들리자 로더는 뒤돌아봤고, 바풋은 이미 그들을 보고 있었다.

"좀 더 높은 데로 올라가죠." 그가 말했다.

로더는 말없이 그와 함께 걸었고, 몇 분 동안 그들은 침묵을 지켰다. 남자들은 왁자지껄 떠들고 웃으면서 지나갔다. 이 한갓진 해안가에서 보기 드문 관광객 같았다. 그들의 엽궐련 끝의 불빛이 어둠 속에서 명멸했다.

"이야기를 다 들은 지금, 나한테 할 말 없어요, 로더?"

"당신 사촌 편지를 돌려줄래요?" 그녀가 냉랭하게 말했다.

"여기 있어요. 이제 당신은 숙소로 돌아가서 이 편지를 들고 밤을 꼬박 새우다시피 하겠죠. 이루 말할 수 없이 스스로를 비참하게 만들면서요. 대체 뭐 때문에요?"

그는 다시 한번 마음이 약해지는 걸 느꼈다. 오만하고 화가 난 로더는 무척 매력적이었다. 그는 그녀를 끌어안고 그녀가 마음을 풀고 애원할 때까지 키스할 충동을 느꼈다. 그녀가 눈물 흘리는 모습을 보고 싶었다. 하지만 입을 연 그녀의 목소리는 전혀 눈물에 잠겨 있지 않았다.

"전부 오해라고 당신이 증명해야 해요."

아, 그녀는 이 방법을 택했다. 그녀는 자기가 그에게 미치는 힘이 절대적이라고 믿었다. 그녀 자신은 꿋꿋이 위엄을 지키면서 그가 변명을 늘어놓고 온갖 고생을 해서 증명하기 전에는 만족하지 않겠다는 거였다.

"내가 그걸 어떻게 증명합니까?" 그가 무뚝뚝하게 물었다.

"당신과 위도우선 부인 사이에 아무 일도 없었다면 그녀가 당신 집에 찾아가서 간절히 만나려고 한 단순한 이유가 있을 거예요."

"내가 그 이유를 알아내야 합니까?"

"그럼 내가 해야 하나요?"

"당신이 하거나, 아니면 아무도 하지 않아도 돼요, 로더. 난 이것에 관해 아무것도 하지 않겠어요."

전투가 선포되었다. 그들은 각자의 고지에 서서 완강히 승리를 다짐했다.

"당신은 엄청나게 큰 잘못을 저지르고 있어요." 에버라드가 말을 이었다. "당신이 나를 믿어 주지 않으니 나는 우리가 함께 향유하리라 기대했던 삶을 꿈꿀 수 없겠군요."

이 말을 들은 그녀의 억장이 무너졌다. 하지만 그녀는 양보할 수 없었다. 전날 밤 그녀는 그가 나약하며 여성스럽다고 여기는 소심성을 보여 그의 존경을 잃었다. 그녀는 심지어 간청까지 해서 자기 뜻을 이뤘다. 이제 그녀는 다른 방식으로 이겨야 했다. 정말 결백하다면, 그는 자신이 의심받을 만한 상황임을 인정하고 직접 나서서 묘한 사건의 진상을 밝힐 의무를 받아들여야 했다. 그가 만일 그녀를 속였다면—그녀는 여전히 그렇게 믿었으나 내심 모니카에게 더 큰 잘못이 있으며 두 사람 사이에 실제로 무슨 일이 벌어지지는 않았으리라 생각했다—그렇다면 그는 겸허하게 잘못을 인정하고 뉘우치며 용서를 빌어야 했다. 그녀는 달리 대처할 수 없었다. 이렇게 의심하는 채로 결혼하는 건 불가했으며 모니카를 찾아가서 자존심 상하는 질문을 할 수도 없었다. 모니카는 본인이 잘못을 저질렀든 아니든, 그런 질문을 하는 그녀를 몰래 경멸하고 여성의 악의로 미워할 것이다. 그녀가 그를 진심으로 믿을 수 있었다면 그것이야말로 그들의 위대한 사랑이며 영혼과 심장의 이상적인 결합이었을 것이다. 이야기를 들으면서 그녀는 억울해하는 그의 말을 믿으려 노력했다. 소용없었다. 그녀가 억누를 수 없는 의심은 그들을 영영 갈라놓거나 그녀에게 새로운 승리를 안겨줄 것이다.

"당신의 말을 못 믿는다는 게 아니에요." 그녀는 궤변이라고 느끼며 말했다. "당신이 누명을 벗어야 한다고 말하는 거예요. 위도우선 씨가 다른 사람들에게 소문을 낼 거예요. 그 사람 부인이 왜 그를 떠났을까요?"

"난 알지도 못하고 관심도 없어요."

"당신 때문이 아니라고 내게 증명해야 해요."

"난 그럴 생각이 추호도 없습니다."

로더는 그에게서 멀어지기 시작했다. 그가 아무 말도 하지 않았으므로 그녀는 시스케일 쪽으로 계속 걸었다. 그는 몇 미터 간격을 두고 따라가며 그녀를 지켜보았다. 그들이 5분 정도 걸어서 호텔이 시야에 들어오자 에버라드가 입을 열었다.

"로더!"

그녀는 멈춰서 그를 기다렸다.

"내가 내일 런던에 간다고 한 말 기억하죠. 돌아올 필요가 없겠군요."

"당신이 결정할 문제예요."

"당신이 결정하는 겁니다."

"난 내가 할 수 있는 말을 다 했어요."

"나도 마찬가지예요—하지만 당신이 날 얼마나 심하게 모욕하고 있는지 당신은 모르는 모양이군요."

"난 위도우선 부인이 왜 당신을 만나러 갔는지 알고 싶은 것뿐이에요."

"그럼 그녀에게 물어보지 그래요? 당신이랑 친구 아닙니까. 당신에게 사실대로 말할 거예요."

"그녀가 먼저 찾아와서 설명한다면 이야기를 들어 주겠어요. 하지만 내가 물어보지는 않을 거예요."

"내가 위도우선 부인을 찾아가서 당신에게 설명을 좀 해주십사 부탁하길 바라는 것 같군요."

"당신을 대신해서 말을 전해 줄 사람들이 있어요."

"좋아요. 그럼 우린 교착 상태에 이르렀군요. 지각 있는 사람들처럼 악수하고 헤어지는 편이 낫겠어요."

"훨씬 낫지요—당신이 그렇게 생각한다면요."

감정에 호소할 수 있는 단계는 지났다. 고집이 굳은 그들은 실상 서로에게 할 말이 아무것도 남지 않았다. 두 사람 모두 상대의 냉정함에 상처받았으며 자존심 때문에 양보하지 않는 고집에 화가 났다. 에버라드가 손을 내밀었다.

"당신이 내게 잘못했다고 인정할 준비가 되면 난 어제만을 기억할게요. 그때까지—잘 있어요, 로더."

그녀는 그의 손을 잡는 시늉을 했으나 아무말도 하지 않았다. 그렇게 그들은 헤어졌다.

다음 날 아침 8시에 바풋은 남쪽으로 가는 기차에 앉아 있었다. 그는 끝까지 밀어붙인 자신의 의지력에 흐뭇해했다. 로더와의 마지막 작별에 대해서는 아무 생각도 없었다. 그녀는 궁금증을 못 배기고 모니카를 만나러 갈 터이고, 전부 오해라는 사실을 어떻게 해서든 알게 될 것이다. 그는 단지 그녀에게서 거리를 두고 있다가 필연적으로 돌아올 그녀의 복종을 기다리면 됐다.

빗줄기가 기차 창문을 사납게 후려쳤다. 비바람이 휘몰아치는 산은 짙은 안개에 묻혀 윤곽만 보이는 정도였다. 불쌍한 로더! 그녀는 시스케일에서 즐거운 하루를 보내지 못할 것이다. 어쩌면 그녀가 다음 기차로 그를 따라올지도 몰랐다. 그녀가 몹시 참담한 심정일 것은 분명했다—그는 이에 기쁨을 느꼈다. 그녀가 괴로울수록 항복이 빨리 올 것이다. 아, 그 항복은 완벽하리라! 그는 그녀의 여러 기분을 보았으나 상처 난 자존심에 괴로워하는 모습은 보지 못했다. 그녀는 반드시 그 앞에서 눈물을 흘려야 했고, 질투와 두려움에 휘둘렸었다고 인정해야 했다. 그러면 그는 그녀를 일으켜 세워 명예로운 자리에 앉히고 그녀의 발치에 무릎 꿇고 앉아 그녀의 영혼을 환희로 채워 주리라.

시스케일에서 런던으로 가는 길에 그는 여러 번 그 순간을 상상하며 즐거워했다.

27장. 재상승

오후 내내 비가 주룩주룩 내리는 동안 로더는 바풋의 예상보다 조금도 덜하지 않은 비참한 심정으로 응접실에 앉아 있었다. 그녀는 에버라드가 과연 런던으로 떠났는지 확신할 수 없었다. 마지막 순간에 어떤 감정이나 생각이 그를 붙잡았을지도 몰랐다. 이른 아침 그녀는 간밤에 쓴 편지를 미스 바풋에게 보냈다. 자신의 속마음은 전혀 드러내지 않은 그 편지에는 위도우선 씨의 가정불화에 대해 새로운 소식이 있으면 알려달라는 차가운 호기심만이 담겨 있었다. "계속 여기로 편지를 보내셔도 괜찮아요. 제가 여길 떠나도 편지는 전달될 거예요."

구름이 걷히자 그녀는 밖으로 나갔다. 저녁에 그녀는 다시 바닷가를 거닐었다. 바풋은 분명히 떠났다. 그가 아직 이곳에 있었다면 그녀를 보고 나왔을 터였다.

이제 고독이 견디기 힘들어졌으나 그녀는 다른 곳으로 떠날지 말지 망설였다. 런던으로 돌아가고 싶은 마음이 굴뚝같았으나 자존심이 허락하지 않았다. 에버라드가 시스케일에서 있었던 일을 사촌에게 전부 이야기하고 자신의 행동을 정당화했을지도 몰랐다. 미스 바풋이 그들의 사정을 들었건 아니건, 로더는 정해진 3주의 휴가를 도중에 끝내기에는 자존심이 너무 강했다. 차라리 그녀는 고통의 극치를 참아 낼 텐데, 그녀가 겪은 것이 고통이 아니라면 세상에 고통스러워한 여자는 없었다.

또 하나의 울적한 하루가 지나자 그녀는 결단을 내렸다. 그녀는 이제 산이나 호수에 아무 관심이 없었다. 사람의 온기가 필요했다. 그녀는 이튿날 첫차를 타고 런던이 아닌 서머싯에 있는 오빠의 집으로 출발했다. 휴가가 끝날 때까지 그곳에 머무를 요량이었다. 그동안 미스 바풋이 편지를 두 통 더 보냈지만 모니카의 소식은 없다고 했다. 그녀는 에버라드를 언급하지 않았다.

로더는 예정대로 토요일 오후에 첼시에 돌아왔다. 미스 바풋은 그녀가 도착할 시간을 알았으나 집에서 기다리고 있지 않았으며 몇 시간 후에서야 귀가했다. 그들은 지난 3주간 아무런 특별한 일이 없었던 것처럼 만났다. 만일 메리가 그간 외로웠다면 그녀는 감쪽같이 숨겼다. 로더는 돌아와서 무척 기쁘다는 식으로 말하면서 굳은 날씨 때문에 레이크 디스트릭트를 떠나야만 했다고 설명했다. 불가피한 화제는 저녁 식사가 끝난 후에야 거론되었다.

"휴가 중에 에버라드를 만났니?" 미스 바풋이 물었다.

그렇다면 그는 이 집에 와서 자기 입장을 호소하지 않았다—어쨌든 그렇게 보였다.

"네, 시스케일에서 만났어요." 로더가 감정을 표하지 않고 말했다.

"소식을 듣기 전에 아니면 후에?"

"듣기 전에도 만났고, 들은 후에도 만났어요. 편지를 보여 줬더니 자기는 전혀 모르는 일이래요."

"나한테도 그렇게 말했어. 만나지는 않았는데, 내가 그 애 주소로 편지를 보내고 일주일 후에 답장이 왔어. 전혀 모르는 곳에서—노르망디의 아로망쉬인가. 그렇게 짧고 무례한 편지는 처음이었어. 한마디로 나더러 남 일에 간섭하지 말라는 거였어—그게 다야."

로더는 친구가 얼마나 궁금해할지 생각하며 희미하게 웃었으나 호기심을 해결해 주지 않기로 했다. 이맘때쯤 그녀는 유쾌한 여름휴가와 조화롭지 않게 상훼하기는 했지만, 시스케일에서 있었던 일에 대해 절대 함구하겠다는 결심에 도달했기 때문이었다. 그녀의 마음가짐은 자기 고문에서 병적인 쾌감을 끌어내는 수도승의 경지와 유사했다. 그녀는 세상을 몹시 원망했다. 그녀는 에버라드 바풋을 생각하는 것이 자신의 영혼에 유해할 뿐만 아니라, 이제 남녀 간의 사랑은 자기에게 불순한 생각, 욕망이 낳는 악덕이 되었으며 앞으로도 계속 그러리라고 믿게 되었다.

"아마도," 그녀가 무심히 말했다. "위도우선 씨가 아내와 이혼하겠네요."

"그럴 것 같아 걱정이야. 하지만 어쩌면 화해했을지도 모르지."

"모니카가 잘못했다는 사실에는 의심의 여지가 없죠?"

메리는 그녀의 냉소가 깃든 싸늘하고 엄격한 표정을 이해하려고 노력했다. 표정의 의미는 추측하기 어렵지 않았으나 아무런 정보도 없는 그녀는 확신할 수 없었다. 어떤 상황이든지 간에 로더가 벨라 로이스턴 때만큼이나 혹독하게 위도우선 부인을 비난하는 것이 분명했다.

"난 좀 석연찮은 구석이 있어." 미스 바풋이 답했다. "하지만 내가 더 너그럽게 생각할 수 있게 누군가가 모니카를 변호해 주면 좋겠어."

"매든 양이 안 찾아왔잖아요. 자기 동생이 억울하다고 생각했으면 당연히 왔겠죠."

"하루 이틀 안에 문제가 해결됐을지도 모르지—그렇다면 아무도 그 사건을 입에 올리지 않을 거야."

이것이 로더가 밤에 뜬눈으로 누워 고민한 가능성이었다.

익숙한 침실로 들어가려니 기분이 무척 이상했다. 휴가를 떠나기 전 그녀는 방에게 작별을 고했고, 시스케일에서 '완벽했던 날' 다음 날 그녀는 이 방을 이미 무한대로 멀어진 과거의 일부로, 자신이 완전히 떠난 곳으로 생각했다. 흰 침대를 보자마자 역겨움이 치솟았다. 그녀는 앞으로 이 방을 쓸 수 없을 것 같았으며 미스 바풋에게 방을 바꿔 달라고 부탁하겠노라 결심했다. 이날 밤 그녀는 상자 속에 넣어 둔 물건들을 하나도 다시 꺼내지 않았다. 방에 맴도는 향기를 맡으니 오랜 시간의 갈등과 희망이 다시금 떠오르며 정신이 아찔했다. 들끓는 증오 속에서 그녀는 거침없이 흐르던 자신의 순수한 인생의 흐름을 어지럽히고 더럽힌 남자를 저주했다.

노르망디에 있는 아로망쉬? 일요일에 그녀는 지도에서 이름을 찾아봤지만 아주 작은 고장인지 표기되어 있지 않았다. 그가 그런 곳에 혼자 갈 리 없었다. 그는 분명히 그녀의 안부에는 관심도 없이 친구들과 희희낙락하고 있을 터였다. 만일 그가 다시 그녀를 찾을 생각이었다면 이렇게 오래 기다리지 않았을 것이다. 그는 그녀의 의지가 자신의 의지만큼이나 강하다는 걸 깨달았고, 그녀를 지배할 수 없으니 단순히 흥미로운 경험으로 치부하고 머릿속에서 지운 것이다.

다음 주 그녀는 일에 맹렬히 매달렸다. 처음에 느낀 거부감을 억누르자 마침내 예전의 열정이 되살아난 듯했다. 이것이 유일한 구원의 길이었다. 목적 없이 무위하다가는 상상도 못 했던 방식으로 금세 타락할 것이다. 날마다 그녀는 침대에 눕자마자 곯아떨어질 수 있게 샐녘부터 야심한 밤까지 일과를 빽빽이 채웠다. 아침 식사 전에 한두 시간 동안 그녀는 새롭게 착수한 공부에 전념했으며 심지어 음식도 절제해서 입맛에 맞는 모든 음식과 포도주를 끊고 생활이 가능할 정도만 섭취했다.

그녀는 밀드레드 베스퍼와 단둘이 이야기하고 싶었고 그럴 기회는 만들 수 있었지만, 이것 역시 금욕의 일부로 포함하고 절실히 원하는 대화를 한 주 미뤘다. 어느 날 저녁, 그들은 일과를 마친 후 대화를 시작했다.

"네게 물어보고 싶었어." 로더가 운을 뗐다. "위도우선 부인 소식이 있니?"

"얼마 전에 편지를 보냈는데 제게 새 주소를 줬어요. 남편을 떠났고 다시는 돌아가지 않을 거래요."

로더는 심각한 표정으로 고개를 끄덕였다.

"그럼 내가 들은 이야기가 사실이구나. 만나진 않았고?"

"모니카가 오지 말라고 했어요. 언니랑 같이 살고 있어요."

"남편과 왜 헤어졌는지는 이야기했니?"

"아뇨." 밀드레드가 답했다. "하지만 비밀이 아니래요. 모두가 다 안대요. 그래서 저도 아무 말 안 한 거예요—아니었으면 선생님께 말했을 거예요. 우리가 전에 한 이야기도 있으니까요."

"무슨 일이 있었는지는 모두가 알지." 로더가 차갑게 말했다. "하지만 왜 설명을 안 하는 거지?"

밀드레드는 전혀 모르겠다는 듯 고개를 저었고, 로더는 추문을 퍼뜨리는 듯한 인상을 주지 않고 이야기를 이어가기 불가했으므로 대화는 거기에서 끝났다. 도움이 될 만한 정보를 찾는다는 목적은 실패했으나 밀드레드가 자기가 아는 사실을 전부 털어놓았는지는 불확실했다.

그 주 주말에 미스 바풋이 휴가를 떠났다. 그녀는 스코틀랜드로 가서 9월 내내 머무를 예정이었다. 이맘때에는 그레이트 포틀랜드 스트리트가 한가했다. 타자수를 구하는 사람이 별로 없었으며 학생도 대여섯 명밖에 되지 않았다. 그래도 로더는 학교를 혼자 이끄는 데 희열을 느꼈다. 권력을 갈망하는 그녀는 이제 자신의 손에 들어온 힘의 중요성을 부풀림으로써 아무리 시간이 흐르고 애를 써도 여전히 가슴을 저미는 비밀스러운 괴로움을 견뎠다. 비참한 연기였다. 첼시 집에 홀로 남겨진 첫날 밤 그녀는 쓰라린 눈물을 흘렸다. 흐느끼기만 한 것이 아니라 소리 없이 처절히 몸부림쳤고, 죽음이 유일한 휴식이라는 생각이 들 정도로 육체의 열정에 고문받았다. 한순간 그녀는 가슴에서 우러나오는 모든 애정과 사랑의 표현으로 연인의 이름을 속삭이다가 다음 순간 무시무시한 증오를 느끼며 그를 저주했다. 잠들지 못하는 거의 정신 착란의 상태에서 그녀는 광적이고 불가능한 복수를 계획했다가 기분이 바뀌며 사랑을 위해 모든 걸 희생할 각오를 다지고 자신의 저속한 질투심을 자책하며 용서를 빌었다. 숱한 괴로운 밤 중 이날이 단연 최악이었다.

이날 밤 그녀는 소녀 시절을, 사실 유년시절이라고 불려야 하는 그때를 생생히 기억했다. 그녀는 어렴풋한 과거의 한 사람, 자신에게 처음으로 독립성을 깨우쳐 준 억세고 못생긴 남자를 떠올렸다. 그녀보다 나이가 세 배는 많았으나 그녀의 무지몽매한 가슴에 격렬한 감정을 불러일으킨 남자였다. 클리브던의 친구—스미스선 씨였다. 메리 바풋이 사랑한 적 있느냐고 물었을 때 그녀는 과거를 회상했으나 잠시뿐이었고, 자조하는 웃음과 함께였다. 지금 그녀가 시달리는 감정은 스미스선 씨가 그녀의 인생에서 영원히 사라진 열다섯 살 당시의 고통이 극심하게 농익은 것이었다. 어린아이의 유치한 짝사랑이었지만, 그 고통, 잠 못 들고 뒤척이던 밤들과 암담한 심정! 이렇게 오랜 시간이 흐른 지금에 와서, 엄격한 자기훈련을 거치고 지적 성장을 이룬 후에 또다시 이런 감정에 괴로워하는 것이 얼마나 한심한지!

고독하고 불행한 사람에게 너무나도 잔인한 일요일이 두려웠던 그녀는 최대한 이른 시간에 아침 식사를 마치고 집을 나섰다—그저 신체를 혹사해서 잠들기 위해서였다. 하늘은 침침했지만 금세 비가 올 기미는 없었다. 정오쯤 날씨가 조금 갰다. 그녀는 무심히 발길 가는 대로 향하며 귀에 거슬리는 교회의 마지막 종소리가 멈출 때까지 계속 걸었다. 서쪽 교외까지 한참을 걸은 그녀는 피로에 걸음이 느려지기 시작해서야 뒤돌아섰다. 돌아가는 길에 그녀는 의도치 않게 코스그로브 부인 집 앞을 지나쳤다. 아니, 지나치려는 순간 식당 창문에서 손짓하는 코스그로브 부인이 보였다. 잠시 후 정문이 열리자 그녀는 들어갔다. 그녀는 우연한 만남이 반가웠는데, 사교적인 코스그로브 부인이 그녀를 자주 방문했던 위도우선 부인의 소식을 전해 줄지도 모른다는 생각 때문이었다.

"어서 와요!" 코스그로브 부인이 외쳤다. "혼자 있었는데 적적해서 죽는 줄 알았어요. 약속이 있나요?"

"아뇨, 그냥 산책하고 있었어요."

"산책이오! 체력도 좋네요! 런던에서 산책할 생각은 해보지도 않았어요. 어젯밤에 시골에서 올라와서 동생을 기다리고 있었는데 화요일까지 못 온다는 거예요. 따분해서 정신이 나갈 것 같은 기분으로 창가에 한 시간째 서 있던 참이었어요."

그들은 응접실로 들어갔다. 코스그로브 부인은 지금까지 시골에서 지내느라 위도우선 부인을 한 달 넘게 보지도 못하고 소식도 못 들었다며 로더가 하고 싶은 이야기를 꺼낼 구실을 금세 제공했다. 로더는 망설였으나 자신의 마음이 병적으로 집착하고 있는 사항에 대해 도저히 입을 다물고 있을 수 없었다. 그녀는 자신이 아는 것을 모조리 이야기했다—에버라드 바풋에 대한 혐의만 제외하고.

"전혀 놀랍지 않아요." 코스그로브 부인이 흥미로워하며 말했다. "부부가 잘 안 맞을 것 같다고 생각했어요. 아이 없이는 지속되기 불가능한 결혼이었어요. 물론 당신에게 전부 털어놓았겠죠?"

"그 일이 터진 다음에는 한 번도 못 봤어요."

"사실 난 부부가 헤어진다는 말을 들으면 기뻐요. 우리 선량한 친구들이 이런 말을 들으면 얼마나 충격받을까요! 하지만 심술궂은 기쁨이 아니에요. 개인적인 감정은 전혀 없어요. 이전에 아마 한번 말한 것 같은데, 내 결혼생활은 흡족했어요. 하지만 많은 경우 결혼은 너무나도 사기라서—내 표현을 양해하길 바라요."

"물론 그렇죠." 로더가 억지로 명랑한 체하며 말했다.

"나는 뿌리박힌 제도를 위협하는 거라면 뭐든지 반가워요. 충격적인 이혼 소식을 들으면 기뻐요—이 문제에서 우리 사회가 진보하면 얼마나 많은 고통을 방지할 수 있을지 증명하니까요. 내가 개인적으로 혐오하는 부류의 여자들이 있긴 하지만, 난 그들이 사회적 규율에 가하는 공격에 고마워할 수밖에 없어요. 재건이 시작되려면 난동이 한번 일어나야 해요. 네, 이런 면에서 난 아나키스트예요. 높은 지위의 남녀가 변호사나 성직자 없이 자유롭게 결합해서 대놓고 사회에 반항하면 뭇 사람들에게 큰 도움을 줄 거라고 진심으로 믿어요. 모두에게 이런 관점을 털어놓지는 않지만 그건 단지 내가 겁쟁이여서 그래요. 자기가 온 마음으로 믿는 신념이 있다면 사람들에게 알려야죠."

로더는 초조히 생각에 잠긴 듯한 표정이었다.

"대단한 용기가 필요하겠죠." 그녀가 말했다. "그 길을 걸으려면요."

"물론이에요. 우린 순교자가 필요해요. 하지만 지성인들에게는 아주 길고 고된 고행의 시간이 아닐 거예요. 자기 신념대로 용감하게 행동하는 지적인 여자를 따뜻하게 받아주는 사람들은 충분할 테니까요. 엘리트들이 서로에게 털어놓으려는 것보다 훨씬 더 개방적이 되어 가고 있어요. 누군가 시도할 때까지 기다렸다가 한번 보자고요."

혼잡한 자기만의 생각에 빠진 로더는 이따금 한두 마디만 보탰고, 코스그로브 부인이 이 흥미로운 주제에 관해 계속 얘기하도록 내버려 두었다.

"위도우선 부인은 지금 어디에 살죠?" 혁명가가 마침내 물었다.

"모르겠어요. 하지만 주소를 알아봐 드릴 수 있어요."

"부탁할게요. 만나 봐야겠어요. 이런 시기에 찾아가도 무례가 아닐 정도로 우린 친하거든요."

지인과 식사를 한 로더는 오후에 밀드레드 베스퍼의 하숙집에 찾아갔다. 밀드레드는 평소와 다름없이 차분하게 책을 읽고 있었다. 그녀는 위도우선 부인에게 마지막으로 받은 짤막한 쪽지를 건네주었고, 그날 저녁 로더는 코스그로브 부인에게 주소를 알려 주었다.

이틀 뒤에 그녀는 답장을 받았다. 코스그로브 부인이 클래펌에 있는 매든 양의 하숙집에 찾아갔었다고 했다. "그녀는 아프고 비참하고 입을 꾹 다물고 있어요. 난 15분밖에 못 있었는데 아무런 질문도 할 수 없었어요. 당신 이름을 언급하면서 소식을 무척 궁금해했어요. 하지만 당신이 찾아오길 바라냐고 물어보니까 갑자기 겁을 내더니, 당신이 자기를 진심으로 만나고 싶은 게 아니라면 안 왔으면 좋겠대요. 불쌍하기도 하지! 물론 나는 무슨 뜻인지는 알 수 없지만 결혼 제도를 탓하면서 집에 왔죠—그 생각은 언제나 위로가 되니까요."

이로부터 일주일이 조금 지나서 에버라드가 메리에게 편지를 보냈다. 소인은 오스텐더[43]에서 찍혀 있었다.

지금껏 로더는 남의 사생활을 침범할 충동을 느낀 적이 한 번도 없었고, 다른 누군가 그랬다는 말을 들으면 이루 말할 수 없이 경멸했을 것이었다. 물론 그녀는 사람들이 증기를 이용해 몰래 봉투를 연다는 이야기를 들어 보았다. 감쪽같이 해낼 수 있는지는 몰랐으나 그녀는 몇 시간이나 갈등했다. 에버라드의 편지를 손에 들고, 어쩌면 그녀와 깊은 연관이 있을 내용을 모르는 채로 보내야만 하는 것은 고문이었다. 그녀는 에버라드가 무슨 이야기를 했는지 메

---

43. 벨기에 서플랑드르주의 해안 도시.

리에게 물을 수 없었다. 메리가 자진해서 알려 주거나 그렇지 않거나 둘 중 하나였다.

봉투에 증기를 쏘이면—변색되거나 구겨져서 표시가 날까? 그런 의심을 받으면 죽기보다 괴로울 터였다. 어떻게 그런 생각을 할 수 있을까? 역병처럼 들러붙은 끔찍한 열정 때문에 그녀가 이렇게까지 저급해지다니!

그녀는 그날 도착한 다른 두 통의 편지와 함께 에버라드의 편지를 큼직한 봉투에 넣어 보냈다. 그렇다고 기분이 나아지지는 않았다. 그녀의 가슴은 세상과 인생의 모든 법칙에 반발하며 분노했다.

며칠 뒤 메리에게서 편지가 오자 그녀는 황급히 봉투를 뜯었고, 그 속에—그래, 있었다. 에버라드의 손글씨였다. 그녀더러 읽으라고 메리가 보낸 것이었다.

"친애하는 메리 누님

어쩌면 지난번 편지에서 제가 너무 퉁명스러웠는지 모르겠습니다. 하지만 당시 제 인내심이 한계에 다다른 상태였습니다. 상당히 괴로운 시간을 보냈습니다. 하지만 이제 제정신을 되찾고 있고, 누님이 그런 질문을 할 수밖에 없었다고 인정합니다. 전 위도우선 부인에 대해 아무것도 모르고 관심도 없습니다. 그 부인의 이상한 행동이 제게 막대한 해를 끼쳤거나 아니면 지대한 도움을 준 것이겠죠. 어느 쪽인지 확신할 수 없으나 후자에 가깝다는 생각이 들기 시작합니다. 여기 난제가 있지만—제 생각에는 매우 어려운 종류가 아닙니다.

아로망쉬에 대해 들어 보셨나요? 노르망디 해안가에 있는 무척 고즈넉한 마을입니다. 바이웨에서 마차를 타고 한 시간이면 갈 수 있어요. 영국인들이 득시글거리지 않습니다. 작년에 이곳을 발견한 브리센든가 사람들의 초대로 갔어요. 훌륭한 사람들입니다. 친해질수록 더 호감이 가요. 딸이 두 명인데 그들은 차분하게 진보적이며—심지어 급진적인 성향도 있습니다. 누님과 잘 어울릴 것 같아요. 자매는 훌륭한 교육을 받았고, 동생인 아그네스는 여섯 언어를 구사하며 온갖 주제에 박식해서 제가 부끄러울 정도입니다. 그러면서도 매력적으로 여성스럽고요.

그들이 오스텐더로 간다고 해서 저도 동행한 것이고, 꾸준히 자주 어울리고 있습니다.

그건 그렇고 런던으로 돌아가면 새로 집을 찾아야 할 것 같아요. 예상보다 이탈리아에 오래 머무른 엔지니어가 런던으로 돌아왔는데 자기 아파트를 쓰고 싶대요. 당연히 그렇게 해야죠. 하지만 어쩌면 제 물건들을 가지러 갈 때가 아니면 런던에 돌아가지 않을지도 모르겠습니다. 전 누님을 찾아가지 않을 겁니다. 제가 벌써 두 차례나 한 다짐을 완전히 믿는다고 말씀해 주시지 않는다면요.

누님의 방탕한 사촌
E. B."

"내 생각에는," 메리는 편지에 이렇게 썼다. "우리가 에버라드를 믿어도 될 거 같아. 이런 식으로 질 나쁜 거짓말을 할 사람은 아니야. 에버라드가 거짓된 사람이라고 내가 비난한 적은 없다는 걸 기억하렴. 그 애를 믿어 주겠다는 편지를 보낼 거야. 위도우선 부인을 만나러 갈 생각을 해봤니? 도저히 못 하겠으면 매든 양이라도 만나

보면 어떨까? 친애하는 로더, 우리는 마치 암호로 대화하는 것 같 구나. 난 네 행복을 바랄 뿐이고, 너도 그걸 알 거라고 믿어. 그 행복을 어디에서 찾을지는 네가 결정해야겠지."

에버라드의 편지를 읽은 로더는 분노로 제정신이 아니었다. 그는 편지가 그녀의 손에 들어가리라는 것을 알고 질투심을 유발하려고 이렇게 쓴 것이었다. 그래, 위도우선 부인이 그에게 지대한 도움을 주었다. 이제 그는 여섯 개의 언어를 능란하게 구사하며 대단히 진보적이면서도 여성스러운 매력을 지닌 아그네스 브리센든에게 매진할 수 있었다.

이 남자를 향한 사랑을 끝내지 않으면 그녀는 스스로를 독살하는 격이었다―암처럼 절망적인 질병에 걸리면 이렇게 생을 마감하겠다고 그녀가 종종 생각했듯이―

그렇게 그의 자기만족을 채워 준다고? 그녀처럼 지적으로, 정신적으로 걸출한 여자가 자기를 사랑하는 마음에 애달파하다가 쥐처럼 죽었다고 평생 흐뭇하게 기억할 수 있게?

그녀는 열에 들뜬 것처럼 초조히 방 안을 거닐고 아래층과 위층을 오갔다. 결국, 그는 그녀가 응당 바라야 하는 대로 행동하고 있지 않은가? 그녀가 그를 증오할 수 있게 도와주고 있지 않은가? 틀림없이 그는 그녀의 자존심을 꺾고 그녀가 납작 엎드려서 돌아오게 하려고 남자답지 않은 공격을 날렸다. 절대 그럴 수 없다! 그녀가 그를 믿어 주었어야 했다고 끝내 밝혀지더라도 그녀는 굴종하지 않을 것이다. 그가 그녀를 진정 사랑한다면, 다시 한번 그녀의 사랑을 구해야 한다.

하지만 메리의 제안은 성과를 거두었다. 하루 이틀 고민한 로더는 버지니아 매든에게 서신을 보내서 토요일 오후에 퀸스 로드로 찾아와 달라고 부탁했다. 버지니아는 곧바로 오겠다고 약속했으며 제 시각에 찾아왔다. 비록 그녀는 모니카가 결혼하기 전보다 훨씬 품질 좋은 옷을 입었으나 옷으로 보상할 수 없는 무언가를 잃었다. 누추한 옷차림을 중요치 않게 만들었던 그녀 얼굴의 확연한 고상함이 사라졌다. 눈꺼풀과 코 아랫부분이 흉하게 붉은색으로 물들었고 입술은 메마르고 늘어졌으며 아랫입술이 조금 처졌다. 움찔거리면서 사과하듯 짓는 비실비실한 미소는 수치스러운 행동을 한 사람들의 특성이었다. 그녀는 처량해 보이려고 노력할 때조차 미소를 지었으며 시선은 의뭉스러웠다. 그녀는 일자리가 간절한 지원자나 자선을 구걸하는 사람처럼 의자 끝에 걸터앉았고, 눈에 자꾸 습기가 차서 손수건으로 닦는 모습이 이런 느낌을 강조했다.

로더는 이 불쌍하고 의기소침한 여자를 다정하게 대할 수 없었다. 지난 몇 년간 그녀의 변화, 특히 지난 12개월간 그녀에게 일어난 변화는 종종 로더에게 매우 불쾌한 인상을 주었다. 그녀는 거의 곧바로 본론으로 들어갔다.

"왜 나한테 먼저 오지 않았어요?"

"차마—그럴 수 없었어요. 상황이—모든 게 너무 괴로워요. 물론—무슨 일이 있었는지 알죠?"

"물론 알아요."

"어떻게 알게 되었어요?" 버지니아가 소심하게 물었다.

"위도우선 씨가 여기에 와서 바풋 선생님께 전부 말했어요."

"그래요? 그건 몰랐네요. 그럼 그 사람의 주장을 전부 들었어요?"

"전부요."

"근거 없는 이야기에요. 정말이에요. 모니카는 잘못이 없어요. 그 애는 나쁜 짓을 하지 않았어요―경솔한 행동을―그저 경솔한 행동이었을 뿐이에요."

"그 말을 정말 믿고 싶어요. 나한테 다짐할 수 있나요? 모니카의 행동을 설명할 수 있어요?―그날 일 말고도 그녀가 했던 다른 거짓말들요? 위도우선 씨가 바풋 선생님에게 말하길, 모니카가 거짓말을 자주 했대요―이 집에 오지 않은 날도 왔다고 속이고요."

"난 모르겠어요." 버지니아가 한탄했다. "왜 그걸 비밀로 했는지는 말하지 않아요."

"그럼 모니카가 결백한지 어떻게 알죠?"

엄중한 질문에 버지니아는 얼굴을 붉히고 갑작스럽게 매우 동요했다. 손수건을 떨어뜨린 그녀는 바닥을 더듬거려 집은 후 숨을 헐떡였다.

"아, 넌 양! 어떻게 그런 생각을―? 모니카를 알잖아요. 당신이 그 애를 잘 안다고 믿어요!"

"사람은 누구나 잘못할 수 있어요." 바풋에게 불리한 또 하나의 증거처럼 들리는 말에 신경이 날카로워진 로더가 성마르게 말했다. "절대 근거 없는 이야기라고 믿을 만큼 타인을 잘 알 수 있을까요?"

매든 양이 흐느끼기 시작했다.

"그건 사실이에요. 하지만 내 동생은―내 사랑하는 동생은―"

"당신을 더 속상하게 하고 싶지 않아요. 마음을 가다듬고 차분히 이야기해요."

"그래요―그럴게요―같이 이야기하고 싶었어요. 아, 모니카가 남편에게 돌아가도록 설득할 수만 있다면! 그 사람은 모니카를 다시 받아줄 의향이 있어요. 클래펌 커먼에서 나랑 자주 만나요—그 사람이 생활비를 대주고 있어요. 모니카가 우리 집에 와서 일주일 정도 지냈을 때 그 사람이 새로 하숙집을 얻어 줘서 모니카가 거기로 가겠다고 동의했어요. 하지만 남편에게 돌아가라는 말은 들은 척도 하지 않아요. 우리끼리만 집을 써도 된다고 해도 소용없어요. 편지에도 답하지 않아요. 그 사람이 클리브던에 집을 빌린 걸 알아요?—아름다운 집이에요. 1~2주 안에 거기로 이사하고 나랑 앨리스 언니가 함께 살기로 되어 있었어요—그런데 이 끔찍한 일이 터진 거예요. 위도우선 씨는 모니카의 비밀을 알려고 하지도 않아요. 조건 없이 다시 받아준다고 했어요. 더군다나 모니카가 몹시 아파서—"

버지니아는 차마 더 말할 수 없는 근심이 있는 것처럼 입을 다물었다. 얼굴이 붉어진 그녀는 괴로운 표정으로 방을 둘러보았다.

"많이 아픈가요?" 로더가 가까스로 말투를 부드럽게 하며 물었다.

"매일 아침에 일어나긴 하지만 안타깝게도—자꾸 기절하고—"

로더는 연민하는 기색 없이 예리하게 상대를 응시했다.

"무엇 때문에요? 억울해서인가요?"

"부분적으로는요. 하지만—"

버지니아가 돌연 일어나서 로더 곁으로 다가오더니 한두 마디 속삭였다. 로더는 창백해졌다. 그녀의 눈이 맹렬히 빛났다.

"그런데도 모니카가 결백하다고 믿어요?"

"나한테 맹세했어요. 언젠가는 보여 줄 증거가 있다고 했어요—

남편에게도 보여 줄 거래요. 그 애는 자기가 얼마 안 가서 죽을 거라고 굳게 믿는데, 그전에 모든 걸 말하겠대요."

"지금 말한 것에 대해서—남편은 당연히 알겠죠?"

"아뇨. 모니카가 절대 말하지 말라고 금지했어요—내가 뭘 할 수 있겠어요, 넌 양? 그 사람 귀에 들어가지 않게 한다고 맹세하게 했어요. 심지어 앨리스 언니한테도 말하지 않았어요. 금세 알게 되겠지만요. 언니는 9월 말에 지금 일하는 곳을 그만두고 런던으로 올 거예요—어쨌든 잠시라도요. 모니카가 클리브던 집으로 들어가게 언니가 설득할 수 있길 바라요. 위도우선 씨는 집을 가지고 있으면서 곧바로 헌힐에서 가구를 옮길 준비가 되어 있어요. 우리를 도와주지 않겠어요, 넌 양? 당신 말이라면 모니카가 들을 거예요. 확실해요."

"내가 도울 수는 없을 것 같아요." 로더가 차갑게 대꾸했다.

"모니카가 당신을 보고 싶어 해요."

"그렇게 말했어요?"

"정확히 말로 한 건 아니지만—보고 싶어 하는 건 확실해요. 몇 번이고 당신 소식을 물어봤어요. 그리고 당신에게 전갈이 왔을 때 무척 기뻐했고요. 정말 고마워할 거예요—"

"남편에게 돌아가지 않겠다고 하나요?"

"네—안타깝지만 그래요. 불쌍한 모니카는 자기가 살 날이 얼마 안 남았다고 믿어요. 어떤 말로도 생각을 바꿀 수 없어요. '난 죽을 거고 더는 아무에게도 짐이 되지 않을 거야.' 맨날 이렇게 말해요. 그리고 이런 종류의 확신은 실현되기 마련이니까요. 집 밖으로 전혀 나가지를 않는데, 당연히 그러면 안 되죠. 지금 몸 상태에서는 매일 나가야 하는데요. 의사도 못 부르게 해요."

"위도우선 씨가 모니카가 싫어할 만한 행동을 했나요?" 로더가 물었다.

"거짓말을 발견했을 때 무시무시하게 난폭했어요—물론 그럴 만하지만—모니카가 최악의 일을 저질렀다고 단정한 거예요. 원래는 모니카에게 항상 헌신했었어요. 그 사람이 자기를 죽일 작정이었던 것 같다고 모니카가 말했어요. 천성이 대단히 엄격한 사람이에요. 난 항상 그렇게 생각했어요. 모니카가 어디라도 혼자 가는 걸 못 참았어요. 두 사람은 정말, 정말 불행했어요—안타깝게도 모든 면에서 안 맞은 거예요. 하지만 지금 상황에서는—모니카가 남편에게 돌아가야겠지요?"

"내가 판단할 수 없어요. 난 모르겠어요."

로더의 목소리에서 심적 갈등이 드러났다. 자신과 무관한 일이었다면 그녀는 이런 경우에는 절대적으로 아내의 의사를 따라야 한다고 주저 없이 선언했을 터였다. 하지만 지금 상황에서 그녀는 모니카에게 심오한 불신과 혐오밖에 품을 수 없었다. 자신의 결백을 증명할 확실한 증거가 있다는 모니카의 말은 나약한 여자의 거짓말로밖에 생각되지 않았다. 절망과 수치심에 떠밀려 지어낸 말이다. 모니카가 클리브던으로 돌아간다면 로더는 왠지 모르게 다소 안심하겠지만, 괴로워하고 있는 모니카를 그녀가 먼저 찾아갈 수는 없었다. 이 사건이 어떻게 종결되든 그녀는 절대 관여하지 않기로 결심했다. 혐오스러운 접촉으로 자신의 명예와 자존심을 더럽히지 않을 것이다.

"오래는 못 있어요." 괴로운 침묵 끝에 버지니아가 말했다. "한 시간이라도 떨어져 있기가 불안해요. 끔찍한 일이 생길까 봐 밤낮으로 걱정돼요. 앨리스 언니가 오면 얼마나 안심이 될지!"

로더는 동정의 말 한마디 건네지 않았다. 버지니아를 딱하게 여기는 마음은 지저분한 추문에 관계된 여느 타인에게나 느낄 법한 감정이었다. 그들 사이에 예전의 친근함은 자취도 없이 사라졌다. 그리고 로더가 기차역으로 돌아가는 매든 양의 뒤를 밟아서, 거리를 두리번거리던 그녀가 어느 펍으로 재빨리 들어갔다가 손수건으로 입술을 닦으며 나오는 모습을 보았더라도 심하게 충격받거나 놀라지는 않았을 것이다. 약해 빠지고 목적 없으며 희망도 없는 여자였다. 이런 부류의 여자들은 모두 그랬다—점점 망가지기만 한다.

의지! 목적! 어린아이에서 어른으로 성숙해 가던 시절에 그녀의 인생을 이끌었던 이 표어들을 그녀 역시 잊을 뻔하지 않았나! 불쌍한 매든 양의 불행 중 큰 부분은 사랑하고 결혼할 기회를 잃음으로써 인생 전체를 잃었다는 좌절 탓이 틀림없었다. 평범한 여자들은 이렇게 생각했고, 참담한 시간에 그녀 역시 육체의 갈망에 못 이겨 이 불쌍한 영혼들 중 하나로 전락했었다. 하지만 그녀의 영혼은 완전히 굴복하지 않았다. 열정은 새로운 의미를 얻었다. 인생을 보는 그녀의 관점이 더 넓고 자유로워졌다. 그녀는 자연스러운 본능을 완전히 억누르겠다고 맹세하지 않았다. 하지만 그녀의 양심, 그녀의 진심은 퇴색되어서는 안 되었다. 운명이 그녀를 어디로 데려가든, 끝까지 그녀는 자긍심 있고 독립적이며 오직 스스로에게만 책임이 있는 여인으로 자기 존재의 한결 더 고매한 목적을 이룰 것이다.

이로부터 하루 이틀 후 그녀는 저녁 식사에 손님을 초대했다—밀드레드 베스퍼와 위니프레드 헤이븐이었다. 그녀가 교육을 보조한 학생들 가운데 이 두 사람이 가장 자주적이고 용감하고 유망했다. 두 소녀는 소소한 세부사항에서 상당히 달랐으며 지력에서는 헤이븐 양이 훨씬 앞섰다. 로더는 여러 주제를 함께 논하며 소녀들을 관찰하고 싶었다. 그녀는 이들을 잘 알았지만, 그들 안에서 여성의 새로운 힘을 발견하여 자기 자신을 구하려는 노력에 도움을 받고 싶었다.

　두 사람은 걱정을 끼치는 일이 거의 없었다. 아직 시골티를 못 벗은 밀드레드는 더 튼실했고 성큼성큼 걸었으며 세련되지 않았다. 위니프레드는 어떤 식으로라도 무리하면 금세 병들 터였으나 타고난 생기발랄함 덕분에 역경에 진득하게 맞설 듯했다. 더 노력파인 밀드레드는 다른 소녀가 전혀 모르는 궁핍함 속에서 고군분투했다. 비록 평생 출중한 여자는 되지 못할지언정, 자신의 기력과 다정한 친구들이 있는 한 그녀는 투덜거리지 않을 것이다. 20년이 지난 후에도 그녀는 지금처럼 맑고 침착한 눈빛과 솔직한 미소, 건조한 유머를 간직할 터였다. 위니프레드는 좀 더 굴곡 많은 삶을 살 듯했다. 밀드레드가 남자들에게서 완전히 동떨어져 사는 반면 위니프레드의 사회적 지위는 그녀와 사랑에 빠질지 모르는 남자들과의 만남을 가능케 했다. 그녀의 열정이 더 강한 것도 분명했다. 그녀는 문학을 사랑했으며 최대한 많은 시간을 공부에 할애했고, 자신이 창설하겠노라 결심한 이상적인 여성 문예지에 관해 미스 바풋의 집에서 자주 논의했다.

　이들과 이야기하다 보니 로더는 예전의 야심이 다시 타오르는 걸 느꼈다. 이 소녀들에게 그녀는 정신적 지주였다. 자신이 지난 몇 주간 겪은 고통을 이들은 상상도 못 하리라 생각하며 로더는 속으로 미소 지었다. 난관을 맞닥뜨리면 이들은 자연스레 그녀를 떠올리고, 그녀가 자주 되풀이한 용감하고 고무적인 이야기들에 위안을 받을 터였다. 그녀는 잠시나마 그들을 버렸으며, 지금껏 그녀의 이성이 한결같이 추구한 길에서 벗어나 불명예스러운 위험이 가득한 곳으로 방황했었다. 그들이 이 사실을 알게 되면 그녀는 부끄러울 것이다. 그러나 다른 한편으로 그녀는 자신이 얼마나 열렬히 구애받았는지 그들이 알기를 바랐다. 경멸스러운 허영심이었다. 떨쳐 내자!

그녀는 미스 바풋이 집을 비운 사이에 에버라드가 찾아올지도 모른다고 생각했다. 메리가 그에게 편지를 보냈으므로 그는 그녀가 집에 없다는 사실을 알 수밖에 없었다. 그가 그녀를 마음속에서 완전히 지우지 않았다면 얼마나 좋은 기회란 말인가!

매일 저녁 그녀는 찾아올지도 모르는 손님을 맞이할 준비를 했다. 그녀는 정성껏 단장했다. 그러나 몇 주가 지나고 미스 바풋이 돌아왔지만 에버라드는 얼굴을 비치지 않았다.

그녀는 날짜, 한계를 정할 것이다. 크리스마스까지 그가 찾아오거나 편지를 보내지 않으면 전부 끝났다. 그 후에는 그가 아무리 간청해도 만나 주지 않을 것이다. 요지부동의 결심이라고 맹세한 그녀는 미스 바풋의 궁금증을 해결해 주기로 했다. 이제 그녀는 컴벌랜드에서 있었던 일에 대해 일종의 만족감을 느끼며 이야기할 수 있을 듯했기 때문이었다. 에버라드와 처음 친밀해지기 시작했을 무렵 점점 강해지는 그의 관심에 우쭐해하며 예상했던 기분이었다.

메리가 눈을 내리깔고 이야기를 듣는 동안 그녀는 당시 상황의 개요를 사실대로 서술했다. 그녀는 에버라드가 제안한 자유로운 결합과 자신의 망설임, 그리고 그 사건에 대해 말했다.

"선생님 편지를 읽고 나서 제가 달리 어떻게 행동할 수 있었나요? 절대 못 믿겠다는 건 아니었어요. 결혼하기 전에 누명을 벗으라는 말이었어요. 그 사람은 스스로를 위해서라도 기꺼이 그렇게 해야 했어요. 하지만 제 부탁을 모욕으로 여기면서 비합리적으로 화를 내니까 저도 화가 났어요. 우리는 이제 단순한 지인으로밖에 만나지 못할 것 같아요."

"내 생각에는," 메리가 말했다. "에버라드가 어처구니없을 정도로 뻔뻔했구나."

"제게 처음 했던 제안 말이에요? 하지만 저도 결혼 예식은 중요하게 생각하지 않아요."

"그럼 왜 고집했니?" 로더와 눈이 마주치지 않았더라면 냉소가 되었을지도 모르는 미소를 띠고 메리가 물었다.

"만일 그랬다면 선생님이 저희를 받아 주셨을까요?"

"어떤 결정을 해도 받아 주었을 거야."

로더는 입을 다물었고 침울한 상념에 잠겼다.

"어쩌면 제가 한 번도 그 사람을 완전히 신뢰하지 않았나 봐요."

메리는 미소를 짓고 한숨을 내쉬었다.

28장. 헛된 영혼의 무게

"내 사랑, 이 편지를 쓰기까지 내가 얼마나 괴로웠는지 표현할 수 있다면! 우리가 마지막으로 만난 날부터 단 한 순간도 마음이 편한 적이 없었어요. 당신이 찾아와서 쪽지를 남긴 날에 내가 없었다니—당신이 직접 왔었죠, 그렇죠? 프랑스까지 오는 길은 끔찍했고, 여기에 와서 보낸 나날도 마찬가지예요—맹세코 난 한 번에 몇 분 이상 깊이 잠든 적이 없어요. 참담함에 완전히 무너졌어요, 달링"—등등. "나 자신이 악당처럼 느껴져요. 내가 겪은 고통의 천 분의 일이라도 당신이 겪었다면 난 어떤 벌을 받아도 지당해요. 다 내 잘못이에요. 우리 사랑이 행복하게 끝나지 못할 걸 알았으니까 내 감정을 숨겼어야 했어요. 우리가 단둘이 만날 수 있는 자리를 꾸미지 말았어야 했어요—솔직히 말하자면 내가 만든 자리였어요. 난 그날 누이들을 일부러 내보냈어요. 절대 그러면 안 되었는데"—등등. "나의 유일한 위안은 우리의 사랑이 순수했다는 사실이에요. 우리가 수치심 없이 서로를 기억할 수 있으니까요. 그리고 이 사랑이 끝나야 한다는 법 있나요? 우리는 떨어져 있고 어쩌면 다시는 못 만날지도 모르나 서로의 가슴 속에 진실하게 남아 있을 수 있지 않아요? 어쩌면"—등등. "내가 만일 당신에게 가정을 버리고 내게 와달라고 한다면 그건 또다시 저속한 이기심으로 행동하는 거예요. 당신 인생을 망가뜨리고 나는 평생을 자책하며 보내겠지요. 외부적인 상황만 보아도 우리가 꿈꾸었던 삶이 불가능하다는 걸 깨달았어요. 그리고 난 다행이라고 생각해요. 너무나도 괴로운 유혹을 이길 수 있으니까요. 아, 내가 얼마나 간절히 바라는지 당신이 안다면"―등등. "사랑하는 모니카, 시간이 우리를 도울 거예요. 우리는 서로를 절대 못 잊을 거고, 잊지 않을 거예요. 하지만 우리의 순수한 사랑은"―등등.

이렇게 장황하게 주절주절 쓴 편지를 모니카는 거듭 읽었다. 이 편지는 그녀가 언니와 함께 새 하숙집으로 이사하겠다고 승낙한 날 왔고―라벤더힐에 있는 작은 문구점에 '윌리엄선 부인' 앞으로 왔다―그날부터 꼭꼭 숨겨져 있었다. 버지니아가 넌 양을 만나러 간 오후 홀로 비참하게 앉아 있던 모니카는 글자만 보아도 지쳤다. 그녀는 프랑스 소인이 찍힌 편지를 꺼내 읽으며 자신이 흥미를 느낀다고 생각하려고 애썼다. 하지만 흥미는커녕 거부감을 일으키는 단어도 없었다. 그의 애정 표현들은 낯선 사람에게 쓰인 것처럼 아무런 감흥도 자아내지 않았다. 사랑은 무의미한 단어가 되었다. 그녀는 자신이 이 편지의 필자와 어떻게 그런 관계까지 되었는지 이해할 수 없었다. 그녀의 삶을 격렬하게 뒤엎은 나날들의 기억에서 남은 감정은 오직 두려움과 분노였고, 이 감정들은 베비스가 아니라 남편에게 향했다. 베비스의 이미지는 머나먼 과거의 무관한 사람처럼, 그저 한 남자의 유령처럼 느껴졌다. 그가 쓴 편지도 마찬가지였다. 지루한 소설에서 베낀 양 거짓이었고 죽어 있었다.

하지만 그녀는 편지를 간직해야 했다. 언젠가 쓸모가 있을 것이다. 편지와 봉투는 다시 한번 숨겨져서 인간사에 영향력을 발휘할 날을 기다려야 했다.

그녀는 언제나처럼 두통과 권태에 시달리며 창가에 앉아 행인들을 구경했다―그녀의 일과였다. 하숙집의 응접실은 1층에 있었다.

위층에서 누군가 피아노 수업을 받고 있었다. 이따금 조급한 선생의 새된 목소리가 들렸고, 대개 건반을 꽝 내려치는 소리를 동반했다. 건너편에 있는 건물의 정문에서 하인이 상인의 심부름꾼에게 화를 내고 있었는데, 끝내 심부름꾼 소년이 엄지손가락을 코에 올리는 모욕적인 손짓을 하며 도망갔다. 그리고 그 옆 건물 앞에 승합마차가 서더니 남자 세 명이 분주한 기색으로 내렸다. 항상 그 집 앞에는 사람이 가득한 마차가 섰다. 모니카는 그게 무슨 뜻인지, 누가 사는 집인지 궁금했다. 그녀는 집주인에게 물어보기로 했다.

버지니아가 돌아와 그녀를 상념에서 깨웠다. 그들은 침대 두 개가 있는 방으로 올라갔다.

"뭐라고 했어?"

"그 사람이 거기 찾아가서 전부 이야기했대."

"미스 넌은 어떻게 보였어? 어떻게 말했고?"

"아, 아주 냉담했어." 버지니아가 한탄했다. "나를 왜 불렀는지 모르겠어. 자기가 널 보러 올 이유가 없대—그리고 안 올 거 같아. 난 그 사람 주장이 사실무근이라고 했어."

"미슨 넌은 어때 보였는데?" 모니카가 다급하게 물었다.

"아주 안 좋았어. 휴가를 다녀 왔다던데 전혀 건강해 보이지 않았어."

"그 사람이 거기 가서 전부 이야기했다고?"

"그래. 일이 터지자마자 왔대. 하지만 그 이후에는 찾아오지 않았대. 그 사람 말을 믿는 것 같아. 내가 말해도 소용없었어. 어찌나 냉정해 보이던지—"

"바풋 씨 소식을 물어봤어?"

"도저히 그럴 용기가 안 났어. 그건 불가했어. 하지만 그분과 완전히 절교한 것 같아. 그분이 뭐라고 말했는지는 몰라도 믿지 않는 눈치였어. 바풋 선생님은 휴가를 갔고."

"나에 대해서는 뭘 이야기했어?"

"네가 말해도 된다고 한 건 전부 얘기했어."

"다른 말은—정말 안 했어?"

버지니아는 얼굴을 붉혔지만 아무 말도 안 했다고 다짐했다.

"말했어도 상관없어." 모니카가 무심히 말했다. "난 신경 안 써."

부끄러워하던 언니는 거짓말할 필요가 없었다는 사실에 화가 났다.

"그럼 왜 말하지 말라고 신신당부했니, 모니카?"

"말하지 않는 편이 더 나으니까—하지만 상관없어. 아무것도 상관없어. 원하는 대로 믿고 떠들라고 해."

"모니카, 네가 거짓말했다고 나중에 밝혀지면—"

"아, 제발, 제발, 제발 조용히 해!" 모니카가 괴로워하며 외쳤다. "난 어디론가 가서 혼자 살 거야—혼자 죽거나. 언니는 날 괴롭혀—난 지쳤어."

"넌 고마운 줄 모르는구나, 모니카."

"내가 고마워할 게 뭐가 있어! 나한테 아무것도 바라지 마. 계속 이런 식으로 말하고 꼬치꼬치 캐물으면 난 가버릴 거야. 난 어떻게 되어도 상관없어. 일찍 죽으면 다행이야."

이런 일은 최근 들어 자주 벌어졌다. 자매는 서로의 인내심을 시험했다. 권태롭고 괴로운 모니카는 언쟁에서 위안을 받았으며 버지니아는 숨기고 있는 악습관 때문에 자기통제를 잃고 있었다. 그들은 말다툼하고 흐느끼고 갈라선다고 선언했다가 격한 감정에 탈진하면 그제야 조용해졌다. 하지만 이런 말다툼이 자매 사이를 벌려놓지는 않았다. 동생이 결백하다고 철석같이 믿는 버지니아는 화가 날 때만 진상을 털어놓으라고 다그치는 것뿐이었는데, 모니카의 협조 없이는 도저히 풀 수 없는 수수께끼였다. 그리고 모니카는 입으로 하는 말과 다르게 마음속으로는 언니의 신뢰를 고마워했다. 이상하게도 그녀는 자신이 오해를 받고 있는 특정한 혐의에서 결백한 것뿐 아니라 모든 면에서 부당하게 대우받았다고 생각하게 되었다. 그녀는 베비스와 있었던 일이 완전히 무의미하다고 믿었다. 이렇게 생각하는 이유 중 하나는, 연인과 서로 사랑을 고백했을 당시 그녀는 어떤 사실을 몰랐는데, 그걸 알았더라면 그녀가 그를 만나러 가는 일은 없었을 것이기 때문이었다. 한편 그녀는 남편을 잔인한 적으로밖에 생각할 수 없었다. 그러나 자연은 그녀의 반발심과 무관하게 그들의 결혼을 봉했다. 그녀가 살아서 아이를 낳는다면 그 아이는 남편의 자식이었다. 위도우선이 그녀의 상태를 알게 된다면 그것을 외도의 결정적인 증거로 여길 터였는데, 그녀는 이것이 얼마나 억울한지만 생각했다. 그녀는 자기와 바풋을 엮은 의심에만 집중했으며—다른 것들은 모두 사소한 트집으로 간주했다. 만일 그녀가 의심스러운 행동을 전혀 하지 않았더라도 자신에 대한 불신에 지금만큼 맹렬히 화낼 수는 없었을 것이다.

 다음날 일찍 식사를 마친 모니카는 갑작스레 외출하겠다고 선언했다.

 "나랑 같이 나가자. 시내로 갈 거야."

 "아침에 날씨가 좋을 때는 나가기 싫다고 하더니." 버지니아가 툴

툴거렸다. "이제 비가 올 거 같으니까 나가자고 하네."

"그럼 혼자 갈 거야."

언니는 곧바로 일어났다.

"아니, 아니야. 난 거의 준비 됐어―어디 가고 싶니?"

"무덤 같은 이 집만 아니라면 어디라도 상관없어. 기차를 타고 빅토리아로 가서 좀 걷자. 언니가 원하면 대수도원에 가든지."

"감기 안 걸리게 아주 조심해야 해. 여태 한 번도 집 밖으로 안 나갔잖니."

모니카는 잔소리를 싹둑 자르고 들뜬 듯이 조급하게 옷을 입었다. 그들이 밖으로 나왔을 때 빗방울이 후드득 떨어지기 시작했지만, 모니카는 비가 지나가길 기다리자는 말은 들은 척도 하지 않았다. 그녀는 기차를 타기가 다소 불안했으나 기분은 한결 나아졌다. 빅토리아에 도착하니 비가 억수로 쏟아져서 거리로 나갈 수 없었다.

"괜찮아. 여기에서도 볼 게 많은데. 역 안을 돌아다니면서 구경하고 서점에서 책을 좀 사서 가자."

그들이 승강장으로 돌아섰을 때 모니카는 18개월 전 마지막으로 봤을 때와 사뭇 달라지긴 했으나 단번에 알아볼 수 있는 얼굴을 발견했다. 상점에서 함께 일했던 이드 양이었다. 하지만 그녀는 예전과 다른 옷차림이었다. '몹시도 요란한' 싸구려 야회복으로 몸을 휘감았으며 푹 꺼진 뺨을 붉게 물들인 인조 색상이 한눈에 들어왔다. 모니카의 얼굴에 떠오른 민망함은 단순히 놀라서가 아니었다. 상대가 알은척하기를 주저하자 그녀는 그냥 지나치려 했다. 하지만 그것은 허락되지 않았다. 그들이 서로를 지나치는 순간 이드 양이 고개를 숙이며 속삭였다.

"이야기 좀 하고 싶어요—잠시만요."

귓속말을 들은 버지니아가 놀라서 동생을 보았다.

"월워스 로드에서 같이 일하던 사람이야." 모니카가 말했다. "언니 먼저 가. 서점 앞에서 만나."

"하지만, 모니카. 점잖은 사람처럼 보이지—"

"괜찮아. 잠깐이면 돼."

모니카는 이드 양에게 손짓해서 외진 곳으로 불렀다.

"가게는 그만뒀어요?"

"그만뒀다고 할 수 있겠죠. 거의 1년 됐어요. 오래 참지 않을 거라고 했잖아요. 결혼했어요?"

"네."

모니카는 상대가 왜 미심쩍은 눈빛으로 쳐다보는지 이해할 수 없었다.

"그래요?" 이드 양이 물었다. "내가 아는 사람은 아니죠?"

"전혀 모르는 사람이에요."

상대는 불쾌한 소리를 내며 혀를 차더니 멍하니 주위를 두리번거렸다. 그러더니 뜬금없이 그녀는 기차를 타고 오기로 한 오빠를 기다리고 있다고 말했다.

"웨스트엔드에 있는 가게에서 외판원으로 일하고 있어요. 1년에 500파운드를 벌어요. 내가 집을 관리해 주고 있어요. 당연히 오빠가 홀아비이니까요."

모니카는 '당연히'라는 말이 혼란스러웠으나 이드 양 수준으로 교육받은 사람들이 흔히 쓰는 무의미한 표현이란 걸 기억했다. 하지만 그녀의 말에는 신빙성이 없었다. 불쾌한 추측을 할 근거가 이미 충분했다.

"나한테 특별히 할 말이 있나요?"

"불리밴트 씨랑 연락해요?"

그 이름이 연상시키는 시절이 얼마나 까마득한지! 그녀는 상대를 재빨리 힐끔 보았고 또다시 눈빛에서 의심을 감지했다.

"난 월워스 로드를 떠난 이래 그 사람을 본 적도, 소식을 들은 적도 없어요. 아직도 거기서 일하지 않아요?"

"아니요. 당신이 떠나고 얼마 안 가서 그만뒀어요. 그리고 어디에 숨었는지 아무도 몰라요."

"숨었다고요? 무엇 때문에요?"

"그냥 소식이 끊겼다는 뜻이에요. 어쩌면 당신이 그 사람 소식을 알지도 모른다고 생각했어요."

"아뇨, 몰라요. 난 이제 가야 해요. 저기 숙녀분이 기다리고 있어요."

이드 양은 고개를 끄덕였다가 곧바로 마음을 바꾸었고, 뒤돌아서는 모니카를 붙잡았다.

"당신 결혼한 성이 뭔지 말해 줄래요?"

"당신과 관계없어요, 이드 양." 모니카가 딱딱하게 말했다. "이제 가야 해요—"

"말하지 않으면 알아낼 때까지 따라다니겠어. 두고 봐!"

그럭저럭 정중하던 그녀가 너무나도 갑작스럽게 무례해져서 깜짝 놀란 모니카는 멈춰 섰다. 그녀를 노려보는 시선에 적의가 숨김없이 드러났다.

"이게 대체 무슨 뜻이에요? 왜 내 이름을 알고 싶어요?"

여자는 얼굴을 들이밀며 진정한 길거리 목소리로 으르렁댔다.

"말하기 부끄러운 이름인가?"

모니카는 책 판매대를 향해 걷기 시작했다. 언니와 만난 그녀는 여전히 자기에게 꽂혀 있는 이드 양의 시선을 느꼈다.

"책을 한 권 사자." 그녀가 말했다. "그리고 집에 가자. 아무래도 비가 안 그칠 거 같아."

그들은 저렴한 책을 한 권 골랐고, 돌아가는 표를 산 후에 탑승구를 향해 걷기 시작했다. 그들이 안으로 들어가기 직전에 바로 뒤에서 이드 양의 목소리가 들렸다. 간청하는 것처럼 다시 바뀐 그녀의 말투가 월워스 로드에서의 대화를 상기시켰다.

"말해 줘요! 무례하게 굴어서 미안해요. 말하지 않고 그냥 가지 마요."

간청의 이유를 이미 짐작한 모니카는 그 오래되고 가망 없는 열정을 여전히 품고 있는 천박하고 버림받은 여자에게 연민을 느꼈다.

"내 이름은," 그녀가 불쑥 말했다. "위도우선 부인이에요."

"정말이에요?"

"당신의 질문에 답하는 거예요. 내가 어떻게―"

"그럼 그 사람에 대해 정말 아무것도 몰라요?"

"전혀 몰라요."

이드 양은 부루퉁해서 물러났으나 반쯤 의심하는 낌새였다. 모니카가 떠나고 한참 후에도 그녀는 승강장을 서성였다. 그녀의 오라버니는 늦는 모양이었다. 한두 번 그녀는 어쩌면 자신들의 누이를 기다리고 있을지도 모르는 남자들과 이야기를 나누었다. 그중 한 명이 친절하게도 음료를 사주겠다고 제안하자 그녀는 기꺼이 받아들였다. 로더 넌은 그녀를 하나의 부류로 분리하고 곰곰이 고민했을 것이다—간과하면 안 되는 부류의 짝 없는 여자였다.

 이날 이후 모니카는 자주 외출했고, 늘 언니와 함께였다. 그들은 최소한 이틀에 한 번꼴로 집 앞을 서성이는 위도우선을 여러 차례 봤다. 그는 그들에게 접근하지 않았는데, 만일 그랬더라면 모니카는 고집스럽게 입을 다물었을 터였다.
 그에게 마지막으로 편지가 온 지 2주가 지났다. 마침내 또 온 편지에는 이전 편지들과 같은 부탁이 담겨 있었다.
 "당신 큰언니가 런던으로 온다고 들었어요. 당신 자매들이 다 같이 편하게 살 수 있는 집이 있는데 앨리스가 왜 하숙집으로 가야 한단 말이에요? 클리브던으로 이사하라고 다시 부탁할게요. 당신이 원할 때 바로 가구를 옮길 수 있어요. 어떤 식으로도 당신을 괴롭히지 않을 거라고, 편지도 보내지 않겠다고 굳게 약속해요. 내가 일 때문에 런던에 살아야 한다고 사람들에게 말하면 돼요. 언니들을 위해서라도 내 제안을 받아들이길 바라요. 당신과 단둘이 말할 기회가 있다면 버지니아에게 왜 이런 변화가 필요한지 알려줄 수 있어요. 어쩌면 당신도 알아차렸는지 모르겠군요. 답장을 줘요, 모니카. 지난 일에 대해서는 표정으로도, 말로도 암시하지 않을게요. 당신의 현재 끔찍한 상황에 끝을 내고 싶을 뿐이에요. 클리브던 집으로 가요. 부탁이에요."
 버지니아가 런던을 떠나면 좋을 거라고 그가 불길하게 암시한 것이 처음이 아니었다. 모니카는 무슨 뜻인지 전혀 몰랐다. 그녀는 언니에게 편지를 보여 주며 그가 왜 이런 말을 하는지 짐작이 가느냐고 물었다.

"전혀 모르겠어." 버지니아가 떨리는 손으로 편지를 집으며 말했다. "내가 아파 보인다고 생각하나 보지."

그녀는 다른 편지들과 마찬가지로 편지를 태우고 아무런 회신도 보내지 않았다. 클리브던으로 이사하는 것에 대해 버지니아는 갈팡질팡했다. 이따금 그녀는 모니카에게 남편의 제안을 받아들이라고 끈덕지게 졸랐지만, 어떨 때는, 예를 들어 이번에는, 잠자코 있었다. 그러나 앨리스는 무슨 수를 써서라도 모니카를 설득하라고 편지로 당부했다. 매든 양은 새로운 일자리를 찾는 동안 런던 하숙집보다는 아무리 누추하더라도 클리브던에 살고 싶었다. 이번에 그녀가 그만두는 집은 이제껏 일한 어느 집보다 고됐다. 단순히 가정교사로 들어갔던 그녀는 점차 아이들의 유모 노릇도 떠맡았고, 지난 3개월 동안에는 병자를 돌보는 일까지 추가되었다. 일하기 시작한 이래 그녀는 단 하루도 쉬지 못했다. 그녀는 완전히 무너졌으며 비참했다.

하지만 모니카는 꿈쩍도 하지 않았다. 남편이 자기에게 했던 말을 완전히 철회하지 않는 한 그의 지붕 아래 들어갈 수 없다는 것이었다. 그것은 위도우선에게 무리였다. 그는 용서는 하겠지만 마음에도 없는 말로 스스로를 바보로 만들 수는 없다며 거부했다. 아내가 얼마나 심하게 자기를 속였는지는 불확실했지만, 속였다는 것은 증명된 사실이었다. 물론 그는 모니카의 요구가 바풋이라는 이름에 중점을 두었다는 사실을 알 도리가 없었다. '당신과 바풋이 아무 사이가 아니라고 믿어요'라는 말이 위도우선에게는 그녀가 완전히 결백하다는 뜻이나 다름없었다. 그렇지만 모니카는 자신이 한 거짓말과는 별개로 그가 이 점에서만큼은 자신을 믿어야 한다는 비논리적인 관점을 고집했다. 한마디로 그녀는 그가 이해조차 못 하는 수수께끼를 풀기를 바라고 있었다.

앨리스는 침울한 남편과 꾸준히 교신했다. 그녀는 무슨 수를 써서라도 모니카의 비밀을 알아내겠다고 약속했다. 어쩌면 큰언니로서 그녀가 버지니아가 실패한 일을 해낼지도 몰랐다. 버지니아가 비밀스럽게 전한 소식 탓에 그녀는 모니카에 대한 신뢰를 많이 잃었다. 그녀 역시 불행한 동생이 망신을 피하려고 결백을 우기는 것으로 추측했다. 이러한 임무를 앞두고 그녀가 의지할 곳은 종교뿐이었는데, 동생들보다 그녀에게 훨씬 강하게 작용하는 힘이었다.

그녀는 9월 말일에 오기로 예정되었다. 전날 모니카는 8시가 조금 지나서 잠자리에 들었다. 하루 이틀 동안 그녀는 심하게 앓아서 마침내 의사를 불렀다. 동생이 일찍 잠자리에 드는 날이면 버지니아는 자기 침실이 편하다며 그곳으로 갔다.

그 방은 그녀가 코니스비 부인 집에서 쓰던 방보다 훨씬 편했다. 크기도 더 컸고 아주 푹신한 안락의자가 두 개 있었다. 문을 잠근 버지니아는 자연스러운 휴식과 전혀 무관한 어떤 준비에 착수했다. 찬장에서 그녀는 주전자를 꺼내 물을 끓였다. 그리고 좀 더 은밀한 저장소에서 진과 설탕통을 꺼내서 텀블러에 부은 후 숟가락으로 젓고, 자기가 앉을 의자 앞으로 작은 테이블을 옮겼다. 같은 테이블에는 그날 오후 도서관에서 빌려온 소설이 놓여 있었다. 물이 끓는 동안 버지니아는 편한 옷으로 갈아입었다. 그리고 그녀는 진과 끓인 물을 섞고—삼 분의 일로 섞었다—자주 내쉬는 한숨과 함께 자리에 앉아 저녁 시간을 즐기기 시작했다.

 이런 즐거움도 마지막—완전히 마지막이었다. 그녀는 스스로에게 이렇게 다짐했다. 앨리스가 오고 나면 이제껏 모니카에게서 숨긴 것처럼 숨기기 어려울 터였다. 더는 자기 의지를 믿을 수 없는 그녀는 늦게나마 온 속박을 반겼다. 이제는 3~4일 이상 독주에 손을 대지 않아도 대단한 성공이었다. 그러나 의미 없는 성공이었는데, 참는 동안에도 자기가 단지 미루고 있다는 사실을 알았기 때문이었다. 처절한 우울증의 발작이 즉효를 내는 유일한 위안의 품으로 금세 다시 그녀를 데려갔다. 이러한 위안은 단지 구렁텅이로 떨어지는 또 하나의 단계라는 걸 그녀는 알았다. 하지만 그녀는 다시 단단한 지대로 올라갈 용기를 곧 낼 것이다. 모니카를 걱정하느라 속상한 것만 아니었으면 벌써 유혹을 이겨냈을 것이다. 이제 앨리스가 오기로 했으니 용기를 쥐어짤 수밖에 없었다.

 그녀의 술병은 거의 비었다. 그녀는 오늘 밤 다 마셔 버리고 다음 날 아침 언제나처럼 작은 가방에 넣어서 잡화점에 가져갈 것이다. 이런 것들을 얼마나 편리하게 잡화점에서 구할 수 있는지! 처음에 그녀는 기차역의 카페를 애용했다. 아주 가끔 펍에 들어가긴 했지만 지독한 수치심과 함께였다. 집에서 병을 곁에 두고 소설을 무릎에 펼친 채 편하게 마시면 이 악덕과 결부된 가장 끔찍한 창피를 피할 수 있었다. 그러고 나서 그녀는 잠자리에 들었고, 아침에—아, 아침에는 죗값을 치르지만 그녀는 들킬 위험이 있는 행동은 절대 하지 않았다.

 그녀는 브랜디로 시작했다—교육받은 여자 대부분이 그랬다. 브랜디를 한 모금 홀짝일 핑곗거리는 숱했다. 하지만 돈이 너무 많이 들었다. 그녀는 위스키를 마셔 보았으나 입에 맞지 않았다. 마침내 그녀는 진으로 방향을 돌렸는데, 맛도 좋았을뿐더러 저렴했다. 여러 불쾌한 사건들과 관계된 이 술의 이름[44]을 말할 때면 그녀는 여전히 창피했다. 대개 그녀는 필요한 다른 물건들과 함께 적어서 계산대 너머로 건네줬다.

  이날 밤 그녀는 첫 잔을 단숨에 비웠다. 엄청난 갈증이 느껴졌다. 8시 30분경에는 두 번째 잔이 그녀의 팔꿈치 옆에서 부드럽게 김을 내고 있었다. 9시에 그녀는 세 번째 잔을 섞었고, 이제 병이 비었으므로 천천히 마셔야 했다.

  재미있는 소설이었으나 그녀는 자꾸만 딴생각에 빠졌다. 그녀는 오늘 밤의 즐거움이 아주 마지막일 거는 생각에 승리감을 느꼈다. 내일부터 그녀는 새사람이 될 것이다. 그녀는 앨리스와 함께 불쌍한 막내에게 헌신해서 그녀가 다시 떳떳하게 살 수 있기까지 쉬지 않으리라. 그것은 고귀한, 명예로운 일이었다. 이것에 성공하면 그녀의 마음도 안정될 것이다. 얼마 안 가 그들은 다 같이 클리브던에 살 것이다―매우 행복하게. 학교를 설립할 필요는 이제 없으나 그녀는 로더 넌에게 배운 원칙을 토대로 젊은 여성들의 정신을 고양하는 데 매진할 것이다.

  이제 그녀는 펼쳐 놓은 책을 읽을 수 없었다. 책이 무릎에서 떨어졌다. 왜 이것이 우스웠는지 알 수 없었지만, 그녀는 한참을, 눈물에 눈앞이 뿌예질 때까지 웃었다. 이제 잠자리에 들어야 할 것 같았다. 몇 시지? 그녀는 시계를 읽으려 헛되이 노력했고, 도저히

---

44. 18세기 초반 런던에서 값싸고 독한 진이 대량생산되며 특히 노동자 계층에서 알코올중독이 심각한 사회문제로 떠오른 것을 뜻한다.

시간을 읽을 수 없는 어처구니없는 자기 모습에 또 웃었다. 그때— 누가 문을 두드리지 않았나? 그랬다. 또다시 두드렸다. 누군가 그녀의 이름을 불렀다. 그녀는 의자에서 일어나려고 애썼다.

"매든 양!" 집주인의 목소리였다. "매든 양! 자요?"

버지니아는 가까스로 문까지 갔다.

"무슨 일이에요?"

다른 목소리가 말했다.

"나야, 버지니아. 좀 일찍 왔어. 문 열어 줘."

"앨리스 언니? 안 돼—아래층에서 기다려."

아직 상황을 이해할 정신은 있던 그녀는 자신의 상태를 들키지 않고 똑바로 말할 수 있다고 믿었다. 테이블 위의 물건들은 당장 치워야 했다. 그녀는 치우려다가 잔을 넘어뜨리고 빈 병을 바닥에 떨어뜨렸다. 하지만 술병과 잔과 주전자는 금세 자취를 감췄다. 그녀가 미처 못 본 설탕통은 그대로 있었다.

그리고 그녀는 문을 열고 비틀거리며 복도로 나갔다.

"앨리스 언니!" 그녀가 크게 불렀다.

곧바로 두 자매가 모니카의 침실에서 나왔다. 모니카도 옷을 반쯤 입고 있었다.

"왜 오늘 밤에 왔어?" 버지니아는 자신의 귀에는 지극히 정상적으로 들리는 목소리로 말했다.

그녀는 몸에 중심을 잡을 수 없어서 벽에 기대어 서야 했다. 방에서 흘러나오는 불빛이 그녀를 비추었고, 그녀에게 입을 맞추러 다가왔던 앨리스는 아주 이상한 것을 보기만 한 것이 아니라 냄새도 맡았다. 침실에서 풍겨 나오는 냄새와 버지니아의 입에서 나는 냄새가 문이 늦게 열린 이유를 소명했다.

충격을 받은 앨리스가 우두커니 서 있는 동안 모니카는 버지니아의 일상의 많은 부분을 설명하는 깨달음을 얻었다. 동시에 그녀는 위도우선의 편지에 담긴 묘한 암시를 이해했다.

"방으로 들어가." 그녀가 불쑥 말했다. "들어가, 버지니아 언니."

"도저히 이해할 수 없어―왜 앨리스 언니가 오늘 온 거야―지금 몇 시야?"

모니카는 휘청거리는 여자의 팔을 붙잡고 복도에서 끌어냈다. 이제 혼자 서기도 힘든 버지니아에게 차가운 공기가 자연스러운 효력을 발휘했다.

"아, 버지!" 문이 닫히자 맏언니가 외쳤다. "무슨 일이니? 이게 무슨 뜻이야?"

모니카와 상봉하고 벌써 눈물을 보였던 그녀는 이제 괴로움을 못 이기고 흐느끼며 한탄했다.

"무슨 짓을 한 거야, 버지니아 언니?" 모니카가 엄격하게 물었다.

"뭘 하다니? 조금 어지러웠어―놀랐어―예상하지 못했어―"

"당장 앉아. 정말 역겨워! 이걸 봐, 앨리스 언니." 그녀는 테이블에 놓인 설탕통을 가리켰고 방 안을 휙 둘러보더니 찬장을 벌컥 열었다. "이럴 줄 알았어. 이거 봐, 언니. 어떻게 내가 여태 몰랐지! 오랫동안 이렇게 산 거야―아, 아주 오랫동안. 내가 결혼하기 전에 코니스비 부인 집에서부터. 술 냄새를 맡은 적 있어―"

버지니아가 일어나려고 버둥댔다.

"무슨 소리야?" 그녀의 놀라고 황망한 표정이 분노로 바뀌었고, 그녀는 쉰 목소리로 외쳤다. "어지러울 때만 마시는 거야. ―내가 술을 마시는 거 같아? ―앨리스 언니는 어딨어? 여기 있지 않았어?"

"아, 버지! 이게 대체 무슨 뜻이니? 어떻게 이럴 수가 있어?"

"당장 침대로 가, 버지니아 언니." 모니카가 말했다. "언니가 창피해. 앨리스 언니, 먼저 내 방으로 가. 내가 재울게."

결국 그녀는 해냈다. 엄청나게 애쓴 끝에 그녀는 버지니아가 옷을 갈아입고 침대에 눕도록 타일렀다. 그러는 동안 버지니아는 자기가 말짱하며 아무 도움도 필요 없다고 우겼고, 자기에게 가해진 모욕을 이해하지 못했다.

"조용히 누워서 자." 모니카의 경멸이 담긴 마지막 한마디였다.

그녀는 램프를 끄고 자기 방으로 돌아갔다. 앨리스는 아직도 울고 있었다. 그녀가 예정보다 일찍 오게 된 경위는 이미 모니카에게 설명했다. 고용인의 집에 갑작스레 손님이 오는 바람에 그들은 매든 양더러 마지막 날 밤에 하인의 방에서 자라고 했고, 하루빨리 떠나고 싶던 앨리스는 즉시 그 집을 떠나는 편을 택했다. 원래는 그녀가 버지니아의 방을 쓰기로 했었지만 이날 밤은 좋은 생각이 아닌 듯했다.

"내일," 모니카가 말했다. "우리가 진지하게 이야기를 해야겠어. 매일 밤 이렇게 마셨던 것 같아. 아침에 일어났을 때 왜 그렇게 보였는지 이제 알겠어. 이렇게 창피한 일이 또 있을까?"

하지만 앨리스는 길 잃은 여자를 딱하게 여겼다.

"버지니아가 어떻게 살았는지 생각해야 해. 안타깝게도 외로움은 너무나도 자주―"

"외롭게 살 필요 없었어. 헌힐에 와서 같이 살자는 초대도 거절했어. 이제 이유를 알겠네. 코니스비 부인도 알았을 거야. 나한테 알려 주셨어야 했는데. 어떻게 알아냈는지는 몰라도 위도우선 씨도 아는 것 같아."

그녀는 이렇게 생각하는 까닭을 설명했다.

"이것이 어떤 결론으로 이어지는지 너도 알겠지." 매든 양이 여드름이 나고 푹 꺼진 뺨을 닦으며 말했다. "남편이 말한 대로 해, 모니카. 우리는 클리브던으로 가야 해. 그럼 불쌍한 버지니아도 유혹에서 멀어질 거야."

"언니들은 가도 돼."

"너도, 모니카. 사랑하는 동생아, 그게 네 의무야."

"나한테 그 단어 쓰지 마!" 모니카가 화를 내며 외쳤다. "내 의무가 아니야. 여자에게는 자기가 싫어하는 남자와 살 의무 따위 없어―사는 척을 할 의무도 없다고."

"하지만―"

"제발 오늘 이러지 마, 앨리스 언니. 하루 종일 아팠는데 이제 머리가 또 지끈거려. 아래층으로 가서 사람들이 차려놓은 밥을 먹어."

"한 입도 못 먹을 거 같아." 매든 양이 흐느꼈다. "모든 게 너무 두려워! 인생은 너무 힘들어!"

모니카는 침대로 올라가서 얼굴을 반쯤 가리고 누웠다.

"먹기 싫으면," 잠시 후 그녀가 말했다. "내려가서 말해. 사람들이 안 기다리게."

앨리스는 복종했다. 그녀가 다시 올라오니 동생은 잠들었거나 잠든 시늉을 하고 있었다. 짐을 위층으로 가져오는 소리에도 그녀는 움직이지 않았다. 절망감에 잠겨 앉아 있던 매든 양은 상자 하나를 열어 그녀가 밤마다 읽는 습관이 든 성경책을 꺼냈다. 그녀는 30분 정도 성경을 읽은 후 두 손으로 얼굴을 가리고 조용히 기도했다. 황폐하고 비참한 삶에서 이것이 그녀의 피난처였다.

29장. 고백과 조언

자매는 동틀 녘까지 한마디도 나누지 않았지만 두 사람 다 뜬눈으로 누워 있었다. 모니카가 먼저 잠들었다. 한 시간 정도 선잠이 들었던 그녀는 악몽에 시달리다 깼고 다시 한번 근심의 무게에 짓눌렸다. 심신이 지쳐 있지만 쉴 수 없는 이의 영혼에게 휘휘한 적막과 비밀스러운 움직임으로 이루어진 밤은 기이하고 두려운 거처이며, 이렇게 밤을 지새우다 짧고 어지러운 잠에서 깨어나는 것은 인간의 인내력을 무자비하게 시험한다. 피는 느릿느릿 흐르지만 갑작스럽게 떨리면서 혈관이 싸늘해지고 순간적으로 심장이 옥죄여 온다. 목적의식은 힘을 잃고 의지는 불순해지며 과거에는 후회의 그림자가 드리워 있는데, 그래도 살아야만 하는 삶은 절망적인 무덤으로 향하는 무시무시하고 가파른 길이다. 모니카는 이런 기분을 한 잔 가득 들이마셨다.

죽음의 공포가 그녀를 에워쌌다. 밤마다 그녀는 이 두려움에 시달렸다. 낮에는 자포자기한 심정으로 죽음을 달리 탈출구가 없는 고통에서 벗어나는 안식처로 여겼다. 그러나 고요한 어둠의 시간에는 공포로 몸을 떨었다. 이성적으로 생각할 수 없었다. 그러려고 하는 노력 자체가 범죄적으로 느껴졌다. 지적 자유의 숨결이 스치며 변모하기는 했으나 한 번도 떠난 적 없는 예전 신앙심이 다시 전력을 발휘했다. 그녀는 스스로를 죄지은 여인으로, 진실의 눈으로 보아도 남편이 의심한 여자와 진배없는 죄인으로 생각했다. 고집스럽게 뉘우치지 않는 죄인, 직접적인 거짓말과 마찬가지로 악한 모호하고 혐오스러운 침묵으로 자기를 방어하고 있는 죄인. 그녀의 영혼은 발가벗은 채 떨었다.

그녀가 어떻게 구원받을 수 있을까? 어떻게 하면 영적 건강을 되찾을 수 있을까? 그녀는 아이의 아버지를 억지로라도 사랑할 수 없었다. 그에 대한 거부감이 자연을 거스르는 죄처럼 느껴졌지만, 이것이 왜 그녀의 책임이란 말인가? 그에게 고백하고 용서를 구하면 도움이 될까? 언젠가는 고백해야 할 터였다. 아이를 위해서라도. 하지만 고백해도 그녀의 마음이 평화로워지지는 않을 것이다. 그녀의 남편만큼 그녀에게 위안이나 힘이 되지 못할 사람은 없었다. 그녀는 그의 용서에 무관심했으며 그의 사랑은 거부했다. 그녀를 이해할 거라고 확신할 수 있는 사람에게 속내를 터놓을 수만 있다면—

언니들에게는 그녀를 도울 공감적 지력이 없었다. 버지니아는 그녀보다도 더 심약했고, 앨리스는 구슬프고 진부한 이야기들, 어쩌면 자기 자신에게는 도움이 되는지 모르겠으나 다른 사람의 고민에는 무용한 이야기만 했다. 그녀가 친구라고 부르는 몇몇 사람 중에 강한 여자가 한 명 있었다—현명하고, 어쩌면 영혼 대 영혼으로 대화를 나눌 수 있는. 그러나 불운한 우연으로 그녀는 의도치 않게 이 여자를 모욕했다. 로더 넌이 바풋에게 마음을 주었는지와 무관하게 그녀가 분노한 것은 확실했다. 버지니아에게 보인 냉담한 태도가 증거였다. 위도우선이 퍼뜨린 추문 탓에 그녀가 꿈꾸던 행복이 산산이 조각났을지도 몰랐다. 그녀는 어떻게 해서든 로더 넌에게 배상해야 했다. 그리고 그녀에게 진실을 털어놓으면 어떤 위안이나 가르침을 받을 수 있지 않을까?

두려움에 몸서리치는 밤이면 모니카는 단지 마음을 비우기 위해서라도 이렇게 할 수 있을 것처럼 느꼈다. 하지만 날이 밝으면 결심이 눈 녹듯 사라졌다. 수치심과 자존심이 다시금 그녀의 입을 막았다.

이날 아침 그녀는 새로운 문제를 고민해야 했다. 버지니아는 방에 틀어박혀 있었고 아무도 보려고 하지 않았다. 나지막한 간청에 그녀는 무의미하거나 혹은 모든 것을 의미하는 짧막하고 애매한 대답만 했다. 나머지 자매는 비가 추적추적 내리는 창밖의 하늘과 너무나도 잘 어울리는 음울한 분위기에서 아침 식사를 했다. 정오가 되어서야 앨리스는 죄스러워하는 동생과 이야기를 나눌 수 있었다. 그들은 한 시간 넘게 단둘이 이야기했고, 마침내 맏언니가 빨갛게 부은 눈으로 나왔다.

"오늘은 그냥 혼자 있도록 두는 게 좋겠어." 그녀가 모니카에게 말했다. "아무것도 먹으려고 하지 않아. 아, 얼마나 괴로워하는지! 내가 좀 더 일찍 알았더라면!"

"오랫동안 그랬대?"

"코니스비 부인 집에 들어가고 얼마 지나지 않아서 시작되었대. 내게 전부 털어놓았어—불쌍한 버지니아! 이제라도 끊을 수 있을지 누가 알겠니! 절대 금주를 맹세한다고 해서 그렇게 하라고 했어. 어쩌면 도움이 될지도 모르잖니?"

"어쩌면—잘 모르겠어."

"하지만 난 버지니아가 런던을 떠나지 않으면 끊기 힘들 거라고 봐. 버지니아도 새로운 곳에서 새롭게 삶을 시작해야만 힘이 날 것 같대. 모니카, 버지니아는 코니스비 부인 집에 살 때 술을 사려고 밥을 굶었어. 매일 딱딱하게 굳은 빵만 먹고 산 거야."

"물론 그래서 더 힘들어졌겠지. 도움이 간절했을 거야."

"맞아. 그리고 네 남편도 알아. 저런 상태였을 때 한 번 찾아왔었대—네가 없었을 때—"

모니카는 무뚝뚝하게 고개를 끄덕이고 시선을 피했다.

"버지니아의 삶은 너무나도 건강하지 않았어. 마음이 약해지고 예전의 관심사를 전부 잃었어. 날마다 소설만 읽잖아."

"나도 눈치챘어."

"모니카, 우리가 버지니아를 어떻게 도울 수 있을까? 불쌍한 버지니아를 위해서 네가 희생할 수 없니? 내가 널 설득할 수 있을까? 지금 네 상황이 버지니아에게 나쁜 영향을 끼치고 있어. 이제 알겠어. 너를 너무 걱정하고 근심을 잊으려고—너도 어떤지 알지."

이날도, 그다음 날도 모니카는 이런 간청에 귀 기울이지 않았다. 하지만 끝내 그녀의 언니가 이겼다. 어느 늦은 저녁이었다. 버지니아는 잠자리에 들었고, 두 자매는 아무것도 하지 않고 앉아 있었다. 몇 번이나 말하려고 헛된 시도를 한 매든 양이 앞으로 몸을 기울이고 심각한 목소리로 조용히 말했다.

"모니카—넌 우리 모두를 속이고 있어. 넌 잘못을 저질렀어."

"왜 그렇게 생각해?"

"알아. 너를 지켜봤어. 네가 생각에 잠길 때면 티가 나."

모니카는 미간에 주름을 잡고 입술을 반항적으로 꾹 다물었다.

"예전의 네 다정한 모습이 전부 사라졌어. 죄책감만이 사람을 그렇게 만들 수 있어. 넌 네 언니가 어떻게 되든 관심도 없어. 죄책감에서 우러나오는 두려움이나 못된 자존심만이 너로 하여금 우리 부탁을 거절하게 만들 수 있어. 너는 남편이 네 상태를 알게 될까 봐 두려운 거지."

앨리스는 모니카가 잘못했다고 진심으로 믿었기 때문에 이렇게 말할 수 있었다. 그녀는 이 확신을 도저히 떨칠 수 없었다. 가슴 아린 고통에 그녀의 목소리가 떨렸다.

"마지막 말은 사실이야." 한동안 침묵이 흐른 후에 동생이 말했다.

"고백하는 거야? 아, 모니카—"

"언니가 생각하는 고백이 아니야." 동생이 전에 없이 침착하게 말했다. "그 점에서는 난 잘못하지 않았어—그 사람이 나를 절대 안 믿을 게 뻔하니까 알리기 두려운 거야. 모든 사람이 믿을 증거가 있지만, 이걸 보여 줘도 그 사람은 믿지 않을 거야. 그를 설득할 수는 없어—그 사람이 이걸 알게 되면—"

"네가 정말 결백하다면 그걸 두려워하지 않을 거야."

"내 말을 들어, 언니. 내가 정말 잘못했다면 난 그 사람 도움을 받으면서 여기에 살지 않을 거야. 난 내 상태를 알았기 때문에 승낙했어. 아이가 아니었으면 한 푼도 받지 않았을 거야. 나 혼자 일할 수 있을 때까지 내 돈으로 버텼을 거라고. 이 말을 믿지 않는다면 언니는 나를 정말 모르는 거야. 언니가 내 표정을 보고 눈치챘다는 말은 다 헛소리야."

"난 정말 너를 믿고 싶어!" 매든 양이 그녀처럼 섬약하고 무력한 사람에게 드문 격렬한 어조로 말했다.

"언니는 내가 남편한테 거짓말했다는 걸 알아." 모니카가 말했다.

"그 이유 하나로 날 못 믿는 거야. 내가 거짓말한 건 사실이야. 그건 부인할 수 없고 부끄러워. 하지만 난 부정직한 여자가 아니야―그건 당당하게 말할 수 있어. 난 거짓되기보다는 진실하기를 원하고, 그렇지 않았더라면 집을 나오지도 않았을 거야. 부정직한 여자였다면 내 상황에서―언니는 그런 사람들을 몰라―남편을 살살 꼬드겨서 용서를 받았을 거야―내 남편 같은 남자라면 가능했을 테니까. 그게 자기에게 가장 유리한 길이라고 계산했을 거야. 난 더는 아무 애정도 느껴지지 않는 남자와 살 수 없어서 그를 떠난 거야. 그 사람을 멀리하는 건 정직한 행동이야. 하지만 좀 전에 말했듯이 난 그 사람이 내 상태를 아는 게 두려워. 때가 왔을 때―그 사람이 믿기를 바라―"

그녀는 말을 멈췄다.

"모니카, 그럼 네가 숨기고 있는 걸 그에게 말해야 해. 진실이라면 고백하기 아주 힘들지는 않을 거야."

"언니, 난 동의할 의향이 있어―내가 부르기 전까지는 남편이 클리브던 근처에도 안 온다고 약속하면 언니들이랑 거기 가서 살게."

"그 사람이 그렇게 한다고 약속했어, 달링." 매든 양이 기뻐하며 외쳤다.

"나한테는 안 했어. 일단은 자기가 런던에서 살겠다고 했지. 그 말은 자기가 원하면 언제든지, 언니나 버지니아 언니랑 의논하기 위해서라도 클리브던에 오겠다는 말이야. 하지만 내가 허락하기 전까지는 얼씬도 안 한다고 맹세해야 해. 만약 그렇게 약속하고 지키면 1년 안에 진실을 알려 준다고 맹세할게. 내가 죽건 살건, 그 사람은 1년 안에 모든 걸 알게 될 거야."

잠자리에 들기 전 앨리스는 위도우선에게 몇 줄 써서 최대한 빨리 만나고 싶다고 알렸다. 그에게 편리한 시간을 알려주면 그녀가 집으로 찾아가겠다. 다음 날 오후 답장이 와서 그날 저녁 매든 양이 헌힐로 갔다. 그곳에서 오간 대화의 결과로, 마침내 오랫동안 숙고되었던 클리브던으로의 이사가 하루 이틀 후 진행되기 시작했다. 위도우선은 지금 사는 동네에서 하숙집을 구했다. 그는 아내의 허락 없이는 서머싯의 경계를 넘지 않겠다고 약속했다.

이사가 결정되자마자 모니카는 미스 넌에게 편지를 보냈다. 짧고 겸손한 편지였다. "전 런던을 떠날 예정인데 가기 전에 꼭 한번 만나고 싶어요. 단둘이 이야기할 수 있는 시간에 찾아가도 괜찮을까요? 당신에게 꼭 할 이야기가 있는데 편지로는 말할 수 없어요." 다음 날 심지어 더 짧은 답장이 왔다. 미스 넌이 그 날이나 다음 날 저녁 8시 30분에 집에서 기다리겠다고 했다.

모니카가 저녁에 외출하겠다는 말에 언니들은 불안해했다. 로더넌을 찾아간다는 말에 다소 안심하기는 했으나 앨리스가 동행하게 해달라고 부탁했다.

"괜한 짓이야." 모니카가 말했다. "내가 어디를 가든 미행하는 사람이 있을 가능성이 커. 내가 정말로 바풋 선생님의 집에 갔다고 언니들이 다짐할 필요 없어."

그래도 그들이 반대하자 그녀의 비아냥은 분노로 변했다.

"그 사람이 사설탐정을 고용할 비용을 언니들이 아껴 주겠다고 약속이라도 했어? 내게서 눈을 떼지 않겠다고?"

"그런 적 없어." 앨리스가 말했다.

"나도 아니야." 버지니아가 말했다. "그 사람이 부탁한 적도 없어."

"그럼 누가 나를 미행할 거라고 확신해도 좋아. 그 딱한 사람들에게도 할 일을 줘야지. 난 혼자 갈 거니까 언니들은 아무 말도 하지 마."

그녀는 요크 로드 스테이션까지 기차를 탔고, 저녁 날씨가 청쾌했으므로 그곳에서 첼시까지 걸어갔다. 자유 비슷한 느낌과 더불어 용감하게 결단을 내렸다는 만족감에 기분이 한결 나아졌다. 그녀는 사설탐정이 자기를 미행하고 있기를 바랐다. 그 쓸데없는 추적을 경멸하며 만족감을 느꼈다. 약속한 시각보다 일찍 가지 않기 위해서 그녀는 첼시 임뱅크먼트를 거닐었고, 관습에 어긋나는 행동을 한다는 생각에 즐거웠다. 그녀의 가슴속에서는 반항심과 의혹이 묘하게 소용돌이쳤다. 그녀는 로더에게 고백하기로 작정했다. 하지만 그것이 과연 도움이 될까? 로더가 그녀의 동기를 고맙게 생각할 정도로 아량이 넓을까? 크게 상관없었다. 그녀는 엄청난 수치를 감수하면서도 의무를 다하기로 했고, 이렇게 용기를 냈다는 자부심만으로도 다가올 괴로움에 맞설 힘이 솟아날지도 몰랐다.

미스 바풋의 문 앞에 서자 용기가 사그라졌다. 문을 연 하녀에게 그녀는 미스 넌의 이름밖에 말할 수 없었다. 다행히도 이미 지시를 받은 하녀가 곧바로 그녀를 서재로 안내했다. 여기서 그녀는 5분 가까이 기다렸다. 로더가 일부러 늦는 걸까? 마침내 들어온 그녀의 얼굴을 보자 그랬을 가능성이 커 보였다. 그녀의 태도에서 불쾌한 오만뿐 아니라 차가운 위엄이 느껴졌다. 그녀는 손을 내밀지 않았고 손님에게 앉으라는 권유 이상의 예의는 갖추지 않았다.

"전 떠나기로 했어요." 긴 침묵에 떠밀린 모니카가 말했다.

"그래요. 편지에서 그렇게 말했죠."

"제가 왜 왔는지 모르시는 것 같군요."

"날 만나고 싶다는 말밖에 안 했으니까요."

그들의 시선이 부딪쳤고, 모니카는 자신이 머리부터 발끝까지 관찰당하고 있다고 느꼈다. 그녀는 도저히 해낼 수 없는 일을 떠맡은 기분이었다. 짧게 대화할 말을 지어내고 어둠 속으로 도망가고 싶었다. 하지만 미스 넌이 말했다.

"나한테 할 부탁이라도 있어요?"

"네, 어쩌면요. 하지만―말하기가 너무 어려워서―"

로더는 도와주지 않았고 흥미를 표하지도 않았다.

"제게 왜 이렇게 냉정한지 말해 주시겠어요?"

"위도우선 부인, 그게 설명이 필요할까요?"

"그렇다면 위도우선 씨가 한 말을 전부 믿어요?"

"위도우선 씨는 내게 아무말도 하지 않았어요. 하지만 난 당신 언니를 만났고, 그때 들은 이야기에는 의심의 여지가 없는 것 같군요."

"언니는 당신한테 진실을 말하지 않았어요. 언니는 모르니까요."

"하지만 내게 거짓말을 한 것 같지는 않아요."

"언니가 뭐라고 했죠? 내가 그 정도는 물어볼 수 있겠죠."

로더는 그렇게 생각하지 않는 듯했다. 그녀는 가장 가까이 있던 책장으로 시선을 돌리고 잠시 생각했다.

"당신 사생활은 나와 상관없어요, 위도우선 부인." 그녀가 마침내 말했다. "내 의지와 무관하게 내 귀에 들려 온 이야기이고 어쩌면 내가 옳지 않은 관점에서 생각하고 있는지도 몰라요. 당신이 부당한 의심에서 스스로를 변호하러 온 게 아니라면 우리가 이 얘기를 해서 무슨 소용이 있겠어요?"

"바로 그걸 하러 온 거예요."

"그렇다면 이야기를 들어 줄게요."

"내 이름이 바풋 씨의 이름과 연관되었어요. 그건 옳지 않아요. 오해예요."

모니카는 생각을 정리할 수 없었다. 로더에게 미움받고 싶지 않아 조급한 마음에 그녀는 머릿속에 떠오른 첫마디를 내뱉었다.

"베이스워터에 간 날 난 바풋 씨를 만날 생각이 전혀 없었어요. 딴 사람을 만나러 간 거예요."

청자는 조금 더 주의를 기울였다. 그녀는 모니카의 표정과 말에 배어 있는 진심을 안 느낄 수 없었다.

"바풋 씨와," 그녀가 차갑게 물었다. "같이 사는 사람이에요?"

"아뇨. 같은 건물에 사는 사람이에요. 아파트 다른 층에요. 바풋 씨 집에 노크했을 때 나는 대답이 없을 걸 알았어요—아니 확신했어요. 바풋 씨가 그날—컴벌랜드에 가는 걸 알았으니까요."

로더는 모니카의 얼굴을 뚫어지게 관찰했다.

"컴벌랜드에 가는 걸 알았다고요?" 그녀가 느릿느릿, 신중하게 말했다.

"내게 말해 줬어요. 전날 우연히 마주쳤거든요."

"어디에서요?"

"그분 아파트 근처에서요." 모니카가 얼굴을 붉히며 말했다. "그분은 아파트에서 막 나오던 참이었어요—나오는 걸 내가 봤어요. 그날 오후에 난 약속이 있었는데, 그분과 잠시 함께 걸었어요. 왜냐하면—"

그녀는 차마 말을 잇지 못했다. 그녀는 로더가 다시 의심하고 있다는 걸, 자기가 거짓말을 지어내고 있다고 생각하는 걸 감지했다. 넌 양이 혐오스럽다는 듯이 말하며 무거운 침묵을 깨뜨렸다.

"나한테 털어놓으라고 부탁한 적 없어요."

"아니죠—하지만 이런 말을 하는 게 얼마나 힘든지 당신이 상상할 수 있다면—난 수치를 모르는 사람이 아니에요. 여기에 와서 당신에게 이야기하기까지 정말 괴로웠어요. 당신이 좀 더 인간적이라면—당신이 믿어 주려고 한다면—"

이 말에서 스며 나온 격앙된 감정이 로더의 마음에 와닿았다. 자기 의지와 달리 그녀는 이 여성스러운 고통에 마음이 약해졌다.

"여기 왜 왔어요? 나한테 이런 이야기를 왜 하는 거예요?"

"나만 잘못된 의심을 받고 있지 않으니까요. 나와 바풋 씨가—우리가 절대 이상한 관계가 아니라고 당신에게 말해야 할 것 같았어요. 그분이 뭐라고 했죠? 위도우선 씨의 혐의를 어떻게 받아들였죠?"

"그냥 부정했어요."

"그분이 나한테 물어보려고 하지 않았어요?"

"모르겠어요. 그렇게 하고 싶다는 말은 못 들었어요. 당신이 왜 바풋 씨를 변호하려고 하는지 모르겠군요. 자기 명예를 지키는 건 그 사람 몫이에요."

"그렇게 하셨나요?" 모니카가 열렬히 물었다. "그분이 부인했을 때 믿어 주었어요?"

"내가 그 사람을 믿고 말고가 무슨 상관이죠?"

"그분에게 무척 중요했을 테니까요."

"바풋 씨한테요? 왜요?"

"당신에게 좋은 사람으로 보이고 싶다고 내게 말했어요. 우리는 만나서 그런 이야기를 했어요. 그분이 왜 내게 털어놓았는지는 몰라요. 우리가 처음 기차를 같이 타고 갔을 때—둘 다 이 집을 방문하고 나서 우연히 같은 기차에 탔을 때 처음으로 그런 이야기를 하셨어요. 당신에 대해서 많이 물어보고 마침내—자기가 당신을 사랑한다고—어쨌든 그런 뜻을 암시했어요."

로더가 시선을 떨구었다.

"그 후에," 모니카가 말을 이었다. "몇 번 당신 이야기를 했어요. 그분 아파트 근처에서 만난 날도 그랬고요—아까 내가 말한 것처럼요. 당신을 만나고 싶어서 컴벌랜드로 간다고 이야기했어요. 전 그분이 당신한테—"

넌 양의 얼굴에 생긴 갑작스럽고 놀라운 변화에 모니카는 말을 멈췄다. 혹독하게 경멸하는 표정 대신 미소가 번졌는데, 과연 엄격했지만 환희의 미소였다. 그녀의 얼굴에 핏기가 돌았고 입술은 부드럽게 긴장을 풀었으며 그녀는 좀 더 친밀하게 이야기하고 싶다는 듯이 자세를 바꿔 앉았다.

"우리 사이는 그게 전부였어요." 모니카가 열심히 말했다. "나와 바풋 씨의 대화는 오직 당신에 대한 거였어요. 난 그분이 소망을 이루길 바랐어요. 혹시 당신이 내 남편 말을 믿었을까 봐 여기 온 거예요—그 사람 말을 믿었다는 걸 이제 알겠어요."

로더는 이 모든 게 감쪽같은 연기라고 생각하지는 않았으나 설명이 성에 차지 않는다는 기색을 내비쳤다. 가장 중요한 질문을 먼저 하기 싫었던 그녀는 조금 전까지의 냉랭함은 완전히 사라진 심각한 표정으로 위도우선 부인의 다음 말을 기다렸다. 그러나 몹시 괴로워하며 호소하는 듯한 모니카의 표정에 그녀는 입을 열 수밖에 없었다.

"당신이 이런 일을 떠맡게 되어서 유감이군요—"

모니카는 그녀를 계속 바라보다가 마침내 중얼거렸다.

"내가 조금이라도 도움이 되었다고 느낄 수 있다면—"

"하지만," 로더가 뚫어지게 쳐다보며 물었다. "당신이 한 말을 나만 알기를 바라나요?"

"당신에게만 하는 이야기예요. 당신이 바풋 씨에게 알릴 수 있으면—이제는 아무런 의심도—"

냉철한 깨달음이 로더의 눈에서 번뜩였다.

"그럼 그 후에 그 사람을 봤어요?" 그녀가 돌연 직접적으로 물었다.

"아뇨."

"당신에게 편지를 보냈나요?" -여전히 같은 목소리로.

"아니요. 안 보냈어요. 바풋 씨는 내게 편지를 보낸 적 없어요. 난 그분에 대해 아무것도 몰라요. 당신에게 설명해 주라고 부탁한 사람 없어요—그렇게 생각하지 말아요. 내가 당신에게 말한 건 아무도 몰라요."

로더는 그녀의 확언을 얼마만큼 믿어야 할지 또다시 갈등했다.

모니카는 그녀의 표정을 이해했다.

"기왕 이렇게 많이 말한 거 전부 말하는 게 낫겠군요. 이만큼 말하고도 당신이 날 믿는다는 확신 없이 떠나야 하면 정말 괴로울 거예요."

인간적인 마음에 로더는 이제 의심하지 않는다고 말하고 싶었다. 하지만 말할 수 없었다. 억지로, 거짓으로 하는 말이라는 게 훤히 보일 것이다. 타인에게 창피를 주는 것이 창피했던 그녀는 고개를 떨구었다. 이미 그녀는 대답할 때를 놓쳤다.

"전부 말할게요." 모니카가 떨리는 목소리로 조용히 말했다. "아무도 나를 믿지 않아도 당신은 믿을 거예요. 난 사람들이 말하는 그런 짓을 하지—"

"아니—난 들을 수 없어." 모니카의 목소리에 크게 마음이 움직인 로더가 말했다. "말 안 해도 널 믿을게."

모니카가 울음을 터뜨렸다. 마지막 말을 하느라 쥐어짠 용기가 그녀의 진을 빼놓았다.

"그만 이야기해도 괜찮아." 로더가 친절하게 말하려고 노력하며 위로했다. "넌 할 수 있는 전부를 했어. 나를 위해 여기 와줘서 고마워."

모니카는 마음을 다잡았다.

"내 이야기를 들어 줄래요, 미스 넌? 친구로서 들어 주겠어요? 오해를 풀고 싶어요. 아무한테도 말하지 않았어요. 당신이 들어 주면 내 마음이 한결 편할 거 같아요. 남편도 곧 전부 알게 될 거예요—하지만 난 그때 살아 있지 않을지도—"

미스 넌의 표정이 그녀가 전부 이해한다고 암시했다. 버지니아의 다짐과는 달리, 어쩌면 그녀가 하지 않기로 한 말을 했을지도 몰랐다.

"왜 나한테 말하고 싶은 거니?" 로더가 불편해하며 물었다.

"당신은 아주 강하니까요. 내게 도움이 되는 말을 해줄 수 있을 거예요. 내가 입에 담기 부끄러운 죄를 저질렀다고 생각하는 거 알아요. 그건 사실이 아니에요. 사실이었다면 난 남편의 집에 들어가기로 동의하지 않았을 거예요."

"남편에게 돌아가기로 했니?"

"그 얘기를 안 했다는 걸 잊었네요."

그리고 모니카는 그들이 내린 결정을 전했다. 그녀가 남편에게 고백하기 전에 필요한 시간을 말하자 이번에도 미스 넌은 이해하는 것 같았다.

"그 사람 도움을 받기로 한 이유가 있어요." 모니카가 말을 이었다. "그 사람이 의심하는 죄를 내가 지었다면 난 아내 행세를 하고 사느니 차라리 자살하겠어요. 그 사람이 탐정을 고용해서 나를 미행한 날, 난 내 결혼이 완전히 끝장났다고 믿었어요. 필요한 물건을 가지러 가는 것이 아니면 집에 돌아가지도 않으려고 했고요—바풋 씨와 같은 건물에 사는 사람이에요. 당신도 만난 적이 있어요—"

그녀는 잠시 눈을 들었고, 상대와 눈이 마주쳤다. 로더는 입 밖으로 나오지 않은 이름을 즉각 알아차렸다. 모든 것이 분명해졌다.

"그 사람은 영국을 떠났어요." 모니카가 서둘러, 하지만 또렷하게 말했다. "원래 난 그 사람과 함께 떠날 작정이었어요. 하지만—불가능했어요. 난 그 사람을 사랑했어요—아니면 사랑한다고 생각했어요. 하지만 난 남편을 떠나기로 결심한 것 말고는 아무런 잘못도 하지 않았어요. 날 믿어요?"

"그래, 모니카. 널 믿어."

"조금이라도 의심이 되면 그 사람이 프랑스에서 보낸 편지를 보여 줄 수 있어요. 그게 증명할 거예요―"

"널 완전히 믿어."

"하지만 더 이야기할게요. 어떻게 오해가 생겼는지―"

그녀는 그 치명적인 토요일 오후의 사건을 빠르게 말했다. 이야기가 끝날 무렵 다시금 감정에 북받친 그녀는 눈물을 흘리고 더듬거리며 이해해 달라고 간청했다.

"미스 넌, 내가 어떻게 해야 할까요? 그때까지 어떻게 살죠? 얼마 안 남은 걸 알아요. 내 비참한 삶은 이제 곧 끝날 거예요―"

"모니카. 네가 기억해야 할 게 있어."

로더의 목소리는 단호하지만 부드러웠다―그녀의 예상과 전혀 다른 목소리였고―모니카는 감사하는 마음으로 올려다봤다.

"말해 줘요―어떻게라도 도와줘요."

"넌 지금 인생이 너무 비참하게 느껴져서 좌절했지. 하지만 앞날에 희망이 있는 것처럼 살아야 할 의무가 있지 않을까?"

모니카는 긴가민가한 표정으로 쳐다봤다.

"그러니까―" 그녀가 말을 멈췄다.

"네가 알아들을 거라고 믿어―네 남편을 말하는 게 아니야. 네가 그 사람한테 의무가 있는지는 난 모르겠어. 그건 네가 스스로 결정해야 할 일이야. 하지만 네가 홀몸일 때보다는 훨씬 건강에 주의해야 하지 않을까?"

"네―제 말을 이해하셨죠―"

"네 생각과 행동이 다른 삶에 영향을 미칠지도 모른다는 사실을 매 순간 기억하는 것이 네 의무 아닐까? 자포자기해서 분별없이 살다가는, 절망에 너 자신을 내맡기다가는 자칫하면 네가 방지할 수 있는 어떤 고통을 초래하게 되지 않겠니?"

본인도 깊이 감동한 로더는 그 어느 때보다도 정열적으로 말하며 진정 중대한 조언을 주었다. 그녀는 자신의 힘을 새롭게 느꼈다. 자만심에 물들지 않은, 남의 시선을 의식하거나 허세가 담기지 않은 힘이었다. 그녀가 자부하는 정신적 감화력을 발휘할 기회가 천만뜻밖의 시기에 왔다. 그녀의 삶을 더욱 고귀하게 만들어 주길 바라는 힘이었다. 용기를 끌어내 비겁한 망설임에 맞서야 하는 상황이기 때문에 더욱 좋은 기회였다. 그녀 안의 전투적인 영혼은 이런 어려움 앞에서 더욱 강해졌다. 자신의 말이 상대의 마음에 닿은 것을 느낀 그녀는 모니카에게 다가서서 더욱 상냥하게 말했다.

"왜 네 삶이 끝났다는 두려움을 스스로 부추기니?"

"두려움이 아니라 희망이에요―거의 항상 그렇게 느껴요. 앞날이 막막하고 살고 싶지 않아요."

"그건 병적인 생각이야. 네가 말하는 게 아니라 네 고통이 말하는 거야. 넌 젊고 강하고, 1년 후면 이 불행을 거의 이겨냈을 거야."

"내가 죽을 거라고 확실하게 느꼈어요―예언을 들은 것처럼요―내 상태를 깨달은 순간부터는―"

"어린 부인들이 자주 느끼는 두려움이야. 신체적인 거야, 모니카. 그리고 지금 너는 음울한 생각에서 벗어나기 더 힘든 상황이지. 하지만 네 책임을 생각해야 해. 넌 살아야 해. 가엾은 어린 생명이 널 필요로 하니까."

모니카는 고개를 돌리고 신음했다.

"난 아이를 사랑할 수 없을 거예요."

"사랑할 거야. 그리고 넌 그 사랑과 의무에 희망을 걸고 살아야 해. 넌 몹시 괴로운 일을 겪었지만 그런 고통 후에는 평화와 수용이 찾아오는 법이야. 자연이 널 도울 거야."

"아, 당신 힘을 조금만 나눠 가질 수 있다면! 난 한 번도 당신처럼 인생을 생각할 수 없었어요. 편하게 살고 싶은 유혹에 빠지지 않았다면 그 사람과 절대 결혼하지 않았을 거예요—그리고 난 두려웠어요—계속 혼자일까 봐. 언니들은 너무나 비참하고, 난 그렇게 고달픈 삶이 두려웠어요."

"나약한 여자들만 본 것이 네 실수야. 다른 본보기도 있잖니—베스퍼 양이나 헤이븐 양처럼. 그 애들은 용감하고 열심히 일하고 자기가 하는 일에 긍지를 느껴. 하지만 과거를 후회하는 건 어리석어. 모든 희망을 잃고 슬퍼하기만 하는 것도 마찬가지로 어리석고. 이제 몇 살이니, 모니카?"

"스물두 살이에요."

"난 서른두 살이야—하지만 난 내가 늙었다고 생각하지 않아. 네가 내 나이가 되면 10년 전의 괴로움을 떠올리며 미소 지을 거야. 네 나이대 사람들은 '인생이 끝장났느니', '미래에 희망이 없느니' 이런 말을 쉽게 하지. 하지만 네가 영국에서 가장 쓸모 있고 삶에 만족하는 여자가 될 수도 있어. 네 인생은 망가지지 않았어—전혀 아니야! 폭풍을 만났지. 그건 사실이야. 하지만 그래서 더 강해질 가능성이 커. 죄라는 단어 따위는 입에 담지도, 머릿속에 들이지도 마. 어려움과 장애에 쓰러지지 않겠다고 굳게 결심해. 앞으로 몇 달간 네가 어떻게 살아야 할지는 확실해, 그렇지 않니? 네 의무는 분명해. 심신을 강하게 단련하는 거야. 넌 지력이 있어. 그렇지 않은 여자가 세상에 숱하단다. 스스로를 용감하고 고귀한 존재로 여겨! 너 자신에게 말해. 난 이러이러한 일을 해낼 능력이 있고 반드시 해낼 거야!"

모니카는 돌연 앞으로 몸을 기울이며 친구의 손을 잡았다.

"당신이 내게 도움이 될 말을 해줄 거라고 믿었어요. 당신은 사람의 마음을 움직일 줄 알아요—하지만 나중에는 어떡하죠? 난 멀리 떠나게 되었고 어두컴컴한 겨우내 몹시 외로울 거예요. 내게 편지를 써주겠어요?"

"물론이야. 우리가 하는 일에 관해 이야기해 줄게."

로더의 목소리가 순간 잠기고 눈이 잠시 초점을 잃었다. 하지만 그녀는 자신감을 되찾았다.

"우리가 너를 잃어버린 줄 알았지만 너는 곧 우리 중 하나가 될 거야. 여성을 위해서 싸우는 여자가 될 거라고. 여자가 책임감 있는 인간이라는 걸, 목적의식이 있고 신뢰할 수 있는 인간이라는 걸 너의 삶을 통해서 증명해."

"말해 줘요—남편을 친구로도 생각할 수 없는데 함께 사는 게 과연 옳은 일일까요?"

"내가 감히 조언할 수 없는 일이야. 언젠가 네가 그 사람을 친구로 생각할 수 있으면 당연히 더 좋겠지. 하지만 이건 너 스스로 판단해야 해. 대단히 합리적인 결정을 한 것 같고, 얼마 안 가 많은 것들이 더 선명해질 거야. 건강을 회복하려고 노력해—건강이야말로 네게 꼭 필요해. 브리스틀 해협에서 신선한 공기를 마셔. 숨 막히는 런던에서 살던 너에게는 약이나 다름없어. 내년 여름에—난 체더에 갈 생각이고 그렇게 되면 클리브던에 찾아갈게. 우리는 아무 근심도 없었던 것처럼 웃고 이야기할 거야."

"아, 그런 날이 올 수만 있다면! 하지만 오늘 정말 큰 도움이 됐어요. 노력할게요—"

그녀가 자리에서 일어났다.

"난 고마움을 잊지 않을게." 로더가 그녀를 보지 않고 말했다. "넌 창피함을 무릅쓰고 옳다고 믿는 일을 했어. 덕분에 내 마음이 대단히 가벼워졌어. 물론 이건 우리 사이 비밀이야. 오해가 풀렸다고 말할 때 어떻게 풀렸는지는 비밀로 할게."

"제가 좀 더 일찍 왔으면 얼마나 좋았을까요."

"너에게 좋았을 거야. 오늘 내가 정말로 도움이 되었다면, 네가 일찍 왔으면 더 좋았겠지. 하지만 다른 일들은—지금 이대로가 훨씬 좋아."

그리고 로더는 고개를 곧추세우고 일어나며 그녀만의 자유로운 미소를 지었다. 모니카는 더는 감히 묻지 못했다. 그녀는 친구에게 다가가 소심하게 두 손을 내밀었다.

"잘 있어요!"

"다음 여름까지."

그들은 껴안고 서로와 입을 맞췄다. 모니카는 뜨거운 입술을 돌리며 고맙다고 다시 중얼거렸다. 그들은 말없이 정문까지 함께 나가서 말없이 작별했다.

30장. 명예로운 후퇴

런던으로 돌아온 바풋은 사보이 호텔에 묵으면서 이유 없이 숙박을 연장했다. 현재로서 그는 자기 집이 필요 없었다. 그는 오직 며칠 앞밖에 내다볼 수 없었다. 동양에서 돌아온 처음 몇 달처럼 아무것도 확실치 않았다.

그러는 동안 그는 충분히 즐겁게 살았다. 브리센든가 사람들은 런던에 없었으나 그는 그들과 교제하며 사회적 전망이 밝아졌는데, 그의 개인적인 상황의 변화와도 일치하는 방향이었다. 그는 자신의 타고난 기질에 어울리는 사람들과 친밀해지고 있었다. 부유하고 교양 있으며 세속적 야심이 없는 사람들로, '화려하고 속물적인' 무리를 질색하고 자유로우면서도 조용한 삶을 지향했다. 인원이 적은 계층이었으나 속하는 여자들의 매력에 의해 특히 돋보였다. 에버라드는 새로운 환경에 별다른 어려움 없이 적응했다. 이 사회를 처음 접한 순간에도 그는 편안하면서도 신선하다고 생각했지만, 그때까지의 인생 경험상 그는 좀 더 거친 활력에 익숙했다. 수주간 해외에서 브리센든가 사람들과 자주 왕래하고 나서야 그는 이런 남자와 여자들이 대표하는 사회적 신념이 자기에게 얼마나 적합한지 새삼 깨달았다.

이제는 그가 가족처럼 환영받는 집들에서 만난 여자 서너 명 가운데 누가 더 우아하고 지적인지 가리기는 어려웠을 것이다. 이들은 지금 시대의 사회적, 종교적, 윤리적 질서에 대놓고 반발하지 않았다. 그 말인즉, 그들은 어떤 '운동'에 연계될 가치를 느끼지 못했다. 그들은 자유롭게 비판할 권리만 원했다. 그들은 평온하게 살았으며, 더 큰 세상이 강요하는 여러 규율을 피했지만 공격적이지는 않았다. 에버라드는 점점 더 그들을 존경하게 되었다. 한 명만 제외하고 모두 기혼이었고, 다들 적절히 결혼했다. 이 매력적인 무리에서 여전히 처녀로서 자유를 즐기고 있는 한 사람이 바로 아그네스 브리센든이었는데, 바풋은 자신이 끌린 매력들이 사실이라면 아그네스에게 손을 내밀어야 할 것 같았다. 그녀에 대한 그의 생각은 시간이 흐르며 대단히 많이 바뀌었다. 사실 그는 불과 얼마 전까지만 해도 자기가 그녀를 전혀 몰랐다는 걸 깨달았다. 그가 원하기만 하면 아그네스와 결혼할 수 있다는 생각은 터무니없는 착각이었다. 그녀의 무척이나 소탈한 태도와 지적 아량을 그가 오해했다. 이제 그는 그녀의 마음을 확신할 수 없었고, 결과적으로 전에 없이 대단히 겸손해졌다. 그의 남성스러운 자만심을 가라앉힌 사람이 물론 아그네스뿐만은 아니었다. 그녀의 우아한 여성 동지들도 마찬가지로 그에게 영향을 미쳤고, 이들의 응접실에서 담소하다 보면 이따금 그는 놀랍도록 세련되고 완벽한 품위를 갖추게 된 자신의 모습에 새삼 감탄하며 입을 다물었다.

 11월 말에 그는 브리센든 가족이 런던 집에 돌아왔다는 소식을 들었고 일주일 후에 식사 초대를 받았다.

 호텔에서 점심을 먹던 에버라드는 다소 무거운 기분이었다. 그가 잘못 생각한 게 아니라면, 여태껏 지나치게 질질 끈 문제를 결정할 때가 왔다. 로더 넌은 무엇을 하고 있을까? 그녀는 깜깜무소식이었다. 오스텐더에 있을 때 받은 편지에서 메리는 그 불쾌한 사건에서 그의 다짐 외에는 아무것도 필요 없으며 런던에 오면 옛날처럼 자기를 찾아오길 바란다고 친절하고 다정하게 말했다. 하지만 그는 퀸스 로드 집을 피했고, 메리는 그가 어디에 머무르고 있는지조차 모를 가능성이 컸다. 여기에 생각이 미친 그는 거실로 들어가 떫은 표정으로 편지를 썼다. 집이 아닌 어딘가에서 메리를 만나고 싶다는 요청이었다. 아무도 없을 때 그레이트 포틀랜드 스트리트에 있는 학교에서 만날 수 있을까?

메리 바풋은 간결한 승낙을 보냈다. 토요일 오후 3시에 그레이트 포틀랜드 스트리트로 오면 그녀가 기다리고 있을 터였다.

약속 장소에 도착한 그는 호기심을 느끼며 학교를 둘러봤다.

"이곳을 보고 싶다는 생각을 종종 했습니다. 안내해 주시겠어요?"

"그거 때문에—?"

"아뇨, 단순히 이것 때문은 아닙니다. 하지만 제가 누님 사업에 관심이 많은 건 아시죠."

메리는 구경을 시켜 주며 그의 여러 질문에 쉽게 답했다. 그리고 그들은 난로 앞에 놓인 딱딱한 의자에 앉았고, 손을 데우려는 양 몸을 앞으로 기울인 에버라드는 곧바로 본론으로 들어갔다.

"넌 양에 대해 듣고 싶어요."

"듣고 싶다니? 무슨 이야기가 듣고 싶니?"

"잘 지내요?"

"아주 잘 지내."

"정말 다행이에요. 제 이야기를 하나요?"

"어디 보자—최근에는 안 한 것 같아."

에버라드가 눈을 들었다.

"연기는 그만하기로 해요, 메리 누님. 진지하게 이야기하고 싶어요. 제가 시스케일에 갔을 때 벌어진 일을 말할까요?"

"아, 그럼 시스케일에 갔구나?"

"몰랐어요?" 그는 상냥하지만 빈틈없는 사촌의 얼굴에서 아무것도 읽을 수 없었다.

"넌 양이 있을 때 갔니?"

"물론이에요. 제가 시스케일 숙소 주소를 물어봤을 때 눈치채셨잖아요."

"그래서 어떻게 됐니? 네가 이야기하고 싶으면—기꺼이 들어 줄게."

잠시 잠자코 있던 에버라드가 이야기를 시작했다. 그는 세부사항들을 죄다 말할 필요는 없다고 판단했는데, 메리가 친구에게서 이미 들은 이야기였다. 그는 워스트워터에서의 하이킹과 그 후에 해변에서 벌어진 일을 이야기했다.

"그래서 결과적으로 넌 양이 저와 결혼한다고 승낙했어요."

"승낙했다고?"

"놀랐어요?"

"계속 이야기해 봐."

"글쎄요, 저흰 계획을 다 세웠어요. 로더가 그 지역에서 15일을 채우고 나면 혼인신고를 하려고 했어요. 그런데 누님 편지가 왔고, 우린 그것 때문에 다퉜죠. 전 믿어 달라고 애원하고 싶지 않았어요. 그녀가 증거를 원한다는 자체가 저한테는 모욕이라고 말했고, 위도우선 부인이 왜 그랬는지 알아보지 않겠다고 했어요. 제 생각에는 로더가 비논리적이었어요. 제 말을 믿기를 거부하지는 않으면서도 진상이 밝혀질 때까지 결혼하지 않겠다는 거예요. 그래서 전 그녀더러 알아서 조사하라고 했고, 우린 좋지 않은 감정으로 헤어졌어요."

그녀는 미소를 띠고 생각했다. 이제 그녀는 어떤 식으로도 관여하지 않는 것이 자기 의무라고 믿었다. 이 두 사람은 자기들이 원하는 대로 끝을 봐야 한다. 이 일에 관계하는 것은 엄청난 책임이었다. 메리는 이미 자책하고 있었다.

"이제 노골적인 질문을 하나 하고 싶어요." 에버라드가 말을 이었다.

"제가 오스텐더에 있을 때 누님이 보낸 편지는—누님만의 의견인가요, 아니면 로더도 같은 의견인가요?"

"난 말할 수 없어. 로더가 무슨 생각인지 몰랐으니까."

"어쩌면 그게 충분한 대답이네요. 제 말을 믿어 주지 않겠다는 게 틀림없어요. 하지만 그때부터는 어떻게 됐어요? 로더는 결론을 내렸어요?"

메리는 얼버무려야 했다. 그녀는 넌 양과 위도우선 부인의 만남에 대해 들었으며 어떻게 끝났는지도 알았다. 하지만 그녀는 이것을 암시하지 않을 것이다.

"로더가 널 어떻게 생각하는지 난 알 길이 없어, 에버라드."
"그 사람이 저를 거짓말쟁이로까지 생각하나요?"
"널 믿기를 거부하지는 않았다고 좀 전에 말하지 않았니."
그는 조급한 몸짓을 했다.
"누님, 그러니까—아무것도 말해 주지 않겠다는 겁니까?"
"해줄 말이 없어."

"그렇다면 제가 로더를 만나야겠군요. 어쩌면 절 만나 주지 않을지도요?"

"난 모르겠어. 하지만 그렇다면 그 애가 뭘 원하는지 분명해지겠지."

"메리 누님," 그가 그녀를 보더니 웃었다. "로더가 절 아예 안 만나 주면 누님이 무척 즐거워할 것 같은데요."

메리는 농담조로 대답하려다가 멈추고 진지하게 말했다.

"아니, 전혀 그렇지 않아. 너희 둘이 어떤 결론을 내려도 난 만족할 거야. 네가 원하면 언제든지 와. 나는 이 일에 끼어들 수 없어. 편지를 써서 만날 수 있느냐고 물어보는 게 좋겠다."

바풋은 자리에서 일어났고, 메리는 이 불쾌한 상황에서 금세 벗어나서 다행이라고 생각했다. 그녀로 말하자면, 캐묻지 않아도 되었다. 에버라드의 태도에서 그의 속마음이 뻔히 보였기 때문이었다. 그래도 그에게는 아직 할 이야기가 남아 있었다.

"제가 잘못했다고 생각하세요—가혹했다고?"

"이런 일에 대한 견해를 말할 정도로 난 어리석지 않아, 에버라드."

"같은 여자로서 봤을 때 로더를 이해할 수 있어요?—처음 그 소식을 들었을 때 그녀의 행동을?"

"내 생각에," 메리는 마지못해, 하지만 신중하게 말했다. "위도우선 부인의 경솔한 행동이 어떤 결과를 낳을지 알기까지 결혼을 미룬 건 합리적이야."

"어쩌면요." 에버라드가 상념에 잠겨 인정했다. "그런데 대체 어떤 결과가 나왔죠?"

30장. 명예로운 후퇴

"위도우선 부인이 런던을 떠나서 남편이 시골 어딘가에 빌린 집에 들어간 것밖에 몰라."

"다행이네요. 그건 그렇고, 그 조그만 부인의 '경솔한 행동'은 저도 도무지 이해할 수 없어요."

"나도 마찬가지야." 메리는 무덤덤하게 말했다.

"글쎄요, 어쨌든 제가 로더에게 다소 가혹했다고 칩시다. 하지만 이번에 만나도 그녀가 상황이 우리가 헤어졌을 때와 마찬가지이고—아직 아무런 설명도 듣지 못했다고 하면 어떻게 하죠?"

"난 너와 넌 양의 관계를 논할 수 없어."

"그렇지만 누님은 그녀가 처음에 내린 결정을 옹호하시죠. 제가 위도우선 부인을 찾아가서 제 누명을 벗겨 달라고 부탁할 수 없다는 건 누님도 인정하셔야 해요."

"난 아무것도 인정하지 않겠어." 미스 바풋이 자못 쌀쌀맞게 말을 끊었다. "넌 양을 만나 보라고 했잖아—그녀가 만나 주면. 난 더는 할 말이 없어."

"좋아요. 편지를 쓸게요."

그는 최대한 짧게 편지를 썼고, 똑같이 짧은 회신을 받았다. 허락을 받은 그는 월요일 저녁 다시 한번 사촌의 응접실에 홀로 앉아서 넌 양을 기다렸다. 그는 그녀가 과연 어떤 모습으로, 어떤 옷을 입고 나올지 궁금했다. 그녀는 어떤 효과를 주려고 입은 것이 아닌 수수한 파란색 서지 드레스 차림이었다. 하지만 그녀는 머리를 그들이 처음 만난 날처럼 매만졌는데, 그가 더 잘 어울린다고 생각했던 모양으로 바꾸기 전과 같은 스타일이었다.

두 사람은 악수했다. 겉으로 보기에는 바풋이 더 긴장한 듯했고, 그의 어색한 첫말이 마음속 머쓱함을 드러냈다.

"당신이 진상을 조사해서 내가 결백하다는 걸 깨달았다고 먼저 알릴 때까지 이 집에 오지 않기로 다짐했었습니다. 하지만 사람은 합리적인 편이 낫죠."

"훨씬 낫죠." 로더가 미소로 모호함을 강조하며 답했다.

그녀는 자리에 앉았고 그 역시 앉았다. 이렇게 마주 앉으니 이 방에서 나눈 여러 대화가 떠올랐다. 야회복을 차려입은 바풋은 평범한 손님처럼 안락의자에 앉았다.

"당신은 절대 내게 먼저 연락하지 않았겠죠?"

"절대요." 로더가 조용히 답했다.

"자존심 때문인가요, 아니면 아직도 그 사건이 미스터리라서 그런가요?"

"이제는 아무런 미스터리도 없어요."

에버라드가 놀란 몸짓을 했다.

"그래요? 그 일의 진상을 알게 되었나요?"

"네, 전부 알아요."

"내가 궁금한 게 당연한 그 이야기를 해주겠어요?"

"오해가 어떻게 생겼는지 이제 안다는 말밖에 할 수 없어요."

방에 들어올 때 담담해 보이려고 애쓴 로더는 속마음을 들키고 있었다. 그녀의 얼굴이 붉어졌고, 그녀는 고르지 않은 목소리로 급하게 말했다.

"당신의 명예에 흠이 가는 것도 아닌데, 친절을 베풀어서 내게 이런 사실을 알려 줄 생각은 하지 않았습니까?"

30장. 명예로운 후퇴

"당신을 걱정하지 않아요."

에버라드가 웃었다.

"옛날처럼 멋지게 솔직하군요. 내가 얼마나 괴로웠을지 조금도 걱정하지 않았어요?"

"내 말을 오해했군요. 당신이 전혀 괴로워하지 않는다고 확신했어요."

"아, 알겠습니다. 언젠가는 누명이 벗겨질 거라고 자신하면서 평온하게 지내는 나를 상상했군요."

"그렇게 상상할 이유가 충분했어요." 로더가 말했다. "그렇지 않았다면 당신이 어떤 신호를 보냈겠죠."

물론 그는 고집스럽게 침묵을 지킴으로써 그녀를 크게 모욕했다. 처음에는 의도적이었으나—나중에는 그러는 편이 낫다고 생각하게 되었다. 그녀를 다시 만난다는 처음의 어려움이 사라지자 그는 자신의 확고한 위치에 흡족함을 느꼈다. 이 만남이 어떻게 끝날지는 알 수 없었으나 그는 서두르지도, 경솔하지도, 감정적이지도 않을 것이다. 로더가 자신의 기질에서 어떤 새로운 성격을 발견했을까? 그는 그것이 궁금했다. 만일 그렇다면 달갑게 관찰할 것이다. 그렇지 않다면—글쎄, 그가 오래전부터 고대했던 결말이 다가온 것뿐이었다.

"신호를 보내는 건 내 몫이 아니었습니다." 그가 말했다.

"사람은 합리적인 편이 낫다고 좀 전에 말하지 않았나요."

어쩌면 이 말에서 조금 부드러운 감정이 새어 나왔는지도 몰랐다. 어쨌든 완전히 비아냥거리는 말투는 아니었다.

"그럼 내가 먼저 연락했어야 했다고 인정하죠. 그렇게 했습니다.

여기 왔잖습니까."

로더는 아무말도 하지 않았다. 하지만 무언가를 기대하는 낌새는 없었다. 그녀의 눈빛은 진지하고 다소 슬펐는데, 마치 지금 상황을 일순 잊고 먼 과거의 일을 회상하는 표정이었다. 그녀를 보던 에버라드는 자신이 말하고 느꼈던 모든 것을 정당화하고도 남는 고결함을 그녀의 얼굴에서 느꼈다. 하지만 그녀에게 무언가 더 있을까?—새로운 어떤 장점이?

"그럼 우리 돌아가요." 그가 말을 이었다. "워스트워터에서 보낸 날로요. 완벽한 날 아니었나요?"

"절대 잊고 싶지 않을 거예요." 로더가 생각에 잠겨 말했다.

"그리고 우리는 그날 밤 헤어졌을 때와 똑같은 자리에 있군요, 아닌가요?"

그녀가 그를 보았다.

"아니라고 생각해요."

"그럼 무엇이 달라졌나요?"

그는 몇 초 기다렸고, 로더가 대답하기 전에 질문을 되풀이했다.

"아무런 변화도 느껴지지 않아요?" 그녀가 물었다.

"몇 달이 지났습니다. 나이가 들었으니까 달라졌겠죠. 하지만 당신은 어떤 큰 변화가 있었던 것처럼 말하는군요."

"네, 당신은 눈에 띄게 변했어요. 난 내가 당신을 안다고 생각했어요. 어쩌면 그랬을지도요. 하지만 이제 나는 당신에 대해 다시 배워야 해요. 모르겠어요? 나는 당신 속도를 따라가기 힘들어요. 당신에게는 훨씬 방대한 기회가 있으니까요."

헷갈리는 말이었다. 단순한 부러움인가, 아니면 어떤 심오한 관점인가? 그녀의 목소리는 심지어 서글프게 들렸는데, 아무런 악의 없이 단순히 자기 생각을 표현하는 듯했다.

"난 인생을 낭비하지 않으려고 노력합니다." 그가 진지하게 답했다. "새로 친구들을 사귀었어요."

"그들에 관해 이야기해 주겠어요?"

"일단 당신 이야기를 먼저 해줘요. 내게 절대 먼저 연락하지 않았을 거라고 했죠. 그 말을 들으니까 당신이 날 한 번도 사랑하지 않았다는 생각이 듭니다. 내가 결백하다는 걸 알게 되었을 때—그리고 당신은 날 의심했죠—그건 인정해요—날 사랑했다면 당신이 내게 먼저 와서 용서를 구했을 거예요."

"나도 당신의 사랑을 의심할 이유가 조금 있어요. 당신이 날 사랑했다면 우리 사이의 장애물을 치우려는 노력 없이 이렇게 오래 기다리지 않았을 거예요."

"우리 사이에 장애물을 놓은 건 당신이에요." 에버라드가 웃으며 말했다.

"아뇨, 불운한 우연이 그랬어요—어쩌면 행운인지도요. 누가 알겠어요?"

그는 생각하기 시작했다. 아그네스 브리센든이나 그 계층 여자들의 매력은 물론 그들의 유리한 사회적 지위 덕분이었고, 로더가 그런 혜택을 누렸다면 그들과 대등하거나 심지어 우월하지 않았을까? 처음으로 그는 로더를 동정했다. 그녀는 용감했으나 상황은 그녀에게 호의적이지 않았다. 이 순간에도 그녀는 자기 자신과 싸우고 있지 않은가? 그녀의 정직과 자긍심이 가슴속 갈망과 줄다리기하고 있지 않은가? 로더의 사랑은 그의 사랑보다 더 고귀했으며 그녀의 인생에서 유일한 사랑이었을 터였다. 어리석은 자만일지도 모르지만 그가 관찰하는 모든 것이 그 믿음을 뒷받침했다.

"그래요, 이제." 그가 말했다. "우리는 결정해야 해요. 당신이 그걸 행운으로 여긴다면—"

그녀는 대답하지 않았다.

"우리는 서로의 마음을 알아야 해요."

"아, 그건 너무 어려워요!" 로더는 잠시 손을 들었다가 다시 떨어뜨리며 말했다.

"그래요. 우리가 서로를 돕지 않는다면 어렵겠죠. 우리가 다시 시스케일에, 그 바닷가에 있다고 상상해 봅시다. (오늘 밤 그곳이 얼마나 춥고 을씨년스러울까요!) 내가 그때 한 말을 되풀이할게요. 로더, 나와 결혼해 주겠어요?"

그녀가 그를 꿰뚫어 보듯 응시했다.

"그때 당신은 그 말을 하지 않았어요."

"말이 뭐가 그렇게 중요해요?"

"당신이 한 말은 그게 아니었어요."

그는 동요하는 그녀의 얼굴을 보았고, 그 시선에 못 이겨 그녀가 움직이는 듯할 때까지 바라보았다. 그녀는 벽난로로 걸어가서 받침에 지나치게 가까이 있는 난로망을 옮겼다.

"왜 내가 한 말을 그대로 반복하길 바라는 거죠?" 에버라드가 일어나서 그녀 옆으로 다가가며 물었다.

"'완벽한 날'이었다고 했죠. 결혼이라는 말이 나오면서 그 완벽함이 끝나지 않았나요?"

그는 놀라서 그녀를 보았다. 그녀는 그를 외면한 채로 말했다. 이제 그녀의 얼굴은 불빛으로만 언뜻언뜻 보였다. 그랬다. 그녀의 말은 사실이었지만 그가 예상했거나 듣고 싶던 사실이 아니었다. 새로운 깨달음이 준비되어 있던 걸까?

"그 말을 누가 먼저 했어요, 로더?"

"맞아요, 내가 했어요."

침묵이 흘렀다. 로더는 꼼짝 않고 서 있었고, 불빛이 그녀의 얼굴에서 아른거렸다. 바풋은 그녀를 지켜보았다.

"어쩌면," 그가 마침내 말했다. "그때 내가 완전히 진심은 아니었을지도—"

그녀는 분개한 눈빛으로 그를 향해 휙 돌아섰다.

"완전히 진심은 아니었다고요? 네, 그렇게 생각했어요. 당신이 한 말 중에 진심이 하나라도 있나요?"

"난 당신을 사랑했어요." 그녀의 흔들림 없는 시선을 붙들고 그가 내뱉듯이 말했다.

"그렇지만 당신은 한번 시험해 보려고—"

그녀는 말을 끝내지 않았다. 그녀의 목이 떨렸다.

"난 당신을 사랑했어요. 그게 다예요—그리고 아직도 사랑하는 것 같아요."

로더는 난로를 향해 다시 돌아섰다.

"나랑 결혼해 줄래요?" 그가 한 걸음 다가서며 물었다.

"내 생각에는 당신이 '완전히 진심'은 아닌 것 같아요."

"두 번 물어봤어요. 이제 세 번째로 물어볼게요."

"난 당신과 법적으로 결혼하지 않겠어요." 로더가 돌연 날카롭게 말했다.

"이제 당신이 진지한 문제를 가지고 장난치는군요."

"우리 둘 다 변했다고 당신이 말했죠. 나의 나약함이 우리의 '완벽한 날'을 결국 망쳤다는 걸 난 이제 알아요. 당신이 만일 그 여름밤으로 되돌아가서 모든 걸 되살리고 싶으면 나는 지금 내 모습으로 있게 해줘요."

에버라드가 고개를 가로저었다.

"불가능해요. 우리 둘 모두에게 그때는 그때이고, 지금은 지금이에요."

"그날 이후로," 그녀가 그를 힐끔 보며 말했다. "법적 결혼이 당신에게 새로운 의미가 생겼나요?"

"전반적으로, 어쩌면 그래요."

"물론 그랬겠죠—하지만 난 평생 결혼하지 않을 거니까 그만 이야기하기로 해요."

그녀는 드디어 이야기를 마무리하려는 듯이 난로의 반대쪽으로 걸어가서 차가운 미소를 띠고 상대를 향해 뒤돌아섰다.

"다른 말로 하면, 이제 날 사랑하지 않는다는 뜻인가요?"

"맞아요. 이제 사랑하지 않아요."

"하지만 만일 내가 그 우원한 이상주의를—당신의 생각대로—되살리려고 했다면—"

그녀가 엄하게 그의 말을 끊었다.

"그게 뭐라고요?"

"아, 의심할 여지 없이 하나의 이상이죠. 난 당신의 사랑을 확인하기로 단단히 작정했었어요."

그녀가 웃었다.

30장. 명예로운 후퇴

"그렇다면 그 완벽한 날의 절반은 가짜였군요. 당신은 나를 완전히 진심으로 사랑한 적 없어요. 그렇지만 당신은 살면서 어느 여자도 사랑하지 않겠죠—심지어 나를 사랑한 정도로도 사랑하지 않을 거예요."

"내 영혼을 걸고 맹세컨대, 그건 확실해요. 로더. 난 심지어 지금도—"

"심지어 지금도 우리는 그럭저럭 좋은 감정으로 작별할 수 있을 거예요. 하지만 당신이 계속 말하면 불가능해져요. 망가뜨리지 말아요. 모든 게 분명하고—확실해요."

흐느낌이 새어 나올 듯하며 그녀의 말을 끊었지만, 그녀는 마음을 다스리고 손을 내밀었다.

그는 호텔까지 걸어갔으며 차갑고 꿉꿉한 밤공기가 마음을 진정시켰다. 2주 후 그는 미클스웨이트 부부에게 크리스마스 선물과 함께 안부를 전하며 이렇게 적었다.

"자네가 의무라는 일컬을 것을 실천하려 하네—그러니까 난 결혼할 거야. 내 아내가 될 사람의 이름은 아그네스 브리센든 양이네. 결혼은 아마 3월에 할 것 같아. 하지만 그 전에 자네를 만나서 자세히 이야기하고 싶군."

31장. 새로운 시작

위도우선은 두세 군데 하숙집에서 살아 보았고, 마침내 햄프스테드에 있는 작은 집에 정착해서 두 개의 단출한 방을 썼다. 이따금 그의 친구 뉴딕이 방문했으나 그 외에는 아무도 만나지 않았다. 그는 서재에서 명작들을 골라서 가져왔고, 매일 독서에 많은 시간을 쏟았다. 그가 어떤 열정을 품고 공부한 것은 아니었다. 독서와 이와 비슷하게 집중을 요구하는 소일거리들이 그가 우울을 잠시 잊는 유일한 수단이었다. 그는 달리 시간을 보낼 길이 없었다. 그는 애덤 스미스의 고전을 철저하고 면밀하게 공부하는 데 몇 달을 보냈다. 그러고 나서는 핼램[45]의 전집에 착실히 매달렸다.

그가 오후에 두 시간 산책할 때 관찰할 겨를이 있던 이웃들과 집주인은 그를 예순다섯 살 정도의 노인으로 생각했다. 그의 자세는 더는 꼿꼿하지 않았고 외출 중에 시선을 땅에서 떼는 일이 드물었다. 그의 머리는 군데군데 잿빛으로 세었고 얼굴은 한층 더 노래졌으며 주름이 깊어졌다. 그는 청결을 유지하지도 않을 정도로 외양에 무심해졌다. 이따금 그는 아침 내내 침대를 떠나지 않고 책을 읽다가 졸거나 멍하니 넋을 놓고 있었다.

그가 활발한 제수씨를 만난 지는 오래되었다. 하지만 그녀의 소식은 들려 왔다. 여름 휴가를 위해 영국을 떠나기 전 루크 부인은 자신의 세계에서 쓰이는 언어로 그에게 몇 줄 썼는데, 합리적으로 행동하고 아내가 이따금 '자기 머리'를 쓰게 해주라고 당부하면서 그러는 편이 두 사람 모두에게 좋을 거라는 타일렀다. 그러다 그 참담한 사건이 터졌고, 몇 주 동안 그는 루크 부인을 생각하지도 않았다. 그러다 연말이 가까워지며 사교계 신문이 하나 배달 왔는데,

---

45. 헨리 핼램(1777~1859) 영국의 역사학자. 테니슨의 요절한 친구 아서 헨리 핼램의 아버지이다.

헌힐로 보내진 신문이었으며 주소가 익숙한 글씨체로 쓰여 있었다. 다음 문단이 빨간 연필로 표시되어 있었다.

"이번 해 트루빌에서 휴가를 보내기로 한 영국인 중에서 루크 위도우선 부인만큼 눈부신 사람은 없었다. 권태로운 순간이라고는 없는 세계에서 잘 알려진 부인인데, 멋쟁이들이 모이는 곳에는 매력적인 과부가 반드시 보이기 마련이다. 위도우선 부인이 트루빌을 떠나기 전에 윌리엄 호록스 대령, 파티의 흥을 돋우는 싹싹함으로 안주인들의 사랑을 독차지하는 모두의 총아 '빌 대령'과 은밀히 약혼했다는 소식을 전한다. 그의 아버지의 안타까운 죽음으로 최고의 남자 윌리엄 대령은 이제 윌리엄 경이 되었고, 상을 치르고 적당한 시간이 흐르면 결혼식이 열릴 것이라고 한다. 두 사람에게 축하를!"

뒤를 이어 결혼식 뉴스가 담긴 신문이 왔다. 루크 부인은 이제 레이디 호록스였다. 그녀는 갈구했던 직위를 차지하고야 말았다.

또다시 두 달이 지나서 이번에는 편지가 왔다—다른 서신들과 마찬가지로 우체국에서 재발송한 것이었다. 준 남작 부인은 친구들의 소식을 몹시 궁금해했다. 그녀는 그들이 헌힐을 떠난 걸 알았다. 이 편지를 받으면 에드먼드가 부디 윔폴 스트리트로 방문해 줄 수 있을까?

고독에 허덕이고 여성의 조언과 연민이 필요했던 그는 큰 기대는 없었으나 이 기회를 빌리기로 했다. 그는 윔폴 스트리트로 가서 레이디 호록스와 오랫동안 단둘이 이야기했는데, 그녀에게서는 그가 이해할 수 없는 어떤 변화가 느껴졌다. 그녀는 경박하면서도 자못 우둔하고 가식적인 말투로 이야기를 시작했다. 그러나 위도우선이 아내와 별거한다는 사실을 알리며 애매하고 비통한 말로 그녀가 관찰했던 것과 일치하는 가정불화를 암시하자 그녀는 단숨에 조용하고 엄숙해지며 연민을 보였는데, 진지한 이야깃거리를 무척 반기는 듯했다.

"이거 봐요, 에드먼드. 전부 다 털어놓아요. 당신은 이런 일에서 어리석은 실수를 많이 하는 부류예요. 다 말해요. 당신도 알다시피 난 나쁜 사람이 아니고, 나도 내 나름의 고민이 있어요―이 정도는 당신에게 말해도 되겠죠. 여자는 스스로를 바보로 만들기 마련이니까요―뭐, 신경 쓰지 말아요. 꼬마 아가씨 이야기를 해줘요. 해결할 방안이 없나 생각해 봅시다."

그는 갈등했으나 결국 죄다 털어놓았고, 그녀는 예리한 질문으로 자주 그의 말을 끊었다.

"아무도 당신에게 소식을 전하지 않아요?" 그녀가 마침내 물었다.

"곧 소식이 올 거 같아요." 위도우선이 언제나처럼 고개를 떨구고 무릎 사이로 두 손을 깍지 낀 채 말했다.

"무슨 소식이오?"

"나를 부를 것 같아요."

"왜요? 화해하라고요?"

"모니카가 아이를 낳을 거예요."

레이디 호록스는 생각에 잠겨 엷은 미소를 지으며 두 번 고개를 주억거렸다.

"그건 어떻게 알아냈어요?"

"오래전부터 알고 있었어요. 그들이 떠나기 전에 버지니아가 말해 줬어요. 난 이미 의심하고 있었던지라 캐물어서 대답을 받아 냈어요."

"당신을 부르면 갈 거예요?"

위도우선은 그렇다고 중얼거리는 듯하다가 덧붙였다.

"그녀가 해주기로 약속한 이야기를 들을 거예요."

"혹시—혹시 그 아이가—?"

그녀는 질문을 끝맺지 않았다. 위도우선은 무슨 뜻인지 이해했지만 직접적으로 답하지 않았다. 그의 얼굴에 극심한 고통이 드러났고, 끝내 그는 격렬하게 말했다.

"그녀가 무슨 말을 하더라도—내가 어떻게 믿어요? 한번 거짓말한 여자를 어떻게 다시 믿어요? 난 아무것도 확신할 수 없어요."

"그 모든 허언은," 레이디 호록스가 말했다. "안 좋게 보이죠. 그건 사실이에요. 모니카가 어쩌다가 덫에 빠진 거예요. 하지만 아슬아슬하게 빠져나왔다고 믿는 게 좋겠어요."

"그녀에 대한 사랑은 흔적도 없이 사라졌어요." 그가 절망한 목소리로 말을 이었다. "괴로워하는 나날 동안 전부 사라졌어요. 내가 아직도 그녀를 사랑한다고 생각하려고 노력했어요. 편지를 계속 썼지만—편지들은 아무 의미 없어요—아니면 내가 괴로움에 반쯤 미쳤다는 뜻일 거예요. 차라리 난 지금처럼 계속 살았으면 좋겠어요. 맹세코, 지금도 충분히 비참해요. 하지만 내가 모든 것을 잊고 용서한 척하면서 그녀를 대하면 더 괴로울 거예요. 그녀가 뭐라고 설명하건 난 내가 안 믿을 걸 알아요. 무슨 이야기를 하든지 간에 난 의심할 거예요. 어쩌면 아이가 자라면서 나를 닮으면 믿음이 생길지도 모르죠. 하지만 얼마나 비참한 인생인가요! 모든 사소한 것들이 날 괴롭힐 거예요. 새로운 거짓말을 발견이라도 하면 난 정말 끔찍한 짓을 저지를 거예요—당신은 몰라요, 내가 거의 그녀를—"

그는 몸을 부르르 떨며 얼굴을 가렸다.

"오셀로 같은 행동은 안 될 말이에요." 레이디 호록스가 냉정하지 않은 말투로 말했다. "물론 계속 같이 살 수는 없었겠죠. 일단은 떨어져 있어야 해요. 글쎄, 그건 다 끝났어요. 되돌릴 수 없는 지나간 일로 생각해요. 당신도 알겠지만, 당신이 어처구니없게 굴긴 했잖아요. 내가 노골적으로 말하지 않았나요. 문제가 생길 줄 알았어요. 사실 당신은 결혼하면 안 됐어요. 대부분 사람은 결혼하지 않는 편이 나아요. 어떤 사람들은 좋은 이유로, 어떤 사람들은 나쁜 이유로 결혼하지만 대개 끝에 가서 결과는 똑같아요. 하지만 뭐, 됐어요. 마음을 다잡아요. 모니카를 사랑하지 않는다는 말은 사실이 아니잖아요. 물론 당신은 그 애를 원하는 마음에 속을 태우고 있죠. 내 생각을 말해 줄게요. 모니카는 자기가 다른 누구도 아닌 당신의 아내라는 걸 깨달아서—알겠어요?—아슬아슬하게 빠져나온 거예요. 딱 그런 느낌이 들어요. 그렇게 생각하려고 애써요. 아기를 키우기 시작하면 모니카가 달라질 거예요. 그 애는 뿌린 대로 거두었어요—남자와 마찬가지로 여자도 실수하고 대가를 치러요. 클리브던으로 가서 용서해 줘요. 당신은 정직한 남자이고, 모든 여자가—됐어요. 남들 이야기를 해줄 수 있겠지만 당신은 듣고 싶지 않겠죠. 웃어넘기려고 해봐요—우리 모두 그렇게 해야 해요. 삶을 어떻게 받아들이느냐는 당신에게 달렸어요. 완전히 컴컴하거나 그럭저럭 빛나죠."

이런 식으로 위로가 계속됐다. 그 순간에는 위도우선도 어쩌면 조금은 마음이 가벼워졌는지도 몰랐다. 어쨌든 그는 레이디 호록스에게 고마워하는 마음으로 떠났다. 그녀의 집에서 나왔을 때 그는 자기가 윌리엄 경에 대해 의례적인 인사말조차 하지 않았다는 걸 깨달았다. 마찬가지로 윌리엄 경의 아내는 무슨 연유이건 간에 준남작을 언급하지 않았다.

위도우선이 기다리던 호출을 받기까지 며칠 걸리지 않았다. 전보에는 서둘러 아내에게 와달라는 말뿐 다른 소식은 없었다. 그가 오후 산책을 하는 와중에 전보가 온 바람에 그는 그날 밤 클리브던에 도착하는 막차를 탈 수 있는 패딩턴에 6시 20분까지 갈 수 있을지 불확실했다. 그는 기차가 떠나기 2~3분 전에 간신히 도착했다.

그는 기차에 자리를 잡고 나서야 이 여행의 끝에 자기를 기다리는 것을 생각할 여유가 있었다. 이루 말할 수 없는 역겨움이 밀려왔다. 그는 어떤 기차 사고라도, 지금 같은 시기에 모니카를 보러 가야 하는 의무를 불가능하게 만들 어떤 재난이라도 반겼을 터였다. 이제 곧 일어날 일을 예상하자 마음이 혼란스럽고 무거워졌다. 그는 생각조차 하기 싫었다. 이미 태어났을지도 모르는 아이가 진정 그의 자식이라고 밝혀지더라도 그가 아버지의 관심을 조금이라도 보일 수 있기까지 한참이 걸릴 것이다. 그가 떨칠 수 없는 의심은 그로 하여금 평생 아이를 꺼리게 할 것이 분명했다.

그는 9시 15분경에 브리스틀에 도착해서 일반 열차로 갈아탔고, 클리브던으로 가는 기차를 탈 수 있는 환승역인 야턴에 10시에 도착했다. 별이 총총한 아름다운 밤이었지만 매우 추웠다. 열차를 기다리는 짧은 시간 동안 그는 안절부절못하며 승강장을 오락가락했다. 이제 그는 모니카가 잘못되었을지도 모른다는 공포에 사로잡혔다. 그녀가 할 이야기를 그가 믿건 안 믿건, 설명을 듣기도 전에 그녀가 죽으면 더 괴로울 터였다. 후회가 그를 잠식할 것이다.

기차 칸에 혼자였던 그는 자리에 앉는 대신 쉬지 않고 서성였고, 열차가 완전히 멈추기도 전에 뛰어내렸다. 승합마차를 잡을 수 없었다. 그는 역에 짐을 맡기고 기억을 짚어 가며 전속력으로 걸었다. 그러나 곧 교차로가 나오자 길이 헷갈렸다. 길을 물을 수 있는 행인도 지나다니지 않았기 때문에 그는 근처 집 문을 두드려서 도움을 청해야 했다. 그는 땀에 흠뻑 젖은 채로 간신히 자기 집을 찾았다. 교회 종이 11시를 알렸다.

그가 들어가자 앨리스와 버지니아가 홀에 서 있었다. 그들이 가까이 오라고 손짓했다.

"끝났나요?" 그가 어지러운 눈으로 두 여자를 번갈아 보면서 물었다.

"오후 4시에요." 앨리스는 똑바로 말하기도 힘들어했다. "딸이에요."

"클로로프름으로 마취해야 했어요." 무생물처럼 생기 없고 비참해 보이는 버지니아는 오한이라도 나는 것처럼 몸을 바르르 떨었다.

"다 괜찮아요?"

"그런 것 같아요—그러길 바라요." 그들이 동시에 중얼거렸다.

앨리스는 의사가 밤에 다시 오기로 했다고 덧붙였다. 훌륭한 간호사가 돌보고 있었다. 아기는 건강한 듯했으나 매우, 매우 작았고 울음소리도 잠깐밖에 내지 못했다.

"날 부른 걸 모니카가 알아요?"

"네, 당신에게 줄 게 있어요. 당신이 오는 즉시 이걸 주라고 했어요."

매든 양이 밀봉된 봉투를 건네주었다. 그리고 자매는 결과를 두려워하듯 한걸음 물러났다. 위도우선은 수신인이 적히지 않은 편지를 힐끔 보고 주머니에 넣었다.

"뭘 좀 먹어야겠습니다." 그가 이마를 닦으며 말했다. "의사가 오면 제가 만나죠."

그가 저녁을 먹는 동안 의사가 왔다. 환자를 보고 내려온 의사는 그녀가 '그럭저럭' 회복하고 있다고 그를 안심시켰다. 아침에는 좀 더 확실한 진단을 내릴 수 있을 것이다. 위도우선은 다시 자매와 짧게 대화를 나누고 인사한 후 그를 위해 준비된 방으로 갔다. 문을 닫는데 가느다란 울음소리가 아스라이 들렸고, 그는 소리가 멈출 때까지 우두커니 선 채로 들었다. 방 바로 아래에서 나는 소리였다.

그는 마음을 다잡고 봉투를 개봉했다. 몇 장의 편지가 있었는데 그중 하나는 확실히 남자의 손글씨였다. 그는 이것을 제일 먼저 읽기 시작했다. 모니카에게 보낸 연애편지라는 것이 시작 부분에서부터 분명했다. 그는 편지를 내려놓고 다른 종이를 대신 읽었는데, 그의 아내가 쓴 장문의 편지였다. 두 달 전에 서명되어 있었다. 이 편지에서 모니카는 자신과 베비스와의 관계를 숨김없이 완벽하게 사실대로 말했다.

"난 오로지 곧 태어날 불쌍한 아이 때문에," 그녀가 편지를 끝맺으며 말했다. "이렇게 고백하는 거예요. 아기는 당신 자식이고, 나의 행동 때문에 아이가 해를 입어서는 안 돼요. 여기 동봉한 편지가 전부 증명할 거예요. 나는 아무것도 바라지 않아요. 난 아마 살지 못할 거예요. 내가 만일 살게 되면 당신이 제안하는 것에 전부 동의할게요. 부디 거짓으로 행동하지 않기만을 바라요. 날 용서할 수 없다면, 용서하는 척하지 마요. 당신이 어떻게 할 건지 말해 주면 그걸로 충분해요."

그날 밤 그는 침대로 가지 않았다. 방에 있는 난로에 그는 새벽녘까지 불을 지피어 놓았다. 해가 뜨자 그는 조용히 내려가서 집을 나섰다.

철썩이는 파도에 거품이 이는 해협의 북서쪽에서 불어오는 돌풍을 맞으며 그는 한두 시간 동안 정처 없이 걸었다. 그는 오직 그 집에서, 끔찍한 침묵과 소리라고 부르기도 어려운 희미한 울음소리가 들리는 곳에서 멀어지고 싶었다. 그곳으로 돌아가야 한다는 사실이, 그곳에 머물러야 한다는 사실이 악몽처럼 그를 짓눌렀다.

그는 모니카의 말을 믿지도, 안 믿지도 않았다. 그는 도무지 결정할 수 없었다. 그녀는 예전에도 단호하게 거짓말했다. 아기를 보호하고 자기 명예를 지키려고 정교한 거짓말을 꾸민 것 아닐까? 베비스가 보낸 편지는 그들이 공모한 꾐수일지도 몰랐다.

그는 자신이 질투했어야 하는 남자가 베비스였다는 사실에 처음에는 놀랐다. 이제 그는 그걸 미처 생각하지 못한 자신의 미련함을 절절히 느꼈다. 이 깨달음은 또다른 죄를 새롭게 발견한 것이나 매한가지였는데, 오랫동안 품은 바풋에 대한 의심을 떨칠 수 없는 그는 모니카가 베비스와 친밀해지기 전에 바풋의 유혹에 귀를 기울였다는 의심까지 들었기 때문이었다. 그는 결혼한 후의 자기 삶이 가증스러웠다. 아내를 용서하는 것에 대해 말하자면, 차라리 그는 보르도에서 그 저주받을 편지를 보낸 사람을 용서하고 미소 지을 것이었다.

하지만 그는 반드시 돌아가야 했다. 울컥해서 런던으로 가버렸다가 모니카의 상태를 악화시킬지도 몰랐다. 오직 인간적인 마음으로 그는 아내가 회복할 때까지 기다릴 것이다. 하지만 그녀를 보는 건 불가했고, 그는 최대한 빨리 이 괴로운 상황에서 도망가야 했다.

8시 30분쯤 집에 돌아온 그는 역시 잠을 설친 듯한 앨리스와 마주쳤다. 그들은 함께 식당으로 갔다.

"당신에 관해서 물어봤어요." 매든 양이 소심하게 말을 시작했다.

"몸은 어떻습니까?"

"더 나빠진 것 같지는 않아요. 하지만 아주 약해요. 당신에게 물어보라고—"

"뭘요?"

그의 태도는 불쌍한 여자에게 용기를 주지 않았다.

"난 모니카에게 무슨 말이라도 해줘야 해요. 내가 아무 말 없으면 애가 걱정하다가 위독해질지도 몰라요. 당신이 편지를 읽었는지—아기를 볼 건지 물어봤어요."

위도우선은 뒤돌아서 갈등하며 서 있었다. 팔에 매든 양의 손이 느껴졌다.

"아, 거절하지 말아요! 모니카를 위로할 수 있게 해줘요."

"그녀는 아기 때문에 걱정하는 겁니까?"

앨리스는 애잔한 눈빛으로 동생 남편의 얼굴을 바라보며 인정했다.

"내가 아이를 보겠다고 전해요." 그가 말했다. "아이를 데리고 나온 다음에—내가 봤다고 말해요."

"당신이 용서했다고 말해도 될까요?"

"네, 그렇게 말해요—내가 자기를 보는 건 바라지 않아요?"

앨리스는 고개를 저었다.

"그럼 내가 용서한다고 말해요."

그가 말한 대로 실행됐다. 그리고 아침에 매든 양은 동생이 무척 안심했다고 말했다. 모니카는 자고 있었다.

하지만 의사는 밤이 되기 전에 두 번 더 진료해야 한다고 말했고, 늦은 저녁에 다시 왔다. 그는 위도우선에게 모니카가 자칫 위험할지도 모르는 합병증 증세를 보였다고 알리며 다음 날 아침에도 확실한 회복의 징조가 보이지 않으면 의사를 한 명 더 불러 소견을 물어야겠다고 마침내 털어놓았다. 두 번째 의사를 불러야 했다. 오후에 버지니아가 울면서 모니카가 섬망 상태라고 말했다. 그날 밤 가족 모두 환자를 지켜보았다. 또다시 조마조마한 하루가 지났고, 어스름이 내릴 무렵 의사는 위도우선 부인이 죽어 가고 있다는 의견을 감추지 않았다. 그녀는 곧 혼수상태에 빠졌으며 이튿날 아침 마지막 숨을 내쉬었다.

위도우선은 환자의 침실에 있었다. 임종의 순간이 다가왔을 때 그는 한 시간 동안 침대 옆에 앉아 있었으나 아내의 얼굴을 보지 않았다. 그녀가 숨을 거두었다는 말을 들은 그는 일어나서 자기 방으로 갔다. 그의 얼굴은 시체처럼 창백했으나 눈물은 흐르지 않았다.

장례식 다음 날—모니카는 클리브던 교회 근처 묘지에 묻혔다—

위도우선과 맏언니는 오랫동안 단둘이 이야기를 나누었다. 가장 시급한 사항은 엄마 없는 아기였다. 위도우선은 매든 양이 아이를 키우기를 바랐다. 그가 필요한 생활비를 줄 것이고, 그녀와 버지니아는 원하는 곳에서 살 수 있었다. 앨리스는 그런 제안을—아기에 관한 제안—감히 꿈꾸지도 못했다. 그녀는 기쁘게 받아들였다.

"하지만 당신에게 할 말이 있어요." 그녀가 눈물에 젖은 눈에 창피스러운 빛을 보이며 말했다. "불쌍한 버지니아가 시설에 들어가고 싶어 해요."

위도우선이 혼란스러워하며 바라보자 그녀는 눈물을 쏟으며 동생이 독주의 노예가 되어서 방금 언급한 도움을 받지 않고서는 벗어날 가능성이 없다고 했다. 중독자들을 돌보는 사람들이 있다는 이야기를 들었다.

"우리가 완전히 빈털터리가 아니란 건 아시죠." 앨리스가 흐느꼈다. "그 비용은 감당할 수 있어요. 하지만 적당한 곳을 찾아 주시겠어요?"

그는 즉각 처리하겠다고 약속했다.

"그리고 버지니아가 치유되면," 매든 양이 말했다. "나랑 같이 살 거예요. 아이가 두 살이 되면 우리는 오랫동안 생각해 온 일을 드디어 시작할 거예요. 이 지역이나 웨스턴에 어린이들을 위한 학교를 열 거예요. 그럼 불쌍한 버지니아도 할 일이 생기겠죠. 그런 사업을 시작하면 우리 모두에게 좋을 거 같아요. 그렇게 생각하지 않아요?"

"현명한 선택 같습니다. 확실해요."

그들은 필요한 가구만 챙겨 큰 집에서 나와서 클리브던의 다른 동네에 있는 작은 집으로 이사했다. 앨리스가 슬픈 기억에도 불구하고 고향에 남기로 했기 때문이었다. 그녀는 클리브던을 사랑했고, 그녀의 미래에 놓인 삶을 잔잔하게 기쁜 마음으로 고대했다. 위도 우선의 책들은 런던으로 돌려보낼 것이지만 햄프스테드에 있는 하숙집으로는 아니었다. 고독이 두려워진 그는 친구 뉴덕에게 함께 살자고 제안하면서 재산이 있는 그가 더 큰 비용을 부담하기로 했다. 이 계획 역시 실행에 옮겨졌다.

석 달이 지난 어느 여름날, 클리브던의 푸른 언덕과 풀밭, 수목이 무성한 골짜기가 가장 아름다우며 파란 해협은 잔잔하고, 햇살에 빛나는 아지랑이 사이로 웨일스의 산들이 보이는 날에 로더 넌이 매든 양을 만나러 멘딥 힐스에서 넘어왔다. 즐거운 만남이라고 할 수는 없었으나 로더는 명랑하고 다정했으며, 그녀의 말에는 원기가 넘쳤다. 그녀는 아기를 안고 '불쌍한 아이, 사랑스러운 아이'라고 속삭이며 정원을 한참 동안 산책했다. 아기가 과연 살아남을지 걱정스러운 순간들이 있었으나 여름이 오면서 건강해진 듯했다. 앨리스가 천직을 찾은 건 확실했다. 그녀는 로더가 보았던 어느 때보다 활력적으로 보였다. 그녀의 피부에서 칙칙하고 얼룩덜룩한 자국이 사라지고 있었고, 발걸음은 가볍고 경쾌했다.

"버지니아는 어디에 있어요?" 넌 양이 물었다.

"지금은 친구들과 있어요. 금세 돌아오길 바라요. 아기가 걸음마를 떼면 우리는 제대로 학교 계획을 세울 거예요. 기억해요?"

"학교요? 정말 시도할 건가요?"

"우리 둘 모두에게 좋을 거예요. 자, 봐요." 그녀가 웃으며 덧붙였다. "여기 학생이 벌써 한 명 있잖아요."

"용감한 여자로 키워요." 로더가 상냥하게 말했다.

"노력할 거예요—아, 정말 노력할 거예요! 당신 사업은 계속 잘 되어가나요?"

"그 이상이에요!" 로더가 대답했다. "우리는 월계수 나무처럼 성장하고 있어요. 아마 더 큰 건물을 빌려야 할 거예요. 그건 그렇고, 우리가 출간할 잡지를 꼭 읽어 봐요. 창간호가 한 달 안에 나올 거예요. 이름은 아직 못 정했지만요. 요새 바풋 선생님은 신체적으로나 정신적으로나 최고로 기력이 넘치세요—나도 마찬가지예요. 세상이 움직이고 있어요!"

매든 양이 집에 들어가 손님 대접을 준비하는 동안 여전히 아이를 안고 있는 로더는 정원의 벤치에 앉았다. 그녀는 평온히 졸고 있는 아기의 작은 눈코입을 자세히 보았다. 반짝이는 검은 눈은 모니카의 것이었다. 아이가 잠이 들자 로더의 눈앞이 뿌예졌다. 한숨이 흘러나오며 그녀의 입술이 떨렸고, 그녀는 다시 한번 중얼거렸다. "불쌍한 아이!"

옮긴이: 구원
UCLA 경제학과를 졸업했다. 뉴욕, 샌프란시스코, 로스앤젤레스 등 여러 도시에서 믹솔로지스트로 일하다가, 문학과 글에 대한 애정을 직업과 접목해보고자 대학교로 파트타임 돌아가서 영미 문학, 세계 문학을 공부했다. 현재 프리랜서 번역가로 학술지, 관광 홍보 자료, 동화, 자막 등 다양한 번역 활동을 하고 있다. 『뉴 그럽 스트리트』, 『앨리스 애덤스』, 『그녀들의 이야기』를 우리말로 옮겼다.

짝 없는 여자들

지은이: 조지 기싱
옮긴이: 구원
펴낸곳: 코호북스
펴낸날: 2020년 8월 31일

....

출판등록: 2019년 10월 17일 제2019-000005호
주소: 강원도 홍천군 두촌면 한계길 84
전자우편: cohobookspublishing@gmail.com
인스타그램: coho_books23
ISBN: 979-11-968939-7-2 (03840)

....

짝 없는 여자들ⓒ 코호북스, 2020, *Printed in Korea*
All Rights Reserved.
이 책은 대한민국 저작권법에 의하여 보호를 받는 저작품입니다. 무단전재 및 무단복제를 금합니다.

이 도서의 국립중앙도서관 출판예정도서목록(CIP)은 서지정보유통지원시스템 홈페이지(http://seoji.nl.go.kr)와 국가자료종합목록 구축시스템(http://kolis-net.nl.go.kr)에서 이용하실 수 있습니다. (CIP제어번호 : CIP2020034413)

이 책은 문화체육관광부와 한국출판인회의의 KOPUB 서체를 사용했습니다.